Gilbert Sinoué wurde 1947 in Ägypten geboren. Er hat sich in Frankreich als Autor von historischen Romanen einen Namen gemacht. *Purpur und Olivenzweig* war sein erster Roman, für den er 1987 den Prix Jean d'Heurs erhielt.

Von Gilbert Sinoué ist außerdem erschienen:

Purpur und Olivenzweig (Band 63013)
Die Straße nach Isfahan (Band 63014)

Dieses Buch wurde auf chlor- und säurefreiem Papier gedruckt.

Deutsche Erstausgabe März 1995
© 1995 für die deutschsprachige Ausgabe
Droemersche Verlagsanstalt Th. Knaur Nachf., München
Das Werk einschließlich aller seiner Teile ist urheberrechtlich geschützt.
Jede Verwertung außerhalb der engen Grenzen des Urheberrechtsgesetzes ist ohne Zustimmung des Verlages unzulässig und strafbar.
Das gilt insbesondere für Vervielfältigungen, Übersetzungen,
Mikroverfilmungen und die Einspeicherung und Verarbeitung
in elektronischen Systemen.
Titel der Originalausgabe »L'Egyptienne«
© 1981 Editions Denoël, Paris
Umschlaggestaltung Manfred Waller, Reinbek
Umschlagabbildung AKG, Berlin
Satz MPM, Wasserburg
Druck und Bindung Elsnerdruck, Berlin
Printed in Germany
ISBN 3-426-63015-X

2 4 5 3 1

Gilbert Sinoué

Die schöne Scheherazade

Roman

Aus dem Französischen von
Raimund von Beckert

Dieses Buch ist M. B. gewidmet ...
Ich vergesse nicht

Der Ägypter wird mit einem Papyrus im Herzen geboren, auf dem in goldenen Lettern geschrieben steht, daß Spott vor der Verzweiflung rettet ...

S. C.

Dieser Bonaparte hat uns seine Hosen voller Sch... dagelassen! Wir werden nach Europa zurückkehren und sie ihm in die Fresse hauen!

JEAN-BAPTISTE KLÉBER

ÄGYPTEN IM JAHRE 1790

Im 7. Jahrhundert hatte der Einfall der Araber die alte Erde der Pharaonen überrannt und das Land unterjocht.
Im 12. und 13. Jahrhundert begingen der kurdische Feldherr Saladin, der siegreiche Streiter im Kampf gegen die Kreuzfahrer, und insbesondere der Sultan al-Aijub die Unklugheit, zwölftausend georgische und tscherkessische Sklaven in Ägypten einzuführen. Diese Männer wurden Mamluken genannt – die In-Besitz-Genommenen. Sie schwangen sich zu den Herren des Niltals auf und gründeten ihre eigene Dynastie.
Dann folgte die unausweichliche Dekadenz.
Zu Beginn des 16. Jahrhunderts eroberte die HOHE PFORTE – die Türkei, mit anderen Worten – Ägypten, wobei sie den Mamluken jedoch einen Teil ihrer Macht beließ. Ihre Anführer, vierundzwanzig an der Zahl, fuhren somit fort, die Provinzen im Range von Beys zu verwalten, mit der einzigen Bedingung, Istanbul jährlichen Tribut zu entrichten.
Zum Zeitpunkt, da diese Erzählung ihren Anfang nimmt, ist die Macht der HOHEN PFORTE seit einem halben Jahrhundert zerbröckelt. Und die Mamluken – zehn- bis zwölftausend Mann – sind immer noch die wahren Herren des Landes.

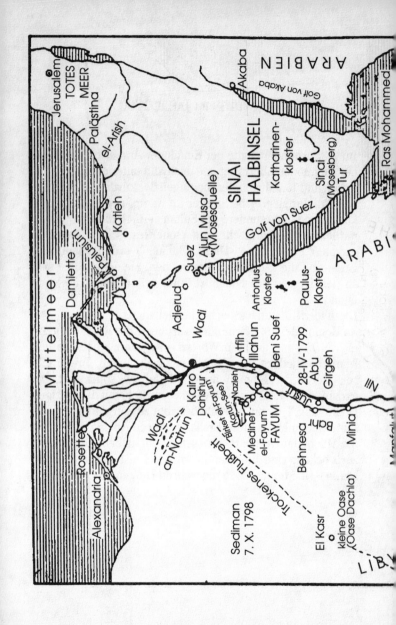

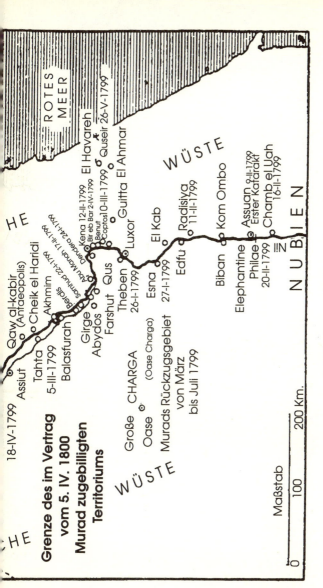

ERSTER TEIL

1. KAPITEL

August 1790

Auf dem Rücken liegend, schloß das Mädchen die Augen und ließ sich in der blauen Luft der Dämmerung dahintreiben. In solchen Augenblicken vermochte die Zeit ihr nichts mehr anzuhaben. Sie hätte in die laue Wärme des Sandes eintauchen wollen. In ihr versinken, aufgehen wollen, wie die Nacht aufgeht in den trägen Bäuchen der Brunnen.
Lippen berührten sacht ihre feuchte Stirne. Die Versuchung, ihre Lider einen Spalt zu öffnen, war groß, doch sie zwang sich, regungslos zu verharren.
»Karim ...?«
Der über sie gebeugte Jüngling antwortete nicht. Er war recht groß für seine siebzehn Jahre. Von muskulöser Gestalt. Mit schwarzem Haar, braunen Augen. In einer raschen Bewegung legte er sich auf sie.
»Karim! Hör auf!«
Er entgegnete kriegerisch: »Du kannst nichts ausrichten gegen die Kraft des Löwen ...«
Gereizt suchte sie sich von diesem Körper zu befreien, der auf dem ihren lastete, doch vergebens. Erbittert begann sie, sich zu sträuben; sie schlug um sich, und es gelang ihr, sich auf die Seite zu rollen, den Jüngling kullernd mit sich fortreißend, wobei die beiden verknäulten Leiber sich über und über mit Staub und Sand beschmutzten.
Im Verlauf ihres Ringens und ohne daß sie wußte, wie es kam, fand sich Karims Hand unversehens in Höhe ihres Mundes; ihre Zähne gruben sich jäh in die matte Haut. Der

Junge stieß einen Schmerzensschrei aus, den Scheherazade mit einem triumphierenden Lachen beantwortete. Hochmütig rief sie: »Selbst die Mücke kann das Auge des Löwen pieksen!«
Zornig warf er sich erneut über sie, umklammerte ihre Arme, zwang sie auseinander.
»Und jetzt, Prinzessin ... sag mir: Wer ist der Sieger?«
Sie preßte die Lippen zusammen. Die Herausforderung, die von Natur aus in seinem Blick lag, hatte sich noch verstärkt.
Indem er sich noch näher über ihr Gesicht beugte, fügte er sanft hinzu: »Sei unbesorgt. Saladin ist edelmütig. Weder Sieger noch Besiegte.«
War es die Art? Oder bloß der dunkle Klang seiner Stimme, der sie plötzlich verwirrte? Sie suchte nach einer scharfen Erwiderung, doch ihre Kehle war wie zugeschnürt. Ihr Herz flog hinauf zum metallisch blauen Himmel von Gizeh. Sie spürte Karims Atem an ihrer Wange, und unter dem Leinen seiner Dschellaba seine Haut, warm und herb, von Schweiß benetzt.
Zwischen Empörung und Unterwerfung hin- und hergerissen, bewegte sie sich beinahe wider Willen unter ihm. Halb unbewußt suchte ihr Unterleib den des Jungen. Sie drückte sich an ihn, ließ sich von dem wonnigen Wohlgefühl durchfluten, das von den geheimsten Fasern ihres Körpers aufstieg. Sie wünschte in diesem Augenblick, so wie eben noch bei der Berührung des Erdreichs, in Karim aufzugehen, sich in ihm zu verlieren.
Erneut sprach er sie an, doch diesmal war der Ton nicht mehr derselbe: »Hast du deine Zunge verloren, Prinzessin?«
»Du bist nur ein gewöhnlicher Fellache[1] ... Man hat dir offenbar nicht beigebracht, daß ein Mann eine Frau nie mit Gewalt unterwerfen darf. Und vor allem keine Prinzessin ...«

---

[1] Ägyptischer Landwirt

»Eine Prinzessin ... Du bist nur Prinzessin, weil ich es so entschieden habe. Wenn es mir beliebte, würdest du wieder eine einfache Tochter des Volkes werden. Eine *meskina*.«[1]
»Ich eine *meskina*? Die Sonne hat dich irre gemacht, das ist sicher! Wenn es mir so beliebte, würde mein Vater dich noch heute abend zu deinem Kamelmist zurückschicken.«
»Das soll er versuchen. Wäre ich nicht mehr da, wäre das Anwesen von Sabah nur noch ein Friedhof. Eure Blumen würden vergehen, und eure Bäume würden nach Pest riechen. Das soll er nur versuchen!«
»Dann hältst du dich jetzt also für einen Gärtner?«
»Nun, wer bin ich dann?«
»Nichts. Ich habe es dir bereits gesagt: Kamelmist. Es war Suleiman, dein Vater, der diesen Garten zu dem gemacht hat, was er ist. Du, du bist nicht einmal imstande, Jasmin von einer Dattelpalme zu unterscheiden.«
Ihre Laune schlug unversehens um.
»Steh auf. Du bist schwerer als ein Nilpferd.«
Er gehorchte nur widerwillig und beobachtete sie dann, wie sie versuchte, ihr langes schwarzes Haar wieder in Ordnung zu bringen.
»Weißt du eigentlich, wie schön du bist, Scheherazade?«
Von der Höhe ihrer dreizehn Jahre herab erhellte ein verzücktes Leuchten den Blick des Mädchens.
»Ja. Ich weiß. Ich bin schön. Schön wie der Vollmond, wie die schönste Blume von Sabah.«
Sie hielt eine Weile inne, bevor sie, die Worte mit Bedacht betonend, fortfuhr: »Und du, Karim, Sohn von Suleiman, dem Gärtner, weißt du, daß du mich eines Tages heiraten wirst?« Sie glaubte, auf seinen Lippen die Andeutung eines Lächelns zu entdecken.
»Beeindruckt dich das nicht?«

---

[1] Arme. Im weiteren Sinn auch Unglückliche oder auch Arme im Geiste

Das Lächeln wurde deutlicher. Es brachte sie auf.
»Ich gehe hinein, man wartet mit dem Abendessen auf mich.«
»Bist du verärgert? Ich bin mir sicher.«
Als einzige Antwort klopfte sie den Staub von ihrem Musselinkleid und wandte sich zum Haus.
»Du könntest mir wenigstens antworten!«
Er folgte ihr auf den Fersen. Sie lief fast.
»Eine *meskina,* genau das bist du, Scheherazade!«
»Und du ...«, erwiderte sie, ohne sich umzudrehen, »du, Karim, Sohn des Suleiman, König der Mistbauern, du wirst mich trotzdem eines Tages heiraten!«

*

Als sie ihre mit Staub bedeckte Tochter ins Eßzimmer stürzen sah, flehte Nadia Chedid zu Gott: »Was habe ich getan, um eine solche Nachkommenschaft zu verdienen? Allah, du hast mir drei Kinder gegeben, aber, vergib mir, eines von ihnen ist ein Versehen.«
An Yussef, ihren Gemahl gewandt, fuhr sie fort: »Hast du gesehen, in welchem Zustand deine Tochter ankommt?«
Der Mann suchte gemächlich seinen Platz am gedeckten Tisch auf und ließ sich mit ungerührtem Lächeln auf einen Sitz sinken.
Yussef Chedid, ein Mann von mittlerer Größe um die Sechzig mit einer Stirnglatze und einem an beiden Enden gezwirbelten gewaltigen schwarzen Schnurrbart, war eine Ehrfurcht einflößende Persönlichkeit. Er stammte aus Damiette, einer bescheidenen Stadt im Delta, wo der Nil sich im Meer verliert. Ein Christ, der es sich gleichwohl zur Ehre machte, an seine Zugehörigkeit zum griechisch-katholischen Glaubensbekenntnis zu erinnern. Diese Gemeinschaft hatten ungefähr ein Jahrhundert zuvor Christen orthodoxen Ritus' gegründet, welche, in Opposition zu einer griechischen Kir-

che, die sie als zu eng an Istanbul[1] gebunden befanden, ihre Unabhängigkeit zu behaupten trachteten. Und damals, wie auch zur Zeit noch, war die Türkei das Symbol des Feindes, des Besatzers schlechthin.
Die ersten Auswanderer hatten sich in Damiette und Rosette niedergelassen, bevor sie nach Kairo vorstießen, wo sie zu einer der aufsteigenden Kräfte der ägyptischen Gesellschaft wurden.
Yussef war anfänglich in die Fußstapfen seines Vaters, Magdi, getreten, eines der ersten Ägypter, der sich dem Handel eines zur damaligen Zeit stark in Mode stehenden Genußmittels widmete: des jemenitischen Kaffees. Doch wenige Jahre danach verstarb Magdi, und der Wind schlug um. Ein neuer, von den Antillen kommender Kaffee (eine billigere und in größerer Menge verfügbare Ware) hatte das Osmanische Reich überschwemmt, was Yussef zwang, sich neue Betätigungen zu suchen. Nach einer Weile der Unentschiedenheit stürzte er sich ins Gewürzgeschäft, rettete das Erbe seines Vaters und wurde bald einer der angesehensten Männer Kairos. Ein Erfolg, den das sieben Feddan[2] umfassende Anwesen von Sabah augenscheinlich versinnbildlichte.
Er zerteilte einen noch heißen Fladen Brot und sagte in fatalistischem Ton: »Wer sich nicht mit den Mandeln begnügt, muß mit der Schale vorliebnehmen. Scheherazade wird immer eine kleine zuchtlose Teufelin bleiben. Wir haben leider keine Wahl. Oder vielleicht doch ... wir könnten sie dem erstbesten vorbeiziehenden Teppichhändler verkaufen.«
Scheherazade lachte schallend.
»Mich verkaufen? Die Mutter desjenigen, der den Preis für mich aufbringen könnte, ist noch nicht geboren!«

---

[1] Istanbul war der Sitz der griechisch-orthodoxen Kirche.
[2] Ein Feddan entsprach je nach Gebiet zwischen 5000 und 5800 Quadratmetern.

Nabil, ihr älterer Bruder, schlug vor: »Falls du dich dazu entschlössest, Vater, müßtest du sie an einen Feind verkaufen. Das wäre die schönste Rache. Ein Türke oder ein Mamluk würde bestens zupaß kommen.«
Das Mädchen warf ihm einen mörderischen Blick zu. Elf Jahre trennten sie. Doch war es nicht die wegen dieses Altersunterschiedes ihr gebotene Achtung, die Scheherazade von einer Erwiderung abhielt, sondern vielmehr die Erinnerung an einige denkwürdige Schläge auf den Hintern. Sie schien nachzudenken und näherte sich dann mit engelsgleichem Ausdruck langsam ihrem Vater.
»Baba... Du willst mich doch nicht wirklich verkaufen, oder?« sagte sie voll weiblicher Raffinesse mit verzagter Stimme.
Yussef schmolz beinahe dahin und hob sie bis in Höhe seines Mundes.
»Nein, mein Herz, ich werde dich nicht verkaufen. Du hast es selbst gesagt: Du bist unbezahlbar.«
Nadia hob die Arme gen Himmel.
»Du bist im Begriff, sie zu verderben!«
Ohne die Arme ihres Vaters zu verlassen, suchte Scheherazade, einen Brotfladen zu erreichen. Doch es gelang ihr nicht.
»Närrin!« rief Nadia und packte sie am Ohr. »Wenn du glaubst, daß man auf diese Weise die Speise Gottes besudeln darf...«
Sie deutete auf die Tür.
»Geh dich zuerst von deinem Schmutz säubern! Los! Raus!«
Sie seufzte: »Wenn man bedenkt, daß wir sie gar nicht mehr erwarteten. Als mein Leib sich zum dritten Mal zu runden begann, war Nabil schon elf und Samira neun. Manchmal frage ich mich, ob...«
»Es genügt, Frau!« grollte Yussef. »Du lästerst. Welche Untugenden es auch haben mag, so ist ein Kind doch stets ein Segen Gottes.«

»Obendrein«, bemerkte Nabil, »ist euch nichts Besseres eingefallen, als ihr diesen Vornamen zu geben. Einen Vornamen, der noch nicht einmal ägyptisch ist.«
Yussef verwunderte sich.
»Ich glaubte, du kennst seine Herkunft. Hast du nie die Märchen aus *Tausendundeiner Nacht* gelesen?«
»Selbstverständlich. Scheherazade war eine Prinzessin, oder?«
»Nicht wirklich. Sie war die Favoritin eines Sultans. Von ihrem Herrn zum Tode verurteilt, ersann sie die List, ihm Geschichten zu erzählen, um den Schicksalsmoment hinauszuzögern. Diese Geschichten waren so fesselnd, daß der Fürst nach immer neuen verlangte und darüber vergaß, die vorgesehene Strafe zu vollstrecken.«
»Den Zusammenhang mit meiner Schwester kann ich nicht erkennen.«
Yussef zwirbelte versonnen die Spitzen seines Schnurrbarts und rief seiner Gemahlin zu: »Erzähle es ihm.«
In besänftigtem Ton begann Nadia: »Während ich bei Samira und dir keinerlei Schwierigkeiten hatte, wurde bei Scheherazade die Niederkunft eine furchtbare Prüfung. Ich hatte eine ganze Nacht lang Wehen verspürt. Ich glaubte, daran zu sterben. Und wäre es auch beinahe. Also hat dein Vater die ganze Zeit über, so lange meine Pein dauerte, dasselbe wie die Scheherazade der *Tausendundeinen Nacht* getan. Er begann, mir Geschichten zu erzählen. Es ist wohl wahr, daß seine Erzählungen nicht immer einen Schluß aufwiesen und daß es ihnen häufig an Logik mangelte, aber er tat es so gut, daß es mir ein wenig half, mein Leid zu ertragen. Im Morgengrauen habe ich deine Schwester zur Welt gebracht. Ihr Vorname drängte sich meinem Geist wie von selbst auf.«
»Möge Gott uns behüten«, meinte Nabil, sich bekreuzigend. »Sie wähnt sich einzigartig, und dieser Vorname macht die Dinge wahrhaftig nicht besser.«
Nadia berichtigte philosophisch: »Gott wird uns behüten.

Was wir jedoch hoffen müssen ist, daß ER unsere Scheherazade vor tauben Sultanen beschützt!«
»Ich bin hungrig«, sagte Yussef.
Er rief: »Scheherazade!«
»Ich komme!« antwortete eine ferne Stimme.
»Laß auftragen. Sie wird die Reste essen.«
»Und ... Samira? Willst du nicht auf sie warten?«
»Laß auftragen.«
Ergeben klatschte sie in die Hände.
»Aisha!«
Wie durch Zauberei tauchte die Dienerin der Chedid auf, eine rundlich-fette Sudanesin, die Arme mit einem Tablett beladen. Sie begann damit, eine große Platte gesottene Ful,[1] mit kleingewürfeltem Ei besprenkelt, auf dem Tisch abzustellen, und ordnete dann eine Reihe Schälchen mit Quark, Limonen, schwarzem Pfeffer, Salz und in Essig eingelegten Paprikaschoten an.
»Ich habe es zweimal wärmen müssen«, brummte sie, während sie anzurichten fortfuhr.
»Dann wird es um so besser schmecken.«
»Ja, aber ich habe es dennoch zweimal wärmen müssen.«
»Sett[2] Aisha, hab Erbarmen mit den Ohren eines alten Mannes.«
Die Dienerin deutete auf die beiden leer gebliebenen Plätze.
»Essen die jungen Damen nicht?«
»Nein, du weißt doch, einmal in der Woche genügt ihnen.«
Er wies auf die Gerichte.
»Und die Zwiebeln? Seit wann tischt man Saubohnen ohne Zwiebeln auf?«
»Ich habe es zweimal aufwärmen müssen. Und deshalb ...«
In dem Augenblick, da sie den Raum verließ, erschien eine

---

[1] Oder *ful medames*. In Öl gedünstete Saubohnen. Das ägyptische Nationalgericht
[2] Dame

junge Frau auf der Schwelle: recht groß, wohlgeformt, kastanienbraunes Haar, rundliches Gesicht. Sie strahlte eine gierige Sinnlichkeit aus, die ihre vollen Lippen noch betonten, vor allem aber ein etwas kurzsichtiger Blick, welcher ihr eine sehr eigene Art, Menschen zu betrachten, verlieh, die nicht erkennen ließ, ob es sich um Neugierde oder ein starkes Verlangen nach Verführung handelte. Es war die dreiundzwanzigjährige Samira, die zweite Tochter der Chedids.
Sie beantwortete beiläufig den Gruß der Sudanesin und setzte sich an den Tisch.
»Möge das Glück des Abends über euch sein.«
Der Vater antwortete mit einem Kopfnicken. Nabil tat, als bemerke er sie nicht.
»Du hast dich verspätet«, schalt Nadia.
»Du kennst doch Zobeida ... Wenn sie zu reden anfängt, findet sie kein Ende. Danach habe ich einen Eseltreiber suchen müssen. Ihr werdet mir vielleicht nicht glauben, wenn ich euch sage, daß an der Station am Bab an-Nasr nicht ein einziger war! Falls es stimmt, daß es in der Stadt mehr als dreißigtausend Eseltreiber gibt, ist dieser Mangel völlig unverständlich!«[1]
Sie nahm sich eine Olive und fügte ungerührt hinzu: »Es gab auch Kundgebungen vor der Universität...«
Yussef hob eine Augenbraue.
»Kundgebungen vor der al-Azhar?«[2]

---

[1] Aufgrund der ungeheuren Ausmaße Kairos war die Personenbeförderung mehr oder minder organisiert. Es gab vier Gilden, drei für die Beförderung von Männern und Frauen, und eine für den Warenverkehr, sowie eine Kameltreibergilde für Waren- und Gepäckbeförderung. Die Miettiere wurden zur Verfügung der Kunden an »Stationen« bereitgehalten, die sich in den Hauptstraßen und den Suks sowie an den Stadteingängen befanden.

[2] 970 von den Fatimiden gegründet, war al-Azhar die prachtvollste Bildungsstätte der gesamten arabischen Welt. Zunächst wurde dort Theologie, Jurisprudenz und Arabisch gelehrt. Später dann kam die Philosophie hinzu. Frauen wurden erst 1952 zugelassen.

»Oh, nichts sonderlich Schlimmes. Die üblichen Streitigkeiten zwischen den Krämern und den Janitscharen.«
»Nichts sonderlich Schlimmes«, wiederholte Nabil mit einer Spur Ironie. »Aber gewiß. Daß die Mamluken oder die Türken das arme Volk wie eine Zitrone auspressen, ist nichts ›sonderlich Schlimmes‹. Sie hat die Hungeraufstände schon vergessen, die sich vor kaum zwei Wochen im Viertel Hussaniya zugetragen haben, von den blutigen Zwischenfällen ganz zu schweigen, welche die Beys und die Bevölkerung miteinander konfrontierten.«
Samira preßte die Lippen zusammen und schwieg.
»Ich frage mich«, sagte Nadia besorgt, »ob es nicht umsichtiger wäre, wenn ihr für eine Weile vermeiden würdet, euch nach Kairo zu begeben. Gewiß wäre dies ärgerlich für Nabil, der seine Vorlesungen in der Universität versäumen würde; doch für dich, Samira, hätte es keine große Bedeutung. Du kannst deine teure Zobeida ja immer noch besuchen, wenn die Lage sich entspannt hat.«
Die junge Frau versuchte sie zu beschwichtigen. »Aber nein, man braucht wirklich nichts zu befürchten. Das ist nur vorübergehend. Im übrigen ...«
Sie beendete den Satz nicht. Scheherazade war eben hereingekommen.
»Willkommen«, rief sie und gab ihrer älteren Schwester einen flüchtigen Kuß auf die Wange.
»Du kommst gerade noch rechtzeitig«, spöttelte Yussef. »Eine Weile später, und wir hätten Ostern gefeiert.«
Die Bemerkung übergehend, begann Scheherazade, sich hastig zu bedienen.
»Ich habe einen Hunger ... Ich könnte eine ganze Kuh verschlingen.«
»Es ist unglaublich, was du in dich hineinstopfen kannst«, meinte Samira.
»Gott behüte uns vor mißgünstigen Neidern«, entgegnete das Mädchen mit vollem Mund.

Aisha war wieder erschienen.
»Die Zwiebeln«, sagte sie mürrisch.
Als sie die restlichen Gerichte aufgetragen hatte, fragte sie: »Habe ich diesmal nichts vergessen?«
Yussef beeilte sich zu antworten.
»Doch, die Zwiebeln.«
Die dicke Sudanesin schien einer Ohnmacht nahe.
»Aber ... aber ...«, stammelte sie, wobei sie ihren Zeigefinger auf eines der Schälchen richtete. »Da sind sie doch ...«
»Ich weiß«, erwiderte Yussef unerschütterlich. »Na und?«
»Wie, na und?«
»Sett Aisha, wenn es mir doch gefällt, mich zu wiederholen.«
Die Dienerin zuckte die Achseln und ging kopfschüttelnd hinaus.
»Du wirst sie noch um den Verstand bringen«, seufzte Nadia. »Irgendwann wird sie ihre Schürze zurückgeben und uns verlassen.«
»Oh, nach fünfundzwanzig Jahren Dienst würde mich das wundern. Aisha könnte nicht ohne uns leben. So wenig wie wir ohne sie.«
Plötzlich wurde er wieder ernst: »Ich glaube, eure Mutter hat recht. Ihr werdet so lange nicht nach Kairo gehen, bis ich mich versichert habe, daß keine Gefahr mehr besteht.«
»Aber, Vater«, widersprach die junge Frau, »es war nichts! Nur eine Rauferei ... Der Scheich der Gilden ist eingeschritten, und alles war wieder in Ordnung.«
Nabil rief entrüstet: »Ich kenne diesen alten Schakal Lufti. Er ist von den Türken in dieses Amt berufen worden ... Ein käuflicher Verräter. Wie die meisten Ägypter, die mit den Besatzern kollaborieren. Ein käuflicher Verräter!«
»Aber er hat doch die Ordnung wiederhergestellt.«
»Meine liebe Schwester, wie könnte es in deinen Augen

anders sein. Machst du überhaupt einen Unterschied zwischen einem Mamluken, einem Türken und einem Ägypter? Es genügt dir doch, daß es ein Geck ist.«
Die junge Frau starrte ihren Bruder an. Sie war plötzlich blaß geworden.
»Ich verbiete euch, bei Tisch zu streiten«, rief Nadia in strengem Ton.
»Sei unbesorgt, Mutter. Meine Schwester ist es nicht wert, daß man seinen Speichel vergeudet. Sie redet von Dingen, die sie nicht versteht. Eine Rauferei ... nichts sonderlich Schlimmes. Weißt du eigentlich irgend etwas von der Tragödie, die unser Land durchlebt?«
»Was ist das?« fragte die junge Frau. »Eine Geschichtsstunde? In dieser Familie bist du der einzige, der sich für Politik interessiert. Als ob du die Welt ändern könntest. Die Mamluken haben uns seit Jahrhunderten besetzt, die Türken haben sie abgelöst. Na und?«
Nabil starrte seine Schwester ungläubig an.
»Na und? Jahrhunderte der Unterdrückung. Tyrannische Beys, die das Land vor den Augen eines von Istanbul gesandten Marionettenstatthalters ausplündern.«
»He, ihr beiden! Euer Geschrei tut mir in den Ohren weh!« entrüstete sich Scheherazade.
Ohne sie zu beachten, sagte Nabil abschätzig: »Du widerst mich an.«
»Nabil!« drohte Nadia. »Das ist keine Art, mit deiner Schwester zu sprechen!«
»Verzeih mir, Mutter, aber was sie sagt, ist unerträglich. Unser Volk liegt in den letzten Zügen. Und ihr ist das völlig einerlei.«
Samira lächelte ironisch.
»In den letzten Zügen ... Soweit ich weiß, hat sich dein Volk im Laufe der Geschichte nicht allzuoft aufgelehnt. Es taugt nur, sich zu beugen und zu jammern. Nein, mein Lieber. Die einzige Frage, mit der du dich in Wahrheit befassen müßtest,

ist doch die: Zieht es beim Stiefellecken mamlukisches Leder oder türkische Sohlen vor?«

Nabil wollte seinen Zorn herausplatzen lassen, doch ein Fausthieb auf den Tisch hielt ihn zurück.

Mit finsterem Blick hatte Yussef sich erhoben und blickte auf seine Familie herab.

»Es genügt! Ich habe genug davon gehört. Noch ein einziges Wort, und ich sperre euch für eine Woche bei Wasser und altbackenem Brot in eure Zimmer. Ist das klar?«

In der beklommenen Stille fuhr er fort: »Das ist noch nicht alles. In drei Tagen beabsichtige ich, einen Empfang zu Ehren von Murad und Ibrahim Bey zu geben.«

Nabil blickte seinen Vater verblüfft an.

»Ja«, fügte Yussef an. »Wie ich gesagt habe: Murad und Ibrahim Bey. Alle, die in Kairo Rang und Namen haben, werden an diesem Abend anwesend sein. Wisset also, ich werde es auf keinen Fall dulden, daß irgend jemand« – bei diesen Worten fixierte er seinen ältesten Sohn –, »habt ihr mich verstanden, daß irgend jemand ein politisches Thema anspricht. Sollte dies dennoch geschehen, würde der Betreffende den Tag seiner Geburt verfluchen.«

Eine eisige Stimmung herrschte im Raum. Erzürnt musterte der Vater seine Kinder noch eine Weile und ließ sich dann wieder nieder.

»Könnte ich noch eine Kufta[1] haben«, sagte Scheherazade leise. »Ich habe einen Hunger ...«

*

An jenem Mittag stieg vom Herzen des Esbekiya-Viertels bis zu den Toren der Blumen-Moschee der Ruf zum Gebet auf. In Wellen hallten die näselnden Stimmen der Muezzins über

---

[1] Oder Kofta. Eine Art Hackfleischröllchen

al-Kahira, Kairo, die Siegreiche,[1] und der Himmel über der Stadt schien sich zu heben, um den heiligen Worten Raum zu lassen.

Karim war gerade in Sichtweite der schattigen Insel Roda angekommen, einem bescheidenen, in der Flußmitte gebetteten Flecken Land, der von Palmen und Sykomoren bewachsen war. Die Legende sagte, daß hier die Tochter des Pharaos Moses' Wiege gefunden hatte.

Einige Schritte entfernt floß majestätisch der Nil, die Flanken schwer von jenem Schlamm, der aus seinen von Wüste umschlossenen Uferstreifen einen der fruchtbarsten Böden der Welt gemacht hatte. Ein paar Feluken glitten über die träge Oberfläche. Manche begnügten sich damit, am Ostufer entlangzufahren, in der Verlängerung des prunkvollen Palastes von Elfi Bey, bevor sie die Südspitze umrundeten, wo der *mekias*, der Nilometer, errichtet worden war, der seit der Epoche der Omajjaden dazu diente, die Nilschwelle zu messen. Unweit davon konnte man die Überreste der Residenz des Sultans Selim I., des Bezwingers der Mamluken, erkennen sowie die Moschee, die er hatte erbauen lassen, um Allah näher zu sein.

Überwältigt wie immer, wenn er sich an diese Stätte begab, ließ Karim sich am äußersten Rand der Böschung voll Achtung und Furcht nieder; mit der Furcht, eine ungeschickte Bewegung könnte unversehens den Zauber des Schauspiels zerstören. Er hätte alles dafür gegeben, an Stelle dieser

---

[1] Nach Art der vorausgegangenen Herren des Landes beschloß Gohar/Dschaubar, Eroberer von Ägyptens im Namen der Fatimiden (969), eine neue Hauptstadt zu errichten. Für diese Rivalin Bagdads erwählte er eine Stelle nördlich von al-Katai, der alten von Ibn Tulun 870 gegründeten Siedlung, und gab ihr den Namen al-Kahira, die Siegreiche. Verschiedene Sagen stimmen darin überein, den Grund dieser Wahl so zu erklären, daß genau zu dem Zeitpunkt, da die Arbeiten begannen, der Aufgang des Planeten Mars (al-Kaher) stattgefunden habe. Bereits von 973 an wurde der Ort als Hauptstadt Ägyptens anerkannt.

Männer zu sein, die vor seinen Augen dahinsegelten, über ihre Macht zu verfügen.
Die Lider halb schließend, stellte er sich noch ausgedehntere Weiten als die des Nils vor. Meilen um Meilen mariner Stille, wo der Lauf der Wasser erst am Horizont endete, wo die Schebecken[1] Seeschiffe waren, die Schiffsjungen Kapitäne, die Decks, groß wie die Alleen des Anwesens Sabah, mit großen Schritten durchmaßen.
Von seinen Visionen hingerissen, bemerkte er nicht, daß eben ein Boot angelegt hatte. Etwas Feuchtes und Rauhes peitschte sein Gesicht.
»Al-Habl! Shadd al-Habl!«
Ein auf dem Deck stehender Seemann deutete, ihn anrufend, auf einen Punkt vor Karims Füßen. Der Junge senkte den Blick und entdeckte ein Tau, das sich zwischen seinen Sandalen entrollte. Ohne zu zögern, ergriff er es und schickte sich an, das Boot heranzuziehen. Im Nu war der Mann an seiner Seite. Er nahm ihm das Tau aus der Hand, band es behende um den Stamm eines Eukalyptus und fragte mit strahlendem Lächeln: »Hoffentlich habe ich dir nicht weh getan?«
»Nein...«, antwortete der Junge beeindruckt.
Der ungefähr dreißigjährige Mann war nicht viel größer als Karim. Er hatte ein spitzes Gesicht mit einer Adlernase, und unter seiner Bräune erahnte man die weiße Haut eines Rumi.[2]
Schon war er wieder hinüber zu seiner Feluke gegangen. Es war das schönste Schiff, das Karim jemals gesehen hatte. Kleine rechteckige und vielfarbige Wimpel flatterten am Mast, und der Rumpf war makellos weiß und mit malvenfarbenen und schwarzen Zeichnungen geschmückt. Was es jedoch

---

[1] Arabisch: *chabak*. Kleiner Dreimaster des Mittelmeers mit Rudern
[2] Rumi/Römer. Arabisch: *ar-rum*. Mit diesem Namen bezeichnen die Muslime einen Christen, einen Abendländer im allgemeinen.

von allen anderen unterschied, waren die drei kleinen Kanonen, die sich backbord, steuerbord und am Bug befanden.
Der mit einem Werkzeug bewehrte Seemann hatte sich inzwischen am Heck niedergekniet.
Unbewußt war der Junge näher getreten und bald nur noch eine Elle von der Feluke entfernt.
»Ela pedimu, plissiassee!«
Karim fuhr hoch. Der Fremde hatte ihn in einer fremden Sprache angesprochen, von der er kein Wort verstand. Erschrocken hätte er fast kehrtgemacht. Der andere setzte gereizt hinzu: »Entweder du kommst her oder du gehst. Aber bleib nicht wie angewurzelt da stehen, das macht mich nervös!«
Karim zögerte nicht.
Kaum stand er auf dem Deck, hatte er das Gefühl, daß magische Schwingungen seinen Körper durchrieselten.
»Das war Griechisch.«
»Verzeihung?«
»Griechisch. Ela pedimu, plissiassee ... das heißt: Komm näher, Kleiner.«
»Aha ...«, erwiderte Karim.
Kühner geworden, wagte er sich einen Schritt vor.
Stille trat ein, in der nur das Knattern der Wimpel und das Plätschern des Wassers zu hören war.
»Woher bist du, Kleiner?«
»Von hier ... nun ja, von Gizeh.«
Der Mann wischte sich mit dem Handrücken den Schweiß von der Stirn und musterte Karim belustigt.
»Du glotzt wie ein toter Fisch. Fühlst du dich nicht gut?«
»Doch ... aber ...«
»Aber ...?«
»Ich ... Es ist das erste Mal, daß ich auf eine Feluke steige.«
»Na und? Das ist nicht das Ende der Welt.«
Der Junge schwieg eine Weile, bevor er antwortete: »Für mich ... doch.«

Der Mann lächelte wieder strahlend.
»Du hast recht. Es gibt nur zwei Dinge, die dem Ende der Welt ähneln: die Liebe und das Meer.«
Er nahm Karims Kinn zwischen die Finger und zog ihn zu sich heran.
»Wie ist dein Name?«
»Karim. Karim, Sohn des Suleiman.«
»Und ich bin Papas Oglu. Nikolas Papas Oglu. Für meine Freunde Nikos.«
Er ließ sich auf eine am Heck angebrachte Bank sinken und wies auf die Feluke.
»Gefällt sie dir?«
»Sie ist die schönste von allen.«
»*Popi*... So habe ich sie getauft.«
»*Popi?* Ist das auch Griechisch?«
»Das ist ein Vorname. Ein Frauenname.«
Seine Augen leuchteten auf.
»Sie war ein Mädchen aus Tscheschme bei Smyrna. Dort bin ich geboren. Sie hatte die schönsten Hinterbacken der Welt und ein Temperament, um die Panagia zur Hölle zu wünschen.«
»Die... Panagia?«
»Die JUNGFRAU... Aber du verstehst natürlich mein Kauderwelsch nicht. Du bist noch viel zu jung dafür. Wie alt bist du?«
»Sechzehn... einhalb...«
»Du hast unrecht, das hervorzuheben. In diesem Alter zählen die halben Jahre nicht.«
Karim deutete mit dem Zeigefinger auf eine der Kanonen.
»Sind die zu deiner Verteidigung?«
Der Grieche lachte.
»Nein. Mir reichen meine Fäuste. Diese Feluke gehört zur Flottille von Murad Bey. Ich bin ihr Kommandant.«
»Kommandant?«
Karim gaffte sein Gegenüber voll Bewunderung an.
»Das ist eine lange Geschichte... Bevor ich nach Ägypten

kam, habe ich lange das Archipel-Meer befahren und besaß damals bereits mehrere Boote, die mir zur Getreideverschiffung dienten. Vor ungefähr vier Jahren wurde ich in eine politische Auseinandersetzung verwickelt, zu der es zwischen einer hohen türkischen Persönlichkeit, Hassan Pascha, und den Mamluken kam. Dem Pascha war es gelungen, ein Dutzend Beys als Geiseln zu nehmen, und er hatte sie in einem Gefängnis von Istanbul eingesperrt. Diese Männer gehörten zu meinen Freunden. Ich dachte mir einen kühnen Plan aus, bat um die Erlaubnis, sie in ihren Zellen zu besuchen, und dort, unter den Augen der Türken und vor ihrer Nase, habe ich ihre Flucht eingefädelt, und sie konnten durch ein Gefängnisfenster entkommen.«[1]

Die Arme ausstreckend endete der Grieche: »Als Belohnung für meinen Einsatz hat Murad Bey mich zum Befehlshaber seiner Flottille gemacht. Eine Flottille, die ich vollständig aufgebaut habe, deren Mannschaften größtenteils Griechen sind.«

Er hob die Hand und richtete sie gegen die Sonne.

»Treu und verschworen wie die Finger dieser Hand.«

Karim fragte verwundert: »Dienen sie dir oder Murad Bey?«

»Ich diene Murad Bey. Und meine Seeleute dienen mir.«[2]

Er schwieg eine Weile, bevor er fragte: »Du scheinst den Fluß zu mögen.«

»Ja. Sehr.«

»Würd' es dir gefallen, eine kleine Fahrt zu machen?«

---

[1] In der Absicht, den vermessenen Forderungen der Mamluken ein Ende zu setzen, beauftragte der Sultan Abdel Hamid genannten Hassan Pascha, an der Spitze eines Heeres in Ägypten zu landen. Sie setzten am 7. Januar 1786 an Land; doch das tollkühne Unternehmen endete ein Jahr später, ohne seine Zwecke erreicht zu haben.

[2] Die von Papas Oglu zusammengestellten Mannschaften bewiesen, daß sie bereit waren, die Waffen gegen Murad Bey zu ergreifen, als dieser in der Folge von Raufereien mit der Bevölkerung Kairos streng gegen sie vorzugehen versuchte. Der Mamluk mußte von seinem Vorhaben zurücktreten.

»Willst du damit sagen ...«
»Ich will damit sagen, was du gehört hast. Würd' es dir gefallen?«
»Das ... das wäre der schönste Tag meines Lebens.«
»Dann geht's los, Kleiner! Löse die Leine und setz dich nieder.«
Und in feierlichem Ton fügte er hinzu: »Sohn des Suleiman, du wirst das Ende der Welt kennenlernen!«

2. KAPITEL

Nadia Chedid trank in einem Schluck die letzten Tropfen türkischen Mokkas aus und stellte die Tasse behutsam auf die Untertasse, den Boden nach oben gedreht. Gemäß einem inzwischen vertrauten Ritual ließ sie die Tasse dreimal um sich selbst kreisen und sprach dann die ältere der beiden Frauen an, die unweit von ihr saßen.
»Sett Nafissa. Diesmal entgehst du dem nicht. Du wirst mir die Zukunft lesen müssen.«
Die über eine Partie Seidenstoffe gebeugte Frau setzte eine verdrossene Miene auf.
»Meine Liebe, weshalb danach trachten, unser Schicksal zu erfahren, wenn wir doch ohnehin nichts daran ändern können. Im übrigen muß ich dir gestehen, daß ich nicht mehr im Kaffeesatz lese, seitdem ich damals meinem Gemahl prophezeit habe, daß er scheitern würde, als er beschlossen hatte, sich der Kairoer Zitadelle zu bemächtigen. Ach, er hat leider nicht auf mich gehört...«
Als Nadia ihr widersprechen wollte, fügte sie hastig hinzu: »Aber du hältst ja nicht mein Los in Händen. Daher werde ich eine Ausnahme machen. Aber gedulde dich noch etwas. Zuerst muß ich mich entscheiden. Dieser Stoff ist ganz herrlich, aber wird mir die Farbe stehen?« Das Tuch ergreifend, rollte sie eine Bahn ab und hielt sie sich gegen die Wange.
»Was meinst du? Sticht das nicht zu stark von meiner zarten Milchhaut ab?«
Ohne die Antwort ihrer Freundin abzuwarten, legte sie den Stoff wieder auf das Sofa und fluchte: »Gott... ich mag mich einfach nicht!«

Wenngleich Nafissas Physis tatsächlich in nichts den üblichen Schönheitsbegriffen entsprach, so stand jedoch nicht minder fest, daß sie eine außergewöhnliche Persönlichkeit und ein einnehmendes Wesen besaß. Nafissa Khatun kannte jedermann unter dem Namen Sett Nafissa, oder auch die Weiße, auf Grund ihrer kaukasischen Abstammung. Sie, die ehemalige Sklavin, hatte in erster Ehe einen Mann geheiratet, der eine prägende Rolle in der ägyptischen Geschichte gespielt hatte: den vor einigen Jahren verstorbenen Ali Bey. Nunmehr war sie die Gemahlin eines der allmächtigen Herren des Landes, des Mamluken Murad Bey. Zwischen ihr und Nadia Chedid hatte sich, begünstigt durch die Nähe ihrer Wohnsitze, eine enge Freundschaft entwickelt.
»Sett Nafissa! Sie sind zu streng mit sich. Ich kenne mehr als eine Frau, die hocherfreut wäre, eine so helle Haut zu besitzen.«
Die Weiße warf der Frau, die sich eingemischt hatte, einen vorwurfsvollen Blick zu.
»Françoise, Sie wissen ganz genau, daß ich falsche Komplimente verabscheue.«
»Dennoch, ich bleibe dabei. Sie haben eine bewundernswerte Haut.«
Françoise Magallon, eine Brünette um die Vierzig, hatte ein freundliches und sympathisches Wesen. Sie war Französin und hatte einen Marseiller Handelsvertreter des Hauses Bardon geehelicht, Charles Magallon, seit kurzem *second député de la Nation française.*[1]
Ihrem Mann zur Seite stehend, verkaufte sie in Ägypten in den Lyoneser Manufakturen hergestellte Borten, Bänder und kostbare Stoffe. Da sie mit Geschick die Koketterie ihrer Kundinnen zu befriedigen wußte, hatte sie sich in der

---

[1] Die Kaufleute bildeten ein Korps, das den offiziellen Namen »Das in Kairo niedergelassene Korps der französischen Nation« trug. Alljährlich erwählten sie zwei Abgeordnete, die sie bei ihrem Konsul vertraten und den Titel des »Ersten« und des »Zweiten Abgeordneten der Nation« innehatten.

weiblichen Welt Kairos eine einzigartige Stellung erworben, die ihr ungehinderten Zugang zu den Harems sowie zu den Frauen der Mächtigen verschaffte; dank dieses Umstandes hatte die französische Obrigkeit Charles Magallon von dem auf den Kaufleuten lastenden Verbot entbunden, ihre Gemahlinnen oder ihre Kinder bei sich zu haben.
»Ich finde, daß unsere Freundin recht hat«, erwiderte Nadia. »Aber wie auch immer, dieses Saphirblau steht dir ungemein.«
Sett Nafissa fuhr sich unwillkürlich durchs Haar, das in gekräuselten Locken auf ihre Schultern herabfiel.
»Nun gut. Ihr seid zu stark für mich. Gleichwohl beharre ich darauf, daß Françoise mir einen besseren Preis machen muß. Bin ich denn nicht ihre treueste Kundin?«
Françoise Magallon, welche die in Ägypten zugebrachten Jahre mit allen Formen des Feilschens vertraut gemacht hatten, zeigte sich über dieses Ansinnen nicht im geringsten überrascht; im Gegenteil, sie antwortete mit ihrem liebenswürdigsten Lächeln: »Sett Nafissa. Geld hat überhaupt keine Wichtigkeit. Sie werden bezahlen, was Sie möchten. Nichts, wenn es Ihnen so beliebt.«
»Geben Sie acht, daß ich Sie nicht beim Wort nehme. Sie würden es bereuen. Aber bleiben wir ernsthaft, ich finde wirklich, daß Ihre Stoffe zunehmend teurer werden. Was geht bloß vor? Sollten die Türken eine Einfuhrsperre auf Tuche verhängt haben?«
Die Französin schien verlegen.
»Darf ich aufrichtig sein? Man müßte Ihren Gemahl, Seine Exzellenz Murad Bey, und seinen Freund Ibrahim fragen. Sie sind die Hauptverantwortlichen für die Verteuerungen.«
»Wenn ich recht verstehe, handelt es sich nach wie vor um dasselbe Problem.«
»Leider ja. Schikanen[1] aller Art prasseln wieder einmal auf

---

[1] In der Sprache der Kaufleute des Morgenlandes bezeichnete der zugrunde liegende Begriff (türk. *awani*, frz. *avanies*) Abpressungen von Geldern.

die französischen Geschäftsleute nieder. Die meisten sind ungerechtfertigt, um nicht zu sagen, alle. Die Häuser Varsy de Rosette, Neydorf, Caffe, Baudeuf, um nur sie zu nennen, stehen am Rande des Abgrunds.«
Dame Nafissa hob die Augenbrauen.
»Der ALLMÄCHTIGE ist mein Zeuge: Ich habe alles Notwendige bei Murad unternommen.«
»Und Charles und ich wissen Ihnen dafür Dank, denn der Druck auf uns hat ja auch nachgelassen. Seit Ihrer letzten Intervention sind jedoch zwei Monate verstrichen. Und vor ein paar Tagen...«
Nafissa unterbrach sie: »Hat alles wieder von neuem begonnen. Sehr gut. Sobald sich die Gelegenheit bietet, werde ich Murad darauf ansprechen.«
»Danke. Tausendfachen Dank. Ich hoffe nur, daß Sie mir meine allzugroße Offenheit nicht übelnehmen. Leider sind Sie die einzige, die Seine Exzellenz zur Vernunft bringen kann.«
»Ich sagte es Ihnen bereits. Ich werde alles tun, was ich kann. Allerdings müssen Sie wissen, daß die Macht einer Ehefrau ihre Grenzen hat. Murads Zornesausbrüche sind furchterregend.«
Nadia Chedid, die bisher geschwiegen hatte, mischte sich in das Gespräch ein.
»Die von Yussef noch weit mehr! Wenn er sich erhitzt, gerät ganz Sabah in Brand.«
Sie schwieg einen Moment und wandte sich an die Französin: »Übrigens, Sie haben doch nicht vergessen, daß morgen abend das Fest stattfindet. Ich hoffe, Charles wird daran teilnehmen?«
»Selbstverständlich. Er ist vor kurzem aus Paris zurückgekehrt. Ich weiß, daß es ihm ein Vergnügen sein wird, Sie wiederzusehen. Und Sie, Sett Nafissa? Sie werden doch auch kommen, nicht wahr?«
Die Weiße nickte geistesabwesend.

»Ganz aufrichtig ... Glaubt ihr wirklich, daß dieses Blau zu meiner Haut paßt?«

*

Hunderte von Fackeln warfen ihr flackerndes Licht auf das Gut von Sabah, und der Zug der Gäste, der sich unter Geplauder und Lachen entlang der Alleen auflöste, riß nicht ab.
Man hatte lange Tischplatten auf Böcke gestellt, auf denen sich vielerlei Gerichte türmten, die die Luft mit dem Wohlgeruch von Kümmel und Anis tränkten: gefüllte Weinblätter, *kubbab* mit Pinienkernen, bunte Salate, Dörrobst und von Honig strotzende Süßigkeiten. Abseits davon drehten sich Hammel im Duft von heißem Öl und Gewürzen an Spießen.
Viereckige Zelte waren in einem Winkel des Gartens aufgeschlagen worden, um die Geladenen vor der nächtlichen Kühle zu schützen. Kohorten von *suffragis*[1] – Sudanesen, mit Dschellabas von makellosem Weiß bekleidet und mit breiten purpurnen Gürteln um den Leib, befleißigten sich, jeden geäußerten Wunsch zu erfüllen. Irgendwo, hinter der dichten Wand der Palmen, stieg der Widerhall einer Laute und einer *darbukka*[2] auf.
Alles was in Kairo Rang und Namen hatte, war an diesem Abend hier versammelt. Ulemas[3] mit Turbanen bekränzt,

[1] Diener
[2] Konische Trommel, die in etwa einem großen Trichter ähnelt
[3] Islamische Religionsgelehrte. Sie sind in zwei Gruppen unterteilt. Die erste entspricht der höheren Justizverwaltung, ein wesentliches Element der osmanischen Herrschaft und Instrument zum Machterhalt der Zentralgewalt. Die andere Gruppe stellt die religiöse Laufbahn dar. Ihre Mitglieder unterrichten in den Moscheen, deren prächtigste die Al-Azhar von Kairo ist. Sie erachten sich als die wichtigsten Berater der Emire, als unerläßliche Mittler zwischen den Mächtigen und der Gemeinschaft der Gläubigen.

koptische Verwalter, Mamluken, osmanische Würdenträger, unter denen sich auch Abu Bakr befand, der Statthalter von Kairo, der Neun-Schweif-Pascha,[1] ein öliges und dickbäuchiges Individuum, das sich unter dem Sternenhimmel bewegte, als sei es überdrüssig, den höchsten türkischen Ehrentitel zu tragen.

In Wahrheit flimmerte diese wunderliche Galaxie verschiedenartigster Persönlichkeiten nur durch die Anwesenheit zweier Menschen: der Ehrengäste der Chedids. Zwei Männer, welche die Stärke und den Ruhm, die Schwäche und das Elend Ägyptens verkörperten: Murad, der Gemahl von Sett Nafissa, und Ibrahim Bey. Beide Mamluken. Beide ehemalige Sklaven,[2] und derzeit, der osmanischen Präsenz zum Trotz, die wahren Herren des Landes.

Hinter dem Anschein brüderlicher Eintracht waren diese beiden Männer ehrgeizige Rivalen und gleichermaßen begierig auf die höchste Macht. Zwischen ihnen herrschte ein fortwährendes Wechselspiel von Streitigkeiten und Aussöhnungen, deren Folgen stets die Bevölkerung zu tragen hatte. Denn das einzige, worüber zwischen den beiden Männern Einklang herrschte, war das System von Erpressungen und Ausplünderungen, mit dem sie nach Lust und Laune das Land zugrunde richteten.

Unter dem Hauptzelt lag Murad Bey halb auf dem Ehrendiwan ausgestreckt, ein Mann um die Fünfzig, rothaarig, untersetzt, die Züge von einem mächtigen Bart verdüstert, der teilweise den langen Säbelschmiß, ein Relikt seiner etlichen Kämpfe, verdeckte. Den prächtigen und schweren

---

[1] Türkische Auszeichnung
[2] Während der Begriff »Sklave« im Abendland mit Demütigung verknüpft ist, betrachtete man es im Orient jener Zeit als Ehre, der Sklave eines Großen zu sein oder gewesen zu sein. Ja, mehr noch, um in jenem türkischen Ägypten geachtet zu sein, mußte man sein Leben in Sklaverei begonnen haben.

Gewändern zog er gewöhnlich die Schlichtheit einer Dschellaba vor, über die er einen Kaftan in seiner Lieblingsfarbe Schwarz warf. An diesem Abend jedoch trug er, wahrscheinlich wegen des Anlasses, ein purpurnes Seidenhemd, das in einer weiten Pluderhose steckte. Ein leinenes Wams und darüber ein mit Marderfell gefütterter Rock bedeckten seinen Oberkörper.
Er beugte sich zu seinem Gastgeber.
»Ein außergewöhnlicher Abend, mein Freund. Ich beglückwünsche dich. Dein Ruf eines Mannes von Geschmack findet hier seine Krönung.«
Yussef erwiderte bescheiden: »Es ist einzig und allein deine Anwesenheit und die meiner Gäste, die diesem Fest Glanz verleiht, Murad Bey. Alle Ehre gebührt dir.«
Der Mamluk wandte sich zu Ibrahim Bey.
»Und obendrein verfügt unser Gastgeber über den Reichtum der Worte.«
Ibrahim pflichtete bei, ohne im Knabbern der goldbraunen Trauben innezuhalten, deren Kerne er auf den Boden spie. Er hob kaum den Kopf, als die Zeltbahnen am Eingang auseinandergezogen wurden und ein Mann von stattlicher Erscheinung eintrat, dem Charles Magallon folgte. Murad Beys Augen hingegen leuchteten auf.
»Carlo Rosetti! Mein Freund. Möge Allah dir leuchten! Ich bin glücklich, dich zu sehen.«
Der Mann machte Anstalten, sich zu verneigen, wodurch er bei dem Mamluken einen betrübten Ausdruck hervorrief.
»Nichts von alldem zwischen uns, Carlo. Sollte ich dir denn fremd geworden sein?«
Magallons Beisein bewußt ignorierend, zog er Rosetti zum Diwan.
»Komm, nimm Platz an meiner Seite.«
Verlegen deutete der Venezianer auf Charles.
»Exzellenz, Sie kennen zweifellos...«

Murad nickte gleichgültig.

»Ja, ja. Sicher. Der Zweite Abgeordnete der französischen Nation ... Aber du, Carlo«, er deutete auf Yussef, »kennst du unseren Gastgeber?«

»Selbstverständlich. Überdies sind wir ein wenig vom selben Blut, da meine Gemahlin ebenfalls griechisch-katholisch ist.«[1]

Rosetti grüßte achtungsvoll.

»Dieser Empfang ist bezaubernd, Yussef Effendi.«

Während er sprach, ergriff der Venezianer Magallons Arm.

»Ich glaube, daß Monsieur le Député Ihnen auch nicht unbekannt ist«, murmelte er mit gezwungenem Lächeln.

»Wie könnte er?« entgegnete Yussef und reichte dem Franzosen herzlich die Hand. »Ihre Gemahlin überhäuft die meine mit den allerschönsten Seidenwaren. Kommen Sie, nehmen Sie Platz.«

Unter Murad Beys verärgertem Blick folgte Magallon der Aufforderung. Mit einer gewissen Grobheit legte der Mamluk seine Hand ostentativ auf Rosettis Schulter und tat den Umstehenden kund: »Wißt ihr, daß ich Carlo seit mehr als sieben Jahren kenne?«

»Sechs«, berichtigte Rosetti.

»Wenn du es sagst. Es war in Alexandria. Gewiß, er war damals noch nicht Konsul von Österreich, sondern einfacher Tuchhändler. Er tauchte mit einem Armvoll Seidenwaren aus Indien, oder was weiß ich woher, bei mir auf. Ich muß erwähnen, daß ich damals keineswegs die Absicht hatte, irgend etwas zu kaufen, nicht einmal den kleinsten Fetzen aus Aleppo. Aber ich hatte nicht mit dem italienischen Charme gerechnet.«

»Venezianischen«, verbesserte wiederum Rosetti höflich.

---

[1] In der Tat hatte Carlo Rosetti die Witwe von Yussef el-Bitar, einem Griechen aus Aleppo, geheiratet. Er war dieser Gemeinschaft eng verbunden.

»Ah! Da erkenne ich diesen Stolz wieder! Oder sollte es Genauigkeitsliebe sein?«
Der Mamluk lachte schallend und richtete schulmeisterlich seinen Zeigefinger auf die Runde: »Niemals einen Venezianer und einen Italiener verwechseln! Das ist eines der Dinge, die unser Freund mich gelehrt hat ... Doch leider bin ich wohl ein schlechter Schüler. Oder ich habe überhaupt kein Gedächtnis.«
»Oh! Murad Bey«, widersprach Yussef, »wozu wäre das Gedächtnis nütze ohne Instinkt und Unternehmungsgeist? Zwei Eigenschaften, die du besser als jeder andere beherrschst.«
»Hörst du, Carlo? Hier ist jemand, der sich auszudrücken versteht. Mit Worten, die Honig für mein Herz sind.«
Er kräuselte die Augenbrauen und sah den Franzosen bitter an.
»Was das betrifft, kann man nicht von allen behaupten, daß sie reich an Honig wären. Nicht wahr, Monsieur Magallon?«
»Exzellenz, insbesondere Ihnen muß ich wohl nicht entdecken, daß es die Bienen sind, die den Honig herstellen. Und den Bienen mangelt es häufig an Diplomatie, wenn sie sich angegriffen fühlen.«
Murad kicherte leise.
»Ich bin untröstlich, aber ich habe nichts verstanden. Offenbar mangelt es mir an Spitzfindigkeit.«
Gallig fügte er hinzu: »Was wollen Sie, ich bin nur ein einfacher Mamluk. Die abendländischen Feinheiten entgehen mir eben.«
Einige gezwungene Lacher ertönten in der Runde.
»Jedenfalls hasse ich Bienen. Ich verachte sie.«
»Ebensosehr, wie Sie das Volk verachten, Hoheit?«
»Das Volk? Wissen Sie denn nicht, daß das Volk wie Sesam behandelt werden muß: Man muß es zermalmen und ausquetschen, um Öl zu gewinnen!«

In dem Zelt herrschte plötzlich eine gespannte Atmosphäre. Yussef, der erbleicht war, warf einen Blick auf seine Gattin, die zutiefst bestürzt Sett Nafissas Hand ergriffen hatte.
Es verstrich eine Weile. Der Mamluk schien auf der Lauer.
Jemand hüstelte. Rosetti suchte Magallons Aufmerksamkeit auf sich zu lenken, der jedoch in Gedanken versunken schien.
Mit leicht bebenden Lippen erhob sich der Abgeordnete langsam und wandte sich an den Gastgeber: »Verzeihen Sie mir, doch es ist schon spät. Und der Weg bis Kairo ist weit.«
»Ich verstehe«, sagte Yussef mit linkischer Eilfertigkeit.
Dann trat der Franzose vor Murad und maß ihn von oben bis unten, bevor er mit gekünstelter Höflichkeit sagte: »Möge die Nacht Ihnen günstig sein, Exzellenz.«
Kaum war er verschwunden, ließ der Mamluk seinem Zorn freien Lauf.
»Ich bin es müde, Leute dieser Spezies ertragen zu müssen! Müde! Diese Brut von *cavadja*[1] ist nur imstande, zu jammern und zu jammern! Aber was wollen sie nur? Wenn sie es nicht zufrieden sind, sollen sie sich doch wieder einschiffen! Das Meer ist weit, die Welt unendlich. Ich wäre der erste, der ihnen ein Boot heuern würde! Morgen, heute abend noch! Allah sei mein Zeuge – sie haben meine Geduld erschöpft.«
Beifällige Stimmen erhoben sich.
Er deutete mit dem Zeigefinger auf den Eingang des Zeltes und fuhr erbittert fort: »Es gibt Grenzen, die nicht überschritten werden dürfen! Sonst könnte das Himmelsfeuer auf ihre Köpfe niederfahren! Carlo, kannst du mir die Gründe dieser ständigen Feindseligkeit erklären?«
Der Konsul holte Luft.
»Murad Bey, Sie wissen, worauf sie beruhen. Die französi-

---

[1] Türkisch: Kaufmann, Fremder

schen Geschäftsleute fühlen ihren Besitz bedroht, und auch ihre persönliche Sicherheit.«
»Es genügt! Ich will von diesen Possen nichts mehr hören! Die abendländische Gemeinde kann sich ja bei den osmanischen Instanzen beschweren. In Istanbul! Ich habe mit all dem nichts zu schaffen!«
»Aber, Murad Bey, es ist doch in Ihrem eigenen Interesse, wenn ich das offen sage. Magallon hat mich soeben über diese neuen Besteuerungen unterrichtet, die man ihnen auferlegen möchte und ...«
»Gewäsch, Carlo! Gerüchte.«
Murad nahm Ibrahim zum Zeugen.
»Hast du schon jemals solche Albernheiten gehört?«
Sein Glaubensbruder setzte sogleich eine entrüstete Miene auf.
»Gleichwohl«, beharrte Rosetti, »das Problem besteht.«
Murad Beys Ausdruck verhärtete sich.
»Diese Leute treiben nicht auf eigene Rechnung Handel, soweit ich weiß! Sie sind nur als Vertreter jener Marseiller Großkaufleute hier, die man die ›Majeurs‹[1] nennt. Ist es nicht so?«
Rosetti nickte.
»Und diese ›Majeurs‹, die strotzen von Gold! Ihr Reichtum übersteigt den des reichsten Mamluken. Also, weshalb stöhnen sie?«
Ibrahim Bey warf ein: »Auf unsere Kosten machen sie wahre Vermögen. Und dies allein durch den Tuchhandel. Wollen Sie das bestreiten, Rosetti?«
»Ehrwürdiger Bey, wir alle wissen, daß die Tuche in diesem Land den Hauptanteil des Handels ausmachen, und sozusagen die einzige Einnahmequelle der französischen Etablissements. Außerdem müssen Sie anerkennen, daß die Qualität ...«

---

[1] Höchste, Magnaten *(Anm. d. Ü.)*

»Reden wir von der Qualität! Wann immer es ihnen möglich ist, übertölpeln uns die Fabrikanten. Sie knüpfen die Fäden etwas dichter und geben sie für englische Tuche aus. Ist dies etwa kein zutiefst schändliches Betragen?«
»Andererseits«, erwiderte Murad Bey, »wenn es darum geht, ihnen Weihrauch oder Myrrhe zu verkaufen, sträuben sie sich, die üblichen Preise zu zahlen. Selbst Sennesblätter werden uns lediglich für eine Handvoll Datteln abgekauft.«
Der Geschäftsträger setzte eine ohnmächtige Miene auf.
»Es ist nicht die Schuld der Importeure, wenn die abendländischen Ärzte sie den Kranken nicht mehr verschreiben und die Apotheker sie sich infolgedessen nicht mehr beschaffen.«
Murad brach in ironisches Lachen aus.
»In der Tat. Wenn fürderhin die Geschäfte schlecht gehen, dann sind die Apotheker dafür verantwortlich ... Was muß man sich nicht alles anhören!«
Wieder heischte er nach Ibrahims Unterstützung. Man hätte meinen können, die beiden Herren wären Zwillinge.
Eine ganze Weile verging, bis sich die Züge des Mamluken zu entspannen schienen. Er ließ sich schwer zwischen die Kissen fallen.
»Du ermüdest mich, Rosetti Effendi. Weshalb? Wegen fünfzig Kaufleuten?[1] Wir werden über all dies ein andermal reden. Bist du einverstanden? Aber beim Propheten, laß mich heute abend mein Vergnügen genießen.«
Wem die Freundschaft, welche die beiden Männer verband, unbekannt war, konnte diesen Rückzieher des Mamluken für Schwäche halten.
Der Venezianer nickte niedergeschlagen.

---

[1] Zu jener Zeit waren achtzig Europäer, darunter ungefähr fünfzig Franzosen, in Kairo ansässig. Genaugenommen gab es acht französische Handelshäuser, fünf venezianische und livornesische und einige englische Häuser.

»Wie Sie wünschen, Murad. Auf keinen Fall möchte ich Sie verdrießen.«
Doch die Abbitte des Geschäftsträgers kam zu spät. Die festliche Stimmung war verflogen.

*

Scheherazade, die sich aus dem Fenster ihres Zimmers lehnte, war nichts von den Lustbarkeiten entgangen. Fasziniert erkundete sie alle Einzelheiten jedes Gewandes, die Bewegung der Tuniken und vor allem das Aussehen der abendländischen Kleider und des märchenhaften Schmucks. Sie hätte zu dieser Stunde bereits schlafen müssen, doch das kümmerte sie wenig. Weshalb hatte man ihr nicht erlaubt, sich diesen Leuten hinzuzugesellen? Weshalb diese ungerechten Einschränkungen des Alters? Hätte sie, gleich ihrem älteren Bruder, die Wahl gehabt, sie hätte sicherlich nicht den Hauch eines Zauderns verspürt. Zu ihrer großen Verwunderung jedoch hatte Nabil strikt abgelehnt. Als sie ihn danach befragt hatte, hatte er sich damit begnügt, ihr mit unglaublicher Verachtung zu entgegnen: »Du weißt nichts über das Leben, Scheherazade. Nichts. Du bist nur eine dumme Gans, deren Blick nicht weiter als bis zur Spitze ihrer Sandalen reicht.« Als sie beharrte, hatte er mit noch größerer Überheblichkeit geantwortet: »Unser Vater lebt auf Knien. Ich, ich werde mit erhobenem Haupt leben. Ich habe nichts gemein mit diesem widerwärtigen Unrat.«
Im Gegensatz zu ihrem Bruder hatte Samira sich nicht bitten lassen. Und das Mädchen hatte sie neidisch belauert, während sie von einem Kleid ins andere schlüpfte, ihre Schminke prüfte oder wie ein aufgeregter Schmetterling vor dem Spiegel herumschwirrte.

Scheherazade beugte sich etwas weiter hinaus und versuchte, die junge Frau unter den Gästen zu entdecken. Sie betrachtete aufmerksam jede einzelne Gestalt, bemühte sich, in dieser verschwenderischen Fülle an vom schummrigen Licht der Fackeln gedämpften Farben Samiras Organdy-Kleid zu erspähen. Wo konnte sie nur sein? Sie war überzeugt, sie noch einige Minuten zuvor im Gespräch mit einem abendländischen Paar gesehen zu haben. Sollte sie ihr Zimmer aufgesucht haben? Das hätte sie gewundert. Sie kannte ihre Schwester gut genug, um zu wissen, daß sie eine solche Abendgesellschaft niemals verlassen hätte, bevor sie nicht alle Vergnügungen ausgeschöpft hatte.

War sie es nicht, die sich dort mit langsamen Schritten in Richtung der dichten Baumgruppe entfernte und dabei flüchtige Blicke über ihre Schulter warf? Was heckte sie aus? Immer weiter schlich sie sich davon. Bald würde sie allen Augen entschwunden sein.

Das letzte, was Scheherazade sah, war das Organdy-Kleid, das in der Luft zu schweben schien, bevor es von der Nacht verschluckt wurde.

*

»Ich dachte schon, du kommst nicht mehr«, flüsterte der Mann, als er Samira auf sich zukommen sah.
»Es war nicht einfach. Meine Eltern ... Diese ganzen Leute. Aber ich hatte es versprochen. Hast du vergessen, daß ich meine Versprechen zu halten pflege?«
Mit koketter Miene wirbelte sie herum.
»Gefalle ich dir?«
»Wie immer.«
Er suchte ihr Handgelenk zu umfassen, doch sie entwand sich ihm in einer neuerlichen Pirouette.
»Warum? Wir haben so wenig Zeit. Du kannst dir nicht vorstellen, welche Listen ich mir ausdenken mußte, um heute hier eingeladen zu werden.«
»Du bist aber doch eine bedeutende Person.«

Der fragende Tonfall war unüberhörbar.
»Sicherlich! Was denkst du? Ich bin gefürchtet und geachtet!«
»Wie gut. Ich würde es nicht ertragen, wenn mein Geliebter ein Niemand wäre.«
Er versuchte, sie zu umarmen, doch sie entzog sich ihm.
»Bist du sicher, daß du mich liebst?« fragte sie mit zweideutigem Lächeln.
»Ich verzehre mich nach dir.«
»Wirklich?«
Er runzelte die Stirn.
»Hör mal, Samira, welches Spiel treibst du? Habe ich dir in den drei Monaten, seit wir uns kennen, nicht hundertmal meine Liebe bewiesen?«
»Vielleicht. Aber hast du, mein Liebster, in den drei Monaten denn nicht bemerkt, wie gierig ich bin? Wie unersättlich?«
»Wie gierig? ...«, wiederholte er verwirrt. »Ja, das habe ich bemerkt.«
Er sah sie weiter an, mit einem Blick, der animalische Sinnlichkeit verriet, doch er versuchte nicht mehr, sie an sich zu ziehen.
Sie war es, die sich ihm näherte.
Mit wohlbedachter Langsamkeit hakte sie die drei obersten Knöpfe seiner Tunika auf und entblößte teilweise seinen Brustkorb.
»Ich liebe deine Haut ...«
Er rührte sich nicht und erlaubte ihren Fingern, sich unter den damastenen Stoff zu stehlen.
Sie streichelte ihn sacht. Ihre Handfläche war kalt, aber sanft.
Sie drückte sich an ihn. Unbefangen schlich ihre Hand zum Schritt des Mannes und blieb darauf liegen.
Sie flüsterte: »Du weißt nicht, wie gierig ich ...«
Er ließ sie den Satz nicht beenden. Ungestüm nahm er ihre Lippen, küßte sie leidenschaftlich. Zugleich umfingen seine Hände ihre Taille, glitten unter ihre Hüften, schürzten fieber-

haft das Kleid, um ihre Schenkel, die Wölbung ihrer Lenden, geheimere Stellen ihres Körpers zu spüren. Die junge Frau ließ ihn gewähren, wie von einer Art stummem Ruf angezogen, der jeglichen Widerstand in ihr brach, und ihre Hände gruben sich in die Schultern des Geliebten. Mit fast unhörbarer Stimme sagte sie: »Du bist schön. Schön wie eine Sonne.« Wieder trank er an ihren Lippen.

Und fürwahr, in seinem Gewand eines Janitscharen der sechsten Kompanie glich der Türke Ali Torjman einem Halbgott.

3. KAPITEL

Karim saß auf den Stufen des Haupteingangs und beobachtete seinen Vater Suleiman, der im Begriff war, eines der Beete zurückzuschneiden, die rund um das Herrenhaus blühten. Obwohl bereits die ersten Tage des Novembers angebrochen waren, hatte der Sommer noch keineswegs die Waffen gestreckt.
»Ich bewundere dich, Vater. Du kannst stundenlang arbeiten, ohne zu ermüden.«
Suleiman seufzte.
»Ich wünschte, du könntest das auch!«
»Was immer ich auch mache, du weißt, daß ich es dir nie gleichtun könnte.«
»Dennoch habe ich dir alles beigebracht, was ich weiß. Seit dem Tode deiner Mutter, du konntest damals gerade erst laufen, habe ich dir jede Blume gezeigt, habe dich ihre Namen, Formen und Farben gelehrt. Was hast du bis heute davon behalten, da du in dein siebzehntes Jahr treten wirst? Fast nichts. Weißt du, wieviel Wasser eine Palme benötigt? Zu welcher Jahreszeit man umtopfen kann? Kannst du den Duft des *fol*[1] von dem des Jasmin unterscheiden?«
»Ist es meine Schuld, wenn die Pflanzen verblassen, sobald ich mich ihnen nähere, als verströmte mein Mund den Chamsin?[2] Die Wahrheit ist, daß die Blumen mich nicht mögen.«

---

[1] In Ägypten weitverbreitete Jasminart
[2] Trockenheißer Wind in Ägypten, dem Schirokko entsprechend. Er tritt im allgemeinen zum Winterende oder an den ersten Frühlingstagen auf. Sein Name *chamsin* ist von dem arabischen Wort »fünfzig« abgeleitet, was auf die Dauer von fünfzig Tagen verweist, während der er wehen kann.

»Hast du dir nie überlegt, daß es auch umgekehrt sein könnte?«
Suleiman hielt dem Jungen seine Baumschere unter die Nase.
»Mein Sohn, wenn du nicht bald Vernunft annimmst, wirst du dich irgendwann als Bettler vor den Toren der Moscheen wiederfinden, oder bestenfalls als Träger an der Anlegestelle von Bulaq.«
Unvermittelt, als sei es ihm eben erst in den Sinn gekommen, fragte er: »Übrigens, wo warst du heute morgen? Ich habe dich überall gesucht.«
Karim schluckte schwer. »Ich ... Ich war ...«
»Am Kanal, ist es so?«
»Ja, ja ... am Kanal.«[1]
Suleiman sah seinen Sohn scharf an.
»Sagst du die Wahrheit?«
Karim antwortete nicht.
»Möge Allah, der ALLMÄCHTIGE, dir gnädig sein ...«
Er seufzte und fuhr in betrübtem Ton fort: »Wahrlich, du bist ein hoffnungsloser Fall ... Du warst nicht am Kanal, sondern am Fluß. Nicht wahr?«
Mit einer drohenden Geste näherte er die Baumschere Karims Nase.
»Nimm dich in acht! Ich warne dich und rate dir, deine Zunge siebenmal im Munde umzudrehen, bevor du eine weitere Lüge hervorbringst.«
»Ja, Vater. Es stimmt. Ich bin bis zur Insel Roda gegangen.«
Suleiman erstarrte.
»Daß der Herr der Welten dich in seiner Barmherzigkeit behüten möge. Was treibst du dort bloß stundenlang? He? Willst du mir wohl antworten? Was suchst du im Wasser des Nils? Glaubst du, den Lauf des Flusses umkehren zu können, indem du ihn nur ansiehst? Hältst du dich für den Propheten?«

---

[1] In jener Zeit durchzog Kairo ein Kanal von Ost nach West.

»Ich mag es, die Feluken dahinsegeln zu sehen. Das ist alles.«
»Das ist alles. Und du findest das in Ordnung? Hör mir gut zu, mein Sohn. Ich werde nicht ewig leben. An dem Tag, an dem ich mein Zelt abbrechen werde, wirst du allein auf der Welt sein. Die Familie Chedid ist gütig und großherzig, aber die Gärten von Sabah müssen von einem befähigten und ernsthaften Mann unterhalten werden. So groß sein Herz sein mag, wird unser Herr dich vor die Tür setzen, wenn du deinen Pflichten nicht nachkommst. Und das wäre nur gerecht. Verstehst du?«
»Ja, Baba.«
»Das ist keine Antwort.«
»Ich verspreche dir, mir Mühe zu geben.«
Suleiman sah seinen Sohn prüfend an, während er mit der Baumschere auf seine Handfläche schlug: »Und du wirst nicht mehr in die Hauptstadt gehen. Nie wieder.«
Karim fuhr hoch.
»Wie?«
»Du hast mich genau verstanden. Ich will dich dein Leben nicht mehr vergeuden sehen.«
Der Junge starrte ihn flehentlich an.
»Nein, nicht das, Vater!«
»Dies ist mein Entschluß, Karim. Ich werde nicht mehr davon abrücken.«
»Aber wenn ich mich anstrenge. Wenn du mir nichts mehr vorzuwerfen hättest? Ich bitte dich ...«
»Ich wiederhole: Es kommt nicht mehr in Frage!«
Karims Augen verschleierten sich mit Tränen.
Den Fluß nie wieder sehen. Nie wieder den Anblick der übers Wasser eilenden Schiffe. Und Papas Oglu ... Seit ihrer ersten Begegnung vor vier Monaten hatte er niemals auch nur eines ihrer Treffen versäumt. Ja, mehr noch, der Grieche hatte begonnen, ihn als seinesgleichen zu behandeln, und zwischen beiden hatte sich eine aufrichtige Freundschaft

entwickelt. Er hatte angefangen, ihn die Geheimnisse der Schebecke, die Handhabung der Kanonen zu lehren. Er hatte ihn sogar die herrliche *Popi* steuern lassen, eine ganze Stunde lang. Was würde er denken, wenn Karim ohne Nachricht ausblieb?

*

Mit hängenden Schultern hatte er wie ein Schlafwandler den halben Garten durchquert, immer geradeaus, ohne genau zu wissen, wohin er ging. Eine Welt war zusammengebrochen, der Nil hatte sein Bett verlassen und ertränkte all seine Gedanken.
In einer Art Nebel erkannte er schließlich die glockenhelle Stimme Scheherazades.
»Karim!«
Er vernahm das Geräusch von Schritten, und plötzlich stand das Mädchen vor ihm.
»Hat man dir die Zunge abgeschnitten? Was sind denn das für Sitten?«
Mit einer energischen Bewegung schob er sie von seinem Weg und ging weiter, den Schritt beschleunigend.
Schimpfend lief sie ihm nach: »Hat die Sonne dir das Hirn verflüssigt? Was soll diese Unhöflichkeit? He?«
»Laß mich in Frieden, Scheherazade! Ich bin nicht in der Laune zu spielen.«
Er war stehengeblieben, und seine Lippen zitterten etwas.
Erst in diesem Augenblick bemerkte sie, daß die Augen des Jungen von Tränen gerötet waren.
Sie stammelte: »Aber ... was ... was ist geschehen?«
Er war bereits weitergegangen.
Erschüttert über das, was sie in ihm zu lesen geglaubt hatte, wagte sie nicht mehr, ihn zu bedrängen, beschränkte sich darauf, ihre Schritte in seine Spuren zu setzen.
Bald tauchten die ersten Ausläufer der Wüste auf. Am Rande

des Horizonts ließen sich die ungleichmäßigen Umrisse der Sphinx und der drei Pyramiden, der steinernen Wächter, erahnen.
Am Kamm einer Sichel angelangt, hielt Karim endlich inne und ließ sich in den Sand fallen.
Fast hätte sie sich neben ihn gesetzt, doch sie besann sich und nahm etwas abseits Platz.
Er war es, der die Stille brach.
»Du respektierst wohl nie irgend etwas?«
Ohne den Kopf zu heben, fragte sie leise: »Was ist respektieren?«
»Andere in Ruhe zu lassen, wenn sie es verlangen.«
»Ich verstehe...«
»Du verstehst? Und was tust du dann hier?«
»Und du?«
»Ich bin es, der die Fragen stellt!«
Er packte eine Handvoll Sand und warf ihn in ihre Richtung.
Wieder senkte sich Stille herab, kaum vom Gesang des Windes getrübt.
Scheherazade murmelte: »Hast du es bemerkt?«
»Was?«
»In der Wüste hört sich die Stille wie das Rauschen des Meeres an.«
Er lachte spöttisch.
»Du willst also schon einmal am Meer gewesen sein.«
»Ja, sicher.«
»Und wann war das, Prinzessin?«
»Vor ein paar Jahren. Drei oder vier vielleicht. Wir verbrachten unsere Sommerfrische in Alexandria.«
Ein flüchtiger Verdacht blitzte in seinen Augen auf.
»Machst du dich über mich lustig?«
»Aber nein. Du brauchst ja nur meine Eltern zu fragen!«
»Sag, du lügst nicht? Du hast tatsächlich das Meer gesehen?«
»Na, hör mal! Was ist daran so außergewöhnlich? Ja, ich sage es dir nochmals, ich habe das Meer gesehen. Wenn du willst,

werde ich dir die Muscheln zeigen, die ich von dort mitgebracht habe. Ich habe Dutzende in allen Farben, weiße ...«
»Wie ist es? Sag.«
»Ich verstehe nicht.«
»Erzähl! Das Meer, wie ist es?«
Sie schien nachzudenken.
»Es ist groß ...«
Sie wies mit dem Finger auf die Weite des Sandes.
»So groß wie all das hier.«
Er fragte: »Und es ist schön, nicht wahr?«
Sie zuckte gleichgültig die Schultern.
»Warum all diese Fragen? Hast du das Meer nie gesehen?«
Karims Gesicht verriet Anspannung. Er betrachtete die Dünen mit solcher Eindringlichkeit, daß man hätte glauben können, er suchte Spuren von Gischt.
»Mein Vater will, daß ich nicht mehr zum Fluß gehe. Nie mehr.«
Er erzählte ihr von Papas Oglu, der Feluke mit den Kanonen.
»Bist du deshalb so betrübt?«
Er stimmte zu, und sein Blick verdüsterte sich wieder.
Aus Furcht, der Tonfall ihrer Stimme verriete ihre eigene Gemütsbewegung, oder sie könnte sich des Weinens nicht mehr erwehren, schwieg sie. Schließlich stand sie behutsam auf und setzte sich neben ihn. Mit einer schüchternen Geste legte sie dem Jungen nur die Hand auf die Wange. Er zeigte keine Reaktion. Ermutigt rückte sie näher an ihn heran. In einer erstaunlich weiblichen Anwandlung suchte sie ihn in ihren Armen zu bergen und an sich zu drücken. Seltsamerweise stieß er sie nicht zurück, wehrte sich nicht, äußerte nicht einmal Erstaunen, während sie einige Tränen mit der Fingerspitze auflas, um sie an ihre Lippen zu führen.
»Das ist doch nicht so schlimm.«
»Nicht schlimm?«
Er machte sich verstört von ihr los.

»Wie kannst du nur so etwas sagen?«
»Weil es wahr ist. Wenn dir so sehr an deinen Spazierfahrten auf dem Nil liegt, sehe ich nicht, wer dich hindern könnte, einfach hinzugehen.«
»Hast du denn nichts begriffen? Mein Vater hat mir das Versprechen abgenommen. Nie mehr, hat er gesagt!«
Mit unbekümmerter Miene nahm sie ein wenig Sand und ließ ihn durch die Finger rieseln.
»Ist der Fluß denn wichtig für dich?«
»Er ist mein Leben.«
Sie drang weiter: »Ist er wirklich sehr, sehr wichtig?«
»Mehr als alles auf der Welt.«
»Dann mußt du trotzdem hingehen.«
»Soll ich meinen Vater anlügen?«
»Er muß es ja nicht wissen.«
»Und die Lüge schert dich wohl gar nicht?«
»Du hast doch gesagt, daß ans Flußufer zu gehen dein größtes Glück ist. Nichts auf der Welt darf uns daran hindern, ein großes Glück zu leben.«
Er wußte nicht, was er antworten sollte, und sah sie fassungslos an. Was sie gerade gesagt hatte, klang so ungemein logisch. Doch andererseits...
»Weshalb ist der Fluß denn so wichtig für dich?«
Stolz erwiderte er: »Weil ich eines Tages Großadmiral sein werde.«
Scheherazade riß die Augen erstaunt auf.
»Großadmiral?«
»Ganz genau.«
»Aber Ägypten ist eine Wüste!«
»Sei nicht töricht. Wir haben auch ein Meer. Du hast es doch gesehen, oder?«
»Um Admiral zu sein, braucht man aber Schiffe, nicht?«
»Ich werde Schiffe haben.«
»Sicher doch – du wirst sie dir mit deinem Gärtnerlohn kaufen.«

Er stand mit einem Ruck auf.

»Du bist albern. Gehen wir heim.«

»Aber nein, warte ein wenig. Erklär es mir.«

»Das ist doch ganz klar, oder? Wenn ich groß bin, werde ich Qapudan Pascha. Das ist alles.«

Sie erhob sich ebenfalls und warf sich in die Brust.

»Dann werd' ich das auch.«

Er zuckte mit den Achseln.

»Du weißt, daß das unmöglich ist. Jetzt komm. Mein Vater wird denken, daß ich wieder in die Hauptstadt entwischt bin.«

Während sie ihm auf dem Fuß folgte, fragte sie: »Reist so ein Admiral weit?«

»Bis ans Ende der Welt.«

»Lange?«

»Monate.«

Sie packte ihn am Ärmel seiner Dschellaba.

»Und ich?«

»Wie, du?«

»Was wird aus mir während dieser ganzen Zeit?«

»Wie meinst du das?«

»Wenn du ans Ende der Welt fahren wirst, was wird dann aus mir? Hast du daran nicht gedacht?«

»Was redest du da? Du hast doch deine Familie, oder?«

Sie ballte die Fäuste.

»Dauernd sagst du, daß ich albern bin. Dabei gibt es auf der ganzen Welt keinen Dümmeren als dich!«

»Hast du den Verstand verloren?«

Sie wechselten kein einziges Wort mehr. Erst als sie schließlich in Sichtweite des Anwesens angelangt waren, rief Scheherazade aus: »Ich habe nachgedacht.«

Er sah sie über die Schulter an; der feste Ton, in dem sie es sagte, machte ihn neugierig.

»Ich habe nachgedacht«, fuhr sie fort. »Ich werde nicht Qapudan Pascha. Ich werde Königin des ganzen Reiches.«

Er brach in schallendes Lachen aus.
»Prinzessin genügt dir wohl nicht mehr?«
»Eine Königin hat mehr Macht.«
Verschmitzt fragte er: »Und was wird die Königin mit ihrer Macht tun?«
Da sie schwieg, wiederholte er seine Frage.
Sie schaute ihn lange an.
»Die Königin wird befehlen, daß kein Schiff jemals den Hafen verlassen darf.«

*

Trotz der späten Stunde wimmelte das Viertel Zwischen-den-zwei-Palästen von Menschen. Es war das schlagende Herz Kairos, von Nord nach Süd von der Kasaba durchzogen, dem Rückgrat der Stadt seit der fatimidischen Gründung. Hier schwirrte die Luft ohne Unterlaß, von Geräuschen und Düften gesättigt. Die wunderlichsten Gerüchte waren über dieses Viertel im Umlauf. Man erzählte von Männern, die den jungen Knaben und Frauen nachstellten. Man behauptete gar, daß so zusammengefundene Paare sich während des Gehens wollüstigen Berührungen hingäben, ohne daß irgend jemand, des dichten Gedränges der Menge wegen, dessen gewahr wurde. Ob man diesen Geschichten nun Glauben schenken mochte oder nicht, mußte man doch zugeben, daß in diesem Treiben alles möglich schien.
Zu ebendieser Zeit, da Nabil Chedid die Kasaba durchquerte, mochten dort mehr als fünftausend unterwegs sein. Sie schritten einher, drängelten, trabten auf Maultieren, von einem Strudel fortgetragen, von den Rufen der Eseltreiber und der Bettler betäubt. Einige Frauen aus dem Volke, in schwarzen Gewändern, das Antlitz hinter ihrem *tailasan*[1] verborgen, führten ihren Überdruß durch die Gassen spazieren. Von Zeit zu Zeit,

---

[1] Schleier

wenn auch recht selten, ließ sich an ihrem von Stickereien und Gold überladenen Kleid oder an ihrem schillernden Kaschmir die hierher verirrte Gemahlin eines Würdenträgers erkennen. Fortwährend darauf bedacht, nicht auf ein Kind zu treten oder einen Bettler umzustoßen, bahnte sich der junge Mann seinen Weg durch dieses Gewühl, ständig gequetscht und geknufft.
Endlich gelang es ihm, in ein weniger belebtes, zwischen verfallenes Gemäuer gezwungenes Gäßchen zu schlüpfen. Er bog nach links und ging am Bayt al-Qadi entlang, dem Justizviertel, wo sich die Aufsichtsbehörden der Zünfte und Märkte befanden. Bald tauchten die ersten Läden des Kahn al-Khalili auf, jener irren Karawanserei, welche aufgrund ihrer beiden alleinigen Zugangswege in relativer Abgeschiedenheit lag.
Bajadere-Behänge wallten in Kaskaden über die Hauptgasse, die von grellem Licht überflutet war. Zwischen der al-Muizz-Straße und der Sajjidna-al-Husein-Moschee drängten sich Dutzende von Krambuden aneinander, von denen manche nicht größer als ein Kabuff waren. Vor fast fünf Jahrhunderten vom Mamluken-Sultan al-Khalili, Sohn des Kalaun, gegründet, war dieser Markt unter den indolenten Blicken der Nargileh-Raucher stetig angewachsen. An diesem Ort scharten sich auch ausländische Geschäftsleute und Handelsreisende – Türken zumeist –, die hier Ställe für ihre Lasttiere fanden, Lager für ihre Waren und Herbergen für sich selbst. Wie zu Zeiten des Sultans vermischten sich feinste Düfte mit widerlichen Gerüchen, wetteiferten Amber mit Weihrauch und Kupfer mit Gold in einem Lodern aus Staub und bratendem Fett.
Nabil Chedid drängte sich durch die vielfarbige Masse, in der Kerzenhändler, vor Tischen mit Stapeln von *asper* und *para*[1] sitzende Geldwechsler und barfüßige Kinder mit ver-

---

[1] Münzeinheiten

schmierten Frätzchen kunterbunt aufeinanderfolgten. Das infernalische Stimmengewirr übertönten die Rufe der in Leder und Kniehosen gekleideten Wasserträger.
Janitscharen überwachten dieses unablässige Tohuwabohu und gemahnten an die osmanische Ordnung.
Kurzhalsig in ihren Tuniken steckend und mit weißen, musselinverzierten Filzhauben bekränzt, schritten sie mit einem Säbel am Gürtel oder einer Muskete um die Schulter gelassen einher. Unter allen von den Türken mit der Überwachung der Hauptstadt betrauten Milizen waren sie bei weitem die mächtigsten. Ursprünglich stammten diese Soldaten aus der bei den Eroberungszügen unterworfenen christlichen Bevölkerung. Noch als Knaben hatte man sie ihren Familien entrissen, zum Islam bekehrt und in eigens auf das Kriegshandwerk ausgerichteten Schulen ausgebildet.
Als Nabil auf ihre Höhe kam, begann sein Herz heftig zu pochen. Hätte er ahnen können, daß jener Aga, jener schneidige Hauptmann, der sie anführte, kein anderer als Ali Torjman, der Geliebte seiner Schwester, war?
Im Drang, seinen Schritt zu beschleunigen, stieß er gegen eine fette Frau, deren Schädel unter einem ungeheuren Bündel verborgen war, das wie durch Zauberei im Gleichgewicht blieb. Er stammelte einige entschuldigende Worte und ging weiter.
Einige Augenblicke später erreichte er den Eingang eines schmuddeligen Wohnhauses. Nachdem er sich davon überzeugt hatte, daß er außer Sicht der Milizen war, stieß er die Tür auf und verschwand rasch im Innern.
Eine wurmstichige Treppe ragte vor ihm auf. Ohne Zögern erklomm er die Stufen bis zum zweiten Stockwerk und hielt an der Schwelle der einzigen Wohnung inne. Zwei kurze Schläge. Eine Pause. Drei Schläge. Schritte wurden laut. Der Flügel schwang zur Seite und ließ einen jungen Mann erkennen, der offenkundig im selben Alter wie er war.

»Butros, mein Freund, der Friede sei mit dir...«
»Und auch mit dir... Tritt schnell ein. Alle sind da.«
Die kleine Kammer, in die er geführt wurde, war mit großen Körben und bunt zusammengeworfenen Gegenständen vollgestellt. Das einzige Fenster hatte man mit einem Leinenvorhang verhüllt, und der Raum war von Schatten erfüllt. Nach dem strengen Duft und dem zarten Rauchfädchen zu urteilen, das waagrecht über den Ballen schwebte, hatte jemand Weihrauchkügelchen angezündet. Drei Personen saßen auf einem zu diesem Anlaß ausgerollten Teppich.
Der junge Mann, der Nabil geöffnet hatte, übernahm die Vorstellung: »Salah, Osman und Charif. Osman ausgenommen, der mit seinem Vater arbeitet, wie wir Studenten der Azhar.«
Nabil begrüßte sie herzlich, während Butros wieder das Wort ergriff: »Verzeiht mir, euch in einem solchen Wirrwarr zu empfangen, aber wir befinden uns hier im Lager meines Vaters, der, wie ihr wißt, einen Laden in der al-Muizz-Straße führt. Es ist nicht so prunkvoll wie ein *diwan*,[1] aber mehr kann ich euch nicht bieten.«
»Bestens«, sagte Osman. »Was kümmert der Ort, es ist die Qualität der Versammlung, die zählt.«
Seine Bemerkung löste beifälliges Gemurmel aus.
»Ich erinnere euch, daß wir auf Anregung unseres Bruders Nabil hier zusammengekommen sind. Seit langem schon trugen er und ich uns mit dem Gedanken. Ich gestehe offen, anfangs gezaudert zu haben, denn ich fand den Schritt gefährlich. Nabil weiß das, wir haben häufig darüber disputiert.«
Ein einverständliches Lächeln umspielte seine Lippen.
»Was die Mittelmäßigkeit unserer Jahresabschlußzeugnisse erklärt.«

---

[1] Persisch-türkisches Wort, das Staatsrat bedeutet. Bezeichnung für alle Räume, in denen muslimische Herrscher oder deren Premierminister Sitzungen abhalten oder Audienzen geben.

In ernstem Ton fuhr er fort: »Schließlich habe ich jedoch meine Meinung geändert, und mein Wunsch, der Sache zu dienen, hat meine Ängste vertrieben. Nichtsdestotrotz bin ich überzeugt, daß Vorsicht unsere Losung sein muß. Dies alles muß geheim bleiben. Eine Vertraulichkeit, ein unbedachtes Wort, und es wäre das Ende. Ihr wißt so gut wie ich um die Gefahr, der wir uns aussetzen, wenn wir unsere Zusammenkünfte fortsetzen. Doch was diesen Punkt betrifft, möchte ich Nabil das Wort erteilen.«
Der Sohn des Yussef Chedid erhob sich zwischen den Ballen. »Ich bin griechisch-katholisch, Butros ist Kopte, Osman, Salah und Charif sind Muslime. Wir haben uns hier versammelt, weil uns über unsere religiösen Vorstellungen hinweg ein und derselbe Glaube, dieselbe Liebe für unser Land eint. So ist es doch?«
Alle stimmten zu.
»Ägypten ist nur noch ein gigantischer Fronhof, dessen einzige Berufung es ist, der Pforte seinen jährlichen Tribut zu entrichten. Man hat uns völlig enteignet. Wohin ich mich auch wende, sehe ich nur Anpassung und Feigheit. Die Alten leben in Sklaverei, begünstigen die Unterdrückung, gehen sogar so weit, sie zu unterstützen, sobald sie meinen, irgendeinen Vorteil daraus ziehen zu können. Unsere Magister in der Universität schweigen. Selbst unser Rektor, der ehrwürdige Ulema, der Scheich al-Sadat, der es doch gewohnt ist, die Leute mit Hochmut und Verachtung zu behandeln, beugt sich wie eine Memme vor den osmanischen Herrschern. Seit beinahe zwei Jahrhunderten besetzen die Türken unser Land; die Mamluken ziehen hieraus allen Nutzen. Was wird unter diesen Bedingungen aus uns werden? Was wird mit Ägypten geschehen, wenn wir uns nicht auflehnen?«
Nabil verstummte, um die Wirkung seiner Worte zu ermessen. Augenscheinlich befriedigt, fuhr er fort: »Ich glaube, daß es Zeit ist, den Widerstand zu formieren. Zeit, den Jahrhunderten der Unterwerfung ein Ende zu setzen. Die

Reichtümer Ägyptens müssen wieder an Ägypten zurückfallen.«
Es entstand ein leichtes Schwanken unter den jungen Leuten.
Salah, der jüngste von ihnen, fragte: »Den Jahrhunderten der Unterwerfung ein Ende setzen, gewiß, aber wie?«
Osman fügte hinzu: »Du bildest dir doch wohl nicht ein, daß wir fünf die osmanische Armee und die mamlukische Kavallerie überrennen können.«
»Sie würden uns lebendig auffressen«, rief Butros.
»Kuftas, sie würden Kuftas aus uns machen«, überbot ihn Charif mit belustigtem Lächeln. »Oder gar...«
Der Sohn des Chedid unterbrach ihn: »Hört mich doch an. Heute sind wir fünf. Morgen aber werden wir zehn sein, dann hundert, dann einige tausend. Nehmt unsere Zusammenkunft zum Beispiel. Ich habe unseren Freund Butros überzeugt, und dieser hat Charif und Osman gefunden, die wiederum Salah mitgebracht haben. Es würde genügen, auf gleichem Wege fortzufahren und weitere junge Leute zu gewinnen, die unsere Ideale teilen. Und bei meinem Leben, ich versichere euch, die Stunde wird kommen, in der wir zahlreich genug sind, um zu handeln.«
»Das kann Monate dauern«, gab der Kopte zu bedenken. »Vielleicht sogar Jahre.«
Nabil blieb unerschütterlich.
»Wir besitzen eine Kraft, deren ihr euch vielleicht nicht bewußt seid und die alle Spahis[1] des Reiches aufwiegt.«
»Von welcher Kraft sprichst du?«
»Na, von unserer Jugend! Der Älteste von uns bin ich, und ich bin gerade fünfundzwanzig Jahre alt. Glaubt ihr nicht, daß uns dies reichlich Zeit läßt? Außerdem gibt es noch einen anderen Faktor, der ebenso bedeutsam ist wie die Jugend. Es liegt nicht in meiner Absicht, euch eine Ge-

---

[1] Reitersoldaten *(Anm. d. Ü.)*

schichtsvorlesung zu halten; unseren Magistern der Azhar verbleibt ja noch einige Kompetenz, wenngleich ein derartiger Diskurs von ihren Lippen unvorstellbar wäre.«
Die jungen Leute pflichteten mit sarkastischem Kichern bei.
Nabil fuhr fort: »Seit den Zeiten von Sultan Selim I. halten Mamluken und Osmanen nicht inne, sich gegenseitig zu zerfleischen. Und heute, Murad und Ibrahim Bey gegenüber, bleibt die PFORTE noch immer genauso machtlos. Istanbul kann Ägypten mit noch so vielen Truppenkontingenten überschwemmen, die beiden Schlangen herrschen weiterhin mit allergrößter Verachtung.«
»Was versuchst du uns zu sagen?« fragte Butros mit einem Deut Ungeduld.
»Ganz einfach, daß diese Rivalität zwischen Türken und Mamluken sich letztlich zu unseren Gunsten auswirken wird. Dadurch, daß sie sich andauernd zu vernichten suchen, wird ihre Schwäche zunehmen, und sie werden früher oder später gezwungen sein, ihren Druck auf Ägypten zu lockern. An dem Tage müssen wir zur Stelle sein.«
»Deshalb deine Anregung«, bemerkte Salah.
»Ganz genau. Die Anwerbung muß mit großer Sorgfalt erfolgen. Wir müssen entschlossene, zuverlässige Leute auswählen und – darauf lege ich besonderen Nachdruck – einzig und allein Junge in unserem Alter. Die Älteren sind schon zu korrumpiert.«
»Stellen wir uns vor, wir wären eines Tages zahlreich genug. Was dann? Wir haben keine Waffen, keine Pferde. Nichts als unsere bloßen Hände. So geschwächt sie auch sein mögen, werden Mamluken und Türken eine mächtige Kraft bleiben. Sie besitzen Säbel, eine Kavallerie, die beste der Welt. Also?«
Butros stimmte seinem Freund zu.
»Das ist wahr, unser Bruder hat recht, wir werden immer noch zu schwach sein.«

Nabil schüttelte mißbilligend den Kopf.
»Vergebt mir, doch ihr scheint nicht zu wissen, was ein Volk in Aufruhr darstellen kann. Es ist stärker als alle Stürme, unaufhaltsam wie tausend Chamsin-Winde.«
Er erhob sich und ging zu dem Leinenvorhang, den er gedankenlos zur Seite zog: »Habt ihr schon einmal von einem okzidentalischen Land gehört, das Frankreich heißt?«
Er wandte sich jäh um und fuhr in leidenschaftlichem Ton fort: »In diesem Land, vor einem Jahr ungefähr, waren es die Leute aus dem Volk, die Jahrhunderten des Unrechts und der Unterdrückung ein Ende machten. Niemand sonst als die Leute aus dem Volk. Sie haben die Tyrannen, die sie regierten, verjagt, die Gefängnisse geöffnet, die Macht ergriffen. Mit bloßen Händen haben sie ihren Aufstand vollbracht.«
Der gebannte Ausdruck, der die Züge der vier jungen Männer erfaßt hatte, ließ erahnen, daß Nabils letzte Worte ihre Skepsis erschüttert hatten.
»Dieses Land, von dem du sprichst... Gibt es das wirklich? Haben diese Ereignisse sich tatsächlich so abgespielt, wie du es sagst?«
»Bei Gott... Ich habe nichts erfunden.«
»In diesem Fall«, rief Butros mit plötzlicher Glut, »bleibt uns nur noch, unsere Bewegung zu taufen. Welchen Namen schlagt ihr vor?«
Salah warf ein: »Da es das französische Volk ist, das uns als Beispiel dient, könnten wir unsere Bewegung doch ›Frankreich‹ nennen.«
Die anderen starrten ihn ungläubig an; dann prusteten sie vor Lachen.
»Sag mal, Salah«, gluckste Butros, »für eine ägyptische revolutionäre Bewegung hast du nichts Besseres vorzuschlagen?«
Charif deutete auf Nabil: »Das ist deine Schuld... Wie kann man Kindern auch solche Geschichten erzählen?«

»Oh«, erwiderte Salah beleidigt, »ich habe das doch nicht ernst gemeint.«
»Welchen Monat haben wir?« fragte Osman.
»September«, antwortete Charif.
»Nun, weshalb taufen wir uns nicht einfach auf diesen Monatsnamen?«
Zweifel zeichnete sich in den Gesichtern ab.
»Wieso? Was ist daran so unpassend? Es ist doch trotz allem besser als ›Frankreich‹, oder?«
»Ja... Warum eigentlich nicht?« bemerkte Nabil.
»Eine Bewegung muß einen beeindruckenden Namen haben«, bemerkte Nabil.
Er zog eine Grimasse.
»September...«
»Ich hab's!« rief Salah.
Alle schrien auf.
»O nein! Gnade. Nicht noch einen deiner Scherze!«
»Nein, ich meine es ernst... Hört zu... *das Blut des Nils*...«
Verblüffte Stille folgte der Anregung des jungen Mannes. Die kleine Gruppe beriet sich. Schließlich murmelte jemand in feierlichem Ton: »Nun müssen wir unseren Eid leisten. Möge *das Blut des Nils* leben!«

*

In einer kleinen Kammer, einige Häuser unterhalb, genauer gesagt, an der Ecke der al-Muizz-Straße, warf Aga[1] Ali Torjman sich auf Samiras entblößten Körper.
Eine halbe Stunde zuvor hatte er sich hastig von seiner Kompanie beurlaubt und den Befehl seinem Ersten Offizier übergeben: Die Pflichten seines Amtes beanspruchten ihn anderswo.
Schweiß näßte seine Glieder, sein Atem ging rasch.

---

[1] Oberleutnant

Ein schmaler Lichtstrahl stach durch das Halbdunkel, glitt auf seinen Unterarm und ließ eine Tätowierung erkennen, die einen Halbmond darstellte, das Emblem der Kompanie, das die Janitscharen sich einritzen ließen.
Sinnlich strich Samira mit der Zunge über die Tätowierung und murmelte, den Kopf auf die Kissen zurückwerfend, mit rauher Stimme: »Komm ... Komm, mein Liebster.«
Mit einer brüsken Bewegung der Lenden drang er in sie ein. Sie spannte sich leicht, und ihre Schenkel schlossen sich scherenartig um die ihres Liebhabers, während ihr ein Stöhnen der Lust entwich ...

4. KAPITEL

Die Äste der Bäume waren mit Girlanden in leuchtenden Farben behängt. Man hatte die Alleen und sogar noch die Säulen der Palmen geschmückt.
Nadia, die ein hinreißendes, am Vorabend von Madame Magallon fertiggestelltes abendländisches Kleid trug, legte Hand an die letzten Vorbereitungen. Sie hatte beschlossen, daß unter allen Neujahrsfesten dieses das gelungenste sein würde; für die Kinder, aber insbesondere, weil dieser Tag dem Jahrestag ihrer Hochzeit mit Yussef entsprach. Sie konnte sich noch so oft sagen, daß seither fünfundzwanzig Jahre vergangen waren. Für sie war es wie gestern.
31. Dezember 1765 ... Damiette. Das Vaterhaus ... Sie war gerade sechzehn Jahre alt geworden, als Yussef um ihre Hand anhielt. So lange sie lebte, würde sie sich der Gemütsbewegung erinnern, die sie erfüllte, als jener, welcher ihr Lebensgefährte werden sollte, behutsam ihren Ringfinger umschloß, um den kleinen Brillantring darüberzustreifen.
31. Dezember 1790 ... In wenigen Stunden würde die untergehende Sonne auf dem Plateau von Gizeh lange Schatten werfen. Die Nacht würde kommen und in ihrem Gefolge der Morgen des neuen Jahres.
Sie stieg von dem kleinen Schemel herab, auf den sie gestiegen war, um die vielfarbigen Bänder über dem Joch des Eingangs aufzuhängen, und ging wieder ins Speisezimmer. Sie prüfte ein letztes Mal, ob Aisha auch nichts vergessen hatte, und rückte den in die Mitte des Tisches gestellten Blumenkorb zurecht. Sie zählte die Gedecke

nach ... elf insgesamt. Sie hatte ihre Nachbarin, Sett Nafissa, eingeladen, die ehrenwerte Gemahlin von Murad Bey; die Französin, Madame Magallon, die ohne ihren Gatten kommen würde – der Abgeordnete hatte sich für einige Wochen nach Frankreich begeben müssen; drei Gedecke waren für die Eheleute Chalhub und ihren einzigen Sohn Michel vorgesehen. Beim Anblick des letzten Gedecks verzog Nadia das Gesicht; es war für Zobeida bestimmt, die beste Freundin ihrer ältesten Tochter, die sie nicht sonderlich mochte. Nicht, daß sie ihr unhöfliches Benehmen vorwerfen konnte, doch sie fand im Verhalten dieses Mädchens irgend etwas Unbestimmbares, das Antipathie erweckte. Diese Art, sich zu schminken ... überdies, aus welcher Familie stammte sie? Ihre Mutter war verstorben, und ihr Vater, angeblich, Betreiber eines maurischen Bades. Aber heute war ein Festtag, und Samira hatte so sehr darauf gedrängt.
Doch wo war bloß Scheherazade?

*

Halb über den Pferdehals gerutscht, die weichen Beine an den Flanken des Tieres baumelnd, das durch die Dünen sauste, sah Scheherazade aus wie eine Gliederpuppe. Bei jedem Stoß fluchte sie, biß die Zähne zusammen, fiel trotz ihrer heldischen Anstrengungen wieder schwer auf ihr Gesäß zurück.
Dicht hinter ihr folgte Karim. Ohne sich umdrehen zu müssen (wozu sie, selbst wenn sie es gewollte hätte, völlig unfähig gewesen wäre), wußte sie, daß er ruhig, stolz und sicher galoppierte. Diese Vorstellung machte sie wahnsinnig vor Wut. Wenn er sich noch begnügt hätte, ihr still zu folgen ... Aber nein, da war auch noch sein schallendes Gelächter, das ihre Enttäuschung mehrte. So sehr sie sich auch bemüht hatte, seine Ratschläge zu befolgen, nichts half.

Keinen Moment war es ihr gelungen, dem Tier ihren Willen aufzuzwingen.
Jetzt verlangsamte Safir – so hieß ihr Reittier – merklich den Schritt. Die Stöße schwächten sich allmählich ab, und ihre Knie schlugen weniger heftig gegen die Flanken des Tieres.
Dennoch empfand sie keinerlei Erleichterung. Sie wußte, daß die Atempause nicht von langer Dauer sein würde. Bald würde sich Safir, auf Veranlassung von Suleimans Sohn, noch wilder gebärden und schneller als der Wind dahinbrausen. Scheherazade war überzeugt, daß der Junge ein Zauberer war; wie ließe sich sonst erklären, daß er – ohne die Kruppe auch nur leise zu berühren – nur eine einfache Lautfolge auszustoßen brauchte, die an den Ruf einer Kröte erinnerte, damit das Pferd sogleich davonflog.
Der Krötenruf ließ nicht lange auf sich warten.
Scheherazade biß die Zähne zusammen. Ihr Reittier stob in vollem Galopp der Unendlichkeit der Wüste entgegen.
Dieses kleine Spiel dauerte an, bis Karim ihm ein Ende zu machen beschloß. Er kam bis auf Safirs Höhe heran, griff nach den Zügeln und brachte ihn zum Stehen.
»Nun«, fragte er mit hämischem Lächeln, »immer noch so viel Lust, reiten zu lernen?«
Sie antwortete nicht sofort. Sie hätte heulen, sich auf ihn stürzen, ihm die Wangen zerkratzen mögen. Hatte sie ihn je so sehr gehaßt? Trotzdem bot sie ihm ihr schönstes Lächeln.
»Es ist wunderbar.«
Er runzelte die Stirn.
»Hast du es wirklich gemocht?«
»Nichts auf der Welt hat mir je so gefallen. Werden wir morgen wieder losreiten?«
Er schien verdutzt.
»Ja ... sicher. Wenn dir daran liegt ...«
»Bestens. Jetzt muß ich aber schnell nach Hause, meiner Mutter helfen.«

Karim willigte halbherzig ein. Er schnalzte mit der Zunge, und augenblicklich setzte Scheherazades Pferd sich in Bewegung, diesmal jedoch in fügsamem Trott.
Während er an der Seite des Mädchens ritt, fragte er: »Heute abend werdet ihr Neujahr feiern?«
»Ja, du nicht?«
»Hast du vergessen, daß ich Muslim bin? Bei uns ist *al-'id al-kabir* das große Fest.«
Scheherazade nickte mit wissender Miene. Diese Unterschiede hatte sie nie begriffen. Sie zog es vor, das Thema zu wechseln.
»Wie geht es deinem Freund Papas Oglu?«
»Gestern hat er mich alleine anlegen lassen. Schade, daß du nicht dabei warst. Es war unbeschreiblich.«
»Wenn du die Feluke steuerst und dabei dieselben merkwürdigen Geräusche machst, wie wenn du ein Pferd reitest...«
Karim lachte.
»Leider hat eine Feluke keine Ohren.«
Ernst setzte der Junge hinzu: »Ich habe große Angst, mein Vater könnte eines Tages entdecken, daß ich mein Wort nicht gehalten habe.«
»Glaubst du, daß er etwas ahnt?«
»Ich weiß nicht. Hoffentlich nicht.«
Nach kurzem Schweigen fragte Scheherazade mit vorgetäuschter Gleichgültigkeit: »Sag mal, weshalb hört Safir auf dein Gegurgel?«
»Weil ich mit ihm groß geworden bin. Und weil alle Kinder der Wüste zu den Pferden sprechen können.«
»Willst du damit sagen, daß ich das nie können werde?«
»Du, Scheherazade, bist eine Prinzessin. Das Kind von Reichen, das gewohnt ist, in Häusern aus Stein zu leben.«
Sie warf ihm einen verächtlichen Blick zu.
»Und du denkst dir, daß Safir das weiß?«

*

Françoise Magallon faltete nervös die Hände, während Sett Nafissa sich bemühte, sie zu beruhigen.
»Ich werde mein Bestes tun. Ich verspreche Ihnen, daß ich Murad schon morgen darauf ansprechen werde.«
Die Gattin des französischen Abgeordneten erklärte eilfertig: »Sie müssen wissen, daß ich Sie niemals belästigt hätte, wenn M. Mure, der Konsul von Frankreich, meinem Gemahl nicht zu verstehen gegeben hätte, daß er der Lage nicht mehr Herr ist.«
»Ich verstehe, Françoise, ich verstehe. Seien Sie unbesorgt, ich werde das Nötige tun. Im übrigen ...«
Sett Nafissa machte eine Pause und zwinkerte ihren Freundinnen schelmisch zu.
»Wir Frauen verfügen über eine zu fürchtende Macht. Ist es nicht wahr?«
Nadia und Amira Chalhub pflichteten einstimmig bei. Das Nachtmahl war bereits seit einer Stunde beendet. Scheherazade und die jungen Leute hatten sich im Haus verstreut, die Erwachsenen den *qa'a*, den großen Empfangsraum, aufgesucht.
Die Nacht war hereingebrochen, und man hatte die Lüster und gläsernen Lampen angezündet. Das warme, schmeichelnde Licht fiel auf die Elfenbein- und Perlmuttmosaiken, das Ebenholz der Türen und den Marmor des Brunnens in der Mitte des Raumes.
»Ist es tatsächlich so ernst?« fragte Georges Chalhub besorgt Françoise.
Die junge Frau schien peinlich berührt.
»Man sollte es nicht dramatisieren, aber die Last der Zwangsgelder, die den ausländischen Kaufleuten auferlegt werden, ist wirklich unerträglich. Jeden Tag erleiden meine Mitbürger neue Schikanen. Bald werden sie zahlungsunfähig sein. Und Murad Bey ...«
Sett Nafissa unterbrach sie mit einer überdrüssigen Geste.
»Murad Bey ist nicht mehr bei Verstand! Er taugt nur noch,

andauernd zu schreien: Zu Hilfe, ihr Mamluken, zu Hilfe, Gemeinschaft Mohammeds! Er und die anderen bilden sich ein, unbegrenzt Wasser aus dem Brunnen schöpfen zu können, ohne daß die Quelle jemals versiegt. Ach! Wenn doch nur mein verstorbener Gemahl, Ali Bey – möge Allah sein Andenken segnen! –, noch am Leben wäre. Ich kann euch versichern, wir hätten niemals solche Maßlosigkeiten erlebt.«
Sie beugte sich zu ihrem Gastgeber.
»Sie haben ihn gekannt. Habe ich nicht recht?«
Yussef legte seinen *taamira*[1] bedächtig auf die Glut des Nargilehs.
»Ganz ohne Zweifel, Sett Nafissa. Der verstorbene Ali Bey war ein großer Mann.«
Das Wasser im Kolben zum Schnurren bringend, sog er einige Züge Rauch ein und fragte Françoise Magallon: »Ist es wahr, daß das französische Konsulat wegen der Unsicherheit, die in der Hauptstadt herrscht, in Alexandria bleiben wird?«
»Vermutlich. Unsere Vertretung ist vor fast vierzehn Jahren verlegt worden, und niemand denkt daran, sie wieder nach Kairo zurückzuholen. Aber wissen Sie, eigentlich ändert das nicht viel ... In Alexandria stehen die Dinge kaum besser.«
»Wenn ich bedenke, daß er gedroht hat, eure Kirchen zu zerstören!« warf Nafissa ein. »Mein Gemahl hat vergessen, daß alle im BUCH angeführten Religionen heilig sind!«
»Gleichwohl«, bemerkte Yussef, wobei er die Hand nach einer Schale Pistazien ausstreckte, »haben die beiden Beys vor knapp fünf Jahren mit einem gewissen« – er schien den Namen zu suchen – »Truguet einen Vertrag geschlossen, der den Franzosen erlaubt, das Rote Meer zu befahren. Madame Magallons Gatte hat übrigens reichlich zum Ge-

---

[1] Zu Kugeln gedrehter Tabak

lingen dieser Angelegenheit beigetragen. Weshalb also diese Umschwünge – es wäre so viel einfacher, wenn ...«
»Ach, wie mich das alles erbittert!« rief Nafissa aus, indem sie gedankenlos die Falten ihres Kleides aus Rohseide ordnete. »Als ob mein Gemahl nicht schon genug Not mit den Osmanen hätte, um sich auch noch die abendländischen Mächte aufzuhalsen. Wahrhaftig, das Gehirn des Menschen ist recht schwach.«
»Beruhigen wir uns doch«, sagte Nadia sanft. »Die Wasser werden in ihr Bett zurückkehren ... Heute ist ein Festabend. Lassen wir die schlechten Dinge beiseite – seid bitte so nett. Und vor allem ...«
Sie verstummte. Dann flüsterte sie in vertraulichem Ton: »Heute sind es fünfundzwanzig Jahre, daß ich die ehrenwerte Gemahlin des Yussef Chedid bin.«
Als die erste Überraschung sich gelegt hatte, eilten die drei Frauen, sich in Gratulationen und Segenswünschen ergehend, zu Nadia.
»Der Ring!« wetterte Yussef mit vorgetäuschtem Mißmut. »Warum zeigst du deinen Freundinnen nicht, was mich diese Jahre gekostet haben?«
»Der Ring?« fragten Nafissa und Françoise Magallon zugleich.
»Wo ist er? Weshalb trägst du ihn nicht?« fragte Amira aufgeregt.
»Weil mein zärtlicher Gemahl nach fünfundzwanzig Ehejahren«, erklärte Nadia mit leiser Ironie, »die Feinheit meiner Finger noch immer nicht erkannt hat. Folglich werde ich ihn enger machen lassen müssen, wenn ich ihn nicht am Daumen tragen möchte. Kommt, ich habe ihn oben verwahrt.«
»Möge Gott euch noch tausend Jahre Glück schenken!« rief Georges Chalhub, während die vier Frauen in das obere Stockwerk entschwanden.
An Yussef gewandt, sagte er: »Glückliche Ehepaare sind so selten.«

»Ist das verwunderlich? Sind Mann und Frau nicht verschieden? Wenn beide auch zur selben Laute gehören, so spielen sie doch auf zwei getrennten Saiten ...«
Georges schob ein Kissen beiseite und rückte etwas näher an seinen Gastgeber heran.
»Da wir gerade von Eheglück reden, würde ich mich gerne über ein gewisses Thema unterhalten. Es handelt sich um die Zukunft unserer Kinder. Ich meine die von Scheherazade und meinem Sohn, Michel.«
Yussef tat einen langen Zug, so daß die glimmenden Kohlen des Nargilehs rot aufglühten. Seinen Genuß auskostend, schloß er die Augen und ließ den anderen fortfahren:
»Deine Tochter ist ein Geschöpf mit vortrefflichen Qualitäten. Sie ist schön wie ein Vollmond, und in einigen Jahren wird sie noch schöner sein.«
»Ich danke dir, Georges. Doch es drängt mich, dich zu erinnern, daß, was Qualitäten anbelangt, dein Sohn in nichts nachsteht. Er ist ein reizender Junge. Wohl erzogen und gebildet. In seinem Alter ... übrigens, wie alt ist er eigentlich genau?«
Georges antwortete rasch, um den Faden seiner Gedanken nicht zu verlieren: »Er tritt in sein zweiundzwanzigstes Jahr ... Überdies sind wir, die griechisch-katholischen Christen, recht wenige gegenüber den Kopten und dem alles beherrschenden Islam.«
»Das ist wahr. Wir sollen nicht mehr als viertausend in ganz Ägypten sein ... Körner in einem Reisfeld.«
»Daher kam mir der Gedanke ...«
»Einer Vermählung unserer beider Kinder. Ich habe ebenfalls daran gedacht und möchte dir eilends gestehen, daß die Vorstellung mir zusagt. Doch steht diesem Bund etwas im Wege. Scheherazade ist nicht unsere einzige Tochter. Sie hat eine Schwester. Eine ältere Schwester, die noch nicht verheiratet ist.«
»Fürwahr.«

Überdies hat sie ihr dreizehntes Jahr noch nicht vollendet. Wir wollen doch nicht die Ungebildeten nachahmen, die ihre Kinder bereits in der Pubertät zur Heirat drängen. Nicht wahr?«
»Gewiß, Yussef. Das liegt mir fern. Ich hielt es jedoch für ratsam, darüber zu sprechen, da ich weiß, wie sehr Michel deine Tochter schätzt. Ich wage sogar zu sagen, wie sehr er sie verehrt.«
»Das habe ich bemerkt. Es genügt zu beobachten, wie er sie umhegt, um nicht den geringsten Zweifel über seine Gefühle zu haben.«
Yussef reichte seinem Freund den mit purpurnem Maroquin überzogenen Schlauch, und der Gesang der Grillen vereinigte sich mit dem Gluckern des Nargilehs.
»Wenn du meine aufrichtige Meinung hören willst, so ist sie bisweilen ein kleiner Satansbraten.«
»Wie alle Kinder ihres Alters. Auch mit Michel hat es Probleme gegeben.«
»Täusche dich nicht. Scheherazade ist kein Kind wie die anderen. Mehr als einmal wird sie das Haus des Gehorsams[1] verdienen.«
Sein Gesprächspartner schien bestürzt.
»Yussef, mein Freund, speie diese Worte aus deinem Mund! Sie ist ein wundervolles Kind und wird eine außergewöhnliche Gemahlin abgeben.«
»Dein Wort in Gottes Ohr, mein Freund. Lassen wir die Zeit walten. Wisse nur, ist Samira einmal vermählt, dann werde ich mit Freuden deinem Sohn Scheherazades Hand gewähren.«
»Inschallah«, erwiderte Georges leise.

*

---

[1] Ein mit seiner Frau unzufriedener Mann konnte diese in einem Privathaus in der Stadt unter Bewachung der öffentlichen Gewalt einsperren lassen. Gebräuchliche Metapher für das eheliche Heim.

Klappernd rollten die Würfel über eines der Felder des Tricktracks, bevor sie auf einem Sechser-Pasch liegen blieben.
»Verflixt und zugenäht!« wetterte Scheherazade. »Gott verdamme Satan! Ich hasse dich!«
»Scheherazade!« rief Michel Chalhub entsetzt aus. »Wie kannst du nur derart fluchen? Du weißt, daß das schlimm ist?«
»Vier Sechser-Pasche in einem einzigen Spiel! Du solltest dich schämen!«
Michel breitete die Hände aus, um seine Machtlosigkeit zu demonstrieren.
»Es ist nicht meine Schuld. Das ist Zufall. Ich ...«
»Ich mag den Zufall nicht. Und Tricktrack ist nur auf Zufall gegründet!«
»Na, hör mal, ich glaube, du übertreibst ein wenig. Dieses Spiel erfordert trotz allem eine gewisse Strategie. Man gewinnt nicht einfach nur durch Glück drei Partien hintereinander.«
»O doch! Das ist der Beweis!«
»Trotzdem! Ich hatte schon die Hälfte meiner Steine plaziert, während du noch ...«
»Vier Sechser-Pasche! Bist du dir dessen bewußt? Anders hättest du nie gewinnen können.«
Des Streites müde, gab Michel klein bei.
»Vielleicht hast du recht. Ich hatte viel Glück.«
»Oh! Kein Mitleid, ich bitte dich! Ich weiß ganz genau, daß du das nur mir zu Gefallen sagst!«
»Ganz und gar nicht. Ich bin aufrichtig.«
Er gewann etwas Abstand und faßte sich wieder.
»Gleichwohl bleibt unbestreitbar, daß ich ein besserer Spieler bin als du.«
Das Schwarze in Scheherazades Augen schien ins Violette umzuschlagen. Sie stemmte die Fäuste in die Hüften, und warf den Kopf zurück.

»In diesem Fall werde ich dir beweisen, welch ein Unterschied zwischen einem durch Zufall und einem durch Intelligenz errungenen Sieg besteht.«
Unter Michels verdutztem Blick stürzte sie ins Innere des Hauses und kam mit einem Damebrett und einem kleinen Intarsienkästchen zurück. Sie stellte alles auf dem Boden ab und deutete auf das Kästchen: »Hierbei gibt es keinen Zufall.«
»Was möchtest du spielen?«
»Dame.«
Der Bursche fuhr hoch.
»Gott behüte dich in seiner Barmherzigkeit! Das ist mein Lieblingsspiel. Mein Vater ist ein wahrhafter Meister, und er hat es mir beigebracht.«
»Ausgezeichnet. Wir werden sehen, ob du ein guter Schüler warst.«
Das Mädchen kippte die vierzig Steine auf den Boden und begann sie aufzustellen.

*

Zobeida, die im ersten Stock auf Samiras Bett saß, zappelte mit den Beinen.
Die beiden jungen Frauen waren im selben Alter, doch dies war nicht das einzige, was sie gemein hatten; die eine wie die andere strahlte eine etwas schwülstige Sinnlichkeit aus.
»Das kann ich einfach nicht glauben.«
Ihre Freundin setzte eine belustigte Miene auf.
»Komm zu dir. Man könnte meinen, du wirst ohnmächtig.«
»Bist du dir überhaupt bewußt? Ein Janitschar! Du und Ali Torjman ... Ungeheuerlich ...«
»Weshalb denn? Er liebt mich ... und ich ... sagen wir mal, ich mag ihn sehr.«
»Sagen wir mal, du schätzt seine« – sie grinste schlüpfrig – »militärischen Qualitäten.«

»In gewisser Weise«, erwiderte ihr Samira mit demselben Ausdruck. »Ein Mann in Uniform läßt mich nun mal erschauern. Dich nicht?«
»O doch!«
Mit versonnenem Gesicht strich sie mit den Fingern über ihr zu Zöpfen gebundenes Haar, in das feine schwarze Seidenschnüre und kleine Perlentrauben eingeflochten waren.
»Ach! Warum erlebe ich nie so etwas? Ein Janitschar ... Weißt du, daß er sehr reich sein soll?«
Samira nahm die Neuigkeit gelassen auf. »Der Hamam, den mein Vater führt, wird viel von Offizieren besucht. Ich habe oft sagen hören, daß die Janitscharen von allen Einheiten der türkischen Armee die bestbestallten sind.«
»Und wenn schon. Glaubst du nicht, daß meine Familie reich genug ist? Nein, er hat andere Vorzüge, die ich viel mehr schätze.«
Zobeida prustete wieder.
»Du bist mir eine ... Aber gib doch zu, daß es nicht unangenehm ist, einen reichen Mann zu heiraten. Ich, jedenfalls, ich würde nicht mehr verlangen. Ach, übrigens ... dein Vater ... gedenkst du, mit ihm darüber zu reden?«
»Darauf bin ich nicht allzu erpicht. Aber ich bin wohl gezwungen ...«
Zobeida schien überrascht.
»Ich erwarte ein Kind.«
Sie sagte es ohne Gemütsbewegung.
»Wie? Bist du dir sicher?«
»Ganz sicher.«
»Aber dann ...«
»Torjman hat mich gebeten, ihn zu heiraten.«
Dies war zuviel für die junge Frau. Verstört sprang sie auf.
»Soll ich lachen oder weinen?«
»Vielleicht beides.«
»Ein Kind ... Wie wunderbar ...«
Samira zuckte mit den Schultern.

»Ich teile deine Begeisterung nicht, leider.«
Sie strich über ihren Bauch.
»Neun Monate verunstaltet ... Ein voller Schlauch ... Wenn es nach mir ginge, hätte ich gerne darauf verzichtet.«
»Glaubst du nicht, daß du etwas übertreibst?«
»Jedenfalls liegt da nicht das Problem. Es ist die Unterredung mit meinem Vater, vor der mir bangt. Du kannst dir wohl denken, daß die Neuigkeit ihn nicht entzücken wird.«
»Gedenkst du, ihm die Wahrheit zu sagen?«
»Bist du irre?«
Zobeida hob den Blick gen Himmel.
»Wahrhaftig, Herrgott, welch ein Greuel ... Wenn der brave Yussef Chedid entdecken würde, daß seine Tochter sich besser darauf versteht, eine Tunika aufzuknöpfen, als einen Kreuzstich zu machen ... Eines weiß ich jedenfalls: Ali Torjman ist meine einzige Möglichkeit, dieses Haus zu verlassen, in dem ich seit dreiundzwanzig Jahren ersticke. Zwischen meinem Bruder, der nicht aufhört, mir Moral zu predigen, und ...«
Sie brach mitten im Satz ab. Ein gellender Schrei war im Hof ertönt.
»Was war denn ... was ist ...«, stotterte Zobeida, die Hand auf ihr Herz legend.
»Ach, nichts ... Das war Scheherazade. Sie dürfte wieder einmal beim Damespiel gewonnen haben ...«

*

Die kleine Hand bemächtigte sich des schwarzen Steins und setzte ihn auf einen anderen. Sie zog ihn mit unglaublicher Schnelligkeit über die Diagonalen des Damebretts und »fraß« die drei letzten Steine ihres Gegners.
»Das wär's!« jauchzte sie. »So trägt die Intelligenz den Sieg über den Zufall davon!«
Wider alle Erwartung zollte Michel Chalhub mit offenem Lächeln Beifall.

Sie wunderte sich: »Aber ... bist du denn nicht wütend?«
»Weshalb sollte ich?«
»Du hast vier Partien hintereinander verloren!«
»Na, und wenn schon?«
»Wenn man verliert, tobt man doch vor Wut, oder?«
»Andere vielleicht. Ich nicht ... Es macht mich glücklich, deine Freude zu sehen, wenn du gewinnst.«
Ungläubig erforschte das Mädchen das Gesicht ihres Partners. Sie fand darin keine Spur von Verdruß. Er wirkte tatsächlich aufrichtig.
»Und du bist kein bißchen verärgert?«
»Ganz und gar nicht. Man spielt nicht nur, um zu gewinnen.«
»Weshalb spielt man denn dann?«
»Einfach wegen der Freude am Spiel.«
Sie schloß die Augen, als sei ihr seine Einstellung unbegreiflich.
»Tust du viele Dinge zum bloßen Vergnügen?«
Er antwortete nicht und sah sie nur zärtlich an.

5. KAPITEL

»Niemals! Hörst du? Niemals!«
Entsetzt vernahm Samira die Stimme ihres Vaters, die wie durch Nebel zu ihr drang. Sie drehte den Kopf zu Nadia, und deren Miene sagte ihr, daß ihre Mutter ebenso machtlos war wie sie.
Mühsam unterdrückte sie das Zittern ihrer Hände und sagte mit stockendem Atem: »Ich bitte dich, Vater. Gott ist mein Zeuge, daß ich ihn liebe ... Ich ...«
»Du liebst ihn! Unglückliche, siehst du nicht, daß die Rechtfertigung schlimmer ist als die Schuld?«
Er hämmerte mit der Faust auf den Tisch und fuhr wutentbrannt fort: »Ich sage dir nochmals, es kommt überhaupt nicht in Frage, daß du diesen Ali Torjman heiratest!«
»Doch nur, weil er ein Janitschar ist, das ist es doch! Die Tochter eines Chedid heiratet keinen Janitscharen. Mein Vater kann mit allen Notabeln der Stadt, ob Türken oder Mamluken, verkehren, aber seine Familie nicht!«
Zum ersten Mal wagte Nadia einzugreifen: »Meine Tochter, da liegt nicht das Problem. Daß dieser Mann Janitschar ist, hat keinerlei Bedeutung. Es handelt sich um etwas anderes.«
»Also weshalb? Sagt mir, weshalb?«
»Weil er nicht von unserem Blut ist!« brüllte Yussef. »Du bist eine Christin, eine griechisch-katholische Christin. Er ist Muslim.«
»Wie bedeutsam!«
»Hast du denn gar keine Prinzipien? Ist dir fremd, daß du mit deiner Einwilligung, diesen Mann zu deinem Gatten zu

machen, gezwungen sein wirst, deinem Glauben abzuschwören und dich zum Islam zu bekehren?«
Er richtete drohend den Zeigefinger auf sie: »Hüte dich, Samira. Der Zorn Gottes ist furchtbar für jene, die ihn verraten!«
Die junge Frau streckte eine Hand ins Leere, als suche sie irgendwo nach einem festen Halt. »Vater, ich flehe dich an...«
»Sei vernünftig. Du bist noch jung, mit den Jahren wirst du lernen, daß die Zeit von allem heilt ... selbst von der Liebe.«
»Aber, Vater, verstehst du denn nicht? Ich will nicht genesen. Ich will mein Leben mit Ali verbringen.«
Yussef betrachtete sie ernst, wobei er eine Spitze seines Schnurrbarts zwischen Daumen und Zeigefinger zwirbelte. »Komm«, befahl er seiner Gattin. »Die Unterhaltung ist beendet.«
Nadia fügte sich widerstrebend. Als sie an der Schwelle anlangten, rief ihnen Samira in erschütterndem Ton hinterher: »Ich werde ihn trotzdem heiraten!«
Und sie fügte hinzu: »Nichts, hört ihr, nichts auf der Welt wird mich hindern, dieses Haus von käuflichen Verrätern zu verlassen und die Frau von Ali Torjman zu werden!«
Yussef wirbelte herum.
»Wiederhole das, Samira!«
»Ich werde Ali Torjman heiraten. Ob ihr es wollt oder nicht.«
»Du hast dies ein Haus von käuflichen Verrätern gescholten...«
Yussef Chedid sah seine Tochter wie durch einen Nebelschleier.
»Frag deinen Sohn. Er wird es dir besser zu erklären wissen als ich.«
Yussef ertrug den Schlag, ohne mit der Wimper zu zucken.
»Nun gut. Da es dein Wunsch ist, wirst du die Frau des Janitscharen. Doch unter dieses Dach wirst du niemals

wieder einen Fuß setzen. Ich enterbe dich, und bereits morgen wirst du das Anwesen von Sabah verlassen.«
Nadia unterdrückte einen Entsetzensschrei.
»Nein, Yussef! Sie ist unser Kind! Sie ist deine Tochter!«
»Sie *war* unsere Tochter.«
»Hab Erbarmen mit ihr. Haram.[1] Diesmal bin ich es, die dich anfleht. Öffne dein Herz der Nachsicht. Sie braucht uns noch.«
Ohne dessen gewahr zu sein, hatte sie den Arm ihres Gemahls umklammert, und ihre Nägel bohrten sich in seine Haut.
»Frau ... Hilf deiner Tochter, ihre Sachen zu packen ...«

*

Samira ging weder am nächsten Tag noch an den darauffolgenden Tagen. War es die Liebe ihrer Mutter, die sie zurückhielt, oder die Furcht, einen Schritt zu vollziehen, der ihr ganzes Leben ins Wanken gebracht und sie fern von den Geschöpfen ihres eigenen Fleisches verbannt hätte? Jedenfalls fand der endende Januar sie noch immer in Sabah vor. Wahrscheinlich war dies der Zeitpunkt, da sich die Dinge in ihrem Sinn klärten. Ihre Kleider schnürten sie zunehmend um den Leib. Ihr wurde häufig unwohl. Des Nachts, allein in ihrem Zimmer, brauchte sie nur ihren Bauch sacht zu streicheln, um dessen erste Rundungen wahrzunehmen. Am Morgen des 2. Februar sagte sie ihrer Familie ohne Gemütsbewegung Lebewohl. Nadia Chedid fand keine Worte, ihr Leid auszudrücken. Ganz in Schwarz gewandet, begleitete sie ihre Tochter bis zur Kalesche, die an der Einfahrt des Anwesens wartete. Nabil verhielt seine Bestürzung. Yussef hingegen beob-

---

[1] Das Geweihte, Verbotene. Im ursprünglichen Gebrauch bezeichnete dieses Wort den Bezirk heiliger Stätten und die Frauengemächer – den Harem. In der Volkssprache bedeutet Haram auch: »Das ist eine Sünde«.

achtete heimlich die Abfahrt der Kalesche durch die Gitter der *masrabiyyat*. Als sie am Ende der Straße verschwunden war, schwang er sich auf Safir und preschte im Galopp in Richtung Wüste. Was Scheherazade betraf, so schien sie, als ihre Schwester sie an ihr Herz drückte, nicht zu begreifen. Das einzige, was sie bei dieser Erschütterung verwirrte und in der Folge ihre Nächte plagen sollte, war jener mitgehörte Satz: Eine Christin heiratet keinen Muslim. Sie konnte sich nicht erwehren, an Karim, den Sohn des Suleiman, zu denken. Konnten Unterschiede gleichbedeutend mit Unglück sein?

Als Samira fort war, herrschte über Sabah eine bedrückende Stimmung. Das Mädchen fand seine Mutter mehr als einmal unter Tränen vor, und Yussef kapselte sich von allem ab und erlaubte nicht, daß man die davongelaufene Schwester erwähnte. Häufig saß er draußen in der Weinlaube, sein Nargileh rauchend, nachdenklich in die Rauchwolken starrend. Einmal suchte Scheherazade die Melancholie ihres Vaters zu lindern und schnitt das verbotene Thema an. Von allen durfte sie allein dies wagen.

»Frage nicht die Gräber nach den Geheimnissen, die sie bergen...«, war die einzige Erwiderung des alten Mannes.

In den Tagen, die darauf folgten, erfuhr man von Samiras Vermählung mit Ali Torjman. Es war, so hieß es, eine große Hochzeit, gemäß den Riten des Islam, an die sich ein Fest anschloß, bei dem es an nichts fehlte.

Dann kamen die ersten Frühlingstage und mit ihnen der Duft des Jasmins. Der Sommer kündigte sich heißer als gewöhnlich an. Die Händler von Karube- und Süßholzabsud erfreuten sich einer gesegneten Jahreszeit. Die vermögenden Leute labten sich überreichlich an *schareb el-benefseg*.[1]

---

[1] Veilchenlimonade. Die Blütenblätter werden von den Griffeln und Fruchtknoten gerupft, mit Zucker verknetet, und die so gewonnene Masse getrocknet. Anschließend wird diese zu feinem Pulver zerrieben, das man in Wasser einrührt.

Am 5. Juli brachte Samira einen Jungen zur Welt, den sie nach dem Vornamen ihres Gatten Ali nannte.
Am nächsten Tag hörte Scheherazade zum ersten Mal vom Rosenhof.

»Steh auf, mein Herz, wir verreisen...«
Die Sonne brach gerade durch die geschlossenen Jalousien. Scheherazade blinzelte und richtete sich in ihrem Bett auf.
»Was geht vor?«
»Deine Mutter ist dabei, dir einige Sachen zurechtzulegen. Ich nehme dich mit.«
»Aber wohin? Weshalb?«
»Du wirst schon sehen.«
Ohne zu begreifen, wie ihr geschah, fand sie sich kurz danach in der Familienkalesche wieder. Yussef klappte das Faltverdeck zurück und nahm seinerseits Platz. Der trockene Schlag der Karbatsche[1] knallte auf dem Rücken der beiden Braunen, und das Gefährt setzte sich ruckend Richtung Süden in Bewegung.

Die Reise dauerte drei Tagen, in deren Verlauf das Mädchen ein Ägypten entdeckte, das ihr bis dahin unbekannt gewesen war. Sie fuhren die staubigen Ufer des Nils entlang, an denen Lehmhütten und Trauerweiden und zwischen Tamarisken verstreute Palmenhaine schlummerten. Bald ließen sie den Weiler Dahschur auf Höhe der fünf Pyramiden, den Spuren ferner Pharaonen, hinter sich. Hin und wieder tauchten, barfüßig und schwarz von Staub, Kinder neben dem Weg auf, die ausgelassen winkten oder der Kalesche nachrannten. Am Saum der spärlichen Weiler gingen Gruppen schwarzgewandeter Frauen anmutig am Fluß entlang; sie trugen Krüge auf den Köpfen, und ihr Gang gemahnte an das gemächliche Schwanken der Zypressen. Nachts schliefen sie unter freiem

---

[1] Eine äußerst geschmeidige, aus Rhinozerosleder gefertigte Peitsche

Sternenhimmel. Yussef erzählte ihr selbstverständlich vom Rosenhof, so getauft wegen der Leidenschaft des Großvaters Chedid für wilde Rosen, rote Rosen oder Teerosen, die er »Königin der Blumen« nannte. Wohin man sich rund um das Haus auch begab, überall, so hieß es, waren nur Beete, welche die Luft mit lieblich süßem, unter allen Düften erkennbarem Aroma tränkten.
Endlich durchquerten sie die erstaunlich grüne Flur in der Umgegend des Dorfes Nazleh und erreichten die Uferböschungen des Birket el-Fayum. Unweit des Sees erhob sich der Hof.
Die Sonne stand schon tief, als Yussef die Pferde anhielt. Er packte Scheherazade um die Taille und hob sie so hoch, daß sie die Landschaft überblicken konnte.
»Sieh dich gut um, meine Tochter ... Hier schlummern unsere Wurzeln. Dies hier war der erste Reichtum meines Vaters.«
Undeutlich erahnend, welch große Bedeutung dieser Ort für Yussef besaß, öffnete sie weit die Augen. Fast sogleich folgte die Enttäuschung. Das also war der Rosenhof? Dieses wurmstichige Holzhaus mit seinen bereits beim geringsten Windstoß wankenden Wänden, zwei oder drei Feddan verwahrlosten Landes, von einer geflickten Einfriedung und erschöpften Bäumen umschlossen. Gewiß, die Stätte war schön. Zur Linken konnte man den silbrigen Schimmer des Abendlichts erspähen, das soeben über der ruhigen Fläche des kleinen Sees von Fayum erloschen war.
Aber da endete die Bezauberung auch schon.
Als der Vater Scheherazade wieder auf den Sitz hob, bemühte sie sich, ihre Ernüchterung zu verbergen.
»Nun, ist es nicht herrlich?«
Die Augen niederschlagend, nickte sie.
»Was ist mit dir? Du scheinst nicht überzeugt.«
»Doch, doch. Es ist sehr schön.«
Yussef ließ die Karbatsche knallen.

»Du wirst sehen«, murmelte er. »Dies ist ein magischer Ort.«
Die Kalesche fuhr auf den Hof zu. Eine unmerkliche Brise trug verblaßte Gerüche, gleich den Farben dieser Tagesneige. Sie wechselten kein einziges Wort, bis sie vor der Einfahrt des Landsitzes angelangt waren. Ein verrottetes Gatter versperrte den Durchgang. Yussef sprang ab. Er stieß die Flügel des Gatters auf, die mit einem entsetzlichen Knarren herumschwenkten. Und genau in diesem Augenblick stieg eine zarte Weise zum Himmel, das wie aus dem Nichts kommende Spiel einer *nai*.[1]
»Was ist das?« fragte Scheherazade verwundert.
Yussef horchte.
»Nichts ... Nur der Wind.«
»Der Wind? Ganz bestimmt nicht, hör doch ...«
Lauschend hob sie den Zeigefinger.
»Da ist jemand, der *nai* spielt.«
Sie erkundete die Gebüsche, sah jedoch nichts.
Yussef wollte die Pferde wieder antreiben.
»Warte! Möchtest du nicht wissen, wer ...«
»Das ist zwecklos, Tochter. Diese Musik ertönt nun schon seit Jahren, und keinem ist je gelungen zu erfahren, woher sie kommt.«
»Aber das ist unmöglich! Der, der sie spielt, muß sich irgendwo versteckt haben.«
»Ohne Zweifel. Aber ich wiederhole dir, niemand weiß, wo. Ich kann dir versichern, daß man oft genug nach ihm gesucht hat, zumal sich dies stets zur Dämmerstunde ereignet.«
Während die Kalesche auf den Hof rollte, drehte Scheherazade den Kopf in alle Richtungen und versuchte, die Stelle auszumachen, wo der geheimnisvolle Flötenspieler kauerte.
»Es ist unglaublich ...«, sagte sie fasziniert.

---

[1] Flöte

»Ich habe es dir doch gesagt. Du schienst mir nicht zu glauben. Der Rosenhof ist ein magischer Ort...«
Noch lange, nachdem sie ihre Sachen ausgepackt hatten, perlten die Töne weiter in der Luft.

*

Wider alle Erwartung entzückte sie ihre erste Nacht im Rosenhof.
Kaum eingerichtet, hatte Yussef einen alten rostigen Ofen entfacht, dann waren sie – diesmal zu Fuß – zum Weiler Nazleh am Ufer des Fayum-Sees aufgebrochen. Sie erreichten ihn gerade noch rechtzeitig, um dem Einlaufen der Fischer beizuwohnen. Eine wahrhafte Woge der Freude begrüßte ihre Ankunft, Triller, Segenswünsche, Willkommensrufe. Einige unter den Ältesten des Weilers gingen gar so weit, Yussefs Hand zu küssen, was Scheherazade zugleich bestürzte und mit Stolz erfüllte. Ein Kreis hatte sich um sie gebildet, in dem man stieß und drängelte, um sie besser sehen zu können. Man fragte Yussef zu seiner langen Abwesenheit aus. Die Frauen überschütteten ihn mit schwelgerischen Komplimenten über die Schönheit Scheherazades. Man erkundigte sich nach der Zukunft des Rosenhofes. Würde man ihn wieder aufleben lassen? Würde die Familie sich wie zu Zeiten des ehrwürdigen Großvaters Chedid wieder dort niederlassen?
Auf all diese Fragen antwortete Yussef ausweichend. Anschließend verteilte er einige Dutzend Para, was zu neuerlichen Ergüssen Anlaß gab. Fischer stritten sich um die Ehre, ihnen die schönsten Fänge zu schenken. Man überhäufte sie mit Datteln, Trauben und Melonen, die man für sie bis zum Hof brachte. Selbst die Bedürftigsten hatten darauf bestanden, ihnen etwas zu schenken – und sei es auch nur einen Fladen Brot. Für Scheherazade gab es keinen Zweifel, daß die Großherzigkeit, welche diese armen Leute bekundeten,

hundertmal mehr wert war als die wenigen von ihrem Vater verteilten Münzen. Dies war der Tag, an dem sie erkannte, daß Ägyptens einfaches Volk anstelle des Herzens ein Stück weißes Brot besaß.
Eine letzte Überraschung wartete noch auf sie. Nach dem Abendessen begann ihr Vater, ein Zimmer für die Nacht herzurichten.
»Gibt es noch eine andere Matratze?« fragte Scheherazade.
»Weshalb?« erwiderte Yussef.
Und sie begriff, daß sie im selben Bett schlafen würden.

*

Der Gesang der *nai* stieg gen Himmel, während die Sonne erneut zum See hin versank.
Hinter den Büschen hockend, richtete Scheherazade die Augen gebannt auf den Schatten, der sich zwischen dem dichten Blattwerk bewegte. Die Geduld, die sie in den letzten drei Tagen bewiesen hatte, würde endlich ihre Belohnung finden.
Die Musik schwebte noch immer dahin. Der Hauch der Töne war beinahe greifbar.
Mit angespanntem Körper näherte sie sich der Stelle, an der die Gestalt sich zu den Klängen wiegte.
»*Hush! Hush! Felfela!*«
Was war das für ein Ruf?
Erschrocken wollte sie davonlaufen, hatte aber nicht mehr die Zeit dazu.
»*Hush! Hush!*«
Plötzlich spürte sie etwas, das sich an ihre Schultern krallte, und das Blut gefror in ihren Adern.
»*Hush! Felfela!*«
Sie stieß einen entsetzten Schrei aus und versuchte, sich von diesem Etwas zu befreien, das sich ihr inzwischen um die Kehle geschlungen hatte. Ihre Arme ruderten durch

die Luft. Gleich würde ihr das Herz in der Brust zerspringen.
Nah ihrer Wange erblickte sie eine braune, haarige Fratze mit einem monströsen Mund, weit aufgerissenen Lippen und einer Reihe Zähne, die in wulstigem blaßrotem Zahnfleisch steckten. Unter einer niedrigen Stirn standen grünlich trübe Pupillen in ädrigen, blutrot unterlaufenen Augäpfeln.
Erneut aufheulend, versuchte sie mit aller Kraft sich dieses Etwas zu entledigen.
»Laß sie, Felfela!«
Der Befehl klang wie ein Knall. Das Etwas sprang augenblicklich zu Boden und verschwand hinter den Büschen. Fast zugleich tauchte ein Individuum mit kantigem Gesicht und schalkhaftem Lächeln auf. Erleichtert stellte sie fest, daß der Unbekannte ein menschliches Aussehen besaß. Seinen Schädel verhüllte ein breiter Turban, der mit einem *sal*[1] umwickelt war. Sein Gesicht war fein und schmal geschnitten, die Haut von aberhundert Fältchen zerfurcht. Er mochte dreißig oder tausend Jahre alt sein.
»Ahlan wa sahlan, ya arussa.«[2]
Er sprach mit schlüpfriger Stimme und einem höhnischen Unterton, der das Mädchen zutiefst beleidigte. Bei jeder anderen Gelegenheit hätte sie eine schneidende Antwort gegeben. Doch der Schreck, der ihr widerfahren war, machte sie sprachlos.
Er fuhr fort: »Hat etwa Felfela dir so angst gemacht?«
Sie wollte etwas erwidern, doch die Worte blieben ihr im Hals stecken.
Spöttisch fragte er: »Hast du noch nie eine Äffin gesehen?«
»Eine Äffin?«

---

[1] Schal. Wort persischer Herkunft. Langes Tuch aus Woll- oder Kaschmirmusselin, das man fältelt und mehrmals um den Turban wickelt.
[2] Sei willkommen, Püppchen.

Er mußte ihr Erstaunen bemerkt haben, denn sogleich rief er aus: »Felfela! Hierher!«
Im Nu purzelte das Etwas herbei, das sie so sehr erschreckt hatte. Scheherazade sprang zurück, und der alterslose Mann lachte schallend.
»Sei unbesorgt. Sie hat noch niemanden aufgefressen.«
Skeptisch musterte Scheherazade das Tier, das tänzelte, auf der Stelle hüpfte und dabei heisere Schreie ausstieß.
Sie faßte sich ein wenig, und es gelang ihr zu murmeln: »Ist er es, der mich angegriffen hat?«
»Sie ist es. Ich sagte es dir bereits, eine Äffin. Und bei Allah, Püppchen, sie hat dich nicht angegriffen. Sie wollte dir nur auf die Schultern klettern.«
Scheherazade hatte sich ein wenig beruhigt und fand eine Spur Hochmut wieder.
»Sie hätte mich töten können! Ich werde alles meinem Vater erzählen!«
Der Mann lachte aus vollem Hals.
»Was sagst du da, Püppchen? Felfela ist sanft wie ein Lamm und folgsam wie ein treuer Hund. Da, schau. Ich werde es dir beweisen.«
Er zog aus der Tasche seiner Dschellaba die *nai,* führte sie an die Lippen und begann einige Töne zu spielen, und das Tier hörte sofort auf herumzutollen und erstarrte. Eine weitere Tonfolge erklang. Felfela setzte zu einer Rolle an, richtete sich dann auf ihren krummen Beinen auf und schien einen neuerlichen Befehl zu erwarten. Der Mann blies ein weiteres Mal. Das Tier vollführte eine Reihe akrobatischer Kunststücke, eins geschickter als das andere. Wie hypnotisiert beobachtete Scheherazade das Schauspiel mit einer Verzückung, die zunahm, je länger die Äffin, auf die Musik reagierend, Bewegung um Bewegung aneinanderreihte. Der pralle, rötliche Hintern Felfelas wirbelte durch die Luft, verfolgt von ihrem langen schmalen Schwanz. Es erscholl eine letzte musikalische Sequenz, ein einziger Ton, und das Tier verharrte regungslos.

»Ich habe dich nicht belogen, nicht wahr?«
Noch immer wie unter einem Bann, schüttelte das Mädchen den Kopf.
Wieder griff er in die Tasche seiner Dschellaba und zog daraus eine Handvoll Sonnenblumenkerne hervor.
»Jede Arbeit verdient ihren Lohn«, sagte er und öffnete seine Hand unter Felfelas Nase.
Scheherazade machte es sich zunutze, um diesen sonderbaren Menschen unverhohlener zu betrachten. Etwas in seinem Gesicht befremdete sie: Sein linkes Auge war weiß, wie erloschen.
»Bist du es, der alle Tage zur Dämmerstunde auf einer *nai* spielt?«
Er bejahte.
»Mein Vater hat mir gesagt, daß man dich schon seit Jahren zu erwischen versucht.«
»Kann sein ... Wie kann ich es wissen, wenn mich niemand gefunden hat?«
»Aber warum versteckst du dich?«
Er kauerte sich auf die Erde und wiegte fatalistisch den Kopf.
»Wenn du einmal alt bist, könnte es sein, daß auch du nichts mehr von den Menschen erwartest.«
Er strich über sein linkes Auge.
»Die Hälfte meiner Sicht liegt in der Nacht. Die Menschen sind grausam. Einzig der ALLMÄCHTIGE ist barmherzig.«
Bewegt fragte sie: »Wer hat dir das angetan?«
»Ein Mamluk, ein Türke, ein Ägypter, was für eine Rolle spielt das.«
Er wechselte das Thema.
»Du bist die Tochter von Yussef Chedid?«
Sie nickte.
»Ich entsinne mich der Zeit, da der Rosenhof ein Winkel des Djanna[1] war.«
»Ja. Das war, als mein Großvater hier wohnte.«

---

[1] Irdisches Paradies, Eden

»Magdi Chedid. Ein weiser und gütiger Mann, möge Allah sein Andenken segnen.«
Er erhob sich mühsam und drückte seinen Turban fester auf den Kopf.
»Komm, Felfela, wir gehen. Der Friede sei mit dir, Enkeltochter des Chedid.«
Sie eilte sich, ihn zu fragen: »Dürfte ich dich wieder besuchen?«
»Warum nicht?«
»Hier, an derselben Stelle, wo ich dich gefunden habe?«
Seine Lippen formten sich zu einem nachsichtigen Lächeln.
»Sagen wir ... dort, wo wir uns gefunden haben.«
»Wirst du mich lehren, Felfela zum Tanzen zu bringen? Ich könnte dir Geld geben, weißt du. Mein Vater hat viel davon.«
Er erwiderte nur: »Ich werde dich lehren, Felfela zum Tanzen zu bringen ...«
Und während er schon hinter den Büschen verschwand, vernahm sie noch, wie er sagte: »Eines Tages, *arussa,* wenn auch du der Menschen müde sein wirst, entsinne dich des Rosenhofes. Er war ein Winkel Edens.«

*

Als sie ihrem Vater die Geschichte vom *nai*-Spieler erzählte, hörte er ihr mit Interesse zu. Gleichwohl hätte sie schwören können, daß ihm dies alles nicht unbekannt gewesen war.
Nachdem sie ihren Bericht beendet hatte, sagte er: »Wenn der Tanz einer Äffin und der Gesang einer *nai* dazu beigetragen haben, dich den Hof deines Großvaters schätzen zu lehren, wäre ich der glücklichste Mann auf Erden.«
»Wenn du diesen Ort so liebst, weshalb kümmert sich dann niemand mehr um ihn? Warum habt ihr ihn aufgegeben?«
»Die Daseinsberechtigung dieses Hofs hing stets von der Landwirtschaft ab. Später hat dein Großvater sich ganz dem

Kaffeehandel gewidmet, und der Hof verlor allmählich seine Berechtigung. Er wurde zu einem Ort der Erquickung, zu dem wir uns nur anläßlich von Festtagen begaben. Als vor ungefähr fünfzehn Jahren Magdi Chedid dann starb, hatte ich bereits das Herrenhaus von Sabah errichten lassen. Nach meiner Ansicht war es unnütz und zu kostspielig, einen zweiten Wohnsitz zu unterhalten. So hat Sabah den Rosenhof verschlungen.«
»Du bist aber weiter hergekommen, nicht wahr?«
»Jedesmal, wenn mich großer Kummer erfüllte.«
»Dann dürftest du nicht oft hergekommen sein.«
Zärtlich zauste Yussef Scheherazades Haare.
»Vielleicht – ich entsinne mich nicht mehr. In meinem Kopf gibt es nur noch die glücklichen Tage.«
»Vater, weshalb hast du Samira fortgejagt?«
Sie hatte die Frage unvermittelt gestellt, ohne nachzudenken.
Als sei er darauf gefaßt gewesen, erwiderte Yussef augenblicklich: »Ich habe sie nicht fortgejagt. Sie war es, die uns verlassen hat. Zwischen meiner Liebe und der eines unwürdigen Mannes hat sie ihre Wahl getroffen.«
»Könntest du mich auch eines Tages fortjagen?«
»Wie kannst du so etwas fragen?«
Er streckte spontan die Arme aus und drückte sie an seine Brust.
»Von uns allen, Scheherazade, bist du die einzige, die unfähig wäre, deinem Vater Leid zu bereiten. Ich weiß, wenn du dich eines Tages vermählen wirst, dann nur mit einem anständigen Mann. Einem Mann von unserem Blut.«
Während ihr Vater noch sprach, schloß sie die Lider, Karims Bild vor Augen.

6. KAPITEL

»Gottlob!« rief Nadia aus. »Ihr seid zurück!«
Am Tonfall ihrer Stimme erkannte Yussef, daß sich während ihrer Abwesenheit irgend etwas Schlimmes zugetragen haben mußte.
Er sprang ab und trat zu ihr.
»Was gibt es?«
Sie tat, als hätte sie die Frage nicht gehört, und nahm Scheherazade in ihre Arme.
»Nun?« fragte sie mit gespielter Gelassenheit. »Hat dir der Rosenhof gefallen?«
»Sehr. Das nächste Mal müssen wir alle miteinander hinreisen.«
»Geh deinen Bruder begrüßen. Er brennt darauf, dich zu sehen. Danach werde ich mich um dich kümmern.«
»Ich möchte vorher mit Karim sprechen. Darf ich?«
Nadia erstarrte. »Er ... Karim ist nicht da ...«
Der zögerliche Ton ihrer Mutter beunruhigte sie.
»Wo ist er? Er ist doch nicht ...«
Soeben war Karims Gestalt aufgetaucht. Er kehrte ihnen den Rücken zu und wandte sich zum hinteren Teil des Gartens.
Fröhlich rief sie: »Karim!«
Sie wollte zu ihm laufen, doch Nadia hielt sie zurück.
»Nein, Scheherazade. Nicht jetzt.«
»Was soll das heißen? Warum?«
Sie versuchte sich loszureißen.
»Nein! Ich wiederhole, dies ist nicht der rechte Moment. Du kannst ihn später begrüßen. Im Augenblick ist es besser, ihn allein zu lassen.«

Yussef begann sich ernsthaft zu sorgen: »Was ist denn geschehen, Frau?«
Nadia drückte Scheherazade an sich und sagte mit stockender Stimme: »Suleiman ... Suleiman ist gestorben.«
Das Mädchen zuckte bestürzt zusammen.
»Karims Papa!«
Nun verlor Yussef ebenfalls die Fassung.
»Wann?« fragte er.
»Noch am Abend eurer Abreise. Karim zufolge hat er in der Nacht über Schmerzen in der Brust geklagt. Noch bevor der Junge Zeit fand, mir Bescheid zu sagen, soll der Unglückliche bewußtlos zusammengebrochen sein. Als ich hinzukam, war es zu spät. Das Leben hatte ihn verlassen.«
»Karim«, schluchzte Scheherazade.
Das Gesicht im Kleid ihrer Mutter vergraben, brach sie am ganzen Körper zitternd in Tränen aus.
»Beruhige dich, meine Tochter. Gott hat es so gewollt. Was ER von Suleimans Leben nahm, wird ER dessen Sohn hundertfach wiedergeben. Beruhige dich.«
»Ich werde sofort mit ihm sprechen«, beschloß Yussef.
»Er will niemanden sehen. Ich habe ihm sogar die Gastfreundschaft unseres Hauses angeboten. Er wollte nichts davon wissen.«
»Mit mir«, sagte Scheherazade zwischen zwei Schluchzern, »mit mir wird er sprechen.«
»Du gehst mit deiner Mutter hinein«, befahl Yussef. »Du kannst Karim später sehen.«
Zu erschüttert, um sich zu widersetzen, ließ sie sich gefügig ins Haus ziehen.

*

Die Nacht hatte den Speiseraum eingehüllt. Das milchige Licht der Öllampen fiel auf die Gesichter Nadias und ihres

Gatten. Nabil räusperte sich und schenkte sich ein Glas *khushaff*[1] ein. Dann reichte er die Karaffe seinem Vater. Yussef wies sie zurück.

»Wo kann er nur sein? Ich verstehe das nicht. Er dürfte kein Geld haben, jedenfalls nicht genug, um weit zu kommen.«

»Vielleicht ist er schon heimgekommen«, erwiderte Nadia, »und wir haben ihn nicht gehört.«

Sie fragte Nabil: »Hast du in den Pferdeställe nachgesehen?«

»Ich komme gerade von dort, Mutter.«

Yussef hielt sein Glas hin.

»Ich möchte doch ein wenig davon.«

Nabil schenkte ihm ein und fragte: »Denkst du, daß er imstande wäre, nicht mehr auf das Gut zurückzukehren?«

»Ich sehe dafür keinen Grund. Schließlich haben wir Karim stets wie ein Familienmitglied behandelt. Nein ... Ich glaube, daß der Kummer ihn den Kopf verlieren ließ. Er wird zurückkommen, das ist sicher.«

Er trank in einem Zug sein Glas *khushaff* und fragte Nadia: »Ist Scheherazade endlich eingeschlafen?«

»Die Anstrengung der Reise hat über ihre Tränen gesiegt. Es war das erste Mal, daß sie mit dem Tod konfrontiert wurde. Ich glaube, das war es, was sie vor allem erschüttert hat. So Gott will, wird sie es in ein paar Tagen vergessen haben.«

*

Scheherazade öffnete behutsam ihre Zimmertür, wobei sie achtgab, daß die Angeln nicht quietschten, und stieg auf Zehenspitzen die Stufen zum Erdgeschoß hinab.

Sie hielt einen kurzen Augenblick inne und horchte. Aus dem Speisezimmer drangen die vertrauten Stimmen, und so schlich sie in den Gang, der zum Vestibül führte.

Der frische Abendwind drang unter ihr dünnes Nachthemd-

---

[1] Zuckerwasser, mit Trauben und Kirschen verkocht und mit Rosenwasser vermischt

chen und ließ sie erschauern. Der Vollmond tauchte die Landschaft in elfenbeinernes Licht, in dem sie recht gut sehen konnte. Ohne Zögern ging sie zu den Ställen. Dort angelangt, wartete sie ab.
Ein Hufschlag. Dann wieder Stille.
Sofort ging sie zu dem Stand, der Safir beherbergte, und blieb vor dem Pferd stehen, das bei ihrem Anblick aufgeregt den Kopf schüttelte. Vorsichtig zog sie die kleine Holzschranke zurück. Das Pferd rührte sich nicht. Sein Huf scharrte nur ein- oder zweimal über den Boden. Scheherazade schob das Tier sanft beiseite und trat einen Schritt vor. Karim kauerte in einer Ecke, die Knie an der Brust.
Sie gab ihrem Verlangen nach, stürzte zu dem Jungen und drückte ihn an sich.
»Wie hast du mich gefunden, Prinzessin...?«
»Du konntest nur hier sein, oder am Fluß.«
Er lächelte gezwungen. »Und nun?«
»Ich wollte dich bloß sehen.«
Er fragte mit leiser Stimme: »War es schön auf dem Rosenhof?«
Sie nickte.
Er strich über ihr Nachthemd.
»Du wirst dich erkälten.«
»Nein, nein, es geht schon.«
Draußen war das metallische Zirpen einer Grille zu hören. Safir wieherte nervös.
»Komm«, sagte Karim. »Wir stören ihn. Es ist Zeit für ihn, zu schlafen.«
Sie verließen den Stall und setzten sich außer Sichtweite des Hauses unter eine Dattelpalme.
»Es tut mir aufrichtig leid«, sagte Scheherazade nach einer Weile.
Und fügte mit fast unhörbarer Stimme hinzu: »Wegen Suleiman.«
»Wer wird sich jetzt um dies alles hier kümmern?«
»Du, selbstverständlich. Wer sonst?«

Seine Lippen verzogen sich zu einem traurigen Lächeln.
»Hast du vergessen, was du mir vor ein paar Monaten gesagt hast? *Es war Suleiman, dein Vater, der diesen Garten zu dem gemacht hat, was er ist. Du, du bist nicht einmal imstande, Jasmin von einer Dattelpalme zu unterscheiden.* Entsinnst du dich?«
»Das war nur Spaß, Karim. Ich wollte dich doch bloß ärgern...«
»Nein. Du hattest recht. Ich verstehe nichts von Blumen. Und die Blumen mögen mich nicht.«
Sie wollte widersprechen, doch er fuhr fort: »Dieses Anwesen braucht einen fähigen Menschen. Wenn ich mich darum kümmerte, würde Sabah eine Wüste werden. Ich werde fortgehen.«
»Fortgehen? Wohin?«
»Den Griechen suchen.«
»Papas Oglu?«
»Ja. Er hat immer gesagt, wenn ich eines Tages bei ihm arbeiten möchte, brauchte ich nur an seine Tür zu klopfen.«
»Ist er noch immer Befehlshaber der Flottille von Murad Bey?«
»Vor zwei Wochen war er es noch.«
»Karim, das kannst du nicht tun! Deine Familie ist doch hier. Mein Vater hat mir gesagt, daß er geneigt wäre, dich in unser Haus aufzunehmen. Es würde dir an nichts fehlen.«
»Nein, Prinzessin! Ich will zum Fluß. Muß ich dich wieder an deine eigenen Worte erinnern? Warst nicht du es, die sagte: *Nichts auf der Welt darf uns daran hindern, ein großes Glück zu leben?*«
Wütend auf sich selbst, biß sie sich auf die Lippen.
»Du darfst nicht fortgehen. Ich bitte dich, bleibe. Mir zuliebe.«
»Ist es mein Glück, das du willst, Scheherazade, oder deins?«
»Ich weiß nicht. Wo ist da der Unterschied?«
Sie ließ seine Hand los und flüsterte: »Wenn du fortgehst, werde ich sterben.«

»Wenn ich bleibe ... sterbe ich. Kannst du das denn nicht verstehen?«
Zum Äußersten greifend, rief sie: »Dein Vater hätte es nicht gewollt.«
Er richtete sich zornig auf.
»Ich verbiete dir! Mit welchem Recht ...«
»Verzeih ... ich wollte nicht ...«
Mit ihren Argumenten am Ende, schlug sie die Hände vors Gesicht.
»Was willst du nur von mir?« schrie er. »Du hast dein Leben, deine Familie. Du bist reich, ich bin arm. Ich bin nur ein Mistbauer, du hast es oft genug gesagt, und du bist die Tochter eines hohen Herrn. Siehst du nicht, daß alles uns trennt? Niemals könnte ich dir das Leben bieten, das du verdienst, das deine Eltern für dich wünschen. Öffne doch deine Augen. Hör auf, dich wie ein kleines Mädchen aufzuführen, Scheherazade. Laß mich fortgehen.«
Sie stand auf und forderte ihn heraus: »Sohn des Suleiman, wenn du fortgehst, werde ich Michel Chalhub heiraten.«
Verächtlich hob er das Kinn.
»Heirate, wen du willst, Prinzessin. Das ist nicht mein Problem.«
Sie warf den Kopf zurück und starrte stumm vor sich hin.
»Nun gut«, sagte sie schließlich, »aber gewähre mir wenigstens eine Gunst.«
»Welche?«
In einer Woche ist mein Geburtstag. Am siebenundzwanzigsten. Warte wenigstens bis dahin.«
Er schien nachzudenken.
»Einverstanden. Aber am Tag darauf werde ich Sabah verlassen.«
Sie sah ihn prüfend an.
»Ich hoffe, das ist nicht das Versprechen eines Mistbauern«, sagte sie schroff.

*

Nabil hob seinen Becher Bier.
»Auf das Blut des Nils!« verkündete er stolz.
»Auf das Blut des Nils!« wiederholten seine Freunde.
Nabil hatte Salah, Osman, Charif und Butros zu Scheherazades Geburtstag eingeladen.
»Seht ihr«, sagte der junge Mann, »noch vor einigen Monaten hattet ihr Mühe, eure Skepsis zu verbergen. Damals waren wir nur fünf. Heute sind wir ungefähr zwanzig. Ich stelle euch erneut die Frage: Zweifelt ihr noch, daß unsere Bewegung eines Tages eine wahrhafte Kraft werden kann?«
»Niemals haben wir daran gezweifelt!«
»Ich habe stets daran geglaubt!« rief Charif.
»Vor allem, als du uns von dieser anderen Revolution berichtet hast!« warf Osman ein.
Jemand lachte schallend und deutete mit dem Finger auf Salah.
»Und er hier wollte unsere Bewegung ›Frankreich‹ nennen!«
»So ist's recht, mach dich nur lustig. Immerhin war ich es, der schließlich das richtige gefunden hat.«
»Da wir gerade von den Franzosen reden«, sagte Nabil voll Enthusiasmus, »wißt ihr, wozu einige Kaufleute den Mut aufgebracht haben? Sie haben einen Baum gepflanzt und ihn den *Freiheitsbaum* genannt. Ihr habt ihn sicher bemerkt, oder?«
»Ja! Ich habe ihn am Eingang des Suks von Bab al-Sharia gesehen.«
»Hast du die Inschrift entziffern können, die sie an ihm aufgehängt haben?«
Butros verneinte.
»›Krieg den Tyrannen! Allen Tyrannen!‹«[1]
Ein bewunderndes Murmeln erhob sich.

---

[1] Der Urheber dieser Aktion war ein gewisser Hippolyte Daniel. Indem er diesen Baum pflanzte, wähnte er, es Frankreichs Sansculotten gleichzutun.

»Bravo!« rief Osman. »Das nenne ich Mut! Diese Leute erteilen uns eine Lektion in Ehre.«
»Wenn wir doch nur dieselbe Kühnheit besäßen«, überbot Salah.
»Zu zwanzig gegen die osmanische und mamlukische Artillerie?« sagte Butros ironisch.
»Da müßte sich schon die Hassibeh[1] an unsere Spitze setzen.«
Salah warf sich mit kindischem Stolz in die Brust.
»Ich ziehe es vor, nackt, doch würdig zu sterben, statt bekleidet, aber gedemütigt zu leben!«
»Bleiben wir ernsthaft«, legte Nabil nahe.
Er senkte ein wenig die Stimme und fuhr in vertraulichem Ton fort: »Der Weg ist lang. Es bleibt uns noch viel zu tun. Wenn wir auch weiterhin ohne Wanken rekrutieren müssen, darf dieser Schritt doch kein Selbstzweck sein. Ich glaube die Stunde gekommen, eine erste Aktion ins Auge zu fassen.«
»Schon?«
»Ich sehe nicht ganz, was wir beim derzeitigen Stand der Dinge unternehmen könnten«, wand Charif ein. »Wir sind vielleicht etwas zahlreicher, aber mehr auch nicht!«
Angesichts des gelassenen Ausdrucks seines Freundes setzte er hinzu: »Ich vermute, daß du dir schon etwas ausgedacht hast.«
»Hört gut zu. Von heute abend an wird jeder von uns mit einer Mission betraut sein. Eine genau umrissene Mission, die, wohl ausgeführt, unseren zukünftigen Aktionen dienen wird. Oh! Ich kann euch beruhigen! Es ist nicht die Rede davon, die Zitadelle im Sturm zu nehmen, den Palast der Beys zu belagern oder den Pascha zu ermorden. Nein, es

---

[1] Einer der Zaynab zugedachten Beinamen, der im einfachen Volk Kairos besonders verehrten Enkelin des Propheten. Sie wird als Fürsprecherin angesehen, die auch noch nach ihrem Tod über die Menschheit wacht.

handelt sich um ein subtileres Vorgehen, das ich folgendermaßen zusammenfassen würde: sehen, hören, einprägen.«
Die Versammelten tauschten ungläubige Blicke aus.
Nabil erläuterte: »In euren Familien, in der Universität, auf der Straße, jedesmal, wenn sich die Gelegenheit bietet, irgendeine Kenntnis politischer oder militärischer Art zu erhalten, müßt ihr sie ergreifen. Wir werden die Augen und die Ohren Ägyptens werden.«
»Sozusagen Spionage.«
»Warum nicht? Ja. Spionage. Wir dürfen nichts vernachlässigen. Nicht ein Wort, einen Satz. Die harmloseste Information kann sich als wesentlich für den Fortgang der Geschehnisse erweisen; wer weiß, vielleicht gar für das Überleben unserer Gruppe.«
»Nicht dumm«, sagte Salah. »Ich pflichte deinem Einfall unumwunden bei.«
»Ich auch«, meinte Butros begeistert, augenblicklich von den anderen beiden gefolgt.
Nabil wollte fortfahren, besann sich jedoch, als er seinen Vater erblickte, der unversehens hinzukam.
»Wahrhaftig, ihr seid unverbesserlich! Ihr habt dieses Zimmer seit Beginn des Abends nicht verlassen. Ich weiß, daß es das schönste im ganze Haus ist, aber dennoch...«
An seinen Sohn gerichtet fügte er hinzu: »Du solltest nicht vergessen, daß dies der Geburtstag deiner Schwester ist. Man wartet auf euch, um die Kerzen auszublasen. Ihr könnt ja eure Geheimberatungen später fortsetzen.«

*

In ihrem Kleid aus weißer Seide, die langen schwarzen Haare von zwei karminroten Bändern gehalten, die Füße in kleinen silberdurchwirkten Schühchen, zog Scheherazade alle Blicke auf sich. Vor allem die Michel Chalhubs.
Sie erhob sich von ihrem Sitz und beugte sich über die

riesige Torte, auf der, von vierzehn Kerzen beleuchtet, ihr Vorname prangte.

Ihr Blick schweifte über die Gesichter und hielt auf dem von Karim inne. Der Junge saß abseits, eingezwängt zwischen Nadia, Françoise Magallon und der üppigen Dame Nafissa. Unauffällig hob er eine Hand und gab ihr einen kurzen Wink der Ermutigung.

Sie senkte den Blick und versuchte, sich auf die Kerzen zu konzentrieren.

»Nur zu, Prinzessin! Blas sie auf einmal aus!«

Sie brauchte den Kopf nicht zu heben, um zu wissen, daß er es war, der sie angespornt hatte. Von einer Flut an Gefühlen überwältigt, blies sie mit aller Kraft. Die vierzehn kleinen Flammen flackerten und erloschen beinahe im gleichen Augenblick.

7. KAPITEL

26. Juli 1797

»Sechs Jahre...«, murmelte sie ungläubig. »Sechs Jahre...« Zwei Wiegenfeste hatten sich ihrem Gedächtnis eingeprägt. Ihr vierzehntes und das des vorangegangenen Tages. Ihr zwanzigstes.
Ein letztes Mal fuhr sie mit der Bürste durch ihre langen Haare und schickte sich an, sie zu einem Dutt zu knoten. Als sie damit fertig war, durchquerte sie den von einem Silberlüster erhellten Raum und blieb vor dem großen Wandspiegel stehen. Sie legte die Hände auf die deutliche Rundung ihrer Hüften, betrachtete versonnen die ebenmäßigen Linien ihres nackten Körpers. Ihre Beine waren schön, spindelförmig zulaufend, lang und schlank, bewundernswert wohlgeformt. Ihre Brüste von vollkommener Harmonie, rund, fest, leicht emporgerichtet. Sie drehte sich langsam zur Seite, posierte im Profil. Mißmutig verzog sie das Gesicht. Diese Wölbung, um die andere sie zweifelsohne beneidet hätten, fand sie zu ausladend. Sie zuckte mit den Schultern und wandte ihre Aufmerksamkeit wieder ihren Brüsten zu. Einer natürlichen Regung folgend, umfing sie eine der Rundungen mit ihrer Handfläche, streichelte sie, berührte flüchtig die Brustwarze und deren Hof, wobei sie ein wonniges Lustgefühl erfüllte.
Ihre Hand wanderte unter die Brust, glitt mit gleicher Zartheit hinab zu ihrem Unterleib. Sie verharrte mit leichtem Zögern, das verhaltenem Verlangen glich, bevor sie tiefer vordrang und sich in diese Wärme nistete, die sie manchmal

erregte und aufwühlte. In einer unschuldsvollen Liebkosung schmiegte ihre Hand sich ein wenig fester an den Flaum, erweckte einen Schauer der Lust, der sie durchrieselte. Die Wärme dieses geheimen Teils ihrer selbst durchströmte ihr ganzes Wesen.
Sie liebte ihren Frauenkörper. Im Verlauf jener sechs Jahre hatte sie seine Wandlung in den Blicken der Männer verfolgt, die ihr Tag um Tag ihre Schönheit bestätigt hatten.
»Scheherazade! Wir werden uns verspäten!«
Die donnernde Stimme ihres Vaters riß sie aus ihrer narzißtischen Träumerei, und sie eilte zu den Kleidern, die Aisha auf den Rand ihres Bettes gelegt hatte.

*

Als sie im *qa'a* erschien, konnte Michel Chalhub sich nicht enthalten, seine Bewunderung auszudrücken.
Scheherazade drehte sich graziös im Kreis, wobei sie darauf achtete, den Schleier, der ihr Haar halb bedeckte, nicht in Unordnung zu bringen.
»Verzeih, daß ich dich warten ließ«, sagte sie mit betörendem Lächeln. »Gefalle ich dir?«
Michel erwiderte: »Sonne und Mond haben ihre Rivalin gefunden.«
In ihrer golddurchwirkten Aba aus schwarzer Seide war sie wahrhaftig strahlend schön. Der *tailasan,* der ihr Antlitz einfaßte, brachte ihre von Kajal umrandeten Augen, die natürliche Bräune ihrer Haut noch mehr zur Geltung. Seit zwei Jahren kleidete sie sich nur noch nach arabischer Manier, denn sie zog das duftige Fließen der ägyptischen Gewänder bei weitem der überladenen Schwere von Madame Magallons abendländischen Kleidern vor.
Yussef, der neben seiner Gemahlin und Nabil saß, rief: »Nimm dich in acht, Michel, solche Komplimente könnten

dein Untergang sein. Man darf dem weiblichen Geschlecht nicht allzu viele Gewißheiten geben.«
Nabil wiederholte ironisch: »Sonne und Mond haben ihre Rivalin gefunden ... Ich habe mich schon gefragt, weshalb der Tag und die Nacht so fade sind.«
Scheherazade maß ihren Bruder mit hochmütiger Miene. »Was verstehst du denn schon von Frauen?«
»Wenn du damit sagen willst, daß ich ihnen nicht zu schmeicheln weiß, hast du recht; die Frauen sind mir gänzlich fremd. Zum Beweis: Mit meinen zweiunddreißig Jahren habe ich noch keine einzige gefunden, die mich gewollt hätte.«
Nadia sputete sich, dem jungen Mann Mut zu machen: »Allah wird deine Wünsche erhören, mein Sohn. Aber deine Schwester hat recht. Du solltest gegenüber jungen Frauen vielleicht mehr Zartgefühl an den Tag legen.«
»Mutter, ich bin so, wie ich bin.«
Scheherazade empörte sich: »Du machst es dir zu einfach! Ein liebenswürdiges Wort auszusprechen, kostet nichts. Du müßtest wissen, daß selbst der uninteressanteste Mann, beispielsweise du, sobald er ein Kompliment macht, mit einem Mal ein fesselnder Mensch wird. Und wie verhältst du dich? Du tust genau das Gegenteil. Du fährst deine wenigen Freundinnen an, du stößt sie vor den Kopf.«
Nabil hob die Hand, als bitte er um Waffenstillstand.
»Halt ein! Hab Gnade mit deinem armen Bruder. Laß mich nicht bedauern, dich begleitet zu haben, sonst ...«
Angesichts der Drohung gab Scheherazade augenblicklich nach. Obschon sie an diesem Abend – da Yussef zugegen war – die Gesellschaft ihres Bruders hätte entbehren können, wußte sie wohl, daß sie sich niemals zu den von ihr so sehr geschätzten Abendgesellschaften hätte begeben dürfen, wenn Nabil sich nicht bereit erklärt hätte, die undankbare Rolle des Anstandsbegleiters zu spielen.
»Du hast ganz recht«, sagte sie rasch. »Im übrigen ist es Zeit, zu gehen. Kommst du, Vater?«

Yussef erhob sich widerwillig.
»Hast du dich nicht anders entschieden?« fragte er seine Gattin. »Möchtest du dich uns nicht anschließen? Du weißt, Murad Bey wird deine Abwesenheit bedauern.«
»Nein. Ganz aufrichtig. Und ich muß gestehen, daß Sett Nafissa, so allerliebst sie auch sein mag, mich etwas ermattet.«
»Madame Magallon wird ebenfalls da sein«, erinnerte Scheherazade.
»Die teure Françoise ... Seit ihr Gatte zum Generalkonsul der Französischen Republik ernannt wurde, ist ihr Kopf angeschwollen wie eine Wassermelone.«
Scheherazade wußte, daß sich hinter diesem Wunsch nach Alleinsein etwas anderes verbarg. Nadia konnte nicht vergessen. Die Erinnerung an ihre geliebte Tochter war in ihr noch lebendig. Und obwohl sie alle Kräfte aufbot, dieses Thema vor ihrem Gatten nie anzuschneiden, kam der Name Samira ihr häufig über die Lippen, wenn sie und Scheherazade allein waren.
»Gut«, seufzte Yussef, indem er den Sitz seines Tarbuschs ordnete, »ich habe verstanden. Du hast keine Lust auszugehen, und damit Schluß!«
Er drückte einen Kuß auf die Stirn seiner Frau und gab das Zeichen zum Aufbruch.

*

Die Residenz Murad Beys befand sich nur knapp eine Meile vom Anwesen Sabah entfernt, in einem Viertel von Qurun.
»Das ist ja ein wahrhafter Palast ...«, bemerkte Michel Chalhub, als er das Gebäude erblickte.
»Eher eine Festung«, berichtigte Nabil.
Der junge Mann übertrieb nicht.
Die Tore waren mit massiven Eisenbeschlägen bewehrt. Die von breiten Mauern gebildete Umfriedung schloß die Mili-

tärquartiere der dem Bey gehörenden Mamluken sowie Befestigungswerke ein, die er hatte errichten lassen, um vor einem Überraschungsangriff oder dem Umsturzversuch einer Sippe in Sicherheit zu sein. Das Hauptgebäude war aus Ziegeln und Stein gemauert, zwei Stockwerke hoch, von einer riesigen Terrasse bedacht. Und der Innenhof war geräumig genug, daß um die fünfzig Reiter, die Pferde bei der Hand, nebst zwei oder drei Kamelen sich ohne Schwierigkeit darin bewegen konnten. Nabil erkundete aufmerksam alle Details des Bauwerks.

Seit er sechs Jahre zuvor dem *Blut des Nils* seine erste Mission auferlegt hatte, war er bemüht, der Rolle des Anführers gerecht zu werden. Die Spionage war ihm zur zweiten Natur geworden. Die bisher gesammelten Informationen waren jedoch nicht sehr bedeutsam. Dank der Gespräche und Lektüren hingegen vermochten jene, die den »denkenden« Kern der Gruppe bildeten – deren Eckpfeiler Nabil war –, die Interessen und Hintergründe, die außerordentliche Komplexität der politischen Welt, die sie umgab, besser zu deuten.

Ein Diener hieß sie willkommen und bat sie, ihm zum Salon zu folgen, in dem der Empfang stattfand. Die vier durchquerten einen mit allerlei Obstbäumen bepflanzten Garten und schritten eine große überdachte Galerie entlang, die mit zedernen Diwanen ausgestattet war, auf denen sich, wie der Diener erklärte, Murad Bey und seine Freunde gelegentlich dem Tabakgenuß hingaben. Jetzt war auf der Galerie ein Dutzend bis an die Zähne bewaffneter Mamluken postiert.

»Eine erstaunliche Residenz ... Es läuft mir kalt über den Rücken.«

»Eine Kaserne unter Bananenstauden«, erwiderte Scheherazade erschaudernd. »Ich würde hier nicht leben wollen.«

Ein Saal folgte einem mit vielfarbenem Marmor gefliesten Geviert. Die Wände waren mit gemalten Landschaften

bedeckt. Die Decken schmückten ebenfalls bemalte Balken.
Schließlich gelangten die vier Geladenen in den von Menschen wimmelnden Empfangssalon, in dem ebenfalls Prunk und eine Überfülle an Verzierungen herrschten. Friese bedeckten die Wände. Auf einem konnte man die in Goldlettern eingravierte Inschrift lesen: »Diese gesegnete Behausung wurde mit der Güte des allerhöchsten Gottes für Murad Bey im Jahre 1151 der Hedjra erbaut.«
Scheherazade war wie erschlagen, und es dauerte eine Weile, bis sie bemerkte, daß der Hausherr sie begrüßen wollte.
»Verzeihen Sie, Murad Bey«, log sie, »doch ich stand ganz unter dem Bann all dieser Wunderwerke.«
Der Mamluk erwiderte bescheiden: »Die Schönheit dieses Hauses verblaßt vor der Ihren, vielgeliebte Tochter des Chedid. Betrachten Sie mein Haus als das Ihre. Verlangen Sie einfach, was Sie wünschen.«
Scheherazade dachte bei sich, daß ihr Gastgeber wohl in arge Verlegenheit käme, würde sie ihn beim Wort nehmen.
Murad Bey begrüßte Yussef, den er brüderlich umarmte, Michel Chalhub und endlich Nabil.
»Sohn des Chedid, als ich dich das letzte Mal sah, warst du nicht höher als ein junger Sproß. Und nun bist du eine wahrhafte Eiche.«
Nabil dankte ihm mit leiser Ironie: »Trotz aller Anstrengung konnte ich leider nicht so rasch wachsen wie Sie, Exzellenz.«
Der Mamluk lachte frei heraus.
»Bravo ... Ich sehe schon, in der Kunst, Worte zu drechseln, steht der Sohn dem Vater nicht nach.«
Er wandte sich Yussef zu.
»Du kannst stolz sein, mein Freund. Was für prächtige Kinder. Möge Gott sie beschützen und ihnen ein langes

Leben schenken. Genießt die Freuden dieses Abends. Dieses Haus ist das eure.«
Und an Scheherazade gewandt: »Tochter des Chedid, erlauben Sie mir, Ihnen nochmals zu sagen, daß dieser Ort noch nie solche Schönheit gesehen hat.«
Dann fügte er mit gesenkter Stimme hinzu: »Leider ist auch Häßlichkeit unter meinen Gästen anzutreffen, und meine Gastgeberpflicht bürdet mir auf, mich ihr ebenfalls zu widmen. Vergeben Sie mir also...«
»Wahrhaftig«, sagte sie, als sie dem Mamluken nachblickte, »welch ein Mensch! Wie der Dekor seines Hauses: schwülstig und eitel.«
»Ein Geier...«, spottete Nabil.
»Muß ich dich daran erinnern«, grollte Yussef, »daß hier weder die Stunde noch der Ort ist...«
»Verzeih, Vater... Wie unbedacht von mir.«
Diplomatisch gab Michel Chalhub dem Gespräch eine andere Wendung.
»Schaut nur. Ibrahim Bey und Elfi Bey, die beiden Unzertrennlichen. Lord Baldwin, der Konsul Großbritanniens, Said Abu Bakr, unser Gouverneur, der Großzöllner Yussef Cassab...«
»Schutzherr, Oberaufseher und vor allem guter Ratgeber der französischen Geschäftsleute«, sagte Nabil. »Fürwahr eine feine Gesellschaft...«
»Ich muß übrigens mit dem Zöllner reden«, sagte Yussef. »Es dauert nun schon mehr als eine Woche, daß drei Posten Stoffe in Bulaq festgehalten werden. Begleitest du mich, Scheherazade?«
Kaum hatten sich die beiden entfernt, tuschelte Nabil: »Sag mal, Michel, fühlst du dich nicht schrecklich unter all diesen Aasgeiern?«
»Mein Freund, ich habe niemals die Absicht gehabt, die Welt zu verändern. Sie ist, wie sie ist.«
»Schau doch. Franzosen, Engländer, Österreicher, Venezia-

ner... Da ist nicht einer, der nicht gewünscht hätte oder wünschte, ein Stück Ägyptens oder ganz Ägypten an sich zu reißen. Selbst Rußland..."

"Das alles ist Politik. Eine Materie, die mir unbekannt ist und um die ich mich herzlich wenig schere."

Doch Nabil fuhr fort: "Vor kaum zehn Jahren hat Katharina II. ein Individuum namens Baron von Thonus mit dem Auftrag nach Ägypten geschickt, den Beys einzuflüstern, sich von der PFORTE unabhängig zu machen und unter den Schutz der Herrscherin zu begeben. Der Abgesandte hat Murad und Ibrahim natürlich Avancen gemacht. Der erste hat ihm einen abschlägigen Bescheid erteilt, doch der andere war nicht abgeneigt, darauf einzugehen, sollte er doch zum Oberhaupt dieser eventuellen Regierung berufen werden... Ein russisches Ägypten... Welch eine Posse..."

"Und wie endete dieser arme Baron?" fragte Michel zerstreut, denn er war darauf bedacht, Scheherazade nicht aus den Augen zu verlieren.

"Er wurde eingekerkert und in einer der Zellen der Zitadelle erdrosselt."

"Welch trauriges Ende..."

Nabil wollte zu einem weiteren Vortrag anheben, als er, etwas abseits stehend, Carlo Rosetti erblickte. Sogleich befremdete ihn etwas am Benehmen des Konsularagenten. Mit angespannter Miene gestikulierte er fahrig und suchte anscheinend irgend jemandes Aufmerksamkeit auf sich zu lenken. Nabil erhob sich auf die Zehenspitzen, um zu erspähen, wem diese Winke galten. Er brauchte nicht lange, um zu erkennen, daß es sich um Charles Magallon handelte. Endlich vernahm der neue Konsul von Frankreich die stummen Rufe des Venezianers, und Nabil sah, wie die beiden Männer sich zum Ausgang wandten.

"Ich glaube, Scheherazade braucht dich", stieß er, an Michel gerichtet, erregt hervor.

Der junge Mann schien verdutzt.
»Doch, doch ...«
Mit ermunternder Gebärde packte er den Begleiter seiner Schwester am Arm: »Geh zu ihr. Ich folge dir.«

*

»Das ist aber äußerst ernst«, sagte Rosetti besorgt. »Sie wissen, was das bedeutet?«
Magallon stimmte ihm ungerührt zu.
»Die Beys werden nur bekommen, was sie verdienen. Die Fortsetzung dieser skandalösen Situation wäre schmählich für eine Republik, die Europa neue Gesetze gibt und deren Name der Schrecken aller Tyrannen ist.«
»Trotz allem, Charles ... Ist das einen Krieg wert?«
Der Konsul schien bestürzt.
»Ja, ist Ihnen denn nicht bewußt, was wir seit mehr als zehn Jahren erleiden? Muß ich Ihnen die Liste der von diesen beiden Despoten Murad und Ibrahim aufgezwungenen Schikanen aufzählen?«
»Ich weiß das alles ...«
»Die Kapitulationen[1] haben den Zoll auf drei Prozent festgelegt. Und trotz der Vermittlung von Yussef Cassab haben ihn die Zöllner von Kairo vergangenen Monat nochmals um eine Fülle neuerlicher Abgaben heraufgesetzt, deren barbarische Namen nur in diesem Lande bekannt sind! Jedesmal, wenn sie Geld benötigen, klopfen die Beys an die Türen der Geschäftsleute und verlangen fünfzehn- bis zwanzigtausend Piaster als Darlehen. Muß ich erwähnen, daß von all diesen Anleihen nicht eine einzige bis zum heutigen Tage zurückgezahlt worden ist?«

---

[1] Verträge zwischen europäischen und außereuropäischen Staaten, im besonderen Fall dem Osmanischen Reich, über den Status dort ansässiger Europäer *(Anm. d. Ü.)*

Rosetti verzog ungeduldig das Gesicht. »Das weiß ich doch«, wiederholte er.

»Und daß ich unablässig in meinem Land herausgeschrien habe, entweder solle man uns den Titel des französischen Bürgers aberkennen oder aber uns unsere Rechte zurückgeben!«

»All dies haben Sie selbstverständlich Ihrer Gesetzgebenden Versammlung übermittelt.«

»Wie auch Bertrand-Moleville, dem Marineminister, und Verninac, dem Gesandten der Republik in Istanbul.«

»Ich kenne den Inhalt dieses Briefes auswendig: *Die Republik ist stark genug, um einige wenige Individuen zur Vernunft zu bringen, denen nur Arroganz und keineswegs wirkliche Stärke eigen ist ... Ich bitte dich, Bürger, alle Mittel auszuschöpfen, Ägypten Frankreich zuzuführen. Dies wäre eines der schönsten Geschenke, das du ihm machen könntest. Das französische Volk fände bei diesem Erwerb ungeheure Ressourcen.* Gleichwohl bin ich überzeugt, daß eine Eroberung Ägyptens durch die französischen Streitkräfte unabschätzbare Auswirkungen auf den Rest der Welt hätte. Ganz zu schweigen von der Reaktion Istanbuls. Sollten Sie vergessen haben, daß Frankreich mit dem Osmanischen Reich verbündet ist? Glauben Sie, daß die Türken der Annexion einer ihrer wichtigsten Provinzen mit den Händen im Schoß zusehen werden?«

»Die Pforte wird im Gegenteil entzückt sein, daß wir sie von diesem Geschmeiß von Mamluken und Beys befreien.«

»Und zum Dank, so schwebt Ihnen vor, werden die Türken Ihnen die Reichtümer Ägyptens überlassen. Erlauben Sie mir, dies stark in Zweifel zu ziehen.«

»Werden sie eine andere Wahl haben?«

Der Konsularbeamte unternahm einen neuen Versuch.

»Ich appelliere an Ihre Vernunft: Sie müssen Ihren Regierenden davon abraten, sich in dieses Unternehmen zu stürzen.«

Charles Magallon erwiderte in neutralem Ton: »Ich habe die Absicht, Monsieur de Talleyrand zu treffen, unseren Minister für Auswärtige Beziehungen, und ihm ein ausführliches Memorandum über die Lage auszuhändigen. So wird es an ihm sein, seitens des Direktoriums einzuwirken oder nicht.[1] Dennoch, auf die Gefahr hin, Ihre Hoffnungen zunichte zu machen, weiß ich bereits, daß wir in dieser Angelegenheit der gleichen Ansicht sind.«

»Woher stammt diese Gewißheit?«

»Ich habe erfahren, daß, vor einem Jahr ungefähr, M. de Talleyrand vor einer auserlesenen Zuhörerschaft, die sich zu einer öffentlichen Sitzung des *Institut national des Sciences et des Arts*[2] einfand, den Gedanken einer Expedition nach Ägypten erwähnt hat. Ein dem meinen verschwisterter Gedanke.«

Rosetti murmelte niedergeschmettert: »Dann ist also alles entschieden. Wenn Monsieur de Talleyrand von der Triftigkeit einer solchen Operation überzeugt ist, wird sich niemand finden, ihm zu widersprechen. Mehr noch, er wird ganz Frankreich überzeugen.«

»Sie wissen so gut wie ich, daß in der Politik niemals irgend etwas entschieden ist. Das einzige, dessen ich gewiß bin, ist, daß die den Franzosen zugefügten Verletzungen wiedergutgemacht werden müssen.«

Der Venezianer rief: »Na, hören Sie, mein Freund ... Kommen Sie ... Fassen Sie sich wieder! Die Situation der Händler ist zweifellos problematisch. Aber glauben Sie nicht, daß Sie damit einen wunderbaren Vorwand finden, Ihre Ziele zu erreichen? In Wahrheit, und das wissen Sie sehr genau, ist es nicht Frankreichs verunglimpfte Ehre,

---

[1] Charles Magallon traf Talleyrand tatsächlich einige Monate später, im Januar 1798. Der Minister sollte sich von jenem besagten Memorandum ungemein anregen lassen und sogar so weit gehen, es in seinem »Bericht an das Exekutivdirektorium zur Eroberung von Ägypten« zu paraphrasieren, den er, auf Bonapartes Verlangen hin, der Regierung am 14. Februar 1798 übermittelte.

[2] Nationales Institut der Wissenschaften und Künste *(Anm. d. Ü.)*

die Sie in solchem Maße umtreibt. Nein, es handelt sich um etwas anderes.«
Er hielt eine Weile inne, um wieder zu Atem zu kommen.
»Es ist mir ein Brief übermittelt worden, der vom vergangenen Jahr datiert. Vom 18. August, um genau zu sein. Er war an das Direktorium gerichtet und von der Hand Ihres kleinen Generals, Bonaparte, unterzeichnet ... Ein Satz ist mir wesentlich erschienen. Möchten Sie, daß ich Ihnen diesen in Erinnerung rufe?«
Die Ablehnung des Franzosen übergehend, fuhr Rosetti, die Worte nachdrücklich betonend, fort: »*Die Zeiten sind nicht mehr fern, da wir einsehen werden, daß wir, um England wahrhaftig zu zerstören, uns Ägyptens bemächtigen müssen.*«
Der Diplomat schloß barsch: »England, Charles, England und die Indienroute. Indien ist die Grundlage der englischen Stärke. Ist Indien einmal erbeutet, dann liegt England auf den Knien. Und das ist die einzige Wahrheit. Das einzig Wesentliche.« Er verstummte und fügte, Magallon ernst ansehend, hinzu: »Es existiert noch ein weiterer, ebenso ausschlaggebender Punkt.«
»Und der wäre?«
»Seit er aus Italien zurückgekehrt ist, langweilt sich Ihr Bonaparte. Und nichts ist gefährlicher als ein müßiger Held. Ihr Direktorium weiß das und bangt, daß er eines Tages seinen Platz einnehmen könnte. Man möchte ihn lieber anderswo. Egal wo, doch vor allem nicht in Paris. Weshalb hätte man ihm sonst den Oberbefehl der England-Armee übertragen? Als ob eine Eroberung der Britischen Inseln nicht eine ungeheure Utopie wäre. Ihr General ist womöglich ein potentieller Tyrann, aber er ist sicherlich nicht beschränkt.«
Magallon machte Anstalten, ihn zu unterbrechen, doch der Venezianer überging es ein weiteres Mal.
»Er hat so getan, als inspiziere er diese Armee, die dazu bestimmt ist, nach den englischen Küsten in See zu stechen, aber im Grunde ist es Ägypten, das er anvisiert: ›Alles nutzt

sich hier ab, schon ist mein Ruhm vergangen, dies kleine Europa bietet nicht genug davon. In den Orient muß man gehen: Aller großer Ruhm kommt von dort.‹ Sind das nicht seine eigenen Worte? Seien Sie also so nett, hören wir auf, über das Los einiger vierzig *cavadja* Tränen zu vergießen. Seit kurzem hat Alexander der Große sein korsisches Ebenbild gefunden.«
Magallon lachte ironisch.
»Nur Groll gegenüber diesem *kleinen General.* Es ist wahr, bisweilen vergesse ich, daß Sie ja, obschon Venezianer, nichtsdestoweniger Konsul von Österreich sind. Campoformio bleibt für die Ihren eine recht bittere Erinnerung.«
Er schwieg eine Weile und sagte dann: »Doch Sie gefallen mir, Rosetti. Einverstanden, spielen wir mit offenen Karten. Was ich nun sage, entspricht im übrigen dem Kern meines Briefwechsels mit dem Marineministerium. Unabhängig von seinem eigentlichen Wert könnte Ägypten in der Tat als Exerzierplatz einer französischen Armee dienen, die, von Suez ausrückend, Indien binnen fünfundvierzig Tagen erreichen würde. Zehntausend Franzosen könnten die Engländer aus Bengalen verjagen. Der Besitz Ägyptens wäre für Frankreich das Wesentlichste, was man zu erlangen vermag, und würde ihm Vorteile verschaffen, deren sämtliche Folgen kaum vorauszusehen sind.«
»Da sind wir uns also einig.«
Er schien nachzudenken und fragte: »Wenn ich Murad Bey die Situation zu erklären versuchte? Vielleicht könnte eine Übereinkunft...«
»Haben Sie den Kopf verloren? Oder ist es der meinige, den Sie auf dem Richtklotz sehen möchten? Ich habe Ihnen angesichts einer alten Freundschaft mein Vertrauen geschenkt. Diese Äußerungen müssen geheim bleiben.«
»Ich verstehe...«
»Sie werden nichts sagen, Rosetti?«
Der Konsularagent schüttelte den Kopf.

»Angesichts einer alten Freundschaft, wie Sie sagen...«
Im Augenblick, da sie auseinandergehen wollten, gab der Venezianer sarkastisch zu bedenken: »Als die *Eclair* Sie vor fünf Jahren als frisch bestallter Generalkonsul der Französischen Republik in Alexandria angelandet hat, haben Ibrahim und Murad Bey Ihnen doch einen äußerst schmeichelhaften Empfang bereitet, nicht wahr?«
Magallon bestätigte.
»An Ihrer Stelle würde ich den Hermelinmantel,[1] den sie Ihnen geschenkt haben, nicht behalten; ich würde ihn zurückgeben, bevor noch die ersten Fregatten der Flotte am Horizont auftauchen... Die Mamluken, und die Araber im besonderen, sind sehr empfindsam hinsichtlich des Schicksals, das man ihren Geschenken bereitet...«

*

Benommen fragte sich Nabil, ob er soeben geträumt hatte. War es möglich? Sollte Frankreich ins Auge fassen, Ägypten zu besetzen? Würde zu den Mamluken und den Türken ein weiterer Eindringling hinzukommen? Und welch ein Eindringling... Soldaten, die jenem Land entstammten, das ihm bis zu diesem Tage als Symbol gedient hatte.
Wir können unsere Bewegung doch ›Frankreich‹ nennen...
Niemals hatte der Vorschlag dieses armen Salah so grotesk angemutet.
Seine Freunde mußten so früh wie möglich benachrichtigt werden. Beim Feuer Gottes, der Eindringling würde den Preis des vergossenen Blutes bezahlen. Denn inzwischen waren sie keine zwanzig mehr. Sondern vierhundertfünfzig.

*

---

[1] Es war Brauch, einen Gast mit einem Hermelinmantel als Geschenk zu ehren.

Blaßblau schwebte der Rauch der Weihrauchkügelchen im Raum. Murad Bey und seine letzten Gäste hatten sich um eine große Kupferplatte niedergelassen, auf der allerlei Zuckerwerk und die Utensilien eines Nargilehs angeordnet waren.

Ibrahim Bey tat einen Zug und blies ihn genüßlich zu den Friesen an der Decke aus.

»Tochter des Chedid«, säuselte er, »Sie erstaunen mich. Wieso kennen Sie so viele Einzelheiten über die Flußflotte unseres Freundes Murad? Die Anzahl der Feluken, aus der sie besteht? Die Herkunft der Kanonen? Wirklich verblüffend.« Murad Bey warf Yussef Chedid einen mißtrauischen Blick zu.

»Sollte deine Tochter eine Spionin der PFORTE geworden sein?«

»Das würde mich sehr wundern, Hoheit. Sie hat nie irgend etwas von Politik verstanden.«

Sett Nafissa empörte sich: »Sagen Sie doch gleich, daß Frauen töricht sind, Chedid Effendi!«

»Dieser Gedanke liegt mir fern. Gleichwohl beharre ich darauf: Meine Tochter versteht nichts von dieser Materie.«

»Aber dennoch interessiert sie sich für meine Flottille«, wandte Murad Bey argwöhnisch ein.

Sichtlich entzückt über die Verwirrung, die sie offenkundig im Geist des Mamluken hervorgerufen hatte, fuhr Scheherazade in aller Unschuld fort: »Sollten Sie, um sich mit Artillerie zu versehen, sich etwa nicht an Griechen aus Zakynthos gewendet haben?[1] Sie waren es doch, so scheint mir, die jene Kanonengießerei aufgebaut haben, die man unweit Ihres Palastes erblickt.«

---

[1] Die drei Gebrüder Gaeta. Zum Islam bekehrt, waren sie auch Mamluken. Der Älteste hatte sich 1796, unter Rosettis Patronat, mit dem Aufbau einer Artillerie für das sudanesische Königreich Darfur befaßt. Er wurde Militärberater des Königs, während er gleichzeitig die Einnahme des Landes durch Murad Beys Mannen vorbereitete.

»Überaus bemerkenswert.«
»Was die Zahl der Seeleute anbelangt, welche die Mannschaften Ihrer Flußmarine bilden, so liegt sie bei dreihundert. Worunter sich größtenteils Griechen befinden, die ein gewisser Nikos befehligt. Das stimmt doch?«
Der Mamluke riß die Augen auf.
»Sie kennen auch meinen Freund Papas Oglu?«
»Ich weiß alles, Exzellenz. Alles...«
Sie schwieg einen Moment. Dann berichtigte sie sich: »Alles, bis auf eines...«
Murad Bey stieß einen Seufzer der Erleichterung aus.
»Endlich.«
»Mir ist nicht bekannt, wo Ihre Schiffe vor Anker liegen.«
Der Mamluk lachte leise.
»Wer zu sehr nach den Einzelheiten einer Freske sucht, verliert die Sicht des Ganzen. Sie wissen wirklich nicht, wo Papas Oglu unsere Feluken bewahrt? Obwohl doch gerade dies am leichtesten zu entdecken gewesen wäre? Wohingegen die Anzahl meiner Seeleute zu kennen, die Besonderheiten meiner Artillerie...«
»Scheherazade«, sagte Michel verwundert, »ich wußte nicht, daß du dich so sehr für die Dinge der Marine begeisterst. Ich glaubte, du beschäftigst dich allein mit der Reitkunst und dem Damespiel.«
»Dem Damespiel?« rief Murad Bey aus.
Er betrachtete die junge Frau mit neuem Interesse.
»Sie verstehen wirklich Dame zu spielen?«
»Ob sie es versteht?« warf Nabil ironisch ein. »Ich verdächtige sie insgeheim, dieses Spiel erfunden zu haben. Bei allem Respekt, den ich Ihnen schulde, Exzellenz, sie würde Sie zum Frühstück verzehren.«
Der Mamluk klatschte in die Hände.
»Ein Damebrett!« befahl er. »Rasch! Ich kann es kaum erwarten, mich mit meinesgleichen zu messen.«
Während ein Diener seinem Wunsch nachkam, wandte

Scheherazade ein: »Warten Sie, Murad Bey! Es gibt etwas, was Sie wissen sollten.«
»Ich höre.«
»Ich spiele niemals ohne Einsatz.«
Murads Augen leuchteten auf.
»Das trifft sich gut. Ich auch nicht. Worum spielen wir?«
»Um den Ort, an dem Ihre Flußmarine vor Anker liegt.«
»Sie verfolgt unbeirrbar ihr Ziel!« bemerkte Sett Nafissa belustigt.
»Glaubst du nicht, daß du den Langmut und die Höflichkeit unseres Gastgebers zu sehr beanspruchst«, hielt Yussef ihr mißmutig vor.
An den Mamluk gerichtet, fügte er hinzu: »Vergib ihr. Sie ist gerade zwanzig geworden, aber sie besitzt die Unbedachtheit eines Kindes.«
»Ganz und gar nicht. Ich liebe diese Art Herausforderung.«
Murad Bey versenkte seinen Raubtierblick in die Augen der jungen Frau.
»Gleich einer Geldmünze hat eine Wette zwei Seiten. Ich übernehme die Rückseite. Was soll die Vorderseite sein?«
»Ich habe meinen Vorschlag gemacht. Was setzen Sie ihm entgegen?«
Der Mamluk strich versonnen mit der Hand über seinen dichten Bart.
»Chalhub Effendi hat durchblicken lassen, Sie seien eine hervorragende Reiterin. Falls ich die Partie gewänne, würden Sie dann mit mir in die Wüste reiten?«
»Das ist kein Pfand, Murad Bey, sondern eine Ehre.«
»Noch heute abend«, verdeutlichte der Mamluk.
Yussef Chedid schien dem Ersticken nahe.
Den Blick in der der jungen Frau gebohrt, schloß Murad: »Noch heute abend ...«
Nach einer kurzen Pause fügte er hinzu: »Bis zum Morgen.«
Stille folgte diesen Worten, in der nur das Rascheln von Sett Nafissas Kleid zu hören war.

»Sie scherzen, Murad«, murmelte die Weiße mit gezwungenem Lächeln.
»Durchaus nicht, meine Liebste. Doch es versteht sich von selbst, daß die Tochter des Chedid diese Partie aussetzen kann.«
Der Diener hatte soeben das Damespiel auf den kupfernen Tisch gestellt.
»Weiß oder Schwarz?« fragte Scheherazade.

8. KAPITEL

»Das ist unverzeihlich!« tobte Yussef.
Sie waren bereits seit einer Weile nach Sabah heimgekehrt; weder der Vater noch der älteste Sohn vermochten ihren Zorn zu bändigen.
Nabil überbot ihn: »Bist du dir eigentlich bewußt, in welche Situation du uns gebracht hättest, falls du verloren hättest? Hast du überhaupt daran gedacht? Antworte!«
Scheherazade suchte Unterstützung bei Michel Chalhub, doch vergebens.
»Es ist wahr, Scheherazade, du hast mit dem Feuer gespielt. Als er zum zweiten Mal zur Dame vorgerückt ist, glaubte ich die Partie schon verloren.«
»Ich auch.«
»Du gibst es zu!« brüllte Yussef. »Eine Frage, eine einzige: Was hättest du getan, wenn Murad Bey die dritte Runde gewonnen hätte?«
Die junge Frau antwortete in fatalistischem Ton: »Ich hätte die Ehrenschuld eingelöst.«
»Meine Tochter und Murad Bey in der Wüste ... bis zum Morgen ... Bildest du dir ein, ich hätte etwas derartiges dulden können? Du kannst dir doch denken, daß der Mamluk sich nicht mit einem schlichten Spazierritt begnügt hätte! Meine väterliche Pflicht, die Familienehre hätten es also geboten, eine solche Schmach zu verhindern!«
Er endete mit niedergeschlagenem Blick: »Obendrein hast du uns noch zu bitten gewagt, uns auf der Stelle stromaufwärts des Schlosses von Gizeh zu begeben.«
»Er hat doch behauptet, dort, sechs Meilen von seinem

Palast entfernt, lägen seine Boote vor Anker. Wer könnte einem Murad Bey trauen?«

Yussef erhob sich mühsam.

Damit wir einander keine schmerzlichen Worte sagen, werde ich lieber schlafen gehen. Doch merke dir gut, Scheherazade: Das nächste Mal, falls es zu deinem Unheil ein nächstes Mal geben sollte, spielst du um deinen Kopf. Ich werde ihn dir mit meiner eigenen Hand abschlagen!«

Er durchschritt mit gekrümmtem Rücken den Raum; in diesen wenigen Stunden war er um Jahrzehnte gealtert.

Kaum war ihr Vater gegangen, fuhr Nabil fort, sie zu beschimpfen: »Siehst du, in welchen Zustand du den armen Mann versetzt hast, du Monstrum?«

Zur Antwort ergriff die junge Frau einen bernsteinernen Gebetskranz, den sie aufgeregt durch die Finger gleiten ließ.

»Ist dein Gedächtnis so schlecht, daß du vergessen hast, was es Samira gekostet hat, die Moral zu verletzen?«

»Was? Du bist schändlich! Wie kannst du das, was sich heute abend zugetragen hat, mit dem Verhalten meiner Schwester vergleichen?«

»Es ist das gleiche! Man spaßt nicht über die Tradition. Und dazu noch vor dem eigenen Vater! Glaubst du nicht, daß er genug gelitten hat?«

»Mäßige deine Worte, Nabil. Soweit ich weiß, hast du unseren Vater bis zum heutigen Tage nie in hohen Ehren gehalten. Die Zeit ist noch nicht allzu fern, da du ihn beschuldigtest, *auf Knien zu leben* ... Daher steht es gerade dir nicht an, mir Moral zu predigen!«

Nabil erbleichte. Er hob die Hand, als wolle er seine Schwester schlagen.

Bestürzt trat Michel dazwischen.

»Beruhigt euch ... Murad Bey ist es nicht wert, daß ihr euch auf diese Weise verunglimpft. Ich bitte euch.«

Die Hand blieb in der Schwebe und fiel dann herab.

»Möge die Nacht dir günstig sein«, sagte Nabil.

Er erhob sich, und Michel tat es ihm gleich.
»Ich gehe auch nach Hause. Es ist spät.«
Der andere beschwichtigte ihn mit einer freundschaftlichen Geste.
»Bleib doch noch ein wenig ... Sofern du die Geduld besitzt, dieses Teufelsgeschöpf zu ertragen.«

*

»Gehen wir hinaus, ich ersticke ...«
Er folgte ihr in den Garten.
Die Luft war lau und von einem balsamischen Duft erfüllt.
»Ich bin wohl keine Frau wie die anderen ...«
Michel antwortete sanft: »Das glaube ich nicht, Scheherazade. Ich denke, du bist nur ungeheuer stürmisch und dir deshalb der Tragweite deiner Taten nicht bewußt.«
»Habe ich denn wirklich so etwas Schlimmes getan?«
»Auch wenn es dich in Wut bringt, muß ich ja sagen.«
»Aber es war doch ein Spiel. Nichts als ein Spiel!«
»Es gibt Spiele, die einen verbrennen, Scheherazade. Neun Jahre trennen uns; deshalb darf ich mir erlauben, dir diesen Rat zu geben: Spiele, denn Spiel und Herausforderung gehören zu deinem Wesen, aber versichere dich zuvor, daß du die einzige bist, die den Preis dafür bezahlt.«
Die junge Frau schien sich zu entspannen. Sie hielt immer noch den Gebetskranz in den Händen und strich im Gehen mit fahrigen Bewegungen über die Perlen.
Während sie tiefer in den Garten spazierten, betrachtete Michel sie heimlich.
Weshalb erschien ihm jeder ihrer Lidschläge wie etwas gänzlich Neues? Ihr Duft; das Wallen des Schleiers auf ihrer Schulter; diese Art, in der sie atmete, sich bewegte, die nur ihr eigen war. Oh, wie er sie liebte! Sollte er gestehen? Ihr alles gestehen, was er so lange schon in sich trug? Sie würde ihm zweifellos einen Korb geben, ihn auslachen. Und wenn ihn der Gedanke überkam, daß selbst

dieses Lachen ihn hätte bewegen, oder schlimmer noch, ihn hätte rühren können, erwuchs in ihm die erschreckende Gewißheit, daß die Liebe wahrhaftig wahnsinnig machen konnte.
Soeben hatte sie etwas gesagt. In seinen Überlegungen verloren, hatte er es nicht gehört. Sie wiederholte ihre Frage: »Glaubst du wirklich, daß Murad Beys Flotte sich stromaufwärts des Palastes befindet?«

*

Vor kurzem war der Tag angebrochen.
Sie hatte sich auf Safir geschwungen und sauste die nach Kairo führende Straße entlang. Dieser Umweg war aus Vorsicht gewählt. Falls jemandem in den Sinn kam, sie zu verfolgen, konnte sie ihn ohne Mühe im Labyrinth der Gäßchen abschütteln.
Bald tauchten die Minarette auf und, hinter den ersten warmen Dunstschwaden, die Ausläufer des Mokattam[1] und der strenge Schatten der Kalaat el-Gabel, der etwa siebenhundert Jahre zuvor vom großen Saladin errichteten Zitadelle. Gestern Palast der Sultane, die Ägypten regierten, heute Quartier der Janitscharen.
Scheherazade ritt im Trab die alte Wallmauer *Qaraquch* im Herzen des Fustatviertels entlang, der Stätte, an der alles begann, wo, der Legende nach, Amr Ibn al-As, der stolze Befehlshaber von Omars Heerscharen, sein Zelt aufgeschlagen hatte, bevor er sich zur Eroberung Ägyptens anschickte.[2]

---

[1] Berg, der Kairo überragt
[2] Der Legende zufolge soll Amr, als das Lager abgebrochen wurde, um gen Alexandria zu ziehen, verlangt haben, sein Zelt, da zwei Tauben darauf nisteten, bis zu seiner Rückkehr aufgeschlagen zu lassen. Zunächst nur Sammelpunkt der siegreichen Truppen, wurde das Zelt bald zum Mittelpunkt einer Militärstadt, der man den Namen Fustat (= das Zelt) gab. Ihrer Stellung als Hauptstadt wegen wurde sie kurze Zeit danach unter dem Namen Misr (a. Masr) bekannt, der auch als Bezeichnung für ganz Ägypten diente.

Langsam erwachte die Stadt, und Staub und Geschrei erhoben sich zwischen den Kornmühlen und den abgekühlten Brunnen. Scheherazade begegnete dahinschlurfenden Bettlern und zerlumpten Kindern, denen Trauben von Fliegen an den Augen klebten. Kaum achteten die zerzausten Vorübergehenden auf den Reiter, der ihnen auszuweichen suchte. Ganz anders wäre es gewesen, wenn auch nur einer unter ihnen gewußt hätte, daß es sich um eine Frau handelte. Doch der schwarze Schleier, der ihr Haar bedeckte, und der andere, der die Unterpartie ihres Gesichts verbarg, hatten Scheherazade in eine geschlechtslose Gestalt verwandelt.

Nachdem sie sich versichert hatte, daß ihr niemand auf den Fersen war, machte sie kehrt und ritt zurück, bis sie an der von Murad Bey bezeichneten Stelle am Nil anlangte. Der Mamluk hatte nicht gelogen.

Beim Anblick der zu zweit aneinandergereihten Feluken hüpfte ihr das Herz in der Brust. Die Zügel zu einem Band um die Handgelenke geschnürt, hielt sie vor den geschäftigen Matrosen an.

»He, du Hundesohn. Striveh![1] Mach, daß du fortkommst!«

Entrüstet starrte sie den Mann, der sie so vulgär beschimpft hatte, an.

»Bist taub oder was? Verschwinde! Oder mein Freund und ich verhaun dich!«

Was war das für ein Gefasel?

Das Individuum, ein Riese von fast zwei Metern, hatte einen sonderbaren Kopf. Den Kopf eines Mörders mit Glotzaugen, mit vorspringendem Kinn und hohlen Wangen. Darunter, rechts von der Oberlippe, prangte ein riesiges, einer Olive gleichendes Muttermal, das seine Fratze nicht lieblicher machte. Ein schwarzes Band umkränzte seine Stirn; ein langer Dolch hing an seinem Gürtel. Er trug ein über der

---

[1] Griechisch: Dreh um. Erweitert: Verschwinde!

Brust geschlitztes Wamshemd und Stulpenstiefel, die nach schlechtem Leder rochen.

Er war nicht allein. Ein Bande von Spießgesellen, kaum beruhigender als er, umringte ihn.

Scheherazade mußte übermenschlichen Mut aufbieten, um ihr Reittier nicht spornstreichs zur Flucht anzutreiben, und ihre Stimme so tief als möglich verstellend, fragte sie gebieterisch: »Wer bist du, daß du mich so herumkommandierst? Mit welchem Recht erlaubst du dir, Leute zu beschimpfen?« Der Riese brach in dröhnendes Lachen aus.

»Wer ich bin, ich? Und du ... aus welchem Loch der Hölle kommst du, daß dir Bartholomeo Sera fremd ist, den doch alle als Granatapfelkern kennen?«[1]

»Ich kenne weder einen Bartholomeo noch einen Granatapfelkern. Ich verstehe dein Kauderwelsch nicht. Laß mich in Frieden.«

Der Mann trat einen Schritt vor und zückte seinen Dolch, der in der Sonne funkelte.

»Ich werd' dir deine Dummheit schon austreiben, mein Bruder. Dein Blut wird dir aus allen Löchern spritzen.«

Er tätschelte den Hals des Pferdes.

»Ein schönes Tier. Ich kenn' mich aus.«

Im Augenblick, da er einen weiteren Schritt vortrat, riß Scheherazade kräftig an den Zügeln, während sie die Absätze in Safirs Flanken hieb. Sofort bäumte das Pferd sich auf und hätte den Riesen beinahe umgestoßen.

»Möge Gott dich zerfetzen!« rief die junge Frau. »Ich sage es dir nochmals, laß mich in Frieden!«

In ihrer Wut hatte sie vergessen, die Stimme zu verstellen. Granatapfelkern erstarrte und glotzte sie mit großen Augen an.

---

[1] Von den Franzosen Barthélémy genannt. Sein richtiger Name war Petro Saferlu. Er stammte aus Chios, einer Insel in der Ägäis. Sein arabischer Name war eine Verballhornung von Bart(ulmin) ar-Rumi, Bartulmin der Grieche, was auf Arabisch wie Fart ar-Rumman (Granatapfelkern) klang.

»Irr' ich mich, oder ist das eine Frau?«
Von obszönen Gesten unterstrichenes derbes Gelächter brach aus.
Mit provozierender Miene lüftete Scheherazade den Schleier.
»Nun werden du und deine Freunde sicher mehr Mut haben.«
Um ihre Entschiedenheit zu betonen, sprang sie ab, das hocherhobene Kinn dem Widersacher entgegengestreckt.
Die tollkühne Tat schien Granatapfelkern nicht im mindesten zu verunsichern. Er pflanzte sich dicht vor ihr auf, beinahe Nase an Nase. Sie konnte seinen widerlichen Atem riechen, den säuerlichen Geruch, der durch das geschlitzte Hemd von seinen Achseln aufstieg.
Mit verzerrtem Grinsen hob er seinen Dolch und drückte die Spitze gegen den Hals der jungen Frau.
»Du trägst den Schädel hoch, aber das beeindruckt mich nicht. Mutige Frau'n gibt's nicht, nur verrückte. Ich werd's dir beweisen.«
Seine wahnsinnige Miene ließ Scheherazade befürchten, daß er seine Drohung in die Tat umsetzen würde. Sie wartete atemlos.
»Es reicht, Bartholomeo! Laß sie«, rief eine Stimme in scharfem Ton.
»Jassu«, grüßte Granatapfelkern auf Griechisch. »Kennst dieses Mensch?«
Der Neuankömmling bejahte.
»Sie ist eine Verwandte. Die Tochter Chedids.«
Scheherazade riß die Augen auf. Woher kannte dieser Mann ihren Namen?
Bartholomeo schielte sie an.
»Chedid? Eine Christin also. In dem Fall«, Bartholomeo verbeugte sich mit linkischer Reverenz, »entschuldige ich mich, Herrin. Ich bin selbst ein Christ und kenn' die Nächstenliebe.«

Scheherazade hätte ihn fast gefragt, was er unter Nächstenliebe verstand, hielt sich jedoch zurück. Wie dem auch war, sie hatte mit diesem Irrsinnigen nichts mehr zu schaffen, sie war gerettet.
Auf ein Zeichen ihres Anführers zerstreute sich die Bande. Doch als Granatapfelkern an jenem vorüberging, der soeben eingeschritten war, zwinkerte er ihm verschwörerisch zu.
»Felicitates ... La ragazza e la piu bella dei munares[1].«
Der Unbekannte gab zu verstehen, daß er zustimmte, und die Bande verschwand.
»Der Sohn des Suleiman hatte recht. Sie sind sehr schön.«
»Dann kennen Sie Karim?«
»Und ob ich ihn kenne ... er ist mein Adoptivsohn. Oder so gut wie. Darf ich mich vorstellen: Nikolas Papas Oglu. Nikos für meine Freunde.«
»Ich habe viel von Ihnen gehört. Aber wie haben Sie mich erkannt?«
»Sie waren doch gestern abend bei Murad Bey?«
»Ja.«
»Ich war ebenfalls anwesend.«
»Sie? Aber ...«
»Oh! Seien Sie unbesorgt, ich befand mich nicht unter den Ehrengästen. Den Mithelfern des Beys werden weit bescheidenere Empfänge zuteil.«
»Das ist keine Erklärung.«
»Man hat mich unterrichtet, daß die Tochter des Yussef Chedid sich allzusehr für die Flottille Seiner Exzellenz interessierte. So habe ich mich denn in den Raum begeben, in dem Sie alle versammelt waren, und Sie diskret beobachtet.«
»Der Bey hat also tatsächlich geglaubt, ich könnte eine Spionin der Pforte sein?«

---

[1] Ein unanständiges griechisches Wort, das zu übersetzen die Schamhaftigkeit des Autors nicht gestattet

»Wissen Sie, *Sajjida*,[1] wir leben in schwierigen Zeiten. Niemand weiß mehr, mit wem er es zu tun hat.«
»Wie dieser Irrsinnige, der mich fast enthauptet hätte ... Übrigens, wer war das?«
»Manche sagen, er sei der ehemalige Kanonier von Elfi Bey; andere nennen ihn Pferdedresseur von Murad. Sicher ist, daß er heute ein Freigelassener ist und von Seiner Exzellenz mit der Bewachung seiner Flußmarine betraut wurde.«
»Aber er ist ein Totschläger!«
Papas Oglu hob resigniert die Arme.
»Von der übelsten Sorte, ich weiß. Wie gesagt – wir leben in schwierigen Zeiten.«
Nach kurzem Schweigen fragte Papas Oglu: »Ich nehme an, Sie wünschen den Sohn des Suleiman zu sehen?«
Scheherazade schlug die Augen nieder.
»Er ... er hat Ihnen von mir erzählt?«
»Gewiß. Irgend etwas sagt mir, daß er Sie sehr mag ... Doch was wollen Sie machen, sollte der Mensch zwischen zwei Krankheiten nicht die wählen, die weniger leiden läßt? Kommen Sie. Ich denke, er wird glücklich sein, Sie wiederzusehen.«

*

»Nun, Prinzessin, du wärst fast gestorben ...«
Sie brachte kein Wort hervor und nickte nur.
Diese so oft verspürte Gemütsbewegung überkam sie wieder. Sie haßte sich wegen ihrer Schwäche, war sie sich doch sicher gewesen, sich in der Gewalt zu haben. Dieses Wiedersehen hatte sie doch in der Vorstellung durchlebt, und seinen Ablauf, seine Dauer im voraus festgelegt, ja sogar die Worte, die sie aussprechen würde, und jene, die verboten blieben.
Er trat einen Schritt auf sie zu. Auch er hatte sich verändert.

---

[1] Arabisch: Herrin

Seine jugendliche Gestalt war der Statur eines Mannes gewichen. Seine Muskulatur hatte sich harmonisch und ohne Übermaß entwickelt, sein Brustkorb sich gewölbt, und seine Züge hatten die Verschwommenheiten der Jugend verloren. Leise lächelnd fügte er hinzu: »Ich kann mir gut vorstellen, welche Angst dir dieser Irre eingejagt hat.«
Sie blieb stumm. Alles hätte sie dafür gegeben, daß es wie einst gewesen wäre, daß er sich ihr an den Hals geworfen, ihren Körper umschlungen, sich auf sie gelegt hätte. Daß er seine Lippen an ihr Ohr gelegt und wie damals zu ihr gesagt hätte: *Du kannst nichts ausrichten gegen die Kraft des Löwen...*
Doch nichts dergleichen geschah. Als er sich ungerührt auf eine der an der Anlegestelle stehenden Kisten niedersetzen ging, zerplatzte ihr Traum. Sie lehnte sich an Safirs Flanke.
»Wie geht es der Familie? Deinem Vater?«
Sie atmete tief ein.
»Es geht ihnen gut. Samira hat geheiratet.«
»Geheiratet? Wann denn?«
»Einige Zeit nach deinem Fortgang von Sabah.«
»Eine gute Partie?«
Sie nickte mechanisch.
»Das ist gut. Und du? Ist es bei dir auch bald soweit?«
Am liebsten hätte sie ihn erwürgt. Begriff er denn nichts? War er immer noch so dumm und blind, daß er nicht ihr Verlangen spürte, nicht den Sturm wahrnahm, der in ihrem Innern tobte?
Da sie nicht reagierte, fügte er, auf die Feluken zeigend, hinzu: »Sie sind schön, nicht wahr?«
Safirs Mähne streichelnd, antwortete sie lakonisch: »Ja. Murad Bey kann stolz auf sie sein.«
Ein Händler mit Karubesaft kam auf sie zu, wobei er ein Paar kleiner versilberter Zimbeln zwischen den Fingern erklingen ließ.
»Hast du Durst?« fragte Karim.

Ihr Mund war trockener als der Wind des Chamsin, doch der Gedanke, daß jemand die Zartheit ihres Zwiegesprächs stören könnte, war ihr unerträglich. Sie verneinte, doch Karim rief den Händler herbei.

Eine Art dickes Faß aus Glas und ziseliertem Kupfer baumelte auf seinem Rücken. Geschickt hakte er einen Trinkbecher ab, den er unter den kleinen, in den Boden des Fasses eingelassenen Hahn hielt, und ließ einen langen Strahl Karube hineinsprudeln.

»Bist du sicher?« fragte Karim und hielt ihr den Becher hin. »Du willst wirklich nichts davon?«

Sie schüttelte den Kopf. Sie verabscheute ihn.

Der Mann steckte sein Entgelt ein und entfernte sich, noch lauter schellend.

Sie fragte: »Bist du glücklich hier?«

»Es geht. Der Friede ist gut.«

»Du hast also deinen Traum verwirklicht. Jetzt bist du Seemann.«

»Nur einen Teil meines Traums. Ich strebe nach anderem. Ich ...«

Sie unterbrach ihn.

»Ja, ich weiß. Qapudan Pascha ... Großadmiral.«

Mit kaum verhohlener Ironie fügte sie hinzu: »Du siehst ... Ich habe nichts vergessen.«

Er erhob sich von der Kiste, auf der er saß, und kam auf sie zu.

Sie klammerte sich an Safir.

Nun stand er ganz dicht vor ihr. Er streckte seine Hand aus. Sie hielt den Atem an.

Doch dann legte er seine Finger bloß auf die Nüstern des Pferdes.

Safir begann zu tänzeln und mit den Hufen zu scharren.

»Auch er hat mich nicht vergessen«, sagte er belustigt.

Seine Hand wanderte über das Fell des Tieres.

»Du pflegst ihn gut.«

Und wenn sie ihn nun zurück zu seinen Feluken, seinen Kanonen, den Fischen des Nils schickte, auf daß er nie wieder auftauchte und aus ihren Augen verschwand, für immer davongetragen, vom Strom der Wasser zermalmt?
»Ich werde heimreiten«, sagte sie mit einer Stimme, die ihr fremd erschien.
»Schon?«
»Es wird spät. Mein Vater weiß nicht, daß ich hier bin.«
»Aha ... ich verstehe.«
Er verstand ... *Hatte er jemals irgend etwas verstanden?*
Sie fühlte sich gedemütigt, zutiefst verletzt.
Sie schwang sich auf Safirs Rücken und packte die Zügel.
»Sohn des Suleiman, ich wünsche dir viel Glück. Friede sei mit dir.«
Hätte sie gesagt, er solle sich zum Teufel scheren, wäre der Ton freundlicher gewesen.
Er sah sie verdutzt an.
»Stimmt etwas nicht? Habe ich etwas Schlimmes gesagt?«
»Du? Kannst du überhaupt denken?«
Er schüttelte resigniert den Kopf.
»Immer eine Beleidigung auf den Lippen. Wahrhaftig, Prinzessin, du hast dich nicht verändert.«
»Du dich auch nicht, Sohn des Suleiman. Du bist noch immer der Mistbauer, den ich gekannt habe.«
Sie verstummte und fügte dann hinzu: »Am 15. Februar wird es ein großes Fest auf Sabah geben. Wir rechnen mit deiner Anwesenheit.«
Sie zog mit kräftigem Ruck an den Zügeln und zwang Safir, kehrtzumachen.
Karim fragte erstaunt: »Am 15. Februar? Das ist ja mein Geburtstag!«
»Vielleicht. Aber es ist vor allem der Tag meiner Hochzeit mit Michel Chalhub! Gott befohlen, Sohn des Suleiman!«
Sie schlug auf Safirs Kruppe, der davonstob.

9. KAPITEL

Die Freudentriller gellten durch die Nachtluft und vermischten sich mit den Tönen der *darbukka* und der Tamburine. Zu beiden Seiten der Hauptallee aufgereiht, bildeten Dutzende von Fackelträgern eine flammende Mauer, die sich bis zur Schwelle des Hauses hinzog.
Die letzten Geladenen hatten bereits vor einer Weile den Eingang von Sabah überschritten. Vettern, Vettern zweiten Grades. Noch entferntere Verwandte. Allen voran der Troß der Onkel und Tanten.
Man wartete auf die Jungvermählten.
Am selben Morgen waren Scheherazade und Michel Chalhub getraut worden. In einem Kleid aus makelloser Spitze war die junge Frau am Arm ihres Vaters durch das Portal der kleinen griechisch-katholischen Kirche von Qubbeh getreten. Gemeinsam hatten sie die kurze Strecke zurückgelegt, die zum Fuß des Altars führte. Scheherazade hatte einen Augenblick gezögert, bevor sie Yussefs Hand losließ und zu Michel trat.
Strahlend, wenngleich etwas blaß unter der Schminke, hatte sie ein Bild aufrichtigen Glücks dargeboten. Allein ein aufmerksamer und kluger Zeuge hätte in ihrem Gesicht eine leise Melancholie erkannt.
Michel hatte eine heiter gelassene Miene zur Schau getragen; er schien von der Überzeugung erfüllt, daß seine Liebe mit der Zeit erwidert werden würde.
Das Paar erschien am Eingang des Anwesens, unter einem Baldachin von purpurnem Samt voranschreitend. Die Musik schwoll an und übertönte die Freudenjauchzer und das

unbändige Beifallsklatschen. Rosenblätter und Goldmünzen regneten auf die Vermählten herab, und der Schein der flackernden Fackeln fiel auf ihre Gesichter.
Das Paar einrahmend, sangen *al'me,* die langen Haare zu Zöpfen geflochten, die von Goldmünzen – leider meist falschen – troffen. Eine der Tänzerinnen, deren Nase ein Ring zierte und deren Gesicht rot und blau geschminkt war, bahnte ihnen schlängelnd und bisweilen gar schamlos den Weg.
Zwei lange Reihen von Dienern, die in vollen Truhen und Körben die der Braut von ihrem Gemahl und der Familie gemachten Geschenke trugen, folgten dem Zug.
»*Mabruk!* Tausend *Mabruk!*«[1] rief Sett völlig hingerissen Scheherazades Mutter zu.
Diese schaute ihren Gatten an und wußte sogleich, ohne daß einer von beiden etwas sagen mußte, daß sie beide das gleiche Gefühl erfüllte. Es war ihre eigene Hochzeit, die sie an diesem Abend wiedererlebten, doch auch die Erinnerung an eine Heirat aus einer näheren Vergangenheit stieg in ihnen auf: die von Samira und Ali Torjman. Was war wohl aus ihrer ältesten Tochter geworden? Wo befand sie sich zu dieser Stunde?
Scheherazade schritt das Ehrenspalier entlang. Hier und da grüßte sie mit einem Kopfnicken jemand Vertrauten, erwiderte ein Lächeln, bedankte sich mit stummen Zeichen für die Segenswünsche, die ihr zuteil wurden. Die Blüten und Goldmünzen hatten unter ihren Füßen einen Teppich gebildet, und der Teufelsrhythmus der *darbukka* hämmerte immer rascher durch die Nacht.
In einer brüderlichen Geste legte Nabil den Arm um Karims Schultern.
»Ich kann es einfach noch nicht glauben. Nie hätte ich mir vorstellen können, diese kleine Hexe von Schwester verhei-

---

[1] Im ägyptischen Volk gebräuchlicher Ausdruck für Glückwünsche

ratet zu sehen. Ich war überzeugt, ihr Charakter würde den verliebtesten aller Freier in die Flucht schlagen.«
Der Sohn des Suleiman enthielt sich einer Antwort. Nabil fügte hinzu: »Man muß anerkennen, daß Michel ein vorbildlicher Mann ist. Du weißt, was man in solchen Fällen sagt: ›Der Topf hat seinen Deckel gefunden.‹«
Er mußte leise lachen.
»Wenn sie mich hören würde ...«
Karim setzte eine den Umständen entsprechende Miene auf, entgegnete jedoch weiterhin nichts.
Nabil und er standen am Eingang des Herrenhauses, hinter den letzten Fackelträgern. Gleich würden die Brautleute sich ihnen nähern.
»Schön, daß du gekommen bist. Sie wird glücklich sein, dich zu sehen. Weißt du, daß sie dich sehr mochte, als ihr jünger wart? Ich glaube sogar, daß sie eine kleine Schwäche für dich hatte ... Aber was ist mit dir? Hast du deine Zunge verloren?«
Der Sohn des Suleiman versuchte zu antworten, doch es kam ihm kein Wort in den Sinn. Was hatte er nur? Er fühlte sich lächerlich. Linkisch. Warum erfüllte ihn dieses Mißbehagen? Als hätte eine Hand sein Herz umklammert und drückte zu und hinderte es am Schlagen.
Sie war nicht von seiner Welt, er wußte es; ihre Träume würden die seinen niemals finden. Sie war nicht von seinem Universum. Und dennoch rührte sich an diesem Abend etwas in ihm, das er nicht verstand.
Du sagst immer, daß ich albern bin; dabei gibt es keinen Dümmeren als dich ...
Plötzlich erschien ihm der Klang der Tamburine metallisch und kalt, und die *darbukka* erinnerten ihn an die Trommelwirbel, die man manchmal bei den Begräbnissen der Vornehmen vernahm. »Sie ist strahlend schön ...«
Er hob den Blick. Scheherazade war einen Hauch von ihm entfernt. Ihr Spitzenkleid streifte ihn fast, ihr Duft machte ihn

schwindlig. Es schien ihm, als verlangsame sie ihren Schritt, doch es war nur Einbildung. Sie setzte ihren Weg fort. Dennoch war er sich sicher, daß sie ihn gesehen hatte. Er konnte ihrem Blick nicht entgangen sein. Sie betrat das Haus, vom Strom der Geladenen gefolgt. Die Welle drängte ihr hinterher und fegte alles auf ihrem Weg beiseite.

*

Yussef ergriff die Hand seines Eidams und drückte sie fest.
»Ich bin stolz, mein Sohn. Mache sie glücklich.«
»Das ist mein einziges Verlangen. Ich wünsche nichts anderes auf der Welt, als Scheherazade ein wenig von dem Glück zu geben, das Ihr ihr zu geben verstandet.«
»Und schenkt uns einen schönen Stammhalter!« warf Michels Vater ein. »Einen starken und mutigen Knaben.«
»Weshalb einen Knaben?« protestierte Dame Nafissa, während sie sich eine von Pistazien strotzende Konafa[1] nahm. »Ihr Männer werdet wohl niemals aufhören, die Geburt einer Tochter als eine Kränkung eurer Männlichkeit zu betrachten? Das ist doch wahrhaft unglaublich!«
»Zuerst einen Knaben«, beharrte Georges Chalhub. »Danach werden wir weitersehen.«
»Wie dickköpfig doch die Männer sind«, bemerkte seine Gattin.
»Und die Betroffene? Sollten wir nicht die Betroffene nach ihrer Meinung fragen?« rief überschwenglich Françoise Magallon.
Die in Begleitung ihres Gemahls erschienene Französin schien leicht beschwipst.
Scheherazade sagte unberührt: »Ich glaube, ich würde einen Jungen vorziehen.«

---

[1] Gebäck. Fadennudeln ähnlicher faseriger Teig, der durch Sprenkeln auf eine heiße Platte gewonnen wird

Georges Chalhub klatschte spontan, und alle Männer an der Tafel taten es ihm gleich.
»Bravo, meine Tochter! Bravo... Du bist wahrlich ein würdiges Kind der Chedid.«
»Meinetwegen«, erklärte Michel, sein Glas erhebend, »wenn es der Wunsch meiner Prinzessin ist, werden wir also ein männliches Kind bekommen.«
Karim, der am Tischende saß, zuckte zusammen, als hätte eine weißglühende Klinge sein Fleisch berührt. Daß ein anderer dieses Wort aussprach, war wie eine Plünderung; man verheerte den Garten von Sabah. *Prinzessin*... Besaß nicht er allein das Recht, sie so zu nennen? Eindringlich fixierte er die junge Frau in der Hoffnung, sie würde, und sei es auch nur mit einem Lidschlag, reagieren.
Er sah, wie sie ihren Kelch erhob: »Auf den Erben!« rief sie mit lauter Stimme und stieß ihr Glas leise klingend an das ihres Mannes.
Sie lud die Runde ein, es ihr nachzutun.
Nachdem sie den Kelch in einem Zug geleert hatte, stellte sie ihn vor sich ab und lachte ohne ersichtlichen Grund schallend auf.
»Nun, Karim! Willst du nicht auf die Gesundheit des zukünftigen Stammhalters trinken?« fragte Amira Chalhub verwundert.
Überrumpelt fuhr der Sohn des Suleiman hoch.
»Doch, doch, ich habe getrunken...«, erwiderte er mit unnatürlichem Ausdruck.
»Dann hast du aber nur deine Lippen befeuchtet«, erwiderte Nabil und deutete mit spöttischer Miene auf Karims noch vollen Kelch.
Mit offensichtlicher Unaufrichtigkeit wiederholte der junge Mann: »Doch... doch, ich habe getrunken.«
»Ist unser junger Freund vielleicht ein Sufi[1]?« sagte Charles Magallon lächelnd.

---

[1] Asketische Mystiker des Islam

Jemand gluckste leise. Karim spürte, wie alle ihre Blicke auf ihn richteten. Er wünschte, die Erde würde sich auftun. Er mochte diese Leute nicht, hatte nichts gemein mit ihnen. Es waren nur das Geld und die Macht, die ihnen diesen Hochmut verliehen. Jäh kam ihm der Gedanke, sich zu erheben und den Tisch zu verlassen. Nein. Der Tag würde kommen, an dem auch er groß sein und sich den Sternen nähern würde, an dem man ihn, den Sohn des Suleiman, achten würde.

»Verzeiht, doch ihr scheint etwas zu vergessen: Karim ist ein Kind des Islam.«

Er erkannte die Stimme Scheherazades. »Ein gläubiger Muslim trinkt keinen Wein«, fügte sie hinzu.

Sie sagte es mit solcher Inbrunst, daß eine gewisse Verlegenheit die Runde befiel.

Yussef Chedid hielt es für angebracht, einzugreifen: »Nun laßt doch diesen jungen Mann in Ruhe! Wenn er Wasser dem Wein vorzieht, dann ist das sein Recht. Er ist Seemann, vergessen wir das nicht!«

»Im Dienste von Murad Bey«, betonte Sett Nafissa.

Scheherazade fuhr im selben Tonfall fort: »Und eines Tages wird er Qapudan Pascha sein.«

Karim sah sie forschend an. Er hatte in ihren Augen Spott zu finden erwartet; zu seiner großen Überraschung jedoch sah er nur Aufrichtigkeit, ja sogar einen liebevollen Schimmer.

»Aber, mein Kind, Ägypten hat keine Marine.«

»Scheherazade übertreibt vielleicht ein wenig«, sagte Amira Chalhub zweifelnd. »Ein Admiral...?«

»Womöglich Admiral einer Herde Dromedare?« prustete Françoise Magallon. »Schließlich nennt man diese Tiere doch ›Wüstenschiffe‹, oder?«

Augenscheinlich über ihr Bonmot verzückt, brach sie in wieherndes Gelächter aus.

Nabil warf ihr einen angewiderten Blick zu.

Charles Magallon fragte in geziertem Ton: »Vielleicht meinte unser Freund die französische Marine, oder die türkische? Alles in allem...«
Nabil sprang von seinem Sitz auf.
»Nein, Herr Konsul! Die ägyptische! Eine ägyptische Marine mit ägyptischen Admirälen! Das ist es, was Karim meint.«
Sich flugs einer Karaffe bemächtigend, goß er sich randvoll nach und erhob sein Glas, indem er sich zu Karim beugte.
»Mein Freund... Auf dich... Auf Ägypten, auf seine Marine, auf unseren ersten Qapudan!«
Von der Reaktion des jungen Mannes angerührt, stand Karim auf und sagte mit fester Stimme: »Auf Scheherazade!«

*

Murad Bey trat erst viel später in der Nacht in Erscheinung. Die meisten Gäste hatten sich bereits wieder nach Kairo begeben. Charles Magallon hatte seine völlig in den Dünsten des Alkohols versunkene Gattin geradezu tragen müssen; sie wollten sich am nächsten Morgen auf den Weg nach Kairo machen. Karim war sofort verschwunden, nachdem das junge Brautpaar die traditionelle Hochzeitstorte angeschnitten hatte. So blieben auf Sabah nur die nächsten Angehörigen und Freunde.
Man hatte dem Mamluken ein Nargileh gereicht, an dem er seit seiner Ankunft nervös zog. Es wäre überflüssig gewesen, ihn nach seiner Laune zu fragen. Seine fahrigen Gesten, seine sorgenvolle Stirn drückten seine Stimmung deutlich genug aus. Er war nicht allein gekommen. Ein anderer Mamluk hatte ihn begleitet: Elfi Bey, ein etwa vierzigjähriger Mann, fett und rund, dereinst Murads Sklave, der ihn im

Tausch für tausend *ardab* Korn erworben hatte, woher sein Beiname Elfi rührte.[1] Der Aufstieg dieses ehemaligen Sklaven nach seiner Freilassung war überwältigend gewesen, wie der prunkvolle Palast bewies, den er sich einige Monate zuvor am Westrand von Esbekiya hatte erbauen lassen und von dem man behauptete, er wetteifere an Pracht mit dem des Sultans Selim III.

Yussef suchte die Stimmung zu verbessern.

»Nun, Murad Bey, wirst du dieses Jahr die Karawane[2] führen?«

»Zwölf Millionen Paras für diese Maskerade«, brummte der Bey. »Vierzigtausend Personen, eine Tausendschaft Soldaten, und alles nur, um einen Teppich[3] nach Mekka zu schaffen.«

Yussef schien bestürzt. Es war das erste Mal, daß er jemand die allerheiligste Pilgerfahrt derart mißbilligen hörte; und schlimmer noch, von einem so bedeutenden Muslim wie Murad Bey.

»Die Beschränktheit der Geistlichen ist an allem Übel schuld«, fügte der Mamluk hinzu. »Eines Tages werde ich diesen Ulemas endgültig den Garaus machen.«

»Den Ulemas? Was haben sie Ihnen denn getan, Exzellenz?« fragte Nabil neugierig. »Zugegeben, ihre Geltung ist beträchtlich, aber sie sind doch trotz alledem bloß schlichte Beamte.«

»Gewiß doch«, kicherte Elfi Bey, während er einige Pistazien

---

[1] Tausend heißt auf arabisch *alf*, in Erweiterung *elfi*, daher der Spitzname des Beys.
[2] Womit die Pilgerkarawane gen Mekka gemeint ist.
[3] Der Pilgerfahrtspalankin »mahmal« wurde beim Aufbruch nach Mekka auf Kamelrücken durch die Straßen Kairos getragen. Die Sänfte enthielt den großen heiligen Teppich *(kiswa)* aus schwarzer Seide, der in Ägypten gefertigt und jedes Jahr erneuert wurde und zur Umkleidung der Ka'ba, des Heiligtums in der Großen Moschee in Mekka, bestimmt war. Diese Feste, die aus dem 18. Jahrhundert datierten, sind 1952 abgeschafft worden.

nahm. »Schlichte Beamte, die die *auqaf*[1] kontrollieren, die Nutznießer der *iltizamat*[2] sind, die sich mit den Großkaufleuten und – ich muß es leider gestehen – sogar mit einigen von uns verbünden, um eine wahrhafte Führungsschicht zu bilden! Sie sind kaum mehr wert als die türkischen Hunde!«

»Trotzdem stehen sie in hohem Ansehen«, wagte Nabil einzuwerfen. »Sagt man nicht, daß wir ihnen eine geistige Renaissance verdanken? Ist nicht auf ihr Betreiben hin die klassische islamische Kultur wieder zu Ehren gelangt? Sind manche von ihnen nicht Gelehrte?«

Murad, der gerade einen Zug am Nargileh tun wollte, erwiderte: »Sohn des Chedid, ich wundere mich über deine Äußerungen. Ist dir fremd, daß diese Gelehrten vor kaum fünf Jahren die Bauern gegen mich aufgewiegelt haben, daß ich ihrem Aufstand entgegentreten mußte? Unter meinem Fenster! An den Toren meines Wohnsitzes gestikulierten sie wie Affen und schrien ...«

Er rezitierte: »›Gemäß dem Willen unserer Herren, der Ulemas, sind alle Ungerechtigkeiten und alle Besteuerungen im Reich der Lande Ägyptens abgeschafft!‹ Dies mußten meine Ohren dieser Gelehrten wegen ertragen!«

»Beruhigen Sie sich, Murad Bey«, rief Nadia Chedid empört. »Sie erbittern sich für nichts.«

»Meine Mutter hat recht«, pflichtete Scheherazade bei. »Es wäre besser, Sie würden Ihre Kräfte für angenehmere Momente bewahren ... Für Damepartien beispielsweise.«

---

[1] Plural von *waqf*: Fromme Stiftungen (und deren Erträge) zur Finanzierung aller religiösen Aktivitäten der Gesellschaft.

[2] Ein im 16. Jahrhundert von den Osmanen geschaffenes Pachtsystem, um das agrarische Ägypten mittels eines Steuerpächters (des *multazim*) zu verwalten und auszubeuten, der den Nießbrauch eines Teils des Herrschaftsgebietes erhielt. Der *iltizam* wandelte sich im Verlauf des 17. Jahrhunderts gewissermaßen zum Besitzstand des alleinigen Pächters, und der Gewinn aus den Abgaben, die den Bauern auferlegt wurden, vervierfachte sich.

Der Mamluk blinzelte. Seine Züge entspannten sich.
»Damepartien, sicherlich. Aus denen ich als Sieger hervorgehen würde. Was weit besser wäre.«
Er beugte sich vor und suchte Scheherazades Hand zu ergreifen.
Michel Chalhub war schneller.
»Auf die Gefahr, Sie zu enttäuschen, Hoheiten, werden wir genötigt sein, uns zurückzuziehen.«
»Schon? Aber wir sind doch gerade erst gekommen. Denken Sie nicht, daß ...«
Scheherazade unterbrach ihn.
»Exzellenz ... dies ist unsere Hochzeitsnacht. Sollten Sie das vergessen haben?«
Murad Bey hob die Arme gen Himmel und sprang erschrocken vom Diwan auf.
»Unverzeihlich! Möge Allah mich zerfetzen. Wie konnte ich daran nicht denken! Eure Hochzeitsnacht ...«
Bestürzt starrte er die junge Frau an.
»Ich erflehe Ihre Nachsicht.«
»Sie sei Ihnen versichert, Murad Bey.«
»Gewähren Sie mir noch einen Augenblick? Den Bruchteil eines Augenblicks?«
Scheherazade schien zu zaudern.
»Ich würde Ihnen gerne ein bescheidenes Geschenk machen.«
Kaum hatte sie ihr Einverständnis erklärt, stürzte der Mamluk auch schon aus dem Haus. Als er wieder erschien, begleiteten ihn mehrere Soldaten. Zwei von ihnen wankten unter der Last einer Ebenholztruhe. Der dritte trug eine Waage von beeindruckender Größe.
Befehle erschallten. Als der Waagebalken aufgestellt war, nahm Murad Bey Scheherazade bei der Hand und lud sie – ihre Einwände mißachtend – ein, sich auf eine der Schalen zu setzen.
Er klatschte in die Hände. Ein Soldat hob den Truhen-

deckel, der mit Getöse zurückklappte, und den staunenden Blicken bot sich der märchenhafte Glanz tausender Edelsteine.
»Ihr Gewicht in Juwelen!« rief der Mamluk pathetisch.
Er wies einen der Soldaten an: »Schütte! Schütte, bis die beiden Schalen sich genau in einer Ebene befinden.«
Der Mann gehorchte. Seine Hände in die Truhe tauchend, zog er sie von Diamanten, Rubinen und Smaragden strotzend wieder heraus, die sogleich mit leisem Klirren auf die leere Waagschale rollten.
»Murad Bey, das ist phantastisch!« schrien Amira Chalhub und Nadia gleichzeitig auf.
Elfi Bey sah mit halbgeschlossenen Lidern zu, und Yussef begnügte sich damit, die Szene schmunzelnd zu betrachten.
Unter dem Gegengewicht begann der Balken unmerklich zu pendeln. Bald bildeten Topase und Lapislazulis, Saphire und Türkise unter dem gelblichen Licht der Lampen eine funkelnde Pyramide, Sonnensplitter, die ihr Feuer in die Winkel des Salons sprühten.
Es dauerte lange, bis der Balken in einer vollkommen waagrechten Geraden stehenblieb. Erst jetzt bedeutete Murad dem Soldaten, aufzuhören.
Der Mamluk trat an die Ebenholztruhe. Sie war zu drei Vierteln geleert. Er blickte verdrossen drein.
»Ist das alles? Vielgeliebte Scheherazade, Sie sind allzu zart. Elfi Bey hätte Ihren Platz einnehmen sollen. Doch daran soll es nicht liegen. Dem werden wir abhelfen.«
Er reichte der jungen Frau die Hand und half ihr, von der Schale herunterzusteigen.
»Sehen Sie, es bleibt gerade noch das Gewicht eines Neugeborenen. Wir wissen nicht, was die Zukunft für uns bereithält. So erlauben Sie mir, dem vorauszugreifen. Der Rest der Steine gehört Ihrem zukünftigen Kind. Möge der Herr der Welten ihm Glück und Gesundheit schenken.«

Am nächsten Morgen fiel Yussef – der sich keinen Augenblick hatte täuschen lassen – die traurige Aufgabe zu, seiner Familie zu verkünden, daß der sagenhafte, von dem Mamluken geschenkte Schatz kaum mehr wert war als ordinärer Glastand. Es bedurfte Michels ganzer Geduld und Diplomatie, um Scheherazade, die in unbeschreiblichen Zorn geriet, zu besänftigen. Hätte man sie nicht zurückgehalten, sie wäre zweifelsohne zu dem Mamluken gestürmt, um ihm seine Steine einen nach dem anderen in den Mund zu stopfen.

*

In den ersten Stunden des April wurde ihr klar, daß sie schwanger war. Sie war darüber gleichermaßen erschreckt wie erfreut. Leben würde in ihr wachsen, tief in ihr sich regen, sich in eine unsichtbare Form einbetten und eines Tages aus ihrem Leib hervorkommen – nichts Geringeres als ein Teil ihrer selbst, Scheherazades.
Wie vorgesehen, war Michel Chalhub in Sabah eingezogen. Am selben Tag hatte Yussef einen Schreiber kommen lassen, und als die Nacht hereinbrach, war das Anwesen als Mitgift Eigentum seines Eidams und seiner Tochter geworden. Der Rosenhof ging an Nabil.
»Ich hoffe, daß ihr dieses Land zum Besten nutzen werdet«, hatte Yussef anempfohlen. »Ich möchte nicht, daß Sabah nach meinem Tode – möge er möglichst spät kommen, Inschallah – verwelkt und an Schönheit verliert. Bewahrt dieses Anwesen mit größter Sorgfalt. Bewahrt es, was immer auch geschehen mag. Das Gold, das Geld, die Edelsteine« – seine Lippen verzogen sich zu einem breiten spöttischen Lächeln –, »besonders die Murads, können ihren Wert verlieren. Der Ruhm ist flüchtig und kann beim ersten Sonnenuntergang verlöschen. Das Land indessen bleibt allem zu Trotz bestehen.«

Der Frühling kam. Scheherazade trat in ihren dritten Monat. Falls alles gut verlief, würde sie um den Dezember niederkommen. Vielleicht gar an Weihnacht. Und dieser Gedanke entzückte sie.

Manchmal, wenn der Abend zwischen den hundertjährigen Palmen des Gutes niedersank, setzte sie sich auf die Stufen der Eingangstreppe und ließ ihren Geist zu jenen Wendungen des Schicksals schweifen, die sie dazu getrieben hatten, ihre Existenz an die von Michel zu binden.

Er war ein wunderbarer Mensch. In seiner Seele war nur Platz für Toleranz und Güte. Unbestreitbar, ein wertvoller Mensch. Weshalb also, mein Gott, weshalb vermochte sie ihn denn noch immer nicht so innig zu lieben, wie er sie liebte, oder sich seiner Liebe zumindest auf halbem Weg zu nähern. Warum besaß sie nicht die gleiche Fähigkeit wie er, zu geben, so intensiv und rückhaltlos? Die verstreichenden Monate offenbarten sich in ihr als eine geheime Frustration, die sie veranlaßte zu glauben, daß sie nicht imstande war, um irgendeinen anderen, der nicht Karim wäre, zu erschauern. Sie haßte sich deshalb. Sie verachtete sich vor allem wegen ihres Unvermögens, jene Erinnerungen, die ihr Herz verstörten, ein für allemal zu ersticken. Dennoch kämpfte sie, kämpfte mit all ihrer Kraft.

In den ersten Tagen des Mai befiel sie heftiges Unwohlsein, und man fürchtete sehr um das Kind. Ein eiligst herbeigerufener Arzt verordnete unbedingte Ruhe. Von da an hütete sie das Bett und verließ ihr Zimmer nur noch selten.

Natürlich entfachte die Einsamkeit des Bettes ihre Überlegungen aufs neue. Nunmehr waren es die Bilder ihrer Hochzeitsnacht, die vor ihrem geistigen Auge aufstiegen. Der Körper Michels auf dem ihren. Die feuchte Luft in dem grauen, nur spärlich von einem Kerzenleuchter erhellten Zimmer. Jener Mund, der sich auf den ihren preßte, zwar zärtlich, doch ohne ihr Erregung oder Wohlbefinden zu bereiten. Sie hatte die Schenkel in einer natürlichen Bewe-

gung geöffnet, wie an gewissen Abenden, an denen sie der Drang überkam, diesen Quell zu berühren, der Ursprung all ihrer Lüste war.
In jenen einsamen Liebkosungen hatte sie stets das Vorherwissen eines unaussprechlichen Fehlens gehabt. Die Vision eines Segelschiffs, das ohne Segel dahinglitte, das einzig ein Mann ausfüllte.
Michel drang in sie ein. Sie empfand nichts. Weder Schmerz noch Vergnügen. Nur ein flüchtiges Brennen. Sie hörte, wie er sagte, daß er sie liebe, daß sie seine Blume, seine Angebetete sei. Sein Atem ließ die gelblichen Flammen der Kerzen flackern. Er löste sich von ihr. Als sie sich erhob, war das Laken von einigen Tropfen Blut befleckt. Weshalb dachte sie genau in diesem Augenblick an den Rosenhof?
Auf ihrem Bett ausgestreckt, drehte sie sich auf die Seite und versuchte ihren Kopf frei zu machen. *Und wenn ihre Kämpfe vergebens waren? Wenn es in einem geheimen Winkel ihres Geistes irgend etwas Krankhaftes gab, das sie trieb, die Erinnerung ohne Ende zu nähren; als ob ihr Leben, war diese Erinnerung einmal ausgelöscht, nur noch eine ungeheure Wüste wäre?*
Man schrieb den 19. Mai 1798. Für manche der 30. Floréal.
Der Schlaf hat Scheherazade endlich überwältigt. Sie hat ihren inneren Kampf aufgegeben und entflieht in eine friedlichere Morgenröte.

Tausende Meilen von Sabahs Nacht entfernt verläßt im gleichen Augenblick eine Kriegsflotte den Hafen von Toulon. 13 Linienschiffe, 7 Fregatten, 8 Brigs und Avisos, 6 Kanonentartanen und vier Bombardier-Galeoten bilden das Hauptgeschwader. Die Gesamtzahl der Schiffe beläuft sich auf annähernd dreihundert.
An der Spitze dieser Flotte die *Orient,* bewaffnet mit 118 Kanonen; an Bord ein einfacher Soldat, François Martin Noël

Bernoyer, Zeugmeister des Bekleidungsamtes der Ägypten-Armee,[1] sowie ein General: Bonaparte.
Man sieht das Meer nicht mehr, nur noch Schiffe und den Himmel.
Vierzigtausend Mann sind auf dem Weg, Feuer und Blut ins Land der Pharaonen zu tragen.

---

[1] François Bernoyer hat neunzehn an seine Frau und seinen Vetter gesandte Briefe hinterlassen. Diese Briefe wurden von Christian Tortel aufgefunden und herausgegeben *(Collection Le Temps traversé, Éditions Curandera)*.

ZWEITER TEIL

10. KAPITEL

»Es gibt keinen Gott außer GOTT, er hat keinen Sohn, keinen, der seine Herrschaft teilt.
Im Namen der Französischen Republik, die auf der Grundlage der Freiheit und der Gleichheit fußt, bringt der General Bonaparte, Oberbefehlshaber der französischen Armee, dem Volke Ägyptens zur Kenntnis, daß die Beys, die dieses Land beherrschen, zu lange schon die französische Nation beleidigen und ihre Kaufleute mit Schikanen belegen: Die Stunde ihrer Züchtigung ist gekommen.
Zu lange schon tyrannisiert dieses Gesindel im Kaukasus und in Georgien gekaufter Sklaven das schönste Land der Welt; doch der HERR der WELTEN, der ALLMÄCHTIGE, hat befohlen, daß ihr Reich ende.
Ägypter! Man wird Euch sagen, ich sei gekommen, um Eure Religion zu zerstören; dies ist eine Lüge, glaubt sie nicht! Antwortet, daß ich komme, um Eure Rechte wiederherzustellen, die Usurpatoren zu bestrafen; daß ich GOTT, seinen Propheten MOHAMMED und den ruhmreichen KORAN mehr achte und verehre als diese Mamluken.
Sagt ihnen, daß alle Menschen gleich sind vor GOTT; sie unterscheiden sich allein durch ihre Weisheit, ihre Begabungen und Tugenden.
Nun, welche Weisheit, welche Begabungen und Tugenden zeichnen die Mamluken aus, auf daß ausschließlich sie all das besitzen, was das Leben angenehm und süß macht? Gibt es irgendwo ein schönes

> Landgut, gehört es den Mamluken. Gibt es irgendwo eine schöne Sklavin, ein schönes Pferd, ein schönes Haus, gehört all dies den Mamluken. Sollte Ägypten ihr Pachthof sein, so mögen sie den Pachtvertrag zeigen, den GOTT ihnen gewährt hat. Aber GOTT ist GERECHT und BARMHERZIG zum Volke; und mit Hilfe des ALLHÖCHSTEN wird vom heutigen Tage an kein Ägypter mehr daran gehindert sein, in ein gewichtiges Amt zu gelangen: Mögen die Weisesten, die Gelehrtesten, die Tugendhaftesten regieren, und das Land wird glücklich sein.«

An diesem Punkt der Proklamation fragte der einfache Soldat François Bernoyer den General ehrerbietig: »Finden Sie dies alles nicht etwas demagogisch?«
»Nein, mein Freund. Das ist Scharlatanerie! Man muß ein Scharlatan sein! Nur so gelangt man zum Erfolg...! Ich fahre fort:[1]

> Es gab dereinst in Eurem Land große Städte, große Kanäle, großen Handel: Was hat dies alles zerstört, wenn nicht die Habgier, die Ungerechtigkeiten und die Tyrannei der Mamluken?
> Kadis,[2] Scheiche, *tshorbadj,* sagt dem Volk, daß auch wir wahre Muslime sind. Sind nicht wir es, die den Papst vernichtet haben, der zum Krieg gegen die Muslime aufgerufen hat? Sind nicht wir es, die die Malteserritter vernichtet haben, als diese Irrsinnigen glaubten, es sei GOTTES Wille, daß sie Krieg führen gegen die Muslime? Sind nicht wir es, die über alle Jahrhunderte die Freunde des GROSSHERR-

---

[1] Der Soldat François war gewiß nicht unmittelbar Zeuge der Abfassung dieser Rede; Bonapartes Erwiderung jedoch ist gesichert (André Castelot: *Bonaparte.* Librairie académique Perrin).
[2] Richter

SCHERS[1] (möge GOTT seine Wünsche erfüllen) und die Feinde seiner Feinde waren? Und rebellieren nicht die Mamluken fortwährend gegen die Autorität des GROSSHERRSCHERS, die sie nicht anerkennen wollen? Sie folgen nur ihren Launen.

Dreimal glücklich die, die mit uns sein werden! Ruhm und Wohlstand harren ihrer. Glücklich die, die sich neutral verhalten! Sie werden Zeit haben, uns kennenzulernen, und sich uns schließlich zugesellen. Doch Unheil, dreimal Unheil jenen, die für die Mamluken zu den Waffen greifen und gegen uns kämpfen werden! Es wird keine Hoffnung für sie geben: Sie werden zugrunde gehen!

Artikel I: Alle Dörfer, die weniger als drei Meilen von dem Durchzugsweg der Armee entfernt liegen, werden dem kommandierenden General der Truppen eine Abordnung senden, um diesen zu unterrichten, daß sie uns Gehorsam leisten und daß sie die Fahne der Armee (Blau-Weiß-Rot) gehißt haben.

Artikel II: Alle Dörfer, die gegen die Armee zu den Waffen greifen, werden niedergebrannt.

Artikel III: Alle Dörfer, die der Armee unterworfen sind, werden neben der Standarte des GROSSHERRSCHERS, unseres Freundes, die der Armee hissen.

Artikel IV: Die Scheichs werden alle Habe, alle Häuser und Besitztümer, die den Mamluken gehören, unter Siegel legen und Sorge tragen, daß nichts unterschlagen wird.

Artikel V: Die Scheichs, die Kadis und die Imame

---

[1] Allgemein: Dem Sultan von Istanbul gegebener Beiname. Bonaparte meinte damit den Sultan Selim III., das Oberhaupt des Osmanischen Reiches.

werden Pflichten ihrer Ämter weiter nachkommen; die Bewohner sollen in ihren Häusern bleiben und die Gebete wie üblich stattfinden. Ein jeder wird GOTT für die Zerschlagung der Mamluken danken und rufen: Ehre dem Sultan, Ehre der französischen Armee, seiner Freundin! Verderben den Mamluken und Glück dem Volke Ägyptens!«

*

Murad Bey nahm Rosetti die Proklamation aus den Händen, zerriß sie in kleine Stücke und warf diese in die Luft, so daß sie durch den Raum flatterten.
»Nur Wind! Nur Staub, all diese Worte!«
»Aber Hoheit«, stöhnte Rosetti, »Malta ist gefallen. In einigen Tagen wird die französische Flotte vor Alexandria stehen. Al-Koraim, der Statthalter Alexandrias, ersucht um Hilfe. Sie müssen handeln!«
»Hast du den Verstand verloren, Carlo? Malta ist aus Gründen gefallen, die selbst ein Kind verstünde. Die mit der Verteidigung der Insel betrauten Truppen waren nie stärker als 1500 Mann. Außerdem ist bekannt, daß diese Truppen nicht die geringste Kampferfahrung besitzen. Und noch ein nicht zu unterschätzender Umstand: Der Großteil dieser famosen ›Ritter des Großmeisters‹ war französischer Herkunft und hatte sicherlich nicht die Absicht, sich zu schlagen. Ich versichere es dir. Ich allein hätte, mit einer einfachen Muskete bewaffnet, das gleiche vollbracht wie diese Franzosen. In wenigen Stunden wären diese vorgeblichen Ritter mir in die hohle Hand gefallen wie ein *gruch* in eine Geldkatze.«
»Exzellenz. Ägypten...«
»Was, meinst du, haben wir denn von diesen Leuten zu befürchten, vor allem, wenn sie diesen *cavadja* gleichen, die wir hier haben? Falls hunderttausend von ihnen landeten, würde es genügen, wenn ich ihnen die jüngsten mam-

lukischen Schüler entgegensendete, die ihnen die Köpfe mit der Schneide ihrer Steigbügel abtrennen würden! Wir werden sie leichter zermalmen als europäische Gläser.«
»Sie täuschen sich, Murad Bey ... Ich beschwöre Sie. Erfüllen Sie Al-Koraims Bitte. Unterschätzen Sie nicht die Feuerkraft der Franzosen.«
Halsstarrig fuhr Murad, ohne Atem zu holen, fort: »Und Istanbul? Glaubst du, die Türken werden diese Landung hinnehmen? Soviel ich weiß, ist Ägypten noch immer Provinz des Reiches.«
»Ich habe nicht die geringste Ahnung, Exzellenz. Sie haben die Proklamation gelesen. Dieser General baut gewiß auf Ihre Streitigkeiten. Indem er versichert, er komme nicht als Eroberer, sondern in seiner Eigenschaft als Freund des Sultans, baut er auf die Neutralität der HOHEN PFORTE. Somit ist es Ihre Vernichtung, die er ankündigt, und nicht die der Osmanen.«
»Ich wiederhole dir, ich habe von diesen Leuten nichts zu befürchten. Wenn sie nach dem Tode streben, dann gebe ich dir mein Wort, daß sie ihn finden werden. Nun laß mich allein, ich habe zu tun. Im Augenblick sind es nicht diese französischen Schiffe, die mir den Schlaf rauben, sondern die Ulemas.«
Der Konsularagent fügte sich.
»Wie Sie wollen, Murad. Doch ich empfehle Ihnen, von diesem Moment an mit aller Inbrunst eines wahren Gläubigen zu beten. Ob Sie es glauben oder nicht, spätestens am 10. Juli wird die feindliche Fahne über der Stadt Alexandria wehen.«

*

Carlo Rosetti irrte sich bei seiner Vermutung nur unwesentlich. Nicht am 10., sondern am Morgen des 1. Juli gingen die französischen Schiffe in der Marabu-Bucht, westlich von Alexandria, in Stellung.

Genau um elf Uhr abends wurden die französischen Schaluppen zu Wasser gelassen, und die Soldaten bestiegen sie. Die See war stürmisch. Zahlreiche Landungsboote scheiterten an den Riffen. Um ein Uhr morgens setzte der General Bonaparte seinen Fuß auf die Erde Ägyptens. Um drei Uhr inspizierte er fünftausend Männer von greulicher Moral. Um halb vier in der Früh rückten die Truppen in Richtung Alexandria vor.

Die Division Menou bewegte sich über die das Meer säumenden Dünen voran, die Division Bon entlang dem Mareotis-See, die Division Kléber in der Mitte. Kein Pferd war an Land gebracht worden. Der *général en chef* ging wie sein Stab zu Fuß. General Caffarelli du Falga schritt auf seinem Holzbein voran.

Vor dem Morgengrauen scharmützelten unablässig Beduinen mit den Kolonnen, ebenso ein aus Alexandria gekommener Kavallerietrupp, den der *kashif*[1] des Bezirks anführte. Einige Nachzügler wurden gefangengenommen und, nachdem sie vergewaltigt worden waren, zurückgelassen. Bei Tagesanbruch stürmten ungefähr zwanzig Mamluken mit dem Gouverneur Alexandrias an der Spitze auf die Schützen der Vorhut ein, schlugen dem kommandierenden Offizier den Kopf ab und verschwanden unter Mitnahme ihrer blutigen Trophäe, die sie durch die Straßen der Stadt trugen, um die Bevölkerung aufzuwiegeln.

Bald tauchten die Pompejussäule von rotem Granit und die beiden Obelisken der Kleopatra auf.

Versonnen betrachtete General Bonaparte dieses Schauspiel unter der glutrot aufsteigenden Sonne. Die Minarette und Kuppeln ragten hinter den Bollwerken empor. Und er

---

[1] Wenn ein Mamluk seines Hauses sich ausgezeichnet hatte, entließ der Bey ihn in Freiheit und verlieh ihm den Titel eines *kashif*. Er übertrug ihm seine Machtbefugnisse in den ihm unterstehenden Provinzen *(kashiflik)*. Im Grunde waren die *kashif* im osmanischen Ägypten wahrhafte Provinzgouverneure. Ihre Zahl belief sich im ersten Viertel das 18. Jahrhunderts auf fünfunddreißig.

dürfte sich dabei gesagt haben, daß der Schatten des großen Alexanders soeben den seinen geheiligt hatte.
Am Fuß des »Mauer der Araber« genannten Walls angelangt, versuchte er zu verhandeln, doch die auf den Wehrmauern versammelte Bevölkerung rief zum Widerstand auf. Unter drei gleichzeitigen Anstürmen fielen die Befestigungen.
Zu Beginn des Nachmittags kam es in der Stadt selbst zu einem heftigen Feuergefecht; die Bevölkerung versuchte weiterhin, standzuhalten.
Bei Sonnenuntergang beschloß die von der Übermacht und dem Munitionsmangel zermürbte Bevölkerung, sich, von den Honoratioren angeführt, zu ergeben. Al-Koraim war der letzte, der kapitulierte.
Kléber wurde am Kopf verwundet, Menou weniger schwer getroffen.
In den Stunden, die der Besetzung Alexandrias folgten, wurden auf Befehl Bonapartes alle Einwohner aufgefordert, die blau-weiß-rote Kokarde zu tragen.

*

»Und nun, Murad Bey...?« fragte Rosetti.
»Wisse vor allen Dingen, daß ich keinerlei Kommentare dulde! Ich habe dich kommen lassen, um dir einige Entscheidungen mitzuteilen. Ich habe einen Diwan zusammengerufen. Er wird in weniger als einer Stunde stattfinden. Teilnehmen werden die Emire sowie die wichtigsten religiösen Scheichs, die bedeutendsten Honoratioren und der unumgängliche Bakr Pascha, der osmanische Gouverneur.«
»Ein überaus weiser Schritt, leider glaube ich nicht, daß Ihre Versammlung zu großartigen Ergebnissen führen wird. Vorher nämlich hätte gehandelt werden müssen. Mit Verlaub, es...«
»Zum anderen«, unterbrach ihn der Mamluk barsch, »werde ich dem General der französischen Truppen schreiben.«

»Zu welchem Zweck?«
»Ich werde ihn auffordern, sich aus Alexandria zurückzuziehen und abzurücken!«
Rosetti meinte, sich verhört zu haben.
»Ja. Ich gebe ihnen vierundzwanzig Stunden, um ihre Sachen zu packen und sich auf den Heimweg zu machen.«
»Exzellenz! Wie können Sie nur einen Augenblick glauben, die Franzosen zu so etwas überreden zu können! Sie sind nicht hergekommen, um sich beim ersten Machtwort von dannen zu scheren!«
Murad Bey ballte die Fäuste und streckte sie zum Himmel.
»Aber was wollen diese Ungläubigen, diese Hungerleider überhaupt? Schickt ihnen ein paar tausend *pataqa*,[1] und dann sollen sie Ägypten verlassen!«
»Erlauben Sie mir, darauf hinzuweisen, daß dies nicht einmal die Kosten des kleinsten Schiffes, das sie herbefördert hat, begleichen würde.«
»Du hast mir nicht geantwortet. Was wollen sie? Ich besitze vielleicht nicht die abendländische Schlauheit, doch kann mich niemand glauben machen, daß man wegen der Suks und Händler so viele Männer bewegt!«
Rosetti sah den Mamluken ernst an.
»Jetzt haben Sie die richtige Frage gestellt. Dieser Aufmarsch von Streitkräften zielt darauf ab, Englands Einfluß auf Indien zu schmälern. Und Ägypten wird dafür die Kosten bezahlen. Nein, Exzellenz. Ich wiederhole, Sie müssen sich zur Verteidigung rüsten.«
Murad Bey runzelte die Stirn. Der Ton, in dem sein Freund sprach, schien ihn mit Sorge zu erfüllen.
»Gehen wir«, sagte er mit düsterer Stimme. »Warte am Ausgang des Diwans auf mich.«

*

---

[1] Etwa 16 000 heutige DM

Mit finsteren Mienen hockten die Mitglieder des Diwans im Schneidersitz auf einem Wollteppich. Reste von Myrrhe verzehrten sich auf dem Boden der Räuchergefäße. Von den zwölf anwesenden Personen hielten zehn ihre Gebetsketten in den Händen und ließen die Perlen ruckweise zwischen Daumen und Finger gleiten. Unter all diesen ehrenwerten Persönlichkeiten schien Scheich as-Sadat, der Rektor der Universität al-Azhar, der Betroffenste zu sein. Er hielt seinen Zeigefinger Murad Bey vorwurfsvoll unter die Nase.
»Für das Unheil, das uns droht, bist du allein verantwortlich. Wenn deine Habgier dich nicht dazu geführt hätte, diese wiederholten Überforderungen gegen die Kaufleute zu verhängen, wäre es nicht so weit mit uns gekommen! Du und die Deinen, Ibrahim, Elfi, al-Bardissi und die anderen deiner Sippschaft. Möge Allah euch vergeben!«
Statt einer Erwiderung strich der Mamluk fahrig über seinen Bart. Er kannte den Ruf des Scheichs und er kannte auch dessen Macht. Er blieb die Antwort schuldig.
As-Sadat nutzte dies, um mit gleicher Vehemenz fortzufahren: »Kannst du bestreiten, daß du noch vor zwei Wochen Magallon den Befehl erteilt hast, dir dreißig Ballen Tuch zu liefern?«
Murad antwortete in aller Unschuld: »Dreißig Ballen? Was hätte ich damit machen sollen?«
»Du weißt es ganz genau. Sie waren für die Auskleidung deiner Residenz vorgesehen.«
»Kann sein, ich erinnere mich nicht ... Auf alle Fälle hätte ich bezahlt. Wie ich es im übrigen immer getan habe.«
Sadat lachte leise.
»Du hättest bezahlt ... Selbstverständlich. Und genau deshalb hast du Magallon wahrscheinlich gesagt, du verfügtest nicht über den geringsten Para.«
»Irrtum, Scheich as-Sadat. Ich habe versprochen, daß ich meine Schuld nach dem Aufbruch der Karawane nach Mekka begleichen werde.«

»Ein verpfändetes Wort ...«, meinte Sadat spöttisch. »Wir wissen, was das heißt.«

Murad kniff die Lippen zusammen. Eines Tages würde der Scheich seine Überheblichkeit büßen. Eines Tages ...

»Es gibt noch Schlimmeres als diese Schikanenangelegenheit!« griff nun ein Ulema an. »Ihr Mamluken wart nie auf die Verteidigung unserer Häfen bedacht. Ihr habt sie ohne Befestigungsanlagen, Artillerie und Männer gelassen. So verwundbar wie Vogelnester. Heute müssen wir die mißlichen Folgen eurer Fahrlässigkeit tragen.«

As-Sadat fügte grollend hinzu: »Wenn ich an den Mut denke, den dieser unglückliche Scheich al-Koraim bewiesen hat, als er mit den Tapfersten seines Hauses im Leuchtturm von Alexandria focht. Bis zum letzten Augenblick. Nie wäre ein Mamluke so tapfer.«

»Genug!«

Elfi Bey hatte sich mit irrem Blick erhoben.

»Unselige! Wie könnt ihr es wagen, uns vorzuwerfen, wir hätten unsere Häfen nicht befestigt! Falls wir es auch nur ins Auge gefaßt hätten, dann hätten diese da«, er deutete voller Verachtung auf die Ulemas, »uns bezichtigt, eine Rebellion gegen den Sultan vorzubereiten!«

Er machte eine Pause und stürzte auf den osmanischen Statthalter zu.

»Tatsächlich aber sitzt der wahre Verantwortliche für unsere Mißgeschicke hier! Die Franzosen konnten nur mit Einwilligung der HOHEN PFORTE in dieses Land kommen, und zwangsläufig mußtest du, der Vertreter Istanbuls, von ihren Vorhaben wissen.«

»Ganz richtig!« stimmten die anderen Mamluken eilends zu. »Daran besteht kein Zweifel: Sie sind hier mit dem Segen des Sultans.«

»Infame Verleumdungen!« empörte sich Bakr Pascha. Er stand auf und machte Anstalten, seine Gewänder zu zerreißen.

»Ihr habt kein Recht, solche Reden zu führen! Die HOHE PFORTE hätte den Franzosen niemals erlaubt, in ein Land des Islam einzufallen! Niemals!«

»Du kannst sagen, was du magst«, beharrte Ibrahim Bey, »wisse nur, daß das Schicksal uns gegen euch und gegen jene helfen wird.«

Der Gouverneur setzte eine betrübte, eine verletzte Miene auf.

»Solche Worte sind deiner nicht würdig, Ibrahim.«

Er verstummte, und fuhr in, wie es schien, aufrichtigem Ton fort: »Um euch zu beweisen, daß die Osmanen nichts mit dieser Invasion zu schaffen haben, werde ich an die PFORTE schreiben und dringend um die Hilfe des GROSS-HERRSCHERS ersuchen. Was euch betrifft, rate ich euch, statt euch gegenseitig zu zerfleischen, Mut zu beweisen; erhebt euch wie Tapfere, die ihr seid, rüstet euch zum Kampf und zum Widerstand mit aller Gewalt und gebt euch Gott anheim.«

Langes Schweigen folgte den Äußerungen des Statthalters. Nur das leise Klappern der Perlen war zu hören. Niemand schien zu wissen, was dem zu erwidern war.

Der Pascha nutzte dies, um in weniger leidenschaftlichem, aber nicht minder gewichtigem Ton fortzufahren: »Falls ihr meine Ratschläge annehmen wollt, erlaubt mir, euch auf ein viel bedenklicheres Detail als jene lügenhaften Behauptungen hinzuweisen.«

»Ein Detail«, murmelte as-Sadat, »wir sind umlagert von Details.«

»Ich bin überzeugt, daß ihr diesem eure Aufmerksamkeit schenken solltet. Es handelt sich um das Geschick der in Kairo ansässigen Christen und Europäer. Wenn wir diese Leute in Freiheit belassen, werden sie eine Bedrohung im Innern der Hauptstadt darstellen.«

»Bakr Pascha hat völlig recht!« griff jemand ein, der sich bis dahin jeder Bemerkung enthalten hatte – Omar Makram,

der Vertreter der Scherifs[1]. »Die Abendländer und die Christen in Freiheit zu belassen, könnte uns teuer zu stehen kommen. Sind jene Geschöpfe, die in unser Land eingefallen sind, nicht vom selben Blut wie sie?«
»Ganz recht«, bestätigte ein Ulema. »Wir müssen uns ihrer in kürzester Zeit entledigen.«
Elfi Bey schlug vor: »Rotten wir sie doch aus.«
»Ausgezeichnet«, pflichtete ein Großteil der Mitglieder des Diwans beflissen bei. »Das wird unsere Säbel schärfen.«
Der Vorschlag, den Kampf augenblicklich aufzunehmen – auch wenn die erwogene Zielscheibe nicht der unmittelbare Feind war –, erfüllte die Anwesenden mit fieberhafter Erregung. Die ausgefallensten Anregungen wurden in den Raum geworfen, auf welche Weise sich die größte Zahl an Ungläubigen schnellstens ausrotten ließ. Es bedurfte Bakr Paschas gesamter Diplomatie und der Entschlossenheit von Murad Bey und Ibrahim, die überhitzten Gemüter zur Vernunft zu bringen.
»Vergeßt dieses Vorhaben«, mahnte Bakr Pascha. »Es liefe allen Prinzipien der osmanischen Politik zuwider. Diese Christen sind Untertanen unseres unumschränkten Herrschers, des erhabenen Sultans. Im übrigen ist die Zahl dieser Leute unbedeutend. Es sind höchstens achtzig. Fünf venezianische und livornesische Faktoreien, zwei oder drei englische.«
»Nun gut«, entgegnete der Vertreter der Scherifs mit Bedauern, »was schlagt ihr dann vor? Wir können uns doch von diesen Individuen nicht hinterrücks erdolchen lassen, während wir Schlachten schlagen!«

---

[1] Ein Scherif ist ein Nachkomme des Propheten. Dieser Titel verleiht Anrecht auf eine gewisse Achtung religiöser Natur, ist aber an sich kein Kennzeichen von Aristokratie. Scherifs fanden sich in allen sozialen Schichten der urbanen Gesellschaft des Osmanischen Reiches. Sie bildeten eine mächtige Gruppe und übten einen starken Einfluß auf das einfache Volk aus.

»Die Zitadelle«, erwiderte Bakr. »Wir werden die hochrangigen Europäer sowie die christlichen Honoratioren darin internieren. Hinter diesen Festungsmauern eingesperrt, können sie gegen uns nichts ausrichten.«
Nach anfänglicher Kritik erntete der Vorschlag des Paschas schließlich einhellige Zustimmung.
»Die Angelegenheit der Europäer ist also geregelt«, sagte Scheich as-Sadat. »Und die Eindringlinge? Wer wird ihren Vormarsch aufhalten?«
Murad Bey umschloß seinen Perlenkranz in seiner Hand und stand auf.
»Ich. Ich und meine Flottille. Ich werde meinen Seeleuten unverzüglich den Befehl geben, flußabwärts zu fahren. Falls die feindliche Armee den Entschluß gefaßt hat, auf Kairo vorzurücken, kann sie das Dorf Chebreiss[1] nicht umgehen. Dort macht der Fluß eine Biegung. An dieser Stelle werde ich mich ihnen entgegenstellen.«
»Auf dem Fluß?« fragte as-Sadat verblüfft.
»Ja, ehrwürdiger Scheich«, bestätigte Murad Bey in herablassendem Ton, »auf dem Fluß. Gewiß ist euch fremd, daß die französischen Infanteristen von sechs Kanonenschaluppen unterstützt werden. Ebendie werde ich zuerst vernichten. Und dies«, die letzten Worte betonte er, »obwohl mein Mamlukengemüt jeglicher Verwegenheit entbehrt.«
Nun schien der Pascha erstaunt.
»Sechs Schaluppen? Aber Exzellenz, wie kannst du dir hinsichtlich ihrer Zahl so sicher sein?«
Murad Bey setzte eine überhebliche Miene auf.
»In Ägypten fällt von keinem Baum ein Blatt, ohne daß ich es erfahre.«
Zu Sadat gebeugt, fügte er schalkhaft hinzu: »In Ermanglung von Mut bleibt uns zum Glück noch die List.«

---

[1] Am linken Nilufer im Delta gelegene Ortschaft

Wie vereinbart erwartete ihn Rosetti am Ausgang.
»Nun?« fragte der Konsularbeamte aufgeregt.
»Alles Schakale ... Eines Tages werde ich ihr Schicksal besiegeln. Zur Stunde gibt es jedoch Wichtigeres: Von diesem Augenblick an sind die Europäer und Christen ersten Ranges in der Zitadelle unter Arrest gestellt.«
Rosetti riß die Augen auf.
»Wie? Aber das ist unannehmbar!«
Murad legte seine Hand auf des Venezianers Schulter. »Carlo, es hieß Internierung oder den Tod für euch alle.«

*

Kein Mitglied der Familie verläßt das Anwesen!« Yussef schlug mit der Faust auf die kupferne Tischplatte.
Scheherazade, Michel und Nadia starrten Rosetti ungläubig an. Allein Nabil schien Herr seiner selbst.
»Ich habe alle Risiken auf mich genommen, um Sie zu warnen«, beharrte der Konsul. »Lassen Sie Weisheit walten, ich bitte Sie. Wenn Sie auf Sabah bleiben, kann alles mögliche geschehen. In den kommenden Tagen werden die Muslime alle in einen Topf werfen, und Sie werden die ersten Leidtragenden sein.«
»Das ist unmöglich!« rief Nabil. »Ob Christen oder Muslime, alle sind Kinder Ägyptens! Das Volk wird sich nur rühren, wenn man es zum Haß anstachelt. Wir haben stets in bestem Einvernehmen gelebt. Das alles ist nur eine weitere Machenschaft dieser türkischen und mamlukischen Hunde.«
»Verzeihen Sie, aber Sie täuschen sich. Wir befinden uns im Krieg. Die Franzosen haben Alexandria eingenommen. Das Fort von Abukir ist besetzt. Und vor weniger als einer Stunde, als ich bereits auf dem Weg nach Gizeh war, hat man mir mitgeteilt, daß Rosette gefallen ist. Bonaparte verfügt von nun an über den Nilweg. Angesichts dieser Woge haben wir – um Ihren Ausdruck aufzugreifen – nur diese ›Hunde

von Mamluken‹, um uns zu verteidigen. Murad Bey hat sich in die erste Linie gestellt. In diesem Augenblick ist seine Flottille unterwegs nach Chebreiss. Habe ich mich klar ausgedrückt?«
»Die Flottille!« seufzte Scheherazade.
»Ja. Der Bey wird versuchen, den feindlichen Vorstoß abzufangen.«
»Die Flottille ...«, wiederholte die junge Frau kaum hörbar. Sie stellte sich die Schreie und das Toben vor, und dachte an den Sohn des Suleiman.

11. KAPITEL

Der Soldat François Bernoyer ließ den Blick über die endlose Wüste schweifen. So weit das Auge reichte, nur trostlose Ödnis und Trockenheit. Nicht der geringste Schatten. Eine ungeheure Weite ausgedorrten Sandes.
Der verstümmelte Kadaver eines von Beduinen ermordeten Dragoners lag vor ihm. Seit sie Alexandria verlassen hatten, war das ein gewohnter Anblick. Rasch schritt er weiter. Ohne zu wissen, weshalb, fielen ihm einige Worte der Ansprache ein, die General Bonaparte vor ihrer Abfahrt in Toulon gehalten hatte: *Ich verspreche jedem Soldaten, daß er nach seiner Rückkehr von dieser Expedition über genügend Geld verfügen wird, sich sechs Morgen Land zu kaufen.*
Die Lungen von drei Tagen Marsch ausgetrocknet, von Durst und Hunger zermürbt, klammerte François sich an diesen Gedanken und dachte an seine Frau, die ihn in ihrem friedlichen Haus in Avignon erwartete, an den Gesang der Grillen und den Duft der Schirmpinien.
Das Heer rückte geordnet in zwei Kolonnen vor, fast ohne Verpflegung.
Zwischen der Nachhut verstreut, folgten die Esel, wie die Zivilisten genannt wurden, die die Truppen begleiteten. Aus Gründen, die Bernoyer nicht kannte, hatte der *général en chef* eine Schar »wissenschaftliche Kommission« genannter Gelehrter mitgenommen: Akademiker, Ingenieure, Naturwissenschaftler, Mathematiker, die zum größten Teil der kürzlich gegründeten *Ecole polytechnique* angehörten. Diese brillanten Geister hatten die Soldaten mit dem Namen eines der dümmsten Vierfüßer belegt. Da man überall, wo man auf

antike Überreste stieß, haltmachte, um diese sorgfältigst zu erforschen, nahmen die Militärs an, daß jene Leute die wahren Anstifter dieser Expedition und deshalb verantwortlich für alle Übel waren, die sie peinigten. Deshalb wurden diese Gelehrten Esel genannt, und die wirklichen Esel rief man bei den Namen der Gelehrten.

Bernoyer merkte, daß sich unter den Soldaten Unruhe erhob. Im Sonnenaufgang war ein aus Beduinen bestehendes Kavalleriekorps aufgetaucht. Die Kolonne sammelte sich. Man ließ sie auf Kanonenschußweite herankommen und gab dann Feuer. Beim ersten Schuß verschwand die Reiterschar. Einige Augenblicke später kehrte sie zurück und trieb ihre Dreistigkeit so weit, die Kolonne anzugreifen. Wieder trieb die Artillerie sie in die Flucht.

Bernoyer marschierte weiter. Seine Knie zitterten vor Schwäche. Mechanisch tastete er nach der kleinen Feldflasche, die an seinem Koppel hing, und den Kopf in den Nacken werfend, suchte er die letzten Tropfen herauszuschlürfen, obwohl er wußte, daß die Feldflasche schon seit sechs Stunden leer war.

Am Vortag hatten sie an zwei Brunnen Rast gemacht, die General Desaix hatte säubern lassen. Sehr bald waren sie versiegt. In einem unbeschreiblichen Durcheinander hatten die Soldaten sich gedrängelt und gestoßen, um hinunterzusteigen; die meisten starben erstickt oder zerquetscht. Andere hatten verzweifelt, kein Wasser zu finden, Selbstmord begangen.

Der Soldat, der an seiner Seite schritt, war am Ende seiner Kraft und brach zusammen, Schaum auf den Lippen.

*

Ein Dorf folgte dem anderen. Jämmerlich an Elend und Trostlosigkeit, keinerlei Aussicht auf tatsächliche Verproviantierung bietend, zu arm, um sich selbst zu genügen.

Plünderungsszenen spielen sich unter den machtlosen Blicken der Offiziere ab. Man zerstört. Verheert. Die Dörfler fliehen in Scharen, in welche Winkel der Wüste, ist unbekannt.
Ein Adjutant wurde getötet, weil er sich etwas zu weit vorgewagt hat. Eine Frau hat ihm, ihr Kind auf dem Arm, mit einem Messer die Augen ausgestochen. Sie wurde auf der Stelle füsiliert.
Sie hatten Alexandria am 4. Juli im Morgengrauen verlassen. Nun war der 10. Juli. Gegen zwei Uhr nachmittags glaubte François, Opfer einer Halluzination, einer Fata Morgana zu sein: Das leuchtende Band des Nils tauchte vor ihm auf. Am Ufer waren die Umrisse des Dorfes Rahmania zu erkennen.
Das Geheul von Frauen stieg zum Himmel empor. Die Einwohner flohen, Staubwolken aufwirbelnd.
Als die Armee endlich in den Marktflecken drang, fand sie ihn völlig verlassen vor, jeglicher Viktualien beraubt. In einer jener Anwandlungen, die sich allein aus Verdruß und bitterer Enttäuschung erklären ließen, rächte man sich, indem man die Häuser in Brand steckte. Etwa zwei Stunden später war Rahmania ein Trümmerfeld.
Dennoch biwakierte die Streitmacht in dem Ort.
In Begleitung einiger Offiziere der 22. Leichten Infanterie durchstreifte François Bernoyer wie ein Jagdhund die Ruinen. In einem vom Feuer verschonten Speicher fand er einen halben Sack Korn. Er und seine Gefährten mahlten es zwischen den Steinen, kneteten es auf einem Brett und backten daraus in der Glut kleine Brote.
Etwa zwanzig Stunden später stieß die aus zwei Kanonenschaluppen, zwei Halbgaleeren sowie ungefähr zwei Dutzend mit Proviant und Munition beladenen Frachtschiffen bestehende Flottille zu ihnen. Sie wurde vom Kapitän zur See Perrée befehligt.
Bonaparte hielt eine neuerliche Ansprache. Das einzige, was François von diesen zündenden Worten behielt, war, daß ihre

Leiden noch lange kein Ende finden würden, daß es noch weitere Schlachten zu schlagen und Wüsten zu durchqueren gab. Doch wenn Kairo einmal erreicht war, würden die Männer endlich so viel Brot finden, wie sie sich wünschten. François dachte insgeheim – ein wenig naiv zweifellos –, man hätte dem *général en chef* antworten können, daß es nicht vonnöten wäre, sie nach Afrika zu bringen, damit sie sich beschaffen konnten, was Europa in Hülle und Fülle bot. Er unterdrückte seinen Groll und ging zum Ufer des Stroms. Er kauerte sich nieder, schöpfte mit beiden Händen Wasser und besprengte sich.

Ein Soldat trat zu ihm und teilte ihm mit, daß der Zahlmeister ihn auf die Liste derer gesetzt hatte, die an Bord der Flottille gehen sollten. Diese Nachricht erfüllte ihn mit Glück, da er nicht mehr zu marschieren und sich nicht mehr um seine Nahrung zu sorgen brauchte.

Sie schifften anderntags im Morgengrauen ein und fuhren den Nil hinauf. Bald ließ ein überaus günstiger Wind sie die Fußtruppen überholen. Dann war die Flottille allein und ohne Schutz.

*

Im Schatten des Dorfes Chebreiss hockte Karim hinter einer Kanone der an der Spitze stehenden Feluke und hielt ungeduldig nach der feindlichen Flottille Ausschau. Seine Lippen waren ausgetrocknet, und er schluckte mühsam seinen Speichel herunter. Sein Mund schien voll Asche. Vielleicht war das der Geschmack der Angst.

»Ti kaniss, pedimu?«[1]

Karim blickte zu Papas Oglu auf. Der Grieche schien in blendender Verfassung und erstaunlich entspannt für jemanden, der dem Tod die Stirn bieten sollte.

---

[1] Wie steht's, mein Junge?

»Alles in Ordnung, Nikos. Ich finde nur, es dauert schrecklich lange.«
»Da bist du nicht der einzige. Aber ich glaube, daß alles jetzt sehr schnell gehen wird. Die Franzosen sind nicht mehr weit. Wir warten nur auf Murads Zeichen.«
Er deutete auf eine Stelle der Böschung. »Schau ... Sind sie nicht großartig?«
Sich unter der sengenden Sonne tummelnd, warteten tausend von Murad befehligte mamlukische Reiter vor dem Dorf. Mit ihren vielfarbenen Gewändern und blitzenden Waffen boten sie einen herrlichen Anblick. Eine Büchse, ein Karabiner, zwei Pistolen, eine am Sattelknauf, die andere vor der Brust, zwei weitere am Sattel hängend, ein Dolch und ein Krummsäbel mit äußerst feiner Klinge machten diese Männer zu beweglichen Arsenalen. Zu Füßen eines jeden von ihnen stand ein Diener bereit, die Waffen seines Herrn nachzuladen, damit dieser unbehindert seine Angriffe erneuern konnte.
Was an dieser Kavallerie besonders auffiel, war die Art, in der die Pferde geschirrt waren, schlanke, wohlgebaute, edle Tiere von stattlichster Erscheinung. Vom Sattel bis zu den Steigbügeln war nichts gewöhnlich. Der Sattelsteg war erhabener als üblich, der Knopf höher. Der Reiter war deshalb fast eingebettet, von beiden Seiten gestützt, so daß er sich bei einer Verwundung im Sattel halten konnte.
Der Steigbügel bestand aus einer kupfernen Platte, die länger und breiter als der Fuß war. Die scharfen angebogenen Kanten stachen die Flanken der Tiere gleich dem Sporn und konnten während des Kampfes den Feind und dessen Pferd verletzen.
Das Zaumzeug war ebenso außergewöhnlich. Die Kandare war so geformt, daß das Pferd, wenn der Mamluk die Zügel anzog, einen solchen Schmerz verspürte, daß es augenblicklich anhielt. So war das Tier dem Reiter vollkommen gefügig. Alles war ungemein prunkvoll. Sättel und Zaumzeug waren

mit Silber platiert, die Steigbügel vergoldet, Säbel und Pistolen damasziert. Gold und Silber glänzten allenthalben auf den Geschirren, und ihre Pracht blendete die Augen.
»Es ist wahr«, bekräftigte Karim bewundernd. »Sie sind einzigartig. Ihr Anblick allein wird genügen, die Franzosen zum Rückzug zu veranlassen. Die dort nicht zu vergessen...«
Er deutete auf die am rechten Ufer aufgestellte Geschützbatterie, die den Strom über mehrere Meilen säumte.
Papas Oglu wollte gerade antworten, als Murads Stimme erscholl.
»Nikos! Sie kommen!«

*

François schien es, als falle eine Feuersflut vom Himmel.
Bisher hatten sie ihre Aufmerksamkeit auf die mamlukische Kavallerie gerichtet, die am Fluß entlang aufgezogen war und die niemand ernst genommen hatte. Vor allem General Yaounsky nicht, der das Kanonenboot befehligte und ihre Manöver mit Belustigung beobachtet hatte. »Wartet«, hatte er gesagt, »bis sie in Reichweite unserer Kanonen sind, dann werden wir uns an ihrer Überraschung ergötzen, wenn diese Barbaren unsere Artillerie entdecken werden.«
Doch die Mamluken hatten sich nicht weiter genähert. Die Batterien, die nun donnerten, waren die des Feindes.
Ein Sturm von Panik erfaßte die Flottille. Die in Alexandria zwangsverpflichteten türkischen Matrosen stürzten sich einer nach dem anderen in den Strom und zogen es vor, lieber Opfer der Wasser denn der Mamluken zu werden.
Bestürzt war General Yaounsky verstummt.
Zwei Kabellängen entfernt war soeben eine Halbgaleere geentert worden. Ihre Besatzung wurde augenblicklich enthauptet. Als Trophäen zur Schau gestellt, erschienen die bluttriefenden Köpfe auf den Spitzen der Lanzen. Die etwas

weiter entfernt liegende Schebecke von Kapitän zur See Perrée hingegen hielt stand.
Durch die Rauchschleier erspähte François eine gegnerische Feluke, die in Gefechtsstellung beidrehte und sein Kanonenboot anvisierte.
Hinter der Steuerbordkanone stehend, machte er deutlich den Mann aus, der die Lunte anlegen würde. Es war ein großer, muskulöser Araber von höchstens fünfundzwanzig Jahren. Den Bruchteil einer Sekunde lang trafen sich ihre Blicke. Im gleichen Moment verließ eine Kugel den Lauf, die das französische Boot in der Mitte durchschlug.
Tosend strömte Wasser auf das Deck. Ohne zu zögern streifte Françoise seine Stiefel ab und sprang in den Nil. Erst in diesem Augenblick fiel ihm ein, daß er nicht schwimmen konnte. Doch in solchen Fällen verleiht der Selbsterhaltungstrieb ungeahnte Fähigkeiten.
Er erreichte ein befreundetes Schiff und bat, ihm zu helfen, an Bord zu klettern, was man mit dem Vorwand, das Schiff sei überlastet, verweigerte. Man stieß ihn mitleidslos zurück. In heller Verzweiflung klammerte er sich an das Ankertau, doch rasch versagten seine Kräfte, und er mußte loslassen. Um ihn herum herrschte Verwirrung. Man hörte die Todesschreie der vom Feind gefangengenommenen und ohne Erbarmen abgeschlachteten Männer. Eine nach der anderen fielen die Besatzungen dem Feind in die Hände.
Durch welche Güte des Schicksals wurde Bernoyer gerettet? Er hätte es nicht zu sagen vermocht. Eine Hand ergriff die seine und zog ihn bis zur Uferböschung, wo man ihm half, Fuß zu fassen.
Dort hatte ein Dragonerhauptmann die Initiative ergriffen, die Überlebenden zusammenzuziehen. Vielleicht hoffte er, auf diese Weise eine weitere Attacke zurückschlagen oder ein etwaiges Ausschiffen verhindern zu können. Gleichwohl, trotz der Beherztheit, die dieser Stegreif-Anführer an den Tag legte, blieb François überzeugt, daß sein Ende nahe war.

Hinter den Dünen schickte sich die ungeheure mamlukische Kavallerie an, über sie herzufallen.
Der General Yaounsky war dicht neben ihm, immer noch völlig konfus. Zwei Pistolen hingen an seinem Gürtel. Ohne Zögern bemächtigte François sich einer davon. Sein Entschluß war gefaßt. In dem Moment, da die Reiterschar zum Sturm blies, würde er sich eine Kugel durch das Hirn jagen. Und da geschah das Wunder.[1]
Auf der gegenüberliegenden Seite war, vom *général en chef* angeführt, die Vorhut der Armee jäh hervorgebrochen. Hinter ihr tauchten zwischen den Dünen fünf vollzählige Divisionen auf.
Unter François Bernoyers verstörtem Blick stellten sich die Divisionen im Karree auf, die Kanonen an den Ecken, Mannschaften und Kavallerie im Zentrum geschützt.[2]
Sein Augenmerk wandte sich naturgemäß wieder den Mamluken zu, und er sah zu seiner Überraschung, daß sie, statt vor dem furchterregenden Haufen zu fliehen, sich nur etwas zurückzogen, um gefechtsbereit jeden Augenblick in vollem Galopp und mit den Säbeln in Händen lospreschen zu können.
Was sie gleich darauf taten.

---

[1] In Wahrheit wußte Bonaparte seit mehreren Tagen, daß Murad Bey ihn in Chebreiss erwartete. Die Flottille sollte in der Weise steuern, daß sie den linken Armeeflügel während der Schlacht unterstützen konnte. Unglücklicherweise blies der Wind an jenem Tag mit solcher Heftigkeit, daß Bonapartes Anordnungen nicht ausgeführt werden konnten. Die Flottille überholte die Infanteristen, erlangte eine Meile Vorsprung und stieß ungeschützt auf den Feind.

[2] Dieser Typus von Gefechtsformation wurde von den Österreichern und den Russen während ihrer Kriege gegen die Osmanen im 17. und 18. Jahrhundert entwickelt, um sich einer ähnlichen Kavallerie wie der der Mamluken zu widersetzen. Die französische Armee kannte diese Aufstellung seit 1776, hatte sie aber bis zur Schlacht von Chebreiss nie zuvor angewandt. Sie war eine der großen militärischen Innovationen der Expedition.

In einem Sandwirbel warfen die Reiter sich mit ihrem Anführer an der Spitze auf die Karrees, wobei sie zweifellos hofften, diese durch die Heftigkeit des Zusammenstoßes auseinanderzusprengen. Bernoyer glaubte jemanden schwören zu hören, in seiner gesamten militärischen Laufbahn niemals eine mit solcher Gewalt gerittene Attacke gesehen zu haben.
Eine erste fürchterliche Geschütz- und Musketensalve schlug mit voller Wucht den Mamluken entgegen. Diejenigen, welche die Kugeln nicht getroffen hatten, stürmten weiter und kamen vor dem unüberwindbaren Bajonettspalier zu Fall. Von da an bildete die stolze Kavallerie keine einheitliche Formation mehr; sie begann, unentschlossen um die Karrees zu treiben. Manche umkreisten sie in der Hoffnung, irgendwo eine schwache Stelle vorzufinden, doch ohne Erfolg. Das Kreuzfeuer der Bataillone mähte sie nieder. Dennoch setzten sie mit einem Heldenmut, der ans Erhabene heranreichte, wieder und wieder zum Sturm an. Tödlich getroffen, fanden einige sogar noch die Kraft, zwischen die feindlichen Reihen zu kriechen und zu versuchen, einen letzten Säbel- oder Dolchhieb zu versetzen.
Als die Schlacht zum Ende kam, ließen die Mamluken dreihundert ihrer tapfersten Reiter zurück. Zum ersten Mal hatten Fußtruppen dem Ungestüm ihrer Attacke ohne Wanken getrotzt.
Als die Nacht niedersank, schlief Bernoyer, in seinen Mantel gehüllt, erleichtert ein.

*

Am 14. Juli verbrachte die französische Armee die Nacht in Chadur. Andrerntags setzte sie ihren Weg nach Kairo fort.
Bei ihrem Gewaltmarsch unter der bleiernen Sonne metzelten die Soldaten ganze Dörfer nieder, um in *diesem halbwilden, barbarischen Land* ein furchtbares Exempel zu statuieren.

Am 19. erreichten sie Uardane.
In einem Winkel des Feldlagers dösend, vernahm François Bernoyer plötzlich laute Stimmen und hörte sogleich die des *général en chef* heraus. Er war umgeben von Junot, Berthier und Julien, seinem Adjutanten.
Er sah, wie er zu einer abseits stehenden Gestalt herumfuhr, in der er Bourrienne erkannte.
»Sie sind mir nicht ergeben. Die Frauen ...! Joséphine ...! Wären sie mir ergeben, hätten Sie mich über all dies unterrichtet, was ich soeben durch Junot erfahren habe: Sie sind mir ein rechter Freund! Joséphine ...! Und ich bin sechshundert Meilen entfernt ... Sie hätten mir sagen müssen, daß Joséphine mich betrügt! Wehe dieser Rasse von Laffen und Zärtlingen! Ich werde sie ausmerzen! ... Und was Joséphine betrifft, so gibt es für mich nur die Scheidung! Ja, die Scheidung! Eine öffentliche, aufsehenerregende Scheidung ...! Ich muß ihr sofort schreiben! Ich weiß alles ...! Das ist Ihre Schuld, Bourrienne, Sie hätten es mir sagen müssen!«

François fand, daß der *général en chef* in diesem Augenblick recht seltsame Sorgen hatte ...

*

Karim lag rücklings ausgestreckt auf dem Heck der nach Kairo segelnden Feluke. Seine Kleider waren zerfetzt. Pulvergeruch haftete an seinen Händen und in seinem Haar. Seit ihrer Flucht von Chebreiss stiegen immer wieder die Szenen der Schlacht vor seinem geistigen Auge auf. Deutlich sah er das Entsetzen im Gesicht des französischen Soldaten in dem Augenblick, da er sich anschickte, zu feuern. Das feindliche Boot war zersplittert, der Soldat ins Wasser gestürzt.
Wen scherte es, daß Murad Bey die Schlacht von Chebreiss verloren hatte.
Die Marine hingegen – *sie* hatte gesiegt.

12. KAPITEL

»Karim lebt«, verkündete Yussef, als er ins Schlafzimmer trat.
Scheherazade lag mit erschöpfter Miene auf dem Bett. Ihr Gemahl saß neben ihr. Sie seufzte erleichtert und ließ sich sacht gegen seine Schulter sinken.
Wie alle Bewohner Kairos hatte sie von der Niederlage bei Chebreiss und von Murad Beys Fiasko erfahren. Seither quälten sie die Furcht, das Kind, das sie trug, zu verlieren, und die Angst, Karim könnte irgend etwas Schlimmes zugestoßen sein.
Yussef erklärte: »Elfi Bey selbst hat es mir berichtet und versichert, daß die meisten Seeleute der Flottille unversehrt und wohlbehalten sind. Leider kann man das gleiche von der Kavallerie nicht behaupten. Man spricht von dreihundert Gefallenen.«
»Und meine Eltern?« fragte Michel ängstlich. »Ist es Ihnen gelungen, sie zu erreichen?«
»Sei unbesorgt. Sie werden noch heute abend bei uns sein. Doch es hat mich ziemliche Mühe gekostet, sie zu überreden; sie hatten die Absicht, nach Minia, zum Hause deines Onkels, aufzubrechen.«
»Gott sei gepriesen. Meine tiefe Dankbarkeit ist Ihnen gewiß, Vater.«
Scheherazade fragte leise: »Und was wird nun geschehen?«
»Ich habe keine Ahnung, Tochter. Ich fürchte, die kommenden Tage werden nur Kummer bringen.«
»Sie werden sich aber doch schlagen! Sie werden Kairo nicht wie eine reife Frucht fallen lassen!«

»Nun ja, im Augenblick herrscht größte Verwirrung. Wir wissen zwar, daß der Feind unterwegs ist, doch auf welcher Seite des Flusses er auftauchen wird, entzieht sich unserer Kenntnis. Ich glaubte zu verstehen, daß die Mamluken beschlossen haben, vor Kairo auf beiden Ufern Befestigungen zu errichten. Ibrahim wird für das Ostufer zuständig sein, Murad für das Westufer. Die gesamte Bevölkerung ...«

»Murad?« unterbrach ihn Scheherazade. »Soll das etwa heißen, daß die Flottille eine weitere Schlacht liefern wird?«

»Sie hat sich, wie behauptet wird, in Chebreiss trefflich geschlagen. Ich wüßte nicht, weshalb Murad Bey auf sie verzichten sollte.«

»Gewiß«, entgegnete Scheherazade, ins Leere starrend.

Michel warf ihr einen sonderbaren Blick zu.

Schon sprach man über diese Flottille. Weshalb, zum Teufel, interessierten diese Schebecken sie bloß so? Er schwor sich, sie danach zu fragen, sobald sich die Gelegenheit bot.

»Wie reagiert das Volk?« fragte er, als er sich wieder gefaßt hatte.

»Die Märkte sind geschlossen, die aberwitzigsten Gerüchte gehen um. Der Scherif der Scherifs ist zur Zitadelle hinaufgestiegen und hat das große Banner hissen lassen. Anschließend hat er sich, von mehreren tausend mit Knüppeln und Keulen bewaffneten Männern eskortiert, nach Bulaq begeben, wobei er Gebete rezitierte und Allah um den Sieg über die Franzosen bat.«

Scheherazade richtete sich kraftlos auf und lehnte sich an das Kopfende des Bettes.

»Und die Christen? Die Europäer, von denen Rosetti sprach? Haben sie Angriffe erdulden müssen?«

»Soweit ich weiß, nein. Der Großteil der Abendländer ist derzeit in der Zitadelle interniert. Andere, und das ist vielleicht das Erstaunlichste, haben im Hause von Sett Nafissa Schutz gefunden.«[1]

»Europäer bei Sett Nafissa!« wunderte sich Michel. »Das ist unerhört. Aber doch wohl keine Franzosen!«

»Täusche dich nicht. Sie hat ihre Tür allen geöffnet. Franzosen eingeschlossen.«

»Aus welchem Grund hat sie das getan? Schließlich ist ihr Gemahl doch gerade im Begriff, diesen Leuten eine Schlacht zu liefern?«

»Michel«, entgegnete Scheherazade, »du hast die Weiße nicht näher kennengelernt. Sie ist eine ziemlich ungewöhnliche Persönlichkeit. Ich denke mir, wenn sie sich entschieden hat, den Fremden ihre Hilfe zu gewähren, dann dürfte sie der Ansicht sein, daß die Zivilisten die Folgen eines von den Mächtigen beschlossenen Krieges nicht erleiden sollen. Überdies weiß alle Welt, daß sie ein Herz aus Gold besitzt. Man braucht sich nur vor Augen zu führen, wie viele Male sie sich zu Charles Magallons Gunsten verwendet hat.«

»Nichtsdestotrotz frage ich mich, wie Murad Bey wohl reagieren würde, wenn er es erführe.«

»So wie immer«, sagte Yussef. »Er wird brüllen, gestikulieren und sich schließlich mit den Erklärungen seiner Favoritin zufriedengeben.«

»Und wir, Vater?« sorgte sich Scheherazade. »Werden wir nicht in Gefahr geraten, wenn wir hierbleiben?«

---

[1] Die Kairoer zeigten sich bei dieser Gelegenheit häufig gastfreundlich: So gewährte Ibrahim Beys Gattin während der Landung siebenundzwanzig in Kairo ansässigen Franzosen Obdach. Sie empfahl ihnen, vor ihrem Hauspersonal auf der Hut zu sein (Norry, S. 9). Die *Histoire scientifique,* S. 188, erwähnt dieselbe Begebenheit und führt die Erwiderung an, mit der diese couragierte Frau einem fanatischen Scheich Trotz bot, der die Köpfe der von ihr beherbergten Franzosen forderte: »Geht jene bekämpfen, die gegen uns vorrücken; die Familienväter, die ich hier behüte, stehen alle unter Gottes Schutz; wehe dem, der es wagen sollte, sie anzurühren.«

»Wir werden Sabah nicht verlassen«, war die einzige Antwort des alten Mannes.
Einen Augenblick herrschte Stille.
Dann fragte Scheherazade: »Welcher Tag ist heute?«
»Der 20. Juli. Weshalb?«
Die junge Frau strich sanft über ihren Bauch.
»In acht Tagen werde ich in meinen vierten Monat treten...«

*

Der Tag des 21. kündigte sich milder an als die vorangegangenen. Zum ersten Mal seit mehreren Wochen war Scheherazade mit einem Gefühl heftigen Heißhungers erwacht. Die Übelkeit, die sie in letzter Zeit fast nie verlassen hatte, war verschwunden, sie hatte wieder Farbe bekommen.
Sie sprang aus dem Bett, zog die Samtvorhänge auf.
Sabah strahlte in herrlichem Sonnenschein. Die Fächer der Palmen erzitterten unmerklich. Eine weiße Taube flog über den tiefblauen Himmel.
Sie öffnete weit das Fenster und atmete in vollen Zügen den betäubenden Duft der Erde ein. Eine seltene Lauterkeit herrschte über dieser Landschaft, ein Gefühl der Sicherheit, das die ferne, doch beruhigende Präsenz der Pyramiden noch verstärkte.
Die Menschen fürchten die Zeit. Die Zeit fürchtet die Pyramiden.
Dieser Satz hatte sie immer fasziniert. Irgendwann einmal mußte sie herausfinden, woher er stammte.
Diesem prächtigen Schauspiel konnte die Vorstellung des Krieges nichts anhaben. Ihr Vater hatte recht. Hier, auf Sabah, würde der Tod niemals Zutritt haben. Sabah war die unter allen bevorzugte Oase.
Sie blickte noch eine Weile auf die Landschaft. Als sie sich schon lösen wollte, erregte etwas, das sich plötzlich am Horizont abzeichnete, ihre Neugier. Eine Sandwolke stieg

nördlich der steinernen Riesen auf. Sie mußte recht beachtlich sein, wenn man sie von hier aus sehen konnte.
Sie runzelte die Stirn. Kehrte der Chamsin wieder? Das wäre verwunderlich gewesen, denn er hatte den ganzen Juni über stark geweht. Sie blickte auf die Bäume. Die Brise blies zwar, doch sie war nicht stark genug, um solche Mengen Sand aufzuwirbeln. Vielleicht eine Karawane ... Beduinen?
Sie schlüpfte in ihre Dschellaba und ihre Sandalen und ging hinunter in die Küche.
Es war elf Uhr morgens.

*

Unter der von Scheherazade erspähten Sandwolke, nahe der Ortschaft Imbaba, schwor der Oberst Chalbrand, gehört zu haben: »Von der Höhe dieser Pyramiden beschauen euch vierzig Jahrhunderte und werden eurem Sieg Beifall zollen!«
Croisier behauptete, daß nur der erste Teil des Satzes angeführt worden sei.
Und Beauharnais: »Geht, und denkt daran, daß von der Höhe dieser Monumente vierzig Jahrhunderte auf euch herabblicken.«
Bernoyer, für seinen Teil, hörte nichts, er war zu weit von dieser Szene entfernt.[1]
Doch selbst wenn er näher bei dem *général en chef* gewesen wäre, hätte dies nichts geändert. Er war in Gedanken anderswo und blickte fasziniert auf die Linie aus Gold und Stahl, zu der sich die sechstausend Mann Murad Beys formiert hatten.

*

---

[1] Vom Dorf Imbaba bis zu den Pyramiden beträgt die Entfernung ungefähr zwölf Kilometer. Die ersten französischen Stellungen befanden sich noch weiter entfernt.

Scheherazade verschlang einen letzten Happen Ful mit Ei und danach noch eine Scheibe Serailbrot[1].

Sie streckte sich. Es war Zeit, zu ihrer Familie in den Garten zu gehen.

Im Schatten der Weinlaube waren Yussef und Michel in eine Partie Tricktrack vertieft. Zwischen den beiden Männern saß Nabil und zählte die Punkte. Nadia plauderte mit Amira und Georges Chalhub, die wie vorgesehen am Vorabend eingetroffen waren.

Nadia erhob sich spontan, als sie ihre Tochter erblickte.

»Mein Leben ... Weshalb bist du aufgestanden? Glaubst du nicht, daß das unvorsichtig ist?«

»Laß sie doch!« grummelte Yussef. »Offenbar ist sie kräftig genug. Etwas frische Luft kann ihr nicht schaden.«

»Komm, setz dich zu uns«, schlug Michel vor, indem er ein paar Kissen auf dem Bänkchen an der Wand anordnete.

Die Lider halb schließend, rekelte sie sich wie eine träge Katze.

»Ich habe das Gefühl, aufzuleben ...«

Sie deutete tadelnd auf Michel.

»Ich muß dich warnen. Mit dem nächsten Kind werden wir wenigstens zwei Jahre warten.«

Er strich ihr zärtlich über die Stirn.

»Wir werden das bei einer Partie Dame ausspielen, wenn du möchtest. Der Gewinner entscheidet.«

»Dann bin ich mir sicher, daß wir zwei Jahre warten«, erwiderte sie zuversichtlich.

»*Ya bint!*«[2] donnerte Yussef. »Es steht dir nicht zu, solche Entscheidungen zu treffen! Respektiere deinen Gatten, wie es sich ziemt!«

---

[1] *Esch es-Saraja.* Auch »Brot der Reichen« genannt. Honigfladen mit Zukkersirup

[2] Abfälliger Ausdruck, der sich mit »Jetzt, aber! Mädchen!« übersetzen ließe

»Hör auf, sie zu quälen«, empörte sich Georges. »Du weißt doch, daß sie es nicht ernst meint.«
Scheherazade zuckte die Achseln und schloß wieder die Augen.

*

Karim fragte sich, ob die Marine wohl auch diesmal den Sieg davontragen würde. Seit die Boote von Papas Oglu im Schatten des Dorfes Imbaba in Stellung gegangen waren, hatte sich seiner eine unerklärliche Furcht bemächtigt.
Eigentlich hätte er beruhigt sein können. Auf dem rechten Ufer des Flusses stand Ibrahim Bey mit seinen zweitausend Mamluken. Zur Linken Murad und seine Männer. Pascha Said Abu Bakr und zwölftausend Janitscharen deckten die Befestigungen von Kairo. Vor allem aber waren da die vierzig Kanonen, die entlang der Uferböschung zu einer Batterie formiert waren. Trotzdem löste sich der Knoten in seiner Magengrube nicht. Hatten sich die Franzosen bisher nicht als die Stärkeren erwiesen? Ohne zu wissen, warum, mußte er an Scheherazade denken. Was tat sie wohl in diesem Augenblick? Befand sie sich noch auf Sabah? Oder hatte sie mit den Ihren Unterschlupf in der Zitadelle gefunden?
Mit beiden Händen strich er über den Lauf der Kanone und fand die Bronze kälter denn je.

*

»Wahrhaftig!« rief Scheherazade aus. »Es ist, was ich befürchtet habe: Der Chamsin kehrt zurück.«
Die kleine Runde blickte nach Norden, wo der Himmel von dunklem Grau war.
»In der Tat«, bestätigte Nadia. »Es sieht so aus, als ob der Wind sich gleich erheben wird.«

»Der Chamsin zu dieser Jahreszeit?« verwunderte sich Nabil. »Das wäre ziemlich närrisch, oder?«
»Vielleicht ist es bloß ein Sandsturm«, meinte Michel.
Ohne weiter darüber nachzudenken, warf er die Würfel.
Scheherazade fragte: »Hat jemand Neuigkeiten aus Kairo gehört?«
Yussef rückte einen Stein vor und schüttelte den Kopf.
Nabil sagte scherzend: »Die Franzosen haben sich alle im Nil ertränkt!«
»Oder wurden von der Sphinx gefressen«, sagte Amira Chalhub.
Ein Donnergrollen ertönte.
Alle erstarrten.
Es war kurz vor drei Uhr nachmittag.

*

»Zurück ins Glied!«
Die Offiziere trommelten die Männer, die sich in den Gärten von Bechtil verstreut hatten, um Trauben und Granatäpfel zu pflücken, zum Sammeln.
In wenigen Sekunden formierten sich die Divisionen Reynier und Desaix zu sechs Reihen breiten Karrees.
Françoise Bernoyer ließ Murad Beys schimmernde Reiter nicht aus den Augen. Er war überzeugt, daß der Feind nach der Erfahrung von Chebreiss seine Taktik ändern würde. Zu seiner großen Überraschung war dem nicht so.
Die sechstausend Mamluken brachen zu ihrem Ritt in den Tod auf.

*

Ein gellender Schrei scholl durch das Haus.
Die Sonne stand über dem westlichen Horizont. Die Familie hatte sich ins Innere des Gebäudes begeben und schickte sich an, zu Abend zu essen.
Scheherazade, die sich bereits im Speiseraum aufhielt, zuck-

te erschrocken zusammen. Ihre Mutter rief: »Das war Aisha, die Magd!«
Yussef ließ den Schlauch seines Nargilehs fallen.
»Um Gottes willen, was ist geschehen?«
Nabil und Michel stürzten gleichzeitig los und hätten die Sudanesin, die ihnen entgegenkam, in ihrer Hast fast umgestoßen.
Sie fiel ihnen in die Arme und stammelte unzusammenhängende Wörter.
»Aisha!« grollte Michel. »Fasse dich!«
Da sie ihn nicht zu hören schien, zog er sie mit Nabils Hilfe zu einem Sessel, auf den sie niedersank.
Nadia kam mit einem Glas Orangenblütentee aus der Küche. Sie bemühte sich, der Dienerin einige Tropfen einzuflößen, während Nabil sie weiterhin zur Vernunft zu bringen suchte. Endlich schien sie sich etwas zu erholen. Sie warf den Kopf zurück und blinzelte mit den Lidern.
»Wehe uns ... Sie haben den Nil in Brand gesteckt ...«
»Sie hat den Verstand verloren«, meinte Georges Chalhub.
»Was faselt sie da? Der Nil in Brand?«
»Ich schwöre, es ist wahr ... Bei der Barmherzigkeit des Herrn der Welten ... Der Fluß steht in Flammen. Ich habe es von der Terrasse aus gesehen ...«
Nabil stürzte zur Treppe, augenblicklich von der übrigen Familie gefolgt.
Im ersten Moment glaubten sie, die arme Aisha habe die Wahrheit gesagt. Es war wirklich das Ende der Welt. Flammen, die von der Wasseroberfläche aufstiegen, loderten zum Himmel. Die Böschungen waren rot, der Horizont weißglühend; man hätte schwören können, der Nil führe, von seiner fernen Quelle her, eine Sturzflut flüssiger Lava mit sich. Der Feuerschein breitete sich bis zu den Pyramiden aus, bis zur Hauptstadt, ihre dreihundert Minarette zu Säulen aus Porphyr verwandelnd.
Michels Mutter bekreuzigte sich.

»Gott schütze uns ... Aisha hat recht.«
»Der Fluß steht wirklich in Flammen«, keuchte Nadia, indem sie sich ebenfalls bekreuzigte.
»Redet keinen Unsinn, Frauen!« schimpfte Yussef. »Der Nil kann sich nicht wie ein Stück Pergament entzünden. Nein. Es muß etwas anderes sein.«
»Richtig, Vater«, murmelte Nabil bleich. »Das ist nicht das Ende der Welt, das ist das Ende Ägyptens.«
»Was meinst du damit?« rief Scheherazade.
Michel antwortete: »Dein Bruder hat recht. Die Franzosen dürften angegriffen haben. Diese Flammen müssen vom Schlachtfeld stammen.«
»Sollte es das Dorf Imbaba sein, das so brennt?« sagte Yussef.
»Wahrscheinlich.«

*

Michel irrte sich.
Die Divisionen Vial und Rampon hatten die Ortschaft Imbaba im Sturmschritt eingenommen, doch sie hatten sie nicht in Brand gesteckt.
Die Feuersbrunst, die die untergehende Sonne verhüllte, hatte Murad Beys Flottille ergriffen. Die Feluken und Schebecken verzehrte ein apokalyptisches Feuer.
Zwei Stunden zuvor hatte sich die stolze mamlukische Kavallerie an den mit Bajonetten gespickten Karrees zerschlagen, und die Männer waren zu Hunderten vor den französischen Reihen gefallen.
Anschließend waren die kehrtmachenden Scharen vergeblich gegen Desaix' und Reyniers Karree angerannt. Als sie umkehren wollten, versperrte ihnen die Division Dugua den Weg. Jedesmal, wenn sie die Richtung wechselten, gerieten sie erneut ins Kreuzfeuer der Artillerie.
In einem allerletzten Aufbäumen und in der Hoffnung, seinen

Rückzug zu erleichtern, suchte Murad Bey den ungeheuren Schraubstock, der ihn einzwängte, zu sprengen und den Verbindungsweg zu seinem Lager, den General Rampon und zwei seiner Bataillone kontrollierten, zu öffnen, doch er scheiterte. Der Rückzug wurde zum Fiasko. Um ihn herum brachen die Männer und Pferde in Scharen zusammen. Einige von ihnen stürzten sich in den Nil und versuchten, schwimmend ans andere Ufer zu gelangen, wobei sie ein leichtes Ziel boten. Es war keine Schlacht mehr, sondern ein Massaker.
Da befahl Murad, seine Flottille in Brand zu setzen.
Die Reichtümer, die sich an Bord der Schiffe befanden, würden besser am Grund des Stromes aufgehoben sein als in den Händen des Feindes.

*

Bei Einbruch der Nacht erhielten die Familie Chedid und ihre Freunde Kenntnis von der Wahrheit.
Die ersten Flüchtlingsströme ergossen sich über die Straßen von Gizeh. Janitscharen, Fellachen, Frauen, Kinder, zwischen dem Osten und dem *sa'id* schwankend. In jener Nacht verließ der Großteil der Einwohner die Hauptstadt.
In Kairo hatten Abu Bakrs Truppen die Befestigungen verlassen und waren geflohen, ihre Frauen, ihre Kinder und ihre Schätze mit sich nehmend. Ibrahim Bey war ebenfalls geflüchtet, jedoch in Richtung Delta. Auf der anderen Flußseite lagernd, hatte er Murads Abzug beobachtet und kampflos Reißaus genommen.
Als die ersten Sterne am Himmel aufleuchteten, gab es in Kairo keine rechtmäßige Obrigkeit mehr. Aus den Tiefen der Stadt stiegen die flehentlichen Rufe der Ulemas und Sufis empor, die ihr Dasein in die Hände Allahs legten.

»Karim...«, hauchte Scheherazade. »Er ist vielleicht verletzt, oder...«

Aus Angst, das ausgesprochene Wort könnte das Unheil auf den Sohn des Suleiman lenken, wagte sie nicht, den Satz zu Ende zu sprechen.
Nabil mühte sich, sie zu beruhigen.
»Hab keine Angst. Karim ist stark. Er ist bestimmt davongekommen.«
Diesmal konnte sich Michel nicht beherrschen. Er unterbrach seinen Schwager und wandte sich mit unerwarteter Schroffheit an Scheherazade: »Kannst du mir erklären, weshalb du dich so um diesen jungen Mann sorgst? Wäre er von deinem eigen Fleisch und Blut, würdest du dich nicht anders verhalten.«
Durch seinen Ton aus der Fassung gebracht, suchte sie nach den richtigen Worten: »Er ist ein Freund. Er hat bei uns auf Sabah gearbeitet.«
»Aber er ist doch nur ein Untergebener!«
Nabil kam ihr zu Hilfe.
»Verzeih, daß ich dir widerspreche, mein Freund, aber Karim ist kein Untergebener gewesen. Er ist unter uns groß geworden. Er ist in diesem Haus geboren. Deshalb haben wir ihn immer als einen der Unseren betrachtet.«
Michel schüttelte den Kopf. Offensichtlich befriedigte ihn die Erklärung nicht. Dennoch beschloß er, nicht weiter zu drängen.
»Yussef...«, sagte Nadia zaghaft, »wir sollten Sabah vielleicht verlassen. Wir wären...«
»Ich habe es dir schon hundertmal gesagt! Wir werden nicht von hier fortgehen. Dies ist unser Land, niemand wird uns von ihm vertreiben. Ist das klar?«
Er atmete tief ein und wandte sich an das Ehepaar Chalhub: »Meine Freunde, wenn ich von uns spreche, dann denke ich ebenso an euch. Gleichwohl, wenn ihr der Ansicht seid, daß es meinem Entschluß an Weisheit mangelt, oder falls ihr eine andere Möglichkeit erwägt, steht es euch selbstverständlich frei, nach eurem Herzen zu handeln.«

Er sah Michel an: »Diese Worte gelten auch dir. Du bist der Gemahl meiner Tochter und, seit ihr durch die heiligen Bande der Ehe vereint seid, ihr Gebieter. Falls du glaubst, ihr wäret anderswo sicherer, können Scheherazade und du Sabah verlassen.«

Amira und Georges Chalhub beratschlagten sich. Michel hingegen blieb gleichmütig.

»Nun? Was habt ihr beschlossen?«

Georges Chalhub antwortete leicht verlegen: »Was du gesagt hast, erfüllt mich mit Erleichterung, Yussef. Ich muß gestehen, daß ich es nicht wagte, das Thema anzuschneiden. Sei uns nicht gram, mein Freund, aber ich halte es für klüger, fortzugehen. Meine Gattin und ich brechen in einer Stunde auf. Irgend etwas sagt mir, daß keine Zeit mehr zu verlieren ist.«

»Ihr wollt Sabah verlassen?« erwiderte Nadia. »Aber wohin werdet ihr gehen?«

»Yussef weiß es. Ich habe einen Bruder, der ein Haus im Süden besitzt. In Minia. Ich denke, daß wir dort weitaus sicherer sein werden.«

»Minia?« fragte Nabil. »Das ist mehr als zweihundert Kilometer entfernt! Wer weiß, ob ihr heil und wohlbehalten dorthin gelangt? Binnen kurzem wird Ägypten ein einziges Schlachtfeld sein. Vergebt mir, aber meine Mutter hat recht, das ist Wahnsinn.«

»Vielleicht, mein Sohn. Doch im Augenblick befindet sich das Schlachtfeld hier im Norden. Glaubt mir, Kairo und seinen Vorstädten steht schlimmes Unheil bevor.«

Rasch schloß er: »Übrigens, falls ihr euch uns anschließen möchtet, könnten wir ...«

»Hab Dank«, fiel Yussef ihm ins Wort, »doch nichts wird mich von meiner Meinung abbringen. Wir bleiben auf Sabah.«

»Wir auch«, verkündete Michel gelassen.

Georges stand auf und trat vor seinen Sohn.

»Bist du sicher, Michel? Ich bin überzeugt, in Minia ...«

»Nein, Vater. Ich bleibe.«
»Du scheinst etwas zu vergessen, mein Sohn. Du entscheidest nicht allein über zwei Leben. Ein weiteres Leben steht auf dem Spiel.«
Scheherazade entgegnete eilends: »Verzeihen Sie mir bitte, Georges. Aber ich bleibe auf Sabah. Außerdem, in meinem jetzigen Zustand würde das Kind eine so lange Reise nicht überstehen.«
Dieses Argument leuchtete Georges ein.
»Komm, Amira. Wir haben gerade noch Zeit, unsere Koffer zu packen.«
Während Yussef sich erhob, um sie zu begleiten, ergriff Nadia Scheherazades Hand und flüsterte: »Samira ... deine Schwester ... was wird aus ihr werden?«

*

Auf ihrem Bett ausgestreckt, vermochte Scheherazade keinen Schlaf zu finden. Mit weit aufgerissenen Augen beobachtete sie die rot aufglühenden Blitze, deren Widerschein auf die Decke fiel. Warum sah sie unter diesen diffusen Schatten den Sohn des Suleiman? Warum stellte sie sich ihn blutbeschmiert vor?
Michel schlief wie ein Stein.
So schlug sie mit unendlicher Behutsamkeit die Decke zurück.

*

Safirs Nüstern geiferten. Von seiner Reiterin angespornt, schoß er flink wie der Wind durch die Nacht. Ganz in der Nähe ließen sich die Umrisse des Stroms erahnen, die ärmlichen, von den Flammen erhellten Häuser Imbabas.
Am Saum der Sandebene, die das Dorf umschloß, krampfte sich Scheherazades Griff nervös um die Zügel.

War es möglich? War dies ein Schlachtfeld?
Mit zitternder Hand rückte sie den schwarzen Schleier zurecht, der ihr Haar verdeckte. Ein grauenvoller Anblick.
Zwischen hunderten zerfetzten Körpern und verkohlten Pferden, zwischen klaffenden Bäuchen und über den Sand ausgebreiteten Gedärmen kamen und gingen Soldaten, fledderten die Gewänder und Waffen, den Schmuck[1] der Leichen. Einer schwenkte ein Geschirr und schlug einen Preis vor. Andere gaben ihre Gebote ab, überboten einander, feilschten. Hier wurde ein mit frischem Blut beschmierter Kaschmirturban versteigert. Dort die vergoldeten Knöpfe einer Tunika. Ein Sattel wurde gegen einen Dolch eingetauscht, ein Faustdegen gegen eine Büchse. Ein neuer Besitzer rühmte die Anmut seines Pferdes, ein anderer die Reinheit eines Edelsteins. Jemand hatte einen pelzgesäumten Rock übergezogen und machte einen Tanzschritt. Weiter entfernt trank und aß man kauernd, und rohes Gelächter übertönte das Röcheln der mit dem Tode Ringenden.
In jener Nacht des 21. Juli 1798, hatte sich unter dem eisigen Blick der Sphinx die Ebene von Imbaba in einen Marktplatz, einen Basar verwandelt.[2]
»He! Du!«
Scheherazade hatte keine Zeit zu reagieren. Hände hatten sie gepackt. Sie wurde zu Boden geworfen und spürte das kalte Metall einer an ihrer Stirn angelegten Waffe und die Spitze eines an ihren Bauch gedrückten Bajonetts.

---

[1] Die Mamluken trugen große Mengen Gold und Geschmeide bei sich, da sie den Rest ihrer Habe in Kairo gelassen hatten.
[2] An jenem Tage machten manche ein Vermögen. *Bei dem Streich, den meine Brigade geführt hat,* schrieb General Dupuy an einen Freund, *hat sie mehr als dreihunderttausend Franken herausgeschlagen. Es rollt das Gold, und hundert Louisdor sind gängige Münze unter den Freiwilligen.*

13. KAPITEL

Die Haare zerzaust, die Augen noch voll Schlummer, glaubte Yussef Opfer eines Alptraums zu sein.
Auf die wiederholt gegen die Tür gedonnerten Schläge hin war er, fluchend über den Störenfried, der zu so später Stunde solchen Radau machte, die Treppe zum Vestibül hinuntergestürzt.
Was er, als er die Tür öffnete, entdeckte, ließ ihn an seinem Verstand zweifeln. Französische Soldaten, von Staub verdreckt, die Gewehre über Schulter und Brust, standen auf seiner Schwelle. Sie stützten eine halb verschleierte junge Frau, in der Yussef nur mit Mühe seine Tochter Scheherazade erkannte. Sie war bewußtlos, ihr Gesicht totenstarr. Außer sich streckte er die Arme nach ihr aus und stieß teils französische, teils arabische Worte hervor.
»Citoyen«, fragte eine Stimme, »gehört diese Person tatsächlich zu Ihrer Verwandtschaft?«
»Ja ... ja ... sie ist meine Tochter. Was ist ihr zugestoßen?«
»Beruhigen Sie sich, sie ist nicht verletzt. Nur ohnmächtig. Man sollte sie hinlegen.«
Yussef öffnete weit die Tür und lud die Soldaten ein, ihm bis zum *qa'a* zu folgen, wo sie die junge Frau auf einen der Diwane betteten.
»Was ist geschehen? Ich bitte Sie, sagen Sie es mir.«
»Ihre Tochter war so unvorsichtig, sich auf das Schlachtfeld zu begeben. Sie hätte dort den Tod finden können. Wir haben sie in der Nähe des Dorfes angetroffen. Sie war zu Pferd. Das Tier ist beschlagnahmt worden.«
»Meine Tochter? In Imbaba?«

Es fiel Yussef schwer zu glauben, daß dieses Individuum weder verrückt noch ein Lügner war.
»Wie konnte sie sich nur so weit von zu Hause entfernen? Sie schlief doch.«
»Anscheinend hat sie jemanden gesucht. Einen Mamluken, wie uns schien. Einen Angehörigen.«
»Ein Mamluk! Niemals hat ein Mamluk zu unserer Familie gehört! Wir sind Ägypter, Christen, griechisch-katholisch. Außerdem...«
Er unterbrach sich und fuhr sich mit der Hand an die Stirn.
»Mein Gott!... Sie muß versucht haben, einen Freund zu finden. Den Sohn unseres Gärtners. Sie hat sich Sorgen um ihn gemacht.«
Er deutete auf seine bewußtlose Tochter: »Wieso ist sie in diesem schlimmen Zustand?... Ich hoffe, Sie haben sie nicht...«
Er ließ seine Frage absichtlich in der Schwebe.
»Nein, Bürger. Sie ist nicht mißhandelt worden. Dafür verbürge ich mich. Während unsere Vorgesetzten sie verhörten, schwanden ihr plötzlich die Sinne. Die Aufregung, die Angst vielleicht. Vorher hatte sie uns gesagt, wo Sie wohnen.«
»Sie ist schwanger... Im dritten Monat...«
»In diesem Fall könnte es etwas Ernstes sein. Sie sollten einen Arzt kommen lassen. Kennen Sie einen?«
Yussef hatte keine Zeit zu antworten. Nadia war in den Raum getreten. Sie zuckte erschrocken zusammen, als sie die bewaffneten Männer erblickte, die ihre Tochter umringten. Dann stürzte sie zum Diwan.
»Scheherazade, mein Herz, was ist geschehen? Mein kleines Mädchen...«
»Beruhigen Sie sich, Citoyenne, sie ist nur bewußtlos.«
»Was haben Sie ihr getan? Was haben Sie meinem Kind angetan?«
Sie warf sich auf den Mann, hämmerte ihm auf die Brust.

Yussef trat dazwischen.
»Halt ein, Frau! Ich beschwöre dich, halt ein! Diese Leute sind völlig unschuldig. Es ist unsere Tochter, die den Verstand verloren hat! Einzig und allein unsere Tochter! Während wir schliefen, hat sie sich nach Imbaba begeben! Begreifst du?«
»Nach Imbaba?«
»Bürgerin, wir brauchen einen Arzt.«
»Einen Arzt«, jammerte Nadia. »Wo werden wir zu dieser Stunde einen Arzt finden?«
Bevor der Angesprochene antworten konnte, öffnete Scheherazade die Augen.
»Mama ... Ich habe Schmerzen ...«
»Sei unbesorgt, meine Tochter, alles wird gut werden.«
Michel und Nabil waren inzwischen hinzugestoßen. Es dauerte eine Weile, bis sie begriffen, was man ihnen berichtete.
»Der Kopte!« schlug Nabil vor. »Dr. Chehab. Gewiß ein alter Trottel, aber unsere einzige Hoffnung. Vielleicht hat er Gizeh noch nicht verlassen.«
»Möchten Sie, daß wir Sie eskortieren?« bot der Soldat an. »Unsere Vorhut steht in der Nähe. Sie könnten festgenommen werden.«
Nabil warf ihm einen verächtlichen Blick zu und stürzte hinaus.

*

»Es ist ernst«, stammelte der alte Arzt mit finsterer Miene. »Sehr ernst. Es war sehr schwierig, die Blutung zum Stillstand zu bringen. Sie hat viel Blut verloren.«
»Sie wird doch nicht sterben! Versprechen Sie mir, daß sie nicht sterben wird, ich flehe Sie an.«
»Wie kann ich das versprechen, Sett Chedid? Es liegt bei Gott. Er allein entscheidet über unser Geschick.«
»Was für ein Unsinn!« rief Michel empört. »Gott hat mit all dem

nichts zu schaffen. Sie flüchten sich hinter das Verhängnis, um ihre Unfähigkeit nicht einzugestehen. Sie müssen sie retten!«
»Das Kind ist auf jeden Fall verloren. Das wissen Sie.«
»Und Sie möchten wohl, daß die Mutter es ebenfalls ist!«
»Beruhige dich, Michel«, sagte Yussef. »Dr. Chehab tut, was er kann.«
»Und was er kann, reicht nicht aus!« rief Nabil.
Er starrte den Arzt düster an.
»Ihre Meinung?«
Der Kopte blickte verlegen drein.
»Man muß die Zeit walten lassen.«
»Die Zeit?« schrie Michel. »Wie kann die Zeit sie vor dem Tod retten?«
»Oft ist sie das beste Heilmittel.«
»Haben Sie noch nicht daran gedacht, sie zu operieren?«
»Das wäre eine Möglichkeit. In der Tat. Aber ...«
»Sicher sind Sie dazu nicht imstande.«
»Bedenken Sie, daß ich kein Chirurg bin, sondern praktischer Arzt!«
»Ein Esel sind Sie!« schmähte ihn Nabil verächtlich grienend. »Wie alle Kopten dieses Landes taugen Sie nur dazu, die Rolle von Verwaltern, Lakaien oder ordinären Steuereinnehmern im Dienst der Osmanen zu spielen. Sie raffen ungeheure Vermögen zusammen, indem sie ihren Herren zu Füßen kriechen, doch niemand versteht es so trefflich wie sie, die Fellachen zu drangsalieren und zu verachten. Die Beys tun recht daran, sie als ihre Hanswurste zu betrachten![1] Gewiß, sie können sich rühmen, der Nabel Ägyptens zu sein. Die famosen Nachkommen der Pharaonen![2] Was alles andere anbelangt ...«

---

[1] Im allgemeinen stellten die Beys ihre Possenreißer auf dieselbe Ebene wie ihre Leibärzte.
[2] Die Kopten bildeten ungefähr sieben Prozent der ägyptischen Bevölkerung. Sie nahmen Schlüsselstellungen im Finanzwesen ein. Beflissen, gewandt, doch ohne große Skrupel, häuften sie ungeheure Reichtümer an und lebten in Saus und Braus. Jeder Bey hatte einen koptischen Verwalter,

»Wie können Sie es wagen, so zu reden! Ich dulde kein weiteres Wort!«
Ohne Verzug stopfte er seine Instrumente in eine kleine Ledertasche und ging mit großen Schritten zur Tür.
Nadia schien ihn zurückhalten zu wollen.
»Laß ihn«, seufzte Yussef. »Nabil hat recht. Dieser Mann ist ein Stümper.«
Die Frau brach in Tränen aus.
»Und wer wird jetzt mein Kind retten?«

*

Erst am späten Nachmittag kehrte der französische Soldat nach Sabah zurück. Diesmal war er allein. Er wollte sich nach Scheherazades Befinden erkundigen – als Nachbar, hatte er erklärt, denn seit einer Stunde residierte der Generalstab im verwaisten Palast Murad Beys.
Als er von Scheherazades schlechtem Zustand erfuhr, überredete er die Familie, den Beistand eines der Ärzte anzunehmen, die dem Heer folgten.
Bei Einbruch der Nacht kehrte er in Begleitung eines gewissen Desgenettes zurück. François erklärte, daß er der Oberfeldarzt der Armee sei.
Einige Stunden später erklärte der Arzt, daß die junge Frau – abgesehen von möglichen Komplikationen – gerettet sei. Die beiden Männer zogen sich unter Segnungen und Dankesäußerungen des Ehepaars zurück. Und erst im letzten Augenblick, als er sich schon auf sein Pferd schwang, kam es Yussef in den Sinn, den hilfsbereiten Soldaten nach seinem

jeder *kashif* einen koptischen Unterintendanten. Da die Eitelkeit meist über die Vorsicht siegt, gaben die reichen Kopten bisweilen große Feste; im allgemeinen jedoch trugen sie einen bescheidenen Lebenswandel zur Schau. Die koptischen Verwalter, darunter Girgis al-Gauhari, der Intendant von Murad und Ibrahim Bey, genossen großes Ansehen.

Namen zu fragen. Es klang wie Bernoider oder Bernoyer, und sein Vorname war François.

*

Die folgenden Tage waren für die ganze Familie eine Zeit großer Not.
Wiederholt glaubte man, Scheherazade sei verloren. Ein starkes Fieber hatte sie kurz nach Dr. Desgenettes' Fortgang befallen. Mit glühend heißer Stirne hatte sie zu delirieren begonnen. Zusammenhanglose Sätze kamen von ihren Lippen. Ihr Körper war schweißnaß, ihre Wangen fielen ein. Alles deutete darauf hin, daß sie einen schweren Kampf austrug. Diese Zeit der Ungewißheit dauerte vier Tage, vier Jahrhunderte, in denen die Gesichter ihrer Nächsten die Entwicklung ihres Zustands widerspiegelten.
»Ich werde keine Kinder mehr haben können...«
Am Morgen des fünften Tages sank das Fieber, und obwohl sie noch sehr blaß war, erahnte man in ihren Zügen die ersten Zeichen der Genesung.
Michel schüttelte heftig den Kopf.
»Nein, Scheherazade, du hast unrecht. Das hat Dr. Desgenettes ganz und gar nicht gesagt. Wenn du erst einmal auf den Beinen bist, wirst du genauso gesund wie früher sein.«
Er legte seiner Gemahlin ein feuchtes Tuch auf die Stirn und fuhr ihr anschließend damit über die Wangen.
Draußen war hellichter Tag. Die Sonne stand im Zenit. Die Grillen hatten ihre Stimmen wiedergefunden. Auf Sabah bewegte sich nichts. Und man hätte meinen können, daß es jenseits der Mauern keinen Krieg gab. Die Tragödie von Imbaba hatte niemals existiert. Doch diese Illusion verflog sehr rasch, sobald das dumpfe Geräusch der auf der Straße trottenden Reiter vorüberzog und man das Klirren von Waffen vernahm, das den Schritt der in Marsch gesetzten Truppen untermalte.

»Wirst du mir jemals vergeben ...«
»Scheherazade ... Laß es uns vergessen, ja? In diesem Moment ist nichts wichtiger als deine Gesundheit.«
Sie nahm seine Hand und drückte sie mit der wenigen Kraft, die ihr geblieben war.
»Nein, ich bitte dich. Ich muß es wissen. Ich habe dir Leid angetan. Ich habe dich hintergangen.«
»Du bist deinem Herzen gefolgt. Das ist alles. Und der Verstand wird häufig vom Herzen übertölpelt.«
»Ich muß verrückt sein. Ich habe es dir irgendwann einmal gesagt, ich bin keine Frau wie die anderen.«
»Und was habe ich dir damals geantwortet? ›Scheherazade, das Spiel und die Lust an der Herausforderung liegen in deiner Natur.‹«
»Du vergißt das Wesentliche. Du hast auch gesagt: ›Spiele, aber versichere dich, die einzige zu sein, die den Preis dafür bezahlt.‹ Ich habe gespielt, Michel, und ...«
Er legte den Zeigefinger auf ihre Lippen.
»Du hast bezahlt, Scheherazade. Einen hohen Preis. Den höchsten vielleicht, den eine Frau bezahlen kann.«
»Nein. *Wir* haben bezahlt. Dieses Kind war auch das deinige.«
Sie umschloß seine Finger etwas fester.
Er erwiderte ihren Händedruck, doch es ließ sich nicht mit Sicherheit sagen, ob er damit Zärtlichkeit oder Verzweiflung ausdrückte.
»Wir müssen darüber reden, Michel. Ich bitte dich. Ich lege Wert darauf.«
Er erhob sich jäh und trat ans Fenster.
»Legst du wirklich Wert darauf?«
Mit rauher Stimme fügte er hinzu: »Dann sag mir, was dieser Karim für dich bedeutet.«
Er drehte sich um und kam ihrer Antwort zuvor: »Nein, Scheherazade ... Ich glaube nicht, was dein Bruder sagt. Ich habe es nie geglaubt. Und nach allem, was geschehen ist, glaube ich es noch weniger.«

Sie faltete die Hände wie ein Kind, das man bei einem Fehler ertappt hat.
»Du mußt mir nicht antworten. Ich würde mich mit deinem Schweigen zufriedengeben.«
»Ich habe ihn geliebt...«
Das fatale Wort war ihrem Mund entschlüpft, aus Scham fast unhörbar hingehaucht.
Sie fügte hinzu: »Wie man mit fünfzehn Jahren lieben kann.«
Kaum hatte sie es ausgesprochen, haßte sie sich. Diese Behauptung war nur ein verstohlenes Heischen um Michels Nachsicht. Schlimmer noch, sie war eine Verleumdung ihrer Liebe. Ohne es zu wollen, hatte sie anderen, intimeren Wahrheiten eine Maske übergestülpt.
Er war zum Fußende des Bettes zurückgekehrt.
»Seit...«
»Nichts. Ich schwöre es dir. Es ist sechs Jahre her, daß er Sabah verlassen hat. Und...«
»Er war auf unserer Hochzeit.«
Sie bohrte ihre Nägel in ihre Handfläche.
»Ja...«
»Du hast ihn eingeladen...«
Sie nickte.
»Du hast ihn wiedergetroffen... Im Palast von Gizeh.«
Seit Beginn ihres Gesprächs hatte sich Michels Gesicht verwandelt. Seine Mundwinkel zitterten. Er war bleicher als sie.
Plötzlich begann sein Körper zu zucken, und er sank auf den Bettrand.
»Warum macht einen die Liebe verrückt?« schrie er. »Warum? Mein Gott, warum nur? Muß man denn, um fortzubestehen, stets hoffen und fürchten? Diese Versuchung, zu verzeihen, obwohl man doch hassen müßte... Obwohl man den anderen verbannen müßte. Ich beschwöre dich, Scheherazade – beantworte mir diese Frage.«

Er sank neben ihr zusammen und tastete nach ihrer Hand, als habe die Nacht das Zimmer verschlungen.
Sie wußte nicht, was sie sagen sollte. Es drängte sie, mit ihm zu reden, ihn zu beruhigen. Sie öffnete den Mund, brachte aber kein Wort hervor.
»Ich liebe dich, Scheherazade. Ich habe dich immer geliebt, und ich weiß, daß ich dich immer lieben werde, ohne auf Erwiderung meiner Liebe hoffen zu dürfen. Alles müßte mich drängen, dieses Haus zu verlassen, fortzugehen, doch meine Beine weigern sich, mich über die Schwelle dieses Zimmers zu tragen. Ich müßte wie ein stolzer Ehemann handeln, doch ich bin schwach wie eine Frau ohne Würde und Stolz. Ich sollte dir meine Enttäuschung entgegenschreien, dein Herz martern, versuchen, dich zu brechen; und mein Mund ist nur voller Worte der Liebe. Letzten Endes ist die einzige Marter, die ich dir aufzuzwingen vermag, die meiner Anwesenheit.«
»Nein, Michel!«
In einer herzzerreißenden Anwandlung warf sie sich an ihren Gemahl, umschlang ihn, so fest sie konnte, suchte seinen Schmerz zu ersticken. Sie verfluchte sich selbst wegen ihrer Unbedachtsamkeit, ihrer Unvernunft, der Frau wegen, die sie war, und begann, die Götter anzuflehen, daß das Feuer, das über Imbaba hinweggefegt war, auf immer ihre Erinnerung und den Vornamen vom Sohne des Suleiman verbrennen möge.

In diesem Augenblick klopfte jemand an die Tür.
»Michel? Scheherazade?«
Sie erkannten Nabils Stimme.
Michel bedeutete seiner Gattin zu antworten.
Als ahne sie ein neues Drama voraus, zauderte die junge Frau, bevor sie fragte: »Was gibt es?«
»Karim ist hier. Er ist verwundet.«

*

Karim blieb drei Tage auf Sabah.
Eine Granate hatte seinen Arm zerfetzt, und die Flammen, welche die Flottille zerstörten, hatten seinen Brustkorb verbrannt. Schließlich war es ihm gelungen, in der Nacht des 21. Juli dem Schlachtfeld zu entfliehen. Er hatte die Absicht gehabt, sich nach Sabah zu begeben, doch die Franzosen hatten ihren Vormarsch auf Gizeh und Kairo eingeleitet, und die ganze Gegend wimmelte von feindlichen Soldaten. So war er unter unglaublichen Strapazen bis zu einem drei Meilen von Imbaba gelegenen Palmenhain gewandert. Dort hatte er, sich ausschließlich von Datteln ernährend, gewartet, bis die Truppenbewegungen nachließen. Ein Beduine hatte seinen entzündeten Arm behandelt, doch die Brandwunden vernarbten schlecht und bereiteten ihm unerträgliche Schmerzen.
Er brachte neue Nachrichten aus Kairo, die er auf der Straße nach Sabah erfahren hatte.
In der Nacht, die der Schlacht von Imbaba folgte, waren ernste Unruhen in der Hauptstadt ausgebrochen. Von den Mamluken und Honoratioren im Stich gelassen, hatte das Volk sich allen denkbaren Ausschweifungen hingegeben. Die Paläste der Beys sowie die mamlukischen Häuser waren vollständig verwüstet worden, desgleichen die Wohnsitze der reichen Kaufleute aller Nationen. Es wäre noch schlimmer gekommen, hätte sich nicht ein gewisser Mustafa Bey – der einzige an Ort und Stelle verbliebene Staatsbeamte – ins Hauptquartier von Gizeh begeben, um die Übergabe Kairos zu erklären.[1]
Am 23. in der Dämmerstunde war eine Abteilung in die Stadt eingedrungen, angeführt von einem Brigadier, an dessen Namen[2] sich Karim nicht erinnerte.

---

[1] Mustafa Bey war einer der Leutnants des Paschas. Er begab sich auf den Rat eines französischen Kaufmanns namens Baudeuf hin – der in Kairo offiziös die Geschäfte eines Konsuls versah – zu Bonaparte.

[2] Der Brigadeführer Dupuy. Er wurde zum Stadtkommandant von Kairo ernannt und bei dieser Gelegenheit in den Rang eines Brigadegenerals erhoben.

Anderntags war der *général en chef* gefolgt, der unter Trommelschlägen seinen Einzug in die Hauptstadt hielt. Es hieß, aus den Harems sei das Geheul von Frauen aufgestiegen und der Himmel sei von Rauchwolken verdunkelt gewesen, die aus den Fenstern der in Flammen stehenden Häuser quollen. Nach letzter Kunde habe der General Residenz in Elfi Beys prunkvollem Haus bezogen, das am Marktplatz von Esbekiya stand, und seine Truppen seien in den Wohnungen der Mamluken einquartiert. Am erstaunlichsten fand Karim jedoch den Namen des Generals. Es war ein Name von italienischem Wohlklang: Napollione. Napollione Buonaparté. Man munkelte, daß er gar nicht französischer, sondern toskanischer Herkunft sei. Was machte bloß ein Italiener an der Spitze einer französischen Armee? Diese Offenbarung irritierte die Familie Chedid zutiefst.

Die Plünderung der Mamlukenhäuser riß nicht ab, trotz der von den Franzosen angebrachten Siegel. Die Soldaten nahmen aktiv daran teil und ebneten den ägyptischen Dieben den Weg. Um diesen Ausschreitungen Einhalt zu gebieten, beriefen die Eroberer schließlich einen Mann an die Spitze eines Infanteriekorps, der die Ruhe wiederherstellen sollte. Es war jemand, den Karim gut kannte, ein Hüne mit dem Kopf eines Mörders: Bartholomeo Sera, der einige Monate zuvor Scheherazade beinahe ums Leben gebracht hätte.[1]

Im Morgengrauen des vierten Tages verließ Karim Sabah, um sich nach Kairo zu begeben und sich auf die Suche nach Papas Oglu zu machen.

Während seines ganzen Aufenthalts bis zu seinem Fortgang hütete Scheherazade aus Gründen, die allen außer Michel verborgen blieben, das Zimmer und lehnte es ab, den Sohn des Suleiman wiederzusehen.

---

[1] Die Franzosen hatten fünf aus den ehemaligen osmanischen Milizen hervorgegangene Polizeikompanien gebildet. Deren Anführer, in dem Fall Bartholomeo, war unmittelbar dem Bezirkskommandanten, General Dupuy, unterstellt.

14. KAPITEL

*Mein teurer Joseph,
die Eroberung von Ägypten ist zur Genüge umstritten gewesen, um dem militärischen Ruhm getrost ein Blatt hinzuzufügen.
Ich kann in zwei Monaten wieder in Frankreich sein, ich lege Dir meine Belange anheim. Ich habe viel häuslichen Kummer, denn der Schleier ist endgültig zerrissen. Du allein bleibst mir auf Erden. Deine Freundschaft ist mir das Teuerste. Um zum Misanthropen zu werden, fehlte nur noch, daß ich sie verlöre oder daß Du mich verrätst ... Es ist eine traurige Lage, alle Gefühle zugleich für ein und dieselbe Person in ein und demselben Herzen zu haben ... Verstehst Du mich? ...
Richte es so ein, daß ich bei meiner Ankunft eine Gefährtin habe, sei es nahe Paris oder sei es in der Bourgogne; ich gedenke, den Winter dort zu verbringen und mich einzuschließen; ich bin der menschlichen Natur leid. Ich sehne mich nach Alleinsein und Abgeschiedenheit; alle Grandeur langweilt mich; meine Gefühle sind verdorrt. Der Ruhm ist fade mit neunundzwanzig Jahren; ich habe alles ausgeschöpft: Es bleibt mir nur noch, wahrhaft egoistisch zu werden. Ich gedenke, mein Haus zu behalten; niemals werde ich es hergeben. Ich habe nichts mehr zum Leben. Adieu, mein einziger Freund, ich bin nie ungerecht Dir gegenüber gewesen. Diese Gerechtigkeit schuldest Du mir ... Verstehst Du mich? Umarme Deine Frau und Jérôme.*

Wir befanden uns am Ende des Juli.
Der *général en chef* setzte seine Unterschrift unter den an seinen Bruder gerichteten Brief und vertraute ihn dem fahrbereiten Postboot nach Rosette an.
Nachdem er seine flüchtige Melancholie überwunden hatte, verfaßte er ein Dokument ganz anderen Inhalts – adressiert an den General Zajonchek, der seit dem 25. Juni der neue Statthalter der Provinz Minufiya war.
»... Gestern dürften Sie die Befehle bezüglich der Organisation Ihrer Provinz erhalten haben. Sie müssen die Türken mit allergrößter Strenge behandeln. Seit meiner Ankunft lasse ich hier jeden Tag drei Köpfe abschlagen und sie durch Kairo tragen. Das ist das einzige Mittel, mit diesen Leuten zu Rande zu kommen.«
Kehrte seine Melancholie zurück? Jedenfalls muß er anderntags recht finsterer Stimmung gewesen sein, denn in einem Brief an General Menou, der zehn Tage zuvor die Stadt Rosette erobert hatte, befahl er, nicht mehr drei, sondern fünf oder sechs Gefangene zu enthaupten.
»Die Türken können sich nur bei allergrößter Strenge betragen. Jeden Tag lasse ich fünf oder sechs Köpfe in den Straßen von Kairo abschlagen. Wir haben sie bisher schonen müssen, um den schrecklichen Ruf, der uns vorauseilte, zu zerstreuen. Jetzt indes müssen wir den Ton anschlagen, der sich ziemt, um die Bevölkerung zu Gehorsam zu zwingen. Und Gehorsam heißt für sie Furcht...«

In Wahrheit hatten die Menou erteilten Anweisungen keine große Bedeutung. Dieser Militär – der zweifelsohne jene Zeit nicht vergessen hatte, da er der Revolution in der Vendée diente[1] – war den Wünschen seines Vorgesetzten längst

---

[1] Gegen Royalisten und Konterrevolutionäre wurde in der Vendée (und der Bretagne) zwischen 1793 und 1800 ein wahrhafter Ausrottungskrieg der »verbrannten Erde« geführt, mit 400 000, womöglich sogar 600 000 Opfern. *(Anm. d. Ü.)*

zuvorgekommen: Seit er in Rosette das Kommando führte, lebte die Stadt unter einer Schreckensherrschaft.

Der *général en chef* legte einen Augenblick die Feder nieder und überlegte, was noch zu bewältigen war, um die Besetzung ganz Ägyptens zu vollenden.

Alles in allem gaben diese Teufel von Mamluken ihm eine recht harte Nuß zu knacken. Murad Bey hatte sich mit dem Rest seiner Truppen nach Oberägypten zurückgezogen und beschlossen, einen Zermürbungskrieg zu führen. Der Gedanke eines Arrangements schoß ihm durch den Sinn, doch damit konnte man sich später befassen. Zur Stunde war es das Wichtigste, sich Ibrahim Beys zu entledigen. Letzten Nachrichten zufolge hatte er sich in Bilbeis, ein Dutzend Meilen vor Kairo, festgesetzt, von wo aus er die Provinz Sharqiya und das östliche Delta beherrschte. Eine solche Streitmacht in so kleiner Entfernung war eine konstante Bedrohung.

Kléber befehligte in Alexandria. Menou in Rosette, Murat in Qalyub, Belliard in Gizeh. General Zajonchek besetzte die Provinz Minufiya. Vial die von Mansura und von Damiette, der Adjutant Bribes die Oase Baharija, General Fugière die Stadt Mahallat al-Kubra; er, General Bonaparte, würde sich in eigener Person darum kümmern, mit diesem Ibrahim Bey abzurechnen.

Er griff wieder zur Feder. Bestrebt, zu einem gütlichen Übereinkommen mit der PFORTE zu gelangen, schrieb er Pascha Abu Bakr einen langen Brief (den dritten), um ihn zur Rückkehr nach Kairo zu bewegen.

Denn auch dort gab die Lage Anlaß zu großer Besorgnis. Wollte er seine Pläne reibungslos in die Tat umsetzen, so war es unerläßlich, daß Istanbul neutral blieb.

Was zum Teufel trieb eigentlich dieser M. de Talleyrand? Er hätte es besser als jeder andere verstanden, Sultan Selim III. um den Bart zu gehen, damit er sich aus der Sache heraushielt. Doch obwohl er seit mehr als zwei Monaten zum Botschafter in Istanbul berufen war, hatte M. de Talleyrand seinen Posten

noch immer nicht angetreten. Er hatte sich doch dazu verpflichtet. Er hatte sein Wort gegeben![1]
Zornig warf der General seine Feder hin, so daß sie über den Tisch rollte, und beschloß, sich weniger ärgerlichen Dingen zuzuwenden.

Er ließ den Zeugmeister des Bekleidungsamtes der Orient-Armee, den Soldaten François Bernoyer, zu sich beordern und trug ihm auf, schnellstens Muster verschiedener Uniformen anzufertigen, damit er eine auswählen könnte, die sich für das Land und das Klima besser eignete.

Drei Tage danach rekrutierte man alle französischen und türkischen Schneider und schuf eine Werkstatt mit mehr als tausend Handwerkern, die in der Lage waren, gemäß den Wünschen des Generals zehntausend Uniformen in fünfunddreißig Tagen zu liefern.

Zufrieden wandte er sich wieder seinen Eroberungsplänen zu.

Er setzte einen Diwan ein, der zum Großteil aus Ulemas und Scheichs bestand, die der *Sorbonne des Orients* angehörten, wie er die Universität al-Azhar nannte.

---

[1] In einer Depesche vom 22. Floréal im Jahre VI (11. Mai 1798) kündete Talleyrand dem Geschäftsträger Frankreichs, Pierre Ruffin, das baldige Eintreffen eines Unterhändlers in Istanbul an; dieser Botschafter jedoch sollte Talleyrand höchstselbst sein. Auf dessen Mitwirkung bauend, drängte Bonaparte ihn noch von Bord der Orient aus, aufzubrechen. Später, in seiner Depesche vom 19. August 1798, erkundigte er sich beim Direktorium: »Ist Talleyrand in Istanbul?« Und am 7. Oktober 1798 drängte er: »Sie werden über Wien einen Botschafter nach Istanbul senden; das ist unerläßlich. Talleyrand muß sich dorthin begeben und Wort halten.« In Wahrheit trug Talleyrand sich niemals aufrichtig mit der Absicht, seine Mission zu erfüllen. Er dachte gar nicht daran, das Abenteuer selbst zu wagen, sondern hielt es für weiser, einen anderen jene Risiken eingehen zu lassen, denen er sich entzog, und veranlaßte das Direktorium, Marie-Descorches de Sainte-Croix zu berufen. Doch auch dieser brach nie gen Morgenland auf. Erst fünf Jahre später, im Jahr 1803, sollte ein Botschafter Frankreichs, General Brune, in Istanbul erscheinen.

Am 30. Juli bestellte er den Kopten Girgis al-Gauhari, den ehemaligen Helfershelfer Murad Beys, zum »Generalintendanten« von ganz Ägypten.
Am 1. August wurden die Frauen der Mamluken schwerst mit Steuer belegt, um die Besitztümer ihrer Gatten legal behalten zu können. Sett Nafissa sah sich dazu verdammt, die astronomische Summe von 600 000 Pfund zu zahlen.

*

»Es ist ein Verbrechen!« heulte die Weiße. »Schlimmer noch, ein heimtückischer Verrat und das allerbeste Beispiel Ihrer Undankbarkeit! Habe ich denn nicht bereits 120 000 *ryal* für mich selbst und für die Gattinnen der Mamluken entrichtet? Ist M. Eugène de Beauharnais, des Oberbefehlshabers eigener Schwiegersohn, nicht erst vor drei Tagen zu mir gekommen, um mich zu beruhigen? Sich in Komplimenten zu ergehen, mir für den Beistand zu danken, den ich in all den Jahren den französischen Kaufleuten ohne Unterlaß geleistet habe – Charles und Françoise Magallon sind der lebende Beweis dafür. Und dieser Diamant...«
Sie hob den Blick, um den Himmel zum Zeugen anzurufen.
»Dieser Diamant, den M. de Beauharnais zu schenken ich die Naivität besaß, um ihm meinen Dank zu bezeigen, und den er – nebenbei bemerkt – anzunehmen sich gesputet hat! Sollte dieses Geschenk denn nicht die Einmaligkeit unserer Bande bekräftigen? Weshalb hätte er ihn sonst behalten? Um seinen Betrug[1] deutlicher herauszustreichen, wahrscheinlich! 600 000 Pfund? Wo soll ich die denn Ihrer Meinung nach hernehmen?«
Der Offizier, der vom Hauptquartier beordert worden war,

---

[1] General Berthier hatte ihr in der Tat auf Magallons Bitte hin generellen Schutz für sie selbst und alle ihre Leute zugesagt.

der Gemahlin Murad Beys den Bescheid zu überbringen, verfluchte innerlich jene, die ihn mit dieser Mission betraut hatten. Gott sei Dank begleitete ihn der Kopte Girgis al-Gauhari. Da die beiden gleichen Blutes waren, würden sie wohl miteinander einig werden, und eine Verständigungsgrundlage finden. Er hielt es deshalb für klüger, den Ausbruch der Weißen nur mit einer Gebärde der Machtlosigkeit zu beantworten.
So war es denn an dem Kopten, das Wort zu ergreifen.
»Sett Nafissa ... Sie scheinen die Situation nicht recht zu erfassen. Ihr Gatte ...«
»Murad Bey hat mit dieser Angelegenheit nichts zu schaffen!«
»Wie können Sie so etwas sagen! Er befindet sich noch immer im Krieg gegen die französischen Truppen. Er hat zwar die Schlacht von Imbaba verloren, die Waffen aber nicht gestreckt.«
»Na und? Herr Girgis! Was ist an seinem Verhalten zu beanstanden? Nicht alle Ägypter sind Kopten, sollten Sie das vergessen haben? Nicht jeder besitzt den bewundernswerten Kollaborationsgeist, der Sie beseelt!«
Der Intendant lief scharlachrot an und hob das Kinn.
Sie fuhr fort: »Murad wurde angegriffen. Männer sind in seine Ländereien eingefallen, man hat ihn enteignet. Inwiefern ist der Widerstand verwerflich? He? Antworten Sie mir!«
»Ich wiederhole, daß dies nicht das Problem ist. Überdies sind Sie nicht verpflichtet, die gesamte Summe auf einmal zu begleichen. Sie können 100 000 Pfund morgen und 50 000 an den folgenden Tagen bezahlen.«
Dame Nafissa hielt dem Verwalter die gespreizten Finger ihrer Hand entgegen.
»Fünf in das Auge desjenigen, der nicht für den Propheten betet![1] Schande über Sie!«

---

[1] Redewendung, die auf einem Wortspiel mit der Zahl fünf *(khamsa)* beruht, die auf arabisch auch »die Fatima-Hand« bedeutet, welche man dem Gesicht eines Ungläubigen entgegenstreckt.

Angesichts al-Gauharis verstörter Miene meinte der Franzose, nicht länger schweigen zu können.
»Citoyenne, falls Sie auf Ihrer Weigerung beharren, werden all Ihre Sklaven, die sechsundfünfzig Frauen und zwei Eunuchen, sowie alle Güter Ihres Gatten dem Staat anheimfallen. Sie werden nur Ihre Möbel behalten dürfen.«
»Ich sage es Ihnen nochmals, ich besitze dieses Geld nicht!«
»Citoyenne, in jedem Krieg muß der Besiegte zahlen. Das ist das Gesetz, der Preis der Niederlage.«
Die Weiße richtete sich zornig auf.
»Ist in Ihrem Gesetz keine Belohnung für die Leben vorgesehen, die man rettet? Muß ich Sie ein weiteres Mal an die Dienste erinnern, die ich Ihrer Nation erwiesen habe? An die Franzosen, die ich unter meinem Dach beherbergt habe, als sie in allergrößter Gefahr schwebten? An meine tagtäglich von Madame Magallon erheischten Interventionen bei meinem Gemahl, er möge seine Schikanen erleichtern? Bei der Gelegenheit...«
Sie verstummte, nahm hastig das goldene Ührchen ab, das ihr Handgelenk zierte, und warf es dem Franzosen vor die Füße.
»Hier! Geben Sie dies doch der teuren Françoise zurück, oder besser noch, nehmen Sie sich ein Beispiel an dem Schwiegersohn Ihres Generals und behalten Sie es! Das ist eine der Dankesbezeigungen, die ich jetzt nicht mehr länger zu bewahren vermag, da ich um die geringe Wertschätzung weiß, die Ihre Anführer den Symbolen beimessen.«
Der Offizier zuckte mit keiner Wimper. Er erhob sich ungerührt und erklärte dem Intendanten, daß die Unterredung beendet sei.
Der Weißen fest in die Augen schauend, sagte er: »Sie werden zahlen ... Sett Nafissa ... So ist es nun einmal. Und nicht anders.«
»Monsieur, prägen Sie sich gut ein, was ich Ihnen jetzt sage. In diesem Land gibt es etwas Sonderbares und Schreckli-

ches, das wir den Bösen Blick nennen. Die Lage so übel auszunutzen, wie Sie es tun, und vor allem Ihr Wort zu verleugnen, wird Ihnen kein Glück bringen. Glauben Sie mir! Sie und die Ihren werden Unglück und Demütigung erfahren.«
Dies geschah am 31. Juli 1798.

*

Besaß die Weiße unheilvolle Kräfte?
Als der steuereinnehmende Offizier erfuhr, welch entsetzliches Unglück über die Expedition hereingebrochen war, dürfte der arme Mann zutiefst verstört gewesen sein.
Das Drama ereignete sich am Tag nach ihrer Unterredung; am 1. August bei Sonnenuntergang, um genau zu sein.
Der *général en chef* sollte erst dreizehn Tage später davon erfahren, während er sich in der Ortschaft Bilbeis aufhielt.
Mehr als eine Woche vor dem Ereignis war er an der Spitze von zehntausend Mann in Kairo aufgebrochen und hatte sich auf die Suche nach Ibrahim Bey gemacht. Zwei Tage zuvor hatte er den Mamluken nahe dem Dorf Salahieh geschlagen. Der Kampf war erbittert gewesen, die Verluste groß. Doch das Ziel war erreicht: Ibrahim Bey war auf der Flucht nach Syrien.
Man beendete gerade das Mittagessen. Die Stimmung war gelöst.
Die Truppen hatten dem Mamluken die Beute abgejagt, die dieser kurz zuvor einer Karawane geraubt hatte. Der *général en chef* hatte beschieden, daß die Soldaten die Waren sofort bei ihrer Rückkehr zum eigenen Gewinn verkaufen könnten.
Alle Tischgenossen waren vergnügt, als der General mitten in das Mahl hinein beinahe phlegmatisch verkündete: »Bestens. Ihr befindet Euch wohl in diesem Land; was ein Glück ist, denn wir haben keine Flotte mehr, die uns zurück nach Frankreich bringen kann.«

Die Anwesenden waren wie vom Schlag gerührt. »Deshalb«, setzte der General hinzu, »sind wir in der Pflicht, Großes zu vollbringen! Ein großes Reich schaffen! Es wird uns gelingen. Meere, über die wir nicht Herr sind, trennen uns von unserem Vaterland, doch kein Meer trennt uns von Afrika und Asien.«

Das Ereignis, auf das er anspielte, hatte sich dreizehn Tage zuvor zugetragen. Zu einem Zeitpunkt, da es niemand erwartete, war ein englischer Konteradmiral[1] in der Bucht von Abukir, östlich von Alexandria, aufgetaucht, wo die von Admiral Brueys befehligte französische Flotte vor Anker lag. Da der Admiral weder über genaue Seekarten noch über Lotsen verfügte, hatte er Lotungen vornehmen lassen, die ihn von der Unmöglichkeit überzeugten, die *Orient* und die 80-Kanonen-Linienschiffe in den Vieux Port einlaufen zu lassen. Der Unglückselige war sich der Gefährlichkeit seiner Position völlig bewußt. Merkwürdigerweise jedoch hatte er, so wenig wie seine Waffengefährten Menou und Kléber, keinerlei Nachricht vom General erhalten, seitdem die Truppen in Ägypten gelandet waren.[2]
Folglich fand der Engländer ihn in der Bucht von Abukir eingezwängt vor. Das Manöver war einfach. Es bestand darin, jedes französische Schiff unter Kreuzfeuer zu nehmen.

---

[1] Es muß wohl nicht erwähnt werden, daß es sich um Sir Horatio Nelson handelte, welcher kürzlich seinen Dienst wiederaufgenommen hatte, nachdem er während einer Rekonvaleszenz von acht Monaten von jener Verwundung – und der darauffolgenden Amputation des rechten Arms – genesen war, die er sich im Vorjahr vor Santa Cruz zugezogen hatte.

[2] Obendrein war die Versorgungslage katastrophal: »Die Flotte ist nicht mehr imstande, die Segel zu setzen, sie liefe Gefahr, ausgehungert zu werden; auch kann sie, ohne Verpflegung zu erhalten, nicht auf der Reede verbleiben, um nicht in Bälde auf den letzten Krümel angewiesen zu sein. Auf keinen Fall darf sie durch verspäteten Beistand gezwungen werden, den letzten Vorrat Schiffszwieback zu verzehren, da unzweifelhaft eine tägliche Reismahlzeit der Gesundheit der Mannschaften schaden würde.«

In wenigen Stunden brach die Apokalypse herein.
Im Verlauf des Gefechtes, das sich bis zum 3. August hinzog, wurden zwei französische Fregatten und zwei Linienschiffe versenkt oder in Brand geschossen. Neun weitere fielen in die Hand des Feindes. Siebzehnhundert Mann fanden den Tod. Tausendfünfhundert wurden verwundet, zwei Drittel gefangengenommen. Admiral Brueys selbst starb um halb acht auf der Brücke seines Schiffes, mit abgerissenem Schenkel.
Gegen neun Uhr am Abend verwandelte sich die *Orient,* das stolze Flaggschiff, das den *général en chef* nach Ägypten gebracht hatte, in eine gigantische Fackel. Eineinviertel Stunden später zerbarst sie mit ohrenbetäubendem Getöse; die anderen Boote erbebten, und der Widerhall ließ die Stadt Alexandria erzittern. Dieser grauenhaften Explosion folgten zwanzig Minuten Stille, in der die beiden Armeen wie erstarrt verharrten.
Auf seiten der Engländer wurde kein Schiff gesprengt oder in Brand geschossen. Ihre Schäden beschränkten sich auf schwere Havarien.
Die Verluste beliefen sich auf 218 Tote und 677 Verletzte.

Die Kunde dieses Sieges gelangte am 2. Oktober 1798 nach London, und sein Ruhm überstrahlte ganz Europa. Der englische Konteradmiral wurde mit Ehren überhäuft. Die Ostindien-Kompanie beschenkte ihn mit zehntausend Pfund Sterling, die Orient-Kompanie mit einer Silbervase, die City of London mit einem Degen und zweihundert Guineen. Er wurde vom König zum »Baron of the Nile and of Burham Thorpe« ernannt und erhielt eine Leibrente von zweitausend Pfund Sterling. Zar Paul I. schenkte ihm sein Porträt in einer Schatulle, die zweitausendfünfhundert Pfund wert war; Sultan Selim III. eine Diamantenbrosche im Wert von zweitausend Pfund. Am 19. August 1798 verließ der Konteradmiral Ägypten auf der *Vanguard,* und

ließ sechs Kriegsschiffe zurück, welche die Blockade der ägyptischen Häfen sicherten. Anschließend segelte er nach Neapel, wo ihn Gefahren ganz anderer Natur erwarteten.[1]
Bonaparte[2] und jene, die er in sein aberwitziges Abenteuer hineingezogen hatte, waren von da an Gefangene ihrer Eroberung.

*

Die Arkaden warfen ihre Schatten auf den riesigen Hof der al-Azhar. Zu Füßen der durchbrochenen Zinnen hatten sich Hunderte Getreue gen Mekka auf die Knie geworfen. Eine Stimme war erschollen und hatte die Zeit angehalten. Und die Zeit gehörte Allah.
Auf der anderen Seite des Hofes erwachte – einen Augenblick vom Gemäuer aus gräulichem Stein verdeckt – erneut das Licht zum Iwan hin. Einhundertvierzig Säulen umgaben den Brennpunkt der Inbrunst, das Zentrum allen Wissens der islamischen Welt.
In den Unterkünften der ausländischen Studenten herrschte eine andere Atmosphäre. Syrer, Perser, Kurden, Nubier disputierten in gedämpftem Ton über ihre bevorzugten

---

[1] Er kam am 22. September dort an, wo er ... Lady Hamilton wiederfand.

[2] Dieser sollte in seiner Depesche an das Direktorium Brueys die gesamte Verantwortung für die Niederlage anlasten. Der Admiral hätte ihm nicht gehorcht, indem er vor Abukir verblieben sei, statt sich in den Vieux Port zu begeben oder nach Korfu zurückzuziehen. Tatsächlich aber waren (wie Brueys festgestellt hatte) die Fahrrinnen des Vieux Port zu gefahrvoll für die großen französischen Linienschiffe, und Bonaparte hatte nie den ausdrücklichen Befehl zum Rückzug nach Korfu erteilt, der überdies recht schwierig gewesen wäre, in Anbetracht des Wasser- und Verpflegungsmangels der Flotte. Um seine Sache zu verteidigen, gab Bonaparte falsche Auszüge seines Briefwechsels mit dem Admiral wieder. Ebenso ließ er später, als Erster Konsul, die kompromittierendsten Dokumente aus den Militärarchiven beseitigen und andere abändern. Die Untersuchungen von La Jonquière und von Douin stimmen hinsichtlich der von Bonaparte vorgenommenen Fälschungen völlig überein.

Themen: Jurisprudenz, Algebra, Auslegung der Schriften und vor allem Philosophie – eine noch vor kurzem in Ungnade stehende Materie.[1] Bisweilen, wenn der mit der Aufsicht betraute Vorsteher unvermutet in einen der Säle trat, verstummten die jungen Leute, die über ein die Strenge der Stätte womöglich verletzendes Thema debattierten, und ließen eifrig ihr Gebetskränze durch die Finger gleiten.

Die aus den verschiedensten Regionen stammenden – mehr als dreitausend – Studenten waren aller materiellen Besorgnisse enthoben. Ihre Speisung war zum größten Teil durch die tägliche Austeilung von achtzehn Zentnern Brot gesichert. Man stellte ihnen das zur Beleuchtung nötige Lampenöl. Ihre Auslagen wurden ihnen monatlich in bar entgolten.

Obwohl al-Azhar vor allem ein Mittelpunkt der Bildung und zweifellos der ruhmvollste des gesamten Orients war, sollte es auch eine Stätte der Mildtätigkeit sein.

Abseits der Studentenunterkünfte war ein Flügel der kostenlosen Pflege jener Bedürftigen gewidmet, die mit Blindheit, dem verbreitetsten Gebrechen Ägyptens, geschlagen waren.

Östlich dieses Nothospitals befand sich das Verwaltungsgebäude. Und in einem der ihnen zur Verfügung gestellten Räume hielten die einflußreichsten Mitglieder von *Blut des Nils* gerade eine Versammlung ab. Daß diese sieben Personen sich hier treffen konnten, grenzte an ein Wunder. In dem im Belagerungszustand befindlichen Kairo war eine solche Zusammenkunft überaus gefährlich.

---

[1] Die Philosophie war aus der al-Azhar verbannt worden. Die geistige Originalität und Unabhängigkeit, welche diese Materie naturgemäß charakterisieren, erweckten den Argwohn der Schriftgelehrten. Es bedurfte des ganzen Eifers von Jamal el-Dine al-Afghani – eines berühmten Reformators –, Platon, Aristoteles und all den anderen wieder ihren Platz im Lehrplan der prachtvollen Universität zu verschaffen.

Das Zwielicht hatte sich verstärkt. Doch es kam nicht in Frage, Licht zu machen.
Nabil breitete eine Karte von Kairo auf dem Tisch aus Damaszener Holz aus und legte seinen Finger auf die Stelle, an der die Zitadelle stand.
»Genau hier haben sie ihre Artillerie aufgestellt. Sie haben die *kalaat al-gabel*[1] von allen Bewohnern geräumt, die historische Stätte verwüstet und aus der ehemaligen Sultansresidenz eine befestigte Stellung gemacht. Von diesem Punkt aus können sie, wann immer es ihnen beliebt, einen wahren Feuerhagel auf die Hauptstadt niederprasseln lassen.«
Butros schlug mit der flachen Hand auf den Tisch.
»Wenn man bedenkt, daß bis zu dieser Stunde das Gesicht des Unterdrückers ein türkisches oder mamlukisches war und unser Ideal das von Frankreich! Jetzt sind die beiden Gesichter eins. Welche Ironie des Schicksals...«
Nabil fuhr fort: »Und an all dem ist nur dieser italienische Gnom schuld.«
»Welcher Italiener?« fragte Salah.
»Na, ihr Oberbefehlshaber! Sein wahrer Name soll Buonaparte sein. Napollione Buonaparte.«
»Ja, so was...« murmelte Salah erstaunt.
Nabil zuckte mit den Schultern.
»Ob Italiener oder nicht, jedenfalls bietet er uns die Gelegenheit, auf die wir so lange gewartet haben. Die ganzen Jahre über haben die Janitscharen die Stadt in Furcht gehalten, während Murad und die Seinen sich den Wanst vollstopften. Damit ist nun Schluß! Der neue Besatzer mag getrost die Polizei organisieren und Brigaden aufstellen, doch lange wird er nicht standhalten können. Die Vernichtung ihrer Flotte ist der klare Beweis.«

---

[1] Die Bergfestung. Beiname, den die Bewohner Kairos der Zitadelle gaben

Er hob den Daumen und schickte sich an, die verschiedenen Umstände an seinen Fingern aufzuzählen.
»Da ist der Zermürbungskrieg, den die Mamluken gegen sie führen. Denn wenn Ibrahim auch auf der Flucht ist, hat Murad noch lange nicht die Waffen gestreckt. Die täglichen Plänkeleien der Beduinen, die Überfälle der Fellachen in den besetzten Dörfern, die englische Flotte, die unsere Häfen blockiert und die Franzosen endgültig im Lande Ägyptens verbannt, und schließlich noch die Osmanen. Seitens Istanbuls dürfte es nämlich gewiß rumoren.«
Osman zog ein bedrucktes Blatt aus seiner Dschellaba und ergriff das Wort: »Außerdem, falls meine Informationen zutreffen, versucht dein Italiener, wenngleich vergeblich, das Wohlwollen unserer Nachbarn zu gewinnen. Er hat den Statthaltern der Anrainerländer einen Rundbrief zustellen lassen, der natürlich der Verbreitung der französischen Propaganda dienen soll. Hier ist eine Kopie davon, die ich euch übergeben möchte.«
»Das bestätigt, was ich eben gesagt habe«, bemerkte Nabil.
»Als er auf ägyptischem Boden landete, hat dieser Buonaparte die Absurdität seines Unternehmens nicht ermessen. Was uns anbelangt, ist nicht mehr die Stunde des Redens, sondern die des Handelns.«
»Es wird nicht einfach sein«, gab Butros zu bedenken. »Sie sind im Begriff, ein sehr sicheres Warnsystem einzurichten. Ich habe sie beobachtet, seitdem sie in die Stadt einmarschiert sind. Die Bevölkerung mußte ihre Waffen abgeben. Zuwiderhandelnde setzen sich Leibesstrafen aus – man spricht von hundert Stockschlägen –, und wenn es sich um Kanonen oder Pulvervorräte handelt, gar der Enthauptung. Dieser Bartholomeo, den sie an die Spitze ihrer Polizei berufen haben, macht auf mich den Eindruck eines rasenden Irren. Aber das ist nicht alles. Sie haben befohlen, alle Tore zu zerstören, die die Straßen abriegeln und die Verbindungen verwehren.«
Nabil lachte spöttisch.

»Ausgezeichnet! Es ist ganz klar, daß diese letzte Maßnahme vom einfachen Volk als regelrechte Vergewaltigung empfunden werden wird. Seit jeher bot dieses System von Toren den Vierteln der Stadt eine gewisse Autonomie und ein Gefühl der Sicherheit. Seine Abschaffung wird die Erbitterung der Einwohner nur noch anstacheln.«[1]

Er schwieg einen Augenblick, bevor er hinzufügte: »Ich schlage vor, daß wir uns von der nächsten Woche an auf den Tag unseres großen Aufstands vorbereiten. Die Empörung muß ein solches Ausmaß annehmen, daß die Franzosen die Kontrolle über die Hauptstadt verlieren.«

Eine gewisse Verblüffung zeigte sich auf den Gesichtern.

»Ein punktueller Aufstand«, murmelte Osman zweifelnd. »Nur eine Massenerhebung kann zum Erfolg führen. Doch wie kann man Hunderte von Leuten benachrichtigen und ihnen den Tag und die Stunde mitteilen, an dem sie sich in Marsch setzen sollen?«

»Es gibt eine Möglichkeit. Wißt ihr, wie viele Minarette Kairo besitzt?«

»Bestimmt dreihundert«, antwortete eine Stimme.

»Vielleicht sogar dreihundertfünfzig. Nun, diese Minarette werden unsere Geheimwaffe sein, unsere Signaltürme. Unter den Mitgliedern unserer Bewegung finden sich zahlreiche der Sache verschriebene Muezzine. Ich schlage daher vor, daß sie zu den Stunden des Gebets dem Volk unsere Anweisungen übermitteln. Die Franzosen sind unserer Sprache nicht mächtig und werden deshalb nichts verstehen, oder aber erst, wenn es zu spät ist.«

»Genial!« warf Butros ein.

Begeisterte Ausrufe hallten durch den Raum. Offenkundig traf Nabils Vorschlag auf allgemeine Zustimmung.

---

[1] Bei einem Aufruhr im Innern oder der Anwesenheit fremder verdächtiger Personen ermöglichten es diese Tore, das Viertel abzuriegeln und polizeiliche Maßnahmen durchzuführen.

»Meine Brüder«, rief er mit feierlicher Stimme, »die Stunde der *fitna*[1] ist angebrochen!«
»Tod den Mamluken! Tod den Osmanen und Tod dem Nabulio!«

*

Wie konnte Nabil im Eifer seiner patriotischen Aktivitäten ahnen, daß seine Schwester, seit bald sieben Jahren aus der Familie verbannt, nur wenige Schritte entfernt lebte? So nahe an der al-Azhar, daß die vom *Blut des Nils* ausgestoßenen Schmähungen vielleicht an ihre Ohren gedrungen wären, hätte man lauter geschrien.
Samira stellte die Flamme der Lampe ein wenig größer und deckte behutsam ihr Kind wieder zu. Der kleine Ali schlief wie ein Murmeltier und wußte nichts von der Melancholie seiner Mutter.
Sie betrachtete ihn aufmerksam und suchte das Gefühl der Leere zu verdrängen, das sie schon seit dem Tag vor fast einem Monat unablässig quälte, an dem man ihr den enthaupteten Leichnam ihres Gemahls, des schönen Ali Torjman, gebracht hatte. Leute aus der Nachbarschaft, die Zeugen des Dramas gewesen waren, hatten die traurige Aufgabe übernommen. Man hatte ihr berichtet, der Mann sei in flagranti ertappt worden, als er den Gästen eines Kaffeehauses öffentlich den Heiligen Krieg predigte. Zweifelsohne sei ihm nicht bekannt gewesen, daß der mit der Unterdrückung beauftrag-

---

[1] Der Begriff *fitna,* ursprünglich »Versuchung«, also »Prüfung« des Glaubens, bezeichnete sehr früh im Islam die Bürgerkriege bzw. Machtkämpfe innerhalb der Gemeinschaft. Später nahm er die Bedeutung »Bruch« der Gemeinschaftsordnung an. Allmählich verblaßte seine religiöse Konnotation, um schließlich die Bedeutung »Revolte« anzunehmen. In den ersten Jahrzehnten des 19. Jahrhunderts wurde er übrigens verwendet, um die Französische Revolution zu bezeichnen: »Al-Fitna al-faransawiyya«.

te Polizeileutnant, Bartholomeo Sera zu den Zechern gehörte. Mit eigener Hand habe der mörderische Hüne dem unglückseligen Janitscharen den Hals durchtrennt.
So war Samira nun Witwe und obendrein mit einem Kind von sieben Jahren. Gott sei Dank hatte der Verstorbene ihr genügend hinterlassen, daß sie eine ganze Weile leben konnte, ohne sich um den nächsten Tag sorgen zu müssen. Doch verschwenderisch wie sie war, würde diese Barschaft nicht lange vorhalten.
In den ersten Tagen, die der Tragödie folgten, hatte sie erwogen, nach Sabah zurückzukehren. Da ihr Ehemann nun tot war, hätte ihrer Wiedereingliederung in die Familie nichts mehr entgegengestanden. Aber dieser Schritt hätte das Ende ihrer Freiheit bedeutet. Nein, niemals hätte sie es ertragen, in diesen Käfig, und war es auch ein goldener, zurückzukehren.
Sie dachte über den Besuch nach, den Zobeida, die treue Freundin, ihr am Morgen abgestattet hatte.
»Du mußt ausgehen. Unter Leute gehen. Schwarz steht Frauen nicht, und Frauen wie uns schon gar nicht.«
Ohne sich um die Vorhaltungen ihrer Umgebung zu kümmern, pflog die schöne Zobeida Umgang mit Franzosen – mit Offizieren und Brigadiers, die entzückt von ihren Reizen waren und von einer Höflichkeit, deren sie einen Mann niemals fähig geglaubt hätte.
»In zwei Wochen ist das Fest des Nils... Begleite mich. Dort wird es viele interessante Leute geben. Wir werden unter den Bestplazierten sein. Komm mit, und sei es nur wegen deines Kindes. Du mußt auch an sein Glück denken.«
Samira verließ leise das Bett und trat vor den kleinen, auf der Kommode stehenden Spiegel.
Sanft strich sie über ihre Wangen, für einen Moment die ersten Fältchen glättend, welche ihre dreißig Lebensjahre um die Augenwinkel und Lippen hinterlassen hatten.
Einunddreißig Jahre schon.

Sie umfing ihre Brüste und war beruhigt, sie noch immer fest zu finden. Gewiß, ihre Gestalt hatte sich mit den Jahren ein wenig gerundet, doch sie strahlte immer noch Sinnlichkeit aus.
Bedachtsam öffnete sie die Schublade der Kommode und zog einen Schal von roter Seide hervor, das letzte Geschenk des verblichenen Ali Torjman. Sie legte ihn an den Halsausschnitt und betrachtete sich erneut im Spiegel.
Ja. Zobeida hatte recht. Schwarz stand Frauen nicht.

15. KAPITEL

Das unheimliche Heulen der Frauen übertönt das Gehämmer der *tabla*[1] und der Zimbeln. Es ist der 18. August, drei Tage zuvor hat man den Geburtstag des *général en chef* gefeiert; heute ist das Fest des Nils. Einer der größten Feiertage Ägyptens.[2] An diesem Tag begeht man die Schwelle des Königlichen Flusses. Der Weihetag des Jahres, an dem der Strom seinen höchsten Pegel erreicht.
Es ist ungefähr sechs Uhr am Morgen. Der riesige Feuerball der Sonne steigt langsam über der Insel Roda empor. Der Horizont ist granatrot, die Luft reglos zwischen den Eukalypten und Trauerweiden. Einige Milane schweifen über den Himmel. Die Böschungen sind schwarz von Menschen, ebenso die Ufer des Kanals, des *khalig*,[3] der Kairo durchfließt. Denn durch diesen Graben werden in wenigen Augenblicken die heiligen Wasser strömen. Sie werden einen Teil der Stadt überschwemmen und Fruchtbarkeit über die Flure bringen. Im Laufe der Tage dann wird der Schlamm, der magische Dünger, die Erde schwängern und den ausgedörrten Böden wieder Leben schenken.
Von all seinen Generälen und dem Generalstab des Heeres, dem *kiaya*[4] des Paschas und dem Aga der Janitscharen

---

[1] Mit Pergament bezogene kupferne Trommel
[2] Dieses Fest geht auf die älteste Antike zurück, auf eine Zeit, in der der Nil zu den wichtigsten Gottheiten des Landes zählte.
[3] Kairo besaß keine Kanalisation, und der Kanal *(khalig)*, der die Stadt durchzog, diente auch als Sammelkloake, die zur Nilschwelle ausgespült wurde.
[4] Oberleutnant, Statthalter

begleitet, tritt der, den das einfache Volk nur noch Abunaparte oder den Sultan al-kebir[1] nennt, mit dem Eroberern eigenen sicheren Schritt unter Salutschüssen auf den Nilometer zu.
Beinahe hätte der Generalissimus dieser Zeremonie im Gewand eines Scheichs beigewohnt – den Schädel von einem mit einer Gänsefeder bekrönten Turban umhüllt, kurzhalsig in einer langen damastenen Robe steckend, die Leibesmitte umgürtet und die Füße mit Babuschen beschuht. Am Vorabend hatte er, von seiner Idee begeistert, solch orientalischen Staat getragen; als er dann aber damit vor seinen Generalstab trat und ihn schallendes Gelächter empfing, hatte er wieder sein normales Gewand angelegt.
An den Ufern des Kanals aufgereiht, werfen waffentragende Verbände der französischen Garnison ihre Schatten. Die Flottille auf dem Fluß ist beflaggt; blau-weiß-rote Wimpel leuchten vor dem Hintergrund des Himmels.
Abunaparte hält zu Füßen des *mekias* inne und nimmt unter einem eigens zum diesen Anlaß aufgespannten Baldachin mit goldenen Fransen Platz.
Ein Verantwortlicher beugt sich vor, um den Pegelstand des Stroms zu messen. Erwartungsvolle Stille herrscht, während die Menge der Verkündung des Ergebnisses harrt.
»Sechzehn Ellen!«
»Sechzehn Ellen!« schreien die Menschen begeistert.
Es ist der günstigste Pegel seit fast einem Jahrhundert. Die Schwemme wird ideal ausfallen. Weder zu gering noch zu üppig.
Das Volk läßt seiner Freude freien Lauf. Man schickt Dankgebete gen Himmel, in denen sich die Namen des Propheten und der des Sultan al-kebir vermischen. Es scheint fast, als bringe man diese Gunst des Himmels mit der Anwesenheit des Generalissimus in Verbindung.

---

[1] Großsultan

Das Signal wird gegeben, den Damm, der die Wasser zurückhält, einzureißen. Bei den ersten Hackenstichen spielen französische und ägyptische Musikanten abwechselnd Volksweisen auf.
Gegenüber der Insel Roda in der Familienkalesche stehend, beobachten Scheherazade und Michel das Spektakel. Es ist das erste Mal, daß sie dem Fest des Nils beiwohnt. Als ihr Gatte vorschlug, daran teilzunehmen, hatte sie zunächst abgelehnt. Sie ängstigte sich vor öffentlichen Lustbarkeiten und den Ausschweifungen, die sich daraus ergeben konnten. Im übrigen stand ihr nicht der Sinn danach. Die durch den Verlust ihres Kindes verursachten Wunden waren noch zu frisch. Doch als sie nun so dastanden, bedauerte sie es nicht, dem Drängen ihres Gemahls nachgegeben zu haben. Die bunten Farben hellten das Grau der letzten Tage ein wenig auf. Und vor allem war da dieses Volk, diese zerlumpten Menschen, die seit Urzeiten unter Not und Krankheit, Hunger und Fliegen litten. Wem verdankte es nur diese einzigartige Fähigkeit, sein Jahrtausende währendes Unglück zu ertragen, ohne sich je zu beklagen, ohne das Lachen zu verlieren? Vielleicht der Magie des Nils?
Dieser Abunaparte hatte gesagt: *Ich habe nie ein elenderes, unwissenderes und abgestumpfteres Volk gesehen.* Aber man mußte diesem Rumi verzeihen. Wie konnte er wissen, daß der Ägypter mit einem Papyrus im Herzen geboren wird, auf dem in goldenen Lettern geschrieben steht, Spott rette vor Verzweiflung.
Die Greise mit ihren von grauen Bärten überwucherten Wangen waren plötzlich wieder jung geworden. Ihre von der Ophthalmie zerfressenen Augäpfel hatten ihr Licht wiedergefunden. Hinter der Unterwerfung ihrer Schleier gönnten die Frauen sich – wer weiß – die Extravaganz einiger liederlicher Ausdrücke. Die Kinder wateten im Schlamm, wie im Hof eines Serails. Nur eine Stunde lang, denn lediglich eine Stunde dauerte das Fest, und es hätte die Götter und Allah

beleidigt, sich dem Augenblick nicht voll hinzugeben. Erstaunlicher noch war die gutmütig kindliche Art, in der sie ihren neuen Herren lachend Ovationen darbrachten, auf dieselbe Weise wie sie in älteren Zeiten Ramses, Alexander, Caesar und Saladin zugejubelt hatten.
Wie viele Dinge bringen den Ägypter zum Lachen, zu einem Lachen unter Tränen ...
Der Damm ist durchstochen. Der Nil drängt gleich einem Sturzbach in den Kanal. Die französische Artillerie donnert, um die Botschaft des Ereignisses in die Ferne zu tragen. Eine Lehmstatue, welche die Braut des Nils darstellt, wird in die Wasser geworfen. Ein ungeheurer Jubel erhebt sich. Männer und Knaben springen voll bekleidet in den Fluß.[1] Frauen werfen Locken ihres Haars und kleine Stücke von Stoff hinein, der ihnen oder einem der Ihren eines Tages als Leichentuch dienen wird. Gleichzeitig schnellen Hunderte von Bulaq aufbrechende Nachen dem Kanal entgegen, um die Belohnung einzuheimsen, die der zuerst eintreffenden Mannschaft gebührt. Abunaparte wird den Preis höchstselbst überreichen.
Als die Wettfahrt beendet ist, kleidet der General den für die Verteilung der Wasser zuständigen Beamten mit einem weißen Pelzumhang, und mit einem schwarzen jenen Mann, der damit betraut ist, für die Überwachung des Nilometers zu sorgen. Sodann verteilt er reichlich Almosen, um die das Volk sich heftig streitet.
Die Musiker geraten außer Rand und Band, die Melodien vermischen sich zu einer ohrenbetäubenden Kakophonie.
Der General hebt die Hand zum Gruß, verbeugt sich linkisch nach orientalischer Sitte, entschließt sich dann, das Signal zum Aufbruch zu geben. Sein Generalstab und die Scheichs folgen ihm in Richtung Esbekiya-Platz, zum ehemaligen Wohnsitz Elfi Beys.

---

[1] Einem Bad an diesen Tagen wurden wohltuende Eigenschaften zugeschrieben.

Durch eine Fügung des Zufalls findet François Bernoyer sich Seite an Seite neben dem neuen Gouverneur von Kairo, General Dupuy, wieder.
Der Zeugmeister des Bekleidungsamtes der Orient-Armee bemerkt mit aufrichtigem Enthusiasmus: »Welch ein Glück, *mon général,* das Volk scheint unsere Anwesenheit zu akzeptieren. Man könnte meinen, es schätzt sie sogar. Finden Sie nicht?«
Dupuy lächelt.
»Durchaus, mein Freund. Durchaus. Dies ist wohl auch der beabsichtigte Zweck. Wir täuschen die Ägypter mit unserer vorgeblichen Zuneigung zu ihrer Religion, an die Bonaparte und wir so wenig glauben wie an die des seligen Pius. Indes, und was immer man auch behaupten mag, wird dieses Land hier für Frankreich ein unschätzbares Land werden, und bevor dieses ungebildete Volk sich von seiner Betäubung erholt, werden alle Kolonisten genügend Zeit haben, ihre Geschäfte zu tätigen.«
Bernoyer scheint verdutzt. Der andere fügt hinzu: »Es ist wahr, der Charakter der Einwohner besänftigt sich. Unsere Freundlichkeit erscheint ihnen sonderbar, und nach und nach, wie Sie so trefflich bemerkt haben, bändigen wir ihre Wildheit, wenngleich wir gezwungen sind, sie, um ihnen die nötige Furcht einzuflößen, unter einem strengen Regime zu halten, und dann und wann einige züchtigen lassen. Das weist sie in die Schranken.«[1] Befriedigt über seine Worte, geht Dupuy zu einem anderen Thema über.
François jedoch hört nicht mehr zu. Er sagt sich, daß Dominique, seine liebliche Gattin aus Avignon, wohl recht hat: Mein Gott, wie naiv er doch sein konnte!
»Schau«, sagte Michel, auf das Gefolge deutend. »Es ist merkwürdig. Ich hätte ihn mir größer vorgestellt.«
»Wen?« fragte Scheherazade, die mit den Gedanken woanders war.

---

[1] [Briefwechsel des] General Dupuy, IV, S. 534–539.

»Na, den Sultan al-kebir! Er dürfte nicht mehr als fünf Fuß hoch sein. Das ist klein für einen General, findest du nicht?«
»Vielleicht, aber er hat einen dicken Kopf. Der gleicht das aus.«
Sie kniff die Augen zusammen, um den neuen Gebieter Ägyptens besser studieren zu können. Das Antlitz schien ihr nicht sonderlich schön. Er hatte ausgeprägte Züge, eine breite Stirn, schmale Lippen. Doch sein Ausdruck schien irgendwie eigenartig. Ein äußerst scharfer, inquisitorischer Blick, diese Art von Blick, der den Schädel zu durchbohren imstande ist. Was empfand er wohl in diesem Moment, da man Loblieder auf ihn und auf die französische Armee sang und die Beys und ihre Tyrannei verfluchte? Doch waren dies tatsächlich die Stimmen des Volkes oder allein die von Kopten und Christen?[1]
Vielleicht dachte der General an die Partie asiatischer Frauen, die er sich hatte liefern lassen, um die untreue Joséphine zu vergessen, und die er unglücklicherweise nicht hatte konsumieren können – *wegen,* so hatte er erklärt, *ihres hundsföttischen Fleischs und des Geruchs, den sie verströmten.* Oder er war in Gedanken bei dem kaum sechzehnjährigen Mädchen, der kleinen Zeinab, der Tochter des Scheich al-Bakri, auf die er sein Auge geworfen hatte.[2] An diesem Abend, das war sicher, würde er sie reiten. Er würde sie auf dieselbe Art nehmen, wie er zwei Jahre zuvor Italien genommen hatte. Es würde keine Liebe sein, sondern eine Razzia, ein Beutezug.
»Scheherazade...«

---

[1] Es gibt zwei Darstellungen der Begebenheit. Wenn man dem berühmten Chronisten Jabartî, einem Augenzeugen, glaubt, so haben mit Ausnahme einiger Müßiggänger nur die Franzosen, die Kopten und die syrischen Christen an diesen einen Tag und eine Nacht dauernden Lustbarkeiten teilgenommen.

[2] Sie wurde von der Gattin des Generals Verdier in einem Harem des Scheichs al-Bakri rekrutiert, welcher sich mit Bonaparte verbündet hatte.

Jemand hatte sie soeben mit ihrem Namen angerufen.
»Friede sei mit dir.«
Sie drehte sich um. Eine Frau stand vor der Kalesche. Sie hielt ein Kind an der Hand.
Es dauerte einen Moment, bis Michel sie erkannte, doch Scheherazade schwankte nicht einen Augenblick. Sie sprang zu Boden und nahm ihre Schwester in die Arme.
Die beiden Frauen umarmten einander lange. Samira löste sich als erste: »Du bist noch immer so schön ...«
»Und du noch immer so verführerisch.«
»Mein Sohn Ali«, sagte sie, indem sie auf den Jungen an ihrer Seite deutete.
Sie sagte zu dem Kind: »Das ist Scheherazade, deine Tante.«
Scheherazade hob das Kind hoch und küßte es.
»Er ist hübsch. Möge Gott ihn behüten.«
»Das Abbild seines Vaters«, erwiderte Samira.
In neutralem Ton fügte sie hinzu: »Bis auf die Nase. Die hat er von seinem Großvater.«
Scheherazade deutete auf ihren Gemahl.
»Du hast Michel gewiß nicht vergessen.«
»Natürlich nicht. Dein Opfer beim Damespiel.«
»Und seit einigen Monaten mein Ehemann.«
Die junge Frau schien nicht überrascht.
»Das ist gut. Tausend *mabruk*.«
Sie wandte sich an Michel: »Meine Schwester ist eine Tigerin. Du allein hättest die Geduld gehabt. Ich glaube, sie hat eine gute Wahl getroffen. Möge Gott euch Wohlstand und viele glückliche Jahre schenken.«
Sie senkte den Kopf.
»Ich hatte leider kein Glück. Ali ist gestorben.«
»Wie?«
»Vor fast einem Monat. Er wurde von einem Wahnsinnigen ermordet.«
Sie erzählte ihnen in wenigen Sätzen, wie Granatapfelkern ihn in der Taverne umgebracht hatte.

»Wie grauenhaft«, rief Michel entsetzt.
»Ich bin diesem Kerl schon einmal begegnet«, sagte Scheherazade. »Er ist der Satan in Person.«
Sie umarmte ihre Schwester voll Mitgefühl.
»Meine arme Samira, es tut mir aufrichtig leid.«
»So ist das Leben. Was kann man machen?«
Scheherazade fragte zögernd: »Und wenn du nach Sabah zurückkämst? Wäre das nicht besser? Für dich ... für den Kleinen?«
»Ich danke dir. Doch das kommt nicht in Frage.«
»Die Vergangenheit ist vergessen. Vater ...«
»Nein, Scheherazade. Dein Wohlwollen rührt mich, aber beharre nicht darauf. Ich mag nicht als Schuldige leben. Und noch weniger als Bußfertige. Wenn ich nach Sabah zurückkehrte, würde es früher oder später wieder Probleme geben.«
»Aber du könntest uns wenigstens einmal besuchen. Mutter wäre so glücklich, ihren Enkelsohn zu sehen.«
»Warum nicht? Irgendwann vielleicht.«
»Versprich es mir.«
»Eines Tages vielleicht ... Inschallah.«
Sie reichte Michel die Hand.
»Nochmals meine besten Segenswünsche.«
»Gehst du schon?« fuhr Scheherazade hoch. »Warte noch ein wenig. Wir haben uns noch so viel zu sagen.«
»Ein andermal. Freunde warten auf mich.«
Sie deutete auf eine Frau und zwei Männer in der Menge.
»Du erinnerst dich doch an Zobeida, nicht wahr?«
Scheherazade bemerkte sofort, daß die beiden Männer, die die junge Frau begleiteten, französische Uniformen trugen. Ihr Herz schnürte sich zusammen.
Als ihre Schwester sich abwandte, hielt sie sie impulsiv zurück.
»Noch einen Augenblick, ich bitte dich. Wenn du uns schon nicht auf Sabah besuchen willst, so erlaube mir wenigstens,

dich von Zeit zu Zeit zu besuchen. Es würde mir große Freude bereiten.«
»Warum nicht? Ich wohne gegenüber der al-Azhar, in einem Eckhaus an der al-Muizz-Straße. Im zweiten Stock. Du wirst den Eingang leicht finden. Es steht ein Brunnen vor der Tür.«
»Samira! Kommst du?«
Es war Zobeida, die ungeduldig geworden war.
»Na dann, Gott zum Gruß ...«
Sie strich dem Kind über den Kopf.
»Gib acht auf Mama. Damit ihr nichts Schlimmes widerfährt.«
»Fahren wir heim?« fragte Michel.
»Wie trostlos«, flüsterte sie mit melancholischem Gesicht.
»Zweifellos ...«, sagte er in sachlichem Ton. Scheherazades Kummer erfüllte ihn mit größerer Sorge als Samiras Lebensbedingungen.
Als die Pferde sich in Trab setzten, sagte er in ernstem Ton:
»Sie war nicht schwarz gekleidet ...«

*

Regungslos verharrend starrte Karim der in Richtung Gizeh verschwindenden Kalesche lange nach. Als die Equipage nur noch ein kleiner Punkt war, entschied er sich, nach Esbekiya aufzubrechen.
Er hatte bis heute nicht verstanden, weshalb Scheherazade damals, als er nach Sabah zurückkehrte, es strikt abgelehnt hatte, ihn zu sehen, obwohl er doch so sehr darauf gedrängt hatte. Sie fehlte ihm. Besonders in diesem Moment, da ihn Mutlosigkeit und Einsamkeit überwältigten. Er besaß nichts mehr, falls er überhaupt jemals irgend etwas besessen hatte. Sein Traum, ein großer Mann zu werden, war mit Murads letzter Feluke untergegangen. *Qapudan Pascha ... Großadmiral ...* Er war ein Niemand, ein Umherirrender, ein Schatten auf der Suche nach einem anderen, der den Namen

Papas Oglu trug und der unauffindbar blieb. Überlebende Matrosen hatten ihm gesagt, der Grieche habe sich in Ibrahim Beys Furt nach Syrien begeben; andere meinten, er sei nach Smyrna geflohen.

In Gedanken versunken, war er auf dem Esbekiya-Platz angekommen. Der französische General hatte sich in seinen prunkvollen Elfi-Bey-Palast zurückgezogen. Der Platz war voller Gaukler, Possenreißer und Affenführer.

In der Vergangenheit hatte der Ort Zeiten des Ruhms erlebt. Damals noch Residenzenviertel der Emire, umrankte üppiges Grün die weißen Paläste, beleuchteten unzählige Fakkeln den Platz, und die großen Becken wurden zur Zeit der Nilschwelle von Dutzenden kleiner Segelboote durchkreuzt. Man erzählt, daß bei Einbruch der Nacht die hoch oben an den Masten aufgehängten Lampen ihre Lichter an die Ränder warfen und den Eindruck vermittelten, das Himmelsgewölbe schütte über dem Teich all seine Sterne aus. Die Schönheit dieses Schauspiels berauschte einstmals den Geist wie Wein. Seither hatten das Werk der Zeit und die Türken alles verdorben. Gewiß, die Gärten bestanden noch, doch sie hatten ihre Farben verloren.

Karim blieb einen Augenblick stehen, von einem Taschenspieler fasziniert, der mit unerhörtem Geschick ein Stück Stoff unter Weißblechbechern auftauchen und wieder verschwinden ließ.

Er setzte seinen Weg fort und dachte bei sich, daß es gut wäre, wenn es Taschenspieler des Schicksals gäbe, Menschen, die die Macht besäßen, mittels eines simplen Zauberkunststücks die üblen Stunden des Lebens verschwinden zu lassen.

Er wollte schon zum Fluß zurückgehen, als seine Aufmerksamkeit von einer kleinen Gruppe angezogen wurde, deren bittere Bemerkungen kraß mit den Lobliedern kontrastierten, die noch vor wenigen Minuten dem Sultan al-kebir dargebracht worden waren.

»Wonach trachtet dieser General nur?« tuschelte eine Stimme.
»Wenn er unsere Sitten und Gebräuche annimmt, wenn er sich zum Verfechter des Propheten wandelt, glaubt er dann, uns damit vergessen zu machen, daß wir mit Waffengewalt unterworfen wurden?«
»Verfechter des Propheten«, kicherte jemand. »Wohl aus diesem Grund verwandeln seine Männer unsere Moscheen in Kaffeehäuser! Wenn sie derart handeln, führen sie sich wie die allerschlimmsten Ungläubigen auf.«
»Heuchler, genau das sind sie!«
»Zum Beweis! In drei Tagen ist *al'Id al-Kabir*. Die Scheichs haben wissen lassen, daß es dieses Jahr keine öffentliche Feierlichkeit geben werde. Der vorgeschobene Grund ist Geldmangel. Doch der General hat sicher begriffen, daß die Weigerung, das Fest zu zelebrieren, eine Form des Widerstands gegen seine Anwesenheit und die seiner Leute ist.«
»Bravo! Die Scheichs haben trefflich gehandelt!«
»Ohne Zweifel, aber der General hat die Schurkerei so weit getrieben, ihnen die notwendigen Gelder zum Kauf der Lampions und Fackeln zu bewilligen. Um seine Freundschaft zum Islam deutlich zu bekunden, wie er gesagt hat.«
Der Mann machte Anstalten, sein Wams zu zerreißen, und rief: »Er soll verrecken! Möge der Herr der Welten ihn in die Hölle stürzen! Man müßte ...«
Karim suchte den Mann, der soeben in seiner Rede gestockt hatte, zu erspähen. Er sah wie versteinert aus. Mit kreidebleichem Gesicht starrte er auf zwei Gestalten, einen Mann und eine Frau, die mit großen Schritten auf sie zukamen. Eine Stimme rief: »Bora!«[1]
Im Nu verstreute sich die kleine Gruppe.
Verdutzt fragte sich Karim, warum sie so schnell auseinanderstoben. Die beiden Gestalten waren nur noch einen

---

[1] Türkisch: Hierher!

Schritt von ihm entfernt. Ein Haufen Janitscharen folgte ihnen. Da begriff er.
Es waren Bartholomeo Sera und seine Frau. Schon stürzte sich der Grieche auf ihn.
»Ja, bist du nicht der Sohn von Suleiman! Der Schiffsjunge von Papas Oglu. Elender Schweinehund!«
Er drehte sich zu seiner Gattin, einem Koloß von einem Weib. Seltsamerweise trug sie einen *turtur*,[1] eine sonst den Männern vorbehaltene Kopfbedeckung. Das vom Hals bis zu den Waden reichende Kleid, in das sie gehüllt war, umspannte so eng ihre Taille, daß sie dem Ersticken nahe schien. Unter dem zum Bersten gespannten Stoff waren riesige Brüste zu erahnen. Sie reichte Bartholomeo kaum über die Hüfte, was ihr Äußeres noch grotesker erscheinen ließ. Ihr Gatte war auf nicht minder originelle Weise gekleidet. Ein farbiger Federbusch stak in seinem Haar; die Schultern umhüllte ein mit sonderbaren Stickereien verzierter Überwurf.
»Lula ... Das ist Karim. Ein früherer Krieger von Murad Bey.«
Sie antwortete mit näselnder Stimme auf italienisch: *»Un amico di Murad ... Che fortuna ...«*
Karim rührte sich nicht und starrte auf den Türkensäbel, der gegen Bartholomeos Schenkel schlug.
»Die Zeiten haben sich geändert – was, Karim? Die Mamluken haben verschissen! Abgang mit den Mamluken! Finito die Beys und ihr Despotatismus. Asto Diavolo! Jetzt sind die Franken die Herrn. Und der Despotatismus, das bin ich, Granatapfelkern. Capiche?«
Der Sohn des Suleiman ließ den Griechen fortfahren.
»Bin jetzt im Schlamassel. Weil ich nämlich vom Gesetz gezwungen bin, die alten Kollaborationisten von Murad, von Ibrahim und den andern zu verhaften. Alle, die dem alten Staat gedient haben. Tutti.«

---

[1] Eine Art hohe Haube der Beduinen Ägyptens

»Du hast ein kurzes Gedächtnis. Hast du vergessen, daß du über Jahre hinweg im Dienst der Mamluken standest? Was schert es! Sprich weiter, Bartholomeo, und hör auf, wie ein Hund um deinen Haufen herumzuschleichen. Du machst mich schwindlig, du stinkst.«

Bartholomeos Augen schienen aus den Höhlen zu quellen. Er umklammerte den silbernen Griff seines Säbels und zückte ihn.

Der Sohn des Suleiman tat, als beeindrucke ihn die Drohung nicht, und wandte sich an die Frau des Griechen.

»Er ist mutig, dein Mann. Nicht wahr? Du kannst stolz auf ihn sein. Bewaffnet fürchtet er niemanden. Vor allem die Unglücklichen nicht, die ihm mit bloßen Händen entgegentreten.«

Wieder an Bartholomeo gewandt, fuhr er fort: »Ich habe mich immer gefragt, was du wohl in einem Kampf mit gleichen Waffen wert bist. Leider werde ich wahrscheinlich nicht lange genug leben, um die Antwort zu erfahren. Schlag doch zu, Freund. Behaupte deine Männlichkeit.«

»Bei meinem *turtur*![1] Ja, ist dieser *ragazzo* denn irre«, schrie die Frau auf. »Soll er doch sterben! Mach schon, *mio amore*. Schlag ihm seinen kranken Kopf ab.«

»Ja«, riefen die Janitscharen aus. »Nur zu! Das ist das Los, das Murads Handlanger verdienen.«

Wider alle Erwartung blieb der Grieche von den Anfeuerungen der Seinen ungerührt. Den Säbel in der Hand, stand er regungslos da.

»Mach schon!« grölte seine Gattin gestikulierend. »Töte diesen Hund!«

»Sei still, Fettkloß!« bellte Bartholomeo. »Halt's Maul. Ich brauch' einen Ratschlag.«

---

[1] Die Kopfbedeckung wurde im Orient ehedem als Sinnbild der Ehre und Würde des Trägers betrachtet; man schwor bei ihr, und sie anzutasten, wurde als schwerste Beleidigung angesehen.

Er stieß die Klinge zurück in die Scheide und verzog grienend den Mund: »Der *djerid*... Weißt du, was das ist?«
Karim neigte überrascht den Kopf.
»Der *djerid?* Selbstverständlich. Denkst du, ich hab noch nie ein Turnier gesehen?«
»Bestens. Wie wär's mit einem Lanzenstechen? Mit gleichen Waffen, *endaxi*[1]*?*«
Karim überlegte einen Augenblick. Der vorgeschlagene Wettstreit bestand in einer Begegnung zweier Reiter, die sich eines Palmzweigs – des *djerid* – von vier bis sechs Fuß[2] Länge und mit einem befiederten und einem abgestumpften Ende als Waffe bedienten. Im Galopp reitend, mußten die Gegner versuchen, einander mit diesem Speer zu treffen. Karim hatte schon mit eigenen Augen gesehen, daß ein *djerid,* von einem starken Arm geschleudert, grausam verletzen konnte. Alles hing von der Gewandtheit und der Kraft des Gegners ab. Deshalb war an dem Vorschlag des Griechen nichts Edelmütiges. Karim hatte ihn kämpfen gesehen, als er noch in Murad Beys Diensten stand. Und er war der beste Reiter, den er je gekannt hatte. Doch hatte er eine Wahl?
»Warum nicht? Aber sag mir – um welchen Einsatz soll es gehen?«
»Einsatz? Habt ihr gehört? Karim verlangt einen Einsatz!«
Er brach in homerisches Gelächter aus, in das die anderen einstimmten. Am lautesten lachte seine Frau.
»Der Einsatz ist dein Leben, dein kleiner *cabessa*[3]*!* Falls du verlierst: ssssst! Falls du gewinnst... Aber fackeln wir nicht lange... Na?«
»Wo? Wann?«
»Heut' noch. Bei Sonnenuntergang. Vor den Pyramiden.«

---

[1] Griechisch: Einverstanden?
[2] Ungefähr 1,50 m
[3] Italienisch: Kopf *(Anm. d. Ü.)*

»Um einen *djerid* auszutragen, braucht man ein Pferd. Und ich habe keins.«
»Wirst eins kriegen. Eins, zehn, zwanzig. So viele du willst.«
»Dann werde ich da sein.«
»Das rat ich dir. Falls du Reißaus nimmst, werd' ich dich überall finden.«
»Keine Sorge, Bartholomeo. Meine Männlichkeit, die steckt nicht in einer Scheide. Die ist hier« – er unterstrich seinen Satz mit derber Geste –, »in meiner Hose.«

*

Die Sonne versank langsam am malvenfarbigen Horizont. Die drei Pyramiden hatten einen Pastellton angenommen. Die Sphinx blickte mit plattnasigem Gesicht auf Kairo, den Nil und die Unendlichkeit der Wüste.
Karim prüfte ein letztes Mal die Steife des Palmstiels, der ihm als Speer dienen sollte. Nachdem er die Federn glattgestrichen hatte, die das eine Ende zierten, wandte er sich Bartholomeo zu.
»Laß uns die Speere vergleichen«, sagte er, indem er das untere Ende seines *djerid* auf den Boden stützte.
»Unwichtig! Nicht die Größe zählt, sondern das Geschick des Reiters.«
»Die Spitzen sind es, die mich interessieren.«
Mit selbstgefälliger Miene reichte Bartholomeo ihm seinen *djerid.* Karim ließ den Finger über das verjüngte Ende gleiten und stellte sogleich fest, daß die Spitze stumpfer als gewöhnlich war. Wenn das Palmholz auch nicht hart genug war, sich ins Fleisch zu bohren, konnte es, derart zugeschnitten, schlimme Verletzungen herbeiführen. Nachdem er festgestellt hatte, daß die beiden Stiele von gleicher Güte waren, gab er dem Griechen seinen *djerid* zurück.
»Ist er scharf genug, um deine Mondfratze zu durchstechen?«
»Meine Mondfratze nicht, aber bestimmt dein Rattenauge.«

Bartholomeo lachte schallend.

»Habt ihr gehört? Mein Rattenauge ... Dieser *vlakhos*[1] ist schon tot, er weiß es bloß noch nicht.«

»Sein Geschwätz zeigt«, bemerkte Lula, »daß er nicht weiß, was für ein einzigartiger Reiter du bist. *Il piu favoloso dei tutto l'Egytto!*«[2]

Bartholomeo ging zu den Pferden und bestieg ein prächtiges falbes Vollblut.

»Das ist meins. Du kannst eins unter den von meinen Freunden wählen.«

Karim schickte sich an, die Tiere zu begutachten, als ein Wiehern ihn aufmerken ließ. Sein Blick fiel auf den schönsten Hengst, den er je gesehen hatte. Als er über die Nüstern des Tieres strich, schüttelte es heftig die Mähne.

»Wo habt ihr den hier gefunden?«

»Von den Franken beschlagnahmt«, entgegnete einer der Janitscharen. »Warum? Interessiert er dich?«

»Ich nehme ihn.«

Lautes Gelächter ertönte.

»Der älteste Klepper! Unser Freund hat wahrhaftig einen kranken Kopf!«

Ohne auf das Gespött zu achten, rief Karim Granatapfelkern zu: »Der Einsatz ist mein Kopf, nicht wahr?«

»Stimmt. *Yati?*«[3]

»Da du einer Begegnung mit gleichen Waffen zugestimmt hast, verlangt die Gerechtigkeit, daß auch dein Gegner eine Belohnung erhält. Wenn ich gewinne, gehört das Tier mir.«

Einer der Männer, wahrscheinlich der neue Besitzer des Pferdes, widersprach energisch: »Kommt nicht in Frage. Das Pferd ist meins.«

---

[1] Griechisch: Bauer
[2] Der sagenhafteste von ganz Ägypten
[3] Griechisch: Weshalb?

»*Silenzio!*« bellte Bartholomeo.
Er stemmte die Fäuste in die Hüften und maß Karim von oben bis unten.
»Du bist ganz schön eingebildet.«
»Du hast von einem gerechten Kampf gesprochen. Ein Menschenleben wiegt doch wohl das eines Pferdes auf? Eines alten Kleppers? Der Waagebalken neigt sich schwer zu deiner Seite.«
Ein Grinsen umspielte die Lippen des Griechen.
»Vergeuden wir keine Zeit und fangen wir an, mein Freund. Mit deinem Vorschlag bin ich einverstanden. Der Gaul kann sich sowieso kaum auf den Beinen halten und wird dich nicht weit tragen.«
»Einen Augenblick! Wann ist der Kampf zu Ende? Nach einer bestimmten Zahl von Treffern? Wenn einer von uns verletzt ist?«
Bartholomeo kicherte.
»Nein, Freund. Sieger ist, wer auf dem Sattel bleibt. Wär' sein Balg auch von tausend *djerid*-Stichen durchlöchert. Einverstanden?«

Staub aufwirbelnd preschten die Pferde in entgegengesetzte Richtungen. Als genügend Abstand zwischen ihnen lag, blieben sie stehen.
Er spürte, daß der Hengst unter ihm alle Muskeln anspannte. Nun, da das Tier seinen Herrn wiedergefunden hatte, schien es von dem Verlangen erfüllt, loszustieben, ohne auch nur einen Moment zu warten.
Karim beugte sich über den Hals und kraulte mit den Fingernägeln sacht das Fell zwischen den Augen. Safir erschauerte vor Wonne.
Karim richtete sich auf, packte fest die Zügel, die rechte Hand um den *djerid* gekrümmt, und trieb sein Pferd an.
Die beiden Streiter ritten in voller Hatz die Basis der größten Pyramide entlang. Der Boden bebte unter ihren Tritten. Sie

sausten beinahe direkt aufeinander zu, näherten sich mit unglaublicher Schnelligkeit, mit jedem Satz die Distanz verringernd.
Nun waren sie sich ganz nahe. Bartholomeo streckte den Arm aus. Den *djerid* parallel zur Schulter erhob er sich beinahe senkrecht über der Mähne seines Hengstes. All seine Muskeln waren aufs äußerste gespannt, sein Gesicht hart.
Er brüllte: »*Allah bala versen!*«[1]
Sein Wolfsschrei hallte durch die Wüste, bis zum Scheitel der steinernen Monumente.
Karim zögerte nicht. Überzeugt, daß er nahe genug war, richtete auch er sich in den Steigbügeln auf und schleuderte, auf die dargebotene Brust des Griechen zielend, den Speer mit all seiner Kraft.
Lula und die Janitscharen hielten den Atem an. Der *djerid* sauste durch die Luft. Erst im letzten Augenblick befreite Bartholomeo mit verblüffender Behendigkeit eines seiner Beine, schwang aus dem Sattel und kippte ins Leere. Man hätte glauben können, er sei gestürzt. Doch nein, allein vom Knöchel an einem einzigen Steigbügel gehalten, war er, flach gegen die linke Flanke seines Rosses gepreßt, ausgewichen.
Der Speer flog über ihn hinweg und bohrte sich schließlich weit hinter ihm in den Sand.
Ein triumphierendes Lachen ertönte. Der Grieche tauchte wieder auf, seinen *djerid* noch immer in der Hand.
Von ihrem Schwung fortgetragen, hatten die Reiter sich für den Bruchteil eines Moments gekreuzt. Kaum war Karim überholt, brachte Bartholomeo sein Reittier jäh zum Stehen. Er tat es mit solcher Gewalt, daß das Tier sich in seiner ganzen Höhe aufbäumte. Er nötigte ihm eine Volte auf. Das Pferd bäumte erneut, weil ihm alle Muskeln unter der

---

[1] Türkisch-arabisch: Gott verfluche dich!

Wirkung dieses brutalen Zwangs schmerzten. Die Fersen des Mannes in seine Flanken gerammt, jagte das Tier wieder davon, diesmal jedoch Karim nachsetzend.
Obschon er das Kunststück vorausgeahnt hatte und trotz aller Fügsamkeit von Safir, blieb dem Sohn des Suleiman keine Zeit, eine Kehrtwende auszuführen. Er hatte keine Wahl mehr. Er mußte den anderen hinter sich zurücklassen. Schneller, immer schneller. Einen günstigen Moment abpassen, um zu wenden, dem Gegner wieder die Spitze zu bieten oder ihn eventuell zu umreiten. Instinktiv beugte er sich vor, setzte Zaum und Sporen ein, um sein Pferd lavieren zu lassen. Spürte Safir die Gefahr? Von sich aus beschleunigte er den Schritt noch. Das Hämmern seiner Hufe ließ die Dünen erzittern, der Wind peitschte seine Nüstern und seine von Schaum weißen Lippen. Hinter ihnen hallte der irre Jagdgalopp des Verfolgers. Von seinem Reittier losgelöst, blieb er seinem Opfer dicht auf den Fersen. Sein ganzes Wesen strahlte einen grimmigen Siegeswillen aus, der die Kraft des Tieres, das ihn trug, zu verzehnfachen schien.
Er kam näher. Die Anfeuerungsschreie der Janitscharen übertönten das Poltern der Hufe. Granatapfelkern holte auf. Sie überquerten die Dünen in einem Wirbelsturm aus Sand. Ohne im Lavieren innezuhalten, umrundete Karim die Sphinx und wandte sich nach Westen, so daß er Bartholomeos Blick die Sonne aufzwang und ihm die Sicht erschwerte. Doch Safirs Atem wurde rauh und schnaubend. Er übertönte fast den Widerhall seines Galopps. Da begriff der Sohn des Suleiman, daß das Alter sein Werk begonnen hatte. Mehr als sieben Jahre waren vergangen. Safir war nicht mehr das Pferd seiner Kindheit. Sein Verfolger schien nur noch wenige Klafter entfernt. In einer letzten Anstrengung versuchte er Safir herumzureißen. Zu spät. Ein dumpfes Pfeifen ertönte. Sein Körper verkrampfte sich. Der *djerid* traf seinen Rücken mit voller Wucht. Die Spitze drang durch sein Bajadere-Wams, grub sich tief in sein Fleisch, bevor der

Speer auf die Erde fiel. Wider Willen stieß er einen Schmerzensschrei aus, dem ein anderer, ein Siegesschrei, antwortete.
Die Janitscharen und Lula gerieten außer Rand und Band und klatschten stürmisch Beifall. Ihr Recke hatte den ersten Punkt erzielt.
»Bravo! *Sei il piu grande!*« brüllte die Frau hysterisch. »*Il piu grande!*«
»Nun, Freund! Machen wir weiter?«
Bartholomeo hatte ihn eingeholt. Schweiß überströmte seine Züge und verstärkte noch seinen wahnsinnigen Gesichtsausdruck.
Zwei Männer waren eilends losgestürzt und brachten ihnen die *djerid.*
»Wir machen weiter ...«, keuchte Karim und streckte den Arm nach einem der Speere aus.
Die Dämmerung senkte sich allmählich auf die Wüste, und die Bogenlinie der Dünen war kaum noch zu erkennen. Nur die schwarze Masse der steinernen Wächter und die gleichmütige Sphinx hoben sich noch deutlich vom Himmel ab.
Drei Stunden. Drei lange Stunden an Verfolgungsjagden, Rückzügen, Passaden, die die Luft mit Staub, Sand und dem Geruch von Leder geschwängert hatten.
Wenn Allah das Pferd seiner Kraft beraubt, baut er auf das Hirn des Reiters. Dieses Sprichwort, alt wie die Pyramiden, wiederholte Karim immer wieder. Alles ließ darauf schließen, daß der Epilog nicht fern war. Die ersten Anzeichen von Schwäche hatten sich bei seinem Gegner gezeigt. Mehr als einmal, da sein Opfer ihm um Armeslänge nahe gewesen war, hatte Bartholomeo es unerklärlicherweise verfehlt. Weit gravierender jedoch war die Erschöpfung seines Pferdes. Sein Pferd war es, das ihn im Stich ließ. Während Safir, aller Erwartung zum Trotz, sich wieder erholt hatte und herrliche Ausdauer zeigte, hatte das Roß des Griechen begonnen, sich zu sträuben, und sein Herr war gezwungen

gewesen, so stark an der Trense zu ziehen, daß er ihm die Lippen zerriß und das Tier fast am eigenen Blut erstickte.
In einem verzweifelten Versuch, wieder an ihn heranzukommen, war der Grieche von seinem Reittier gestürzt. Auf dem Bauch ausgestreckt, den Kopf in den Sand gedrückt, war er ihm auf Gedeih und Verderb ausgeliefert. Karim sprang mit seinem *djerid* in der Hand ab und ging auf ihn zu. Granatapfelkern rührte sich nicht. Seine Finger verkrampften sich. Er unterdrückte ein Aufstöhnen. Sein linker Arm war unter ihm verrenkt, der Unterarm bei dem Aufschlag gebrochen.
Unter den entsetzten Blicken Lulas und der Janitscharen, die auf sie zugelaufen kamen, drückte Karim seinen *djerid* gegen die Halsvene des Griechen.
Bartholomeos Gattin brüllte aus Leibeskräften: »Töte ihn nicht! *Ti prego!*«
»Was meinst du, Freund ... Soll ich dir den Gnadenstoß versetzen?«
Bartholomeo bohrte seine Finger in den Sand und antwortete nicht.
»*Aman!*« schrie Lula. »*Aman effendem.*«[1]
Lulas Befürchtungen waren unbegründet. Karim hatte seinen *djerid* bereits weit weggeworfen. Er beugte sich über den Besiegten. Ein leises Lächeln erhellte seine vom Staub grauen Züge.
»Es war ein schöner Kampf ... Bartholomeo Sera. Du bist wahnsinnig, aber du bist ein großer Reiter.«
Mühsam drehte der Mann sich auf den Rücken.
»*Asto diavolo!* Nimm deine Schindmähre und verschwinde. Verschwinde, und komm mir nie wieder unter die Augen. Beim nächsten Mal wird's keinen gerechten Kampf mehr geben.«
Lula sank neben ihrem Ehemann auf die Knie.
»*Amore ...*«, jammerte sie außer sich.

---

[1] Türkisch-arabisch: Gnade. Gnade, Herr.

Er stieß sie mit dem heilen Arm brutal zurück.
»Was wartest du! Verschwinde!« wiederholte er. »Schnell!«
Der Sohn des Suleiman gönnte sich die Zeit, die Janitscharen zu fragen: »Weiß jemand von euch mir zu sagen, wo ich Papas Oglu finden kann?«
»Nikos? Was willst du von diesem Gottlosen?«
Er log: »Er schuldet mir zweitausend Para.«
Einer der Männer kicherte.
»In dem Fall bist du weit davon entfernt, Hand an ihn zu legen! Er ist zu Murads Truppen nach Oberägypten gestoßen, sie dürften sich in der Nähe des Ersten Katarakts[1] aufhalten.«
»Ist jetzt Schluß?« bellte Bartholomeo. »*Via! Via!*«

---

[1] Ungefähr 900 km von Kairo

16. KAPITEL

Der fliederblaue Nebel des frühen Morgens umhüllte Sabah. Scheherazade richtete sich vorsichtig in der Bettmulde auf. Sie beobachtete eine Weile Michel, der, auf der Seite liegend, noch schlief. Zärtlich strich sie über sein Haar und sagte sich, daß es vielleicht besser wäre aufzustehen. Sie hatte die ganze Nacht keinen Schlaf gefunden. Er würde nicht mehr kommen. Da waren so viele Gedanken, die sich in ihrem Kopf drängten. Tief in ihr war Schmerz. Schmerz, so zu sein, wie sie war. Wie konnte man mit einundzwanzig Jahren diese ungeheure Leere empfinden?
Ihr Geist kehrte wieder zu ihrem Gemahl zurück.
Ihr Gemahl ... Um wieviel schwerer zu tragen wurde dieses Wort doch in dem Maße, wie die Zeit verstrich.
Gestern hatten sie einander geliebt. Ihre Leiber hatten sich in einer Vereinigung gefunden, die nichts von den vorhergehenden Vereinigungen unterschied, bis auf ein Detail vielleicht: das Erreichen einer Lust, die ihr bis dahin entgangen war. Um dorthin zu gelangen, hatte sie sich einem Spiel hingegeben: einem Ehebruch in Gedanken. Michels über ihren Körper wandernde Finger hatten ihr nicht mehr gebracht, als diese flüchtigen Momente der Erregung, dieses Fieber in ihr zu erwecken, von dem sie im voraus wußte, daß derjenige, der sie besaß, es nicht zu besänftigen vermögen würde. So war sie denn willentlich woandershin entflohen. Die Hände Michels waren zu denen eines anderen geworden. Die Lippen, das Geschlecht, der Geruch ihres Mannes weckten in ihr die Erinnerung an diesen anderen, und sie hielt die Augen geschlossen, um unter ihren Lidern sein Bild

heraufzubeschwören. *Karim* ... Nur durch diese List gelang es ihr, wenn nicht den Gipfel zu erreichen, so doch sich ihm anzunähern, die Nägel in das Fleisch des Mannes gegraben, sich mit aller Kraft gegen ihn stemmend, um ihn zugleich in sich zurückzuhalten, voll Furcht, die Bilder, die sie zur Lust hinführten, könnten ihr entschwinden.

Am Ende all dieser Nächte stieg in ihr die Frage auf, ob ihre Sinne nicht geknebelt waren? Ob ihr Körper unfähig war, unter anderen Liebkosungen als den eigenen zu erbeben, und falls doch, so nur durch den Antrieb erfundener Bilder? Gleichwohl brannte in ihr diese Glut; Scheherazade spürte, wie sie sie verzehrte, wie sie ihre Haut peinigte, also weshalb? Weshalb weigerte diese Glut sich beharrlich, Flamme zu werden ... War sie vielleicht krank? Der Gedanke, die absolute Wollust in den Armen eines Mannes niemals zu erfahren, durchfuhr sie wie ein Stich, und sie schrie fast auf.

»Schläfst du nicht?«

»Nein. Wahrscheinlich wegen der Hitze.«

Er sah sie mit verschlafenem Gesicht an.

»Du denkst zuviel, Scheherazade. Die Hitze hat nichts damit zu tun.«

Sie wollte aufstehen, doch er bat sie: »Warte. Bleib noch ein wenig.«

Er richtete sich auf und lehnte sich an das Kopfende des Bettes.

»Ich mache mir Sorgen, Scheherazade. Um unsere Zukunft, um die Ägyptens. Und um deinen Bruder.«

»Nabil?«

»Seit einigen Tagen schon zaudere ich, mit dir darüber zu reden. Schließlich habe ich mir gesagt, daß nur du ihn vielleicht zur Vernunft bringen könntest.«

»Aber warum? Was ist geschehen?«

»Du weißt um den heftigen Patriotismus, der ihn beseelt. Diese Flamme, die ihn verbrennt, läßt ihn exzessive Haltungen einnehmen.«

Sie antwortete ungezwungen: »Oh, wenn es nur das ist! Mein Bruder wurde so geboren. Schon als ganz kleiner Junge, erzählt man, vergnügte er sich damit, König von Ägypten zu spielen und den lieben langen Tag die Fahnen und die Banner zu malen, die eines Tages, seiner Meinung nach, den türkischen Halbmond ersetzen würden. Beruhige dich, er bellt, aber er beißt nicht.«
»Täusche dich nicht. Er beißt. Gestern mit Worten, morgen mit der Tat.«
»Nun hör mal, Michel, was ist in dich gefahren? Seit wann bekümmerst du dich so sehr um meinen Bruder?«
Er fuhr mit der Hand durch ihre strubbeligen Locken.
Das Blut des Nils. Sagt dir das irgend etwas?«
»Nein. Nichts.«
»Das ist der Name einer Widerstandsgruppe. Einer Organisation, die Ägypten vom Joch des Besatzers, vom Joch aller Besatzer befreien möchte. Diese Leute werden von einem Mann geführt, der auch der Urheber dieser Bewegung gewesen ist.«
»Dieser Mann sollte ...«
»Nabil.«
Sie bemühte sich, gelassen zu bleiben.
»Wie hast du dies erfahren?«
»Ganz einfach: Er selbst hat mir davon erzählt. Vor ungefähr einer Woche. Wir unterhielten uns über dies und jenes, und irgendwann kamen wir auf die Politik zu sprechen. Er fand meine Haltung zu ›steril‹. Er hielt mir vor, mich wegen der Vorkommnisse, die das Land erschüttern, nicht zu erregen. Als ich ihm zu erklären suchte, daß wir nicht allzuviel an der Lage ändern könnten, daß die Welt so ist, wie sie ist, ist er in Wut geraten und hat sich mir anvertraut – zweifellos wider seinem Willen.«
Bemüht, weiterhin ihre Ruhe zu bewahren, murmelte Scheherazade: »Ich glaube nicht, daß das Ganze ernst zu nehmen ist. Es sind doch bloß große Kinder, die Krieg spielen.«

»Versuchst du dich selbst zu überzeugen? Du weißt ganz genau, wie ungestüm dein Bruder ist. In Kairo rollen jeden Tag Köpfe. Vom Kleinsten bis zum Größten ist niemand von uns gefeit. Sicher ist dir bekannt, wer der Scheich al-Koraim war.«

»Der Statthalter von Kairo?«

»Erst gestern ist der Scheich öffentlich füsiliert und sein Leichnam enthauptet worden.«

»Warum?«

»Die Einzelheiten weiß ich nicht. Wiederum war es Nabil, der mir die Neuigkeit mitgeteilt hat. Man munkelt, al-Koraim habe sich gesträubt, mit dem zusammenzuarbeiten, der ihn an der Spitze Alexandrias abgelöst hat. Ein gewisser Kléber, glaube ich. Wegen Geldmangels habe der Franzose die Kaufleute der Stadt zusammengerufen, um ihnen die Erhebung einer zwischen Christen und Muslimen aufgeteilten Anleihe von 30 000 Pfund kundzutun. Wegen der Weigerung al-Koraims oder vielleicht nur seiner Widerwilligkeit, den Betrag zusammenzubringen, soll der Franzose die Geduld verloren und ihn nach Kairo überführt haben, wo der *général en chef,* über sein Schicksal entschieden hat.«[1]

Michel holte tief Luft, bevor er schloß: »Begreifst du jetzt, weshalb ich mich so um deinen Bruder sorge? Es ist nicht nur sein Leben, das er in Gefahr bringt, sondern auch das seiner Nächsten.«

Ein Schauder durchfuhr sie.

---

[1] Kléber internierte al-Koraim zunächst auf der *Orient* und belegte die muslimischen Kaufleute mit einer Abgabe von 100 000 Pfund. Am 30. Juli, vierundzwanzig Stunden vor der Schlacht von Abukir, wurde al-Koraim nach Rosette verlegt, wo Menou ihn auf einem Aviso unter Arrest stellte. Am 5. August brachte man den Scheich nach Kairo. Davon überzeugt, der Mann habe eine Rolle als Informant bei dem Angriff auf eine mobile Einheit gespielt, die Befehl hatte, in der Stadt Damanhur die Ordnung wiederherzustellen, entschied Bonaparte am 6. September, ihn füsilieren und dann enthaupten zu lassen.

»Du hast recht. Ich werde mit ihm reden. Vielleicht sollte ich sogar Vater davon unterrichten.«
»Glaubst du, daß es richtig wäre, den Armen mit einer zusätzlichen Sorge zu belasten? Ihm in seinem Alter und bei seinem aufbrausenden Temperament zu enthüllen, daß sein Sohn eine Umstürzlergruppe leitet ... Nein. Du darfst niemandem auch nur ein Sterbenswörtchen erzählen. Sondern nur versuchen, Nabil zur Vernunft zu bringen.«
Die junge Frau stimmte ihm zu. Nach kurzem Nachdenken stand sie auf, und während sie über ihren entblößten Körper eine Dschellaba gleiten ließ, fragte sie: »Möchtest du noch etwas schlafen? Oder soll ich dir deinen Kaffee zubereiten?«
Michel war ebenfalls aufgestanden.
»Nein, ich gehe mit dir hinunter.«
Er wollte sich gerade ankleiden, als ihn, am Fenster vorübergehend, irgend etwas irritierte.
»Scheherazade! Sieh dir das an! Schnell! Ist das nicht ...«
Die junge Frau, die bereits die Schwelle des Zimmers überschritten hatte, eilte zurück.
»Schau nur! Da, am Brunnen.«
Sie beugte sich vor und suchte den von ihrem Mann bezeichneten Punkt.
»Das ... das ist nicht möglich«, stammelte sie. »... Glaubst du, daß ...«
Ohne die Antwort abzuwarten, stürmte sie nach draußen.

Wie gebannt hielt sie vor ihm inne.
Der Hengst begrüßte sie, indem er zwei- oder dreimal seine Mähne schüttelte.
Safir ...
Bewegt musterte sie ihn von oben bis unten, um sich zu überzeugen, daß es wahrhaftig ihr Pferd war.
Durch welchen Zauber war es zurückgekehrt? Der französische Soldat, dieser Bernoyer, hatte doch unmißverständlich

gesagt, das Tier sei am Abend von Imbaba beschlagnahmt worden. Also?

Sich ihrer Freude überlassend, drückte sie ihre Wange an den Kopf des Hengstes und umschlang den Hals mit den Armen.

Michel war zu ihr gestoßen, Yussef und Nadia folgten. »Es ist unglaublich!« rief er aus, während er das staubige Fell streichelte.

Nadia bekreuzigte sich.

»Herr der Himmel und der Erde. Safir ...«

»Wahrscheinlich wird er entflohen sein.«

»Und die Franzosen sollten nicht versucht haben, ihn wieder einzufangen?«

»Vielleicht hat ihm die Nacht geholfen, Reißaus zu nehmen?«

»Sonderbar«, bemerkte Yussef. »Man könnte meinen, daß ihn jemand vor kurzem geritten hat.«

»Sollte er seinen Reiter abgeworfen haben?«

Er winkte ab.

»Wie die Antwort erfahren? Jedenfalls ist er zurück. Das ist die Hauptsache.«

Er wandte sich an seine Tochter: »Geh. Bring ihn in den Stall und striegele ihn. Ich glaube, daß er es bitter nötig hat.«

»Soll ich dir helfen?« schlug Michel vor.

»Kommt nicht in Frage! Safir gehört mir. Und ich werde ihn wieder schön machen.«

Im Stall angelangt, eilte sie sich, das Tier abzuschirren. Als sie den Zaum abnahm, sah sie zu ihrem Entsetzen, daß die Maulwinkel wundgerieben waren.

»Das war ja ein wahrer Rohling, der dich geritten hat! Mein armer Safir ...«

Sie schöpfte etwas Wasser in einen Krug und schickte sich an, die in den Wunden festklebenden Sandkörner behutsam zu entfernen.

»Ein Pferd derart zu behandeln ... Ich glaubte nur die Mamluken zu so etwas fähig!«

Als sie den Sattel abnehmen wollte, entdeckte sie, sorgfältig in einen Zwischenraum des Riemenzeugs gesteckt, einen kleinen viereckigen Zettel, der leicht hervorlugte. Neugierig zog sie ihn aus seinem Versteck und entfaltete ihn. Einige Worte waren mit hastiger Hand darauf geschrieben. Ihr Herz schlug schneller. Die Schrift war ihr unbekannt, doch sie ahnte, wer der Verfasser war.

Trage Sorge für ihn ... Trage Sorge für dich ... Ich breche morgen auf, den Griechen in Oberägypten zu treffen. Ich hätte dir gerne vor der Reise Lebewohl gesagt, doch leider wiegt mein Kopf nicht sonderlich schwer auf meinen Schultern. Bartholomeo und die Seinen sitzen mir auf den Hacken. Die ganze Zeit über habe ich Unterschlupf in der Totenstadt gefunden. Im Mausoleum von Kait Bey. Es ist nicht Sabah, aber wenigstens bin ich dort in Sicherheit. Du fehlst mir, Prinzessin.

Die Unterschrift lautete: *Der Mistbauer.*

Die in die Stallungen hineinbrechende Brandung hätte sie nicht so zu erschüttern vermocht. Ihre Beine versagten, und sie mußte sich an der Standtür festhalten, um nicht zu fallen. Sie las das Briefchen ein zweites, ein drittes Mal, führte das Blatt an die Lippen, fiebrig danach trachtend, einen Duft wiederzufinden, der die Erinnerung materialisieren mochte.

Karim ... Safir ... wie ... durch welche Vorsehung?

Ein paar Worte. Einige hastig hingekritzelte Zeichen, und erneut dieser Aufruhr, dieses heftige Gefühl in der Magengrube. Diese unsichtbare Faust, die ihr durch und durch ging. Sie sah den Brief nicht mehr, nur noch die Umrisse eines Gesichts, das an der Oberfläche des Blattes auftauchte. Und, filigran wie ein Wasserzeichen, die Züge Michels ...

*

»Nun, Rosetti. Wir glaubten Sie tot.«
»Mein lieber Nabil, Sie müßten wissen, daß wir Venezianer den heiligen Katzen gleichen. Gott hat uns mit sieben Leben beschenkt.«
Der Sohn des Chedid pflichtete lächelnd bei.
Der unerwartete Besuch des Konsularbeamten hatte die ganze Familie in Verlegenheit gebracht. Man hatte sich gerade zu Tisch begeben wollen, als er unvermutet hereinplatzte. Nach der Begrüßung und den Willkommenswünschen hatte man ihn naturgemäß mit Fragen bestürmt und sich nach den letzten Vorkommnissen erkundigt, der Lage in Kairo, seiner kurzen Internierung in der Zitadelle.
Er berichtete, daß er einige Tage, nachdem ihn die Franzosen befreit hatten, auf Befehl des Sultans al-kebir, des Generals Abunaparte höchstselbst, in den Esbekiya-Palast beordert worden war. Dieser wußte sehr wohl um die enge Beziehung, die den Venezianer mit Murad Bey verband. Folglich hatte der General nach einem – so langen wie langweiligen – Vortrag über seine angeblichen Friedensbestrebungen mit der PFORTE von ihm verlangt, sich unverzüglich zu dem Mamluken zu begeben.
»Murad Bey?« fragte Nadia. »Lebt er denn noch?«
»Er lebt und ist mehr denn je entschlossen, den Kampf fortzusetzen. Deshalb hat man mich ja beauftragt, ihn aufzusuchen. Was mich, unter uns, nicht sonderlich verlockt. Mehr als zweihundert Meilen zurückzulegen, ist wahrhaftig kein Honiglecken!«
Scheherazade, die bis jetzt kein Wort gesagt hatte, erkundigte sich mit vorgetäuschter Teilnahmslosigkeit: »Er befindet sich doch in Oberägypten, nicht wahr?«
»Woher weißt du das?« verwunderte sich Michel. »Bis zur Stunde haben wir überhaupt nichts über Murad erfahren.«
Sie biß sich auf die Lippen.
»Hat Herr Rosetti nicht zu verstehen gegeben, daß er sich

zweihundert Meilen weit entfernt befände? Der Norden ist von den Franzosen besetzt, also bleibt nur der Süden.«
»Meine Gratulation!« sagte der Konsul anerkennend. »Eine gute Schlußfolgerung.«
»Es dürfte sich eher um einen sechsten Sinn handeln«, brummte Michel.
Nabil forschte nach: »Und was wünscht dieser Gnom? Er hat Sie doch wohl nicht mit einem Heiratsantrag betraut? Falls doch, so wäre es Bigamie. Er hat bereits reichlich mit der kleinen Zeinab zu tun.«
Rosetti ließ ein kurzes belustigtes Lachen vernehmen.
»Nein. Es geht um ein Angebot, das ich Murad unterbreiten soll. Die Franzosen sind bereit, ihm Oberägypten, von Girgeh bis zum Ersten Katarakt, zu überlassen, wenn er sich von ihnen abhängig erklärt und ihnen einen Tribut zahlt.«
Michel nickte ernst.
»Glauben Sie, daß er einwilligen wird?«
Statt einer Antwort hob Rosetti fatalistisch die Arme.
»Pessimistisch wie eh und je, Rosetti!« stellte Nabil fest. »Was mich daran erinnert, daß Sie, als Sie das letzte Mal nach Sabah kamen, uns mit Ihrer Panik beinahe angesteckt haben. Wie Sie sich anhörten, wollte man uns alle über die Klinge springen lassen. Nach meiner Kenntnis ist nicht ein Christ vom Volk angegriffen worden.«
»In der Tat. Ich erkenne an, daß die Dinge sich besser zugetragen haben, als ich befürchtete. Unsere Internierung in der Zitadelle war nicht von langer Dauer, dennoch hat nicht viel, nur eine Winzigkeit gefehlt. Trotzdem beharre ich darauf, daß eine reale Gefahr bestand. Wenn es Murad und Ibrahim nicht gelungen wäre, die Gemüter zu besänftigen, weiß Gott allein, welche Wendung die Ereignisse genommen hätten.«
Nadia schnitt eine Scheibe *basbussa*[1] ab, die sie dem Konsularagenten reichte.

---

[1] Aus Mehl, ausgelassener Butter und Zucker zubereitetes Gebäck

»Nehmen Sie, Carlo Effendi. All diese Gemütsbewegungen dürften Sie ausgezehrt haben.«
Der Venezianer bedankte sich.
»Wir haben wahrlich gefahrvolle Zeiten.«
Yussef fuhr mit einem Fliegenwedel durch die Luft.
»Mein Sohn hat recht – Sie dramatisieren wieder einmal. Alles in allem sind die Franzosen nicht schlimmer als die Mamluken oder die Türken. Sie fressen nicht mit den Fingern, rülpsen nicht bei Tisch und wissen sich höflich zu betragen. Was mich betrifft, so habe ich nicht vergessen, daß Scheherazade einem von ihnen ihr Leben verdankt.«
»Ein gerettetes Leben für Hunderte von genommenen Leben«, warf Nabil ein.
Er fügte rasch hinzu: »Ist es wahr, was man sich erzählt? Der französische General soll ein Institut der Wissenschaften und der Künste gegründet haben.«
»Richtig. Er hat es *Institut d'Egypte*[1] genannt. Und den Khatchef-Palast zu seinem Sitz erkoren.«
Scheherazade tat, als interessiere sie sich für die Unterhaltung.
»Zu welchem Zweck?«
»Wenn wahr ist, was man mir berichtet hat, wird dieses Institut zur Aufgabe haben, die Erkundung, das Studium und die Publikation aller Fakten und Dokumente ins Werk zu setzen, die die Geschichte Ägyptens zu erhellen geeignet sind.«
Nabil lachte.
»Wahrhaftig, dieser Italiener hält sich für Alexander den Großen.«
»Ich sehe den Zusammenhang nicht«, verwunderte sich Michel.
»Als er in Alexandria landete, hat der Grieche etwas Ver-

---

[1] Das Ägyptische Institut hatte 48 Mitglieder und war nach dem Abbild des in Frankreich gegründeten Instituts in vier Abteilungen oder Sektionen untergliedert. Bonaparte, der sich in die Mathematik-Sektion hatte einschreiben lassen, war sein Vizepräsident.

gleichbares[1] gegründet. Er wollte dort alle menschliche Erkenntnis versammeln, um die Synthese davon zu erstellen und sie der Nachwelt weiterzureichen. Nur sprachen die herrschenden Klassen in Alexandria, Antiochia, Athen und Korinth zu jener Zeit dieselbe Sprache und schöpften ihr Wissen aus denselben Quellen. Wogegen hier ... Die beiden Gestade des Mittelmeers trennt eine tiefe Kluft. Nach der augenblicklichen Verschmelzung von Orient und Okzident zu trachten, erscheint mir aussichtslos.«

»Ich bin untröstlich, Ihnen widersprechen zu müssen«, verkündete Rosetti. »Ich glaube, daß dieser General auf die Zukunft setzt. Mit Hilfe dieses Instituts legt er der Aufmerksamkeit der Gelehrten die wesentlichen Fragen anheim, die Ägypten unbedingt lösen muß, wenn es eines Tages ein moderner Staat werden will. Jahrhunderte mamlukischer und osmanischer Besatzung haben eine wahrhafte Stagnation des Geisteslebens in diesem Land mit sich gebracht und auf tragische Weise seine Entwicklung verlangsamt. Dann ist da noch die Archäologie. Sie sind vielleicht nicht auf dem laufenden, aber vor einigen Tagen hat ein Offizier der Genietruppen einen erstaunlichen Stein entdeckt.[2] Ein schwarzer Granit, in den drei unterschiedliche Inschriften eingemeißelt waren: die erste in Hieroglyphenschrift, die zweite in Syrisch,[3] die dritte in Griechisch. Ob Sie es glauben oder nicht, diese Entdeckung wird unerhörte Auswirkungen auf das Verständnis vom Alten Ägypten haben.«

---

[1] Das *Museion*
[2] Der Leutnant Pierre Bouchard, ein siebenundzwanzig Jahre alter Polytechniker. Er wurde nach seiner Entdeckung zum Hauptmann ernannt. Dieser Stein, den man »Stein von Rosette« nannte, wurde während Schanzarbeiten im ehemaligen Fort von Rashid, am Westufer des Nils, gefunden. Im wesentlichen vermochte Champollion dank dieses Steins von Rosette einige Jahre später das Rätsel der Hieroglyphen zu lösen.
[3] Später stellte man fest, daß die zweite Inschrift nicht syrisch, sondern demotisch war, gewissermaßen eine Alltags- oder spätere Version der Hieroglyphenschrift.

»Was Tausende von Toten rechtfertigt...«
»Gnade!« rief Yussef aus. »Mit bald sechzig Jahren ficht mich das geistige Werden Ägyptens herzlich wenig an! Es ist das Heute, das mich interessiert. Unter Umständen noch das Morgen...«
Er lehnte sich in seinem Sessel zurück.
»Berichten Sie mir doch von der Gegenwart, Rosetti. Was wird mit uns geschehen?«
Der Konsul schluckte den letzten Bissen Kuchen hinunter.
»Offen gesagt, die Franzosen richten sich ein, als wollten sie das Land nie wieder verlassen. Sie haben mit den Muslimen den *al'Id al-Kabir* gefeiert. Ich selbst habe daran teilgenommen, und ich muß anerkennen, dieses Fest war selten so prächtig. Ich gestehe, daß es ziemlich verwirrend war, diesen General mit gekreuzten Beinen auf dem Boden sitzen und in vollendeter Sammlung hundert Scheichs lauschen zu sehen, die im Halbkreis um ihn kauernd die Verse des Korans rezitierten.«
»Aber ich bitte Sie, Carlo!« spottete Nabil. »Nach Ihren Worten scheint dieser Buonaparte ein gottesfürchtiger Muslim, ein wahrhaftiger Sohn des Propheten geworden zu sein. Ja, sehen Sie denn nicht, daß dies alles nur Augenwischerei ist? Dieser Mann führt sich nur so auf, weil er danach trachtet, das Wohlwollen des Volkes zu gewinnen. Das ist alles.«
»Seien Sie unbesorgt. Ich bin kein Gimpel. Ich berichte nur die Tatsachen, sonst nichts. Und ich kann mich dabei eines Schmunzelns nicht enthalten. Als die Franzosen wenige Tage später den 1. Vendémiaire, den ersten Tag ihres Republikanischen Kalenders, feierten, war ich buchstäblich wie betäubt. Am Abend luden sie die ägyptischen Honoratioren zu einem Bankett von zweihundert Gedecken in einen der Säle des Elfi-Bey-Palastes. Man muß es wirklich gesehen haben, um es zu glauben: überall türkische Farben und republikanische Farben. Oben auf den Gewehrpyramiden

verquickten sich der türkische Halbmond und die phrygische Mütze. Das Mahl selbst war ein Wirrwarr von Turbanen und Federbüschen, Kaftanen und Schulterstücken.«
»Rosetti«, sagte Yussef gereizt. »Sie haben mir noch immer nicht geantwortet. Da Sie in der Gunst dieser Leute stehen, können Sie mich doch sicher über unser Geschick unterrichten.«
»Effendi, ich würde sagen, daß leider weitere Schlachten bevorstehen. Die HOHE PFORTE ist im Begriff, Frankreich den Krieg zu erklären. Letzten Nachrichten zufolge hat der Sultan den Geschäftsträger Pierre Ruffin verhaften lassen. Meiner Meinung nach ist der Bruch zwischen Istanbul und der Französischen Republik bereits vollzogen.«
Nadia schlug die Hände vors Gesicht.
»Abermals vergossenes Blut. Abermals Unheil ... Wann wird das alles enden?«
»Wenn all diese Leute den ägyptischen Boden verlassen!« schrie Nabil hinaus. »Wenn diese Ungläubigen, die unser Land besetzen, von unserer Erde weggefegt sind! Mamluken, Türken, Franzosen und auch Geschöpfe wie Sie, Herr Rosetti! An dem Tag, an dem ...«
»Hör auf!« unterbrach ihn Scheherazade. »Wenn du fortwährend solche unüberlegten Beleidigungen ausstößt, wird dir jemand eines Tages die Zunge abschneiden. Obendrein bist du ungerecht! Herr Rosetti ist stets ein treuer Freund gewesen.«
»Gewiß! Du hast vollkommen recht. Aber frage diesen treuen Freund doch einmal, weshalb er Murad Bey nicht vor der Invasion gewarnt hat.«
»Was sagst du?«
Nabil starrte den Konsul an.
»*Im Gedenken an eine alte Freundschaft,* entsinnen Sie sich?«
Mit einem nachsichtigen Lächeln antwortete der Venezianer: »Sohn des Chedid. Auf die Gefahr, Sie zu erstaunen,

muß ich Ihnen sagen, daß ich Murad Bey meine Unterhaltung bis in die kleinsten Einzelheiten zugetragen habe. Doch er hat mir nicht geglaubt. Nicht einen Augenblick. Aber auch wenn er mir geglaubt hätte, so hätte dies nichts geändert.«
Scheherazade wandte sich mit verlegener Miene an den Venezianer: »Geben Sie es auf, Carlo. Mein Bruder ist verrückt.«
»Verrückt und unhöflich!« rief Yussef völlig außer sich.
Er richtete den Zeigefinger auf seinen Sohn.
»Hast du vergessen, daß dieser Mann unter unserem Dach ist? Man beleidigt einen Gast nicht. Ein Gast ist heilig! So heilig wie das Brot! Entschuldige dich augenblicklich!«
»Lassen Sie nur, Yussef. Ich kenne Ihren Sohn. Ich bin sicher, er hat seine Worte nicht bedacht.«
»Ja, es ist wahr. Ich bitte Sie um Verzeihung, Rosetti.«
Und wie mit sich selbst sprechend, fügte er hinzu: »Aber nun muß ich gehen. Ich habe eine Verabredung.«

*

Im Osten, außerhalb der Mauern, erstreckt sich eine weite Sandebene bis zum Fuße des Mokattam. Sie ist von vielen Kuppeln überragt, die an diesem endenden Nachmittag im Staub liegen: die Stadt der Toten. Hier ruht in Ewigkeit die letzte Mamluken-Dynastie. In die Portale der Mausoleen sind Namen kriegerischen Klanges eingraviert: Khanqa Barkuk, Qurqumas, Inal und endlich Kait Bey, zweifellos das prachtvollste aller Monumente. Über den großen Gitterwerken und Gesimsbögen strebt ein Minarett gen Himmel. Das schönste, das reinste aller Minarette von Kairo. Im Hintergrund hebt sich das eigentliche Grab ab, auf dem ein Steingewölbe lastet, von feinem Filigran umhüllt, bei dem nie das Spiel von Licht und Schatten die Reinheit der Wölbung trübt.

Die Totenstadt ist verwaist. Kaum wirbelt ein leichter Wind Staubvoluten auf. Nur ein paar Katzen streichen durch die schwere Stille. Vielleicht war eine von ihnen ehedem ein Sultan, ein allmächtiger Wesir, der heute dazu verdammt ist, nur noch Wächter seines eigenen Grabes zu sein.
In dieser düsteren Atmosphäre kann Scheherazade sich eines Zitterns nicht erwehren. Selbst Safir tänzelt aufgeregt. Zum Glück ist es noch taghell, und die Sonne scheint noch stark genug, um die Gespenster und Dschinns in Furcht zu halten.
Langsam steigt sie ab und geht zum Mausoleum von Kait Bey. Vor der Freitreppe angelangt, verharrt sie, erforscht sorgsam die Umgebung. Wo ist er? Ist er noch hier, oder sollte er bereits fort sein, auf dem Weg zu Murad Bey? Diese Botschaft indes ... Er hatte sie – davon ist sie überzeugt – wie eine verhüllte Bitte formuliert, eine Einladung, ihn wiederzusehen. Weshalb hätte er es sonst für nötig befunden, ihr so viele Einzelheiten mitzuteilen: *Ich habe Unterschlupf in der Totenstadt gefunden. Im Mausoleum von Kait Bey.* Sie konnte ihn doch nicht in solchem Maße mißverstanden haben.
Sie will ihn rufen, besinnt sich jedoch anders. Ruhelos, wie er sein muß, und auf der Hut, dürfte er den kleinsten Schritt belauern. Er hätte sie kommen sehen müssen. Mit zugeschnürtem Magen erklimmt sie eine nach der anderen die siebzehn Stufen, die zum Vestibül führen.
Zur Linken die Tür des *sabil,* des Opferraums. Zur Rechten ein Gang, der in den Sahn, den offenen Innenhof, mündet.
Einen Augenblick bleibt sie zögernd stehen, dann tritt sie in den Gang. Ihre Schritte hallen in dem Gewölbe wider. Sie geht schneller. Zwischen diesen Mauern herrscht eine zarte Feuchte, die sie wie ein Leichentuch empfindet.
Als sie auf den Hof gelangt, pocht ihr Herz zum Zerbersten. Ihre Hände sind klamm, und ihre Beine zittern.
»Karim ...«
Der Name entweicht unwillkürlich ihrem Mund.

Sie wiederholt ihn, mit Absicht diesmal.
»Karim ...«
Sie schlägt den schwarzen *tailasan* zurück, der sie schützt, und erkundet das Gemäuer.
Eine irrationale Überlegung sagt ihr, daß er hier sein muß, daß er nur auf sie hat warten können; ihr weiblicher Instinkt flüstert ihr das Gegenteil ein. Nichts um sie herum läßt seine Anwesenheit ahnen.
Sie geht zurück, betritt den Gebetsraum, sucht ihn eingehend, doch vergebens, mit Blicken ab, geht hinüber zum Diwan. Links zeichnet sich eine kleine Tür ab. Sie drückt sie behutsam auf. Vor ihr taucht ein dunkler, von einem Holzzaun umgebener Quader auf. Der Katafalk, in dem der posthume Gebieter der Stätte ruht, der vor mehr als vier Jahrhunderten verstorbene Sultan Kait Bey.
Es verschlägt ihr fast den Atem, sie entflieht, ohne die Tür wieder zu schließen.
Die Sonne verblaßt, bald wird die Dämmerung kommen. Sie denkt an Michel.
Er hatte sich heftig entrüstet, als sie ihm eröffnete, daß sie in die Wüste galoppieren würde; nicht weiter als in der Umgebung von Sabah, hatte sie versichert; eine Stunde, nicht mehr. Safirs wegen. Sie habe ihn so lange entbehren müssen. Michel hatte schließlich nachgegeben.
Eine Stunde ... Nicht mehr.
Sie muß sich auf den Heimweg machen. Es muß sein. Sie hat Michel bereits genügend Leid zugefügt. Dieses Mal wäre das Ende.
Sie läuft zurück zum Ausgang.
Ich hätte dir gerne vor der Reise Lebewohl gesagt, doch leider wiegt mein Kopf nicht sonderlich schwer auf meinen Schultern.
Karims Stimme hämmert an ihre Schläfen. Sie muß verrückt sein. Oder aber ein Zauber hält sie in Bann.
Das Pferd stiebt durch das Labyrinth der Totenstadt. Sein Galopp dröhnt auf der Erde und stört die Nacht der Sultane.

Sie schlägt die Straße nach Alt-Kairo ein und rast Gizeh entgegen.

Hinter einer Mauer des Mausoleums kommt der Kopf Bartholomeo Seras zum Vorschein. Den Arm in der Schlinge, von drei seiner Männer begleitet.
»Die Frau da...«, stieß er hervor. »Die kenn' ich. Woher nur? Wo hab' ich sie schon geseh'n? Wann? Wo? Mit wem? Was hat sie hier zu suchen, wenn sie keine Komplizin vom Karim ist?«
»Ohne Zweifel«, erwidert einer der Janitscharen. »Man hätte sie aufhalten und verhören sollen. Dann hätten wir es erfahren.«
»So ist es. Man hätt' sie aufgehalten, sie hätte einen Höllenradau gemacht, und wenn der Sohn von Suleiman in dem Moment aufgetaucht wär', wär' er uns entkommen. Ich muß ihn haben! Um ihm die Gedärme aus dem Leib zu reißen!«
»Freilich. Aber wir haben ihn nicht. Bist du dir deiner Hinweise vollkommen sicher?«
»Man hat ihn gesehen – da gibt es keinen Zweifel.«
»Wir warten aber schon seit heute morgen auf ihn. Da hätt' er sich doch zeigen müssen.«
»Gedulde dich, Fahmi. Gedulde dich, wir kriegen ihn, diesen *ta'jine khawanki*.[1] Wir haben die ganze Nacht vor uns...«

*

Sie vernahm das beharrliche Trappeln der Hufe, das in ihrer Spur widerhallte, und hielt es für ratsam, schneller zu reiten. Die Dämmerung hatte die Farben der Landschaft getrübt. Gott sei Dank war Sabah nicht mehr weit.

---

[1] In der Kairoer Gossensprache jener Zeit: Lustknabe, weibischer Schönling

Ihre Absätze gruben sich in Safirs Flanken, der in vollem Galopp dahinbrauste und einen kleinen ockerfarbenen Wirbelsturm hinter sich aufrührte. Doch sogleich überkam sie die Gewißheit, daß ihr Verfolger es ihr im selben Augenblick gleichgetan hatte. Von Angst gepackt, wollte sie sich schon umwenden, als sie jemand rufen hörte: »Scheherazade!«
Die Gemütsbewegung war so stark, daß sie beinahe das Gleichgewicht verlor.
Sie hatte nicht geträumt, es war wirklich Karims Stimme. Sie zog mit aller Kraft an den Zügeln und brachte Safir zum Stehen.
Im gleichen Moment tauchte Karim neben ihr auf.
Mit stockender Stimme stieß sie hervor: »Wo warst du? Ich komme gerade aus der Totenstadt.«
»Ja, ich weiß. Ich werde es dir erklären. Wir können nicht hier bleiben. Komm, folge mir.«
Mit einem energischen Ruck riß er den Hals seines Reittieres halb herum, verließ die Straße und wandte sich in die Felder. Nach leichtem Zögern folgte ihm Scheherazade. Sie ritten lange Zeit zwischen den spärlichen Bäumen hindurch, bis vor ihnen eine am Rain eines *dorah*-Feldes[1] errichtete Lehmhütte auftauchte.
»Hier«, sagte Karim, »hier werden wir sicher sein.« Er sprang als erster ab und half ihr, vom Pferd zu steigen. Die Nacht hatte begonnen, den Horizont zu schwärzen. »Gewöhnlich bewohnt ein griechischer Seemann diese Hütte. Stavros. Ein Freund von Papas Oglu. Ich hatte das Glück, ihm heute morgen zu begegnen, als er gerade nach Alexandria aufbrechen wollte.«
Er zog sie ins Innere. Eine irdene Lampe, ein Strohlager,

---

[1] Mais. Eine reiche Nahrungsquelle für Ägypten. Die Fellachen nennen ihn auch *sefy* oder *saifi*, von sommerlich abgeleitet, wegen seiner goldgelben Farbe. Es gibt noch eine andere Sorte, *dorah-chamy* oder syrischer *dorah*, die zur Zeit der Nilschwelle ausgesät und im Laufe des Mai geerntet wird.

ein Brotofen und ein alter wackliger Tisch bildeten das Mobiliar.
Eine jähe Furcht hatte sich Scheherazades bemächtigt, die sie nicht zu bezwingen vermochte. Eine Überfülle an Emotion wahrscheinlich, die ihr Herz wanken ließ.
Karim zündete die Lampe an. Ein fahles Licht umgab ihre Konturen.
»Ich wäre fast gestorben, als ich dich in die Totenstadt kommen sah.«
»Ich habe dich gesucht. Wo warst du?«
»Ein paar Schritte entfernt versteckt. Aber Granatapfelkern ist dir zuvorgekommen. Ich konnte nichts tun. Ich mußte abwarten, bis du wieder gingst.«
»Wegen Bartholomeo?«
»Ja. Ich habe keine Ahnung, wie er wissen konnte, daß ich dort war, aber er lauerte auf mich.«
Bei dem Gedanken, so nah an diesem Monstrum vorbeigegangen zu sein, überlief sie ein Schauder.
»Ich dachte schon, du kommst nicht mehr.«
»Was es mich auch gekostet hätte, ich ...«
Er streifte ihre Lippen mit dem Zeigefinger.
»Sei still. Sag nichts. Ich weiß.«
Er deutete auf das Strohlager.
»Komm, setz dich. Es ist nicht sonderlich bequem, aber leider kann ich dir nicht mehr bieten, Prinzessin.«
Sie schüttelte den Kopf.
»Michel erwartet mich. Ich muß nach Hause.«
»Nur eine Minute. Einen Augenblick. Einen einzigen.«
Sie ließ sich an seiner Seite gegen die graue Mauer sinken.
»Dann gehst du also nach Oberägypten ...«, sagte sie in stockendem Ton.
»Ich habe keine Wahl. Kairo ist besetzt. Bartholomeo sitzt mir im Nacken. Mir bleibt nur noch Murad. Bei ihm werde ich wenigstens das Nötigste finden, um mich zu ernähren.«
Er bemühte sich zu lächeln.

»Siehst du, Prinzessin ... Er ist nicht prächtig, der Qapudan Pascha. Der Mistbauer war doch wohl besser in seinem Garten aufgehoben.«
»Weshalb bist du fortgegangen?«
Sie stieß die Frage hervor, als könne sie sie nicht mehr zurückhalten. Sein Kopf neigte sich leicht.
»Weil mein Atem die Blumen tötete.«
»Nein, Karim, antworte mir. Ich muß es wissen.«
»Du kennst die Antwort doch.«
»Träumtest du von Ruhm?«
»Es geht um weit mehr, Scheherazade. Du, du bist groß geboren, ich hingegen muß es erst werden. Und außerdem ...«
Er stockte.
»Du hast gesehen, was Samira zugestoßen ist ... Glaubst du ehrlich, du wärst imstande gewesen, Yussef eine neuerliche Prüfung aufzuerlegen?«
Von uns allen, Scheherazade, bist du die einzige, die unfähig wäre, deinem Vater Leid zuzufügen. Ich weiß, wenn du dich eines Tages vermählen wirst, dann nur mit einem anständigen Mann. Einem Mann von unserem Blut.
Darin lag die Antwort. Indes hatte sie nicht das Herz, dies gelten zu lassen, und noch weniger, es einzugestehen.
»Auf jeden Fall, Prinzessin, ist es zu spät ... Du bist nunmehr Sett Chalhub.«
Sie flüsterte: »Ich liebe dich ...«
War wirklich sie es, die diese Worte ausgesprochen hatte, oder jene andere, die mitunter von ihrer Seele Besitz ergriff?
Sie spürte, wie sich Karims Lippen auf die ihren drückten. Sie erwiderte seinen Kuß wie in einem Traum. Eine ungeheure Sanftheit umhüllte sie, und das so lange bezähmte Verlangen nach ihm stieg in ihr auf.
Seine Hände streiften den Schleier ab, der ihr Haar bedeckte. Er streichelte sacht ihren Hals, die aufgerichteten Knospen ihrer Brüste.

»Ich begehre dich, Prinzessin...«
Schweigend löste sie sich von ihm und begann sich zu entkleiden, ganz natürlich, ohne jede Furcht oder Scham. Er tat das gleiche, und ihre nackten Körper schimmerten im Halbdunkel.
Dieses Mal waren es wirklich Karims Hände, die ihren Leib berührten. Es war kein Spiel mehr, kein Ehebruch in Gedanken. Als er sich auf sie legte, überkam sie das Gefühl, über ein Meer zu gleiten. Ihre Sinne schwanden, und als er in sie drang, verspürte sie die absurde Lust, in Schluchzen auszubrechen.
Tränen näßten ihre Wangen, während er in ihrem ganzen Wesen kam und ging, bei jeder seiner Bewegungen verschachtelte Visionen erweckend, wollüstiges Stöhnen, einen Sturzbach von Wasser und Feuer.
Am Gipfel ihrer Vereinigung riß sie jäh die Augen auf. Sie umschlang ihn fester, als wolle sie sich versichern, daß es der Sohn des Suleiman war, der sie liebte, und daß dies genügen würde, sie zur höchsten Wollust zu führen.
Im gleichen Moment wurde ihr klar, daß ihr dies versagt bleiben würde.
Obwohl ihre Gefühle noch nie so stark gewesen waren, endete hier der Flug zu den Sternen. Wie immer. Wie mit Michel.
Wütend schloß sie die Lider und wollte sich mit aller Kraft wieder emporschwingen, sich an Karims Flügel klammern, damit sie seine Ekstase, die sie nahe fühlte, mit sich davontrug. Vergebens. Er entflog – und ließ sie am Ufer zurück.
In dem Augenblick, da er schwer auf sie niedersank, erfüllte sie die Gewißheit, daß sie den Sinnestaumel in den Armen eines Mannes nie erfahren würde. Doch sie faßte schnell neuen Mut, denn sie sagte sich, daß es nicht von großer Bedeutung war, da sie sich in Karims Armen doch so wohl fühlte. Alles, was zählte, war, an seiner Seite zu sein. Ihn zu berühren, seinen Duft zu riechen. Nur – wie lange?

Das Bild Michels, der sie auf Sabah erwartete, legte sich plötzlich über ihren Traum.
»Was soll aus uns werden?«
Er schüttelte den Kopf, ebenso fassungslos wie sie.
»Und wenn ich fortginge? Wenn ich alles verließe?«
Er starrte sie bestürzt an.
»Das ist unmöglich! Wohin könntest du denn gehen?«
»Ich habe keine Ahnung. Mit dir ...«
»Aber ich habe nichts. Weniger noch als an jenem Abend, als ich nur der Sohn des Gärtners von Sabah war. Nein, Scheherazade, sei vernünftig, du kannst es nicht. Denke an den Kummer deines Vaters.«
»Jetzt, da ich dich gefunden habe, soll ich dich schon wieder verlieren? Das würde ich nicht überleben!«
Er strich ihr zärtlich übers Haar.
»Weshalb verlieren? Der Krieg wird eines Tages zu Ende sein. Ich werde zurückkommen.«
»Und ich müßte warten...«
»Wir haben keine Wahl, Prinzessin. Du weißt es.«
»Selbst wenn du in einem Monat, in sechs Monaten zurückkämst, was würde das ändern? Michel wird es immer noch geben...«
Sie verstummte und starrte ihn empört an.
»Warum? Warum hast du nichts unternommen, um diese Heirat zu verhindern? Wie konntest du zulassen, daß ich mich so verliere?«
Wieder rannen die Tränen über ihre Wangen, doch jetzt waren es Tränen der Verzweiflung.
»Wie hätte ich dich daran hindern sollen? Ich hatte dir nichts zu bieten, nichts zu geben. Ich war und bin ein Niemand! Wen wolltest du an deiner Seite haben? Den Sohn des Mistbauern oder einen dir würdigen Mann?«
Sie versuchte sich zu beruhigen, doch die Zukunft erschien ihr plötzlich so schwarz. Sie fühlte sich noch mehr als einige Stunden zuvor als Gefangene ihres Lebens. Seltsa-

merweise blieb ihr in dieser furchtbaren Ausweglosigkeit ein positives Gefühl: Sie fühlte sich durch das, was eben geschehen war, nicht beschmutzt und hatte keine Schuldgefühle.
Sie legte ihren Kopf auf Karims Schulter und wünschte, die Zeit würde stillstehen.

17. KAPITEL

»Sie haben Sett Nafissa verhaftet!«
Scheherazade starrte ihren Bruder ungläubig an.
»Was sagst du da?«
»Die Wahrheit. Gestern morgen sind französische Soldaten bei ihr eingedrungen und haben sie mitgenommen.«
»Aber aus welchem Grund?«
»Man soll bei einem ihrer Domestiken zwei Päckchen Tabak, einen Pelzüberwurf und fünfhundert Goldstücke gefunden haben. Dazu verhört, soll der Diener erklärt haben, die Weiße habe ihm dies alles für ihren Gatten anvertraut.«
»Das ist doch unmöglich! Alle Welt weiß, daß Murad sich Hunderte von Meilen von hier befindet. Wie hätte dieser Domestik ihn erreichen sollen?«
Nabil erwiderte in spöttischem Ton: »Denkst du, daß die sich diese Frage gestellt haben?«
»Und was werden sie mit ihr anstellen?«
»Der beschuldigte Domestik ist verschwunden. Sie haben die ganze Nacht nach ihm gesucht, doch ohne Erfolg. Heute morgen haben einige Scheichs versucht, die Freilassung der Weißen zu erwirken. Aber der Stadtkommandant von Kairo hat dies strikt abgelehnt. Nach letzter Kunde soll sie zum Oberbefehlshaber gebracht werden. Er wird über sie entscheiden.«
»Sie haben ihr doch bereits alles beschlagnahmt, ihr ist nur noch ihre Behausung geblieben. Das ist ungerecht.«
»Vor allem, wenn man bedenkt, daß diese arme Frau stets bemüht war, den Europäern beizustehen.«
Scheherazade dachte eine Weile nach, bevor sie fragte:

»Etwas erscheint mir daran merkwürdig. Weshalb haben sie diesen Domestiken ergriffen?«
Nabil zögerte einen Moment. Dann antwortete er: »Die Offiziere vermuten seit einiger Zeit die Existenz eines Widerstandsnetzes. Um es zerschlagen zu können, haben sie koptische Beamte beauftragt, sie über alles zu unterrichten. Der Domestik dürfte sich verplaudert haben. Er wurde verraten.«
»Ich verstehe...«
Sie ging langsam auf ihren Bruder zu und blickte ihm in die Augen.
»Dieses Widerstandsnetz...«
Er kam ihr zuvor.
»Lassen wir dieses Spiel, wenn du alles weißt. Offenbar hat dir dein Mann meine Bekenntnisse zugetragen.«
»Stimmt. Und ich finde, daß er recht getan hat. Es ist ernst, Nabil, sehr ernst. Heute hat man Sett Nafissa festgenommen. Morgen wirst du an der Reihe sein. Bist du dir darüber im klaren?«
»Niemand wird mich verhaften. Niemals. Auf jeden Fall ist das meine Angelegenheit. Ich verbiete dir, dich einzumischen.«
Sein barscher Ton traf die junge Frau ins Herz. Doch sie beherrschte sich.
»Es geht nicht nur um dich, sondern auch um uns. Wenn dir irgend etwas zustoßen sollte, würde die gesamte Familie den Preis dafür bezahlen.«
»Bangst du um dein kleines Leben?«
»Vor allem um das unserer Eltern. Sie müßten unter den üblen Folgen deines Leichtsinns leiden.«
Er wollte sie unterbrechen.
»Nein, Nabil, diesmal hörst du mir bis zum Schluß zu. Du bist der Erstgeborene, derjenige, der befiehlt, und ich bin nur eine Frau. Unser Vater hat einmal zu Murad Bey gesagt: ›Meine Tochter versteht überhaupt nichts von Politik‹; er

hatte nicht ganz recht. Denn wenn mir auch vieles verborgen ist, bin ich der Überzeugung, daß Politik bloß die Kunst der geschickten Handhabung von Lüge und Täuschung ist. Du träumst von einem freien Ägypten, und eines Tages wird dein Traum in Erfüllung gehen. Ich glaube jedoch, daß diese Zeit noch nicht gekommen ist. Weshalb ich mir dessen sicher bin? Frage mich nicht, ich wäre außerstande, dir zu antworten. Vielleicht ist es weiblicher Instinkt. Zu viele Geier lauern auf die Beute. Du willst die Mamluken davonjagen? Die Türken werden zurückkehren. Die Franzosen? Österreicher oder Engländer werden sie ersetzen. So ist es nun einmal. Wenn du trotz alledem fortfahren willst, deine Existenz und die deiner Nächsten in Gefahr zu bringen, würde das nur bedeuten, daß du krank bist, Nabil. Du bist von einer Krankheit befallen, die ich kenne, weil ich selbst unter ihr gelitten habe und immer noch an ihr leide. Sie heißt Besessenheit, und sie verzehrt einen wie ein unerfüllbarer Traum.«

Während sie Karims Gesicht vor sich sah, schloß sie: »Gegen diese Krankheit gibt es leider kein Mittel.«

Während sie sprach, zeichneten sich auf Nabils Gesicht zuerst Spott, dann Interesse und schließlich Betroffenheit ab. Nun, da sie verstummt war, drückten die Augen des jungen Mannes zugleich Zärtlichkeit und eine ungeheure Traurigkeit aus.

»Ich liebe dich, Schwesterlein. Schade, daß wir so lange gebraucht haben, um uns zu finden.«

»Es bleibt uns das ganze Leben.«

»Gewiß. Nur, ein Leben ist kurz.«

»Das ist wahr, ich vergaß, daß du in ein paar Tagen ein Greis von dreiunddreißig Jahren sein wirst...«

»Am 21. Oktober. Du hast es nicht vergessen. Das ist gut.«

»Versprich mir. Versprich mir«, wiederholte sie eindringlich, »daß du aufhören wirst, gegen Schimären zu kämpfen?«

Er nahm das Kinn der jungen Frau zwischen seine Finger.

»Ich verspreche es dir«, sagte er mit melancholischem Lächeln. »Ich verspreche dir, nach dem 21. Oktober am Leben zu bleiben.«

*

»Dugua! Ich befehle Ihnen, diese verdammten Araber zur Vernunft zu bringen! Brennen Sie den Ort Sonbat nieder, statuieren Sie ein furchtbares Exempel und verhindern Sie, daß sie das Dorf wieder in Besitz nehmen, bevor sie Ihnen nicht zwölf Geiseln ausgeliefert haben, die Sie mir überstellen werden, damit sie in die Kairoer Zitadelle eingesperrt werden können. Verbrennen Sie alles!«
François Bernoyer fragte sich, ob der Befehl des Generalissimus nicht reichlich übertrieben war. Gewiß, er war die Antwort auf die Vernichtung einer Kolonne, die in der Umgegend von Mansura marodiert hatte. Aber ging man trotz alledem nicht etwas zu weit? François warf einen hastigen Blick auf die Notizen, die er seit seiner Ankunft in Ägypten gemacht hatte:

- *28. Juli.* Erhebung einer Anleihe von 500 000 Ryal Bargeldes, die von den muslimischen, koptischen und syrischen Kaufleuten und gleichfalls von den Franken aufzubringen ist. Ein Gesuch um Minderung wurde eingereicht, ihm wurde jedoch nicht stattgegeben.
- *Am selben Tag.* Besteuerung der Mamluken-Gattinnen. Als Gegenleistung für 120 000 Ryal erwirkt Dame Nafissa für sich und ihre Gefährtinnen, in Frieden gelassen zu werden.
- *29. Juli.* Requirierung der Pferde, Kamele und Waffen. Zudem Requirierung der Kühe und Stiere.
- *30. Juli.* Durchsuchung. Man bricht die Läden der Suks auf und schafft alles fort, was darin zu finden ist.

Am selbigen Tag. Die Einwohner von Rosette und von Damiette erhalten den Befehl, den Gegenwert von hunderttausend Franken beziehungsweise von 150 000 Franken zu entrichten, um einen Beitrag zu den Ausgaben der Armee zu leisten.

31. Juli. Den Handwerkern wird eine Anleihe in astronomischer Höhe auferlegt, die binnen einer Frist von sechzig Tagen zu entrichten ist. In Anbetracht der Proteste wird der Betrag um die Hälfte ermäßigt und die Zahlungsfrist verlängert.

Am selben Tage. Abbruch der Stadttore. Man reißt sie ein und zerschlägt sie.

Dame Nafissa wird eine neuerliche Veranlagung auferlegt. Diesmal beläuft sie sich auf 600 000 Pfund. Sie händigt ihre Diamanten aus.

17. August. Die Leute aus dem Volk reden nur noch über die Niederlage von Abukir. Man beschließt, gegen diese »Gerüchte« vorzugehen. Zwei Männer werden verhaftet. Unter Androhung, ihnen die Zunge herauszuschneiden, müssen sie jeweils 100 Ryal entrichten.

27. August. Die Kaffeehändler erhalten den Befehl zur Zahlung von zehntausend *talari* am nächsten Tag, zehntausend am übernächsten, siebentausend *talari* jeden weiteren Tag in der darauffolgenden Dekade, und zur Naturalabgabe von Kaffee im Werte von zwanzigtausend *talari;* jeglicher Verzug wird Strafgelder nach sich ziehen.

1. September. Man legt eine Steuer auf alle Habe in den Dörfern und auf dem Land fest. Mit der Eintreibung betraut werden die Geldwechsler und die Kopten. Sie erhalten die Verfügungsgewalt ordentlicher Richter. Setzen die Widerspenstigen mit Macht gefangen.

4. September. Alle Einwohner Ägyptens werden die

Trikolorenkokarde tragen. Alle zur Beschiffung des Nils benutzten Wasserfahrzeuge werden die Trikolore hissen. Die Generäle, Provinzkommandanten und französischen Offiziere werden keinem Individuum dieses Landes mehr gestatten, das Wort an sie zu richten, wenn jenes nicht die Kokarde trägt.[1]

29. September. Ein jeder, der bei Ableben eines Angehörigen die diesbezüglichen Schritte einleitet, muß eine Gebühr bezahlen.

Gebühr für die Eröffnung eines Testamentes.
Gebühr für den Personenstandsnachweis der Erben.
Gebühr, um in Besitz des Erbes zu gelangen.
Gebühr für jeden Gläubiger, der gegenüber einem Verstorbenen eine Schuldforderung besitzt.
Gebühr, wenn sein Schuldschein eingelöst wird.
Gebühr für den Erhalt eines Reisedokuments.
Gleiches Verfahren bei jedem Neugeborenen, für den eine Geburtsurkunde erwirkt werden muß.
Ebenfalls besteuert werden Saläre, Pachtzinsen etc.

---

[1] Wenn man al-Jabarti, dem berühmten Chronisten jener Zeit, glauben darf, verweigerte sich der Großteil der Einwohner. Anderntags wurde eine Bekanntmachung verbreitet, welche die vorangegangene für das Volk außer Kraft setzte. Gleichwohl blieb das Tragen der Rosette für die Oberhäupter und all jene Pflicht, die mit den französischen Obrigkeiten zu schaffen hatten. Weiterhin al-Jabarti zufolge, steckten die Leute sich die Kokarde an, wenn sie sich zu den Franzosen begaben, und nahmen sie beim Hinausgehen ab. Dies dauerte einige Tage fort, dann wurde die Maßnahme aufgehoben.

Am selbigen Tage. Hinrichtung zweier Individuen, deren Köpfe man durch die Straßen der Stadt trug, wobei man ausrief: »Dies ist der Lohn für all jene, die den Mamluken Briefe überbringen oder deren Briefe weiterleiten.«

Die Steuererhebung in den Provinzen wird zu einer Polizeiaktion, beinahe zu einer militärischen Operation. Um hundert Pferde in Gizeh auszuheben, hat man einen Trupp von zweihundertfünfzig Mann und einen halben Artilleriezug zusammengestellt.

In Fayum operiert Boyer mit einem Bataillon und einem schweren Geschütz.

In jeder Kolonne ein französischer Beamter und ein koptischer Intendant. Letzterer von seinem gesamten Hause prunkvoll begleitet.

Widerspenstige Steuerpflichtige werden der Bastonade unterzogen oder mit Entführung ihrer Frauen und Niederbrennung ihrer Häuser bestraft.

8. Oktober. Der öffentliche Ausrufer gibt in den Suks bekannt, daß die Bevölkerung aufgefordert ist, dem Diwan ihre Eigentumstitel binnen Frist von 30 Tagen offenzulegen. Bei Überschreitung wird die Besteuerung verdoppelt.

9. Oktober. Patent für die Ausübung eines Gewerbes.

20. Oktober. Die Aufstellung der Steuern auf Güter und Liegenschaften wird an die Wände der Stadt angeschlagen. Architekten sind bestallt worden, die Häuser ihrer Höhe gemäß zu veranlagen. Gasthäuser, Karawansereien, Bäder, Öl- und Sesammühlen sowie Läden werden ihrem Aussehen, ihrer Lage und ihrer Fläche entsprechend besteuert. Auf einen Vorschlag von Poussielgue hin, dem Finanzadministrator der Expeditionsarmee, wird diese Abgabe den Namen Registraturgebühr erhalten.

Abunaparte oder Murad Bey?

*

Der Aufruf zum heiligen Krieg scholl von Minarett zu Minarett. An einem Sonntag, dem 21. Oktober.
Wo man auch war, in Bulaq oder in Birket el-Fil, am Bab al-Luk oder am Bab al-Futuh, in den ärmlichsten Vierteln Kairos, auf dem Gipfel des Mokattam, überall riefen die Stimmen der Muezzine zum Djihad. Und diese Stimmen waren bis nach Sabah gelangt.
Unbändige Verstörtheit hatte sich Scheherazades bemächtigt. Ihr Bruder hatte das Haus bei Tagesanbruch verlassen. Seither war er nicht wieder erschienen. *Ich verspreche dir, nach dem 21. Oktober am Leben zu bleiben.*
Das Gesicht der jungen Frau war erschreckend blaß, als sie sich an den Arm ihres Ehemannes klammerte.
»Rasch, Michel. Wir müssen uns nach Kairo begeben. Nabil ist in Gefahr.«
Yussef, Zeuge dieser Szene, beobachtete seine Tochter und gelangte zu der Überzeugung, daß sie verrückt geworden war.
»Speie diese Worte aus deinem Mund! Komm zur Besinnung! Nur weil ein paar Illuminierte herumbrüllen, darf man nicht gleich von Gefahr reden! Es kommt nicht in Frage, daß ihr das Haus verlaßt.«
Aus Angst, das Schwanken ihrer Stimme könnte sie verraten, enthielt Scheherazade sich einer Erwiderung.
Michel beschloß, dem alten Mann die Stirn zu bieten.
»Baba, Scheherazade hat recht. Der Urheber dieses Aufrufs zum heiligen Krieg ist Ihr Sohn.«

»Was erzählst du da?«
»Es würde zu lange dauern, Ihnen alles zu erklären. Sie müssen mir Glauben schenken, wenn ich Ihnen versichere, daß Nabil in ernster Gefahr schwebt.«
»Aber wo hält er sich auf? Warum?«
»Vater«, entgegnete Scheherazade, »ich flehe dich an, versuche nicht, es zu verstehen. Laß uns auf die Suche nach ihm gehen, sein Leben hängt davon ab!«
Es dauerte eine Weile, bis Yussef mühsam hervorbrachte: »Geht. Tut, was ihr für richtig haltet. Geht und bringt mir meinen Sohn wieder.«

*

Kairo ist nur noch Tumult und Geschrei.
Dem Ruf der Muezzine folgend, haben sich an allen Ecken und Enden der Stadt Gruppen zusammengeschart. Manche sind mit Schippen, Knüppeln, bisweilen mit Gewehren bewaffnet, andere schreiten mit bloßen Händen voran. An der Spitze einer jeden dieser Gruppen erkennt man ein Mitglied vom *Blut des Nils*. Diese Menschenmengen marschieren in unbestimmte Richtungen, in größtem Durcheinander, einfach nur immer geradeaus.
Von einer Hundertschaft Aufrührern gefolgt, ist Nabil, mit einer Lanze bewaffnet, im Begriff, den Kanal unweit von Bab al-Scharia entlangzuziehen.
Der Ruf »Allah führe den Islam zum Sieg!« steigt aus dem Herzen der Stadt auf, hallt von Tür zu Tür wie der Donner einer Lawine.
Während der Aufruhr allmählich den größten Teil der Stadt erfaßt, bleiben die äußeren Viertel und jene flußaufwärts, Bulaq und Alt-Kairo, sonderbar ruhig, vermutlich, weil sich in der Nähe Kasernen befinden.
Auf die Steinbänke der Ladengewölbe deutend, brüllt Nabil: »Zerschlagt sie! Wir müssen Barrikaden damit errichten!«

Im Osten, am Fuße der alten Gerbereien, umzingeln andere, von Butros befehligte Aufständische den Wohnsitz von Ibrahim Ekhtem, dem Kadi al-askar, dem obersten Heeresrichter. Butros fordert ihn auf, bei den Franzosen die Aussetzung der Registraturgebühren zu erwirken, jener letzten Abgabe, die mittelbar zum Ausbruch der Erhebung beigetragen hat. Der Kadi übt sich in Ausflüchten. Die Menge wird nervös. Er sucht Zeit zu gewinnen. Schließlich prasselt auf Butros Befehl hin ein Hagel von Steinen und Ziegeln auf das Haus nieder, zerschlägt und verwüstet alles. Der Mann hat gerade noch Zeit, ins Innere zu stürzen und sich darin zu verschanzen, während er Allah inständig anfleht, ihm seine Retterengel zu senden.

Weiter unten hat man soeben das Viertel eingenommen, in dem die meisten französischen Offiziere und Gelehrten residieren.

Das erste angegriffene Haus ist das von Abu khashba[1] – dem Mann mit dem Holzbein –, ein Spitzname, den das Volk General Caffarelli gegeben hat. Zu seinem Glück ist er abwesend. In aller Frühe hat er sich dem *général en chef* und dem Generalstab zu einer Inspektion von Alt-Kairo und der Insel Roda angeschlossen. Hingegen werden zwei Straßen- und Brückenbauingenieure angetroffen: Thévenot und Duval. Angesichts der drohenden Menge versammeln sie die Dienerschaft und versuchen, sich dem Ansturm zu widersetzen. Sinnlose Mühe, die Angreifer durchstoßen die Brandmauer. In einem Orkan von Geschrei und Gebrüll werden die beiden Männer von Zimmer zu Zimmer gejagt und in Stücke gerissen.

Einige Straßen flußaufwärts werden die Chirurgen Mangin und Roussel niedergestreckt, während sie ihre Wohnung zu erreichen suchen.

Unerschütterlich steigt die Oktobersonne über den Minaretten auf. Es ist kurz vor zehn Uhr.

Scheherazade und Michel, denen es gelungen ist, das Bab

---

[1] Wortwörtlich: »Der Vater des Holzes«

al-Khalq ohne große Schwierigkeiten zu durchqueren, sehen ihr Vorankommen zusehends erschwert, je mehr sie sich der Kasaba nähern.
»Wir müssen die Pferde zurücklassen!« beschließt Michel. »Sonst können wir nicht weiter.«
»Wo sollen wir sie verstecken? Sie könnten gestohlen werden.«
»Entweder wir versuchen es, oder wir müssen kehrtmachen.«
In aller Eile erkunden sie die Umgebung und gewahren eine Sackgasse, die zu ihrer Linken abzweigt.
»Da. Wir werden sie später holen und können nur hoffen, daß sie dann noch da sind.«
Als die Tiere untergestellt sind, stürzt das Paar zur Kasaba, zur al-Azhar. Wenn es eine geringe Aussicht gibt, Nabil zu finden, dann nur im Umkreis der Blumenmoschee.

General Dupuy, der Kommandant von Kairo, hat seine Uniform übergestreift.
Frühzeitig über die Zusammenrottungen unterrichtet, ist er weniger beunruhigt gewesen, als er es wegen solcher Aktionen hätte sein müssen, und hat sich zunächst damit begnügt, einige Patrouillen auf die Aufrührer zu werfen. Binnen zwei Stunden jedoch haben die Ereignisse eine dramatische Wendung genommen.
Bei der Lektüre der Lageberichte, die ihm von allen Seiten zukommen, entdeckt er, daß nicht nur die Gruppen sich nicht zerstreuen, sondern daß sich das, was er für eine Kundgebung von Lumpenpack gehalten hat, zu einer Revolution entwickelt.
Er stürmt aus seinem Domizil nach draußen und erteilt der in der Nähe kasernierten 32. Brigade den Befehl, sich marschbereit zu halten. Er selbst begibt sich, von einer Dragonereinheit geschützt, zur Totenstadt, denn dort befindet sich, wie man ihm gesagt hat, das Gros der Empörer.

Er schwingt sich auf sein Pferd, befiehlt Bartholomeo, ihm zu folgen, und prescht ohne weiteren Verzug zur Nekropole.
Von den Terrassen herab bewerfen Frauen und Männer den General und seine Eskorte mit Steinen.
Alle, die ihnen den Weg versperren, mit Säbelhieben verjagend und zerstreuend, gelangen Dupuy und seine Dragoner ins Viertel der Franken. Sie schicken sich an, in die Straße der Venezianer vorzustoßen. Eine wahrhafte menschliche Mauer erwartet sie dort. In der wimmelnden, gestikulierenden Menge zieht ein mit einer Lanze bewaffneter Mann die Aufmerksamkeit des Generals Dupuy auf sich. Er sticht seltsam von den ihn Umgebenden ab, dürfte um die Dreißig sein. Zwar gehört er zu diesen Leuten, doch paradoxerweise scheint er nicht von ihrem Blut zu sein. Dupuy glaubt in seiner Miene Fatalismus und selbstmörderische Entschlossenheit zu lesen.
Sein Pferd anpeitschend, kehrt der General in die Wirklichkeit zurück. Er stachelt seine Truppe mit lauter Stimme an, bricht in das Getümmel hinein.
Zweihundert Schritte dahinter steht Bartholomeo Sera, mit einer Büchse bewaffnet.
Unter dem ersten Ansturm weichen Nabil und seine Freunde zurück.
Sie fangen sich wieder ... Die Soldaten dürfen nicht durchkommen. Die Reihen schließen sich fester.
Ein Schuß fällt. Bartholomeo hat in die Menge geschossen.
Der General schiebt sich voran. Sein Stiefel streift Nabils Wange.
Wie in einem Nebel erblickt Chedids Sohn flüchtig die braune Masse des Pferdes, die glänzenden Sporen.
Ein Säbelhieb zerfleischt seinen Arm. Er weicht nicht. Er muß durchhalten.
Jemand klammert sich an Dupuys Bein. Er versucht sich freizumachen.

Die Lanze, die sich emporhebt und einen Sonnenstrahl einfängt, kann er gerade noch erspähen. Es ist der junge Mann von vorhin, der zustößt.

Nabil zögert nur den Bruchteil eines Augenblicks. Die Lanze trifft Dupuy unter der linken Achselhöhle.

»Nabil! *Achi!*[1] *Nein!*«

Scheherazades verzweifelter Schrei übertönt kurz Dupuys Stöhnen und die Verwünschungen der Menge.

Michel sucht seine Gemahlin zurückzuhalten, doch die Kraft der jungen Frau hat sich verzehnfacht. Sie stürzt voran, will sich eine Bresche in der menschlichen Mauer öffnen. Er eilt ihr hinterher.

Die Dragoner haben sich wieder gefaßt. Ihre Säbel zertrümmern etliche Schädel, die wie Wassermelonen aufbersten. Sie schlagen auf die Menge ein, um ihren Anführer zu befreien.

Nabils Gefährten sind gezwungen, das Feld zu räumen. Die Menschen weichen zurück. Ein Halbkreis bildet sich bis zur al-Muizz-Straße, der um so weiter wird, je verheerender die Dragoner wüten.

Einer von ihnen ist abgesessen. Er versucht, Nabil zu ergreifen. Doch der junge Mann entwischt ihm und taucht in dem Menschengewühl unter.

Sie haben ihren General hochgehoben und bringen ihn fort.[2] Jemand bemerkt, daß er unter der Achsel stark blutet.

Einige Klafter entfernt, in die Menge wie in eine Reuse eingeschlossen, sieht Scheherazade die Gestalt ihres Bruders entschwinden.

*

---

[1] Mein Bruder!
[2] Er wurde in Junots Haus getragen und verschied eine Viertelstunde später.

Es ist kurz nach drei Uhr nachmittags. Immer noch herrscht Aufruhr in der Stadt.
General Bon hat Dupuys Nachfolge angetreten. Bald eröffnen starke, in die Hauptstraßen entsandte Infanterieabteilungen das Feuer auf die Rebellen. Manche Barrikaden halten stand, andere werden weggefegt.
Am Bab an-Nasr versucht Sulkowski, der Lieblingsadjutant des Generalissimus, die Beduinen zurückzudrängen, die, von der Erhebung benachrichtigt, in die Stadt einzufallen trachten.
Er rutscht von seinem Pferd, wird mit Stöcken totgeschlagen.
Elf von fünfzehn seiner Führer erleiden dasselbe Schicksal.
Der Wind des Irrsinns fegt über al-Kahira hinweg. Einige Aufrührer geraten, als sie einen nach dem anderen ihrer Genossen fallen sehen, in Raserei. Man plündert und raubt. Das Viertel Janwaniyya wird angegriffen. Die Zielscheibe sind nun nicht mehr die Franzosen allein, sondern auch die Häuser der Christen. Deren muslimische Nachbarn, die sich dazwischenzustellen suchen, werden nicht verschont. Die Wohnhäuser werden verwüstet, der Suk der Tuche geplündert.
Als die Minarette im Schein der untergehenden Sonne aufleuchten, gelingt es Osman, einem der letzten Überlebenden vom *Blut des Nils,* Hand an Scheich as-Sadat zu legen. Im Nu ist der Scheich kahlgeschoren, man zieht ihm die Uniform eines ermordeten Soldaten an und schleift ihn zum Suk der *Nahassin.*[1] Unter dem Gelächter der rachsüchtigen Menge spielt sich dort die Parodie einer Versteigerung ab. Der für as-Sadat gebotene Preis übersteigt nicht dreizehn Piaster.

Im Viertel von Birket el-fil hat François Bernoyer widerwillig einen Säbel und ein Gewehr ergriffen und sich aufgemacht,

---

[1] Sklaven *(Anm. d. Ü.)*

um zur 22. Leichten Infanterie zu stoßen, die sich den Aufrührern entgegenstellt.
Er beobachtet seine Waffenbrüder, wie sie zwei schwere Kanonen in Stellung bringen.
Beim ersten Schuß gerät die Menge ins Wanken. Bei der zweiten Entladung wird sie zerfetzt, von Grauen befallen. Es bleibt nur die Flucht. Doch die engen Straßen können den Strom der Flüchtenden nicht aufnehmen. Sie werden auf kürzeste Distanz zermalmt.
Bernoyer hört die Stimme von General Berthier, der Befehl zum Sturmangriff erteilt. In der folgenden Stunde wird das Massaker vollendet.

Vom Donner der Signalkanone gewarnt, ist Abunaparte durch das Tor von Bulaq in die Stadt gedrungen, nachdem er vergebens versucht hatte, das von Alt-Kairo zu durchqueren, wo man ihn mit einem Steinhagel überschüttete. Um durchzukommen, jagte Detroye, der ihn begleitete, dem Anführer der Empörer eine Kugel durchs Hirn, ohne zu ahnen, daß der Aufständische Salah war, ein junger Mann, der einige Jahre zuvor seine Widerstandsbewegung »Frankreich« getauft hatte.
Kaum im Palast von Esbekiya angelangt, erteilt der *général en chef* den Befehl, rund um den Platz sowie in den zubringenden Hauptstraßen Artilleriestellungen zu errichten. Dommartin und Lannes erhalten den Befehl, die Anhöhen des Mokattam zu besetzen und Mörser aufzustellen.

Nabil hat erneut das Kommando über die im Franken-Viertel zusammengescharten Rebellen ergriffen.
Überall pfeifen Kugeln. Seine Genossen sacken einer nach dem anderen zusammen. Bald wird ihre Stellung unhaltbar sein.
»Zur al-Azhar!« befiehlt er. »Zur al-Azhar! Alle in die Moschee!«
Die Order wird durch die Reihen weitergegeben. Wie ein

Mann setzen die Umstürzler sich in Bewegung und folgen ihrem Anführer.
Zu Tausenden stürmen sie in die heilige Stätte. Die riesigen Pforten schließen sich hinter ihnen mit grauenerregendem Quietschen. Die kleinsten Öffnungen werden verrammelt. Nach und nach ersterben die Stimmen, und als die Nacht unter die Kuppel kriecht, herrscht traurige Stille.
Von Müdigkeit überwältigt, sinkt Nabil am Fuß der Minbar[1] zu Boden. Erst in diesem Moment bemerkt er die Wunde an seinem Arm. Sie pocht und schmerzt. Er hebt den Kopf. Über sich sieht er die ersten funkelnden Sterne.
Plötzlich packt ihn eine unerträgliche Furcht. Sein Blick schweift umher. Die Moschee ist schwarz von Menschen. Butros ist da, an seinem Gesicht haftet Staub. Wahrscheinlich sind sie die Letzten vom *Blut des Nils*.

Scheherazade und Michel sind nach Sabah heimgekehrt.
»Sie sind verloren«, murmelt Yussef. »Die al-Azhar wird zu ihrem Grab.«
Nadia schweigt. Ihre Augen sind trocken. Sie hat keine Tränen mehr.

Die ganze Nacht über wird der *général en chef* seine Befehle übermitteln. Sie werden zum größten Teil von einer anderen Begebenheit[2] inspiriert sein, die jener, der er heute trotzt, ungefähr gleicht. Folglich wird er beinahe die gleiche Taktik anwenden und Artilleriestellungen errichten, um den Feind zu zerschmettern.
Als der Tag anbricht, scheinen die Anhöhen von el-Barqiyya und die Wehrwälle der Zitadelle wie mit Kanonen gesprenkelt. Am Mittag beginnt die Beschießung der Stadt.

---

[1] Predigtkanzel in einer Moschee
[2] Dem Aufstand vom 13. Vendémiaire. Gegen die Pariser Royalisten-Sektionen hatte die Artillerie eine entscheidende Rolle gespielt.

Alle von den Aufständischen gehaltenen Abschnitte werden unter Feuer genommen. Hauptangriffspunkte jedoch sind die al-Azhar und die angrenzenden Viertel.
Das Donnern der Artillerie mischt sich mit den Schreien der Verwundeten. Die Kugeln schlagen in die Häuser ein, rufen allgemeine Panik hervor. Die Bewohner suchen ihr Heil in der Flucht. Aber wohin? Man drängt und stößt sich in einem unglaublichen Chaos, inmitten von Schutt und einstürzenden Häusern. Die Granaten zertrümmern Paläste, Wohnhäuser, Karawansereien. Es herrscht ein ohrenbetäubendes Getöse, das ganz Kairo erzittern läßt.
Völlig erstarrt angesichts der Sintflut, die auf sie einprasselt, geben die Anführer ihre Barrikaden nach und nach den französischen Soldaten preis.
Manche Scheichs versuchen zu verhandeln.
Der Sultan al-kebir lehnt jegliche Einigung ab.
Er schickt eine Infanterieabteilung in die Totenstadt, wo noch Widerstand geleistet wird. Sie metzelt alle nieder, die nicht fliehen wollen oder können. Alle Straßen Kairos werden zum Schauplatz unsäglicher Blutbäder.
Gegen acht Uhr am Abend ergeben die Scheichs sich bedingungslos.
Darauf befiehlt der *général en chef,* das Feuer einzustellen.
Als die Nacht hereinbricht, herrscht, von sporadischen Schüssen abgesehen, wieder Stille in der Hauptstadt.
Viele denken, der Alptraum sei zu Ende.
Um elf Uhr dann strömen die Truppen durch die von Leichen und Sterbenden übersäten Gassen.
In der Morgendämmerung erteilt Abunaparte die allerletzte Order: die al-Azhar aufzusprengen.

Nabil hat Butros am Arm gepackt, und zu zweit erklimmen sie die Stufen, die zur Spitze des Minaretts führen.
Von dort oben ist der Ausblick beeindruckend. Ein merkwür-

diger Umstand: Den Himmel Ägyptens, der stets so erstaunlich klar ist, bedecken schwere schwarze Wolken, die zu zerplatzen drohen.[1]
Nabil deutet auf den Rauch, der überall aufsteigt.
»Sie waren nicht zimperlich«, murmelt er mit zugeschnürter Kehle.
Butros nickt wortlos.
Im selben Augenblick eröffnet General Dommartin das Feuer. Als der erste Kanonenschuß donnert, blickt Nabil unwillkürlich zum Himmel auf.
»Ein Gewitter ist im Anzug«, sagt er leise.
Butros streckt die Hand aus. Ein paar Regentropfen fallen darauf.
»Der Regen wird das Blut wegwaschen. Vielleicht sogar ...«
Er beendet seinen Satz nicht. Eine fürchterliche Explosion hat das Minarett erschüttert. Eine zweite folgt fast augenblicklich. Dann eine dritte. Die Moschee liegt erneut unter Granatbeschuß.
»Schnell! Wir müssen hinein!«
Nabil stürzt unter den Bogen, der zur Treppe führt. Butros hat keine Zeit mehr, ihm zu folgen. Mit voller Wucht getroffen, wird sein Körper zerfetzt.
Von der Druckwelle hinweggefegt, wird Nabil gegen die Innenwand geschleudert. Sein Kopf stößt gegen den Stein, er sackt zusammen, rollt die Spindeltreppe hinab bis zur ersten Biegung.
Fast gleichzeitig ist das Gewitter losgebrochen. Blitze zukken über den Himmel. Wassermassen stürzen herab, überfluten die Gassen, die Paläste, die Wüste. Diesem sintflutartigen Regen fügen sich die Granaten und Kugeln hinzu, die auf die al-Azhar und die Nachbarhäuser fallen. Bald bietet das

---

[1] Dieses Detail wird von zahlreichen Beobachtern berichtet. Unter anderen von J.-J. Marcel, einem Mitglied des *Institut d'Egypte,* und dem Chronisten al-Jabarti.

gesamte umliegende Viertel nur noch ein Bild der Verwüstung. Aufgerissene Häuser, brennende Bauwerke. Entsetzensschreie dringen aus den Ruinen, in denen ganze Familien umkommen. Die Mauern der Blumen-Moschee wanken. Rauch- und Staubwolken hüllen die Mukarnas ein, die bronzenen Lüster erzittern.
Die Männer haben sich instinktiv unter der Kuppel zusammengeschart.
Das Trommelfeuer hält über eine Stunde an. Dann tritt plötzlich Stille ein.
Aus seiner Besinnungslosigkeit erwacht, hat Nabil den Platz unter den Seinen wieder eingenommen.
Mit fast unhörbarer Stimme, als fürchte er, Blitz und Donner wieder zu erwecken, flüstert jemand: »Sie haben das Feuer eingestellt.«
Die Männer blicken einander überrascht an.
»Übergebt eure Waffen! Kommt heraus! Die Hände überm Kopf!«
Auf der anderen Seite der riesigen Pforte wiederholt die Stimme ihr Ultimatum und fügt hinzu: »Sonst wird der Beschuß wiederaufgenommen, bis ihr alle vernichtet seid.«
Nabil befragt seine Gefährten. Zu seiner Verwunderung entdeckt er bei ihnen dieselbe Entschlossenheit.
»Bis zum Tod!« schreit eine zornige Stimme.
»Bis zum Tod!« antwortet eine andere.
Nabil nähert sich der Pforte und ruft: »Laßt eure Kanonen abfeuern! Wenn ihr aber doch so viel Mut habt, schickt eure Grenadiere, daß sie uns holen!«
Der junge Mann weiß nicht, daß die Grenadiere schon da sind. Entfernt zwar, aber anwesend. Sie riegeln den Umkreis ab, verwehren jeden Ausfall. Sie erwarten die Anweisungen des *général en chef*. Doch die Anweisungen kommen nicht. Abunaparte hat eine Vorliebe für die Artillerie. Die Kanonen eröffnen wieder das Feuer, schießen noch heftiger und genauer.

Bei Einbruch der Nacht ist der größte Teil der al-Azhar zerstört. Zahlreiche Rebellen sind unter herabgestürzten Steinen verschüttet.
»In einer Stunde wird keiner von euch mehr am Leben sein«, ruft von draußen die Stimme.
Nabil zögert nicht mehr. Er stürzt zur Tür und schreit flehentlich: »*Aman! Aman!* Wir ergeben uns!«
Ein Offizier hat ihn gehört und fordert ihn auf, herauszukommen.
Man öffnet einen Spalt weit das riesige Tor. Nabil wird zum Generalissimus geführt.
Der mißt ihn, die Hände auf dem Rücken verschränkt, mit düsterem Blick.
»Ich höre!«
Wider Willen beeindruckt, ringt Nabil nach Worten.
»Ich appelliere an deine Milde. Hab Gnade mit meinen Brüdern. Wir ergeben uns ohne Bedingungen. Aber ich beschwöre dich, gebiete diesem mörderischen Beschuß Einhalt.«
Ein leichter Tic läßt das Lid des Oberbefehlshabers zucken.[1]
Er richtet seine Zeigefinger auf die Brust von Chedids Sohn.
»Ihr habt meine Milde verschmäht, als ich sie euch anbot! Nun hat die Stunde der Rache geschlagen! Ihr habt das Ganze angefangen, jetzt ist es an mir, es zu beenden!«
Und er fügt hinzu: »Schafft ihn fort! Man soll ihn in die Zitadelle sperren und bei Morgengrauen füsilieren!«

Die Empörung stirbt noch über etwa zwei Stunden dahin. Zwei Stunden, in denen die Beschießung ohne Unterlaß fortgesetzt wird.
Durch die Weigerung des Sultan al-kebir zur Hoffnungslosigkeit verdammt, wagen Nabils Gefährten einen Ausfall.

---

[1] Ein anderer Tic Bonapartes bestand darin, den rechten Arm zu verdrehen und dabei mit der linken Hand an ihm zu ziehen.

Viele enden aufgespießt an den von Bajonetten gebildeten Spalieren, während andere, die dem Feind nicht lebend in die Hände fallen wollen, sich über die Brüstungen schwingen und ins Leere stürzen. Blut überschwemmt die Abflußrinnen der Blumen-Moschee. Endlich, gegen acht Uhr abends, treten die Rebellen waffenlos vor die Soldaten und werfen sich vor ihnen auf den Boden.

Hierauf stürmen die Grenadiere durch die Trümmer der Moschee. General Bon hat Order, alles zu verwüsten.

Dragoner drängen zu Pferd in die Moschee, bevor sie zu den angrenzenden Sälen stieben. In wenigen Stunden plündert, zerschlägt man alles, von den Lampenstöcken bis zu den Truhen. Die Bücher der Studenten werden zerfleddert. Die Soldaten nehmen alles an sich, was sie finden: Vasen, Schalen, Gerätschaften. Sie trampeln auf den Bänden des Korans herum. Einige Grenadiere kauern nieder und verrichten ihre Notdurft auf dem Boden, auf den Teppichen, pinkeln auf die Möbel.

Man schreibt den 23. Oktober. Die Erhebung hat mehr als dreitausend Todesopfer unter dem ägyptischen Volk gefordert.

Der vierte Monat von Abunapartes orientalischem Abenteuer endet in einem widerlichen Geruch von Exkrementen und Urin.[1]

---

[1] In einem Brief an das Direktorium behauptet Bonaparte: »Man schätzt die Verluste der Aufständischen auf 2000 bis 2500 Mann; die unsrigen belaufen sich auf 16 im Kampf Gefallene, einen Zug mit 21 auf offener Straße niedergemetzelten Kranken, und auf 20 Mann verschiedener Korps und verschiedener Stellungen.« Das *Journal de Belliard* beziffert die ägyptischen Verluste mit 4000 Mann, die Zahl der getöteten oder verwundeten Franzosen mit 150. In einer an Dugua gesandten Botschaft führt Berthier die Zahl von 2000 bis 3000 getöteten Ägyptern an. J.-J. Marcel spricht gar von 5000 bis 6000 Getöteten.

18. KAPITEL

Rosetti entfaltete das Schriftstück und las mit dumpfer Stimme vor: »Sie, General Berthier, möchten bitte dem Platzkommandanten den Befehl geben, allen Gefangenen, die mit der Waffe in der Hand festgenommen wurden, den Hals durchzuhauen. Sie sind noch diese Nacht ans Ufer des Nils, zwischen Bulaq und Alt-Kairo, zu führen, ihre Kadaver in den Fluß zu werfen.«[1]

Der Konsul vermied es, in Nadias tränenfeuchte Augen oder in das qualvolle Gesicht ihres Gatten zu blicken, und fügte hinzu: »So lauten leider Bonapartes Anweisungen. Glauben Sie mir, ich bin darüber so unglücklich wie Sie.«

Scheherazade wrang ein Taschentuch, das sie zwischen den Fingern hielt, gleich ihrer Mutter stumm vor Entsetzen. Der Schmerz war so stark, daß sie kein Wort hervorbrachte.

Yussef riß Rosetti das Dokument aus den Händen und las es selbst, als wolle er sich vom Unmöglichen überzeugen.

»Sie werden meinen Sohn töten. Ohne Urteilsspruch, ohne Prozeß. Sie werden mein Kind ermorden.«

Er blickte auf und starrte den Konsul fassungslos an.

»Sagen Sie mir, daß das nicht wahr ist, Rosetti. Sagen Sie mir, daß allein die Türken und die Mamluken einer solchen Roheit fähig sind. Sagen Sie es!«

Der Konsul wußte darauf keine Antwort. Er senkte ratlos den Kopf.

---

[1] Sechs Tage später schreibt Bonaparte dem General Reynier: »Jede Nacht lassen wir dreißig Köpfe abschlagen: Das wird ihnen zur Lehre dienen.«

»Könnten wir nicht irgend etwas versuchen?« fragte Michel.
»Ich wüßte nicht, was. Die einzige Möglichkeit wäre gewesen, seine Strafe in eine Haftstrafe umwandeln zu lassen. Gleich nachdem Sie mich von der Tragödie benachrichtigt hatten, habe ich mich bemüht, eine Unterredung mit dem französischen General zu erwirken. Ohne Ergebnis. Wie mir ein Adjutant erklärt hat, ist Nabils Fall einer der schwerwiegendsten. Sehen Sie, sein Opfer war nicht irgend jemand.«
»Und das Leben meines Bruders!« schrie Scheherazade plötzlich auf. »Sollte es weniger wert sein als das eines Generals?« Rosettis Lippen deuteten das Wort »nein« an, ohne es auszusprechen.
»Er hat einen Militär getötet! Verstehen Sie, Carlo? Keinen Zivilisten. Er hat es während eines Straßenkampfs getan, Auge in Auge mit bis an die Zähne bewaffneten Soldaten. Sie hätten sehen sollen, wie sie alles niedersäbelten! Es ging zu wie in einem Schlachthaus! Ein Gemetzel!«
Michel umfaßte den Arm seiner Gemahlin und suchte sie zu beruhigen.
»Man kann es doch nicht einfach geschehen lassen! Sie müssen den Franzosen noch einmal aufsuchen! Es muß sein, Rosetti. Ich werde mit Ihnen gehen. Ich werde mich auf die Knie werfen und ihn anflehen, bis er ...«
»Niemals!« rief Yussef.
»Niemals! Meine Tochter darf sich nicht vor einem Mann erniedrigen, und sei er noch so mächtig. Hörst du! Niemals!«
Er wandte sich an den Konsul: »Ich werde mit Ihnen gehen, ich allein.«
Rosetti hätte beinahe erwidert, daß dies sinnlos sei, daß der französische General seine Entscheidung nicht widerrufen werde. Doch er schwieg.
»Nun gut. Aber ich beschwöre Sie, bewahren Sie Ruhe.«

Der alte Mann nahm sich seinen Gehstock und verließ als erster das Zimmer.

*

Die runden Türme der Zitadelle warfen ihre Schatten weit über die Wehrmauern.
Von hier aus konnte man Fustat und Kairo überblicken. An dieser Stelle, an der sich in jenem Moment der Offizier d'Armagnac aufhielt, hatte vor langer Zeit der erste Gebieter dieser Festung, der große Saladin, gestanden.
Im Laufe der Jahrhunderte waren zwischen diesen schartiggezackten Gemäuern etliche Sultane aufeinander gefolgt, und zahllose illustre Persönlichkeiten waren unter den Bogen des Bab al-Azab getreten, das Tor der Leiden.
D'Armagnac ließ seinen Blick zu dem schweifen, was einst der prunkvolle Palast von Kalaun, die in den drei Umwallungen eingeschlossenen Moscheen waren, und starrte einen kurzen Augenblick auf den Brunnen, den man sonderbarerweise den Josephsbrunnen nannte. Hatte er seinen Namen der biblischen Gestalt zu verdanken, oder war er nach Saladins Vornamen benannt? Wie immer es sich auch damit verhielt, so stand gleichwohl fest, daß dieses Bauwerk nicht ohne Reiz war. Am höchsten Punkt der Zitadelle gelegen und über zweihundert Fuß tief, spendete es genügend Wasser, um den Bedürfnissen einer Garnison von sechstausend Mann zu genügen.
Doch dieser Morgen gebührte nicht den Befragungen zur Geschichte. Der Henker der Stadt war sicher schon ungeduldig, denn es waren viele Köpfe abzuschlagen.
Im großen Innenhof, einige Klafter von General d'Armagnac entfernt, hielt Abd al-Gawad mit dem Schärfen seines Säbels inne – eine herrliche Damaszener Klinge, die er für teures Gold erstanden hatte – und blickte zum Himmel auf. Was er dort entdeckte, verdroß ihn ungemein. Südwind war aufge-

kommen. An sich war das nichts, was ihn an dem, was er zu tun hatte, hindern würde. Es hatte damit eine ganz andere Bewandtnis. Im Laufe der Zeit nämlich hatten die *tarrabine*[1] den Aushub und die Abfälle, die sie aus der Stadt schafften, zu wahrhaften Hügeln von Unrat außerhalb der Mauern aufgetürmt. Beim plötzlichen Umspringen des Windes verbreiteten diese Abfälle einen ekelerregenden Gestank, und Staubwolken verdüsterten den Himmel.[2] Abd al-Gawad maß der Sauberkeit in seinem Beruf solche Bedeutung bei, daß seine Verärgerung verständlich war. Reinlichkeit war das Wichtigste. Das hatte er von seinem Vater gelernt, welcher über dreißig Jahre hinweg der sorgsamste Scharfrichter der Hauptstadt gewesen war.

So verdrossen er auch war, wollte er sich der Erregung doch nicht hingeben; seinem Arm hätte es an Genauigkeit mangeln können, was wahrhaft mißlich gewesen wäre für jene, denen er in wenigen Augenblicken den Hals durchtrennen würde. Zwar konnte man empfindsam für äußere Umstände und Gewalten sein, man blieb doch nicht minder ein Meister seiner Kunst.

Nachdem er die Klinge gewetzt hatte, strich er leicht mit der Hand darüber, um ihre Schärfe zu prüfen. Dann kniete er nieder, um den Boden zu begutachten. Offenkundig von seiner Beschaffenheit befriedigt, stand er wieder auf, ließ die Waffe unter die Schöße seines Kaftans gleiten und wartete.

Bei der Technik, die sein Vater an ihn weitergegeben hatte, spielte der Sand eine wesentliche Rolle. Er durfte weder zu feucht noch zu schwer, er mußte pudrig sein. Letzten Endes, wenn er darüber nachsann, war diese Art der Enthauptung

---

[1] Mitglieder der Zunft, die mit dem Abtransport von Schutt und Abfällen aus Kairo betraut war. Bis dahin geschah dies auf Eselsrücken. Die ersten Schubkarren wurden erst durch die Franzosen eingeführt.
[2] Im Jahre 1694 waren diese Wolken infolge eines Sturms so dicht, daß die Einwohner Kairos, die zu dem Zeitpunkt ihre Gebete verrichten, glaubten, das Ende der Welt sei angebrochen.

eine der menschlichsten. Einfach, aber wirkungsvoll: Der Verurteilte wurde von zwei Kriegern in den Hof geführt. Man zwang ihn, sich niederzuknien. Abd al-Gawad näherte sich ihm, eine Handvoll Sand in der Linken, die er ihm plötzlich in die Augen warf. Einer natürlichen Regung folgend, schlug der Verurteilte beide Hände vors Gesicht und beugte den Kopf. Dies war der Moment, den al-Gawad wählte, um mit seinem bis dahin unterm Kaftan verborgenen Damaszenersäbel den Kopf abzuschlagen, worauf dieser nach einem dumpfen Aufprall über den Boden rollte. Das Blut floß durch ein Netz kleiner Rinnen ab, bevor es in der Erde des Mokattam versickerte. Man warf etwas Sand auf die Tropfen, die danebengespritzt waren. Und wenn der nächste Delinquent kam, waren alle Spuren des Dramas beseitigt.

Dies war gut getane Arbeit. Untadelig und vor allem – davon war al-Gawad überzeugt – barmherzig. Diese Technik ersparte dem Verurteilten das allerletzte Grauen, das jedes Individuum vor dem Tode befällt.

Groß war Allah, der al-Gawad gewährte, die letzten Augenblicke des Unglücklichen, den er zu IHM entsandte, zu versüßen. Und auch dem französischen General mußte Dank gezollt werden, der auf den Rat eines seiner Offiziere hin sich für dieses Verfahren entschieden hatte, das Munition zu sparen erlaubte.[1]

Der erste Verurteilte hatte soeben die Schwelle der kleinen Tür überschritten.

Abd al-Gawad beobachtete ihn, während er, geführt von den beiden Soldaten, näher trat. Wie alt mochte er wohl sein? An die dreißig Jahre, kaum mehr.

*

---

[1] In der Tat erwirkte Dugua aufgrund der steigenden Zahl an Hinrichtungen in der Zitadelle, daß das Erschießen durch Enthaupten ersetzt wurde.

Yussef starrte das Tor der Leiden an. Auf seinen Stock gestützt, hielt er sich gerade, weit gerader als Rosetti, der in sich zusammengesunken war.
Scheherazade stand neben ihm. Im allerletzten Moment hatte sie ihren Vater zu überreden vermocht, ihn begleiten zu dürfen, doch sie hatte hoch und heilig schwören müssen, sich nicht einzumischen und ihn nicht zum General begleiten zu wollen. Ein unnötiger Schwur, da niemand sie empfangen hatte und all ihre Gesuche verworfen worden waren. Trotz seines Drängens war es Rosetti lediglich gelungen, eine einzige Gunst zu erwirken: jene, die sterbliche Hülle des jungen Mannes ausgehändigt zu erhalten.
Und nun warteten sie. Es war kurz vor elf Uhr.

*

Al-Gawad schleuderte Nabil die Handvoll Sand ins Gesicht. Hatte er es falsch angestellt? Hatte der von den Hügeln herabgewehte Staub ihn dermaßen indisponiert, daß er sich ungeschickt anstellte? Der junge Mann hatte kaum geblinzelt.
Der Henker fluchte. Es war unerquicklich. Äußerst unerquicklich. »Beugt ihm den Kopf!« befahl er den beiden Kriegern.
Er zog seinen Säbel hervor und umklammerte ihn mit beiden Händen.
Diesmal durfte er keinen Fehler begehen, um so weniger, als in den Augen seines Opfers jene Angst und Verzweiflung standen, die al-Gawad schlecht ertrug.
Die Soldaten zwangen Nabil, sich zu beugen. Er wehrte sich schwach.
Al-Gawads Arm holte aus.
Nabil schloß die Augen, sein Körper wurde von Zuckungen gepackt. Er weinte wie ein Kind.

*

Gegen sechs Uhr am Abend unterrichtete man den Offizier d'Armagnac, daß alle Verurteilten hingerichtet worden seien. Er hielt sich in seinem Zimmer auf, in das er sich zurückgezogen hatte, um die entsetzlichen Szenen nicht ertragen zu müssen. Er folgte dem Hauptmann Joubert zu der Umfriedung, in der man etwa fünfzehn Leichen aufgetürmt hatte. Beim Anblick der blutigen Rümpfe verfluchte er den Befehl des Generalissimus, den er erhalten und weitergeleitet hatte.

*

In einem blutbefleckten Laken übergab man Yussef die sterbliche Hülle seines Sohnes. Nach wie vor hoch aufgerichtet, bat der alte Mann Rosetti, doch nachzusehen, ob es wirklich Nabil war. Der Konsul bestätigte dies und trug den Leichnam zur Kalesche.
Als sich das Gefährt mit einem Ruck in Bewegung setzte, konnte Scheherazade sich nicht mehr beherrschen und übergab sich.

*

Nach Einbruch der Nacht ließ d'Armagnac, den Anweisungen gemäß, die Toten im Nil versenken. Er tat es in größter Heimlichkeit, sich versichernd, daß niemand Zeuge dieses Vorgangs war, wobei er auch hier die ausdrücklichen Ermahnungen des *général en chef* beachtete.
Dieses Volk von Dummköpfen und viehischen Rohlingen hätte die Strenge der Gerechtigkeit nicht begriffen.

*

Anderntags konnte man an den Pforten der Moscheen und auf den Wänden der Stadt lesen:

Einwohner von Kairo,
verderbte Männer, die einige von Euch irregeleitet haben, sind zugrunde gegangen. Gott hat mir befohlen, milde und barmherzig mit dem Volk zu sein; ich bin milde und barmherzig zu Euch gewesen.
Scherifs, Ulemas, Redner der Moscheen, bringt dem Volk zur Kenntnis, daß jene, die sich leichtfertigen Mutes zu meinen Feinden erklären möchten, weder in dieser noch in der anderen Welt Zuflucht finden werden. Sollte es einen Menschen geben, der so blind ist, nicht zu erkennen, daß die Fügung all meine Unternehmungen leitet? Sollte es irgendeinen geben, der so ungläubig ist und in Zweifel zieht, daß dieses weite Universum der allmächtigen Fügung unterworfen ist?
Bringt dem Volk zur Kenntnis: Seit die Welt besteht, steht geschrieben, daß ich, nachdem ich die Feinde des Islam vernichtet und die Kreuze niedergerissen habe, zurückkehren werde, um die Aufgabe, die mir aufgetragen ward, zu erfüllen. Führt dem Volk vor Augen, daß das, was nun geschieht, im Heiligen Buch des Koran an mehr als zwanzig Stellen prophezeit worden ist, und ebenso das, was geschehen wird.
Der Tag wird kommen, an dem alle Welt klar erkennen wird, daß ich von höheren Befehlen geleitet werde und daß alle menschlichen Bemühungen nichts auszurichten vermögen gegen mich.
Gezeichnet: Bonaparte.

Zwei Tage später trat Granatapfelkern auf den Esbekiya-Platz. Er war von seinen Männern begleitet, von denen die meisten sonderbare Säcke trugen. Auf einen Wink des Griechen wurden die Säcke geöffnet und ihres Inhalts entleert. An die dreißig Köpfe rollten zum Rand des Teichs. Sie gehörten den Mitgliedern eines Beduinenstammes, der im

Verlauf der Erhebung die Verwundeten der Division Reynier angegriffen hatte.[1]
Bald darauf wurde Bartholomeo Sera zum Oberleutnant von General Bon ernannt, dem neuen Statthalter Kairos.

*

In den darauffolgenden Stunden befahl Bonaparte, rund um die Stadt einen Gürtel von Forts zu errichten, die in der Lage waren, diese Stadt von Gottlosen in Furcht zu halten, falls sich dergleichen Unruhen wiederholen sollten.
Doch würden sie wohl ihren Zweck erfüllen?
Während sich jene blutigen Vorkommnisse zutrugen, schliff die HOHE PFORTE, von da an offiziell im Kriegszustand mit Frankreich, ihre Waffen. Sie war fest entschlossen, die Provinz, die man ihr geraubt hatte, zurückzugewinnen. Der *ferman*,[2] den sie kürzlich erlassen hatte, ließ hinsichtlich ihrer Entschiedenheit keinerlei Zweifel: »Wir haben Befehl des Großherrschers, Sultan Selim III., die Truppen aller Provinzen des Reiches zusammenzuziehen, und in Bälde werden Armeen, so zahlreich wie furchterregend, zu Lande vorrücken, und gleichzeitig werden Kriegsschiffe, so hoch wie Berge, die Wasser der Meere bedecken; mit Kanonen, die Blitz und Donner bringen; Helden, die um den Triumph der Sache Allahs den Tod verachten; Krieger, die in ihrem Glaubenseifer Feuer wie Eisen zu trotzen wissen, werden ihnen nachsetzen; und wir werden, so es Gott gefällt, unsere Feinde vertreiben und vernichten gleich dem Wind, der den Staub hinwegweht.«
Am 23. September schloß Istanbul eine Allianz mit Rußland, dann mit Großbritannien, welches sich sputete, seine Flotte in den Dienst des Sultans zu stellen. Was den *général en chef*

---

[1] Sie wurden während der drei folgenden Tage zur Schau gestellt.
[2] Sendschreiben, Edikt eines osmanischen Herrschers

aufs höchste in Harnisch brachte. Wie konnte Selim III. es wagen! Bestanden denn nicht Blutsbande – indirekte gewiß, aber doch reale – zwischen dem Korsen und dem Türken? Nur wenige wußten dies, doch die Favoritin des Großherrschers war eine entfernte Base und Pensionatsfreundin von Joséphine und ebenfalls gebürtig aus Martinique![1]

*

Der Winter bezog wieder sein Quartier. Ein ungewöhnlich strenger Winter. Der Himmel, der nur das Blau kannte, sah überrascht und bestürzt, all diese Wolken aus dem Abendland auf sich zutreiben.
Die Familie trieb auf dem Meer ihres Unglücks dahin.
Seit Nabils Tod lebte Nadia nicht mehr. Oder kaum noch. Am Tage nach der Bestattung hatte sie Trauer in Herz und Gemüt angelegt. Im Lauf der Wochen legte selbst die Luft, die sie umgab, allmählich Schwarz an. Was Yussef betraf, so schien es, als habe er sich, als sein Sohn der Erde übergeben wurde, neben ihn gebettet, und als liege auch er unter all dem Sand und den auf den Sarg geworfenen Rosen begraben. Die unendliche Traurigkeit, die sich seiner bemächtigt hatte, verzehrte ihn. Seine Züge zerfielen, er verkümmerte und glich mehr und mehr den vom Winter heimgesuchten Bäumen seines Anwesens. Er sprach nicht darüber, doch im tiefsten Innern verfolgte ihn der quälende Gedanke, daß sein Sohn durch seine Schuld gestorben war. Hätte er sich nicht so lange Zeit mit diesen Mamluken und Osmanen gemein gemacht, wäre Nabil vielleicht noch am Leben gewesen. Ohne daß er es wollte, hatte sein Verhalten bei seinem Sohn dieses Bedürfnis nach Auflehnung, diesen nationalistischen

---

[1] Wahrhaftig: Aimée du Buc de Rivery genannt, von Korsaren geraubt, da sie sich nach Europa begab, war jene dem Herrscher aller Gläubigen dargeboten worden, der sie zur Sultanin Valide gemacht hatte.

Wahn geweckt, der ihn schließlich in den Hof der Zitadelle brachte. Dieses Schuldgefühl steigerte sich in den folgenden Wochen, nistete sich in seinen Adern ein und zerfraß ihn wie ein bösartiges Leiden.
Gemäß der islamischen Tradition behielt man dem Verstorbenen eine Woche lang bei Tisch den Platz vor, den er eingenommen hatte. Yussef war es, der dies verlangte.
Weihnacht und Neujahr verstrichen in gleicher Trauer. Wie man weiß, können an solchen Festtagen Erinnerungen zur Qual werden. Vielleicht war dies der Grund, weshalb Yussef sich an der Schwelle zum neuen Jahr niederlegte, um sein Leben verlöschen zu lassen.
Weder Nadias Tränen noch Scheherazades Zärtlichkeit und Michels Freundschaft vermochten sein Versinken aufzuhalten.
Zwei Wochen später starb er ohne ein Wort der Klage.
Bevor man den Sarg verschloß, hatte Scheherazade noch die Kraft, ihm zuzuflüstern, daß sie wieder ein Kind unterm Herzen trug. Sie sagte ihm, daß es auf ihn stolz sein werde. Es werde der würdige Enkelsohn von Yussef Chedid sein; sie werde ihm seinen Vornamen geben, denn sie war sich sicher, es würde ein Junge sein. Ebenso sicher war sie sich, daß der Vater ein anständiger Mann, ein Mann ihres Blutes war: Michel Chalhub.
Mit einer Woche Abstand hätte es das Kind von Suleimans Sohn sein können.

In Kairo ging das Leben fast wieder seinen normalen Gang.
Eine Generalamnestie war schließlich erlassen worden, von der jedoch die Anführer und die Plünderer ausgeschlossen blieben. Eine Ausnahmebestimmung, die Granatapfelkern überglücklich machte, erlaubte sie es ihm doch, weiterhin Verhaftungen vorzunehmen und seinem armen Opfern durch Folterung Denunziationen zu entlocken.
Was die Bevölkerung betraf, so sputete sie sich, von der

Unterdrückung in Schrecken versetzt, die Trikolorenkokarde anzulegen. Diesmal jedoch war es der Generalissimus höchstselbst, der ihr dies – ihrer Nichtswürdigkeit wegen, wie er sagte – verbot. Abunaparte war sehr übler Laune. Bis zu dieser Stunde hatten etliche Ägypter wahrhaftig geglaubt, die Expeditionsarmee sei gekommen, die Mamluken mit Billigung der PFORTE zu bekämpfen. Seit dem Kriegseintritt des Osmanischen Reiches war dieses Doppelspiel nicht mehr möglich. Sultan al-kebirs Maske war von den Fluten des Königsflusses fortgetragen worden.

Gleichwohl wich er, so seltsam dies auch scheinen mag, von seinem ursprünglichen Gedanken nicht ab: die Welt des Islams um jeden Preis zu betören. François Bernoyer, den diese Halsstarrigkeit in höchstem Maß irritierte, war äußerst verblüfft, als er aus des Generals eigenem Mund erfuhr, daß dieser den Ulemas angeboten hatte, eine Moschee von einer halben Meile Umfang zu errichten, welche die gesamte Orient-Armee aufzunehmen vermochte. Von den Grenadieren bis zu den Dragonern, von den Fußsoldaten bis zu den Artilleristen sollte jedermann zur Religion des Propheten bekehrt werden. Zu Bernoyers großer Erleichterung standen dem Vorhaben des *général en chef* zwei unumgängliche Schwierigkeiten entgegen: die Beschneidung und das Verbot, Alkohol zu trinken.[1] Doch es fehlte nicht viel, und François hätte bei seiner Rückkehr nach Avignon seiner

---

[1] In Wahrheit verfolgte Bonaparte ein bestimmtes Ziel. Unter religiösen Gesichtspunkten hegte er keinerlei Feindseligkeit gegen den Islam, dessen zutiefst unitaristischer Geist ihm ganz und gar zusagte. Doch militärisch stand er vor einem Problem, das sich bereits Alexander und dessen Nachfolgern gestellt hatte: mit einer Handvoll Männern die Bevölkerung im Zaum zu halten und zu regieren. Wie konnte dies erreicht werden, ohne eine Politik der Aussöhnung zu betreiben? Und diese Aussöhnung konnte nur gelingen, wenn die beiden feindlichen Parteien derart einander angenähert wurden, daß man schrittweise alle Unterschiede zwischen ihnen verwischte.

zärtlichen Gattin erklären müssen, sie solle ihn fürderhin Ahmed rufen.
Zweifelsohne über diese Widrigkeiten verärgert und dennoch von seinem Drang nach Verschmelzung mit dem Islam besessen, begnügte sich der General damit, zu dekretieren, daß die – äußerst zahlreichen – Prostituierten, die unter den französischen Soldaten allerlei Geschlechtskrankheiten verbreitet hatten, im Nil ersäuft werden sollten, und dies in achtungsvoller Anwendung des islamischen Rechts, das einer Muslime verbot, mit einem Ungläubigen Beziehungen zu haben. Der Befehl wurde ohne Verzug ausgeführt.[1] Kein Kind des Islam zu sein, verwehrte einem doch nicht, die Prinzipien des Propheten zu verteidigen.

In Erwartung besserer Tage, suchte die Armee, die vor allem nach dem letzten Dekret an Langeweile zu sterben drohte, so gut sie konnte, Zerstreuung.
Am Morgen des 30. November ließ man auf dem Esbekiya-Platz unter den erstaunten Blicken der Einheimischen eine 36 Fuß hohe Montgolfiere aufsteigen. Mit unstreitiger Erhabenheit erhob sie sich bis zu einer Höhe von 230 Fuß und flog dann 300 bis 400 Klafter weit gen Süden. Sie trieb etwas ab, öffnete sich dann und sank schließlich am anderen Ende des Platzes gemächlich wieder herab.
Doch dies alles reichte nicht aus, das Militär bei Laune zu halten. Denn obwohl Kléber weiterhin Alexandria und Menou seine Provinz hielt und Desaix losgezogen war, um Murad Bey in Oberägypten zu bekämpfen, verweilten doch unzählige Soldaten in der Hauptstadt. Ihnen blieben nur Spazierritte auf Maultierrücken, Kaffeehäuser und – für die verwegensten unter ihnen – Freudenmädchen.
Zweifellos aus diesem Grund beschloß man auf Anregung des Bürgers Dargevel, ein der Zerstreuung dienendes Eta-

---

[1] La Jonquière, *L'Expedition d'Egypte,* Bd. V, S. 230 ff., Paris 1899–1907.

blissement zu schaffen. Die Wahl fiel auf ein Haus und einen weiträumigen Garten unweit des Esbekiya-Platzes. Von Orangen-, Zitronen- und vielerlei anderen wohlriechenden Bäumen bewachsen, war es der größte und schönste Garten Kairos. Hier sollte alles versammelt sein, was zur Verlustierung beitragen konnte. Zudem bot ein solches Etablissement die Möglichkeit, die Einwohner samt ihren Frauen anzulocken und ihnen auf unmerkliche Weise die französische Lebensweise schmackhaft zu machen. Paris hatte sein Tivoli, ein Elysium, es war nicht gesagt, daß Kairo im Hintertreffen sein sollte.
Die Arbeiten wurden in kürzester Zeit vollendet, und es kam der Tag der Einweihung. Das Eintrittsgeld wurde auf 90 Para festgesetzt.

*

Strahlendes Licht durchflutete die Räume, die Alleen des Gartens, die hintersten Winkel des Hauses. Melodien, von den Heereskapellmeistern Villoteau und Rigel dirigiert, erschollen hinter den Baumgruppen, begleiteten die mit erlesener Eleganz gekleideten Paare, die durch das Salon-Restaurant, den Spielsalon, das Café und das Lesekabinett wandelten. Fast konnte man sich in Paris wähnen.
An jenem Abend fehlte nicht einer der in Kairo anwesenden Europäer. Sämtliche Offiziere und Generäle hatten sich eingefunden, und vor allem – zum Entzücken der seit sechs Monaten jeglichen mondänen Lebens beraubten Männer – an die zwanzig Frauen, Europäerinnen zumeist, Französinnen selbstverständlich auch. Zwei von ihnen zogen vornehmlich die Aufmerksamkeit auf sich. Die erste war die Gemahlin des Generals Verdier. Sie gehörte zu den wenigen Frauen, die das Expeditionskorps begleitet hatten. Klein, mit dunklem Teint und pechschwarzem Haar, sprühte sie, eine Italienerin, vor Lebensfreude und Temperament. Ihr knabenhaft-

schelmisches Gebaren, die ihr eigene Art, sich als kleiner Mann aufzuführen, hatte sie zum Schwarm der Soldaten gemacht. Um so mehr, als es häufig ihrem Betreiben zu verdanken war, daß gewisse Offiziere ein oder zwei Stunden in angenehmer Gesellschaft verleben konnten. Madame Verdier verstand sich darauf, manch holde Kreatur in den Harems »aufzulesen«.
Böse Zungen behaupteten, sie sei dem schönen Kléber leidenschaftlich zugetan. Doch dies war zweifellos nur Klatsch.
Die andere war Marguerite-Pauline Bellisle, Gattin eines Oberleutnants des 22. Jägerregiments, dem sie in männlicher Verkleidung nach Ägypten gefolgt war. Gerade eben neunzehnjährig, bildete sie einen vollkommenen Kontrast zu ihrer Freundin. So schwarzhaarig Madame Verdier war, so blond war Pauline. Während die eine dunkle Augen hatte und ein eher forsches Benehmen an den Tag legte, waren die Augen ihrer Freundin von durchscheinendem Grün und sie strahlte die Weiblichkeit schlechthin aus. Mit ihrem frischen Teint, ihren üppigen Lippen und ihren prächtigen Zähnen besaß sie alles, was zur Liebe verlockt.
Als Samira Chedid den großen Speisesalon betrat, brauchte sie eine Weile, bis sie sich sicher war, daß sie nicht träumte. Diese Männer in ihren schmucken Uniformen, diese eleganten Frauen...
Zobeida stieß sie verstohlen mit dem Ellbogen an, und sie zwinkerten sich lächelnd wie zwei verschworene Backfische zu.
Die Männer, die die beiden Frauen begleiteten, waren ein Mitglied des *Institut d'Egypte,* der Bürger Jean-Baptiste Fourrier, mit knapp dreißig Jahren an der Mathematik-Fakultät eingeschrieben und, wie manche meinten, ein Genie, und ein Adjutant des *général en chef,* der Offizier Guibert. Dieser ritterliche Kavalier war zwar weit ansehnlicher als der Bürger Fourrier, doch bei der Jagd nach Dienstgraden war

Zobeida ihrer Kindheitsfreundin zweifellos um einiges voraus.

Die vier waren schon im Begriff, an einem der Tische Platz zu nehmen, als Madame Verdier mit ihrer gewohnten Überschwenglichkeit dem Adjutanten winkte, sich ihrer Runde anzuschließen.

Schüchtern und verzückt zugleich, verschlang Samira diese Welt buchstäblich mit den Augen. Sie hatte sie vor zwei Monaten entdeckt und war inzwischen überzeugt, daß sie nur für sie geschaffen sei. Wie konnte sie ahnen, daß an dem Tisch, an dem sie gerade Platz genommen hatte, ihr Gegenüber niemand anderer war als der Offizier d'Armagnac, der vor zwei Monaten Yussef Chedid den Leichnam seines enthaupteten Sohnes übergeben hatte?

Nicht anwesend bei dieser Abendgesellschaft war General Desaix. An der Spitze von tausendundzweihundert Reitern, das heißt, der gesamten schweren Kavallerie, die sich in Ägypten aufhielt, verfolgte dieser glücklose Mensch nach wie vor Murad Bey durch ganz Oberägypten. Ein fortwährendes Versteckspiel, das die französischen Verluste täglich mehrte und dessen Ende nicht abzusehen war.

Ein Feuerwerk empfing endlich jenen, den alle mit Ungeduld erwarteten: Abunaparte, den *général en chef*. Ihm folgte sein Stiefsohn, der junge Beauharnais.

Er begrüßte die Geladenen und begab sich zu dem ihm zustehenden Ehrenplatz. Vermutlich gewahrte er in diesem Augenblick das strahlende Lächeln der schönen Pauline Fourès.

Zu Samiras und ihrer Tischgenossen Erleichterung schwenkte er ab und ließ sich an Madame Verdiers Seite, zwischen Pauline und ihrem Gemahl, dem Oberleutnant der 22. Jäger, nieder.

Man eröffnete den Ball. An Jean-Baptistes Arm entdeckte Samira die Reize des Walzers. Die Welt gehörte ihr. Sie hatte wieder Geschmack am Leben gefunden, und die Parfums von Frankreich hatten seit langem schon die Erinnerung an Ali Torjman ertränkt.

Was den Oberbefehlshaber betraf, so piaffierte er gleich einem Vollblut an der Seite der lieblichen Pauline.

Seltsamerweise zeigte er größtes Interesse für ihren Gatten und befragte sie über seine Laufbahn und seine Ambitionen, bis er zu dem Schluß gelangte, daß dieser brave Oberleutnant alle Eigenschaften eines treuen Staatsdieners besaß und einen ausgezeichneten Kurier abgeben würde.

Der Schenkel des *général en chef* berührte sacht den Paulines, und ein wonniger Schauer überlief ihn. Es war verflucht schön, dieses Weib!

Die Gesellschaft zog sich bis in die frühen Morgenstunden hin.

Der Wein floß in Strömen. Als das Tivoli sich zu leeren begann, spielte noch immer ein Akkordeonist. Seine Musik hallte weit über den Garten hinaus und eilte durch die schmutzigen Gäßchen bis zu den Minaretten, die sich womöglich über diese aus einer anderen Welt stammenden Weisen wunderten.

Mit Bedauern verabschiedete sich der *général en chef* von Madame Verdier und ihren Freunden. Er verneigte sich graziös vor Samira und Zobeida, küßte der schönen Madame Fourès die Hand, wandte sich ihrem Gemahl zu und sagte in dem einer solchen Unternehmung angemessenen Ton: »Citoyen! Frankreich braucht Sie. Schon morgen werden Sie nach Alexandria aufbrechen, wo Sie sich auf dem Aviso *Le Chasseur* einschiffen werden. Ich werde Ihnen vertrauliche Botschaften für Vaubois, Villeneuve und das Direktorium aushändigen sowie einige Anweisungen, die erst auf hoher See zu öffnen sind. Man wird Ihnen für die mit Ihrer Mission verbundenen Auslagen einen Betrag von dreitausend Franc aushändigen. Guten Wind, Oberleutnant!«

19. KAPITEL

Karim und Papas Oglu tauschten verdutzte Blicke, während Rosetti erregt fortfuhr: »Murad Bey, ich verstehe Ihre Halsstarrigkeit nicht! Sie müssen den Vorschlag des Franzosen annehmen. Es gibt für Sie keine andere Möglichkeit, Ihre Macht zu bewahren.«
Der Mamluk, der unter dem Zelt unablässig auf und ab ging, blieb stehen und blitzte den Konsul an: »Meine Macht zu bewahren? Für wen hältst du mich? Ich war Herr eines Landes, und man bietet mir an, über ein Dorf zu herrschen! Bin ich denn weniger als ein Hund, dem man einen Brosamen hinwirft, um ihn am Bellen oder Beißen zu hindern? He? Antworte mir, Carlo!«
Der Konsul brummte gereizt.
»Gouverneur des Said. Von Girgeh bis zum Ersten Katarakt. Der größte Teil von Oberägypten. Nennen Sie das einen Brosamen, Exzellenz?«
»Hast du die Gegenleistung vergessen? Ich soll mich nicht allein der französischen Obrigkeit unterwerfen, sondern ihr auch noch einen Tribut entrichten! Als hätte meine arme Gemahlin nicht schon genug bezahlt. Einmal, zehnmal soviel wie der Said wert ist!«
Der Sohn des Suleiman, der sich bis dahin begnügt hatte zuzuhören, mischte sich vorsichtig ein.
»Mit Ihrer Erlaubnis, Murad Bey, darf ich sagen, daß ich die Meinung Seiner Exzellenz Rosetti teile. Wir sind nicht in der Position, zu verhandeln. Von Tag zu Tag erweist sich dieser Mann, dieser Desaix, als gefährlicher.«
»Aber, aber, Sohn des Suleiman. Du bist wahrlich noch ein

Kind. Du bist tapfer, das räume ich ein, aber von den Dingen des Krieges verstehst du nichts. Reden wir über diesen General! Zwei Monate stellt er uns schon nach. Zwei Monate schleppt er sich mit seinen Truppen schon durch die Wüste, ohne daß es ihm je gelänge, uns zu vernichten. Glaubt ihr, meine Späher hätten mich nicht über den Zustand unterrichtet, in dem sich seine Armee befindet? Sie haben mehr als zweihundert Kranke, darunter sechzig mit der Ägyptischen Augenkrankheit. Die Schuhe gehen ihnen aus. Ihre Verpflegung ist mehr als dürftig. Und ihr bildet euch ein, daß ich gerade jetzt die Waffen strecken werde?«

Papas Oglu konnte sich nicht mehr beherrschen: »Sie sind vielleicht erschöpft, Hoheit, was sie aber nicht daran hindert, jedesmal siegreich zu sein, wenn wir ihnen gegenübertreten. Muß ich Sie an unser letztes Gefecht erinnern? Das von Samhud? Wir verfügten damals über vierhundert von Hassan Bey herbeigeführte Männer und zweitausend weitere von Yambo. Die siebentausend Araber zu Pferd und die dreitausend zu Fuß nicht zu vergessen, die sich uns seit unserem Fortgang von Kairo angeschlossen haben. Die Beys stritten sich darum, wer als erster angreifen dürfe. Und das Ergebnis? Wir haben Hunderte von Männern verloren. Es war ein einziges Gemetzel. Nur eine weitere Niederlage. Die Araber sind abgefallen. Selbst Taha, Ihr bester Freund, hat Sie im Stich gelassen. Ganz zu schweigen von denen Ihrer eigenen Männer, die ebenfalls die Flucht gewählt haben.«

Murad zuckte mit den Achseln und musterte den Seemann verächtlich.

»Du hast nichts begriffen. Du siehst nicht weiter als bis zur Spitze deiner Sandalen! Es kümmert mich keinen Deut, Gefechte zu verlieren. Weil ich nämlich einen Zermürbungskrieg führe. Ich verfüge nicht über ihre Artillerie und beherrsche nicht ihre Kriegskunst, doch ich besitze eine weit fürchterlichere Waffe: Geduld und Zähigkeit! Bald wird ihnen der Atem ausgehen.[1] Früher oder später werden sie in die Knie sinken!«

Er machte eine Pause, bevor er sein letztes Argument vorbrachte: »Verliert das Wichtigste nicht aus dem Blick. Seit der Zerstörung ihrer Flotte ist Ägypten für sie zu einer Mausefalle geworden. Sie sind darin eingesperrt und werden nur in einem Leichentuch wieder herauskommen.«

Wieder trat Stille ein. Carlo erhob sich langsam.

»Hoheit, Sie allein sind Herr über Ihre Entscheidungen. Ich habe also nichts mehr hinzuzufügen. Es bleibt mir nur, nach Kairo zurückzukehren und über meine Mission Bericht zu erstatten.«

Der Mamluk pflichtete ihm bei.

»Möge Gott dich begleiten. Und vergiß nicht, daß du mein Freund bleibst.«

»Ich weiß, Murad Bey. Und deshalb habe ich auch solche Nachsicht mit Ihnen. Denn in Wahrheit sind Sie verrückt. Doch ich muß es ebenfalls sein, denn ich mag Ihre Verrücktheit.«

Karim und Papas Oglu geleiteten den Konsul bis zum Ort Kom Ombo am rechten Ufer des Nils und warteten, bis er die *djermi*[2] bestiegen hatte, die ihn nach Kairo zurückbringen sollte.

---

[1] Murad Bey kam der Wahrheit recht nahe. In einem an Bonaparte gerichteten Brief schreibt Desaix unter anderem: »Ich will Sie nicht mit unseren Leiden behelligen, sie bekümmern Sie nicht. Ich hatte Sie, mein General, eindringlich um Munition gebeten; man erscheint weinerlich, wenn man bittet; indes, sehen Sie nur, wie wir dastehen: Meine Soldaten haben keine anderen Patronen mehr als die, die in ihren Patronentaschen stecken; hören Sie, mein General, doch wenigstens die Gesuche an, die man an Sie richtet.« Ferner: »Ich habe Ihnen, mein General, berichtet, daß die Mamluken geschlagen, jedoch nicht vernichtet seien. Sie sind wie die Hydra von Lerna: Wenn man ihnen einen Kopf abschlägt, wächst ihnen ein neuer nach.«

[2] Eine Art Feluke. Die Franzosen benutzten diesen Namen für die leichten Schiffe mit Lateinsegel, die sie in Ägypten vorfanden.

Während das Schiff sich in Richtung Norden entfernte, sagte Karim: »Der Venezianer hat recht. Der Mamluk ist verrückt. Aber ich mag seine Verrücktheit auch.«

Papas Oglu erwiderte mit überraschender Härte: »Nun, mein Freund, ich nicht! Dieses Abenteuer beginnt mir ernsthaft lästig zu werden. Sieben Monate Schlachten und Staub. Und kein Sold. Schon drei Wochen sind meine Männer nicht bezahlt worden. Glaubst du, daß ich Murad Bey über all die Jahre gedient habe, um es dahin zu bringen? Gewiß nicht.«

»Ich dachte, daß zwischen euch beiden eine...«

»Nichts, *pedimu*. Nichts als *feluss*.[1] Solltest du vergessen haben, daß ich vor allem Grieche bin? Mamluken, Ägypter, Türken, ihre Kriege sind nicht die meinen. Sie werden es in dem Maß, wie meine Tasche sich füllt. Und im Moment ist dies bei weitem nicht der Fall.«

Karim verzog das Gesicht. Das Bekenntnis seines Freundes enttäuschte ihn, hatte er doch die ganze Zeit an andere, edlere Beweggründe geglaubt.

Er bemühte sich, sich nichts anmerken zu lassen, und sagte spöttisch: »Was ist schon Geld, *Hadjdji*[2] Nikos! Du bist so reich an anderen Dingen! Im übrigen hast du Murad ja gehört. Wir werden siegen.«

Der Grieche entgegnete finster: »Das glaubst du, Kleiner. Das glaubst du...«

*

Zweihundert Meilen von Papas Oglus Zweifeln und Karims Ängsten entfernt, hielt Scheherazade im gleichen Augenblick im Gehen inne und fragte ihren Gemahl: »Träume ich?«
Er schüttelte den Kopf.

---

[1] Ägyptisch: Geld
[2] Eig. Mekka-Pilger; übertragen: Freund, Schmeichelei *(Anm. d. Ü.)*

»Nein. Ich weiß, es verblüfft, doch ich habe derlei Kundgebungen schon gesehen.«
»Aber wer sind sie?«
»Welche Frage. Ist das nicht offensichtlich?«
Sich in Richtung Margush-Straße bewegend, schritten an die hundert Frauen langsam im Rhythmus der Trommeln. Das Antlitz enthüllt, das Haar gelöst, hielten einige Kerzen, Lampen oder Näpfe in der Hand, denen der Duft von Weihrauch und Myrrhe entströmte.
Die meisten sangen, mit den Händen skandierend, von den Vorübergehenden beäugt, deren Frömmste, die Arme gen Himmel hebend, murmelten: Gott ist groß.
Die anderen begnügten sich zu lächeln.
Gewiß, die offen dargebotenen Gesichter dieser Frauen hatten etwas Anstößiges. Vielleicht auch die Art und Weise, in der sie geschminkt waren. Doch von diesen Einzelheiten abgesehen, unterschied sie nichts von den übrigen Einwohnern Kairos.
»Sind es vielleicht *al'me?*« fragte Scheherazade naiv.
Michel lachte.
»Nicht ganz.«
»Was dann?«
»Ganz einfach Prostituierte.«
»Prostituierte, die durch die Straßen defilieren?«
»Siehst du die junge Frau, die alleine voranmarschiert? Jemand, der ihr sehr teuer ist, ihr Geliebter vielleicht, hat wahrscheinlich fast sein Leben verloren. Deshalb dürfte sie das Gelübde abgelegt haben, einen ganzen Abend der Koranlesung zu widmen, wenn ihr Freund die Prüfung gesund und wohlbehalten übersteht. Offenbar hat Gott sie erhört. So hat sie denn all ihre Mitschwestern zusammengerufen, um das Ereignis zu feiern.«
»Wahrlich eine Heilige. Andere aus weit ehrenwerteren Kreisen hätten das Gelübde vergessen, wäre das Gebet erhört worden. Aber...«

Sie warf Michel einen mißtrauischen Blick zu, bevor sie fortfuhr.
»Wieso weißt du so viel über diese Frauen?«
Michel schien entrüstet.
»Scheherazade! Willst du damit andeuten, daß...«
Sie eilte sich, ihn zu beruhigen.
»Nein, nein. Wirklich nicht. Ich habe mich nur gefragt.«
Sie wechselte das Thema: »Glaubst du, wir werden Samira zu Hause antreffen?«
»Ich hoffe es. Andernfalls hätten wir den weiten Weg umsonst gemacht.«
Sie beschleunigten ihren Schritt und gelangten bald vor die al-Azhar. Die Blumenmoschee wimmelte von geschäftigen Maurern, welche die von den Bombardierungen des Oktobers verursachten Schäden behoben.
Nahe dem Haupteingang spürte Scheherazade, wie ihr Herz sich zusammenkrampfte. Einen Augenblick sah sie Nabil vor sich. Sie ging schneller.
Der *sabil,* die von Samira genannte öffentliche Wasserstelle, war genau am angegebenen Ort. Ein Wasserträger, erkennbar an seiner Kleidung – Ledergewand, Wams, Stulpen und Stiefel –, füllte gerade das unterirdische Reservoir auf.[1] Als er das Paar erblickte, sputete er sich, ihnen zu trinken anzubieten, indem er ihnen ungeheißen einen Messingbecher reichte.
Es war der Bürger Fourrier, der ihnen die Tür öffnete.
Mit bloßem Oberkörper, zerzaustem Haar und einem Handtuch, das ihm als Lendenschurz diente, als einzige Bekleidung. Scheherazade zögerte einen Moment, räusperte sich dann und bat, ihre Schwester sehen zu dürfen.
»Tritt ein!« rief Samiras Stimme. »Tritt ein, ich komme!«

---

[1] Zu jener Zeit gab es in Kairo etwa dreihundert Brunnen, darunter einige sehr prächtige. Ihre Reservoirs faßten bis zu 200 Kubikmeter. Sie wurden von der Zunft der *saqqa'in,* der Wasserträger, versorgt, deren Zahl um die dreitausend betrug.

Zaudernd betrat das Paar die Wohnung, in der fürchterlicher Wirrwarr herrschte.
Der Franzose murmelte einige Entschuldigungsworte und verschwand.
Man vernahm ein leises Lachen und das Rascheln von Stoff, und Samira erschien.
Verlegen zog sie die wollene Tunika zurecht, die sie wohl in aller Eile übergestreift hatte, und während sie ihr Haar ein wenig ordnete, deutete sie ein Lächeln an.
»*Ya ahlan wa sahlan.*[1] Welche Überraschung!«
»Es tut uns leid, dich zu stören«, sagte Scheherazade mit ziemlichem Unbehagen.
»Aber ganz und gar nicht. Ihr habt recht daran getan. Wenn ein Haus nicht für die Familie offensteht, für wen sollte es dann offenstehen?«
Während sie sprach, eilte sie zum Diwan, den sie hastig von den darauf herumliegenden Kleidern befreite, und lud sie ein, sich zu setzen.
»Möchtet ihr etwas trinken? Einen Kaffee? Ich habe auch ein wenig Veilchenlimonade. Und wie wär's mit ein paar *qata'if*[2]?«
»Weißt du, wir wollen uns nicht lange aufhalten. Wir ...«
»Doch, doch. Ich bin so glücklich, euch zu sehen.«
Trotz all ihrer Anstrengungen spürten sie deutlich, daß ihre Äußerungen im Widerspruch zu dem Eindruck standen, den sie vermittelte.
Plötzlich die Stimme senkend, flüsterte sie, indem sie auf das Zimmer wies: »Ein Freund ... nun ja, mein Verlobter, wenn ihr das vorzieht. Er wirkt etwas kühl, aber ich schwöre euch, er ist sehr nett. Er ist Franzose« – sie sagte dies mit leisem Stolz – »und bekleidet eine überaus bedeutende Stellung. Ich

---

[1] Volkssprachlicher Ausspruch, der sich mit »Seid willkommen« übersetzen ließe

[2] Rollenförmiges Gebäck, mit einer Masse aus Nüssen, Mandeln und Honig gefüllt

habe nicht recht verstanden, um was genau es sich dabei handelt, aber es ist sehr bedeutend. Außerdem ist er ein kluger Kopf. Ein großer Mathematiker.«
Scheherazade beschränkte sich darauf, ihre Lider zu senken.
»Was wollt ihr?« setzte Samira hinzu, als wolle sie sich entschuldigen. »Man muß seine Einsamkeit doch füllen. Und vor allem braucht Ali einen Vater.«
»Wo ist der Kleine denn?« fragte Scheherazade.
»Bei meiner Schwiegermutter. Sie hütet ihn, wenn Jean-Baptiste – so heißt mein Freund – mich besuchen kommt.«
»Ich verstehe.«
Jean-Baptiste trat wieder ins Zimmer, diesmal angemessen bekleidet.
Er begrüßte das Paar und küßte Scheherazade galant die Hand.
»Sie sehen mich untröstlich, Sie so rasch verlassen zu müssen, doch man erwartet mich im Institut.«
»Schon?« wandte Samira ein.
»Es ist schon spät, weißt du.«
Er drückte der jungen Frau einen Kuß auf die Stirn.
»Bis heute abend?«
Sie nickte entzückt wie ein Schulmädchen.
»Habe ich nicht recht?« fragte Samira, als Jean-Baptiste sich zurückgezogen hatte. »Ist er nicht charmant?«
Scheherazade pflichtete ihr ohne Wärme bei.
»Die Hauptsache ist, du bist glücklich.«
Michel räusperte sich und kam zum Wesentlichen.
»Leider kommen wir als Überbringer trauriger Nachrichten, die dein Glück zu trüben drohen.«
»Gott sei uns barmherzig. Was ist geschehen?«
»Das Schicksal ist nicht gnädig mit unserer Familie gewesen. Nabil und Yussef haben uns verlassen...«

*

Als Scheherazade die Wohnung ihrer Schwester verließ, schien es, als sei sie die Betroffenere von beiden.
In tiefem, von Melancholie und Bitterkeit erfülltem Schweigen nahm sie in der Kalesche Platz. Eine Flut widersprüchlicher Gedanken drängte sich in ihrem Kopf; sie wußte nicht, was sie über Samiras Verhalten denken, welche Schlußfolgerung sie daraus ziehen sollte. Ihr fiel ein, was Yussef damals auf dem Rosenhof gesagt hatte: *Zwischen meiner Liebe und der eines unwürdigen Mannes hat sie ihre Wahl getroffen.*
Damals hatte sie es nicht verstanden. Heute jedoch schien ihr der Sinn dieser Worte viel klarer. Es war nicht allein ein Mann, den Samira gewählt hatte, es war eine bestimmte Art zu leben. Eine Wahl, die ihr Vater verurteilt hatte.
Doch sie selbst, Scheherazade, war sie nicht unwürdig?
Wenn sie an die Begebenheit in der Lehmhütte dachte, tat sie dies ohne die geringste Reue, ohne irgendein Schuldgefühl, als habe, was sie getan hatte, nichts mit Gut und Böse zu tun.
In gedrückter Stimmung fuhr das Paar zum Fluß, um den Weg über die Löwen-Brücke einzuschlagen.
Michel bemerkte sogleich das ungewöhnliche Treiben, das um sie herum herrschte. Er sagte kein Wort und beschränkte sich darauf, die Soldatenkolonnen zu betrachten, die geschulterten Gewehrs durch die Stadt in Zweierreihen marschierten. Ein Dromedaren-Regiment ritt ihnen voraus. Befehle gellten hier und da in der brodelnden Atmosphäre.
Auf der anderen Seite das gleiche Bild. Aus den nahe Murad Beys Palast gelegenen Kasernen strömten Soldaten. Sie mußten anhalten, um eine Division vorbeiziehen zu lassen. Die nach Gizeh führende Straße war schwarz von Menschen. Wohin wurden diese Truppen wohl verlegt? Sollten die Franzosen beschlossen haben, Kairo aufzugeben? Plötzlich winkte ihnen jemand lebhaft zu. Ein Mann, ein Offizier, lief auf sie zu.
»Welch Freude, Sie wiederzusehen!« sagte er, an Scheherazade gewandt.

»François«, erläuterte der Mann, offenkundig ein wenig enttäuscht, daß die junge Frau ihn nicht erkannte. »François Bernoyer. Ich...«
Michel unterbrach ihn entzückt.
»Ach, ja!«
Er sprang von der Kalesche und umarmte den Offizier herzlich.
»Vergeben Sie meiner Frau«, sagte er eifrig. »Doch sie war damals in sehr schlechter Verfassung.«
Dann, zu Scheherazade: »Erinnerst du dich nicht? Das ist der Herr, der dich nach Hause gebracht hat, als du nach Imbaba ausgerissen warst. Und er hat uns auch den französischen Arzt vorgestellt, der dir das Leben rettete.«
Das Gesicht der jungen Frau hellte sich plötzlich auf.
»Ja, natürlich! Jetzt erkenne ich Sie!«
Bernoyer tat, als schelte er sie.
»Ich hoffe, derlei Eskapaden werden nicht wieder vorkommen.«
»Ich werde sie daran zu hindern wissen«, sagte Michel.
»Vor allem, da wir wieder ein Kind erwarten.«
Bernoyer schien gerührt.
»Meine herzlichen Glückwünsche. Das ist ja wundervoll.«
Und als dächte er laut: »So ein Kind ist ungemein wichtig.«
»Sind Sie verheiratet?« erkundigte sich Scheherazade.
»Seit fast zehn Jahren.«
»Bestimmt vermissen Sie Ihre Frau sehr.«
Bernoyer senkte die Augen.
»Und meine kleine Géraldine auch.«
»Es ist hart, von seinen Liebsten getrennt zu sein.«
»Mehr als hart. Man lebt nur noch halb. Aber so ist der Krieg, was soll man machen?«
»All diese Leute...«, fragte Michel. »Was geht hier vor?«
»Wir rücken ab.«
»Sie verlassen Kairo?«
»Oh, nein! Ich hätte beinahe... leider gesagt. Ein Teil von

uns, ungefähr dreizehntausend, bricht in die große Wüste auf. Wohin genau, weiß ich nicht.«
Ein bitteres Lächeln umspielte seinen Mund.
»Unser *général en chef* hat kein Sitzfleisch.«
»Sie... ziehen nicht in den Kampf nach Oberägypten?« fragte Scheherazade.
Bernoyer schüttelte den Kopf.
»Das wäre die entgegengesetzte Richtung. Manche reden von der Landenge von Suez.«
Gewahr werdend, daß seine Einheit sich entfernte, schloß er eilends: »Ich hoffe, Sie bei meiner Rückkehr wiederzusehen.«
Er zwinkerte Scheherazade verschwörerisch zu.
»Wann ist es soweit?«
»Nicht vor November.«
»Ich hoffe, daß ich bis dahin wieder hier sein werde!«
Er grüßte freundlich winkend und lief seiner Abteilung nach.
»Besuchen Sie uns«, rief Michel, »wenn Sie wieder da sind!«
Ohne innezuhalten, antwortete Bernoyer: »Das habe ich fest vor!«
Die beiden starrten ihm nach, bis er in der Ferne verschwunden war.
Während Michel die Equipage in Bewegung setzte, murmelte Scheherazade: »Aber wohin können sie nur ziehen?«

*

Nach Syrien[1].
Ein général en chef darf weder die Sieger noch die Besiegten sich jemals ausruhen lassen!
Syrien. Anschließend Istanbul. Byzanz! Wer weiß? War der

---

[1] Das Syrien jener Epoche bestand aus den fünf *pashalik* (der Verwaltung eines Paschas unterstellten Bezirken): Aleppo, Damaskus, Tripolis, Akko und Jerusalem.

Weg erst frei, würde man eines Tages, schon bald vielleicht, das Ziel aller Träume erreichen: Indien.
In Wahrheit aber zog Abunaparte nicht nur deshalb wieder in den Krieg, weil er – wie Bernoyer gesagt hatte – kein Sitzfleisch besaß, sondern vor allem, weil er sich bedroht fühlte. Die PFORTE, die eine Allianz mit Rußland und Großbritannien eingegangen war, rüstete sich, gen Ägypten vorzurücken.
Folglich mußte man rasch handeln und den Feind im Herzen seiner anderen Besitzungen treffen. Ihn zerschlagen, bevor er zu den Ufern des Königsflusses gelangte. Und da er nicht mehr die Karte des Islam ausspielen konnte (die ihm die Osmanen und die Engländer abgenommen hatten), würde der Sultan al-kebir sich diesmal als Verteidiger des Arabismus gebärden.
Weshalb ist die arabische Nation von den Türken unterjocht? Wieso werden das fruchtbare Ägypten, das heilige Arabien von aus dem Kaukasus gekommenen Völkern beherrscht? Wenn Mohammed heutigen Tages vom Himmel auf die Erde herabstiege, wohin ginge er? Nach Konstantinopel etwa? In diese fürwahr profane Stadt, in der es mehr Ungläubige denn Getreue gab? Das hieße, sich mitten unter seine Feinde zu begeben. Nein, er würde das geweihte Wasser des Nils vorziehen; er käme in die Moschee al-Azhar, diesen ersten Schlüssel der Heiligen Kaaba![1]
Die Ulemas zollten dieser Rede enthusiastisch Beifall, denn sie glaubten, daß Abunaparte zum ersten Mal aufrichtig war.

Doch vor der Eroberung Syriens mußte der *général en chef* noch andere Schlachten schlagen, um seine »Kleopatra[2],«

---

[1] Der »Würfel«: Der Name des Tempels zu Mekka, welcher zum Mittelpunkt des islamischen Glaubens geworden war, in dessen Richtung die Gläubigen in der ganzen Welt ihr Gebet verrichten. Die obige Ansprache findet sich in Bonapartes Erinnerungen *Guerres d'Orient* vor dem Syrienfeldzug.

[2] So pflegten sie die Soldaten zu nennen. Die Offiziere hingegen nannten sie Bellilotte (schönes Eiland), nach ihrem Mädchennamen – Bellisle.

die schöne Pauline Fourès, zu behalten, die seit dem Fortgang ihres Gatten sein Lager und seinen Palast teilte.
Auch hier stand ihm ein schwerer Kampf bevor, war doch der Aviso, auf dem der brave Oberleutnant Fourès gen Frankreich fuhr, von den Engländern gekapert worden. Und diesen Idioten war nichts Besseres eingefallen, als den unglücklichen Ehemann an seinen Ausgangspunkt zurückzubringen.
In solchen Momenten wird die Heimtücke zu einer Kunst.
Die Rückkehr des Oberleutnants konnte wahrhaftig nicht ungelegener kommen, insbesondere, weil die Liaison der Treulosen und des Sultans al-kebir keine flüchtige Liebelei war. Der General erwog allen Ernstes, Pauline zu ehelichen, falls sie ihm das Kind, von dem er träumte, schenkte; denn die andere – Joséphine, die alberne kleine Gans – war dessen nicht fähig.
Einstweilen hatte Kleopatras kleiner Pinscher auf dem Schoß eines reichbestickten Gewandes aus Milano, welches dem General gehörte, Junge geworfen.
Man nannte den Welpen, den man behielt, Caesarion.

20. KAPITEL

Wieder eine Wüste, die nicht enden wollte, und erstickende Hitze. Fürchtete der Winter denn selbst im Februar diesen Ozean aus Sand so sehr, daß er nur in tiefer Nacht darin haltmachen mochte?
Der Durst. Der Staub. Und dieses kleine Fort, auf das sie vor einigen Tagen in der weiten sandigen Ebene gestoßen waren, an der Pforte der Wüste, die nach Syrien führt. Das Fort von el-Arish. General Reynier war sehr verärgert gewesen, als diese auf einer Anhöhe errichtete Festung mit ihren hohen Mauern und ihren sechseckigen Türmen auftauchte. Man hatte nicht damit gerechnet, daß man vor Gaza auf solch ein Hindernis stoßen würde.
Das am Fuß der Festung gelegene Dorf befand sich im Belagerungszustand. Die Tore waren verrammt, die Häuser mit Schießscharten versehen.
Man nahm es im Sturmschritt ein, nachdem man etwa vierhundert Mann massakriert hatte. Anschließend wartete Reynier in weiser Voraussicht auf die Divisionen Kléber, Bon und Lannes, damit die gesamte Schlagkraft der Armee vereint wäre. Der *général en chef* traf am 17. Februar ein.
Während der drei darauffolgenden Tage ließ er die Mauern des Forts kanonieren. Allmählich öffnete sich im Gestein eine Bresche. Die Garnison setzte sich heldenmütig zur Wehr, kapitulierte aber schließlich. Mit dem Kommandanten, einem gewissen Ibrahim Nizam, wurde sogleich eine schriftliche Vereinbarung getroffen. Im wichtigsten Artikel verpflichteten sich die Besiegten, niemals wieder die Waffen gegen Sultan al-kebir zu ergreifen.

Als dieser erste Sieg gesichert war, setzte die Armee ihren Vormarsch fort.
Am nächsten Tag erreichte man Gaza.
Die Division Kléber setzte sich in Bewegung, verirrte sich jedoch, vermutlich von ihrem Führer getäuscht, in der Wüste. Abunaparte, der anderntags mit einigen Offizieren von el-Arish aufgebrochen war, glaubte, die Division an der Wasserstelle von Khan Yunes vorzufinden. Statt dessen traf er auf eine Mamluken-Einheit.
Vorsichtshalber zog sich die Armee vier Meilen zurück. Am übernächsten Tag wurde der Angriff auf Gaza eröffnet und die Stadt besetzt.
Elf Tage trennten sie nun von ihrem nächsten Opfer: Jaffa.
Seine Halbgamaschen durch den Sand schleifend und dicke Tropfen schwitzend, sagte sich Bernoyer, daß sein *général en chef* doch trotz allem eine gewisse Leichtfertigkeit an den Tag gelegt hatte. Er war nicht als einziger dieser Meinung. Kléber, der schöne Kléber, teilte sie.[1]
Gewiß, bisher war der Feind ohne Mühe besiegt worden; doch es gab noch einen anderen, ebenso furchterregenden: den Hunger.
Kamelkarawanen hatten zwar einigen Proviant herbeigeschafft, doch es hätte viel größerer Mengen bedurft, um dreizehntausend Mann zu ernähren! Die Soldaten waren so weit gegangen, sich der Offizierspferde zu bemächtigen, um sie aufzuessen. Zum Glück hatte die kürzliche Einnahme von Gaza ihnen einige Zentner Reis und mehrere Rationen Zwieback[2] beschert. Die Situation war paradox: Während die

---

[1] Bei seiner Ankunft in Kathieh beschwerte sich Kléber über den Verpflegungsmangel. Er rügte unverhohlen das Vertrauen, das Bonaparte in seine Fortüne zu setzen schien. François Bernoyer erwähnt zudem die Munitionsknappheit.

[2] In seinem Tagebuch schreibt Doguereau, ohne diese Lebensmittel wäre die Armee verhungert.

Armee ihren Hunger nicht stillen konnte, fastete der wohlversorgte Feind, denn es war Ramadan.

Nachdem man die Wüste hinter sich gelassen hatte und am Meer entlangmarschierte, tauchte am 3. März in der Ferne Jaffa auf.[1]
Bernoyer tupfte sich den Schweiß von der Stirn und blieb stehen, um diese weiße Stadt eine Weile zu bewundern. Auf dem türkisen Hintergrund des Horizonts gemahnte sie an ein großes, auf einem Zuckerhut errichtetes Amphitheater.
Bereits am nächsten Tag wurden die Kanonen auf die Südseite gerichtet.
Am Morgen des 5. März vernahm Bernoyer, daß Berthier den Platzkommandanten scharf aufforderte, sich zu ergeben. Als er keine Antwort erhielt, wurde das Feuer eröffnet. Fünf Stunden später stürmten die Grenadiere vor. Der Feind wurde überrumpelt und zog sich nach einer heftigen Schießerei in die Häuser und Befestigungen der Stadt zurück. Dies war dann der Moment, in dem Entsetzen und Grauen über Jaffa hereinbrachen.
Durch die unverschämte Halsstarrigkeit der Belagerten, die sich nicht ergeben wollten, in Rage versetzt, stürmten die Soldaten in Wellen durch die Straßen. Ob Männer, Frauen, Kinder, Greise, Christen oder Muslime, alles, was wie ein Mensch aussah, fiel ihrer Raserei zum Opfer. Der Tumult des Gemetzels, zerschmetterte Türen, vom Lärm der Waffen erschütterte Häuser, kreischende Frauen, deren Kinder überrannt werden, eine Tochter die auf der Leiche ihrer Mutter vergewaltigt wird, gestikulierende Gestalten, die sich ihrer in Flammen stehenden Kleider zu entledigen versuchen und sterbend zusammenschrumpfen, der beißende Gestank des Bluts, das Wimmern der Verletzten, die Schreie der Sieger, die sich um die Habseligkeiten eines sein Leben

---

[1] Das heutige Jaffa bildet den größten Stadtteil von Tel Aviv.

aushauchenden Opfers streiten, wahnsinnig gewordene Soldaten, die auf flehentliche Bitten mit Gegröle und noch heftigeren Schlägen antworten – ein Schauspiel, das sich für ewig im Gedächtnis der Überlebenden sowie der Augenzeugen einprägen sollte, die sich weigerten, an diesem Blutbad teilzunehmen.[1]

Zweitausend Menschen ließ man über die Klingen der Bajonette springen. Als gegen sechs Uhr am Abend die Orient-Armee Herr des Ortes war, leisteten in der Zitadelle noch immer viertausend Mann Gegenwehr.

Der *général en chef* beauftragte Beauharnais, seinen Stiefsohn, und Croisier, seinen anderen Adjutanten, den Versuch zu unternehmen, das mörderische Gemetzel zu beenden.

Die Belagerten erklärten den mit weißen Schärpen versehenen Offizieren, daß sie bereit seien, sich zu ergeben, wenn man ihnen zusicherte, sie am Leben zu lassen.

Beauharnais und Croisier willigten ein und führten sie zum französischen Lager.

Während die viertausend Gefangenen, die Hände auf den Köpfen, in das Feldlager marschierten, vernahm Bernoyer die dröhnende Stimme des Oberbefehlshabers.

»All diese Männer! Was soll ich denn mit ihnen anfangen? Habe ich Proviant, um sie zu verpflegen? Schiffe, um sie nach Ägypten oder Frankreich zu bringen? Zum Teufel, wie können Sie mir das antun?«

Croisier murmelte bestürzt: »Aber, General... haben Sie uns denn nicht befohlen, diesem Gemetzel ein Ende zu setzen?«

»Natürlich! Was die Frauen, die Kinder und die Greise betrifft, aber doch nicht die bewaffneten Soldaten! Man hätte sie sterben lassen müssen. Was soll ich denn mit ihnen anfangen?«

Wütend begann er auf und ab zu gehen, wobei er brüllte: »Was soll ich denn mit ihnen anfangen?«

---

[1] Die Einzelheiten finden sich in den Schriften des Kommandanten Malus.

Man läßt die viertausend Gefangenen vor den Zelten niederhocken und fesselt ihnen die Hände hinterm Rücken.

»Schicken wir sie doch nach Ägypten zurück«, schlägt Beauharnais vor.
»Dazu bedürfte es einer Eskorte. Und wie sollten sie bis Kairo verpflegt werden? In den Dörfern, die wir durchquert haben, gibt es keinerlei Lebensmittel mehr.«
»Wir könnten sie einschiffen.«
»Bestens. Und woher die Boote nehmen? Das Meer ist nur von feindlichen Segeln bedeckt.«
»Und wenn wir sie freiließen?«
»Absurd! Sie würden sogleich nach Akko ziehen, um die Truppen von Djezzar Pascha zu verstärken. Oder sie würden sich in die Berge von Nablus schlagen und unsere Nachhut und unseren rechten Flügel bedrohen. Der Preis für unsere Großherzigkeit wäre zu hoch.«
Venture de Paradis, der alte Orientalist und Dragoman[1], beschließt einzugreifen.
»General, wir müssen noch mehrere Städte erobern. Die erste ist Akko. Deren Garnison wird nie kapitulieren, wenn sie erfährt, daß die von Jaffa nicht während der Schlacht, sondern nach der Übergabe untergegangen ist! Was glauben Sie, welchen Eindruck so etwas im gesamten Orient hervorriefe?«[2]
Bis Tagesanbruch hatte Abunaparte noch keine Entscheidung gefällt.
François tat die ganze Nacht kein Auge zu. Ihn erfüllte eine unsägliche Furcht, der *général en chef* könne den nicht wieder gutzumachenden Schritt tun. Das durfte nicht sein. Kein Mensch, der dieser Bezeichnung würdig war, durfte eine solche schändliche Tat begehen. Gleichwohl...

---

[1] Offizieller Dolmetscher, auch Führer *(Anm. d. Ü.)*
[2] Ventures Äußerungen sind von seinem Adjutanten, Amédée Jaubert, überliefert.

Am Morgen des dritten Tages hörte er klar und deutlich die Stimme, die den Befehl gab, und wußte, daß der Beschluß unwiderruflich war.
»Füsiliert sie!«
Berthier riß die Augen auf.
»Was sagten Sie, mein General?«
»Sie haben mich verstanden.«
»Alle?«
»Ich will gerne drei- oder vierhundert Ägypter verschonen. Caffarelli wird sich hundert davon aussuchen, um eine Arbeitskompanie aufzustellen. Die anderen werden nach Kairo geschickt.«
»*Citoyen général,* was Sie von mir verlangen, ist...«
»Füsilieren Sie sie, Berthier!«
»Aber diese Männer haben sich ergeben, weil wir ihnen versprochen haben, ihr Leben zu schonen. Welch sinnlose Grausamkeit...«
Der General wies auf ein Gebäude zu seiner Rechten.
»Sehen Sie das Bauwerk dort? Wissen Sie, was das ist?«
Bevor Berthier antworten konnte, fügte Bonaparte hinzu: »Ein Kapuzinerkloster.«
»Ich ... ich verstehe nicht.«
»Wenn Sie meinen, daß Krieg und Grausamkeit nicht zusammenpassen, dann sind Sie dort am rechten Ort. Treten Sie in das Kloster ein und kommen Sie nie wieder heraus!«
Er fügte hinzu: »Monsieur Generalmajor, lassen Sie meine Befehle ausführen. Verstanden?«
Man führt die dreitausendfünfhundert gefesselten Männer ans Meeresufer und teilt sie in drei Gruppen.
Eine wird zu den Dünen südöstlich von Jaffa gebracht.
Die Erschießung beginnt. Überraschend ist die Reaktion der Unglücklichen.
Die meisten von ihnen fassen sich bei den Händen, nachdem sie diese zum muslimischen Gruß aufs Herz und den Mund gelegt haben, und empfangen gelassen und heiter den Tod.

Einige stürzen sich ins Wasser und schwimmen eilends davon, bis sie außer Schußweite sind.
Doch die Aktion muß zu Ende gebracht werden.
Die Soldaten legen ihre Waffen in den Sand ab und winken den Flüchtenden mit den bei den Arabern gebräuchlichen Versöhnungsgebärden zu. Beschwichtigt kehren jene ans Ufer zurück. Als sie nahe genug heran sind, legen die Soldaten erneut an.
Das Meer füllt sich mit Blut an jenem 8. März 1799.[1]
Im Laufe der drei folgenden Tage wurden, um Pulver zu sparen, jene die noch lebten, erdolcht. Am Ende des Tages hatte sich zwischen den Dünen eine Pyramide aus bluttriefenden Leichen gebildet, und man mußte die Toten fortschaffen, um die übrigen umzubringen.
Bevor der Vorhang fiel, stand jedoch noch ein letzter Akt bevor.
Unzählige junge Frauen waren mit Gewalt ins Lager geschleppt worden, um die Begierden der Soldaten zu befriedigen. Die meisten trauerten, weil sie einen nahestehenden Menschen verloren hatten, und waren eher tot als lebendig. Wer diese armen Geschöpfe begehrte, mußte völlig verblendet sein.
Wie zu erwarten, entzweite ihre Ankunft die Männer, und sie kämpften miteinander um die Schönsten und Jüngsten.
Als der *général en chef* davon unterrichtet wurde, befahl er, die Frauen sofort in den Hof des behelfsmäßigen Feldlazaretts zu

---

[1] Etwa zwanzig Jahre später, auf Sankt Helena, sagte Napoleon im Verlauf eines Gesprächs mit O'Meara (seinem Arzt) über die Belagerung von Jaffa: »Ich ließ 1000 bis 1200 in el-Arish gemachte Gefangene füsilieren, die trotz ihrer Kapitulation mit der Waffe in der Hand in Jaffa angetroffen worden waren. Die übrigen, deren Zahl beachtlich war, wurden verschont.« Eine Behauptung, die ziemlich aus der Luft gegriffen war. Tatsächlich fanden sich in der Garnison von Jaffa einige Verteidiger el-Arishs, die ihre Verpflichtung nicht eingehalten hatten, doch deren Zahl ging über drei- bis vierhundert nicht hinaus.

bringen, das von Desgenettes geleitet wurde, dem Generalarzt, der einige Monate zuvor Scheherazade vom Tode errettet hatte. Die Order wurde umgehend ausgeführt. Man stellte die Frauen in einer Reihe auf, und im Hof erschien eine Jägerkompanie.[1]
Sie legten ihre Gewehre an. Das Echo der Salven rollte bis zu den Wehrmauern von Jaffa.

Bernoyer hat sich unter sein Zelt gerettet, um sich dem Waffenlärm und den schaurigen Schreien der Sterbenden zu entziehen. Neben ihm sitzt mit verzerrtem Gesicht Peyrusse im Sand, der Adjutant des Generalzahlmeisters, und schreibt: »Daß der Soldat in einer im Sturm genommenen Stadt plündert, sengt und alles tötet, was ihm begegnet, mag mit den Gesetzen des Krieges zu vereinbaren sein, und die Menschheit breitet über all diese Grausamkeiten einen Schleier; daß man jedoch zwei oder drei Tage nach einer Erstürmung, in der aller Leidenschaften baren Ruhe, die kalte Roheit besitzt, mehr als dreitausend Menschen erdolchen zu lassen, die auf unsere Aufrichtigkeit vertraut haben – über diese Abscheulichkeit wird zweifellos die Nachwelt richten und jenen, die den Befehl gegeben haben, ihren gebührenden Platz unter den Schlächtern der Menschheit zuweisen ... Man hat unter den Opfern zahlreiche Kinder gefunden, die sich im Sterben an die Leiber ihrer Väter klammerten.
Diese Tat wird unsere Feinde lehren, daß sie nicht auf die französische Redlichkeit bauen können, und früher oder später wird das Blut jener dreitausend Opfer über uns kommen ...«[2]

[1] Bernoyer zufolge nannten einige Offiziere nach dieser Tat ihren Oberbefehlshaber ein »Monstrum, welches mehr zum Vergnügen denn aus Notwendigkeit Blut vergossen hat«.
[2] Aus einem Brief, den Peyrusse an seine Mutter schrieb (La Jonquière, *La Prise de Jaffa* [Die Einnahme von Jaffa]).

Verfügte Peyrusse über die gleichen okkulten Fähigkeiten wie Sett Nafissa?

Schon am Tage nach diesem Gemetzel übte das Schicksal Rache, indem es die gräßliche Maske der Pest aufsetzte.

Die Körper von rötlichen Beulen bedeckt, von Zitterkrämpfen geschüttelt, nach Atem ringend, fielen die Soldaten allmählich ins Delirium und starben.

Das erste Opfer war General Gratien. Sieben- bis achthundert Soldaten sollten ihm binnen dreißig Tagen folgen. Für die Bewohner Jaffas, die wundersamerweise überlebt hatten, fuhren diese Männer zur Hölle.

Zu seiner großen Verwunderung stellte François fest, daß der *général en chef* nicht zögerte, sich ans Lager der Kranken zu begeben, die man in einem griechisch-orthodoxen Kloster untergebracht hatte. Er war nicht minder erstaunt, ihn die Säle durchschreiten zu sehen, in denen widerlicher Gestank herrschte, wobei er sogar das Wagnis einging, dem Generalarzt beim Anheben eines Kranken zu helfen, dessen zerfetzte Kleidung soeben von einer jählings aufgebrochenen Eiterbeule besudelt worden war. Er dehnte seinen Besuch derart aus, daß Desgenettes sich verpflichtet glaubte, ihm diskret zu verstehen zu geben, er hätte reichlichst den Beweis dafür erbracht, wie sehr er die Gefahr verachtete.

François schloß daraus, daß die Natur den Generalissimus wohl mit selektivem Mitgefühl ausgestattet hatte, sofern er nicht bloß in besonderem Maße sein Persönlichkeitsbild pflegte.

Die Pest konnte getrost wüten. Der Ehrgeiz eines Eroberers wartet nicht. Der Weg nach Istanbul ist lang. Ein allerletztes Hindernis bleibt zu überwinden. Eine auf einer Landzunge erbaute Festungsstadt, an der die Wellen verebben, von Wehrmauern umgeben und von Kanonen strotzend: Akko.

Bernoyer wird aus seiner Betrachtung der Landschaft herausgerissen. Ihre von blühenden Oliven- und Obstbäumen bestandenen Hänge erinnern an die Provence, wo seine Frau und seine Tochter Géraldine auf ihn warten.

Schluß mit den Träumereien. Das Signal zum Abmarsch ertönt.

Die folgenden Tage zieht das Heer am Bergrücken des Karmel entlang. In Haifa angekommen, entdeckt es die Anwesenheit eines neuen Feindes, zwei englische Kriegsschiffe: die *Tiger* und die *Theseus*. Sie werden von Kommodore Sir Sidney Smith befehligt. Einem Mann von Mut, Ungestüm und kalter, typisch englischer Impertinenz.

Die Nachricht wird vom französischen Generalstab mit Bestürzung aufgenommen, hatte der *général en chef* den Kommandanten Standelet doch angewiesen, mit einer Flottille vierundzwanzig Mörser nach Akko zu bringen, die für den Transport durch die Wüste zu schwer waren. Der auf sie lauernden Gefahr nicht bewußt, wird die Flottille bald eintreffen. Es ist zu spät, sie zu warnen.

Als sie sich der Küste nähert, werden sechs Schiffe von den Engländern gekapert. Drei anderen gelingt es, zu entfliehen.

Wahrhaftig, denkt Bernoyer, um unsere Sache steht es schlecht.

Am 19. März taucht Akko am Horizont auf.

Abunaparte erklimmt ein Felskap, von dem er die gesamte Bucht von Haifa überblicken kann, die im Osten von Hügeln und im Norden von jener Festungsstadt gesäumt wird, die er erobern muß. Zu dieser Tageszeit sind die breiten Wehrmauern in ockerfarbenes Licht getaucht.

Eine leichte Brise weht vom Meer her, das die Stadt von drei Seiten bespült. Abgesehen von den beiden dunklen Flecken der Smithschen Linienschiffe ist der Horizont unter dem azurblauen Himmel klar. Ein schöner Tag für den Krieg.

Die Armee hat sich auf den Kuppen außer Reichweite der feindlichen Kanonen verschanzt. Die Artillerie rollt zum

Hügel der Tonbrenner, denn dort soll der erste Angriff stattfinden. Dort ist die einzige Stelle, die eine gewisse Schwäche aufzuweisen scheint.

Auf den Zinnen der Festungsmauer stehend, beobachtet Ahmed, der über die Stadt gebietende Pascha, mit höhnischem Lächeln diese Armee, die sich anschickt, ihn herauszufordern. Ihn erfüllt keinerlei Besorgnis, nicht die leiseste Furcht, denn dieser einstige Sklave Ali Beys hat schon ganz andere Dinge erlebt. Seit vierzehn Jahren in Akko niedergelassen, hat er diese Stadt zur ersten an der Küste gemacht. Er hat Straßen bauen, Moscheen und Wasserbecken errichten, Orangengärten pflanzen und einen Aquädukt anlegen lassen, der als einer der wunderbarsten des Landstrichs gilt. Nichts und niemand wird ihm Akko rauben.
Statt ihn in Schrecken zu versetzen, hatten die Nachrichten, die er über das Massaker von Jaffa erhalten hatte, in ihm ein gewisses Interesse für den französischen General geweckt; ja, sogar ein Gefühl der Verbundenheit. Allzulange schon bezichtigte man ihn, Ahmed, ein grausamer Mensch zu sein, dem Leiden ein sadistisches Vergnügen bereiteten. Feinde, Untertanen, Diener, die Frauen seines Harems, niemand, hieß es, sei vor seinen blutgierigen Launen gefeit. Hatte man ihn nicht mit dem Beinamen al-Djezzar – der Schlächter – lächerlich gemacht? Deshalb hatte er, von den Vorkommnissen in Jaffa unterrichtet, nur entzückt gelächelt, erfreut zu erfahren, daß dieser General, der ihm eine Schlacht liefern wollte, sein Zwilling hätte sein können. Und als Abunaparte ihm ein Verhandlungsangebot hatte überbringen lassen, hatte er ohne den geringsten Skrupel dem Boten den Kopf abschlagen lassen und ihn seinem Kommandeur zurückgeschickt.
Doch da ist noch ein anderer Umstand, der al-Djezzar dermaßen belustigt, daß er leise in seinen Bart kichern muß.
Er hat dem kleinen General eine Überraschung vorbehalten.

Er wendet sich um und legt seine Hand auf die Schulter des Mannes, der neben ihm steht.
»Nun, mein Freund, woran denken Sie?«
Der Mann antwortet nicht sogleich. Er hat weder etwas von einem Türken noch von einem Araber. Seine Haut ist weiß und nur leicht von der Sonne gebräunt. Ein Mann von einunddreißig Jahren.
»Ich denke, Exzellenz, daß die Welt doch recht klein ist.«

Der Generalissimus ist vom Kap hinabgestiegen. In überheblichem Ton fragt er: »Wer gebietet über diesen jämmerlichen Haufen Gestein?«
Die Frage versetzt die Generäle in Verlegenheit. Lannes wirft Reynier einen Blick zu und sieht, daß er schmunzelt.
»Wollen Sie mir wohl antworten?«
»Es ist Phélipeaux, *citoyen général.*«
Der Sultan al-kebir droht zu ersticken.
»Antoine?«
»Er selbst, *citoyen général.*«
»Antoine der Pikarde?«
Reynier und Lannes bejahen einstimmig.
»Das ist doch unglaublich ...«
Phélipeaux hier? An al-Djezzars Seite? Phélipeaux, sein ehemaliger Mitschüler in der Kadettenanstalt? Dieser junge Trottel, den er nicht ausstehen konnte und dem er während des Unterrichts Fußtritte unter dem Tisch versetzte? Seine Abneigung war begreiflich, da dieser ungestalte Hampelmann stets den ersten Platz bei den Prüfungswettbewerben errang, während er, Bonaparte, immer nur den zweiten oder den dritten erhielt. Vor vierzehn Jahren hatten sie gemeinsam ihr Abgangsexamen abgelegt, wobei sich Phélipeaux ebenfalls als der Bessere erwies.
Abunaparte schüttelt den Kopf. Er wirkt mit einem Mal sehr nachdenklich.
Er kennt das Leben dieses Mannes in- und auswendig.

Obgleich beide zum Artillerie-Oberleutnant befördert, waren ihre Laufbahnen von der Revolution an auseinandergelaufen. Das royalistische Lager wählend, war Phélipeaux nach Koblenz emigriert, wo er sich in Condés Armee verpflichtet hatte. Gefangengenommen und im Kerker des *Temple*[1] festgesetzt, hatte er schließlich entfliehen und dabei einen anderen Häftling mitnehmen können: Sir Sidney Smith. Jenen Engländer, dessen Kriegsschiffe zur Zeit unterhalb der Festungen von Akko auf der Reede liegen.[2]

»Woran denken Sie, *citoyen général?*«

»Ich denke, daß die Welt doch recht klein ist...«

Am 28. dann wird der erste Sturmangriff unternommen.

Und abgewehrt.

Zwei Tage später wird ein Ausfall des Feindes zurückgeschlagen, während al-Djezzar sich ein Beispiel an seinem Gegner nimmt und trotz Phélipeaux' heftiger Proteste seine Gefangenen erdrosseln läßt.

Zweihundertundfünfzig Kanonen speien ihre Kugeln auf die Franzosen. Obwohl sich François während der monatelan-

---

[1] Louis Joseph Condé gründete 1792 eine konterrevolutionäre Armee, die *Armée de Condé*. Der *Temple* war die Hauptniederlassung des Templerordens in Paris; in deren Turm wurde u. a. Louis XVI. 1792 gefangengesetzt. *(Anm. d. Ü.)*

[2] Gegen 1797 war Phélipeaux nach Frankreich mit dem Ziel zurückgekehrt, eine royalistische Verschwörung zu organisieren. Er wurde verhaftet und während der Vorbereitung seines Verfahrens im *Temple* festgesetzt. Dort machte er die Bekanntschaft von Sidney Smith, welcher ein Jahr zuvor, im April 1796, gefangengenommen worden war, als er einen Einfall auf die Seine versucht hatte. Die beiden Häftlinge wurden gute Freunde. Nach ihrer Flucht folgte Phélipeaux dem mit einer Mission nach Konstantinopel entsandten Smith. In der Folge wurde der Engländer an Stelle von Admiral Hood mit dem Kommando über jenes Geschwader betraut, das vor Alexandria kreuzte. Als er am Tag nach seiner Ernennung erfuhr, daß Bonaparte sich soeben Jaffas bemächtigt hatte, schickte er Phélipeaux sogleich mit der *Theseus* nach Akko, wo er al-Djezzar bei der Verteidigung dieser Stadt helfen sollte.

gen Expedition an den Krieg gewöhnt hat, beeindruckt ihn dieser Feuerhagel, der unablässig niedergeht.

Die Belagerten sparen nicht an Munition, mit der sie von Sir Sidney Smith reichlich versorgt wurden.

Bernoyer erhält den Befehl, mit einigen seiner Kameraden die vom Feind abgefeuerten Kanonenkugeln einzusammeln. Eifrig macht er sich auf die Suche, vor allem nach 24er Granaten, da man ihm versichert hat, er werde nach Kaliber entlohnt.

Die Belagerung zieht sich über die Karwoche hin. Die Pest tritt wieder auf und rafft jene dahin, die das Pulver verschont. Venture de Paradis, der weise Dragoman, erliegt ihr. Sechshundert Mann folgen ihm in den Tod.[1] François fragt sich, ob er Avignon je wiedersehen wird.

Am 1. April wird der zweite Sturmangriff unternommen. Er zeitigt kein anderes Ergebnis, als daß der Generalissimus beinahe durch einen Erdrutsch getötet wird.

Acht Tage verstreichen. Die Belagerten versuchen einen neuerlichen Ausfall. Sidney Smith, Phélipeaux und al-Djezzar fechten in den ersten Reihen. Wieder werden sie zurückgeschlagen.

Die Leichen türmen sich allmählich vor den französischen Stellungen auf, dienen häufig gar als Verschanzung.

Während er nach den Kugeln sucht, beobachtet Bernoyer bisweilen seinen *général en chef*. Kein Zweifel – der Mann langweilt sich zutiefst. Man sieht ihm an, wie er Belagerungen verabscheut.

Deshalb ist er nicht erstaunt, als er anderntags erfährt, daß Abunaparte Akko verlassen hat, um dem von einem Gegenangriff des Paschas von Damaskus bedrohten Kléber zu Hilfe zu eilen. Er folgert, daß der Generalissimus bestrebt ist, das Nützliche mit dem Angenehmen zu verbinden.

Am 18. April kehrt er nach einer Expedition zum Berge

---

[1] In Akko sterben täglich sechzig Menschen.

Tabor (in deren Verlauf er die Plünderung und Zerstörung des Dorfes Genin, dessen Einwohner den Feind unterstützt haben, sowie zweier Weiler im Nablus-Gebirge anordnet) an den Ort der Belagerung zurück, wo inzwischen beide Seiten erfolglose Angriffe unternommen haben.
Am 27. April erliegt der brave General Caffarelli einer achtzehn Tage zuvor erlittenen Verwundung.[1]

Al-Djezzar lacht immer lauter in seinen Bart.
Phélipeaux findet, daß sein einstiger Mitschüler an der Kadettenanstalt stolz auf ihn sein kann.
Einige Tage später, am 1. Mai, stirbt er an der Pest.

Am 8. fährt Bernoyer hoch. Er hat den Ruf »Sieg« gehört.
Er versucht zu begreifen. Tatsächlich, eine Bresche, die erste, hat gerade zweihundert Männern Durchlaß verschafft.
Doch die Hoffnung sinkt erneut. Gott weiß wie, finden sich die Angreifer jäh mit den Türken im Rücken wieder.
An jenem Tag sondert François sich ab und schreibt seiner Gattin hastig einige Zeilen. Er schließt seinen Brief mit den Worten: »Meine liebe Freundin, ich glaube, daß unser Flehen erhört wurde und Akko standhalten wird. Ich spreche hier vielleicht gegen die Belange meines Vaterlandes, doch dem Verlangen, dich wiederzusehen, opfere ich alles. Adieu.«

Entmutigung hatte die Truppe befallen. Hier und dort wurden Drohungen laut, gelegentlich sogar Beschimpfungen gegen den *général en chef*.
Kléber, der dringend zurückbeordert wurde, hat beim Inspizieren der Verschanzungen den vernichtenden Satz geäußert: »General, wenn ich nicht wüßte, daß Bonaparte hier

---

[1] Eine Kugel hatte ihm den rechten Ellbogen zerschmettert. Er überlebte die Amputation nicht.

befiehlt, glaube ich, daß diese Arbeiten von Kindern geleitet worden sind!« Was der Soldaten Groll noch gesteigert hatte. Immer offener wurde die Forderung erhoben, nach Ägypten zurückzukehren. In der Hoffnung, den *général en chef* zur Vernunft zu bringen, äußerte Murat ihm gegenüber: »Sie müssen wahrhaftig blind sein, wenn Sie nicht erkennen, daß Sie Akko niemals bezwingen werden!«
Doch er hatte den Sultan al-kebir völlig falsch eingeschätzt. Er erwidert: »Die Dinge sind zu weit fortgeschritten, um nicht noch eine letzte Kraftanstrengung zu wagen. Wenn, wie ich überzeugt bin, die Eroberung gelingt, werde ich in der Stadt die Schätze des Paschas finden und Waffen für hunderttausend Mann. Ganz Syrien, das die Roheit dieses Schlächters al-Djezzar zutiefst empört hat, werde ich bewaffnen. Ich rücke gegen Damaskus und Aleppo vor. Ich werde meine Armee mit allen Unzufriedenen verstärken; ich verkünde dem Volk die Aufhebung der Sklaverei und des tyrannischen Regimes der Paschas. Ich stoße mit bewaffneten Menschenmassen nach Konstantinopel vor. Ich stürze die türkische Herrschaft. Ich begründe im Orient ein neues großes Reich, das meinen Platz in der Nachwelt sichern wird, und vielleicht werde ich nach Paris über Adrianopel oder über Wien zurückkehren, nachdem ich das Haus Österreich vernichtet habe!«
Er schweigt einen Moment und schließt in scharfem Ton: »Und wenn mir nur vierhundert Mann und ein Korporal blieben, würde ich mich an ihre Spitze setzen und mit ihnen in Jaffa einmarschieren!«
Kléber, Zeuge der Ansprache, sagt nichts. Er beschränkt sich darauf, mit den Schultern zu zucken. Er weiß, daß die Vorgehensweise des Generals zum Scheitern verurteilt ist. Er weiß auch, daß die Verluste so groß gewesen sind, weil man die Stärke des Feindes unterschätzt hat. Fast viertausend Männer haben seit Beginn des Feldzugs den Tod gefunden. Er findet die Überzeugung, der er schon immer

gewesen ist, bestätigt: »Bonaparte ist nur ein General bei zehntausend Mann pro Tag.«
Er, Kléber, weiß um den Preis des Blutes, er ist unvergleichlich besorgter um das Leben seiner Soldaten.
Die Eitelkeit dieser Versessenheit erregt Ekel in ihm.

Am 20. Mai zerfallen zur Erleichterung aller die Träume des *général en chef*.
Die Belagerung wird aufgegeben und man kehrt nach Kairo zurück.
Als Djezzar Pascha am Morgen die Ebene leer vorfindet, bricht er in dröhnendes Gelächter aus.
Der Rückzug ist eine ununterbrochene Folge von Jammer und Elend. Ein starkes Kontingent wird in el-Arish einquartiert, das als vorgeschobener Posten zum Schutz Ägyptens dienen soll. Man zieht weiter.
Haifa.
Die Stadt bietet noch immer ein erschütterndes Bild; die Straßen sind voller Verwundeter und Pestkranker, Toter und Sterbender. Einige legt man auf Bahren und nimmt sie mit; andere, die man von der Pest befallen glaubt, läßt man zurück. Manche am Straßenrand Liegende reißen ihre Verletzungen auf oder fügen sich selbst neue zu, um zu beweisen, daß sie nicht an der Seuche erkrankt sind, doch man glaubt ihnen nicht und läßt sie liegen.
Die Armee setzt sich wieder in Marsch und folgt dem Küstenstreifen des Mittelmeers. Nachdem Caesarea, Mina-Saburah und Nahr al-Ugugh durchquert sind, erreicht sie am 24. Mai Jaffa.
Kléber befehligt die Nachhut. Er ist übelster Laune. Die letzte Order, die er erhielt, hat seinen Groll noch verstärkt.
»Vernichtet die Ernte! Verheert Palästina!«
In einem Wort: die Strategie der verbrannten Erde.
Man rückt mit Fackeln in den Händen vor, um Städte, Marktflecken und Weiler niederzubrennen.

Die Soldaten, insbesondere die der 69. Halb-Brigade, sind nahe daran zu rebellieren und verfluchen ihren Oberbefehlshaber. Dieser aber, unerbittlich wie eh, hat Meuterern die Todesstrafe angedroht. Kléber betrachtet diese Strenge als neuerlichen Beweis für die Unmenschlichkeit des Korsen.[1]
Von den vierzigtausend vor weniger als einem Jahr in Alexandria ausgeschifften Männern ist nur noch die Hälfte am Leben.
Das einzige, was sie mit Kraft und Trost erfüllt, sind der Sieg vom Berg Tabor und der mit zweiundfünfzig Fahnen geschmückte Streitwagen, den man dem Feind abgerungen hat.

---

[1] Kléber, der die Meinung seiner Leute teilt, gelingt es, die Meutereien ohne jede Ahndung bereits im Keim zu ersticken.

21. KAPITEL

17. Juni 1799

Das Fest im Tivoli, zu dem sich mehr als zweihundert Geladene, zumeist Offiziere und Honoratioren, versammelt hatten, erreichte seinen Höhepunkt.
Sittsam zwischen den damastenen Kissen hockend, vermochte Samira Chedid ihren Blick nicht von Zobeida zu lösen. Trotz aller Freundschaft, die sie für sie hegte, konnte sie sich eines Anflugs von Eifersucht nicht erwehren. Ihre Kindheitsfreundin strahlte, nie hatte sie sie fröhlicher als in diesem Moment gesehen. Sie mußte zugeben, daß Zobeida über alle Erwartung hinaus ihr Glück gemacht hatte.
Die Mätresse eines Generals zu werden, ging noch an. Ihn zur Heirat zu bewegen, war schon eine beachtliche Leistung, doch ihren Freier zum Islam zu bekehren, grenzte an ein Wunder, vor allem, da es sich nicht um irgendeinen General, sondern um Jacques Menou handelte, den Gebietskommandanten von Rosette, einen Günstling des Sultans al-kebir. Hinzu kam, daß am Tag der Hochzeit – die Mitte März stattfand – der General seinen Vornamen abgelegt und sich in Abd Allah, *der Diener Gottes,* umbenannt hatte. Er bestand darauf, fürderhin nur noch so genannt zu werden.[1] Wahrhaftig, obschon dieser Menou kahlköpfig,

---

[1] Er unterzeichnete seine Briefe von da an mit »der Mann reinen Herzens, Abd Allah Menou«. Seine Konversion löste etliche, größtenteils abfällige Kommentare aus. Die Armee sah in diesem Akt eine Kränkung der französischen Würde. Die Doppelzeremonie (Abschwur und Heirat) fand nächtens und ohne Aufsehen statt. Der Mufti, durch Geschenke gewon-

fettleibig und, wie einige behaupteten, geistig etwas beschränkt war, hatte Zobeida großes Glück gehabt. Ihr Vater, dieser bescheidene Vorsteher maurischer Bäder, konnte stolz auf sie sein.

Samira warf ihrem galanten Ritter heimlich einen Blick zu. Es war eigenartig, aber seit einiger Zeit fand sie ihn weniger bezaubernd, und seine Bonmots brachten sie gar nicht mehr zum Lachen. Und diese Manie von ihm, den lieben langen Tag über Mathematik zu reden. Es war ermüdend. Voll Unmut ergriff sie den auf der Kupferplatte stehenden Kelch Wein und kippte ihn in einem Zug hinunter. Wie konnten diese Gleichungen und Algorithmen eine Frau betören?

Als erahne er die Stimmung seiner Mätresse, nahm Jean-Baptiste zärtlich ihre Hand.

»Meine Liebste, fühlst du dich nicht wohl? Möchtest du, daß wir heimgehen?«

Samira wollte schon bejahen, als plötzlich ein Neuankömmling ihre Aufmerksamkeit auf sich zog.

Die Frage ihres Liebhabers übergehend, erkundigte sie sich: »Kennst du diesen Mann?«

»Gewiß. Es ist der Konteradmiral Ganteaume.« Die Augen der jungen Frau leuchteten auf.

Ein Konteradmiral ... Das galt doch wohl soviel wie ein General ...

»Er hat die Vernichtung eurer Flotte überlebt?«

Sie stellte die Frage nur der Form halber und betrachtete den Admiral voll Interesse. Er war groß, sein Gesicht hart und plump. Er hatte einen breiten Mund und wülstige Lippen. Ein schwarzer Schnurrbart betonte die militärische Derbheit seiner Züge.

Jean-Baptiste hatte zu einer fachlichen Erläuterung der

nen, verzichtete aus Rücksicht auf das vorgeschrittene Alter des Generals (er war 49 Jahre alt) auf das Beschneidungsritual, ging über die Einzelheiten flugs hinweg und führte dem Islam somit auf behende Weise eine Seele zu.

Schlacht von Abukir angehoben. Sie unterbrach ihn, schnell ein Wort aufgreifend: »Die Flammen ... ja, das muß doch furchtbar gewesen sein.«
»Und ob. Die *Orient* brannte wie eine Fackel. Es fehlte nicht viel, und Honoré wäre mit dem Schiff untergegangen.«
»Honoré?«
»So lautet sein Vorname.«
Die junge Frau umklammerte den Arm ihres Liebhabers.
»Oh! Ich bitte dich, lade ihn an unseren Tisch. Ich hätte so gerne, daß er selbst uns von seinen aufregenden Abenteuern erzählt. Bist du so nett?«
Er schien zu zögern.
Sie schmiegte sich katzenhaft an ihn.
»Sei so lieb. Tue es für mich. Du weißt, wie sehr ich solche Schlachtengeschichten mag.«
»Aber vielleicht ist es ihm nicht recht. Er ist eine bedeutende Persönlichkeit, und ich kenne ihn nicht gut genug, um mir erlauben zu können ...«
»Jean-Baptiste ... Liebster ...«
Widerstrebend gab er nach.

*

François Bernoyer schluckte einen letzten Bissen *kubeba*[1] hinunter.
»Ich habe schon lange nicht mehr so gut gegessen. Es war köstlich.«
»Nach dem, was Sie in Syrien durchgemacht haben, dürfte Ihnen alles wunderbar erscheinen«, bemerkte Scheherazade mit leisem Lächeln.
Bernoyers Miene verdüsterte sich. Drei Tage war die Armee nun bereits zurück, und noch immer haftete ihm dieser

---

[1] Mit Pinienkernen gewürztes Fleischgericht

Geschmack von Blut und Pulver auf der Zunge. Immer wieder zogen die Bilder ihres Einzugs in die Hauptstadt vor seinem geistigen Auge auf.
Der *général en chef* hatte einen Troß Reiter als Herolde vorausgeschickt, die die Kunde seiner Siege verbreiteten. Diese Propaganda hatte rasch die gewünschte Wirkung erzielt, denn ein Teil des Volkes strömte den Truppen entgegen. Nicht zufrieden damit, ihm einige Monate zuvor seine sechzehnjährige Tochter zum Geschenk gemacht zu haben, empfing der Scheich al-Bakri den Sultan al-kebir, indem er ihm im Namen der Stadt ein herrliches rotbraunes Pferd verehrte, das eine golddurchwirkte, mit Perlen und Türkisen besetzte Satteldecke zierte. Das Tier wurde von einem jungen Mamluken geführt, den er ihm ebenfalls schenkte.[1] Nach den Willkommensreden hielt der *général en chef,* auf seinem neuen Pferd sitzend, seinen triumphalen Einzug durch das Nordtor, das Bab an-Nasr, das Tor des Sieges.
Kléber folgte ihm, griesgrämiger denn je.
François machte eine resignierte Geste.
»Am liebsten würde ich diese letzten Monate aus meinem Gedächtnis tilgen.«
»Das kann ich gut verstehen«, erwiderte Nadia, »doch es gibt Dinge, die man nie vergißt ...«
Hinter ihrem sachlichen Ton verbarg sich eine tiefe Traurigkeit. Auch sie bemühte sich, die letzten Monate zu vergessen. Und Bernoyer, der wußte, was sie bedrückte, fiel keine Antwort ein. Er senkte den Blick und lauschte dem Plätschern des Brunnens.
Nadia riß sich von ihren Gedanken los und fragte: »Sie möchten doch sicher einen Kaffee?«
»Falls es Ihnen nicht zu große Umstände macht, sehr gern.«

---

[1] Der besagte Mamluk war Roustan, Napoleons berühmter Leibdiener, Yahya mit richtigem Namen. Er verließ Bonaparte nicht bis 1814.

Lächelnd fügte er hinzu: »*Masbut, bitte.*[1] Ich gestehe, daß ich in der ersten Zeit Ihren Kaffee recht«, er schien das passende Wort zu suchen, »schwer fand. Nun finde ich ihn äußerst schmackhaft.«
Scheherazade wollte sich erheben, doch ihre Mutter hielt sie mit einem Wink zurück.
»Laß, Tochter. Ich gehe schon. Du weißt doch, daß es dir noch nie gelungen ist, einen guten Kaffee zuzubereiten. Und außerdem mußt du dich schonen.«
Sie deutete auf den runden Bauch der jungen Frau.
»Damit du ihn nicht verlierst.«
Zärtlich strich Scheherazade über ihren Bauch.
»Der da ... es kommt überhaupt nicht in Frage, daß der da sich vor Mitte September bewegt!«
In heiterem Ton fuhr sie fort: »Um auf den Kaffee zurückzukommen ... Meine Mutter hat recht. Ich verstehe einfach nicht, worin das Geheimnis liegt. Immer vergeht mir das *Gesicht.*«
Sie sah Bernoyer an: »Sie wissen, was das *Gesicht* ist, nicht wahr?«
»Selbstverständlich. Es ist diese dünne Schicht, die sich auf dem Kaffee bildet, und die zu verderben, wie man sagt, eine Todsünde ist.«
»Stimmt. Ein Kaffee ohne *Gesicht* ist eine gewöhnliche Brühe.« Resigniert lächelnd fügte sie hinzu: »Mir gelingt immer nur eine Brühe.«
Während Nadia in die Küche ging, fragte Michel: »Sie ziehen nicht wieder los, hoffe ich?«
Bernoyer hob den Blick gen Himmel. »Das gebe Gott. Dieser Syrienfeldzug hat die Männer erschöpft. Es wäre unmenschlich, ihnen weitere Kämpfe aufzuzwingen.«

---

[1] Ein ägyptischer Ausdruck, für die gewünschte Menge Zucker. In diesem Fall könnte *masbut* mit »normal gezuckert« oder mittelsüß übersetzt werden.

»Letzten Endes«, entgegnete Scheherazade, »haben Gaza, el-Arish und all dies keinen Nutzen gebracht. Nur einige tausend Tote, sonst nichts.«
»Leider. Ein wahres Desaster. Obendrein gehen Gerüchte um, daß die Engländer und die türkische Armee in Bälde über uns herfallen werden.«
Michel nickte.
»Und zu all dem kommt noch die unglaubliche Geschichte von diesem Erleuchteten hinzu. Haben Sie davon gehört?«
Michel verneinte.
»Wie es scheint, hat sich, während wir in Akko waren, ein Individuum den Leuten offenbart und versichert, Gott habe ihn mit der heiligen Sendung betraut, die Franzosen auszurotten. Er behauptete, unempfindlich gegenüber Kugeln und imstande zu sein, seine Anhänger unverwundbar zu machen. Stellen Sie sich vor, im letzten Monat ist es ihm gelungen, den gesamten Westen des Deltas aufzuwiegeln, vor allem den Bezirk von Damansur.«
»Damanhur«, korrigierte ihn Scheherazade.
»Richtig. Er behauptet auch, die Macht zu besitzen, alle Gegenstände, die er berührt, in Gold zu verwandeln, eine auf ihn abgeschossene Gewehr- und Kanonenkugel weich machen und sogar Granaten in der Luft aufhalten zu können. Ziemlich verrückt, nicht?«[1]
Michel wartete, bis Nadia den Kaffee aufgetragen hatte. Dann antwortete er: »François, der Orient ist eine mystische Welt. In den Bäumen, den Wesen, dem Fluß, in allem, was lebt, was sich regt, ist stets Gott anwesend. Solche Menschen hat es bereits in der Vergangenheit gegeben, und es werden noch andere kommen.«
»Stellen Sie sich vor, jeden Abend zur Stunde des Gebets taucht dieser Mann vor seinen versammelten Anhängern die

---

[1] Sein Name war Ahmed. Er stammte aus Derna, einer Hafenstadt in der Cyrenaica (Libyen).

Finger in eine Schale Milch, führt sie über seine Lippen und erklärt, daß diese Nahrung ihm genüge. Man nennt ihnen einen Mahdi. Wissen Sie, was das bedeuten soll?«
Ein Schmunzeln zeichnete sich auf den Lippen seines Gesprächspartners ab.
»In der islamischen Überlieferung ist ein Mahdi ein überirdisches Wesen, das am Ende der Zeiten die göttliche Ordnung und Gerechtigkeit, die aus der Welt verbannt ist, auf Erden wiederherstellen wird, um das Reich der Unsterblichkeit und der immerwährenden Glückseligkeit einzuleiten. Das ist ein Mahdi.«
»Ein Messias, oder?«
»Gewissermaßen.«
»Diese Geschichte interessiert mich«, rief Scheherazade aufgeregt. »Was ist aus diesem Gesandten Gottes geworden?«
François blies sacht auf den Kaffee und trank einen Schluck. »Das ist das Sonderbarste daran. Was wenig mit Hexerei oder Mystik zu tun zu haben scheint, ist, daß es diesem Teufel gelungen ist, einen Überraschungsangriff auf die Stadt Damanhur herbeizuführen. Eine Nautische Legion von ungefähr hundert Mann, die dort stationiert war, wurde völlig vernichtet. Haben Sie davon gehört? Es gab nicht einen Überlebenden.«
»Das ist doch nicht Ihr Ernst!« warf Michel erstaunt ein.
»Ich wiederhole, nicht einen Überlebenden. Aber das ist noch nicht alles. In den darauffolgenden Tagen haben sich Tausende von Bauern diesem seltsamen Heiligen angeschlossen und die zu Hilfe kommenden Truppen gezwungen, sich zurückzuziehen. Dabei waren die meisten dieser Männer, die die Armee dieses Mahdis bildeten, nur mit Stöcken bewaffnet.«
»Und Sie halten Ihre Informationen für zuverlässig?« fragte Nadia. »Das Ganze erscheint mir reichlich phantastisch.«
»Meine Quellen sind absolut glaubwürdig.«

»Und dann, was ist dann geschehen?« drängte Scheherazade.
»Selbstverständlich war die Niederschlagung gemäß der Herausforderung...«
»Was heißen soll?« fragte Michel.
Bernoyer schien zu zögern und trank einen Schluck Kaffee, bevor er antwortete.
»Die Stadt Damanhur ist von den Streitkräften des Generals Lanusse geschleift und praktisch von der Landkarte getilgt worden. Um ihre wenige Tage zuvor an gleicher Stelle getöteten Kameraden zu rächen, haben die Soldaten alle Anhänger des Mahdi niedergemetzelt, das heißt, den größten Teil der Einwohner...«[1]
»Wollen Sie etwa sagen...«
»Ja... Männer, Frauen, Kinder, alle hat man über die Klinge springen lassen und die Gebäude niedergebrannt. Damanhur ist zu einer Totenstadt geworden.«
»Und der Mahdi?« beharrte Scheherazade.
»Vor ungefähr zwei Wochen soll es Lanusse gelungen sein, ihn zu fassen.«
»Ist er tot?«
»Offen gestanden, weiß man es nicht. Seine Leiche ist nie aufgefunden worden.«
Eine nachdenkliche Stille folgte Bernoyers Bericht. Nadia stand auf. Tränen rannen ihr über die Wangen. Das Schicksal dieses Mystikers war ihr gleichgültig. Nabil und Yussef waren es, die sie beweinte.

*

---

[1] Am 9. Mai 1799 schreibt Lanusse an Dugua: »An Damanhur und seinen Bewohnern haben die Soldaten ihre Rache gestillt. Zunächst sind 200 oder 300 fliehende Einwohner in der Umgegend der Stadt getötet worden; danach habe ich diese nichtswürdige Stadt den Grauen des Plünderns und Metzelns ausgeliefert. Damanhur existiert nicht mehr, und 1200 bis 1500 seiner Bewohner sind verbrannt oder füsiliert worden.« (Lanusse an Dugua, am 21. Floréal i. J. VII [10. Mai 1799], in: La Jonquière, V, S. 87)

Seit einigen Minuten war Samira Chedids Schenkel an den des Konteradmirals Ganteaume geschmiegt. Ohne eine Miene zu verziehen, fuhr dieser fort, Jean-Baptiste Fourrier, der sich reichlich langweilte, die Schlacht von Abukir zu schildern.
»Die Kanonenkugel riß den unglücklichen Brueys buchstäblich entzwei. Es war grauenhaft anzusehen. Letztendlich bin ich überzeugt, daß, hätte Villeneuve nur früher reagiert, der Zusammenstoß anders ausgegangen wäre. Leider gibt es nur zwei Arten von Militärs: solche, die zu improvisieren verstehen, und solche, die sich damit begnügen, auf Befehle zu warten.«
»Wenn man Sie ansieht, mein Admiral, und wenn man Ihnen zuhört, gibt es keinen Zweifel, daß Sie zur ersten Gattung gehören.«
Die junge Frau unterstrich ihr Kompliment durch einen Druck ihres Schenkels.
Der Offizier zögerte nicht länger. Mit gerade so viel Vorsicht, wie sich ziemte, schob er eine Hand unter den Tisch und legte sie auf den Unterleib seiner Nachbarin.
»Sie sind sehr liebenswürdig. Gestatten Sie mir, das Kompliment zu erwidern. Auch Ihnen scheint die Improvisation zur zweiten Natur geworden zu sein.«
Samira lachte laut auf und berührte zugleich Ganteaumes Hand.
»Nun denn«, warf Jean-Baptiste plötzlich ein. »Wollen wir nicht heimgehen? Morgen früh findet im Institut eine Besprechung statt, und ich muß leider ...«
»O nein!« widersetzte sich die junge Frau. »Noch nicht. Es ist doch so gemütlich.«
»Aber, Liebling, du wolltest doch eben noch aufbrechen!«
»Da kannte ich den Admiral noch nicht. Er weiß so gut zu erzählen, daß meine Müdigkeit verflogen ist.«
Sie blickte Ganteaume tief in die Augen.
»Es sei denn, Admiral, Sie müssen ebenfalls zeitig aufstehen.«

Ganteaume entgegnete galant: »Ein Seemann kennt keine Müdigkeit. Vor allem nicht in Gesellschaft einer schönen Frau.«

Vorausahnend, daß ein weiterer Versuch zu nichts führen würde, wandte Jean-Baptiste sich an Ganteaume: »Wenn es nicht zuviel von Ihnen verlangt ist, *citoyen admiral,* würde ich Sie in diesem Fall bitten, die Dame heimzubegleiten. Für meinen Teil muß ich nun wirklich nach Hause.«

»Sie können auf mich bauen, mein lieber Fourrier, ich werde unsere Freundin gesund und wohlbehalten zurückbringen.«

Jean-Baptiste neigte dankend den Kopf.

Frauen, dachte er, als er das Tivoli verließ, sind doch viel komplexer als algebraische Probleme und ihr Verhalten weit weniger *stringent* ...

*

Fünfzig Meilen entfernt, auf der Höhe von Kena, zitterten leicht die Palmenwipfel. Am Ufer des Nils drehte sich das große, von einem Ochsen angetriebene Rad einer *nurija*[1] träge in der Dämmerung. Man hörte leise den Gesang einiger zwischen dem Schilf verborgener Brachvögel und Sumpfschnepfen. Landeinwärts erstreckten sich mahdreife Weizenfelder.

An einer Flußbiegung wartete Murad Beys Flottille.

Wenn die Informationen, die man ihm am Vortag übermittelt hatte, richtig waren, würde ihm in Kürze eine hübsche Beute in die Hände fallen.

Seinen Spähern zufolge hatte General Desaix eine Formation mobiler Einheiten aufgestellt, die, begleitet von einer die Vorräte befördernden Flottille, flußabwärts zog. Nach letzter Kunde hatte die Flottille die Marschkolonne überholt und trieb schutzlos dahin.

---

[1] Wasserrad zum Heben von Bewässerungswasser

Murad hob sein Fernrohr und legte es ans Auge. Ein grimmiges Lächeln huschte über sein Gesicht.

Er warf einen Blick über die Schulter, um sich zu vergewissern, daß die Mamluken, zu denen achthundert Krieger aus dem Hidjas hinzugestoßen waren, sich in Stellung befanden. Er winkte Karim, der das vorderste Boot befehligte, sich bereitzuhalten. Ein Stück dahinter hatte Papas Oglu seine Kanonen schon geladen.

Als die feindliche Flottille über ihn herfiel, erkannte der Bürger Morandi, der eine *djerm* namens *Italie* befehligte, daß keinerlei Aussicht bestand, sich aus der Affäre zu ziehen.

Dennoch wehrte er sich mit dem Mut der Verzweiflung. Der Kampf zog sich fast zwei Stunden hin. Die geenterten *djerm* unterlagen eine nach der anderen.

Schließlich gab Morandi auf, legte Feuer an seinen Pulvervorrat und sprang, von seinen Männern gefolgt, in den Fluß. Die *Italie* explodierte mit furchtbarem Getöse, alles zum Himmel schleudernd, was sie an Munition, Proviant, Gerätschaften und Medikamenten mit sich führte.

Als Murad sich zurückzog, schwammen mehr als fünfhundert tote Matrosen und Soldaten auf dem vom Blut roten Fluß. Die wenigen, die nicht ertranken, wurden massakriert.[1]

Der Sieg war vollkommen.

Der Mamluk reckte die Faust zum Himmel empor.

»Allah ist unermeßlich! Sein Wort ist Wahrheit! Siehst du, Nikos, es ist noch nicht lange her, da zweifeltest du an allem. Schau...«

Er deutete auf die blutigen Leichname, die auf dem Nil dahinglitten...

»Sieh, was ich mit deinen Zweifeln und mit den Befürchtun-

---

[1] Dies war eine der schlimmsten Niederlagen, die Desaix während der Kampagne in Oberägypten erlitt.

gen unseres Freundes Carlo gemacht habe: Ich habe ihnen den Kopf abgeschlagen!«

Der Grieche pflichtete ihm bei, doch ohne wahre Begeisterung.

»Der Krieg ist noch nicht zu Ende«, fügte Murad hinzu. »Ich habe dir eine Neuigkeit zu verkünden. In einigen Wochen werden wir die Oasen verlassen und nach Unterägypten ziehen.«

Papas starrte ihn fassungslos an.

»Etwa nach Kairo?«

»Ich bin waghalsig, Nikos, aber keineswegs verrückt. Nein, ich werde die Hauptstadt umgehen und in Richtung Norden das Delta durchqueren.«

»Doch zu welchem Zweck?« fragte Karim nach, von der Entschiedenheit dieses Mannes wahrhaft fasziniert.

»Um nach Alexandria vorzustoßen. Alle Informationen, über die ich verfüge, bestätigen, daß die türkische Armee bald auftauchen wird. Sie ist im Begriff, sich bei Rhodos zu organisieren, und die englische Marine beschießt bereits die Küste. Die Landung steht unmittelbar bevor. Wenn sie stattfindet, brauche ich nur noch den Zusammenschluß mit den osmanischen Kräften herbeizuführen. Und dann werde ich als Befreier meinen Einzug in Kairo halten.«

Er verstummte und musterte die Gesichter, um die Meinungen bezüglich seines Vorhabens zu erkunden.

Karim und die übrigen der Gruppe waren vollends davon eingenommen. Nur Papas Oglu blickte skeptisch drein.

»Was gibt es?« rief der Mamluk gereizt. »Hast du den Tod gesehen?«

»Nein, Hoheit«, brummte der Grieche. »Aber beinahe. Ich weiß, ich enttäusche Sie. Aber ich denke nicht, daß Ihr Plan gelingen wird. Welche Straße Sie auch nehmen, Sie werden immer auf Desaix stoßen.«

»Allah ist mein Zeuge!« rief Murad zornig. »Wenn ich dich nicht liebte, hätte ich dir schon längst die Zunge abgeschnitten. Du wirst uns Unglück bringen!«

Er stampfte mit dem Fuß auf.
»In einem Monat werde ich in Alexandria sein. In einem Monat wirst du mir aus der Hand fressen!«
Dies war am 18. Juni.

*

In dem Augenblick, da Honoré Ganteaume in sie stieß, vermochte Samira einen Schmerzensschrei nicht zu unterdrücken. Obschon sie darauf gefaßt gewesen war, hatte sie während der Präliminarien bereits geahnt, daß diese Vereinigung heftig sein würde. Als der Offizier seine Hose aufgeknöpft hatte, hatte sie sofort bemerkt, daß er von allen Männern, die sie bis zu diesem Tag kennengelernt hatte, bei weitem das größte Glied besaß. Überdies war die unnatürliche Art, in der sie zu besitzen er beschlossen hatte, im Geheimsten ihres Gesäßes, tausendmal schmerzhafter.
Sie preßte mit aller Kraft die Lippen zusammen, während er in ihr kam.
Er hatte sich nicht einmal die Zeit genommen, sich völlig zu entkleiden, und sie selbst trug noch ihre Stiefel.
Nie hatte man sie auf eine derart ungestüme Weise und dazu im Intimsten ihrer selbst geliebt – doch war es überhaupt Liebe?
Sie spürte, wie Ganteaumes Hände ihren Rock höher schoben, bis über die Hüften. Je tiefer er in sie drang, um so heißer wurde die flammende Woge, die ihre Haut versengte. Ein besonders brutaler Stoß ließ sie erneut aufschreien. Dieser Mann würde sie zerreißen! Plötzlich überkam sie ein Gefühl der Panik, die Furcht, daß sie nach dieser Nacht niemals wieder würde lieben können. Völlig außer sich, suchte sie diesem massigen, hinter ihr knienden Körper zu entfliehen. Doch es war sinnlos, seine Hände umklammerten ihre Hüften und hielten sie fest wie ein Schraubstock. Sie unternahm einen neuen Versuch, den er vereitelte. Und in

diesem Augenblick, während sie zwischen Verweigerung und Fügsamkeit schwankte, entdeckte sie staunend eine neue Lust, die sich tief im Innern ihres Fleisches regte.
Plötzlich hatte sie den Eindruck, daß das Zwielicht eins mit ihr wurde, daß die Wände des Zimmers im Rhythmus der Vereinigung schwankten, und daß sich in ihr eine eigenartige und paradoxe Verschmelzung vollzog, bei der der Schmerz Vermittler der Lust wurde.

22. KAPITEL

Es war Nacht, der Himmel über Sabah von Sternen übersät.
Scheherazade, die auf der Veranda saß, legte die Hand auf ihren Bauch. 13. Juli. In zwei Monaten würde sie, so Gott es wollte, das Kind gebären.
Nun, da sie sich dem Ende des Weges näherte, erfüllte sie eine leichte Unruhe. Sie wünschte, es wäre schon an diesem Abend soweit. Oder morgen. Hervorgerufen wurde diese Unruhe durch die Angst vor einer neuen Tragödie und den Wunsch, dieses unsichtbare Leben, das sich in ihr regte, möge endlich Gestalt annehmen. Die Stimme ihrer Mutter riß sie aus ihren Gedanken.
»Wovon träumst du, meine Tochter?«
»Von deinem Enkelsohn. Er bewohnt meinen Körper und meinen Geist.«
»Ein Enkelsohn! Woher nimmst du nur diese Gewißheit, daß es ein Knabe sein wird? Gott allein weiß um das Geheimnis der Geburt.«
Scheherazade lächelte melancholisch. Fast hätte sie Nadia geantwortet, daß auch sie darum wußte, und daß sie überzeugt war, daß mit diesem Kind, das sie in sich trug, Yussef zurückkehren würde. Doch dies zu erklären, hätte ihrer Mutter Schmerz zugefügt. So verschanzte sie sich hinter einer ausweichenden Antwort: »Ich habe keinerlei Gewißheit. Nur eine Vorahnung.«
»Du bist im Moment viel zu schön«, bemerkte Michel. »Wenn es ein Junge wäre, wäre dem anders.«
»Du kennst doch das Sprichwort: ›In den Augen seiner

Mutter ist der Affe eine Gazelle.‹ Man kann nicht unvoreingenommen sein, wenn man liebt.«
Michel seufzte.
»Wie du meinst. Doch ob Junge oder Mädchen, möge Gott geben, daß es nicht den Starrsinn seiner Mama erbt.«
»In dem Fall hättest du es mit Aisha der Sudanesin machen sollen. Zu spät.«
Nadia runzelte die Stirn.
»Na, hör mal, Tochter. Hüte deine Zunge. Es ...«
Sie brach ab, als habe sie etwas Seltsames erblickt.
»Schaut«, sagte sie, auf einen Punkt deutend, der in der Nacht flimmerte. »Man könnte meinen, ein Stern sei herabgefallen.«
Scheherazade und Michel wandten gleichzeitig den Kopf um. Zunächst sahen sie nichts, dann ein blinkendes Licht in der Ferne, unmittelbar über der großen Pyramide.
»In der Tat«, bestätigte Michel. »Das ist sonderbar. Was kann das wohl sein?«
»Wenn Weihnacht wäre, würde ich an den Stern der Weisen denken«, scherzte Scheherazade.
»Wirklich merkwürdig. Vor allem, da der Lichtschein unbeständig ist. Er verschwindet und kehrt in einem fast gleichmäßigen Rhythmus wieder.«
»Ein Signal?« meinte Nadia.
»Vielleicht ...«
»Zu dieser späten Stunde?«
»Möge Gott uns beschützen«, sagte die Frau hastig. »Das gefällt mir nicht.«
Scheherazade blickte ihre Mutter mitfühlend an. Seit einiger Zeit erfüllte sie alles Unerwartete mit Besorgnis und Furcht.

*

Für jemand anderen, eine Meile entfernt, war dieses Blinken ein Symbol der Freude und des Glücks, ein Stern der Weisen.

Auf ihrer Terrasse stehend, starrte Sett Nafissa liebevoll auf das blinkende Licht und seufzte entzückt.
Die Dienerin, die neben ihr stand, faltete andächtig die Hände.
»Sajjida,[1] jetzt glaube ich es. Nun bin ich überzeugt. Dein Gemahl ist in der Nacht des Schicksals[2] geboren.«
»Zweifellos, Zannuba, zweifellos. Nun zünde die Fackel an.«

*

Auf der Spitze der größten Pyramide jauchzte Murad Bey. In der einen Hand eine Öllampe haltend, in der anderen einen Schal, den er vor der Flamme schwenkte, hüpfte er vor Freude.
»Glauben Sie, daß sie Sie gesehen hat, Exzellenz?« fragte Karim mit gedämpfter Stimme.
»Welche Frage! Sie hat mich nicht nur gesehen, sie antwortet mir auch! Schau, das ist sie! Der Mond meiner Tage, der Honig meines Herzens, mein *katkuta*[3]!«
Des Mamluks Stimme erging sich in einer wahren lyrischen Anwandlung, dem Sohn des Suleiman alle Liebesworte der Welt und noch andere, bisher unbekannte, zu Gehör bringend.
Es stimmte wohl, daß die Weiße ihm antwortete. Gen Gizeh flimmerte ein Licht in der Finsternis.
Murad erstaunte Karim immer wieder. Er hatte gesagt, daß er nach Kairo ziehen werde. Die französischen Divisionen geschickt umgehend, auf Umwegen von Oase zu Oase ziehend, hatte er sein Ziel erreicht. Unbestreitbar, dieser Mann hatte Schneid.

---

[1] Herrin. Auch in der Bedeutung von Sultanin oder Königin
[2] Die Nacht des Schicksals ist jene der letzten zehn Nächte des Ramadan, während der nach islamischer Überlieferung der Koran vom Höchsten Himmel in den Unteren, der Erde nächsten Himmel »hinabgefahren« ist.
[3] Spatz

Dennoch waren sie zwei Tage zuvor in ärgste Bedrängnis geraten. Dieser Teufel von Desaix hatte in der Umgegend der Natrun-Seen angegriffen. An die sechzig Mamluken hatten im Verlauf des Kampfes den Tod gefunden. Papas Oglu war von einer Kugel in den Oberschenkel getroffen worden und nur um Haaresbreite einer Amputation entgangen.
Murad war immer noch in seinen verliebten Monolog vertieft. Karim warf ihm einen Seitenblick zu und wurde sich plötzlich der Unwirklichkeit dieser Szene bewußt: ein Mann in tiefster Nacht, mit einem Turban bekränzt und in eine schwarze Burda gewandet, welcher, in der Hand eine Öllampe, seiner Geliebten von der großen Pyramide aus Lichtsignale gab.
Während er gerührt lächelte, brachen seine eigenen Erinnerungen wie eine Woge über ihn herein.
Monate schon hatte er seine *Prinzessin* nicht gesehen.
Was war wohl aus ihr geworden? Seit dem Abend, an dem sie sich geliebt hatten, roch er immer wieder den süßen Duft ihrer Haut.
Warum sollten wir einander verlieren? Wenn der Krieg zu Ende ist, werde ich zurückkehren.
Aus den Tagen wurden Wochen, und je mehr Zeit verging, desto mehr zweifelte er an seiner Heimkehr. Wenn er über sein Leben nachsann, sagte er sich manchmal, daß er vielleicht nicht recht daran getan hatte, fortzugehen. Er faßte sich jedoch rasch wieder und wurde wütend auf sich selbst. War seine Verbindung mit Scheherazade nicht unerbittlich an sein eigenes Glück geknüpft? Wenn sie eines Tages eine freie Frau wurde, mußte er denn dann nicht in der Lage sein, ihr das Wesentliche zu bieten?
Um sich Mut einzuflößen, mußte er sich nur ein Beispiel an Murad nehmen und von einem einmal gesteckten Ziel niemals abweichen. Obgleich dieser Mann, der einst über Ägypten geherrscht hatte, an jenem Abend dazu

verdammt war, seinen Palast und seine Gemahlin von weitem zu betrachten, und ohne Hoffnung, sich ihnen zu nähern.

*

Scheherazade vermochte ihren Blick von dieser in der Ferne flackernden Flamme nicht zu lösen.
Eine Windbö trug ihr die beruhigenden Düfte der Nacht zu, die zarte Gegenwart der Sande, und ein verrückter Gedanke schoß ihr durch den Kopf. War Menschen und Tieren vielleicht die Fähigkeit gemein, ein vertrautes Wesen von weitem zu spüren?
Nein ... das konnte nicht sein.

*

Die Grenadiere der 18. und der 32. Halb-Brigade verließen fluchend die Kaserne von Sakit. Eine Division des Dromedaren-Regiments, die man gleichfalls aus dem Schlaf hatte reißen müssen, und drei Führer, die sie begleiten sollten, folgten ihnen. Zwei Artilleriegeschütze bildeten den Troß.
An der Spitze trottete der Sultan al-kebir auf einem herrlichen Schimmel, dem letzten Geschenk von Scheich al-Bakri. Mit zorniger Miene rief er seinem Stiefsohn zu: »Welch unerhörte Vermessenheit! Uns einige Meilen vor Kairo foppen zu wollen!«
»Seien Sie unbesorgt, *citoyen général*. Sie entkommen uns nicht.«

*

Als der Morgen dämmerte, saß Murad immer noch auf dem First der Pyramide. Er hatte die ganze Nacht kein Auge zugetan und keinen Augenblick seine Augen von dem Haus

abgewandt, in dem seine Geliebte schlief. Die noch unsichtbare Sonne färbte den Horizont rosenrot. Bald würde das eintönige Gewand der Wüste wieder Schatten werfen und die Sphinx ihre ockerbraune Färbung annehmen. Der Sohn des Suleiman war der erste, der die Sandwolke über der Straße nach Gizeh bemerkte.
Er ergriff des Mamluks Fernrohr und erforschte den Horizont. Zuerst machte er die beiden Geschütze aus. Dann entdeckte er das Dromedaren-Regiment und den Offizier, der ihm auf einem weißen Hengst voranritt.
»Hoheit! Die Franzosen!«
Murad nahm Karim das Fernrohr aus der Hand.
»Jetzt schon...?«
Er beobachtete die Truppenbewegung eine Weile.
»Welche Ehre! Hast du den Befehlshaber erkannt?«
»Eh... nein, Exzellenz.«
»Abunaparte höchstpersönlich.«
Karim wollte durch das Fernglas blicken, doch Murad hatte sich bereits aufgerichtet.
»Gehen wir!«

*

Voll Zorn auf sich selbst und dieses Verhängnis, das ihn um seine Beute brachte, stieß der *général en chef* wüste Flüche aus.
Ein weiteres Mal war ihnen der Mamluk mit knapper Not entkommen. Zwar war es ihnen gelungen, ihm einige Kamele abzutrotzen, ein Dutzend seiner Männer zu töten, doch das Gros seiner Truppen hatte sie in dem Meer aus Sand abgeschüttelt.
Den Staub von seinem Gehrock klopfend, murmelte er einige unverständliche Worte.
»Gut«, sagte er schließlich, »kehren wir nach Kairo zurück.«

Beauharnais wollte die Order eben weitergeben, als plötzlich jemand das Eintreffen eines Boten meldete.
Das Gesicht des Adjutanten verkrampfte sich. Welche Katastrophe lauerte schon wieder auf sie?
Der Kurier eilte zum *général en chef* und übergab ihm einen zerknitterten Brief.
Er war vom Vortag datiert und von General Marmont unterzeichnet. Als er ihn zu Ende gelesen hatte, starrte Abunaparte einen Augenblick mit versonnener Miene auf den Horizont. Dann sagte er: »Kursänderung: Wir rücken nach Rahmania ab.«
Als Eugène ihn erstaunt ansah, gab er ihm Marmonts Brief zu lesen.

Alexandria, den 24. Messidor.
Citoyen Général,
ich setze Sie in Kenntnis, daß die Küstenwache von der Höhe des Pharos von Alexandria aus eine Flotte erspäht hat, die von Norden zum Lande vorrückt. Sie besteht aus einhundertdreizehn Schiffen, darunter dreizehn Linienschiffe mit vierundsiebzig Kanonen, neun Fregatten, siebzehn Kanonenschaluppen und vierundsiebzig Transportschiffe. Mit Ausnahme der Tiger *und der* Theseus, *die englisch geflaggt sind, haben die Segler die osmanischen Farben gehißt.*
Alles läßt vermuten, daß sich diese Flotte zur Reede von Abukir wenden wird und daß das Fort sowie die Redoute, die den Zuweg sichert, ihre ersten Ziele sein werden.
Nach Ansicht des Erbauers der Redoute, des Oberleutnants des Geniewesens Thurman, könne diese einem Angriff nicht lange standhalten. Was das Fort mit seiner Garnison von vierhundert Mann betrifft, so werde es fünf bis sechs Tage halten.
Es wäre dringlich ...

Beauharnais unterbrach ihn in seiner Lektüre, doch er konnte das Übrige erraten. Seit einigen Wochen war man auf diese türkische Landung gefaßt. Es war sogar erstaunlich, daß sie so viel Zeit benötigt hatte, Gestalt anzunehmen.[1]
Fünf oder sechs Tage, warnte Marmont ... Und es blieben ihnen weit mehr als fünfzig Meilen zu überwinden. Eilmarsch unter der erbarmungslosen Julisonne. Wieder die Wüste. Und am Ende einem neuen Gegner Trotz bieten. Ein Strohhalm ...
Als sie wieder nach Kairo zogen, bemerkte Eugène den ironischen Blick der Sphinx. Nun wußte er, was ihn an diesem steinernen Phantom immer gereizt hatte.

*

In den folgenden Stunden erfuhr Murad von Kundschaftern, daß die französischen Truppen die Verfolgung aufgegeben hatten.
Kein Zögern war mehr erlaubt. Er mußte gen Alexandria stürmen.
»Na, Nikos! Immer noch so pessimistisch?«
Der Grieche richtete den Verband, der seinen Schenkel schützte.
»Sie stehen unter der Obhut des GNÄDIGEN, Exzellenz. Ich kann nur hoffen, daß ER Sie noch lange beschützen wird. Was mich betrifft« – er wies auf sein Bein –, »so werde ich wohl leider nicht in der Lage sein, Ihnen zu folgen.«
»Sei's drum. Dann wirst du eben im Feldlager von Sakkara auf mich warten, und die Nachrichten, die du erhältst, werden deine Heilung fördern, dessen bin ich sicher. Was uns anbelangt ...«

---

[1] Die osmanische Flotte war einige Tage in den Gewässern der Insel Rhodos durch widrige Winde aufgehalten worden.

Er legte seinen Arm herzlich um Karims Schultern. »Und wir, wir haben ein Stelldichein mit der türkischen Flotte!«
Einen Augenblick später preschten die tausend Reiter des Beys nach Nordwesten – der libyschen Wüste entgegen.

*

Als Nadia Chedid die Tür einen Spalt öffnete, glaubte sie, die Erde werde sich unter ihr auftun. Sie stammelte: »Karim? Bist du es wirklich?«
»Ja, Sajjida. Ich bin es.«
»Der ... der Sohn des Suleiman.«
Sie umarmte ihn so fest, daß er fast erstickte.
»Gott ist groß. Aber wie ist das möglich?«
Er antwortete, doch die Freudenschreie, die sie ausstieß, übertönten seine Erklärung.
»Scheherazade! Scheherazade! Komm schnell und sieh, wer da ist!«
Er suchte sie zu beruhigen, doch sie rief aus vollem Hals: »Scheherazade! Aisha! Michel!«
Sie zerrte ihn ins Vestibül, knallte den Türflügel zu und führte ihn durch den verwinkelten Flur zum Innenhof.
Die sudanesische Hausgehilfin stieß als erste zu ihnen. »Im Namen des BARMHERZIGEN, das ist ja der Sohn des Suleiman!«
Sie drückte ihm zwei schmatzende Küsse auf die Wangen und betrachtete ihn von allen Seiten.
»Mascha'Allah«,[1] rief sie mehrmals, während sie ihn staunend musterte. »Mascha'Allah. Du bist ein Mann geworden.«
Karim setzte eine fatalistische Miene auf.

---

[1] Arabisch: »Was Gott will.« Als idiomatische Wendung jedoch kaum wörtlich übersetzbar. Ein gebräuchlicher Ausdruck der Genugtuung und Bewunderung.

»Nun ja, ich hatte kaum eine andere Wahl, Sett Aisha.«
Dann fragte er spontan: »Wie geht es Yussef Effendi? Und Nabil? Ich ...«
Sein Satz blieb in der Schwebe. Scheherazade war in den Hof getreten.
Er brachte kein Wort hervor, denn es verschlug ihm den Atem. Seit er den Entschluß gefaßt hatte, diesen Umweg zu machen, war ihm in keinem Moment der Gedanke gekommen, die junge Frau so wiederzusehen. Diese rundliche Gestalt, dieser Bauch, den man gespannt und vortretend unter der Tunika von schwarzem Taft erahnte ... Gab es hinsichtlich ihres Zustandes den geringsten Zweifel? Er kam sich plötzlich tumb und närrisch vor. Er hätte vor Scham auf der Stelle sterben mögen.
»Möge der Friede mit dir sein, Sohn des Suleiman. Geht es dir gut?«
Er fand die Kraft zu entgegnen: »Auch mit dir möge der Friede sein, Tochter des Chedid.«
»Du bleibst doch zum Nachtessen, nicht wahr?« fragte Nadia.
»Nein, Sajjida, ganz aufrichtig, ich kann nicht.«
»Kommt nicht in Frage! Wir behalten dich hier, was immer du auch sagst.«
In ernstem Ton wiederholte er seine Ablehnung.
»Seid mir nicht böse. Ich habe einen sehr weiten Weg vor mir. Und man wartet auf mich.«
Die Frau erwiderte: »Wenn du auch nicht zum Nachtessen bleibst, so wirst du doch nicht mit leeren Händen von hier fortgehen!«
Bevor er widersprechen konnte, packte sie Aishas Hand, und beide eilten in die Küche.
Scheherazade hatte nicht gewagt, sich von der Stelle zu rühren. Die Luft, die sie umgab, schien sich in einen zarten kristallenen Mantel verwandelt zu haben, den die leiseste Bewegung zersplittern hätte lassen.

Endlich bewegte sie sich, ging zu einer Steinbank im Schatten des Iwan und setzte sich.
»Entschuldige«, sie deutete auf ihren Bauch, »aber es fällt mir immer schwerer, ihn zu tragen.«
»Ich ... Ich wußte nicht ... Seit wann bist du ...«
»Im September ist es soweit, so Gott will.«
Es trat erneut Stille ein. Er tat einen Schritt und lehnte sich an die Mauer. Eine kleine, in ihrem Mittagsschlummer gestörte Eidechse kletterte rasch aufs Dach.
»Wie geht es deinem Vater? Und Nabil?«
Sie fuhr sich mit den Fingern durch ihr prächtiges schwarzes Haar und entgegnete halblaut, mit zusammengeschnürtem Herzen: »Dann weißt du es also noch nicht. Sie haben uns verlassen.«
»Verlassen?«
»Sie sind tot, Karim. Seit bald sieben Monaten ...«
»Verzeih mir, aber wie ist das geschehen? Was ist ihnen zugestoßen?«
»Nabil ist von den Franzosen zum Tode verurteilt worden. Vater hat den Kummer nicht verwunden.«
Wie von einem Schlag getroffen, krümmte er sich zusammen.
Sie bemühte sich, ihre Erregung zu bändigen. »Du hast mir gefehlt, Sohn des Suleiman«, sagte sie leise.
Er antwortete, ohne den Kopf zu heben: »Du mir auch, Prinzessin. Deshalb habe ich diesen Umweg riskiert.«
»Bist du noch immer bei Murad Bey?«
»Noch immer. Und ich muß wieder zu ihm. Wir marschieren gegen Alexandria.«
»Wie ist das möglich? Es hieß, daß ihr in Oberägypten bleibt.«
»So war es geplant. Aber jeder Tag bringt Neues. Die Türken stehen kurz vor der Landung. Murad möchte sich mit ihnen vereinigen, wenn die Zeit gekommen ist.«
»Schickt die Pforte sich also an, in Ägypten einzufallen?«

»Von den Engländern unterstützt« – er machte eine ausweichende Geste –, »nun ja, zumindest heißt es so...«
»Und der arme Nabil hoffte, dieses Land zu befreien! Welch ein Hohn! Man könnte meinen, wir Ägypter, so armselig wir sind, hätten unter unseren Füßen einzigartige Schätze verscharrt – so viele Völker streiten sich um uns!«
Sie hob den Kopf und sah ihn offen an.
»Gebe Gott, daß du eines Tages, wenn du Qapudan Pascha bist, unter dem Befehl eines Wesens stehst, das dieses Land aufrichtig liebt und keinen anderen Wunsch hegt, als es jenen zurückzugeben, denen es gehört.«
»Glaubst du, einen solchen Mann könnte es wirklich geben?«
Sie lächelte leise.
»Nein. Aber wer weiß?«
Wieder herrschte einen Moment Stille. Dann fragte er: »Und dein Gatte...? Michel, nicht wahr?«
»Er wird bestimmt gleich kommen. Seit einigen Tagen fehlt es uns an allem. Allerdings esse ich für drei.«
»Dann wird es ein hübsches Kind...«
»Ein Junge. Ich bin mir sicher.«
Karim wurde plötzlich blaß. Anscheinend erriet sie, was er dachte.
»Es ist Michels Kind«, sagte sie, die Worte nachdrücklich betonend.
»Wie kannst du dir dessen sicher sein? Wir...«
»Nein, Karim. Eine Frau weiß so etwas.«
Sie wiederholte: »Es ist Michels Kind.«
Mit einem Mal befiel ihn ein unwiderstehliches Verlangen, so heftig, daß er fast schwankte. Seit er mit ihr sprach, war diese Lockung in ihm immer mehr gewachsen, gleich dem Kind, das sie trug. Es war kein fleischliches Verlangen. Nein, es war weit stärker.
»Ich würde gerne...«, sagte er leise.
Verwirrt hob sie die Augenbrauen.
»Sei unbesorgt... Nichts Schlimmes. Einfach nur...«

Seine Hand, deren Zittern er nicht zu bezähmen vermochte, berührte sacht den Bauch Scheherazades. Mit erstaunlicher Zärtlichkeit legte er sie behutsam auf die höchste Stelle. Mit geschlossenen Augen verweilte er so lange Minuten regungslos, ohne daß sie sich rührte. Es schien, als trachte er, sich von diesem unsichtbaren Leben durchdringen zu lassen.
Als er die Augen wieder öffnete, hatte sich sein Ausdruck verändert. Er schien friedlicher, glücklicher.
Er richtete sich auf, und über seine Lippen kamen Worte, die auszusprechen er sich nie für fähig gehalten hätte: »Ich liebe dich, Prinzessin. Ich liebe dich. Dieses Kind, das du trägst, hätte meines sein können. Ich habe es verloren, noch bevor ich es erträumte. Ich weiß nicht, ob es ein Verzeihen gibt, und selbst wenn es dies gäbe, könnte man dann der Vorsehung verzeihen, daß sie das wahre Glück unmöglich werden läßt?«
Das Kristall der Luft war filigran geworden.
Sie wagte nicht, sich zu rühren, zu atmen.
Ihre Augen waren in denen Karims versunken, ihre Stimme in der seinen. Sie getraute sich, ihm die Hand entgegenzustrecken. Er nahm sie. Ihre Finger verknoteten sich gleichsam wie durch zuviel Sonne geschnörkelte Ranken.
Es war Michels Stimme, die das Kristall brach.
Sie lösten sich mit jener Unbeholfenheit, die allein die sündig Liebenden kennen. Scheherazade faltete hastig ihre Hände in Höhe über ihrem Bauch und starrte auf den Hofeingang.
Michel Chalhubs erste Regung war Überraschung.
Als er den Namen des Unbekannten erfuhr, verhärteten sich seine Züge.
Er bemühte sich, das Blut zu bändigen, das an seinen Schläfen pochte.
Karim murmelte: »Ich war im Begriff zu gehen. Ich habe der Sajjida gerade erklärt, daß ich einen weiten Weg vor mir habe.«
Michel nickte, und sein Blick wanderte von seiner Gemahlin

zu Karim. Er schien nach einem Zeichen, nach einem konkreten Beweis für das Böse zu suchen. Es war krankhaft, das wußte er. Doch er konnte nicht anders.
Die Rückkehr von Nadia und der Sudanesin entriß ihn seinen Gedanken.
Nadia trug ein prall mit Lebensmitteln gefülltes Bündel, das sie Karim reichte.
»Hier. Man soll nicht behaupten, der Sohn des Hauses sei mit knurrendem Magen und leeren Händen davongegangen.«
Mit gesenktem Blick fügte sie hinzu: »Yussef hätte es nicht gewollt.«

23. KAPITEL

Als der Sultan al-kebir in der Nacht vom 23. auf den 24. Juli in Abukir eintraf, erfuhr er, daß das Fort und die Redoute, die den Zugang zur Halbinsel sicherte, in die Hände des Feindes gefallen waren.
Am 15. Juli war die Redoute von den Truppen Mustafa Paschas im Sturm genommen und die sechshundert Mann starke Besatzung gemeuchelt worden. Das von Hauptmann Vinache befehligte Fort hatte zwei Tage später kapituliert.
Die einzige gute Nachricht in dieser Misere war: Seit dem 19. Juli hatten die Türken, obgleich zwanzigtausend Mann stark, keinen Durchbruchversuch unternommen. Sie hatten sich darauf beschränkt, einen Brückenkopf zu errichten, und den Erfolg der ersten Stunden nicht ausgenutzt. Indes gab es eine Erklärung für ihre Untätigkeit: Die osmanische Armee bestand nur aus Fußsoldaten. Umsichtig hatte Mustafa Pascha beschlossen, auf das Eintreffen seiner Kavallerie, seiner Gespanne sowie einer auf den Dardanellen stationierten Janitscharen-Division zu warten. Er rechnete auch auf die Mamluken von Murad Bey, die nach seinen letzten Informationen die Oase Charga verlassen hatten und sich auf dem Weg nach Abukir befanden.
Doch am Morgen des 25. Juli war Murad noch immer nicht da, und er sollte auch nicht mehr kommen. Seine eindrucksvolle Karriere war von den Truppen des Generals Friant einige Meilen hinter Gizeh beendet worden.
Abunaparte hingegen erschien zu dem Stelldichein. Es war ihm gelungen, die gesamte Orient-Armee in Windeseile zusammenzuziehen. Hierfür hatte er Desaix aus Oberägyp-

ten, Reynier aus Bilbeis, Kléber aus Damiette, die Divisionen Lannes und Rampon zurückbeordert und in Kairo allein die Soldaten der Ersatztruppen sowie die Fußkranken belassen.

Murat bildete die Vorhut, die aus der Kavallerie, der Brigade Destaing und den vier schweren Kanonen, insgesamt also aus zweitausenddreihundert Mann, bestand. Lannes befehligte den rechten Flügel mit zweitausendsiebenhundert Mann und fünf Kanonen. General Davout, der gerade erst aus der Hauptstadt angekommen war, hatte die Etappe übernommen, damit die Armee nicht von Alexandria abgeschnitten werden konnte.

Einige Steinwürfe entfernt konnte man zwischen den türkischen Truppen stolzierende britische Offiziere erkennen.

Dahinter, auf dem Meer, an Bord der *Theseus,* beobachtete der Kommodore Sidney Smith mit gespannter Miene den Aufmarsch der Heerscharen durch sein Fernglas. Seine Besorgnis war spürbar. Hatte er keinen Fehler begangen, indem er sich selbst zum Militärberater des Paschas aufgeschwungen hatte, obwohl er über keinerlei Sachkunde in der Materie der Landgefechte verfügte?

Sei es drum! Die Würfel waren gefallen.

Zur Rechten der Redoute hat Mustafa Pascha auf einer Bodenerhebung[1] Position bezogen. Er ist von seiner Leibgarde und seinen mit dem dreischweifigen Emblem besetzten Standarten umgeben.

Ein wenig abseits steht eine Gruppe Offiziere. Unter ihnen ein Mann von mittlerer Größe und stämmiger Statur. Eine vorspringende Stirn und stark ausgeprägte Augenbrauenbögen beherrschen sein markantes Gesicht. Die kastanienbraunen Augen funkeln seltsam unstet. Die Nase ist nach unten hin leicht knollig. Ein schmaler Schnurrbart bedeckt die Oberlippe. Seine Haut ist heller als die der Soldaten um

---

[1] Die Anhöhe sollte später *Hügel des Wesirs* heißen.

ihn herum, denn in seinen Adern fließt albanisches Blut. Er geht auf die Dreißig zu, heißt Muhammad Ali[1] und steht im Rang eines *bikbachi*.[2]

Seine Miene ist gespannt. Woran denkt er wohl wenige Sekunden vor einer Schlacht, die er unerbittlich voraussieht? Vielleicht an seinen Onkel Tussun, der ihn nach dem Tode seines Vaters aufgenommen hatte. Oder an dessen Freund, den *tshorbadj*[3] von Prausta, welcher ihn nach Tussuns Ableben bis zu dieser Stunde wie seinen eigenen Sohn erzogen hat. Oder sehnt er sich nach der Ruhe des Dorfes, in dem er aufgewachsen ist? Kavala, dieser kleine Hafen an der Ägäis, an den Flanken der Küste Makedoniens. Vielleicht schweifen seine Gedanken aber auch zu seiner Gattin, die dort bei ihren beiden Kindern harrt.

Von seinem Standort erfaßt Mohammed Alis Blick die gesamte Landschaft...

Ohne ihn je gesehen zu haben, kennt er den Mann, der auf einem Schimmel an den ersten feindlichen Linien entlang trabt. Man hat ihm diesen Mann oft beschrieben. Nur er kann es sein – der General Bonaparte.

Eine gewisse Bewunderung überkommt ihn, während er ihn beobachtet, haben sie doch einiges miteinander gemein. Sie sind im selben Jahr geboren. Und der Franzose trägt, dessen ist sich Mohammed sicher, die Ambitionen eines anderen Mannes, eines Eroberers einer anderen Zeit in sich: des großen Alexander, der wie er, Mohammed Ali, in Makedonien geboren wurde.

Bonaparte, Alexander...

Das Vorherwissen, das manchen, von den Göttern Auserko-

---

[1] In europäischen Quellen wird er häufig unter dem Namen Mohammed Ali, Meh(e)med Ali oder Meh(e)met Ali erwähnt.
[2] Anführer einer Tausendschaft. Einer der ersten Ränge in der Offiziershierarchie des osmanischen Heeres
[3] Hauptmann der Janitscharen, dem man im Innern des Reiches verschiedene Ämter zuwies.

renen zu eigen ist, erfüllt ihn mit der Gewißheit, daß sein Name sich eines Tages diesen beiden hinzugesellen wird. Er ist davon ebenso überzeugt wie vom unwandelbaren Lauf der Sonne.
Die französischen Batterien haben eben zu donnern begonnen.
Die türkischen Kanonen antworten.
Die Infanterie-Einheiten stürmen aufeinander zu.
Die Armeen wogen vor und zurück.
Mustafa Paschas Fußtruppen sind tapfer, doch taktisch ungeschickt.
Folglich wird die französische Kavallerie sie durchbrechen.
Auf Befehl des *général en chef* sammelt Murat seine Reiter, feuert sie an, läßt zum Angriff blasen und stößt vor.
Rasch sind die Männer von Mustafa Pascha mit dem Rücken zum Meer zurückgedrängt.
Murat unternimmt einen weiteren ungestümen Angriff, überglücklich, endlich seine ganze Tatkraft einsetzen zu können, nachdem er sich seit Beginn der Kampagne vor Ungeduld verzehrt hat.
Diesmal müssen die Türken bis zum Wasser zurückweichen. Heilloser Schrecken hat sie erfaßt. Es bleibt ihnen nur noch, sich in die Fluten zu stürzen, um schwimmend ihre rettenden Schiffe zu erreichen. Die meisten werden es nicht schaffen.
Bald treiben Tausende von Turbanen auf der Wasseroberfläche, auf der sich Gischt und Blut mischen.
General Lanusse stößt nun ebenfalls auf die Mitte der Front zu und durchbricht sie. Die Janitscharen-Reihen lösen sich auf und ziehen sich ebenfalls zum Strand zurück.
Nach einstündigem Gefecht sind achttausend Türken getötet und achtzehn Kanonen, dreißig Kastenwagen, fünfzig osmanische Fahnen den Franzosen in die Hände gefallen.
Mohammed Ali ist nicht von Mustafa Paschas Seite gewi-

chen. Er hat von der ersten Sekunde an gewußt, daß ihnen der Sieg nicht zufallen wird.
Warum nur greifen die Franzosen nicht den *Hügel des Wesirs* an, um dem Ganzen ein Ende zu machen?
Bonaparte beobachtet ihn durch sein Fernrohr.
Selbst nach dem Erfolg von Lanusse hält er es nicht für ratsam, die Redoute unmittelbar von vorn anzugreifen. Die halbkreisförmige Stellung, deren linke und rechte Flanke ans Meer grenzen, ist zu stark. Außerdem wird sie von Kanonenbooten flankiert und von siebzehn Feldgeschützen gedeckt.
Doch mit der ihm eigenen Begabung, ein Schlachtfeld zu zergliedern, hat er bemerkt, daß der Strand von Abukir im Osten, wo er eine Art Sporn bildet, verwaist ist. Eine an dieser Stelle plazierte Geschützbatterie könnte die gesamte linke Flanke des Feindes rücklings bestreichen.
Sogleich erhält Oberst Cretin Anweisung, sich dort zu postieren.
Die erste Kanonenkugel zerschellt einige Schritte von Mohammed entfernt.
Bald prasselt ein Eisenhagel hernieder, zermürbt die türkische Stellung.
Mohammed wirft sich zu Boden und entgeht mit knapper Not einem Granatsplitter. Als er sich wieder erhebt, ist er fast allein. Auf Befehl des Paschas haben die Janitscharen sich außer Reichweite der Kanonen zurückgezogen.
Mohammed eilt zu seinem Vorgesetzten. In dem entsetzlichen Getöse versucht er ihm begreiflich zu machen, daß dieser Rückzug ein Fehler ist, daß der Hügel um jeden Preis gehalten werden muß. Doch wer schenkt inmitten solcher Bedrängnis den Ratschlägen eines einfachen *bikbachi* schon Glauben?
Die türkische Räumung hat auf der Linken eine Bresche von einer Meile geöffnet. Murat, dem es wahrhaftig ein Fest ist, drängt mit der Macht eines Orkans hinein. Lannes folgt und stürmt unmittelbar auf das Lager des Paschas zu.

Rasch ist die gesamte Spitze der Halbinsel der Verheerung geweiht.

Mohammed schlägt sich mit der Tapferkeit der Verzweiflung. An seiner Seite zählt man mehr als eine Hundertschaft Albaner. Durch dichten Rauch greift ein feindlicher Reiter an, fast allein an der Spitze, den Säbel in der Hand. Er prescht auf Mustafa Pascha zu. Obwohl dieser bereits verwundet ist, zaudert er nicht, ihm die Stirn zu bieten. Er wirft sich ihm entgegen, zieht mit seiner freien Hand, visiert das Gesicht an und setzt den Streich.

Wundersamerweise wird Murat nur unterhalb des Kinns getroffen. Er hebt den Säbel. Die Waffe saust nieder und haut dem Gegner zwei Finger ab.[1] Der Pascha stürzt zu Boden. Augenblicklich ist er eingekreist und gefangengenommen.

Mohammed Ali, ohnmächtiger Zeuge des Vorfalls, weiß nun, daß das Ende der Schlacht eine einzige Metzelei sein wird. Wohin er auch blickt, der Feind ist überall.

Trotzdem widersetzt er sich mutig, bis er mit dem Rücken zum Meer steht.

Ein Säbelhieb verletzt seinen Arm, ein anderer die Leiste.

Er springt in die Fluten.

Es steht noch nicht fest, daß sein Schicksal am heutigen Tag in Abukir besiegelt sein wird.

Unter einem Hagel aus Kugeln und Granaten schwimmt er voran. Leichen stoßen gegen ihn, die er beiseite drückt. Die ersten Schaluppen sind nicht mehr fern.

Sein Herz hämmert zum Zerspringen, als es ihm endlich gelingt, sich völlig außer Atem an eine von ihnen zu klammern, die ihn in ihrem Kielwasser bis in die Nähe der Flotte schleppt.

Auf die Reling des sich von der Küste entfernenden Kriegs-

---

[1] Bonaparte höchstselbst verband dem Besiegten die Hand mit seinem Schnupftuch.

schiffs gestützt, sieht er, wie die französischen Soldaten die hundert Banner, die schweren Feldgeschütze, die Zelte und die vierhundert am Gestade zurückgelassenen Pferde unter sich aufteilen.

Sein Herz blutet beim Anblick seiner siebentausend Kameraden, die auf dem Wasser treiben. Seltsamerweise empfindet er aber keine Bitterkeit, sondern immer noch Bewunderung. Der Franzose ist der Stärkere gewesen.

Alexander, Bonaparte. Und eines Tages auch er, Mohammed Ali.

Er atmet tief ein. Die Luft drängt in seine Lungen. Er liebt diesen Geruch, der von den Landen Ägyptens aufsteigt und ihn durchströmt.

Er liebt diese Palmen, die im Wind schwanken. Die Linie der Dünen, die Minarette Alexandrias, die ihn an Kavala gemahnen.

Eines Tages wird er zurückkehren. Das ist gewiß.

*

Unterdessen schickt sich ein anderer zum Aufbruch an.

Die Nacht ist auf Abukir herabgesunken.

Der *général en chef* sitzt auf einer Trommel. Im Schein der Fackeln liest er zum dritten Mal den Stoß Zeitungen durch, die der Kommodore Sidney Smith ihm hat zukommen lassen, bevor er sich auf sein Linienschiff zurückzog.

Es sind englische Zeitungen und die Ausgaben der *Gazette française de Francfort* vom April, Mai und Juni.

Seit fast zehn Monaten ohne Nachrichten aus Europa, verwundern ihn diese Artikel zutiefst. Was der Sultan al-kebir daraus erfährt, verdrießt ihn gewaltig.

Ja, wie das? Während er, Bonaparte, sich in Ägypten mit Ruhm bedeckte, schritt das Direktorium von Niederlage zu Niederlage?

Hatte ihm nicht sogar Kléber, mit finsterer Miene aus Akko

zurückgekehrt, vor versammelter Runde zugerufen: »General, erlauben Sie mir, daß ich Sie umarme! Sie sind groß wie die Welt!«[1]

Und was muß er nun aus diesen Zeilen erfahren? Italien ist verloren. Die russischen und österreichischen Armeen haben Jourdan an der Donau, Sherer an der Etsch und Moreau an der Adda geschlagen. Die Cisalpinische Republik besteht nicht mehr. Sechzigtausend von Suworow befehligte Kosaken sind bis an die Grenze der Alpen vorgerückt. Die Vendée steht in hellem Aufruhr!

»Eitle Schwätzer, Großmäuler sind im Begriff, Frankreich zugrunde zu richten! Es ist an der Zeit, unser Land zu retten!«

François Bernoyer hört seine Worte. Der *général en chef* ist aufgesprungen. Er geht auf und ab, die Hände hinterm Rücken verschränkt. François ahnt, daß dieser Mann kurz davor steht, eine ernste Entscheidung zu treffen. Plötzlich tritt er in das Zelt, in das er seinen Sekretär Bourrienne und Konteradmiral Ganteaume bestellt.

»Nun, Bourrienne! Meine Vorahnung hat mich nicht getrogen: Die Lage ist hoffnungslos, Italien ist verloren!«

François Bernoyer tritt näher an das Zelt heran und lauscht gespannt.

»Diese Armseligen! Alle Früchte unserer Siege sind dahin! Was werden diese unfähigen Leute an der Spitze des Staates noch anrichten! Wir dürfen nicht warten, bis alles vernichtet ist, bis die totale Katastrophe hereinbricht!«

Worauf will er wohl hinaus? denkt Bernoyer.

»Meine Anwesenheit wird die Gemüter begeistern und dem Heer die Zuversicht wiedergeben. Ich muß das Vaterland vor

---

[1] Kléber war erst nach dem Sieg von Abukir auf dem Schlachtfeld eingetroffen. Was ihn, nachdem er seine Begeisterung kundgetan hatte, nicht daran hinderte, sich zornig zu beschweren, daß man nicht auf ihn gewartet hatte, um ihn am Gefecht teilhaben zu lassen.

der Raserei der fremden Mächte und der seiner eigenen Kinder retten! Ich muß heimkehren!«
Bernoyer erschaudert. Hat er recht gehört?
Mein General, ist es der Verlust Italiens, der Sie niederschmettert, die Empörung der Vendée, die Sie dermaßen erzürnt? Oder die Versuchung, endlich jene Macht an sich zu reißen, nach der Sie sich stets verzehrt haben? Offen gesagt, was bleibt Ihnen denn in Ägypten noch zu vollbringen, seit Ihre Grille unter den Festungsmauern von Akko gestorben ist?
»Ich werde diesen Haufen von Advokaten verjagen, die unfähig sind, die Republik zu regieren! Ich werde mich an die Spitze der Regierung stellen. Ich kehre heim!«
Wie, mein General? Ägypten verlassen? Wie ein gemeiner Deserteur? Sollten Sie vergessen haben, daß die Soldaten ihr ganzes Vertrauen in Sie setzten und Ihnen nur deshalb folgten – über die Meere hinweg, zu einem unbekannten Ziel? In ein Land, dessen Name den meisten fremd war? Haben Sie vergessen, daß Sie uns versprachen, wir würden nach Abschluß dieser Kampagne genug Geld besitzen, um uns sechs Morgen Land kaufen zu können? Und daß wir seit mehr als sieben Monaten keinen Sold bekommen haben?
»Die Lage in Europa zwingt mich, große Entschlüsse zu fassen. Ich kehre heim!«
Wie, mein General? Diese Armee hat mehr als einmal erwogen, ihre Fahnen einzuholen und eilends zurückzusegeln, tat es jedoch nicht, um Sie nicht zu kompromittieren. Wollen Sie diese Männer im Stich lassen?
»Ganteaume, ich vertraue Ihnen mein Schicksal an. Sie werden mich nach Frankreich zurückbringen!«
Sollten Sie imstande sein, eine verwundete, entkräftete Armee im Stich zu lassen? Sie, der Sie besser als jeder andere wissen, daß wir jedesmal, wenn wir einen Sieg errangen, uns zugleich entkräfteten. Wir haben uns in unseren Triumphen verschlissen, weil uns Ihre Erfolge so teuer zu stehen kamen. Entsinnen

Sie sich der ironischen Worte, die Sie an Kléber richteten: »Wenn ich an des Feindes Stelle wäre, würde ich Ihnen alle Tage einen Sieg schenken.« *In einigen Monaten wird das Expeditionskorps nicht mehr bestehen! Es wird wie ein Frühlingsregen vom Sand des Nils aufgesogen sein!*
»Obendrein, Ganteaume, haben Sie nichts zu befürchten: Mein guter Stern wird uns schützen, und wir werden den englischen Kriegsschiffen zum Trotz ankommen.«
General, das ist Fahnenflucht! Nichts dürfte Ihnen als Entschuldigung gelten, die Ufer des Nils zu verlassen und jemand anderem die Mühe aufzubürden, eine abenteuerliche Expedition, die allein Ihre Idee war, zum Ende zu bringen!
»Sie werden die *Muiron* und die *Carrère* seeklar machen ... Ich werde Ihnen türkische Flaggen und die in Syrien und Abukir erbeuteten Banner stellen. Ich kehre heim!«
Gedenken Sie wenigstens, die Armee zu unterrichten?
»Niemand darf von meinem Fortgang erfahren. Niemand außer denen, die mich begleiten werden.«[1]
Sie, der Held von Italien, von Imbaba und heute von Abukir, Sie sollten nicht wagen, denen gegenüberzutreten, die Sie im Stich lassen werden?
»Ich werde mich ihrer entsinnen. Meiner Tapferen, meiner Getreuen.«
Das wird ihnen vor Freude ein Bein weghauen, mein General. Wie dem armen Caffarelli, der völlig umsonst vor Akko starb. Wenn Sie die Flucht ergreifen, erkennen Sie den ungeheuren Utopismus der Ägypten-Expedition und die absolute Unmöglichkeit an, sie zu einem guten Ende zu führen. Ich sage es Ihnen, citoyen général, *es ist ein schmählicher Treubruch, ein schändlicher Verrat, eine grausame feige Niedertracht! Dieser unwiderstehliche patriotische Drang, der Sie vordergründig zu beseelen scheint, verbirgt in Wahrheit*

---

[1] Er vertraute sein Vorhaben nur wenigen Personen an: Ganteaume, Berthier, Bourrienne, Marmont.

nur Ihren krankhaften Ehrgeiz. Guten Wind, mein General! Doch ich bedauere denjenigen von ganzem Herzen, dem Sie die Fackel weiterreichen!

*

Scheherazade blies die zweiundzwanzig Kerzen aus und richtete sich auf.
Dieser 27. Juli hatte nichts mit all den Geburtstagen gemein, die ihm vorausgegangen waren. Gleich ihrer Mutter trug sie nach wie vor Trauer und hatte weder Pomp noch Gäste gewünscht. Die einzigen Anwesenden waren die unverhofft aus Minia zurückgekehrten Eltern Michels, Amira und Georges Chalhub. Aus Gründen, die niemand verstand, hatten sie beschlossen, Ägypten um Italien halber zu verlassen, weil sie – zweifellos zu Unrecht – fanden, daß es in diesem Land nichts mehr gab, das sie hielt – weder ihr Sohn Michel noch ihr zukünftiger Enkelsohn. Wenn die Zeiten wieder ruhiger waren, wollten sie zurückkehren.
Die einzige nicht zur Familie Gehörende war Sett Nafissa. Auch die Weiße durchlebte harte Prüfungen.
Seit dem seltsamen »Zwiegespräch«, das sie in der Nacht des 13. mit ihrem Gemahl geführt hatte, war sie ohne Nachricht von ihm. Murad war irgendwo in Oberägypten verschwunden. Dennoch bot die Weiße den Umständen weiterhin voll Mut und Treue die Stirn.
Sie klatschte begeistert in die Hände und drückte Scheherazade einen Kuß auf die Stirn.
»Bis du die Kerzen von tausend Jahren ausbläst, wünsche ich dir, mein Schatz, daß jeder Tag des kommenden Jahres das Leid und den Kummer des vorherigen auslöschen möge.«
»Gott erhöre Sie, Sett Nafissa. Ich glaube, wir alle könnten es brauchen, daß Ihr Wunsch in Erfüllung gehe. Wir alle.«
Sie betonte das letzte Wort und sah dabei ihre Mutter fest an. Hinter der heiteren Miene, die sie zur Schau zu tragen

suchte, spürte man, daß dieser Festtag für sie nur ein trauriger unter vielen war.
Scheherazade trat zu ihr und umarmte sie zärtlich. Es bedurfte zwischen ihnen keiner Worte. Sie wußten beide, was diesem Geburtstag mangelte. Seit Januar hatte Sabah der Wüste, die es umgab, seine Pforten einen Spalt geöffnet. Und die Wüste hatte sich hindurchgezwängt. Man konnte die Blüten der Jasminbäume oder der Gardenien noch so fest zwischen den Fingern reiben – es entströmte ihnen nur ein fader Geruch.

*

Samira nahm Ganteaumes Hand und küßte sie innig.
Sie fragte sich, ob das nur ein verrückter Traum war. Alles drehte sich um sie. Eindringlich fragte sie nochmals: »Bist du dir deiner Entscheidung auch ganz sicher? Möchtest du tatsächlich, daß ich dir folge?«
»Ja, mein Herz. Ich lege Wert darauf. Du und der Kleine habt in diesem Land keine Zukunft.«
»Und wann werden wir abreisen?«
»In zwei oder drei Wochen, denke ich. Es hängt von den englischen und türkischen Schiffen ab. Solange sie an der Reede von Abukir liegen, wird es uns nicht möglich sein, die Anker zu lichten. Die Gefahr ist zu groß. Wir müssen die richtige Gelegenheit abwarten.«
Frankreich... Ein Land am anderen Ende der Welt...
Sie, die Tochter von Yussef Chedid, am Arm eines Konteradmirals in der Hauptstadt Europas. Zobeida würde aus allen Wolken fallen! Doch da war eine Kleinigkeit, die sie bekümmerte und ihr die Freude verdarb.
Noch nie hatte Honoré von Heirat gesprochen. Wie stellte er sich ihre Zukunft vor? Was würde sie in Paris wohl sein? Seine Mätresse, seine Konkubine? Denn er war verheiratet und Vater zweier Kinder...

Die Worte brannten ihr auf der Zunge. Sie besann sich. Durch Ungeschicktheit, durch allzugroße Hast lief sie Gefahr, ihn vor den Kopf zu stoßen und mit einem Schlag zu verlieren, was ihr an jenem Abend als der Glücksfall ihres Lebens erschien. Zudem war es ein einzigartiges Angebot. Wenn sie Honoré glauben konnte, nahm selbst der *général en chef* seine Pauline nicht mit. Mehr noch, sie wußte überhaupt nichts von dem großen Aufbruch.[1]

»Also gut, mein Liebling. Wenn es dein Wunsch ist, werde ich dir folgen.«

*

»Da die Regierung mich zurückbeordert hat, übernimmt General Kléber das Oberkommando über die Orient-Armee.

                         Gezeichnet: Bonaparte.«

Das war kurz und klar.

Jean-Baptiste Kléber zerknüllte wütend die Botschaft seines *général en chef*. In seinen gewöhnlich sanften Augen leuchtete ein schreckliches Feuer, das die Schönheit seiner Züge jedoch nicht trübte, sondern noch verstärkte.

Er trat an das aufs Meer hinausgehende Fenster und starrte lange auf den Alt-Hafen, die Marabu-Bucht. Flüchtige Bilder zogen an seinem inneren Auge vorüber. Splitter des ägyptischen Mosaiks, dieser Kampagne, die mit einem Mal nichts als eine ungeheure Absurdität war.

Er fuhr jäh herum und starrte Generalarzt Desgenettes mit funkelnden blauen Augen an.

»So ist das also ... Ohne mich dessen erwehren zu können, habe ich nun Ägypten am Hals ... Der Sold ist überfällig ...

---

[1] An ihrem letzten Abend im Palast von Elfi Bey teilte Bonaparte Pauline nur mit, er werde eine mehrtägige Expedition ins Delta unternehmen.

Die Einheimischen kommen ihren finanziellen Verpflichtungen nicht nach ... Und unser Mann geht mitten in dieser Situation fort und ergreift das Hasenpanier wie ein Leutnant, dem in einer Garnisonsstadt die Schulden über den Kopf gewachsen sind! Ein feines Beispiel, Desgenettes ...«
Er sprach, ohne die Stimme zu heben, doch sein verhaltener Zorn verriet eine Wildheit, die weit bedrohlicher schien, als wenn er aus voller Lunge gebrüllt hätte.
Er wandte sich zu Menou, Abd Allah Menou seit einigen Monaten, und fragte: »Sie wußten also Bescheid ...«
»Erst seit gestern abend. Er hat mich zu einem Treffen nach Rahmania bestellt. Zu dem Brunnen, an dem sich der Gefechtsstand am Tag der Schlacht von Abukir befand. Meine erste Frage war: ›Wohin gehen Sie, General?‹«
»Und er antwortete?«
»›Nach Frankreich‹.«
»Dann?«
»Ich habe erwidert: ›Wo denken Sie hin? Sie wissen doch, daß Sie hier unentbehrlich sind?‹ Seine Antwort war unzweideutig: ›Ich werde es dort um so mehr sein.‹«
Kléber machte erneut auf dem Absatz kehrt und ergriff ein auf dem Schreibtisch liegendes Schriftstück, das er Menou vor die Augen hielt.
»Dies ist eine Proklamation an den Diwan von Kairo. Haben Sie sie gelesen?«
Der andere schüttelte den Kopf.
»›In Kenntnis gesetzt, daß mein Geschwader seeklar sei und daß eine gewaltige Armee‹«, ein ironisches Lächeln kräuselte Klébers Lippen, und er wiederholte für sich: »Eine gewaltige Armee ... ›sich darauf eingeschifft habe; davon überzeugt, daß ich mich nicht in Ruhe und Frieden an Ägypten, dem schönsten Teil der Erde, erfreuen kann, solange ich meinen Feinden nicht den Schlag versetzt habe, der sie alle mit einem Mal zerschmettert; habe ich denn Beschluß gefaßt, mich an die Spitze meines Geschwaders zu stellen

und das Kommando in meiner Abwesenheit an General Kléber zu übertragen, einen Mann mit untadeligen Verdiensten, welchem ich anempfohlen habe, für die Ulemas und die Scheichs ebensolche Freundschaft zu hegen wie ich...«
Er hielt kurz inne.
»*Der Mann mit untadeligen Verdiensten...*«
Ein leises Lachen schüttelte ihn.
»Dem er nicht gegenüberzutreten gewagt hat... Ein paar in aller Eile geschriebene Worte...«[1]
Desgenettes erkühnte sich, zu fragen: »*Citoyen général,* was gedenken Sie den Männern zu sagen?«
Die Frage bewirkte, daß sich die Anspannung, die Kléber erfüllte, plötzlich entlud. Er schlug mit der Faust auf den Tisch. Der Elsässer, bereits von stattlicher Gestalt, wirkte jetzt noch größer.
»Was ich ihnen sagen werde?« rief er mit donnernder Stimme.
»»Meine Freunde, dieser Besteiger hat uns seine Hosen voller Scheiße dagelassen! Wir werden nach Europa zurückkehren und sie ihm in die Fresse hauen![2] Das werde ich ihnen sagen!«

---

[1] Am 19. August, also vier Tage, bevor er sich nach Frankreich einschiffte, trieb Bonaparte die Komödie so weit, Kléber, der sich in Damiette aufhielt, folgendes zu schreiben: »Sie werden am 3. oder 4. Fructidor [dem 20. oder 21. August] einen Brief erhalten. Ich bitte Sie, brechen Sie auf der Stelle auf und begeben Sie sich in eigener Person nach Rosette... Ich habe mit Ihnen über äußerst wichtige Angelegenheiten zu konferieren...« Bonaparte hatte jedoch nie die Absicht, dieses »Treffen« einzuhalten. Am 21. begab er sich nach Rahmania, am 22. zum Brunnen namens Bir el-Gitas, nahe Alexandria. Und am Morgen des 23. stach er in See.
[2] La Jonquière, V, S. 646.

24. KAPITEL

Ägypten, 8. März 1800

»Bei Gott, was für ein Nimmersatt! Wahrlich das Ebenbild seiner Mutter.«
Scheherazade pflichtete mit zerstreutem Lächeln bei, ohne das kleine Wesen, das an ihrer Brust nuckelte, aus den Augen zu lassen. Ein Junge, wie sie es vorausgeahnt hatte. Seit fünf Monaten war er auf der Welt, seit fünf Monaten war sie von ihm durchdrungen, lebte sie nur für ihn.
Wider alle Erwartung war Josephs Geburt ohne Schwierigkeiten verlaufen, doch sie hatte bis zum letzten Augenblick große Angst gehabt. Als die Wehen dichter aufeinanderfolgten und der Schmerz heftiger wurde, hatten Visionen des Schlachtfelds von Imbaba und des in Flammen stehenden Nils sich über sie gebeugt wie alte Dschinns.[1]
Yussef ... Joseph ... Der Ring war geschlossen.
Sie löste das Kind von ihrer Brust und erhob sich, wobei sie es weiter an ihr Herz drückte.
»Möchtest du, daß ich ihn ein wenig nehme?« schlug Nadia vor.
Scheherazade zögerte nur kurz und willigte dann ein.
»Ich werde ihn hinlegen, sei unbesorgt«, erklärte die Frau. Die beiden wechselten einen eigenartigen Blick, wie in einem stummen Zwiegespräch, dessen Code die eine wie die andere offenbar kannte.
»Ich werde mir einen Kaffee machen«, sagte Scheherazade

---

[1] Dämonen

und griff nach einem Schal, den sie sich über die Schultern warf.

Als sie die Schwelle des Zimmers überschritt, vernahm sie hinter sich die leise gesungenen Worte eines Wiegenliedes, eines alten Abzählverses. Den gleichen wahrscheinlich, mit dem sie selbst vor zweiundzwanzig Jahren in den Schlaf gesungen worden war.

Auf dem Treppenabsatz verharrte sie und lauschte. Am Scharren eines Stuhls erkannte sie, daß Michel in der Küche war. Sie fühlte sich nicht in der Lage, vor ihn zu treten. Draußen würde ihr wohler sein.

Obwohl die Luft lau war, überlief sie ein Schauder. Sie krümmte sich zusammen, beschleunigte den Schritt und schlug die beiden Zipfel ihres Schals schnell über ihrer Brust zusammen.

Was war bloß mit ihr? Woher kam dieser Wunsch zu fliehen? Konnte Leben schenken den Verstand zerrütten? Als der kleine Joseph sie verlassen hatte, hatte sie nach dem ersten Glücksgefühl sogleich diese ungeheure Leere erfüllt, hatte sich ihr Sein in eine trostlose Ödnis verwandelt. Seit September fand sie sich alt und nutzlos und haßte ihr Spiegelbild.

Wenn sie doch wenigstens in Michels Nähe die Erfüllung ihrer innigsten Sehnsüchte gefunden hätte. Da war nur diese *entleidenschaftlichte, vernünftige* Liebe, mit der – gleich einem Wasserzeichen – filigranen Bekräftigung ihrer Schuld; allein der ihren. Denn wenn sie ehrlich gegenüber sich selbst war, mußte sie zugeben, daß ihr Gatte nichts dafür konnte, daß er so war, wie er war, und daß er ihr nur schenken konnte, was er besaß.

Während sie ihren widersprüchlichen Gedanken nachhing, kam ihr Samira in den Sinn, was sie noch mehr verbitterte.

Ende August hatte ein französischer Militär eine Nachricht überbracht. Äußerst knapp kündigte das Briefchen die Abreise der jungen Frau nach Frankreich an. Sie war einem Admiral begegnet, den sie heiraten würde.

Als die erste Erschütterung sich gelegt hatte, war Scheherazade zu dem Schluß gelangt, daß die Glücklichere der beiden Schwestern wohl Samira war, von der Michel sagte, sie habe ein *Hirn aus Stein.* Genoß sie nicht ihr Leben? Biß sie denn nicht in die Freude des Daseins und scherte sich wenig darum, ob die Frucht nun herbe war oder nicht? Sie flog, entschieden und beharrlich an ihre Überzeugungen geklammert, wohingegen sie, Scheherazade, seit ihrer Hochzeit nur flüchtig die Zeit streifte, ohne Ausschweifung noch Unmaß. Sie streifte sie nur, wie sie die Haut von Karim flüchtig berührt hatte. Die Dauer einer Stunde.
Und wenn ich fortginge? Wenn ich alles verließe?
Wenn sie doch nur den Mut hätte ...
Wie viele Nächte hatte sie davon geträumt, daß sie und der Sohn des Suleiman sich wieder liebten! Brennende Bilder, völlig anders als jene zurückgehaltene und zwittrige Sinnlichkeit, die sie mit Michel lebte. Es lag etwas Perverses in der Begegnung ihrer beider Körper, eine gewisse Gewalt, aus der die Zärtlichkeit eigenartigerweise verbannt war. Und wenn sie am Morgen dann ihren Unterleib genäßt, überströmt vorfand, krümmte sie sich zusammen, um ihre Beschämung zu umschließen.
Dabei wußte sie, daß die Wirklichkeit und ihre Träume nichts gemein hatten. An jenem Abend in der Lehmhütte hatte sich nichts Derartiges zugetragen. Nur eine Vereinigung, die sie unbefriedigt gelassen hatte. Wo war also die Wahrheit?
Wütend riß sie einen toten Zweig ab und drückte ihn zwischen den Fingern, bis sie weiß wurden. Schließlich riß sie das Geräusch eines rollenden Fuhrwerks aus ihren Gedanken. Sie blickte hinüber zur Einfahrt des Anwesens und erkannte sogleich die Kutsche der Weißen. Ein Mann von ungefähr sechzig Jahren saß neben ihr, den sie noch nie zuvor gesehen hatte.
»*Ya ahlan!*« rief sie und winkte.

Murads Gemahlin stieg ab und streckte Scheherazade die Arme entgegen.
»Mein Mond, wie schön du immer wieder bist!«
»Sie sind zu gütig, Sajjida! Niemals habe ich mich häßlicher gefunden.«
Nafissa starrte sie entrüstet an, wandte sich zu ihrem Begleiter um und nahm ihn zum Zeugen: »Haben Sie das gehört, Beauchamp? Das nenne ich Undankbarkeit! Diese Jugend! Oh! Diese Jugend! Schauen Sie«, sie packte Scheherazade bei den Schultern und nötigte sie, sich umzudrehen, »schauen Sie: Haben Sie jemals in Ihrem ganzen Leben ein schöneres Geschöpf gesehen? He? Antworten Sie mir.«
Sie fuhr fort, jedoch in einem anderen Ton: »Ich möchte Ihnen die vielgeliebte Tochter des Yussef Chedid vorstellen. Möge der Herr der Welten seiner Seele gnädig sein.«
Und zu Scheherazade: »Monsieur Beauchamp. Ein großer Astronom. Mitglied des *Institut d'Egypte*, dieser würdevollen Gesellschaft von Gelehrten und Künstlern. Du hast doch schon davon gehört, nicht wahr?«
Der Mann, ein hochaufgeschossener, hagerer Mensch, grüßte.
»Außerdem gehört er zu dem neuen Stab General Klébers, welcher, wie ich eiligst hinzufügen möchte, mir weit menschlicher erscheint als sein Landsmann Bonaparte. Möge Allah ihn fern von uns halten...«
Plötzlich innehaltend, fragte sie: »Ist Michel da?«
»Gewiß. Was gibt es denn?«
»Nichts als gute Nachrichten. Äußerst gute Nachrichten!«
Ohne weiteren Verzug wandte sie sich zum Haus.

*

Als Beauchamp geendet hatte, entspannten sich Michels Züge. Nadia hob den Blick zum Himmel und schien ein Dankgebet zu murmeln.

»Mein Herr«, sagte Michel überschwenglich, »seien Sie für Ihr Verständnis bedankt.«
Der Franzose setzte eine bescheidene Miene auf und deutete auf Sett Nafissa: »Oh, wissen Sie, ich habe zu diesem glücklichen Ausgang nichts Großartiges beigetragen; die Sajjida hat alles bewerkstelligt. Ich bin nur ein einfacher Mittelsmann gewesen.«
»Aber ein überaus erfolgreicher, Monsieur!« erwiderte die Weiße. »Und vor allem ein sehr redlicher.«
Scheherazade küßte Nafissa geräuschvoll auf die Wange.
»Wie waren Sie bewundernswert.«
Etwas im Hintergrund sitzend, beobachtete Nadia die Szene mit bewegter Miene. Sie flüsterte zaghaft: »Dann ist es also sicher ... man erläßt uns die Abgabe ...«
»Vergessen wir dieses Wort!« warf Nafissa ein. »Werfen wir es in die Wüste! Ihr werdet nicht den geringsten *gruch* mehr zu zahlen haben.«
Michel erwiderte in ernstem Ton: »Jetzt, da alles ein Ende hat, sollten Sie eingestehen, daß diese Steuer von fünf Prozent, die die französische Obrigkeit uns abverlangte, zum mindesten unbillig war. Selbstverständlich hätten wir bezahlt. Aber trotz alledem ...«
Scheherazade wandte sich ebenfalls an Beauchamp: »Mein Gatte hat recht. Im übrigen muß ich gestehen, daß ich aus dieser neuen Maßnahme nicht klug geworden bin. Ist das Gut von Sabah während der zwei Monate nach Ihrer Ankunft nicht veranlagt worden? Ich entsinne mich noch, welche Schwierigkeiten mein Vater überwinden mußte, um dem koptischen Intendanten zu beweisen, daß dieses Land wahrhaftig das unsrige und nicht das irgendeines Beys ist. Die betreffenden Angaben mußten in den Registern aufgestöbert werden, was uns überdies teures Geld gekostet hat. Für die Bestätigung mußten wir eine Gebühr bezahlen. Später hat ein Sachverständiger das Anwesen geschätzt, und man hat uns genötigt, zwei Prozent seines Wertes zu entrichten.

Also ... weshalb wollte man diese neuerliche Besteuerung auferlegen?«
Der Astronom strich verlegen über seinen Schnurrbart.
»Nun ja, weil ... wie soll ich es Ihnen sagen?«
Er schien Sett Nafissas Zustimmung zu erheischen, die eilends bekräftigte: »Sie sind Freunde. Wahre Freunde. Sie haben nichts mit denen zu schaffen, die Sie bekämpfen. Überdies sind es Christen, wie Sie. Sie können ihnen alles sagen.«
Ermutigt begann Beauchamp: »Nun, Sie müssen wissen, daß die Dinge äußerst schlecht stehen. General Bonaparte hat uns eine dramatische Situation hinterlassen. Trotz der im Laufe des vergangenen Jahres erhobenen acht Millionen Pfund sind die Kassen leer. Uns bleiben vier Millionen an unbezahltem Sold, wir bräuchten weitere sechs, um unseren Fehlbetrag zu decken. Die Kämpfe haben die meisten der zur Getreideverschiffung verwandten Nil-Boote zerstört. Der Überschuß Oberägyptens ist größtenteils nicht in den Norden beförderbar. Obendrein lag die letzte Schwelle weit unter dem Durchschnitt, was für die kommende Saatzeit eine Verminderung an bestellten Ackerflächen bedeutet. Die europäischen und ägyptischen Lieferanten weigern sich, der Armee die unentbehrlichen Versorgungsgüter weiter mit Verlust zu verkaufen. Die Kavallerie ist knapp an Hafer und Stroh und droht, zugrunde zu gehen. Der Artillerie fehlt es an Schießpulver. Die Soldaten haben keine Schuhe zum Wechseln. Darüber hinaus sind die Lazarette aus Mangel an Mitteln in einem beklagenswerten Zustand.«
»Das ist recht unbedeutend, mein Herr ...« unterbrach ihn Nadia in kühlem Ton.
Beauchamp starrte sie an.
»Was wollen Sie damit sagen, Madame ...«
»Sie sehen eine Familie vor sich, die einen Vater und einen Sohn hat sterben sehen. Ein Kind von dreißig Jahren, dessen Körper man uns ohne Kopf ausgehändigt hat. Ein alter

Mann, der an Kummer starb. Also ... verzeihen Sie, mein Herr, aber Ihre Soldaten ohne Sold und ohne Schuhe sind recht unbedeutend ...«

Schluchzend verstummte sie. Scheherazade eilte zu ihr.

»Mama ... das ist Vergangenheit ... Komm ... komm mit mir.«

Sich bei den anderen entschuldigend, umfaßte sie ihre Mutter und zog sie behutsam nach draußen.

Beauchamp schien erschüttert. Nach einer Weile sagte er leise: »Vergeben Sie mir ... dieses grauenvolle Drama war mir gänzlich unbekannt ...«

»Wie hätten Sie davon wissen können? Die Liste der Opfer dieses Krieges ist so lang ... Nein, beruhigen Sie sich, es ist nicht Ihre Schuld.«

»Dennoch ... es ist entsetzlich.«

»In spätestens drei Monaten wird dies alles ins Buch der schlechten Erinnerungen verbannt sein! Für Sie wie für uns.«

Beauchamp stimmte matt bei: »Das hoffe ich, Sett Nafissa, das hoffe ich ...«

»Es tut mir leid, aber ich kann Ihnen nicht folgen«, sagte Michel, neugierig geworden. »Wieso meinen Sie, daß in drei Monaten alles vorbei sein wird? Meiner Kenntnis nach besetzt die französische Armee Ägypten nach wie vor. Vor kurzem ist eine zweite osmanische Landung höchst erfolgreich verhindert worden.[1] Also ...«

Ein schalkhaftes Lächeln zeichnete sich auf den Lippen der Weißen ab.

»Sind Sie bereit zuzuhören? Monsieur Beauchamp wird Ihnen mit Vergnügen alles erklären. Nicht wahr, Monsieur Beauchamp?«

---

[1] Am 1. November wiederholten die Türken die Operation, die ihnen bei Abukir mißlungen war. Viertausend Janitscharen landeten in Damiette. Sie wurden von den französischen Truppen unter General Verdiers Kommando aufgerieben.

»Wie Sie belieben, Madame.«
Der Franzose lehnte sich in seinem Sessel zurück und begann mit gemessener Stimme: »Sie dürften sicherlich wie alle Welt erfahren haben, daß el-Arish, der am weitesten vorgeschobene Posten der französischen Armee, in die Hände der Türken gefallen ist.«
»Das ist mir völlig neu. Wann ist das geschehen?«
»Vor drei Monaten ungefähr. Am 23. Dezember. Ein recht düsterer Tag, der allen, die ihn erlebt haben, lange Zeit im Gedächtnis bleiben wird. In wenigen Stunden hat eine von Ragab Pascha befehligte türkische Armee das Fort eingeschlossen und fast sämtliche Verteidiger massakriert. Was viele jedoch nicht wissen, ist, daß, statt Widerstand zu leisten und zu kämpfen, die Garnison die Waffen gestreckt hat.«
»Ohne jede Gegenwehr?«
»Zwei Tage lang. Danach ... brach die Meuterei aus. Die Offiziere ermahnten die Soldaten, standzuhalten, doch die meisten hoben die Gewehre hoch und ergaben sich, nachdem sie das Fort geöffnet hatten.«[1]
»Merkwürdig, daß sich so eine Armee verhält, die bis dahin so erfolgreich war.«
»Nein, logisch. In Wahrheit schwelte diese Meuterei bereits ziemlich lange. Sie war die Folge einer endlosen Reihe von Frustrationen, von Strapazen und Opfern. El-Arish hat doch nur den Zusammenbruch der Moral unserer Armee offen-

---

[1] Cazals, der Platzkommandant, hatte keine andere Wahl, als eine Kapitulation zu unterzeichnen, die ihm einen ehrenvollen Abzug und den Rückzug hinter die französischen Linien zugestand. Die Osmanen aber, die Bonapartes Verhalten in Jaffa nicht vergessen hatten, setzten sich darüber hinweg und fingen an, die Gefangenen niederzumetzeln. Darauf sprengte ein Artillerie-Schirrmeister namens Triaire das Pulvermagazin, und unzählige Franzosen und Türken wurden unter den Trümmern des Forts verschüttet. Von einer fast sechshundert Mann starken Garnison überlebten nur vierzehn Offiziere und zweihundertsechzig Soldaten. In Kairo angekommen, verlangte Cazals, vor ein Kriegsgericht gestellt zu werden. Er sowie seine Offiziere wurden rehabilitiert.

bart. Und damit kommen wir zum wesentlichen Punkt unseres Gesprächs.«
Der Franzose wollte fortfahren, wurde jedoch durch Scheherazades Rückkehr unterbrochen.
»Nun«, erkundigte sich Michel, »geht es ihr besser?«
»Ich habe ihr ein wenig Orangenblütentee zu trinken gegeben. Sie ruht sich in ihrem Zimmer aus.«
Sie entschuldigte sich bei Beauchamp: »Ich bitte Sie, mein Herr, es ihr nicht zu verübeln. Doch die letzten Monate waren sehr beschwerlich.«
»Madame, ich bitte Sie! Es wäre eher an mir, mich zu entschuldigen. Wie ich Ihrem Gemahl schon sagte, wußte ich nichts von dieser Tragödie.«
»Reden wir nicht mehr davon«, entgegnete Michel. »Wenden wir uns der Zukunft zu, die unter günstigeren Anzeichen zu stehen scheint ... Ich bitte Sie, fahren Sie fort. Wir waren bei der Übergabe von el-Arish.«
»Dieses Desaster hat General Kléber veranlaßt, bestimmte Entscheidungen zu treffen. Entscheidungen, die, möchte ich betonen, die bedingungslose Unterstützung all seiner Mitarbeiter finden. Eine weitere osmanische Streitmacht bereitet sich darauf vor, uns anzugreifen. Es ist nur noch eine Frage von Wochen. Was wir auch anstellen mögen – wir werden nicht mehr als siebentausend Mann zusammenbringen, um den Angriff abzuwehren. Die Ägyptische Augenkrankheit hat entsetzlich unter den Leuten gewütet. Ebenso die Pest. Das Heer ist völlig demoralisiert. Dem Aufstand in el-Arish folgte ein zweiter, weit schlimmerer in Alexandria.[1] Und zu alledem kommt das Ausbleiben von Nachrichten aus Frankreich hinzu. Es besteht nicht die geringste Hoffnung auf Verstärkungen.«

---

[1] Diese Revolte wurde durch die Ankunft von Bonapartes Intimi, darunter Pauline Fourés, in Alexandria ausgelöst. Die Soldaten hatten geglaubt, Kléber höchstselbst würde die Armee verraten und Ägypten verlassen.

Beauchamp atmete tief ein, bevor er in feierlichem Ton verkündete: »Infolgedessen hat General Kléber beschlossen, Ägypten aufzugeben.«

»Was sagen Sie?« rief Scheherazade aus. »Sie ziehen ab, alle?«

»So ist es. Am 23. Januar hat der General ein Abkommen[1] unterzeichnet, in dem er sich verpflichtet, die Truppen binnen einer Frist von drei Monaten abzuziehen. Die Orient-Armee, nun ja, was von ihr übrig ist, wird nach Frankreich zurückgebracht.«

»Wie wollen Sie das anstellen?« fragte Michel. »Die Ihnen verbliebenen Schiffe werden nicht genügen, alle aufzunehmen.«

»Es wurde vereinbart, daß wir auf von den Osmanen gestellten Schiffen repatriiert werden. Mit Waffen und Gepäck.«

Inzwischen war Michels Erstaunen der ersten Minuten einer tiefen Verblüffung gewichen.

»Und die Engländer? Sind sie einverstanden?«

»Obwohl Kommodore Sidney Smith den Vertrag von el-Arish noch nicht unterschrieben hat, hat er ihn im Namen Englands gutgeheißen. Niemand zweifelt an der Gültigkeit seiner Zusage.«

Die Franzosen ziehen sich aus Ägypten zurück.

Hätten sie diese Neuigkeit nicht aus dem Munde eines der nächsten Mitarbeiter des neuen Oberbefehlshabers erfahren, hätten weder Michel noch Scheherazade ihr Glauben geschenkt.

»Und eben deshalb«, fügte Sett Nafissa hinzu, »habe ich gesagt, daß wir an das Morgen denken müssen. Die schlechten Tage sind vorbei.«

»Vielleicht«, erwiderte Scheherazade bitter, »doch sind die Franzosen fort, so werden die Türken ihnen nachfolgen. Womöglich gar die Engländer... Unser armes Ägypten wird

---

[1] Bekannt unter dem Namen »Convention d'el-Arich«.

lediglich seine ehemaligen Herren wiedererlangen, das ist alles. Und besonders absurd ist, daß so viele für nichts und wieder nichts ihr Leben lassen mußten... Die Wüste ist mit Blut getränkt, und wir stehen wieder am Ausgangspunkt.«
»Das ist leider wahr, Madame«, pflichtete Beauchamp bei.
»Hat Ihre Entpflichtung denn bereits begonnen?« befragte Michel ihn. »Wenn Sie am 23. Januar unterzeichnet haben, bleibt Ihnen nicht mehr viel Zeit. Nicht einmal zwei Monate.«
»Seien Sie unbesorgt. Kléber ist ein Mann, der Wort hält. Schon am Tag nach der Unterzeichnung des Abkommens hat er die erforderlichen Befehle erteilt. Wir haben den Türken bereits das östliche Delta, die Stellungen in Oberägypten sowie die Festungen von Katieh, Salahieh, Bilbeis und Damiette übergeben. Die Zitadelle von Kairo und die Forts des rechten Nilufers werden alsbald folgen. Und zuletzt die Hauptstadt.«
Scheherazade labte sich buchstäblich an Beauchamps Worten.
»Und Murad Bey...«, fragte sie aufgeregt. »Ist er auf dem laufenden? Haben Sie Neuigkeiten von ihm?«
Die Weiße antwortete spöttisch lächelnd:
»Mein vielgeliebter Gemahl ist nach wie vor nicht greifbar. Nicht wahr, Monsieur Beauchamp?«
»Wenn Sie mir den Ausdruck verzeihen, würde ich sagen, daß Seine Exzellenz ein Malefizkerl ist. Noch vor zwei Monaten hat er einen weiteren Vorstoß nach Mittelägypten versucht... Bei Gott, wie hat er diesen armen Desaix wohl gepeinigt, der übrigens große Stücke auf ihn hält! Schließlich ist man nicht alle Tage mit einem Gegner vom Schlage eines Murad Bey konfrontiert.«
Nafissa errötete vor Freude und Stolz.
»Ja, mein Gatte ist ein Mann,[1] ein richtiger!«

---

[1] Im Ägyptischen steht der Begriff männlich oder Mann für Stärke, Tapferkeit, Mut.

»Jedenfalls«, erwiderte Beauchamp, »ist es sehr wahrscheinlich, daß er gegen den General keine Schlacht mehr führen muß. Es heißt, daß sich Desaix in den nächsten Tagen nach Frankreich einschiffen wird.«
»Die beiden werden einander vermissen«, sagte Nafissa. »Das ist sicher.«
»So endet also der Alptraum«, murmelte Scheherazade und dachte: *Der Krieg ist zu Ende ... und Suleimans Sohn wird bald zurückkehren.*

*

10. März

General Kléber fuhr mit der Hand durch seine Löwenmähne.
»Demnach ist dem *Petit Caporal*[1] sein Staatsstreich geglückt. Er hat das Direktorium gestürzt, der *Rat der Fünfhundert*[2] ist aufgelöst. Seit dem 18. Brumaire steht er im Rang des Ersten Konsuls. Nun versteht man, warum er sich so beeilte, Ägypten zu verlassen.«
Der ironische Ton entging Abd Allah Menou nicht. Er runzelte die Stirn.
»Sie scheinen nicht gerade erfreut über diese Neuigkeit zu sein, *citoyen général*. Denken Sie nicht, daß dies eine gute Sache ist?«
»Legen Sie Wert darauf, daß ich Ihnen antworte? Ich denke, Frankreich hätte von keinem erbärmlicheren Scharlatan unterjocht werden können. Der Mann ist nichts als ein Spieler. Und sein Spielzeug ist die Geschichte. Er spielt mit dem Leben der Menschen, mit den Staats- und Privat-

---

[1] Kleiner Korporal: Spitzname Napoleons *(Anm. d. Ü)*
[2] Rat der Fünfhundert: Eine der beiden Kammern der Direktorialverfassung von 1795 *(Anm. d. Ü)*

vermögen und mit dem Glück und der Wohlfahrt des Vaterlandes.«[1]

Menou unterdrückte ein Schaudern.

»*Citoyen!* Und die neue Verfassung? Was sagen Sie dazu?«

»Die ist nur eine üble Maske, hinter der der Tyrann sich derzeit verbirgt, und die er aus dem Fenster werfen wird, bevor sie ihm nutzlos wird, wenn man ihn nicht selbst hinauswirft.«

Zobeidas Gatte war dem Ersticken nahe. Er stammelte: »Die ... die Republik ... Glauben Sie denn nicht, daß sie bestehen könnte ...«

»Mit Bonaparte an der Spitze besteht die Republik bereits nicht mehr ... Zumindest nicht in dem Sinne, den wir diesem Wort beimessen.«

Er brach ab und schloß barsch: »Wie auch immer, General, es nützt nichts, darüber zu disputieren. Ich weiß, wie feindlich Sie meinen letzten Beschlüssen gegenüberstehen. Oder täusche ich mich?«

Menou zuckte nicht mit der Wimper. »In der Tat, weshalb lange darum herumreden? Jawohl – die Preisgabe von Ägypten bleibt in meinen Augen unverständlich. Wir hätten aus diesem Land eine prächtige Kolonie machen können.«

»Eine Kolonie ... Kehren Sie in die Realität zurück, mein Freund. Eine Kolonie ohne gefestigte Verwaltung, ohne Marine, ohne Geldmittel und Finanzwesen zu errichten, während man einen kontinentalen Krieg auf dem Hals hat, ist der Gipfel des Wahnwitzes! Es ist, als wolle man eine Festung belagern, ohne Herr des Umlandes zu sein und ohne Munitionsvorräte zu besitzen!«

»Auf die Gefahr hin, Sie in Harnisch zu bringen, halte ich daran fest, daß der Vertrag von el-Arish meiner Meinung nach ein politischer Fehler ist.«

---

[1] »Ich bin der Mann des Schicksals, ich spiele mit der Geschichte.« Dieser Satz von Bonaparte hatte Kléber zutiefst entsetzt, der im Gegensatz dazu eher ein Mann der Strenge und Disziplin war.

Klébers Augen funkelten.
»Nun, dann will ich Ihnen sagen, daß es mir mittels dieses Vertrages gelungen ist, dem närrischsten Unternehmen, das es je gab, ein vernünftiges Ende zu bereiten! El-Arish ist gefallen. Eine Armee von vierzigtausend Mann, vom Großwesir Nassif Pascha angeführt, marschiert gegen Kairo. Nach wie vor, und obwohl wir einen Konsul am Orte haben, bin ich überzeugt, daß wir keinerlei Beistand von Frankreich zu erwarten haben und daß wir niemals, zumindest nicht in diesem Krieg, Kolonien in Ägypten errichten werden.«
Er verstummte einen Moment und fügte hinzu: »Es sei denn, die Baumwollstauden und die Palmen tragen demnächst Soldaten und Kanonen ...«
Abd Allah Menous Wangen hatten sich purpurrot gefärbt. Er wollte etwas erwidern, doch sein Gegenüber kam ihm zuvor: »Beenden wir dieses Gespräch. Sie, General, haben – wie Ihre Konvertierung zum Islam beweist – das Gesicht dem Orient zugewandt, ich dem Okzident; zwischen uns gibt es kein Einverständnis.«
Menou ertrug den scharfen Blick seines Vorgesetzten. Er war hin und her gerissen zwischen dem Verlangen, ihm zu antworten, und jenem, auf dem Absatz kehrtzumachen.
Ein heftiges, wiederholtes Klopfen an der Tür nahm ihm die Entscheidung ab.
»Herein!« befahl der Elsässer.
Die Tür schwang auf. Ein nach Atem ringender Offizier stand davor.
»*Citoyen général*. Ein englischer Offizier bittet, empfangen zu werden. Er kommt von Zypern und überbringt eine Botschaft der Britischen Admiralität.«
Kléber winkte, den Gast hineinzuführen.
Ein Mann von ungefähr vierzig Jahren stürmte in den Raum. Er hatte ein rötliches, von Sommersprossen besprenkeltes Gesicht und die den Männern Albions eigene, steife und etwas unsichere Haltung.

»John Keith. Sekretär des ehrenwerten Sidney Smith!«
Noch während er sprach, reichte er Kléber einen Umschlag, den dieser eilends entsiegelte.

An Bord Seiner Britischen Majestät Linienschiff
Queen Charlotte.
Minorca, den 8. Januar 1800.

Mein Herr,
ich habe von Seiner Majestät ausdrücklichen Befehl erhalten, nicht in die Kapitulation der französischen Armee einzuwilligen, die Sie in Ägypten und in Syrien befehligen, es sei denn, sie streckt die Waffen, begibt sich in Kriegsgefangenschaft und liefert alle Kriegsschiffe und alle im Hafen und in der Stadt Alexandria befindliche Munition den Verbündeten Mächten aus.
Sollte eine andersgeartete Kapitulation bereits stattgefunden haben, so ist es keiner Truppe, die nicht ausgelöst wurde, gestattet, nach Frankreich zurückzukehren. Ich halte es für notwendig, Sie davon in Kenntnis zu setzen, daß alle Schiffe, die französische Truppen an Bord haben und mit einem nicht von mir selbst unterzeichneten Freibrief von einem ägyptischen Hafen zu einem anderen Hafen desselben Landes in See stechen, von den Offizieren der von mir befehligten Kriegsschiffe gezwungen werden, wieder den Mutterhafen aufzusuchen.
Im gegenteiligen Fall werden sie als Prise aufgebracht und alle an Bord befindlichen Personen als Kriegsgefangene betrachtet.
Bei dieser Sachlage muß die Evakuierung auf dem Stande bleiben, auf dem sie sich derzeit befindet.

Gezeichnet: Lord Sidney Smith, Admiral.

»Verrat!«
Die Hand, die die Botschaft hielt, zitterte vor Zorn. Kléber mußte sich beherrschen, um nicht dem Emissär das Schriftstück ins Gesicht zu werfen.
»Dies bedeutet nicht mehr und nicht weniger als die Infragestellung des Vertrages von el-Arish!«[1]
»Eine Niedertracht!« rief Menou.
Kléber fauchte den Smithschen Sekretär an: »Ich bitte Sie, sich zurückzuziehen.«
Als der Engländer gegangen war, ließ der Elsässer seiner Empörung freien Lauf.
»Diese Schweinehunde! Wir haben die Zitadelle und die Forts am rechten Ufer entwaffnet! Desaix hat sich aus Oberägypten zurückgezogen und schickt sich an, nach Frankreich zurückzukehren. Die Osmanen haben unsere Linien durchsetzt! Die Vorhut des Wesirs steht in Matarieh, das heißt, einen Steinwurf vor Kairo! Diese verfluchten Briten... Nur ihre Nahrung kommt ihrer Heimtücke gleich... Ich werde ihnen zeigen, was es kostet, ein Kléber gegebenes Wort zu brechen!«
Abd Allah Menou, den offenbar die leidenschaftlichen Äuße-

---

[1] Es wäre zu kompliziert, den Sinnesumschwung der Engländer hier zu erläutern. Es sei lediglich erwähnt, daß Sidney Smith, der loyale und grimmige Verfechter der Konvention von el-Arish, sehr rasch auf den Widerstand von Lord Elgin, dem Botschafter Großbritanniens in Istanbul, sowie von Nelson und der ihn unterstützenden Admiralität stieß. Die Widersacher Smith' waren in der Tat überzeugt, daß man die Orient-Armee vernichten und ihren Abzug mit Waffen und Gepäck verhindern müsse. Diesbezüglich ist Nelsons Ausführung recht aufschlußreich:
... Ich erachte es als wahren Irrsinn, dieser Bande von Dieben zu gestatten, nach Europa zurückzukehren. Nein! Nach Ägypten sind sie aus freien Stücken gekommen, und dort werden sie bleiben, solange Nelson das abkommandierte Geschwader befehligt. ... Niemals wird er der Rückkehr eines einzigen Schiffes oder eines einzigen Franzosen zustimmen. Ich wünsche, daß sie in Ägypten zugrunde gehen und somit der Welt ein beeindruckendes Beispiel der Gerechtigkeit des Allmächtigen liefern. (Dispatches and letters of Vice-Admiral Nelson, London, 1845, IV, S. 157)

rungen seines Vorgesetzten in Begeisterung versetzten, nahm unwillkürlich stramme Haltung an.
»Mein General, Sie sollten wissen, daß ich, wenn es sein muß, bereit bin, für die Republik zu sterben!«
Kléber zuckte mit den Schultern.
»Mein Lieber, bevor Sie sterben, sollten Sie sich noch nach Kairo begeben, wo Sie vor nunmehr drei Monaten hinbeordert wurden ... Offensichtlich hat Sie jedoch die Abfassung Ihrer volkswirtschaftlichen Memoranden überfordert. Fahren Sie also fort, ich bitte Sie. Und vor allem, lassen Sie alles beim alten!«
Menou zuckte zusammen. Die beiden Männer standen einen Moment schweigend einander gegenüber. Schließlich zog sich Zobeidas Gemahl zurück.
Als Menou gegangen war, ließ Kléber Damas, seinen Adjutanten, rufen. Nachdem er ihm kurz die Lage erläutert hatte, schloß er: »Wir müssen uns gefechtsbereit machen. Hierfür benötige ich meine gesamten Divisionen in voller Zahl. Eine Bedrohung in der Etappe könnte dramatische Auswirkungen haben. Daher werden Sie den Bürger Beauchamp beauftragen, sich unverzüglich zu Murad Beys Gattin zu begeben. Es ist unerläßlich, daß sie den Mamluken überzeugt, sich mit uns zu verbünden oder andernfalls neutral zu bleiben.«
»Was bieten wir als Gegenleistung, *citoyen général?*«
»Da schwebt mir schon etwas vor. Auf jeden Fall, Damas, werden wir dem Großwesir in den Arsch treten!«

25. KAPITEL

20. März 1800

Um zwei Uhr morgens rückten die beiden Divisionen von Friant und Reynier, mithin annähernd elftausend Mann, aus Kairo in die fruchtbaren, den Nil säumenden Ebenen und nahmen Aufstellung: links von ihnen die Wüste, rechts der Fluß, ihnen gegenüber die Ruinen des antiken Heliopolis.
Zutiefst empört über die Tücke der Engländer, scharten sich die Soldaten um ihre Anführer. Von der Demoralisierung, die um sich gegriffen und zu Meutereien geführt hatte, war nichts mehr zu bemerken. Die Ehre der Orient-Armee stand auf dem Spiel!
In einer prächtigen Uniform stolzierte Kléber, schöner und hehrer denn je, durch die Reihen. Schließlich blieb er stehen und rief mit lauter Stimme: »Freunde! In Ägypten besitzt ihr kein anderes Stück Land mehr als das, worauf ihr steht. Wenn ihr nur einen Schritt zurückweicht, werdet ihr euer Leben verlieren. Wir sind zwanzigtausend – sie mehr als sechzigtausend. Ihr kennt die Gründe, die uns zwingen, den Krieg wiederaufzunehmen! Solche Unverschämtheiten kann man nur mit dem Sieg beantworten!«
Um vier Uhr setzten die Divisionen sich in Marsch auf das in der Ebene von Heliopolis aufgeschlagene türkische Lager. Zwei Kanonenschüsse wurden auf die Vorposten abgefeuert, die sich in der Moschee von Sibyl el-Ham befanden. Beim ersten Schuß lief durch die französischen Linien ein Brummen wie im Theater durch das Publikum, wenn das Stück beginnt.

Während die Armee vorrückte, sah man, wie türkische und mamlukische Reiter sich aus dem Gros der Truppen lösten und nach Süden davonritten. Kléber ließ sie von seiner Kavallerie angreifen, doch das Manöver mißlang, und sie setzten ihren Ritt fort, ohne daß man sich weiter um sie kümmerte.
Die darauffolgende Schlacht spielte sich in zwei Phasen ab. Das Lager von Matarieh wurde aufgerollt, und dann zerrieben die Grenadier-Kompanien der Division Reynier die Janitscharen, die mit dem Säbel in der Hand aus ihren Verschanzungen stürmten.
Nach dieser Schlappe bat Yussuf Pascha um Verhandlungen. Kléber, stets zu Versöhnung geneigt, sandte ihm seinen Adjutanten Beaudot in Begleitung eines Dolmetschers. Doch kaum hatten sie die türkischen Linien erreicht, wurden sie fast massakriert. Beaudot wurde in Eisen gelegt, an den Schwanz eines Pferdes gebunden und gefoltert. Schließlich wurde er auf das Schiff des Paschas gebracht.
Unweit davon, im Schutz eines dichten Palmenhains, hatten sich Murad Bey, von Suleimans Sohn und Papas Oglu flankiert, und sechshundert seiner Reiter versammelt. Seltsamerweise war im Gesicht des Mamluken keinerlei Spannung erkennbar. Lediglich Neugierde. Man hätte meinen können, er sei nur ein Zuschauer.
Wieder kam es zu heftigen, erbitterten Kämpfen. Als die Sonne hinter den Dünen versank, lagen tausend türkische Banner auf der Ebene. So weit das Auge reichte, sah man nur tote Pferde und Flüchtende, die in alle Himmelsrichtungen davonstoben.
Murad und die Seinen hatten sich noch immer nicht gerührt.
Nach Einbruch der Nacht schrieb Kléber einen Bericht an das Hauptquartier: *Wir haben der Ebene von Heliopolis vermöge des Sieges, den wir soeben über den Großwesir errungen haben, zu neuer Berühmtheit verholfen. Zwanzig Kanonen und seine gesamten Fuhrwerke haben wir ihm abgetrotzt. Er näch-*

tigt heute in Bilbeis, und morgen werden wir ihn mit Gottes Hilfe aus der Wüste vertreiben.
Zur gleichen Zeit erreichten die Reiter, die einige Stunden zuvor die Ebene verlassen hatten, die Mauern von Kairo. An ihrer Spitze ritt Nassif Pascha, der Sohn des Großwesirs.
Beim Anblick der dreihundert Minarette stieß er einen Triumphschrei aus und zog mit seinen Männern durch den Bogen des Bab an-Nasr.

*

»Sie sind zurück!«
Scheherazade sah ihren Gatten zweifelnd an. Die Türken in Kairo? Die Franzosen geschlagen?
»Das muß ein Irrtum sein, Michel. Das ist nicht möglich.«
»Ich habe sie gesehen, Scheherazade. Nassif Pascha, Elfi Bey und auch Geddaui und Ibrahim ... Sie sind dabei, die Stadt in Besitz zu nehmen.«
»Vielleicht ist das das Ende des Krieges«, flüsterte Nadia.
»Ich weiß es nicht, Mutter ... Das einzige, dessen ich sicher bin, ist, daß die Türken tatsächlich in Kairo sind. Sie haben sich die Abwesenheit der Franzosen zunutze gemacht, die nur noch die Zitadelle und ihr Hauptquartier in Esbekiya besetzen.«
Scheherazade umarmte den kleinen Joseph und drückte ihn an sich.
»Möge Gott uns schützen«, sagte sie leise. Ihr Gatte sah sie besorgt an.
»Was ist in dich gefahren? Wovor hast du Angst?«
Die junge Frau schüttelte nur den Kopf. Eine unerklärliche Angst hatte sie ergriffen.

*

»Tod! Tod den Franzosen!«
Vom Sohn des Großwesirs ermuntert, hat die Menge die Waffen ergriffen, die seit dem ersten Aufstand den Durchsuchungen entgangen sind.
Wie vor siebzehn Monaten werden Barrikaden errichtet. Nach einigen Kundgebungen strömen Menschenmassen durch die Straßen.
Mit erstaunlicher Schnelligkeit haben sich die Aufrührer in den Vierteln organisiert. Zivilisten, Mamluken, Janitscharen vereint im Bestreben, die französische Garnison zu vernichten, den Besatzer aus der Stadt zu jagen.
Um die Mitte der zweiten Tageshälfte sind es annähernd vierzigtausend, die von Bulaq bis Gizeh, von den umliegenden Dörfern bis zum Teich von Esbekiya, die Stadt verheeren. Rachsüchtige Schlachtrufe ertönen, wie »Tod dem Granatapfelkern! Tod dem Bartholomeo! Sieg dem Sultan!«
Auf der Kuppe des Mokattam, hinter den Wehrwällen der Zitadelle, widerstehen die zweitausend Mann des Generals Verdier tapfer dem Ansturm und schlagen alle Angriffe zurück.
Bei Anbruch der Dämmerung muß Nassif Pascha seine Machtlosigkeit erkennen. Die Zitadelle wird nicht fallen.
Von da an nahm die Erhebung eine andere Wendung.
War es der Sohn des Wesirs, der den Befehl gab? Einer seiner Untergebenen? Oder waren es ein paar krankhafte Fanatiker?
Gegen neun Uhr folgte dem Ruf »Tod den Franzosen!« der Schrei: »Tod den Christen! Auf zum Heiligen Krieg!«
Der Pöbel zog zum Harat[1] an-Nazara, wo die ausländischen Händler residierten. Dort hielten sich an die fünfzig Männer, Frauen und Kinder auf. Das Tor des Viertels wurde zertrümmert, Krummsäbel und Dolche hieben den Weg frei. Die Männer wurden als erste niedergemetzelt, Frauen und Kin-

[1] Viertel

der zur Versteigerung feilgeboten. Eines nach dem anderen wurden die Häuser, in denen man Christen vermutete, geplündert und verwüstet.
Anderntags, nach kurzem Abflauen, begann ein noch grausameres Gemetzel. Franzosen, Ägypter, Syrer, Griechen – alle Christen – fielen diesem Wüten des Volkes zum Opfer. In el-Khoronfish, im Viertel Zwischen-den-zwei-Palästen, in Rumelieh, in al-Muski speisten Blutströme die Brunnen, und der *khalig* nahm eine zinnoberrote Färbung an, die die Blässe der im Wasser schwimmenden Schädel noch hervorhob.
Die Osmanen hatten von Matarieh drei Kanonen herbeischaffen lassen, und auf den Anwesen einiger Emire grub man mehrere dort verscharrte Artilleriegeschütze aus.
Unweit von Esbekiya hatten sich die Kopten auf Anregung eines der Ihren, eines gewissen Ya'qub Sa'idi, zusammengeschart. Schlecht und recht vermochten sie den Angreifern die Stirn zu bieten. Doch sie waren die einzigen, die Widerstand leisteten.
In der Nacht prasselte ein von der Zitadelle ausgehender Granathagel auf die Stadt ein; vor allem auf das Viertel al-Gamaliya, wo der Großteil der türkischen Truppen und Aufständischen versammelt war. Dieses Bombardement rief bei jenen, die die finstersten Stunden der ersten Erhebung noch in Erinnerung hatten, schreckliche Panik hervor. Von Angst getrieben, verließen die Einwohner zu Hunderten ihre Behausungen, um aus der Stadt zu fliehen. Pferde, Maultiere und Kamele wurden beladen, und bald verwandelte sich Kairo in eine riesige Karawanserei, der die Menschen durch die verstopften Gassen zu entrinnen suchten. Bis zum Morgengrauen kam es zu unbeschreiblichen, schauerlichen Szenen der Verzweiflung.
Auch noch am nächsten Tag dauerte die Herrschaft des Wahnsinns an.
Im Hause eines Janitscharen, zum Viertel el-Khoronfish hin gelegen, wurde eine Waffenwerkstatt eingerichtet. Fuhrleu-

te, Schmiede, Gießer wurden herbeigeholt, um Mörser und Granaten herzustellen und die Kanonen instand zu setzen, die man in den Palästen der Beys ausgrub. Die Ankunft jedes neuen Geschützes wurde mit dem Ruf »Tod den Ungläubigen!« begrüßt.
Der Scheich al-Bakri, der dem General Abunaparte seine Tochter zum Geschenk gemacht hatte, wurde baren Hauptes mit seinen Kindern und seinem Harem in das Viertel al-Gamaliya geführt und mit Schmähungen überschüttet. Ein Adjutant des Nassif Pascha, der für ihn eintrat, konnte ihn im letzten Moment vor der Steinigung retten.
Am Ende des Nachmittags war al-Esbekiya nur noch ein Trümmerhaufen.

Im Morgengrauen des dritten Tages schwoll der Aufruhr rund um Sabah an.
Von Aisha gewarnt, stieg Michel zur Terrasse hinauf, um sich ein Bild von der Lage zu machen. Er sah auf den ersten Blick, wie ernst sie war. Eine wimmelnde Menschenmenge näherte sich, Gabeln und Lanzen emporreckend, in einer Staubwolke rasch dem Gut.
Sie werden es nicht wagen, sagte er sich, obwohl er das Schlimmste ahnte.
Schnell stieg er wieder hinab. Nadia, Scheherazade und Aisha erwarteten ihn am Fuß der Treppe.
»Und?«
»Ich glaube, daß es sehr ernst ist. Sie scheinen außer Rand und Band. Ich denke, es wäre ratsam, alle Eingänge zu verrammeln.«
»Das kann nicht sein!« schrie Nadia. »Sie sind Ägypter wie wir. Sie werden sich doch nicht an Leuten ihrer eigenen Sippe vergreifen!«
»Mutter, wir sind vielleicht von ihrer Sippe, aber nicht von ihrer Religion. In dem Wahn, der diese blinden Eiferer erfüllt, sind Abendländer und Christen das gleiche. Glaubt mir, es ist

besser, wenn wir uns verbarrikadieren. Aisha, schließe die Küchenfenster. Ich kümmere mich um die im *qa'a*.«
Die dicke Sudanesin öffnete die Lippen. Sie schien noch etwas sagen, vielleicht ihre Betrübnis über die Umtriebe ihrer muslimischen Brüder ausdrücken zu wollen. Doch sie blieb stumm und eilte zur Küche.
Auf der Straße wurde das Stimmengewirr lauter. Immer deutlicher vernahm man die Anfeuerungen und Aufrufe zum Heiligen Krieg.
»Scheherazade, schließ dich mit deiner Mutter und dem Kleinen im ersten Stock ein. Im Schlafzimmer werdet ihr sicherer sein.«
»Und du? Was wirst du ...«
»Tu, was ich dir sage!«
Michel sagte es in so energischem Ton, daß die junge Frau sich ohne weitere Worte fügte.
Er stürmte zum *qa'a*. An einer Wand stand eine Truhe. Er öffnete sie hastig. Yussef Chedids zwei Gewehre lagen darin. Mit einem Gefühl der Dankbarkeit gegenüber seinem verstorbenen Schwiegervater nahm er die Waffen und etwas dazugehörige Munition und stürzte ins Vestibül. Er versicherte sich, daß die Tür verschlossen war, und lief ins obere Stockwerk. Oben traf er auf Scheherazade und Aisha. Beim Anblick der Waffen unterdrückten die Frauen einen Entsetzensschrei.
»Michel! Du wirst doch nicht ...«
»Ich habe euch befohlen, im Zimmer zu bleiben!«
»Du hast nicht wirklich vor, auf sie zu schießen!«
»Beruhige dich. Ich habe nicht die Absicht, irgend jemanden zu töten.«
Barsch fügte er hinzu: »Es sei denn, man zwingt mich dazu.«
»*Ustaz*[1] Michel«, jammerte die Sudanesin. »Ich bitte Sie, lassen Sie mich mit ihnen reden. Ich bin Muslime wie sie.«

---

[1] Ehrentitel, der zugleich Lehrer und Gelehrter bedeutet, in der Volkssprache aber auch häufig im Sinne von »Meister«, »Herr« benutzt wird.

»Sie werden dich nicht anhören, sondern dich steinigen. Ich beschwöre euch zum letzten Mal, geht hinauf ins Zimmer, schließt die Tür zweimal ab und kommt erst auf mein Zeichen wieder hinaus.«
»Kommt nicht in Frage!«
Michel starrte seine Gemahlin erstaunt an.
»Kommt nicht in Frage«, wiederholte sie in entschlossenem Ton.
Sie deutete auf die beiden Gewehre.
»Du kannst nur eins bedienen. Ich begleite dich.«
»Du hast den Verstand verloren! Dein Platz ist bei dem Kleinen. Los, geh!«
»In diesem Zimmer wäre ich von keinerlei Nutzen. Das weißt du. Glaubst du wirklich, daß eine Tür, so dick sie auch sein mag, diese Irrsinnigen zurückhalten könnte?«
Sie deutete auf den Garten.
»Es sind mindestens fünfzig. Allein kannst du ihnen nicht standhalten.«
»Aber du kannst nicht einmal schießen! Du hast in deinem ganzen Leben noch kein Gewehr in der Hand gehabt!«
Er versuchte, sich zusammenzunehmen.
»Sei vernünftig, Scheherazade, ich flehe dich an. Denk an unser Kind.«
Die junge Frau trat einen Schritt vor und riß ihrem Mann eines der Gewehre aus der Hand.
»Eben! Genau das tue ich!«
Sie wandte sich zu Aisha, die, das Gesicht in den Händen vergraben, wie Laub zitterte.
»Geh zur Sajjida. Schließt euch ein und kommt auf keinen Fall heraus!«
Michel regungslos zurücklassend, stürzte sie auf die Terrasse.

*

Die Aufrührer hatten sich im Innern des Anwesens verstreut und verwüsteten alles auf ihrem Weg. Nach kurzem Zaudern scharten sie sich wieder zusammen und bildeten einen Halbkreis um das Haus.
»Käufliche! Verräter!«
»Ungläubige!«
»Kommt heraus, ihr Handlanger der Franzosen!«
Die Gestalten drängten sich grölend im Schatten der Maschrabijat.
Hinter dem Mäuerchen kauernd, das die Terrasse einfaßte, klappte Michel an seinem und Scheherazades Gewehr das Schloß zurück.
»Bist du sicher, daß du damit umgehen kannst?«
Mit zusammengekniffenen Lippen nickte sie. Ihr Mund war trocken, und sie atmete schwer.
»Man weiß nicht, Scheherazade, welche Wendung die Dinge nehmen werden.«
»Was meinst du damit?«
»Siehst du den Brunnen dort hinter den Stallungen?«
»Ja.«
»Zehn Schritte zur Rechten, zur aufgehenden Sonne hin, hat dein Vater mich eine Grube ausheben lassen. Darin haben wir zwei Geldbörsen hinterlegt. Sie enthalten Gold- und Silbermünzen. Yussef hat es in Voraussicht schlechter Tage so gewollt. Falls irgend etwas geschehen sollte...«
»Sei still, ich bitte dich. Es wird nichts geschehen.«
»Das hoffe ich. Doch es ist wichtig, daß du es weißt. Für dich, für den Kleinen.«
Michel lehnte sein Gewehr an die Mauer.
»Was machst du?«
»Ich werde versuchen, zu verhandeln.«
Sie klammerte sich ungestüm an seinen Arm, um ihn zurückzuhalten.
»Tu das nicht. Du hast doch gesehen, daß einige von ihnen bewaffnet sind. Ein Verrückter könnte dich...«

Sie beendete den Satz nicht. Eine Stimme hatte sich erhoben und übertönte das Gemurmel. Alle Vorsicht vergessend, richteten sich die beiden auf.

Auf der Schwelle des Hauses stand Aisha. Ohne sich um das Verbot ihrer Herrschaft zu scheren, war sie hinausgegangen und suchte die Menge zur Vernunft zu bringen.

»Meine Brüder! Allah behüte euch in seiner Barmherzigkeit! Diese Familie ist die meine. Habt Gnade mit ihnen. Sie sind Kinder Ägyptens wie ihr.«

»Wie kannst du wagen, Gott zu lästern! Sie sind *nazara!*[1] Ungläubige!« schrie der Anführer der Bande.

Michel beugte sich leicht über die Brüstung.

»Die Tür«, keuchte er entsetzt. »Sie hat die Tür offengelassen ...«

Aisha unternahm einen weiteren Versuch.

»Sohn des Adam,[2] ich flehe dich an. Dies hier sind biedere Leute. Die Herrin hat gerade ein Kind bekommen. *Aman! Aman!*«

»Schweig, Hündin! Geh lieber zur Seite, sonst bist du es, die als erste büßen wird!«

Aisha gab die Hoffnung, den Mann überzeugen zu können, auf. Als sie sich abwandte und ins Haus gehen wollte, stürzten sich zwei Kerle auf sie.

Ein Dolch funkelte.

Scheherazade brüllte: »Nein! Herrgott, nein!«

Die Klinge durchschnitt den Hals der Dienerin. Ihr Körper sackte schwer gegen den Türflügel, der mit Getöse aufsprang.

»Geht zur Seite!« schrie Michel. »Geht zur Seite, oder ich schieße!«

Das Gewehr gegen die Schulter gestemmt, zielte er auf Aishas Mörder.

---

[1] Christen
[2] Volkssprachlicher Ausdruck. Jemanden »Sohn des Adam« zu nennen heißt, ihn an seine Menschlichkeit, im Gegensatz zur animalischen Roheit, zu gemahnen.

»Geht zurück!«
Scheherazade lief zur Treppe.
»Wohin gehst du?«
»Die Tür wieder schließen! Wenn sie hereinkommen, sind wir alle tot!«
»Scheherazade!«
Sie war bereits verschwunden.
Er mußte übermenschliche Beherrschung aufwenden, um ihr nicht nachzulaufen. Unten hatte der Mann bereits die erste Stufe erklommen, die zur Schwelle führte. Da drückte Michel auf den Abzug und schoß.
Es dauerte einen Moment, bis Aishas Mörder, mitten in die Stirn getroffen, schwankte und zusammenbrach.
Als Scheherazade ins Vestibül stürmte, erblickte sie vor dem hellen Hintergrund zwei Gestalten mit fratzenhaften Gesichtern.
Sie zögerte nicht. Die Weisungen ihres Gemahls genau befolgend, legte sie an. Der Schuß krachte und traf die Brust des ersten Mannes mit ganzer Wucht. Der andere rannte, von Panik ergriffen, davon, was die junge Frau zweifelsohne rettete. Es war ihr nicht gelungen, ihre Waffe nachzuladen.
So schnell sie konnte, lief sie zur Tür, schloß sie, lehnte sich mit dem Rücken daran und tastete nach dem Schlüssel, um ihn umzudrehen. Als sie hörte, wie der Riegel ins Schließblech glitt, atmete sie erleichtert auf.
Ein Wunder ... Yussef ist es, der uns von dort oben beschützt ...
Sie stieg wieder hinauf zur Terrasse.
»Tu das nie wieder!« brüllte Michel, als er sie auftauchen sah. Als Scheherazade sich neben ihn kauerte und ihm ins Gesicht blickte, war sie erschüttert. Es war schweißüberströmt, und die Pulverdämpfe hatten seine Stirn grau gefärbt. Sein sonst so sanftes Antlitz war hart und unerbittlich. Das Gesicht eines Kriegers, doch zutiefst verzweifelt. Da begriff sie, daß der Tod weit näher war, als sie vermutet hatte.

»Wir haben fast keine Kugeln mehr«, sagte er mit rauher Stimme. »Drei ... mehr nicht.«
Sie öffnete ihre Hand.
»Eine ... die letzte ...«
Unten wütete die Meute. Sie schlug mit Beilen die Maschrabijat ein und zerschmetterte das zarte Makramee, als sei es ein Glasfenster.
»Sie werden alles zerstören!«
»Bleib ruhig. Wenn sie sich damit begnügen, werde ich dem Heiligen Georg tausend Kerzen anzünden. Die Hauptsache ist, sie bleiben draußen.«
»Schau! Da steigt Rauch auf! Was tun sie wohl?«
»Rühr dich nicht.«
Michel reckte den Kopf über das Mäuerchen.
»Sie stecken die Stallungen in Brand. Diese Irren!«
»Mein Gott! Wir müssen sie aufhalten! Sie legen Sabah in Schutt und Asche!«
»Wir können nichts dagegen tun. Wenn sie sich damit begnügen, müssen wir Gott danken. Ich fürchte nur, der Wind wird sich drehen ...«
Das letzte Wort endete in einem Röcheln.
Er kippte nach hinten.
Im ersten Moment dachte Scheherazade, er täte es absichtlich, um Deckung zu suchen. Dann sah sie das klaffende Loch zwischen seinen Augen; zuerst rötlich, dann rotbraun, dem aufgeplatzten Herz einer Rose gleich.
Michel lag regungslos auf dem Rücken und starrte mit erstaunt aufgerissenen Augen zum Himmel. Ohne zu wissen warum, streckte sie die Hand nach ihm aus.
Das Geschrei unten war lauter geworden, doch sie hörte es nicht mehr. Sie spürte weder das Gewicht ihres Körpers noch die sie umgebende Luft. Es war, als habe auch sie zu leben aufgehört.
Ihre Lippen öffneten sich. »Michel«, versuchte sie zu sagen.
Wie ein Tier kroch sie zu ihm und legte die Wange auf sein

Herz. Sie hatte das Gefühl, in eine tiefe finstere Schlucht zu stürzen.
Er war tot. Michel war tot.
Der Wind hatte den Rauch zu einem dichten Schleier zusammengetrieben, der auf die beiden niedersank.
Sie rührte sich nicht mehr, schien nicht mehr zu atmen.
Vielleicht wäre sie so liegengeblieben, bis die Aufrührer oder das Feuer sie erreicht hätten. Doch plötzlich wurde eine Tür eingeschlagen, und der Krach ließ das ganze Haus erbeben.
Nadias Geschrei riß sie schließlich aus der selbstmörderischen Lethargie, in die sie versunken war.
»Mein Kind!«
Sie umklammerte Michels Gewehr und rannte nach unten.
Die Eingangstür hatte nachgegeben, und die Meute war ins Haus gestürzt.
Drei Männer versuchten, die Tür von Nadias Zimmer mit den Schultern einzurammen. Als Scheherazade hinter ihnen auftauchte, zersplitterte sie krachend.
In einer Ecke des Raumes erblickte sie die versteinerte Gestalt ihrer Mutter. Doch wo war das Kind?
Die drei Kerle stürmten hinein.
Scheherazade schoß aufs Geratewohl und traf einen von ihnen am Schenkel.
Sie lud nach, schoß wieder, doch der Schuß ging ins Leere.
Der Hysterie nahe, packte sie das Gewehr wie einen Knüppel und schlug mit aller Kraft zu. Sie fühlte sich imstande, eine Armee von tausend Mann zu zerschlagen, die ganze Welt! Daß nur ja niemand ihrem Kind zu nahe kam!
Von dem Schuß angezogen, war eine weitere Gruppe zur Verstärkung aufgetaucht.
Kräftige Hände packten Scheherazade. Obwohl sie sich mit aller Kraft wehrte, wurde sie rasch gebändigt und roh zu Boden geworfen.
Nadia schien zu einer Salzsäule erstarrt und brachte keinen Ton hervor.

Wie durch einen Nebel glaubte sie, ein zischendes Geräusch zu vernehmen. Der Kopf ihrer Mutter wankte auf ihren Schultern und fiel mit einem gräßlichen Poltern auf den Boden.

Ekel stieg in Scheherazade hoch. Sie glaubte, in Wahnsinn zu versinken.

Sie wagte nicht hinzusehen. Nun würde die Reihe an ihr Kind kommen.

In der Ferne hörte sie Flüche, Verwünschungen, Triumphgeschrei.

Eine klebrige Hand versuchte ihre Tunika hochzuheben. Eine andere begrapschte ihre Brüste.

Sie hielt die Augen geschlossen, suchte mit der wenigen Kraft, die ihr geblieben war, eine Mauer um sich zu errichten, sich jeglicher Empfindung zu verschließen. Dieses Fleisch, das man betastete, konnte nicht das ihre sein. Dieser Körper, den man zu vergewaltigen versuchte, konnte nicht ihr gehören.

In dem Moment, da man ihre Schenkel spreizte, begann der Säugling zu wimmern.

Der über sie gebeugte Mann hielt inne.

Schritte polterten durchs Zimmer. Das Wimmern wurde lauter.

Jemand hatte das Kind an sich genommen.

Er brachte es zu Scheherazade.

»Ist das deines?«

Sie öffnete die Augen. Mühsam nickte sie.

In den Armen des Mannes zappelte das kleine Geschöpf, seine Händchen öffneten sich und schlossen sich. Wundersamerweise war es plötzlich still im Haus. Kein Grölen, keine Flüche mehr ... nur bleierne Stille.

Scheherazade merkte, daß der Mann näher kam.

Er winkte den anderen, zur Seite zu treten.

»Hier«, sagte er und legte das Kind auf den Bauch der jungen Frau. »Ein Neugeborenes ist die Seele Gottes ...«

Als sie auf ihrem entblößten Bauch die Wärme spürte, richtete sie sich auf und umschlang den kleinen Körper, ganz behutsam, als fürchte sie, ihn zu erdrücken.

*

Der Himmel war schwarz von Rauch. Sabah war nur noch ein Haufen verkohlter Ruinen.
Scheherazade drückte Joseph an ihre Brust. Sie vermochte den Blick nicht von den aschebedeckten Mauern abzuwenden.
Eine Stunde zuvor hatten die Männer ihr befohlen, das Haus zu verlassen. Dann hatten sie es in Brand gesteckt. Eine allerletzte sinnlose Geste der Grausamkeit. Vielleicht war dies der Preis, den sie für ihr Leben und das ihres Kindes bezahlen mußte...
Sabah... der Schatz des Yussef Chedid, zerstört durch diese Schufte.
Michel... Nadia... Aisha...
War dies alles real? War sie nicht Opfer einer Fata Morgana, die in der Wüste oft die Sinne mit tausend Zaubereien umgarnt.
Sie setzte ein Knie auf den Boden. Die Berührung erinnerte sie an eine ferne Zeit, da sie, noch ganz klein, Gefallen daran fand, sich auf dem Sand auszustrecken und sich von dessen Wärme durchdringen zu lassen. Sie hätte alles darum gegeben, einen jener Taschenspieler auftauchen zu sehen, die häufig am Rand des Teichs von Esbekiya ihr Unwesen trieben; sie hätte ihn gebeten, den größten Zaubertrick zu vollbringen und die Zeit zurückzudrehen. Doch da war kein Taschenspieler, und wäre einer aufgetaucht, so hätte sie ihm nichts für sein Kunststück geben können. Sie besaß nichts mehr außer ihrem Kind.
Sie fragte sich, wohin sie gehen sollten. Was würde aus ihnen werden?

Du wirst sehen ... Das ist ein magischer Ort.
Ein Schauder überlief sie.
War das nicht die klagende Stimme ihres Vaters?
Und jetzt stimmte der Nai-Spieler seine Melodie an. *Eines Tages,* arussa, *wenn auch du der Menschen müde sein wirst, entsinne dich des Rosenhofes. Er war ein Stück vom Paradies.*

26. KAPITEL

1. Mai 1800

Ein trockenheißer Wind wehte über Murad Beys Feldlager unweit des Weilers Tura, südlich von Kairo.
Im Hauptzelt stellte Kléber die Tasse Tee mit Piniennuß, die der Mamluk ihm gereicht hatte, ab und sagte lächelnd: »Darf ich Ihnen ein Kompliment machen, Exzellenz? Bis zu dieser Stunde hatte ich von Ihnen nur ein Porträt gesehen. Wie ich gestehen muß, kein sehr schmeichelhaftes. Deshalb machte ich mir eine Vorstellung von Ihnen, die, wie ich nun erkennen muß, nichts mit der Persönlichkeit zu tun hat, die mir gegenübersitzt.«
Die Augen des Mamluken leuchteten auf.
»Mein General, als ich gemalt wurde, hatte ich nicht das Glück, nahe dem großen Kléber zu sitzen.«
Der Elsässer lächelte. Es bestand kein Zweifel, der Gemahl von Sett Nafissa entsprach voll und ganz seinem Ruf: ein gewandter, listiger Diplomat, unerschütterlich und geschmeidig zugleich. Kein Wunder, daß es Desaix und seinen Divisionen im Verlauf zweier Jahre nicht gelungen war, ihn zu vernichten.
Wie auch immer, zur Stunde war Desaix wieder nach Frankreich unterwegs, und er, Kléber, war entzückt, diese Auseinandersetzung, die nur allzu lange gedauert hatte, zu einem Ende zu bringen. Er hatte die letzten Kairoer Vorkommnisse noch gut in Erinnerung. Als er am 27. März in die Hauptstadt eingezogen war, hatte er sie in Blut und Feuer vorgefunden. Nächte erbitterter Gefechte waren nötig gewesen, um die

Lage wieder in die Hand zu bekommen. Dieser mit knapper Not niedergezwungene Aufstand hatte die Instabilität der Lage nur bestätigt. Es blieb noch der Widerstand zu brechen, der im Hafenvorort von Bulaq wütete; danach würde die Hauptstadt wieder in seiner Gewalt sein. Das Delta sowie Unterägypten hatte man den Türken wieder abgerungen. Jedwede osmanische Bedrohung war beseitigt. Der mit Murad abgeschlossene Pakt ermöglichte es ihm, die Rückeroberung Ägyptens zu festigen.

Karim, der sich etwas abseits hielt, beobachtete Rosetti heimlich. Diese Zusammenkunft hatte etwas Unwirkliches an sich. Überdies bestätigte des Venezianers Bemerkung seine Ansicht.

»Wenn man mir irgendwann gesagt hätte, daß ich mich eines Tages außerhalb eines Schlachtfeldes zwischen Kléber und Murad Bey wiederfinden würde, so hätte ich das nicht geglaubt. Jedenfalls bin ich hocherfreut über die Vereinbarung, zu der Sie gelangt sind. Ich bin sicher, daß dabei jedermann gewinnen wird.«

Murad pflichtete ihm bei.

»Mir scheint, die Neutralität, die ich während der Schlacht von Heliopolis gewahrt habe, ist ein Unterpfand meines guten Willens. Nicht wahr?«

»Unbedingt«, entgegnete Kléber. »Ich möchte die Gelegenheit nutzen, um Ihnen zu sagen, daß Sie eine außergewöhnliche Gemahlin haben. Sie hat meinen Vorstoß trefflich verstanden und Sie, ohne ihn zu verfälschen, davon in Kenntnis gesetzt. Richten Sie ihr bitte meine Empfehlungen aus.«

»Das werde ich nicht versäumen, da es mir nun wieder möglich ist, mich nach Kairo zu begeben. Wenn es Ihnen recht ist, sehen wir das Ganze doch noch einmal durch.«

Murad wandte sich zu Karim um.

»Lies bitte vor.«

Suleimans Sohn zog ein Schriftstück aus einer Art Diplomatentasche und begann: »Artikel eins: Der Oberbefehlshaber der französischen Armee erkennt im Namen der Regierung Murad Bey Mohammed als Fürststatthalter von Oberägypten an; er gewährt ihm in dieser Eigenschaft den Nießbrauch des Gebietes beiderseits des Nils vom Bezirk Baras-Burat an, einschließlich der Provinz Girgeh bis nach Syene; mit der Verpflichtung, Frankreich den *miri*,[1] der dem Herrscher Ägyptens gebührt, zu entrichten.«

Murad gab zu verstehen, daß ihm dies genügte, und führte seinerseits aus: »Die folgenden Artikel legen die Höhe der Abgabe in Geld und in Weizen sowie die Fälligkeiten fest; desgleichen die Besetzung des Hafens von Qusseir durch die französischen Truppen mit Unterstützung eines aus meinen Mamluken zusammengestellten Kontingents. Ferner bestimmen sie, daß mir im Falle eines Angriffs auf meine Männer oder mich selbst Beistand geleistet wird. Dafür verpflichte ich mich, ein Korps aus Hilfstruppen bis zur halben Soll-Stärke meiner Streitkräfte zu stellen, um das von Ihren Divisionen besetzte Gebiet zu verteidigen. Und auch die ... stillschweigenden Vereinbarungen werde ich nicht vergessen.«

»Die in meinen Augen ebenso wichtig sind.«

Rosetti fügte anstelle des Mamluken hinzu: »Sie können gewiß sein, daß Exzellenz diese Vereinbarungen buchstabengetreu erfüllen wird. Ihrem Wunsch gemäß wird er allen Ihr Friedensabkommen bekanntgeben und auf Grund dessen das Recht haben, allen Ägyptern, die von den Osmanen abrücken, um sich zu Ihnen oder zu ihm zu gesellen, Pardon zuzusagen.«

»Ganz recht«, bestätigte Murad. »Ich stehe zu meinem Wort. Es ist heilig.«

Kléber nickte.

»Wenn Sie in unserem Bündnis den gleichen Eifer zeigen wie den, den Sie an den Tag legten, als wir uns noch gegenüber-

---

[1] Eig. Staatseinnahmen *(Anm. d. Ü.)*

standen, bin ich vom Gelingen überzeugt.[1] Für meinen Teil verpflichte ich mich, Ihre Belange zu verteidigen, wenn es erneut zu einer Regelung der ägyptischen Fragen kommen sollte.«

Murad schloß ostentativ die Augen.

»Nun«, sagte er, sich erhebend, »wenn Sie mir erlauben, würde ich Ihnen gerne ein Geschenk zur Erinnerung an unsere Unterredung überreichen.«

Er lud seine Gäste ein, ihm vor das Zelt zu folgen.

Ein Mamluk wartete am Eingang. An einer Leine hielt er ein falb-braunes, prächtig geschirrtes Pferd.

»Es gehört Ihnen, General Kléber. Allah gebe, daß es Sie zu den höchsten Gipfeln des Ruhmes und des Wohlstands tragen möge. Das ist noch nicht alles.«

Murad klatschte in die Hände.

Ein weiterer Sklave näherte sich und bot dem Elsässer einen herrlichen, auf einem Brokatkissen liegenden Silberdolch dar.

»Daß diese Klinge Ihre Widersacher zerschlage. Daß sie Ihre Feinde entsetze und blende.«

Kléber prüfte die Waffe mit Kennermiene und sah, daß sie ein wahres Kunstwerk war.

»Herzlichen Dank, Murad Bey. Wenn Desaix mir von Ihnen erzählte, wenn er Ihre Kühnheit rühmte, fragte ich mich immer, ob er nicht ein wenig übertrieb, ob er Sie nicht *idealisierte*. Heute weiß ich, daß er recht hatte. Und daß sich zu Ihren kriegerischen Qualitäten noch Großmut hinzugesellt. Ich werde mich dessen entsinnen.«

Der Mamluk legte seine Hand nacheinander auf das Herz und auf die Lippen und verneigte sich ehrfurchtsvoll.

Diesen Augenblick nützte Rosetti, um an den Bey heranzutreten.

---

[1] In der Tat sollte Murad wider alle Erwartung sämtliche Klauseln des Vertrags genauestens einhalten und wiederholt öffentlich seine Freundschaft und seine Treue gegenüber Kléber bekunden.

»Leider ist auch für mich die Stunde gekommen, Ihnen Lebewohl zu sagen.«
Murad schüttelte mißbilligend den Kopf.
»Du tust unrecht, Ägypten zu verlassen. Ich gedachte dich mit Geld zu überhäufen, wenn ich wieder an der Macht bin.«
»Daran zweifele ich nicht, Hoheit. Doch ich sehne mich nach Venedig. Und ich muß gestehen, die Politik hat meine Kraft zermürbt. Die Flamme ist erloschen.«
»Wisse, daß du hier zu Hause bist. Falls du dich eines Tages entschließt zurückzukehren, brauchst du nur an meine Tür zu klopfen. Mein Haus wird dir stets offenstehen.«
Nachdem die beiden Männer sich innig umarmt hatten, sagte Murad: »Vergessen Sie nicht, Ihren neuen Rekruten mitzunehmen, mein General! Es wäre schade, wenn Sie sich eines Elements von Güte beraubten.«
Er wandte sich an Karim.
»Ist unser Freund bereit?«
»Bereit? Er dürfte schon seit drei Tagen nur auf diese Stunde warten!«
Seine Hände zu einem Trichter formend, rief er: »Nikos! Es ist Zeit. General Kléber möchte aufbrechen!«
Der Grieche tauchte so schnell auf, als sei er vom Himmel gefallen.
Er legte seinen Bettel auf den Boden, trat einen Schritt vor und nahm eine tadelsfreie Habtachtstellung ein.
»Sie sind also gewillt«, sagte Kléber, »in den Reihen der französischen Armee zu dienen?«
»Das ist richtig, mein General.«
»Unsere Freunde hier haben Ihre besonderen Fähigkeiten gerühmt. Wenn man ihnen glauben kann, sind sie nicht zu zählen.«
Nikos antwortete mit erstaunlicher Unverfrorenheit: »Ganz recht, mein General.«
»Sie sehen mich entzückt. Sobald wir zurück in Kairo sind, wird man Ihnen eine Uniform geben; die der Orient-Jäger.

Ihre Zuteilung ist jedoch nur vorläufig. Ich erwäge, in den kommenden Wochen eine griechische Legion aus den bereits bestehenden Kompanien zusammenzustellen. Habe ich recht verstanden, daß Sie griechischer Abstammung sind?«
»Jawohl, mein General. Und Griechen führen kann allein ein Grieche. Ich kenne dieses Volk in- und auswendig.«
»Sie glauben also, das Beste aus ihnen herausholen zu können?«
»Um das Beste aus ihnen herauszuholen, mein General, muß man sie in den Hintern treten, wenn Sie mir den Ausdruck verzeihen. Vor allen Dingen braucht man eine harte Hand.«
»Ich hoffe, die haben Sie, wenn ich Ihnen diese Legion anvertraue.«
»Es ist mir eine Ehre, mein General!«
»Dann lassen Sie uns aufbrechen, *citoyen commandant!*«[1]
Karim verfolgte die Szene mit einem Anflug von Melancholie. Nach all den Jahren enger Freundschaft trennten sich nun ihre Wege. Gewiß hätte er es dem Griechen gleichtun können, doch welche Rolle konnte er in dieser französischen Armee spielen als die eines einfachen Soldaten? Und weshalb sollte er fortgehen? Er fühlte sich wohl in Murad Beys Diensten.
Doch war das alles tatsächlich von Bedeutung? Angesichts der schrecklichen Nachricht, die Rosetti überbracht hatte, schien alles völlig unwichtig.
Michel Chalhub war tot ... Und Nadia und Aisha. Sabah existierte nicht mehr...
Es war entsetzlich. Wie hatte eine solche Tragödie nur geschehen können? Lastete ein Fluch auf der Familie Chedid?
Scheherazade ... Er stellte sich ihre Verzweiflung vor. Ihre Zerrissenheit.

---

[1] Manche Dokumente lassen vermuten, daß er in den Rang eines Generals erhoben wurde.

Er hatte daran gedacht, zu ihr zu eilen, ihr in ihrem Leid beizustehen. Doch das war unmöglich. Er konnte es nicht. Infolge Nikos' Fortgang war ihm das Kommando über die Flottille übertragen worden.

*

8. Juni 1800

Mit dem Rücken gegen eine Akazie gelehnt, betrachtete Ahmed, der Nai-Spieler, Scheherazade so zärtlich, als sei sie seine Tochter. Er empfand für sie weit mehr als Bewunderung. Noch nie im Leben hatte er eine so tapfere Frau gesehen. Seit sie vor drei Monaten mit ihrem Säugling auf dem Rosenhof aufgetaucht war, hatte sie sich nicht eine Stunde Ruhe gegönnt. In den ersten Tagen hatte sie sich, in tiefe Niedergeschlagenheit versunken, nur ihrem Kind gewidmet, war stundenlang durch die Landschaft gewandert und hatte kaum ein Wort gesprochen. Doch dieser Zustand hatte nicht lange angedauert. Als sie eines Morgens aufstand, war sie wie verwandelt gewesen. Sie hatte sich in den Weiler Nazleh begeben und verkündet, den Rosenhof wieder aufleben zu lassen, was ihr einer Königin würdige Ovationen eingebracht hatte.

Mit zwei Dörflern zurückgekehrt, hatte sie mit dem Schlafzimmer begonnen. Sie hatten die Innenwände ausgebessert, das wurmstichige Holz ersetzt, die Risse gestopft.

Anschließend war der Hauptraum an die Reihe gekommen. Sie hatte gerieben, gewienert, den alten kupfernen Lampen wieder zu Glanz verholfen, den Schornstein gefegt, die Feuerstelle und den Kaminschieber instand gesetzt. Dann hatte sie sich mit dem Beistand eines Maurers an die groben Arbeiten begeben.

Gewiß blieb noch viel zu tun. Doch es bestand kein Zweifel,

daß der Rosenhof mit der bedingungslosen Unterstützung der Leute aus Nazleh schon bald einen Teil seiner Pracht wiedererlangen würde, zumal die Bewohner des Weilers ihr treu ergeben waren. Als sie erfuhren, welches Unglück die Chedids getroffen hatte, hatten sie sich spontan um sie geschart, und alle waren bestrebt, sie zu unterstützen. Die Männer wurden selbstverständlich für ihre Arbeit entlohnt; doch hätte Chedids Tochter nicht über die Mittel verfügt, so hätten sie sich sicher mit der gleichen Begeisterung aufgeopfert. Das Andenken des Großvaters nahm noch immer großen Raum in ihren Herzen ein.

In diesen letzten zwei Wochen hatte sie sich ganz dem Boden und den zwei aufgegebenen Feddan gewidmet, denn sie hatte sich geschworen, ihnen noch vor der nächsten Schwelle wieder Leben einzuhauchen. Anfangs hatten die Bauern, versucht, sie davon abzubringen; die Frist war zu kurz, meinten sie. Beim besten Willen der Welt sei nicht genügend Zeit, alles urbar zu machen, das Gestrüpp, die Taumelgräser auszureißen, das Gestein und vor allem den Wüstensand zu beseitigen, der mittlerweile fast alles zugedeckt hatte. Man hatte es hier nicht mit Brachland zu schaffen, sondern mit einem in vielen Jahren von der Sonne ausgedörrten Feld.

»Wir werden es schaffen«, spornte sie sie an. »Wir werden es schaffen, wenn ihr es genauso stark wollt wie ich!«

Von ihrem Elan hingerissen, waren sie ihr gefolgt. Und nun, drei Wochen vor dem nächsten Anstieg des Wassers, war sie nicht weit davon entfernt, ihre Wette zu gewinnen.

Wahrhaftig, welch eine Frau! Die würdige Enkeltochter des Magdi Chedid!

»Woran denkst du, Ahmed?«

Er blickte zu ihr auf. Ihr Gesicht war mit Staub beschmiert, ihre Hände waren schwarz von Schlamm. Doch sie war schön wie eh und je.

»Woran ich denke, Sajjida? In meinem Alter denkt man nicht mehr viel.«

»Ich bewundere deinen Mut.«
Er deutete auf das sie umgebende Land.
»Weißt du, daß du im Begriff bist, dein Ziel zu erreichen?«
»Weshalb? Hast du daran gezweifelt?«
»Der Zweifel ist ein Teil meines Wesens. Ja ... ich habe gezweifelt.«
Sie sank neben ihm nieder und lehnte sich an die Akazie.
»Da du mich seit fast drei Monaten beobachtest, dürftest du mich schon recht gut kennen. Wenn ich einmal einen Entschluß gefaßt habe, gibt es für mich kein Hindernis.«
»Aus dir spricht die Vermessenheit der Jugend.«
»In wenigen Wochen werde ich dreiundzwanzig Jahre alt ... Da ist die Jugend schon vorbei.«
Er lachte auf.
»Dreiundzwanzig Jahre ... Wie viele Jahre gibst du mir denn noch? Dreiviertel meines Körpers haben sich bereits dem Tode zugeneigt, und ich sehe nur noch die Hälfte der Dinge ... Dreiundzwanzig Jahre ...«
»Es war nur ein Scherz ...«
Sie sah ihn forschend an.
»Du hast mir noch nie deine Geschichte erzählt, Ahmed.«
Er deutete auf seine leere Augenhöhle.
»Meinst du diese Geschichte?«
Sie nickte.
»Was würde es dir nützen, mein Unglück zu kennen. Meinst du nicht, das Schicksal hat dir genug aufgebürdet?«
»Es geht es nicht um mein Schicksal, sondern um deines. Erzähle ...«
Er streichelte zerstreut das Holz seiner *nai*.
»Es geschah vor langer Zeit. Sagen wir, vor ungefähr fünfzehn Jahren. Aber was bedeuten schon Daten? Zu jener Zeit lieferten sich die Mamluken einen erbitterten Kampf. Ibrahim und Murad, die ehemaligen Anhänger von Ali Bey. Wenn eine Gruppe die Vorherrschaft errang, wurde die andere aus Kairo verjagt. Meist suchte sie in Oberägypten oder in

Palästina Zuflucht und bereitete dort ihren Gegenstoß vor...
Es war eine Zeit großer Unruhen. Ich lebte damals in Esna, einem kleinen Dorf südlich von Luxor. Ich besaß ein Feld, auf dem ich Baumwolle anbaute.«
»Hattest du eine Frau? Kinder?«
»Nein... Ich hatte nie das Bedürfnis, mir eine Frau zu nehmen. Eine Frau ist ein sonderbares Wesen. Schön, aber sonderbar... Doch lassen wir uns darüber nicht weiter aus, ich könnte dir Dinge sagen, die dich verletzen, und vielleicht würdest du mir noch das Auge herausreißen, das mir geblieben ist.«
Er lachte wieder auf seine seltsame Art und fuhr fort: »Es war im Jahr 1784, an einem Dezembertag. In jenem Jahr herrschten wie in den vorausgegangenen Hungersnot und Teuerung. Die Nilschwelle war nicht ausreichend gewesen, die Katastrophen rissen nicht ab, die von den Beys begangenen Beschlagnahmungen und Unbilligkeiten waren alltäglich. Ihre Leute schwärmten in die Städte und Dörfer aus, um Steuern zu erheben und alle Arten von Ungerechtigkeiten zu begehen, denen sie seltsame Namen gaben. Man saugte die Bauern aus, zu denen ich gehörte. Viele, die schon völlig verarmt waren, mußten ihre persönliche Habe und ihr Vieh verkaufen, um die Forderungen zu erfüllen.«
Er holte Luft, bevor er mit leisem Lächeln fortfuhr: »Eines Morgens, als kaum die Sonne aus dem Fluß aufgetaucht war, fanden sich zwei Beamte in meinem Hause ein, begleitet von ihren bis an die Zähne bewaffneten Schergen. Es war das dritte Mal, daß sie Steuern eintrieben. Bis dahin hatte ich immer bezahlt. An jenem Tag weigerte ich mich und trieb die Kühnheit so weit, ihnen die Tür vor der Nase zuzuschlagen. In der darauffolgenden halben Stunde legten sie Feuer an mein Haus. Ich hatte nur die Wahl, zu verbrennen oder erdolcht zu werden. Da ich immer schon große Angst vor Feuer hatte, rannte ich aus dem Haus, doch der Beamte hatte die Güte, mich nicht zu töten. Er befand – Allah weiß, wie-

so –, daß ich nur die Hälfte meiner Schuld bezahlt hätte. Also hat er mich meiner halben Sehkraft beraubt.«
Er verstummte. Seine Finger verkrampften sich um die *nai.*
»So war es ... Nun kennst du meine Geschichte ...«
»Und was hast du anschließend gemacht? Bist du aus Esna geflohen?«
»Was hätte ich sonst tun sollen? Ja. Ich ging fort.«
Er hielt einen Moment inne, bevor er schloß: »Wenn es dir recht ist, werde ich dir das Ende ein andermal erzählen.«
»Gewiß. Verzeih mir, daß ich diese Erinnerungen in dir geweckt habe. Ich wußte nicht ...«
Er legte seinen Zeigefinger auf Scheherazades Lippen.
»Pssst ... Du hast nichts geweckt, da mein Unglück mir nicht mehr gehört. Ich habe es den Bösen zurückgesandt. Und nun ruht es in ihren Seelen. Ich bin sicher, daß es ihnen keinen Augenblick Ruhe läßt. So steht es geschrieben. *Maktub.* Hier«, er öffnete seine linke Hand, die runzlig wie altes Pergament war, und legte den rechten Zeigefinger darauf, »ist alles verzeichnet. Das Gute, das Böse. Das Leben, der Tod.«
Die junge Frau öffnete ebenfalls ihre Hand und betrachtete sie traurig.
»Die Ruinen von Sabah. Der Mord an meiner Mutter ... Yussef, mein Bruder ... All dies soll darin verzeichnet sein?«
»Du sprichst nur vom Bösen und vom Tod, Scheherazade. Ich habe auch das Gute und das Leben erwähnt.«
Sie schloß die Hand, und Tränen stiegen ihr in die Augen.
»Das Leben ...?« fragte sie mit erstickter Stimme.
Ahmed deutete auf den Hof.
»Der kleine schlafende Joseph trägt schon einen Teil der Antwort in sich ... Glaubst du nicht?«

*

14. Juni 1800

Kléber trat in den Garten des Hauptquartiers und sagte zu dem Mann, der ihn begleitete: »Ich bin mit Ihnen zufrieden, Protain. Die Instandsetzungsarbeiten am Palast sind gut vorangekommen. Sie haben die Fristen genauestens eingehalten.«
Der Architekt hob leicht den Gehstock, auf den er sich stützte. »Ich bin hocherfreut, daß es Ihnen gefällt, *citoyen général*. Die Granaten des letzten Aufstands haben die Galerien der Nordfassade arg beschädigt. Die meisten Probleme haben mir nicht die Fristen bereitet, sondern die Beachtung des ursprünglichen Zustandes.«
»Sie haben vortreffliche Arbeit geleistet.«
Die beiden Männer wandelten zwischen den dichten Baumgruppen, den Granatapfelbäumen und blühenden Gardenien hindurch. Der Nachmittag war schon vorgeschritten, doch es herrschte noch immer große Hitze, was wohl der Grund war, warum der General lediglich mit einem Hemd und einer langen Joppe bekleidet war.
Nachdenklich fügte er hinzu: »Wenn ich alles in allem bedenke, was ich hier in Angriff genommen habe, sage ich mir, daß von bleibendem Wert das wissenschaftliche Werk bleiben wird. Glauben Sie nicht?«
»Ganz ohne Zweifel, mein General. Dank Ihnen werden die kommenden Generationen über unschätzbares Material verfügen. Ich möchte nur *Die Beschreibung Ägyptens*[1] als Beispiel nennen, dieses auf Ihr Betreiben hin entstandene literarische Monument. Die topographischen Karten, die Ansichten, die Architekturzeichnungen werden in Europa einzigartige Bauwerke bekannt machen. Ich glaube, das vollendete Werk wird das größte Vermächtnis unserer Expedition sein.«
»Ihr Wort in Gottes Ohr. Dies wird vielleicht alles andere kompensieren. Ach ... all die Toten ...«

[1] *La Description de l'Egypte*

Protain kam dem Gedanken seines Vorgesetzten zuvor: »Ich vermute, Sie sind noch immer von der Notwendigkeit überzeugt, Ägypten zu räumen?«
»Mehr denn je. Wie ich Menou gegenüber immer wieder betone, ist die Konvention von el-Arish so wenig ein politischer Fehler gewesen, wie die unlängst von der Armee davongetragenen Siege kein Anlaß für überschwengliche Begeisterung sind. Folglich werde ich fortfahren zu verhandeln. Diesmal jedoch direkt mit der PFORTE und ohne Vermittlung der Engländer. Ich vertraue, daß es mir eines Tages gelingen wird, die von dem *Spieler* wahnwitzigerweise zerstörte Ordnung wiederherzustellen.«
Unversehens wechselte er das Thema.
»Diese Arkade da sollte irgendwann aufgestockt werden. Ich war stets der Ansicht, daß sie die Harmonie des Gesamtbildes zunichte macht. Was meinen Sie, Protain?«
Der Architekt deutete mit seinem Stock auf die besagte Stelle.
»Sie meinen die da?«
Er wartete die Bestätigung nicht ab und schritt schnell zur Arkade.
Als Protain am Fuß der tragenden Säulen angelangt war, tauchte hinter dem *Sakije*,[1] an dem Kléber gerade vorbeiging, plötzlich eine Gestalt auf und näherte sich ihm.
Das ausgemergelte Individuum, ein Mann von etwa dreißig Jahren, warf sich vor dem General auf die Knie.
Wieder einer dieser Bettler, dachte der Elsässer bei sich.
»*Ma fish*«,[2] rief er gereizt aus und winkte dem Störenfried, sich zurückzuziehen.
Da der Mann nicht reagierte, wiederholte er seinen Befehl: »*Ma fish!*«

---

[1] Göpelwerk, Schöpfrad
[2] Ägyptisch. Wortwörtlich: »Es gibt nichts«, worunter »Ich habe dir nichts zu geben« zu verstehen ist.

Um seine Entschiedenheit zu unterstreichen, wollte Kléber nach dem Mann greifen.
Was nun geschah, ging sehr schnell vor sich.
Der Mann packte Klébers Handgelenk, während er mit der Linken einen Dolch aus seinem Ärmel zog.
Er stieß viermal zu, mitten in den Bauch.
»Protain!« schrie Kléber. »Zu Hilfe!«
Der Architekt, der bis dahin nichts bemerkt hatte, drehte sich erst um, als der Elsässer bereits zu Boden fiel.
Mit hocherhobenem Gehstock stürzte er herbei, hieb mit aller Kraft auf den Attentäter ein und suchte ihn zu vertreiben. Dieser jedoch wich nicht einen Deut zurück. Im Gegenteil, er erkor Protain zu seinem nächsten Opfer. Blitzschnell stach er seinen Dolch in die Leiste des Architekten. Einmal, zweimal. Der Unglückliche brach neben seinem sterbenden Vorgesetzten zusammen.
Der Mann nahm sich die Zeit, sein Werk mit morbider Befriedigung zu betrachten, bevor er durch die menschenleeren Alleen des Gartens von Elfi Bey entfloh.
Am Boden liegend, verzieht Jean-Baptiste Kléber vor Schmerzen das Gesicht. Das Blut, das in Strömen aus seinem Bauch fließt, bildet keine Lache, sondern wird sogleich von der Erde Ägyptens aufgesogen.
Das letzte, worauf sein Blick fällt, ist die Sonne. Seltsamerweise wähnt er, im Hintergrund das traurige Lächeln der Sphinx zu sehen.
Mit einem letzten Seufzer haucht er seine Seele aus.
Seine Verzweiflung, auf die Art zu sterben, wäre zweifellos noch größer gewesen, hätte er gewußt, daß zur selben Sekunde, Tausende Meilen von Esbekiya entfernt, irgendwo auf dem Schlachtfeld von Marengo, sein Freund Antoine Desaix, von einer österreichischen Kugel getroffen, ebenfalls starb ...

*

17. Juni

Seit dem Tod des Helden donnert die Kanone alle halbe Stunde.
An diesem Morgen kündet eine Reihe Salven, von der Zitadelle und den verschiedenen Forts abgefeuert, den Beginn des letzten Ehrengeleits an.
Die sterbliche Hülle, auf einem Wagen mit schwarzem, von Silbertränen besätem Samtbehang liegend, von Kriegstrophäen, des Generals Helm und Säbel umgeben, durchquert zunächst die Straßen Kairos, bevor sie zum europäischen Viertel gefahren wird.
Fourrier, Samiras einstiger Liebhaber, hält die Leichenrede, die Armee defiliert vorüber und legt Lorbeer- und Zypressenkränze auf dem Katafalk nieder.
François Bernoyer, der in der Menge steht, empfindet nur Bitterkeit und ungeheuren Überdruß. Er beobachtet die anwesenden Persönlichkeiten. Keiner der höheren Offiziere fehlt. Während Damas wegen des Todes seines Generals wahrhaft gebrochen wirkt, scheinen Reynier und Abd Allah Menou eher besorgt denn betroffen. Vielleicht, weil einer wie der andere bangt, die Nachfolge des Elsässers antreten zu müssen. In der Tat ist die Wahl eines Amtsnachfolgers nicht im voraus geregelt worden. Da Paris zu weit entfernt ist, um jemanden zu benennen, dürfte sich alles zwischen den Generälen der in Kairo anwesenden Divisionen entscheiden; genauer gesagt, zwischen den Dienstältesten unter ihnen.
Menou, Reynier, einerlei ... Der einzige Gedanke, der Bernoyer in diesem Moment beschäftigt, ist, daß Kléber in einem fremden Land, das er unbedingt verlassen wollte, zu Tode kam. Man könnte glauben, er habe geahnt, daß jede in Ägypten verlebte Stunde ihn diesem Ende näherbringen würde.

*

Die Bestattung ist beendet.
Die Menge bewegt sich zu dem Hügel, dessen Fort das *Institut* beherbergt, um der Hinrichtung des Mörders beizuwohnen, der wenige Stunden nach seinem Verbrechen gefunden wurde.
Er ist kein Ägypter, sondern ein Alepponese namens Suleiman el-Halabi.
Bartholomeo höchstpersönlich hat ihn verhört.
Als Rechtfertigung seiner Tat hat der Übeltäter den Djihad, den Heiligen Krieg, angeführt. Die Untersuchung hat bewiesen, daß er keine Komplizen oder Mitwisser hatte, abgesehen von vier Ulemas der al-Azhar, denen er sich anvertraute, und die, ohne ihn jedoch zu denunzieren, versuchten, ihn davon abzubringen. Zwei Tage zuvor hat eine Kommission unter Vorsitz des Generals Reynier ihr Urteil verkündet: Drei der Ulemas sollten enthauptet werden.

Als die drei Köpfe abgeschlagen sind, nähert Bartholomeo sich dem Alepponeser.
Er beginnt damit, ihm die Hand zu verbrennen, die den Tod gebracht hat.
Suleiman muckt nicht auf. Während das Feuer seine Haut versengt, sagt er Verse des Korans auf.
Darauf schreitet man zur Pfählung.
François Bernoyer wendet den Kopf ab, als der Mann auf einen langen Holzpfahl gespießt wird.
Nicht ein Schrei. Nichts. Der Alepponeser scheint keinen Schmerz zu spüren.
Er hält stand, eine Stunde, zwei, vier Stunden.
Die Zuschauer, von der Standhaftigkeit des Gemarterten zunächst beeindruckt, werden des Schauspiels schließlich überdrüssig und zerstreuen sich.
Allein Bernoyer bleibt zurück.
Er blickt sich um. Der Platz ist leer, doch der Verurteilte hat

seine Seele noch immer nicht ausgehaucht. Seine Qualen müssen entsetzlich sein.
François tritt zu ihm, nimmt seine Feldflasche ab, zwängt sie zwischen die Lippen des Gepeinigten und flößt ihm Wasser ein.
Dies, das weiß er, wird den Tod augenblicklich herbeiführen.
Gegen Ende des Tages erwirkt der Chirurg Larrey die Erlaubnis, den Leichnam seiner Sammlung einzuverleiben.[1]

Im Lauf des Abends übernimmt Abd Allah Menou interimistisch den Oberbefehl bis zu einer Entscheidung aus Paris.
Als Bernoyer und seine Kameraden die Neuigkeit erfahren, schwinden ihre letzten Illusionen dahin.
Nicht ein General hat die Führung der Orient-Armee übernommen, sondern ein Mann, der die Unfähigkeit in Person ist.
Nun ist es sicher, morgen ... in einem Monat ... in sechs Monaten ... wird die ägyptische Expedition Vergangenheit sein.

---

[1] Der Schädel von Klébers Mörder wurde jahrelang den Medizinstudenten vorgeführt, um ihnen den Höcker des Verbrechens und des Fanatismus zu zeigen. Schließlich wurde er ins Pariser *Musée de l'Homme* gebracht.

DRITTER TEIL

27. KAPITEL

Alexandria. 12. September 1801

François Martin Noël Bernoyer lehnt an der Reling des Transportschiffes, das soeben die Anker gelichtet hat. Langsam verschwinden der Marabut-Turm, die Pompejus-Säule, der See von Abukir im morgendlichen Dunst. Zur Rechten, am Fuß der alten Festungsmauern Alexandrias, sieht man die osmanischen Truppen, die in die Stadt marschieren. Das Dröhnen der Trommeln, das sie begleitet, schallt über das Meer. Die bronzefarbenen Banner, bestickt mit dem türkischen Halbmond, knattern über den Köpfen. Alles ist vorbei ...
Die auslaufenden Schiffe haben dreizehntausendsechshundert Soldaten und sechshundertachtzig Zivilisten an Bord. Das ist alles, was von den vierzigtausend Mann der großen Orient-Armee übriggeblieben ist.
Einer der Überlebenden ist Carlo Rosetti.
Fünfzehn Monate sind seit Jean-Baptiste Klébers absurdem Tod verstrichen. Fünfzehn von Abd Allah Menous völligem Versagen beherrschte Monate. Mit seiner Verbohrtheit, seinen falschen Strategien, seinen Irrtümern und militärischen Fehlern hat Abunapartes Günstling das orientalische Abenteuer zum Scheitern gebracht.
Sechs Monate zuvor, als sich die aus einhundertfünfzig Kriegsschiffen bestehende anglo-osmanische Flotte der ägyptischen Küste näherte, war Menou nichts Besseres eingefallen, als zu verkünden: »Es besteht keinerlei Anlaß zur Furcht. Die Engländer werfen sich ein letztes Mal ins Zeug.

Gott, der die Geschicke der Armeen leitet, verhilft dem zum Sieg, der ihm gefällt. Das flammende Schwert seines Engels eilt stets den Franzosen voran und vernichtet ihre Feinde!«
Reynier, der ihm empört widerspricht, erwidert er: »Insgesamt sind sie doch nur eine Division. Der Hauptangriff wird im Osten des Deltas stattfinden!«
Reynier insistiert, daß die Lage ernst ist. Mit der blinden Entschlossenheit, die Toren eigen ist, schlägt Menou alles in den Wind.[1]
Acht Tage später, am Abend des 8. März, landen zwanzigtausend Engländer unter Führung von Sir Ralph Abercromby auf ägyptischem Boden. Als Menou von dem Gefecht erfährt, das auf die Landung gefolgt ist, beharrt er: »Das ist doch nur ein kleines Scharmützel...«
Am 17. März kapituliert das Fort von Abukir. Das kleine Scharmützel setzt sich auf der Halbinsel fest und verschärft sich.
Doch erst am 20. März trifft Menou vor Ort ein.
Am 21. im Morgengrauen beginnt die Schlacht an der Reede bei Kanopos.
Um zehn Uhr morgens endet sie mit der französischen Niederlage. Die Verluste sind hoch – beinahe zweitausend Mann. Die infolge der Leichtfertigkeit des neuen *général en chef* ins Gemetzel geschickte Kavallerie ist so gut wie aufgerieben.[2]

---

[1] Angesichts solcher Halsstarrigkeit und Blindheit fragten sich Reynier und seine Kollegen, ob die einzige Möglichkeit, Ägypten zu behalten, nicht darin bestünde, Menou abzusetzen und einen anderen Befehlshaber zu wählen. Letztlich rückten sie jedoch aus Disziplin davon ab.

[2] Im Laufe dieser Schlacht ergriff Menou nur einmal die Initiative, was verheerende Folgen hatte. Er gab dem Kommandeur der Kavallerie, General Roize, den Befehl zum Sturmangriff. Ein Manöver, das dermaßen fehl am Platz und sinnlos war, daß Roize sich den Befehl dreimal wiederholen ließ. Er bemühte sich, Menou von seiner Entscheidung abzubringen, was ihm jedoch nicht gelang. So fragte Roize nach, auf wen er denn stürmen solle. »Geradewegs voran«, antwortete der *général en chef*.

Am 25. März fallen die Türken in Ägypten ein.
Am 8. April wird Rosette erobert.
Und am 18. April hallt wie ein Donnerschlag die erstaunliche Nachricht durchs Land: Murad Bey, der stolze Murad, der kühne Murad ist tot!
Als er erfuhr, daß die Türken gelandet waren, hatte er sich mit seinen Mamluken redlich, wie er es Kléber zugesagt hatte, in Marsch gesetzt, um der französischen Armee beizustehen. Doch in Oberägypten war die Pest ausgebrochen, und was Desaix und achtunddreißig Monaten Kampf nicht gelungen war, vollbrachte schließlich die Krankheit.
Murad erlosch in der Mitte der zweiten Tageshälfte. Da die Ereignisse nicht erlaubten, ihn in dem Grabmal zu bestatten, das er sich hatte erbauen lassen, wurde er in Suaky, nahe Tahta, beigesetzt.
Seine Mamluken befanden, daß niemand würdig sei, sich seiner Waffen zu bedienen, und zerschlugen sie auf seinem Grab.

Anfang Mai rücken die anglo-osmanischen Kräfte auf Rahmania vor.
Am 10. Mai ist die französische Armee endgültig in zwei Teile gespalten.
Mitte Juni bezieht der Feind Stellung in der Nähe von Kairo und riegelt die Stadt ab.
Menou, seinerseits in Alexandria eingeschlossen, gestikuliert, prahlt und ruft jedem zu, der es hören will: »Eine Armee von dreißigtausend Franzosen hat sich Irlands bemächtigt! Eine französische und spanische Seestreitmacht liegt im Mittelmeer!« Er erteilt Ratschläge, die er niemals in die Tat umsetzen wird: »Plänkelt mit den Engländern und den Türken; gebt ihnen nicht einen Augenblick Ruhe!«
Am 22. Juni erfolgt die Kapitulation. Die Bedingungen entsprechen denen der (von Menou heftig verschrienen) Kon-

vention von el-Arish, mit Ausnahme der Fristen und der Entschädigungen, die weit unvorteilhafter ausfallen.
In den folgenden Tagen werden alle muslimischen Gefangenen freigelassen, und die osmanische Fahne weht über den Mauern der Hauptstadt.

Als Alexandria am Horizont entschwindet, muß Bernoyer an Klébers Leichnam denken, den man exhumiert hat, und der nun im Bauch des Schiffes ruht. Ob der glücklose General von dort droben den neun Monate alten Jungen sieht, der in Zobeidas Armen schlummert? Ob er weiß, daß Menou nichts Zynischeres eingefallen ist, als seinem Kind den Vornamen von Klébers Mörder, *Suleiman,* zu geben?
Vielleicht wird Abunaparte, wenn er davon erfährt, seinen Spaß daran finden. Ganz gewiß sogar.[1]
Ich werde euch in ein Land führen, in dem ihr, vermöge eurer künftigen Großtaten, all jene übertreffen werdet, die heute noch eure Bewunderer erstaunen, und der Patrie Dienste erweisen, die das Vaterland von einer unbesiegbaren Armee mit Fug und Recht erwarten kann. Ich verspreche jedem Soldaten, daß er nach seiner Rückkehr von dieser Expedition über genügend Geld verfügen wird, sich sechs Morgen Land zu kaufen ...
Das war am 9. Mai 1798 gewesen. In Toulon ...
Bernoyer zuckt mit den Schultern ... Mit einer resignierten Geste scheint er dem Meer seine unbezahlten acht Monate Sold zu überlassen.
Zum Glück erwarten ihn am Ende dieser Reise in Avignon

---

[1] Bonaparte, zu Napoleon geworden, ließ Klébers Sarg während seiner gesamten Herrschaft im *Chateau d'If* bei Marseille eingelagert. Erst nach Anbruch der Restauration wurde der elsässische General in Straßburg beigesetzt. Menou hingegen behielt bis zu seinem Tode (1810) die Gunst des Kaisers, welcher ihn mit verschiedenen Verwaltungsämtern in Italien betraute, sich jedoch hütete, ihm verantwortungsvolle militärische Aufgaben zu übertragen.

seine Ehefrau, der Gesang der Zikaden und eine Sonne, die, bei meiner Treu, wohl die von Ägyptens Himmel wert ist.[1]

*

Auf der Kaimauer von Abukir stehend, blickt Mohammed Ali versonnen dem Geschwader nach, das über das Meer dahinzieht.
Mit einem Schnippen entfernt er ein Staubkörnchen von der Uniform eines *serchime*,[2] richtet sich auf und saugt mit vollen Zügen die Seeluft ein. Ein leises Lächeln huscht über sein seit kurzem erst von einem dichten rotblonden Bart eingerahmtes Gesicht. Er ist zurück. Er hat stets gewußt, daß er wiederkehren würde.
Ohne auf den Lärm, der um ihn herrscht, zu achten, geht er ein paar Schritte den Wehrgang entlang. Wahrscheinlich ist sein Geist ganz woanders, einzig und allein damit beschäftigt, die durch den Fortgang der Franzosen neu entstandene Lage zu analysieren. Fürderhin bleiben nur noch drei Mächte gegenwärtig: die Engländer, von General Hutchinson befehligt; die Türken, unter dem Kommando des Großwesirs und Khosru Paschas; und nach wie vor die Mamluken. Gewiß, Murad Bey ist nicht mehr, aber sein Haus besteht fort. Ein neuer Anführer wird bestimmt nicht lange säumen, die Zügel in die Hand zu nehmen, falls dies nicht bereits geschehen ist.
Er, Mohammed Ali, befindet sich in der Mitte des Dreiecks. Seine albanische Herkunft hat sich als überaus nützlich er-

---

[1] François Martin Noël Bernoyer wurde später Leibschneider Seiner Majestät des Königs von Holland, doch leider ist keinerlei Zeugnis über seine holländische Zeit erhalten. Nur seine Bestallung zum Schneider, vom Großkanzler unterzeichnet, findet sich in den Familienarchiven.
[2] Dem Generalsrang vergleichbarer Grad. Ein *serchime* befehligte drei- bis viertausend Mann.

wiesen, hat er ihr doch zu verdanken, heute an der Spitze des wichtigsten Teils der osmanischen Streitmacht zu stehen: einer Einheit aus viertausend Mann vom selben Blut wie er. Harte Soldaten, die ihm mit Leib und Seele verschworen sind. Wenn die Engländer Ägypten eines Tages verließen – und früher oder später würden sie abziehen –, mußte mit diesem albanischen Korps gerechnet werden. Und sollten der Großwesir und Khosru Pascha dies vergessen, so würde Mohammed ihr Gedächtnis auffrischen.

*

8. Oktober 1801

»Diesmal sind sie tatsächlich fort«, murmelte Sett Nafissa. Sie war mit einer schlichten schwarzen *milaya* bekleidet und schien um zehn Jahre gealtert.
»Sie sind fort, und ich frage mich heute, ob sie nicht nur nach Ägypten gekommen sind, damit Murad Bey sterbe. Der ALLHÖCHSTE nehme seine Seele auf...«
Sie unterdrückte ein Schluchzen und hob stolz den Kopf.
»Einerlei... Das Andenken meines Gemahls wird in Ewigkeit fortleben. Wie die Pyramiden, wie die Größe der Pharaonen!«
»Es wird fortleben, das ist gewiß. Ihre Nachkommen werden stolz auf ihn sein können.«
Scheherazade deutete auf das Kind, das friedlich in einer Ecke des Raumes schlummerte.
»Auch der kleine Joseph wird alles erfahren. Ich werde ihm von Murad Beys Tapferkeit erzählen.«
Nafissa sagte in gerührtem Ton: »Möge Gott ihn schützen. Es ist kein Kind, das du gezeugt hast, es ist ein Wunder.«
»Ein Jahr und einen Monat ist er schon alt. Ich muß gestehen, ich bin stolz auf ihn.«

Sie wandte ihre Aufmerksamkeit wieder der Weißen zu.
»Und was werden Sie nun tun? Ich vermute, der neue Pascha wird Ihnen Ihre Habe zurückerstatten.«
»Nach allem, was Murad geleistet hat, wäre dies wahrlich das mindeste. Soviel ich erfahren habe, soll die Angelegenheit auf gutem Wege sein.«
Sie klaubte eine Pistazie aus ihrer Schale und fuhr fort: »Um auf die Franzosen zurückzukommen ... Ich muß anerkennen, daß sie sich großzügig gezeigt haben. Einige Tage vor ihrem Abzug wurde ich in ihr Hauptquartier bestellt, und man hat mir verkündet, daß mir eine jährliche Rente von hunderttausend Para für die der Republik erwiesenen Dienste zugebilligt wurde.«
Scheherazade schien von der Neuigkeit nicht sonderlich bewegt.
»Murad hat das letzte Jahr seines Lebens darauf verwendet, Kléber und seinen Nachfolger zu verteidigen. Bis zum letzten Augenblick ist er seinem Wort treu geblieben. Ich finde diese Geste nur selbstverständlich.«
»Ohne Zweifel ... Ganz ohne Zweifel ... Doch wir haben genug von mir geredet. Wenn ich mir die Freiheit genommen habe, deine Einsamkeit zu stören, dann nur deshalb, weil ich mir Sorgen um deine Zukunft mache. Bist du wahrhaftig entschlossen, hier zu bleiben?«
»Ja, Sajjida. Ganz und gar. Im übrigen wüßte ich nicht, was ich sonst tun sollte.«
Die Frage ließ die Weiße hochfahren.
»Wie? Du? Eine Frau, schön wie die Sonne, und so jung! Du stellst eine solche Frage? Hast du den Verstand verloren, meine Tochter!«
Scheherazade wollte widersprechen, doch Sett Nafissa kam ihr zuvor.
»Vor allem möchte ich wissen, ob du genug Geld hast ... Bist du finanziell abgesichert?«
»Gott und der Umsicht meines Vaters sei Dank, genügt das,

was ich besitze, meinen und Josephs Bedürfnissen. In dieser Hinsicht brauchen Sie sich keinerlei Sorgen zu machen.«
»Gut. Das beruhigt mich, denn, siehst du, ich hätte nie geduldet, daß es dir an irgend etwas mangelt. Niemals! Doch sprechen wir über ein anderes Problem. Was gedenkst du aus deinem Leben zu machen?«
Ein wenig überrascht antwortete Scheherazade: »Ich werde meinen Sohn großziehen und Sabah wiederaufbauen.«
»Sabah wiederaufbauen? Mit welchen Mitteln? Reicht die Erbschaft deines Vaters dazu aus?«
»Bei weitem nicht. Zumal ein nicht unbeträchtlicher Teil für den Rosenhof aufgewendet wurde.«
»Aber dann ...«
»Ich weiß noch nicht, wie ich es anstellen werde. Aber ich werde es schaffen.«
Die Weiße lächelte nachsichtig.
»Du bist wirklich ein Kind ... Du wirst es schaffen, sagst du. Glaubst du, das Geld wächst auf den Palmen? Sicher, wenn ich sehe, was du aus dem Gut deines Großvaters gemacht hast, bin ich verblüfft. Es ist unfaßbar. Doch Sabah wiederherzustellen, ist etwas ganz anderes. Das Unterfangen wird Millionen erfordern! Wo wirst du die finden?«
»Ich sagte es bereits, Sajjida, ich habe keine Ahnung. Aber es hat ja keine Eile. Sie haben mich ja daran erinnert, ich bin jung. Ich habe viel Zeit.«
Nafissa blickte zutiefst mißbilligend drein.
»Verzeih mir, aber das ist dummes Gefasel. Diese Mühsal übersteigt deine Möglichkeiten. Obwohl doch Allah weiß, wie fest ich an den Willen glaube. Nein, mein Herz. Dieses Vorhaben solltest du dir wirklich aus dem Kopf schlagen. Du mußt einen ganz anderen Weg einschlagen.«
Scheherazade forderte sie auf, sich zu erklären.
»Du nimmst es mir nicht übel, wenn ich ganz aufrichtig bin?«
Sie schüttelte den Kopf.
»Versprochen?«

»Versprochen.«
Die Weiße holte tief Luft und begann in entschiedenem Ton: »Es werden nun bald achtzehn Monate, daß dein unglücklicher Ehemann tot ist. Möge er in Frieden ruhen! Glaubst du nicht, daß die Stunde gekommen ist, an deine Zukunft zu denken? An die deines Sohnes? Ein Geschöpf wie du kann nicht wie eine Einsiedlerin leben. Das wäre eine Sünde. Weißt du, die Männer sind unerträgliche kleine Tyrannen, die vom kleinsten bis zum größten den Wesir oder Sultan spielen. Allah weiß, wie schwer sie uns das Leben machen. Doch leider ist es noch schlimmer, ohne sie zu leben ... Verstehst du mich?«
Scheherazade schwieg einen Moment. Während die Frau sprach, hatte sich ein Schleier über ihre Augen gelegt.
»Ich verstehe«, sagte sie schließlich. »Aber mein Herz ist zu schwer, zu voll von Erinnerungen. Wer weiß, später vielleicht ... Eines Tages.«
Sie schloß mit leiser Stimme: »Wenn ich Sabah wiederaufgebaut haben werde.«
Die Weiße erhob sich ungehalten aus ihrem Sessel und ließ sich wieder zurückfallen.
»Was würde dir Sabah nutzen, wenn du in Einsamkeit dort lebtest? Im übrigen glaube ich dir ganz einfach nicht!«
Scheherazade sah sie erstaunt an.
»Nein, ich glaube dir nicht! Jemand anderer als ich hätte sich deine Geschichte vielleicht bedenkenlos aufbinden lassen. Ich nicht! Nein. Du verbirgst mir etwas!«
»Ich ... ich verstehe nicht. Was wollen Sie damit sagen?«
»Was für ein Spiel ist das, Tochter des Chedid? Du kannst mir nichts vormachen – dazu kenne ich dich zu lange. Vergiß nicht, daß ich deine Mutter sein könnte. Also, Schluß mit den Winkelzügen und Verstellungen. Sag mir die Wahrheit. Ich höre.«
Scheherazade sah sie verwirrt an. Nie hätte sie Nafissa solche Intuition zugetraut.

»Es stimmt«, sagte sie, die Augen niederschlagend. »Ich habe Ihnen nur die halbe Wahrheit gesagt.«
Die Weiße schwieg. Sie schien ganz Ohr.
»Wenn ich nur wüßte, wie ich anfangen soll...«
»Es ist doch ganz einfach, meine Tochter. Erzähle mir von *dem anderen*...«
Scheherazade blickte bestürzt zum Himmel auf.
»Jetzt weiß ich, weshalb man sagte, der wahre Herr in Murads Haus sei seine Gemahlin...«
Dann seufzte sie: »Also gut. Ich will Ihnen von *dem anderen* erzählen...«

Als sie geendet hatte, waren Scheherazades Wangen purpurrot. Es war das erste Mal, daß sie jemandem ihr Geheimnis anvertraut hatte. Sie empfand zugleich Erleichterung und Scham und wich dem Blick ihrer Gesprächspartnerin aus.
Nafissa stand auf, ging einige Schritte auf und ab und kehrte wieder auf ihren Platz zurück.
»*Madjnuna*...«, sagte sie zögernd. »Eine Chedid bindet ihr Schicksal nicht an den Sohn eines Gärtners. Glaubst du, daß das alles ist, was dein armer Vater für dich erstrebte? Und zu allem Überfluß noch ein Muslim?«
Diese letzte Bemerkung entrüstete Scheherazade.
»Und das sagen gerade Sie? Wo Sie doch...«
»Na, ich bitte dich! Vergleiche nicht, was nicht verglichen werden kann. Ich, Scheherazade, war eine Sklavin. Man hat mich gezwungen, zum Islam überzutreten, was bei dir ganz und gar nicht der Fall ist. Jedenfalls liegt nicht darin das Problem. Die Wahrheit ist, daß du Besseres verdienst als diesen Mann. Du scheinst zu vergessen, daß du einem anderen Stand angehörst. Einer anderen Welt.«
Diesmal ereiferte sich Scheherazade: »Der Stand? Die Religion? Eine andere Welt? Wozu wäre all das gut, wenn man doch nur halb lebte! Hängt das Glück allein davon ab, daß

zwei Menschen demselben Milieu angehören? Wenn dem so wäre, weshalb gibt es dann so viele unglückliche Paare?«
»Also gut. Dann laß mich dir eine Frage stellen: Weshalb ist der Sohn des Suleiman heute nicht an deiner Seite?«
»Weil er nicht weiß, was mir zugestoßen ist.«
»Unmöglich! Mein seliger Gemahl wußte es. Infolgedessen...«
Scheherazade schien erstaunt.
»Wie das?«
»Ich bitte dich, meine Tochter, denke nach! Hast du vergessen, daß Rosetti und Murad in ständiger Verbindung standen? Nichts geschah in Ägypten, ohne daß er davon in Kenntnis gesetzt wurde. Also, antworte mir. Ein Jahr ist verstrichen. Wo ist Karim?«
Verstört antwortete die junge Frau: »Er hat sicher seine Gründe.«
»Glaubst du, daß er der Liebe, die du ihm entgegenbringst, würdig ist?«
»Jawohl, das glaube ich«, erwiderte Scheherazade eigensinnig.
Die Weiße musterte sie aufmerksam und fügte nachdenklich hinzu: »Der Krieg ist vorüber. Murad ist tot. Wenn die Informationen, die ich besitze, richtig sind, wird Osman el-Bardissi mit großer Wahrscheinlichkeit sein Nachfolger werden.«
»Es ist das erste Mal, daß ich seinen Namen höre.«
»Er war einer seiner Schützlinge. Er wirkte im verborgenen, doch mein Gatte hatte große Achtung vor ihm.«
»Weshalb erzählen Sie mir das alles?«
»Weil mein weiblicher Instinkt mir sagt, daß dein Karim an el-Bardissis Seite bleiben wird, daß er eher ein Schiff als eine Frau heiraten wird.«
Wut stieg in Scheherazade auf, doch sie beherrschte sich und erwiderte nur: »Das glaube ich nicht. Er wird zurückkommen.«

Die Dämmerung senkte sich auf die Landschaft nieder. Der Gesang der *nai* erhob sich, wohlklingend und beruhigend.
Nach einer langen Weile beugte die Weiße sich vor und umfaßte Scheherazades Kinn.
»Wenn ich dich ansehe, muß ich an deine Mutter denken. Meine Tochter ist eine Mauleselin, hat sie oft gesagt. Sie ist ungestüm wie der Wind, dickköpfig wie ein Stein. Ich will nicht versuchen, dich zu überzeugen. Laß mich dir einfach nur folgendes sagen: Eine überwundene Liebe vermag einen von der Liebe zu heilen. Eine unerfüllte Liebe jedoch wird zur Besessenheit. Vor langer Zeit, sehr langer Zeit, ich war ein junges Mädchen, gab es in meinem Dorf in Tscherkessien einen Jungen, den schönsten, den göttlichsten Mann, den ich je gekannt habe. Nachts träumte ich von ihm, tagsüber sehnte ich mich nach ihm. Wenn er an mir vorbeiging, wenn er mich streifte, glaubte ich jedesmal zu sterben. Eines Nachts habe ich mich ihm hingegeben. In jener Nacht habe ich begriffen, wie trügerisch das Gefühl sein kann, daß jemand unerreichbar ist. Als er sich wieder ankleidete, habe ich nur Ekel und Abscheu empfunden. Und eine Leere ... eine Leere, so unermeßlich wie der Himmel.«
Sie seufzte, bevor sie endete: »Alles, was ich dir wünsche, mein Kind, ist, daß du niemals eine so grausame Enttäuschung erfahren wirst. Was dich dann erfüllen würde, wäre nicht Liebesschmerz, sondern Schmerz über dich selbst.«
Sie verstummte. Das Geräusch einer durch die Einfahrt rollenden Berline war zu hören.
Scheherazade richtete sich überrascht auf.
»Keine Sorge«, beruhigte Nafissa sie. »Es ist ein Freund, der mich abholt. Und da wir gerade von Männern reden ...« Sie schmunzelte. »Gleich wirst du einen zu sehen bekommen. Ich meine, einen *richtigen.*«
Die Berline hatte angehalten. Jemand war ausgestiegen und kam auf sie zu.
Die ihm eigene Art, sich zu bewegen, hatte etwas Wildes an

sich: ein verwirrendes, durch seine beeindruckende Statur sich vermittelndes Zurschaustellen. Er war um die Vierzig und mehr als groß. Seine Züge, sein ganzer Körper schienen aus einem Monolith gehauen. Er war gänzlich in Schwarz gewandet und trug einen Umhang über den Schultern. Doch das Verwirrendste an ihm waren die saphirblauen Augen unter seinen dichten Brauen.
Nafissa beeilte sich, sie einander vorzustellen.
»Ricardo Mandrino ... Scheherazade, Tochter des Chedid.«
»Hocherfreut, gnädige Frau. Sett Nafissa hat Ihre Schönheit hoch gerühmt, doch die Wirklichkeit übertrifft ihre Schilderung bei weitem.«
Scheherazade beschränkte sich auf eine Kopfbewegung. Der Tonfall seiner heiseren, dunklen Stimme und sein allzu sicheres Auftreten erfüllten sie sofort mit Abneigung.
»Herr Mandrino ist Venezianer, wie unser Freund Carlo Rosetti. Er war es übrigens, der ihn mir vor seiner Abreise vorgestellt hat.«
»Ach, Sie sind Diplomat?« fragte Scheherazade mehr aus Höflichkeit denn aus Neugierde.
»Diplomat, sofern Diplomatie die Kunst ist, sich zu verschaffen, was man wünscht, ohne darum bitten zu müssen. Doch auch Kaufmann, sowie in meinen Mußestunden Spion und allezeit Abenteurer.«
»Sie vergessen den Edelmann und den Charmeur!« rief Sett Nafissa.
»Wünschen Sie etwas zu trinken, Herr Mandrino?« fragte Scheherazade, ohne darauf einzugehen.
»Unglücklicherweise drängt die Zeit, ich muß vor Einbruch der Nacht in Kairo sein.«
Die Weiße setzte eine scheinbar inquisitorische Miene auf.
»Wieder einmal ein galantes Stelldichein, Ricardo?«
»Leider nein. Aber etwas nicht minder Interessantes. Haben Sie schon von einem gewissen Mohammed Ali gehört?«

Die beiden Frauen schüttelten den Kopf.
»Nun, dann merken Sie sich seinen Namen. In den kommenden Monaten wird man Erstaunliches von diesem Mann hören...«
Er beugte sich zu Sett Nafissa hinab: »Ich stehe zu Ihrer Verfügung, Sajjida.«
Die Gemahlin des seligen Murad und Scheherazade erhoben sich.
»Friede sei mit dir, meine Tochter. Und vergiß nicht, was ich dir gesagt habe. Ich bin vielleicht eine alte Schwätzerin, doch ich besitze immer noch genügend Scharfblick, um die verborgene Seite der Dinge zu erspähen. Versprochen? Du wirst darüber nachdenken?«
»Ja, Sett Nafissa. Versprochen.«
Der Mangel an Überzeugung, den Scheherazades Ton verriet, ließ die Frau aufseufzen.
»Ach! Ricardo«, klagte sie kopfschüttelnd. »Wenn die Jugend doch nur wüßte!«
»Wenn Sie mit der Jugend die unserer Freundin meinen, können Sie ganz beruhigt sein. *Sie* weiß...«
Er unterstrich seine Worte, indem er Scheherazade fest in die Augen blickte.
Die junge Frau hielt dem Blick stand.
»Sollte zu Ihren zweifellos zahllosen Fähigkeiten auch die gehören, fremde Gedanken lesen zu können?«
»Es ist eine meiner wichtigsten Fähigkeiten, gnädige Frau. Aber seien Sie unbesorgt: Ich mißbrauche sie niemals.«
Er verneigte sich mit einem vieldeutigen Lächeln, nahm Nafissas Arm und ging mit ihr zu der Berline.
Wahrhaftig, dachte Scheherazade, als sie ihnen nachblickte, ich mag diesen Menschen nicht. Ganz und gar nicht.

*

Karim warf einen schiefen Blick auf Osman el-Bardissi, Murad Beys Nachfolger. Der neue Bey, ein dicker, kleiner, kahlköpfiger Mann, legte ein geziertes Gehabe an den Tag, das ihn reizte.
»Die Zukunft gehört uns!« salbaderte Osman mit fistelnder Stimme, die in scharfem Gegensatz zu seinem Aussehen stand.
»Jetzt, da die Franzosen nach Hause zurückgekehrt sind, ist das Feld frei. Ich verpflichte mich mit meinem Schwur, daß wir Mamluken, wir Männer vom Hause Murad, in einigen Monaten wieder Herren über Ägypten sein werden. Wir werden Ibrahim Bey zerschmettern, da er den Zusammenschluß verweigert. Wir werden die Türken und die Engländer verjagen, wie wir Abunapartes Truppen davongejagt haben.«
Die unter dem Hauptzelt versammelte Runde pflichtete einstimmig bei. Hier und da ertönten Rufe, um die Entschlossenheit deutlicher zu bekunden.
Karim lauschte Osmans Ansprache bis zum Ende und zog aus ihr den Schluß, daß er einen Größenwahnsinnigen, ohne jeden logischen Verstand, vor sich hatte. Die Türken, die Engländer verjagen, das Haus Ibrahim vernichten; niemals hatte er so viele Albernheiten gehört. Er mußte nachdenken und eine Möglichkeit finden, der drohenden Katastrophe zu entfliehen.

*

12. Oktober 1801

Khosru Pascha streckte sich auf den Kissen im hinteren Teil seines Kaik[1] aus. Die See war ruhig. Gleißend schien die Sonne auf die eine halbe Meile entfernte Küste.
Er griff nach dem Schlauch des Nargilehs, das ein Sklave für

---

[1] Türkische Barke *(Anm. d. Ü.)*

ihn hergerichtet hatte, und lauschte dem melodischen Gurgeln.
Mohammed Ali, der unweit des Capitan Pascha saß, beobachtete aufmerksam die beiden ihnen dicht folgenden Boote. Nichts entging seinem scharfen Blick.
Nach einer Weile wandte er sich zu Khosru.
»Sind Sie noch immer fest entschlossen, Exzellenz?«
»Sonderbare Frage, *serchime*. Gewiß doch. Solltest du am Erfolg meines Plans zweifeln?«
»Im Gegenteil. Ich finde ihn vortrefflich. Die Überraschung wird vollkommen sein.«
Er vergegenwärtigte sich nochmals das diabolische Vorhaben des Paschas. Warum leugnen, daß es seinen eigenen Ambitionen entsprach – was Khosru natürlich nicht wußte.
Der Plan schien einfach. Wenn man diesem Krebsgeschwür, das die Mamluken noch immer darstellten, ein für allemal den Garaus machen wollte, mußte man das Übel mit der Wurzel ausreißen und möglichst viele ihrer Anführer enthaupten.
Eine Woche zuvor hatte Khosru allen Beys, die sich in Unterägypten befanden, ein *ferman* der PFORTE zur Verlesung gebracht, das eine Generalamnestie und die Rückerstattung all ihrer Güter und Besitztümer verkündete. Um diesen Akt der Gnade und der Liberalität in die Tat umzusetzen, hatte der Capitan den Beys vorgeschlagen, ihn an Bord seines an der Reede von Abukir vor Anker liegenden Schiffes aufzusuchen. Entzückt und ohne Argwohn hatten natürlich alle eilends eingewilligt.
Nun waren sie da, ungefähr zehn an der Zahl. Dem Anlaß gemäß hatten sie ihre schönsten Gewänder angelegt. Ihre Boote folgten dem Kaik des Capitan Pascha, das ihn zum Schiff vorausfuhr, auf dem das Fest stattfinden sollte.
Um sie herum schwamm ein Dutzend Schaluppen, an Bord Khosrus Janitscharen, bis zu den Zähnen bewaffnet.
»Jetzt?« fragte Mohammed Ali leise.

»Jetzt«, erwiderte der Pascha.
Ali erhob sich, ohne die leiseste Erregung erkennen zu lassen, und befahl dem Mann am Steuer: »Es ist soweit. Dreh von den anderen ab. Nach Steuerbord. Aber unauffällig.«
Wenn alles gut ablief, würde der Anführer der Janitscharen, der sich in der vorderen Schaluppe befand, schnell reagieren.
Was er auch tat.
Auf sein Zeichen begann die Flottille die Boote der Beys einzukreisen. Einige Minuten später wurden sie geentert.

Zum gleichen Zeitpunkt ließ der Großwesir in Kairo auf ebenso listige Weise die meisten Mamlukenanführer, die in der Hauptstadt weilten, verhaften und in der Zitadelle festsetzen.

Mohammed Ali lächelte befriedigt.
Er verneigte sich vor dem Capitan Pascha und deutete auf die Kadaver der Beys, die auf den Wellen forttrieben: »Mit ihnen, Hoheit, haben Sie der Auflehnung und der Mißachtung der Gesetze den Garaus gemacht. Ich bin überzeugt, daß dem Großwesir nun nichts übrigbleiben wird, als Sie zum Gouverneur von Ägypten zu ernennen.«
»Das denke ich in der Tat«, bestätigte Khosru selbstgefällig. »Und an dem Tag wirst du an meiner Seite sein.«
Ohne auf das Blut zu achten, welches den Bug des Kaik leckte, stieß er einen Rülpser aus und begann wieder, am Mundstück seines Nargilehs zu nuckeln.

28. KAPITEL

5. März 1803

Ahmed streichelte zerstreut den Rücken seiner Äffin und murmelte verdrossen: »Sajjida, ich werde nicht klug aus deinen neuen Vorhaben.«
Er dauerte eine Weile, bis Scheherazade, die in einer Art Gazette mit vergilbten Seiten las, antwortete: »Mein armer Ahmed, du wirst nicht klug daraus, weil du ungebildet bist.«
»Baumwolle anpflanzen«, seufzte der Greis. »Ich verstehe nicht, wieso das originell sein soll. Seit mindestens tausend Jahren wird sie in Ägypten angebaut. Vielleicht bin ich ungebildet, aber um die Dinge der Natur zu verstehen, muß man kein Ulema und kein Gelehrter sein! Hast du vergessen, daß ich Bauer gewesen bin und den Boden kenne? Glaube mir, was du vorhast, ist sehr schwierig. Die Baumwolle ist launisch. Sie erfordert besondere Pflege; ganz zu schweigen davon, daß die Ernte auf Gnade und Verderb von einem Regenschauer, von einem zu heftigen Wind abhängt, wenn die Knospen einmal erblüht sind. Außerdem...«
»*Gossypium herbaceum!*«
»Beim Herr der Welten... Welche Mundart sprichst du?«
Scheherazade brach in Lachen aus.
Sie hob ihr Kind hoch und drückte es zärtlich an die Brust.
»Hast du gehört, mein Herz? Onkel Ahmed[1] fragt mich, welche Mundart ich spreche.«

---

[1] In Ägypten, wie allgemein im Orient, ist es Brauch, einen der Familie Nahestehenden so zu nennen.

Mit dem Hochmut seiner zweieinhalb Jahre warf der kleine Joseph einen spöttischen Blick auf den Greis, während seine Mutter sagte: »*Gossypium hirsutum* ... ist das auch eine Mundart?«
Ahmed beugte sich zu der Äffin und flüsterte ihr ins Ohr: »Hörst du, Felfella? Unsere Herrin hat den Verstand verloren...«
»Und *barbadense!*«
Er schloß die Augen und machte Miene, einzuschlummern.
»Gut, ich höre schon auf«, fügte sich Scheherazade.
Sie faltete die Gazette zusammen.
»Was ich gerade aufgezählt habe, sind die lateinischen Namen der drei verschiedenen Unterarten der Baumwolle. Die seltenste ist sicherlich die letzte: *Gossypium barbadense*. In diesen Artikeln hier wird erläutert, daß die mit ihrem Flaum gewebten Stoffe den anderen in nichts nachstehen, und zwar weder an Haltbarkeit noch an Weiße. Im alten Ägypten kleideten sich die Priester nur mit aus *barbadense* gefertigten Tuniken.«[1]
»Was redest du da, Sajjida? Warum drückst du dich nicht verständlich aus? Diese Unterart, von der du sprichst, kenne ich. Ich habe sie selbst angepflanzt. Ihre Fasern sind etwas länger als ein Zoll.[2] Sie ist viel seltener als die von einem halben Zoll, doch es gibt sie.«
»Ein Zoll?«
Scheherazade tippte ungeduldig auf das vor ihr liegende Blatt der Gazette.
»Hier steht, daß die Faser mehr als zwei Zoll lang ist! Hörst du? Zwei!«

---

[1] Die ersten Spuren von Baumwollanbau in Ägypten sollen auf die Jahre 600 oder 700 n. Chr. zurückgehen. Vermutlich liegen dessen Anfänge jedoch viel weiter zurück, wenn man bedenkt, daß die ältesten aus Baumwolle gefertigten Gewebe in indischen Gräbern aus der Zeit zwischen 3000 und 1500 vor unserer Zeitrechnung gefunden wurden.
[2] Ungefähr 3 cm

»Unsinn! Das gibt es nicht! Weder auf lateinisch noch auf arabisch! Fasern, die länger wären als zwei Zoll ... hat man jemals so ein Wunder gesehen? Höchstens in den Sagen!«
»Gleichwohl«, beharrte die junge Frau, »steht hier, daß die Alten sie angebaut haben.«
»Ich bleibe dabei, daß das unmöglich ist! Keine Kapsel kann dermaßen lange Fasern enthalten! Selbst wenn, dann hätten sie keinerlei Festigkeit, sie wären zerbrechlich wie Glas! Aus einem solchen Tuch könnte man höchstens Brautkleider für Schmetterlinge fertigen!«
»Glaube, was du willst. Der Tag wird kommen, an dem ich dir beweise, daß ich recht habe.«
Der Greis zuckte mit den Achseln und deutete auf Joseph.
»Er vielleicht, du nicht.«
Scheherazade machte eine resignierte Geste.
»Einverstanden. Vergessen wir das Thema. Und die andere Unterart, die von einem Zoll ... wärst du gewillt, mir bei ihrem Anbau zu helfen? Ich bin sicher, daß die Baumwolle Ägyptens Zukunft ist. Die derzeitigen Ernten reichen kaum aus. Es ist viel Geld damit zu verdienen – ein Vermögen! Wie dem auch sei, ich habe keine andere Wahl.«
Ein Schatten huschte über ihr Gesicht, und sie blickte plötzlich sorgenvoll drein.
»Du weißt um meine Lage, Ahmed. Meine Ersparnisse schmelzen von Tag zu Tag. Und die Zitrusfrüchte, die wir verkaufen, werden mir wohl kaum erlauben, mich aus der Schlinge zu ziehen. Ich muß mich unbedingt etwas anderem zuwenden.«
»Hast du denn schon vergessen, was ich sagte? Baumwolle ist eine Saat, die sehr viel Pflege beansprucht. Sie ist äußerst empfindlich gegenüber Wetterveränderungen. Überdies spielt die Beschaffenheit des Bodens eine wesentliche Rolle. Es bedarf einer sandigen und fetten Erde, die zudem noch die Feuchtigkeit zurückhalten muß.«
»Der Boden des Rosenhofs ist vortrefflich.«

»Weiter im Süden wäre er besser. Aber selbst wenn er sich dafür eignet, gibt es noch eine andere Schwierigkeit. Das Feld muß vor Flußüberschwemmungen geschützt sein. Was hier nicht der Fall ist. Und was für andere Pflanzen günstig sein mag, kann sich für die Baumwollpflanze als verheerend erweisen.«
»Das ist eine Kleinigkeit.«
»Eine Kleinigkeit? Wenn die Sämlinge zu lange vom Wasser bedeckt sind, gehen sie ein.«
»Wir werden einen Damm errichten.«
Ahmed hielt sich die Ohren zu und schüttelte den Kopf.
»Einen Damm ... gewiß doch. Das ist kinderleicht.«
»Eben. Einen Damm. Und *saduf*.[1] Wir werden die Bewässerung meistern.«
Plötzlich brauste sie auf: »Willst du, daß der Rosenhof zugrunde geht? Sollte dir entfallen sein, was du mir damals gesagt hast, als ich kaum größer war als Joseph: ›Der Rosenhof war ein Winkel Edens.‹? Und heute möchtest du, daß diese Erde wieder verrottet? Alles, was ich wünsche, sind deine Ratschläge. Bist du bereit, mir zu helfen, ja oder nein?«

*

9. März 1803, irgendwo in Oberägypten

Der Mond hatte noch nie mit solchem Glanz geschienen. Osman el-Bardissis Feldlager war taghell erleuchtet wie zur Mittagszeit. Selbst die Wachfeuer schienen blaß in dem milchigen Licht, das die Landschaft überflutete.
Doch dieses Wüstenmeeresleuchten war es nicht, was Ka-

---

[1] Schöpfbaum. Eine in Ägypten weit verbreitete Vorrichtung, um Wasser aus dem Fluß oder einem Brunnen zu ziehen.

rim, der im Schneidersitz neben Osman Bey saß, faszinierte, sondern ihr Gast, dieser Mohammed Ali. Obschon seine Statur stämmig und kräftig war, genügte sie doch nicht, diese Stärke, diese Macht, diesen Magnetismus zu erklären, die er ausstrahlte. Nach dem Vortrag, den er soeben gehalten hatte, zu urteilen besaß dieser Mann noch ganz andere Eigenschaften. In kurzer Zeit hatte er ein Bild der Lage Ägyptens mit einer Bündigkeit entworfen, die eine ganz ungewöhnliche Fähigkeit, die Zukunft geistig zu erfassen, vermuten ließ.

»Verzeihen Sie mir, *serchime*«, sagte Osman, »ich bin vielleicht etwas schwer von Begriff, aber ich verstehe noch immer nicht, weshalb Sie mir dieses Bündnis vorschlagen. Sie gehören doch dem osmanischen Unternehmen an? Sind Sie nicht selbst Türke und einer der engsten Vertrauten von Khosru Pascha, der – muß ich es Ihnen in Erinnerung rufen? – seit dem 8. Februar Ägyptens neuer Gouverneur von der HOHEN PFORTE Gnaden ist. Und was geschieht seit Ihrer Landung? Sie führen aufs neue Krieg gegen uns. Da das Massaker der Beys in Abukir nicht genügt hat, uns in die Knie zu zwingen, liefern Sie uns Schlacht um Schlacht. Es vergeht nicht ein Tag, ohne daß wir von Ihrer Armee bedrängt werden. In Ihren Augen sind wir, die Mamluken, unheilbringender als Nimrod.[1] Und jetzt kommen Sie, *serchime,* und reichen mir die Hand... Gestehen Sie mir zu, daß ich verwundert bin.«

Der Bey schüttelte den Kopf, um seine Ratlosigkeit zu bekunden.

»Nein, wahrlich, Ihr Schritt geht über meinen Verstand.«

Mohammed Ali ließ seine Gebetskette mehrmals um den Zeigefinger kreisen, bevor er in gemessenem Ton antworte-

---

[1] In der islamischen Überlieferung ist Nimrod der Verfolger des Propheten Abraham, der Prototyp des vor Hoffart wahnsinnigen und gegen Gott aufbegehrenden Tyrannen.

te: »Ist es denn nicht einleuchtend? Sie selbst haben gesagt, daß Khosru Pascha und die HOHE PFORTE nur eines wünschen, nämlich Ihr Verschwinden. Sie vergaßen jedoch zu erwähnen, daß auch Sie darauf versessen sind, die Osmanen zu zerschlagen. Sie möchten Ägypten ungeteilt, ohne Zugeständnisse. Was ich Ihnen zu erklären versuchte, ist doch, daß Sie ohne Beistand von außen, ich betone, einen Beistand von Gewicht, Ihr Ziel niemals erreichen werden. Wie könnten Sie es auch, da Sie nicht aufhören, sich innerhalb Ihrer eigenen Familie gegenseitig zu zerfleischen? Ihre Häuser haben nur die Zwietracht gemein. So lange dieser Zustand andauert, wird jeder von Ihnen nur Fetzen der Macht erhaschen. Und diese Macht wird überaus gefährdet sein. Deshalb wiederhole ich: Sie benötigen Hilfe. Politische, strategische und militärische Hilfe. Andernfalls werden Sie nie zum Erfolg gelangen. Und diese Hilfe bietet *serchime* Mohammed Ali Ihnen an. Was wünschen Sie mehr?«
»Sie meinen damit die viertausend Albaner, die Sie befehligen.«
»Ein Elitekorps, und Mohammed Ali so eng verbunden wie die Finger einer Hand.«
Karim vermerkte nicht ohne Befriedigung, daß dies das zweite Mal war, daß der General von sich in der dritten Person sprach. Ein unbedeutendes Detail, das ihn jedoch in seiner Meinung bestärkte, die er sich von diesem Menschen gebildet hatte. Nur ein Mensch mit großem Selbstwertgefühl konnte diese königliche Ausdrucksform wählen.
Osman Bey erwiderte: »Ich weiß um den Ruf Ihrer Männer. Ich weiß auch um den Einfluß, den Sie auf sie haben. Nichtsdestotrotz bleiben Ihre Beweggründe dunkel. Weshalb sollten Sie bereit sein, sich gegen Ihre Brüder zu wenden? Soviel ich weiß, fließt doch türkisches Blut in Ihren Adern, nicht kaukasisches. Weshalb also?«
Mohammed Ali nickte bedächtig, während sich ein rätselhaftes Lächeln auf seinen Lippen abzeichnete.

»Meine Antwort überrascht Sie vielleicht: Weil ich an Ägypten glaube. Ich glaube, daß dieses Land ungeheure Quellen des Reichtums besitzt. Ich glaube, daß es der Mittelpunkt der Welt werden kann.«
Er hielt inne, ließ wieder seine Gebetskette kreisen, und fügte hinzu: »Doch mich beseelt noch eine andere Überzeugung: Ägyptens Erde kann nicht die Favoritin mehrerer Fürsten sein. Sie benötigt nur einen Gebieter. Einen Verliebten, der so mächtig und stark ist, daß sie sich ihm allein vollends hingibt. Wie nur ein verliebtes Weib es vermag, würde sie ihm dann alles geben, was sie besitzt, und mehr noch. Betrachten Sie die Vergangenheit, Osman Bey. Denken Sie an die Pharaonen. Sehen Sie sich all die Wunderdinge an, die sie aus dem Tal des Nils hervorzubringen verstanden. Beweist das nicht, daß ich recht habe?«
Osman el-Bardissi beugte sich ein wenig zu den Flammen vor. Seine Miene ließ keinen Zweifel, daß ihm die Feinheit der Metapher entgangen war, aber dennoch schien er tief beeindruckt.
»Dieser Verliebte, auf den Sie anspielen, wäre ich derjenige, oder einer meiner Brüder?«
»Was soll ich sagen? Es ist doch nicht zu leugnen, daß Ägypten, seit dem Tage, da es osmanische Provinz wurde, alles verloren hat. Seinen Glanz, seinen Ruhm, allen politischen Einfluß. Wohingegen zu jener Zeit, als Sie, die Mamluken, die Herren waren, die Dinge anders standen. War es nicht unter Ihrer Herrschaft, daß dieses Land seine größte Pracht erfahren hat? Sollte Ihnen der Name an-Nasir entfallen sein, dieses großen Bauherrn und Mäzens? War es nicht auf sein Betreiben hin, daß Kairo wuchs, zu einer einzigen Stadt vereinigt und mit den erhabensten Palästen und den schönsten Moscheen der Welt geschmückt wurde?«
Er schwieg einen Augenblick und sah seinem Gegenüber ins Gesicht.
»Und deshalb hat sich Mohammed Ali für Osman Bey

entschieden, seinen Blutsbanden zu Trotz. Wenn das Herz trügt, muß man den Verstand sprechen lassen.«
Dieses Mal – dessen war sich Karim sicher – hatte der *serchime* ins Schwarze getroffen. Am liebsten hätte er vor so viel Gewandtheit und Diplomatie Beifall geklatscht.
Der Mamluk ergriff einen Palmzweig und warf ihn in die Glut. Er schien einen Moment nachzudenken. Dann sagte er: »Es bleibt jedoch noch ein letzter Punkt. Das Leben hat mich gelehrt, daß man hienieden in dieser Welt nichts umsonst bekommt. Was erhoffen Sie sich im Gegenzug?«
»Osman Bey! Mohammed Ali ist kein gemeiner Teppichhändler. Sie nehmen, wie ich hoffe, doch nicht an, daß ich mich nach dem Vorbild derer betrage, die ich verurteile. Ich weiß, mit wem ich es zu tun habe! Mir ist nicht fremd, daß Ihr Sinn für Großmut sich bei gegebener Zeit in seiner ganzen Redlichkeit offenbaren wird. Ich stelle Ihre Entscheidung Ihrem alleinigen Urteil anheim.«
Karim konnte sich nicht mehr zurückhalten und rief begeistert:
»*Serchime,* ich habe noch nie weisere Worte vernommen. Seien Sie versichert, daß ich Ihnen von ganzem Herzen beistimme.«
Osman blickte seinen Gefährten neugierig an, offensichtlich erstaunt über dessen plötzliche Beredsamkeit.
»Mein Bruder hat recht«, eilte er sich, zu verkünden. »Ihre Worte sind Goldes wert. Würden Sie mir jetzt noch Ihre weiteren Pläne erklären?«
»Die Engländer haben Ägypten vor zwei Tagen verlassen. Kairo ist nur von einer türkischen Garnison beschützt. Lassen Sie uns Seite an Seite gegen sie in die Schlacht ziehen. Wenn wir unsere Kräfte vereinigen, verbürge ich mich, daß wir in spätestens drei Monaten einen triumphalen Einzug in die Hauptstadt halten werden. Wir werden Khosru Pascha ins Exil jagen ...«
Mit gesenkter Stimme fügte er hinzu: »Oder in den Tod.«

Nunmehr schien der Mamluk endgültig überzeugt.
»Ich glaube, daß eine glänzende Zukunft vor uns liegt, *serchime.*«
»Vor *Ihnen,* Osman Bey.«
Mohammed erhob sich. Er schien erleichtert.
»Es ist Zeit für mich, den Rückweg anzutreten.«
El-Bardissi rief entrüstet: »So spät noch?«
»Es muß leider sein! In den Zeiten, in denen wir leben, ist jede Stunde ein Jahr.«
Der Mamluk blickte enttäuscht drein.
Mohammed Ali schickte sich an, zu der Eskorte zu gehen, die am Eingang des Feldlagers auf ihn wartete, besann sich jedoch im letzten Moment anders: »Osman Bey, Sie haben mir Ihren Gefährten nicht vorgestellt.«
Obwohl er das Ansinnen sonderbar fand, antwortete el-Bardissi: »Er heißt Karim. Karim ibn[1] Suleiman. Er ist der Befehlshaber unserer Flußmarine.«
»Bravo. Gute Seeleute sind eine Seltenheit.«
Karim entgegnete ohne jedes Zaudern: »Große Männer ebenfalls, *serchime.*«

*

Am 1. Juni fiel ihnen, wie es der *serchime* vorhergesagt hatte, Kairo gleich einer reifen Frucht in die Hände. Khosru Pascha wurde aus der Hauptstadt gejagt, in Damiette gefangengenommen, zurückgebracht und in der Zitadelle festgesetzt.
In jener Nacht schlief Mohammed Ali nicht. Er verbrachte den ersten Teil des Abends damit, sich mit einigen seiner albanischen Waffenbrüder zu bereden. Nichts sickerte von ihrer Unterhaltung durch. Mit Ausnahme der sechs anwesenden Personen, allesamt Offiziere hohen Rangs, erfuhr niemand von den Absichten des Generals.

---

[1] Sohn

Gegen Mitternacht schwang er sich, begleitet von einem Dolmetscher,[1] auf ein Pferd, und man sah ihn in Richtung al-Muski davonreiten. Nachdem er eine Weile durch die Gäßchen geritten war, hielt er vor der al-Azhar an. Ein beturbanter Mann, der mit einer kupfernen Lampe in der Hand im Vorhof stand, forderte ihn auf, ihm zu folgen.
Im Innern warteten die höchsten Würdenträger Kairos, ausschließlich ägyptische Scheichs, Ulemas und Kadis. Auch von dieser Zusammenkunft, die erst im Morgengrauen endete, drang nichts nach außen. Nur der Dolmetscher hätte weitererzählen können, was er hörte, doch dazu hätte man ihn durch Folterung zwingen müssen.

*

10. Juli 1803

Der zerfurchte Fels des Mokattam ragte in die Nacht auf wie eine gigantische Wehrmauer.
Während Karim die Stufen hinaufstieg, die zu der in den Stein gehauenen Höhle führten, frage er sich, warum man wohl diesen seltsamen Treffpunkt gewählt hatte. Er setzte seinen Aufstieg bis zum Ende der Treppe fort. Zur Linken schimmerte der schwarze Turm der Zitadelle unter dem von Sternen dichtbesäten Himmel.
Rasch ging er die breite, beängstigend tiefe Kluft des einstigen Steinbruchs entlang, bis er einen gewundenen Pfad erblickte, der sich in der Finsternis verlor. Er schöpfte Atem und setzte beunruhigt seinen Marsch fort. Nun sah er fast nichts mehr und mußte sich zum Eingang der Höhle vorantasten. Er blieb zögernd stehen und starrte ins Dunkel.

---

[1] Mohammed Ali sprach kein Arabisch, sondern bloß Türkisch und Albanisch.

»Ibn Suleiman?«
Ein weiß gekleideter Mann mit einer Magierhaube auf dem Kopf war zwischen den Steinen aufgetaucht. Seine Haut war bleich, sein Kinn von spärlichen grauen Bartstoppeln bedeckt.
»Ibn Suleiman?«
Unwillkürlich antwortete er mit Ja.
»Dein Vorname?«
»Karim.«
Ohne ein weiteres Wort zündete der Mann den Docht einer winzigen irdenen Öllampe an und lud ihn ein, ihm zu folgen.
Je tiefer sie vordrangen und je schmaler der Gang wurde, um so mehr wuchs Karims Unbehagen. Wohin, zum Teufel, führte man ihn nur?
Endlich tauchten in der Ferne flackernde Lichter auf. Sie schienen sich dem Stollenausgang zu nähern.
Noch ein paar Schritte. Eine weite Kammer öffnete sich vor ihnen, in der vielleicht zwanzig Männer im Kreis versammelt waren. Einige an den Wänden befestigte Fackeln warfen unförmige Schatten auf das Gestein.
»Wir sind da«, verkündete der Mann mit der Magierhaube.
»Warte.«
Karim wollte eine Frage stellen, doch der andere wiederholte: »Warte.«
Verzweifelt wandte er sich dem Kreis von Männern zu. Wer waren sie? Karim versuchte unter ihnen denjenigen auszumachen, der Anlaß seiner Anwesenheit war, fand ihn jedoch nicht. Plötzlich nahm er verwundert einen eigenartigen Geruch wahr, der in der Luft hing.
Lieblich, warm, verführerisch wie eine Kurtisane und berauschend wie Wein. Kein Zweifel – der Duft von Haschisch.
Was sollte das alles?
Erst nachdem er sich an das Halbdunkel gewöhnt hatte, entdeckte er in einem Winkel zwei Männer im Schneidersitz.

Zu seiner Überraschung sah er, daß der eine eine *tabla*[1] zwischen den Schenkeln hielt und der andere einen Rebab[2]. Musiker...
Ratlos fragte er sich, ob er nicht lieber kehrtmachen sollte. Vielleicht hatte man ihn in eine Falle gelockt. Die Türken? Oder el-Bardissi?
Plötzlich erhob sich ein Gesang, der seinen Fragen ein Ende setzte.
Der Rebab-Spieler hatte sich erhoben. Er stimmte eine Psalmodie von Koranversen an, zu der er sich langsam hin und her wiegte.
Plötzlich erschienen von irgendwoher sechs barfüßige Gestalten in langen, um die Leibesmitte von einem Hanfstrick geschnürten Kutten aus grobem braunen Wollstoff. Rötliche Filzhauben bedeckten ihr Haar. Mit bleichen und abgezehrten Mienen und beängstigend starrem Blick nahmen sie, von dem weiß gewandeten Mann geleitet, der Karim hergebracht hatte, in der Mitte des Kreises Platz.
Der Gesang des Rebab-Spielers hatte sich indessen in eine schmerzvolle Klage verwandelt.
Eine Weile verging. Die Gesichter der Männer hatten sich aufgehellt, die Augen leuchteten. Der weiß gewandete Mann schien sich wie eine aufblühende Blume zu entfalten. Mit erstaunlicher Anmut, die Arme gleich einem Gekreuzigten ausgestreckt, begann er, sich langsam um sich selbst zu drehen. Als die erste Drehung vollendet war, stampfte er mit der Ferse auf den Boden und setzte zu einer weiteren Umdrehung an.
Die sechs anderen, bis dahin reglosen Männer begannen nun ebenfalls, sich zu bewegen. Es schien, als suchten sie sich mit jeder neuen schlängelnden Drehung zu vergeisti-

---

[1] Eine Art kupferne, mit Pergament bespannte Trommel
[2] Ein einfaches Saiteninstrument, mit dem sich gewöhnlich die Erzähler und die Stegreifdichter begleiten. Es besteht aus einem Hals mit Baßsaite ohne Kasten und wird mittels eines Bogens gestrichen.

gen, Selbstvergessenheit zu erreichen, ihre Sinne auszulöschen. Vom Gürtel bis zu den Füßen bauschten sich ihre wollenen Kutten, flogen höher und höher, je schneller sie herumwirbelten, und in fast weiblicher Hingabe neigten sich ihre Köpfe auf die Schultern.

Von der faszinierten Runde stieg eine fast greifbare Intensität auf angesichts dieser Umkreisungen, die an Heftigkeit zunahmen, die Schatten der Höhle ruckweise zerfetzten und den Farben Gewalt antaten. Sie tanzten umher, die Augen halb geschlossen, ohne sich jemals zu stoßen.

Bisweilen klatschte der alte Mann in die Hände, um die Musiker zu einem schnelleren Rhythmus anzutreiben, und die Männer drehten sich noch geschwinder. Sie warfen die Köpfe zurück, ihre Augäpfel traten weiß hervor, und ihre Lippen öffneten sich zu einem verzückten Lächeln.

Derwische ...
Der *zikr* ... Das Gedenken.[1]
Karim hatte begriffen. Er wohnte jenem jahrhundertealten Zeremoniell bei, von dem er häufig hatte reden hören.
Der Überlieferung zufolge hatte nach dem Tod des Propheten dessen Nachfolger, der Kalif Abu Bekr, beschlossen, die Göttlichen Worte, die bisher nur mündlich weitergegeben worden waren, zusammenzutragen und niederzuschreiben. Ein schwieriges Unterfangen, war doch während der dreiundzwanzig Jahre, in denen der Engel Gabriel Mohammed die Heiligen Verse offenbart hatte, nicht ein einziges Wort aufgezeichnet worden.
Abu Bekr rief alle Vertrauten des Propheten zusammen und wies sie an, ihr Wissen unverzüglich aufzuschreiben. So entstand der KORAN.
Am Abend nach dieser Entscheidung erschien Abu Bekr im Traum der Engel Gabriel und teilte ihm mit, daß der ALL-

---

[1] Auch die Nennung von Gottes Namen *(Anm. d. Ü.)*

MÄCHTIGE über seinen Schritt befriedigt sei. Er sprang aus seinem Bett und begann, von höchster Freude hingerissen, sich um sich selbst zu drehen.
Seit jenem Abend wird manchmal freitags oder zu besonderen Anlässen das glückhafte Unterfangen des Nachfolgers des Propheten mit dem *zikr* gefeiert.

»Ich bin glücklich, dich wiederzusehen...«
Karim wandte sich um.
Mohammed Ali stand hinter ihm.
Ein rätselhaftes Lächeln erhellte seine Züge. Auf die Zeremonie deutend, die noch fortdauerte, gab er Suleimans Sohn ein Zeichen, sich zu gedulden.
Die tanzenden Derwische schienen in Trance versunken. Sie verloren sich in ihrer Verzückung, überließen sich ihrer Ekstase, lösten sich von ihrem Ich. Näherten sie sich in diesem befreiten Zustand Gott? Sie würden sich bis in die Mitte der Nacht drehen, solange ihnen noch ein Fünkchen Kraft blieb, bis zur völligen Erschöpfung.
»Komm...«, flüsterte Mohammed Ali, als die Zeremonie ihren Höhepunkt erreichte. »Folge mir.«
Einen Augenblick später atmeten sie frische Luft.
Tief unten sah man die Umrisse des schlummernden Kairo, die Spitzen der Minarette, das Geflecht der dunklen Gäßchen.
Mohammed Ali blieb stehen. Er zog eine Tabaksdose hervor und ließ sie gedankenlos auf seiner Handfläche hin und her rollen.
»Es freut mich, daß du gekommen bist«, sagte er.
»Haben Sie daran gezweifelt, *serchime?*«
Mohammed Ali antwortete nicht.
Karim beschloß, die Frage zu stellen, die ihm auf der Zunge brannte: »Es fehlt in der Stadt doch wahrhaftig nicht an verschwiegenen Orten. Weshalb also hier?«
»Aus zwei Gründen. Erstens ist es eine Sache der«, er schien

einen Moment nachzudenken, »sagen wir, der Höflichkeit. Der Vorsteher der Derwische legte Wert auf meine Anwesenheit hier. Zweitens geht es um unsere Sicherheit. Es darf nicht der Eindruck entstehen, daß es sich um eine offizielle Unterredung handelt.«
Karim pflichtete ihm bei, ging jedoch nicht weiter darauf ein. Mohammed Ali schwieg einen Moment. Dann sagte er: »Du fragst dich sicher nach dem Grund dieses Treffens.«
»Gewiß, *serchime*. Wenngleich ...«
»Ja?«
»Ich hegte die unbescheidene Vermutung, Ihnen nützlich sein zu können.«
»Deine Vermutung ist richtig, Sohn des Suleiman. Sie beweist deine Intelligenz. Wir sollten uns also nicht lange zieren und uns dem Wesentlichen zuwenden.«
Er holte Luft und begann in ernstem Ton: »Die HOHE PFORTE ist besorgt über die Absetzung von Khosru Pascha und sendet uns an seiner Stelle einen neuen Vizekönig. Er müßte in den folgenden Tagen in Alexandria eintreffen. Sein Name ist mir bereits bekannt: Es handelt sich um einen gewissen Tarabulsi.«
»Der Großherrscher hat keine Zeit verloren, wie ich sehe.«
»Wie könnte es anders sein? Ägypten ist zu kostbar, um es dem Zerfall preiszugeben. Bis zur Stunde haben die Obrigkeiten in Istanbul die wahren Ursachen, die zu Khosrus Sturz geführt haben, noch nicht herausgefunden. Sie schreiben sie dem Widerstand der Mamluken zu, ihrer Ablehnung einer neuerlichen Bevormundung durch die Osmanen. Daß ich und meine Albaner in die Sache verstrickt sind, ist ihnen völlig unbekannt. Und das soll auch so bleiben, solange ich es für notwendig halte.«
»Und dieser neue Statthalter? Dieser Tarabulsi?«
»Die Informationen, die ich besitze, deuten darauf hin, daß die ihn begleitenden Truppen denen Osman Beys nicht das Wasser reichen können. Von meinen Männern unterstützt,

werden diese den Vormarsch des Störenfrieds rasch aufhalten.«

Karim stimmte zu, fragte sich jedoch, was dies alles mit ihm zu tun hatte.

»Das Gelingen meines Vorhabens, das ich in Angriff genommen habe, hängt von meinem Bündnis mit den Mamluken ab, sowie von der Ergebenheit des Korps, das ich befehlige. Falls eine dieser beiden Stützen wegfiele, wäre dies das Ende meines Plans. Meine Männer, die kenne ich, die habe ich in der Gewalt. Doch mit deinem Freund Osman verhält es sich anders. Er gebietet heute als Herrscher über dieses Land, und es darf nicht dazu kommen, daß er im Taumel seiner neuen Berühmtheit einen falschen Schritt tut.«

Er ließ seine Tabaksdose zwischen den Fingern rollen.

»Es wäre höchst mißlich, wenn el-Bardissi, von diesem aus Istanbul gesandten Prätendenten befreit, versuchte, noch weiter zu gehen. Gewisse Menschen, weißt du, können jählings zum Sklaven ihres Ehrgeizes werden. Statt ein Leitstern zu bleiben, blendet er sie und schlägt sie mit Blindheit.«

»Mit einem Wort, Sie fürchten, daß er sich gegen Sie wenden könnte.«

»Mich erfüllt nicht Furcht, sondern Argwohn. Sagen wir, daß es recht verdrießlich wäre. Für ihn wie für mich«, sagte er, jedes Wort betonend, und schloß: »Falls Osman Bey jemals derartige Gelüste verspüren sollte, möchte ich als erster davon unterrichtet werden.«

Nun war alles klar.

»Hier also trete ich auf den Plan.«

»Mohammed Ali gedenkt nicht, dich dazu zu zwingen, aber eine günstige Antwort würde ihn befriedigen.«

Karim unterdrückte ein Lächeln über seine seltsame Art, sich auszudrücken.

»Ich verstehe, *serchime*. Und ich weiß Ihr Vertrauen zu schätzen. Deshalb werde ich offen sprechen. Wie Osman

Bey Ihnen gesagt hat, bin ich Seemann. Als ich jünger war, hatte ich einen Traum, der mich nie verlassen hat: eines Tages Qapudan Pascha zu werden. Ja, ich weiß, es ist ein wenig irrwitzig, vor allem ...«

Mohammed Ali unterbrach ihn: »Es gibt keine irrwitzigen Träume. Lediglich Irre, die ihre Träume nicht zu verwirklichen trachten.«

»Vielleicht. Jedenfalls habe ich bis zu dieser Stunde nur gemeine Schebecken und einige Feluken mit bescheidenen Kanonen gesteuert. Ich kann mir nicht erklären, was mich an Ihnen so anzieht. Ich kannte doch genügend Männer, die um Ägypten gebuhlt haben. Murad, Elfi Bey, den französischen General Kléber, dem ich meine Dienste hätte anbieten können, und heute el-Bardissi. Keiner von ihnen konnte mich verlocken. Doch das ist nicht alles. Vor langer Zeit hat mir jemand, der meinem Herzen sehr teuer war, gesagt: ›Gebe der Himmel, daß du an dem Tage, an dem du Qapudan Pascha bist, unter dem Befehl eines Mannes stehst, der dieses Land aufrichtig liebt und nur den einen Wunsch hat, es jenen zurückzugeben, denen es gehört.‹ Diese Worte habe ich nie vergessen.«

Er hielt inne, um seinen Worten Gewicht zu verleihen, und schloß: »Heute abend sagt mir irgend etwas, daß dieser Mensch Sie sind.«

*

Da stand er, in der Finsternis. Scheherazade streifte sacht seine Wange, um sich zu vergewissern, daß es sich um keine Erscheinung handelte, daß ihr Geist nicht verwirrt war, weil sie mitten in der Nacht geweckt worden war. Doch es war wirklich Karim, der Sohn des Suleiman.

»Tritt ein«, sagte sie, einer Ohnmacht nahe.

Er tat es schweigend und ließ sich auf den ersten Sitz nieder. Verzückt und furchtsam zugleich näherte sie sich ihm.

»Ich sehe dich, ich berühre dich und vermag es dennoch nicht zu glauben.«
»Dennoch bin ich es. Der Mistbauer.«
Es sollte ungezwungen und natürlich klingen.
»Herrlich«, fügte er hinzu, nachdem er um sich geblickt hatte. »Wenn mich meine Erinnerung nicht trügt, war dieser Hof doch aufgegeben und verwahrlost?«
»Er war es...«
»Und du hast alles wiederhergestellt?«
Sie bejahte.
»Du allein?«
»Nein, so etwas kann man nicht allein. Gott sei Dank ist mir geholfen worden.«
Er nickte bewundernd, dann setzte er eine ernste Miene auf.
»Ich habe von Sabah gehört... Es muß entsetzlich gewesen sein.«
Sie setzte sich auf den dicken Wollteppich, beinahe zu seinen Füßen.
»Ja... Aber das ist Vergangenheit. Und die Zeit ist ein wunderbarer Arzt.«
Eine Weile herrschte Stille. Nur das Zirpen der Grillen war zu hören.
»Und du, Sohn des Suleiman? Wie ist es dir ergangen? Ich habe von Sett Nafissa erfahren, daß du Murads Nachfolger dienst. Einem gewissen...«
»El-Bardissi. Ja. Doch nicht mehr lange.«
»Ach?«
»Er ist ein eingebildeter Esel, der leider weder Murad Beys Verstand noch dessen Genie besitzt.«
»Ich verstehe...«
Plötzlich hatte sie das furchtbare Gefühl, die Szene vor drei Jahren wiederzuerleben. Sie hatten auf dem Kai von Bulaq gestanden, und sie hatte ihm gesagt, daß sie Michel heiraten würde. Sie sah den Karubehändler vor sich, die Feluken auf dem Nil.

Sie fragte: »Was ist los?«
Er fuhr zusammen wie ein ertappter Dieb.
»Was ... was meinst du?«
Ich kenne dich durch und durch. Weshalb versuchst du, dich zu verstellen?«
Als er den Blick bemerkte, mit dem sie ihn ansah, wurde ihm klar, daß er ihr nichts vormachen konnte.
»Du hast recht«, sagte er in festem Ton. »Es hat keinen Sinn, dir etwas vorzuspielen.«
Er holte tief Luft.
»Ich bin hier, um dich zu bitten, mich freizugeben ...«
Sie sah ihn schweigend an.
»Falls du bis jetzt auf mich gehofft hast, solltest du es nicht mehr tun.«
Sie sagte nichts.
»Hast du auf mich gehofft?«
Die Hast, mit der er sprach, verriet, daß er wünschte, sie würde nein sagen.
»Ich würde dich gerne beruhigen, Sohn des Suleiman. Leider kann ich es nicht. Ja, ich habe auf dich gehofft. Mit ganzer Seele, voller Sehnsucht.«
»Selbst nach dem Tod von Michel ...«
»Vor allem nach seinem Tod. Sogar noch stärker.«
Um Fassung ringend blickte er auf seine Hände.
Ohne sie anzusehen, sagte er: »Ich muß frei sein. Mehr denn je. Für das, was ich vorhabe, muß ich allein und ungebunden sein. Mir hat sich eine Möglichkeit eröffnet, die ich ergreifen muß, bevor sie mir entflieht.«
»Eine Frau?«
»Wie kannst du nur ...«
Sie wiederholte: »Eine Frau?«
»Nein, Prinzessin. Ein neues Leben.«
»Und in diesem Leben gibt es keinen Platz für meine Liebe?«
Er schwieg eine Weile, bevor er »Nein« sagte.
»Dann gehst du also wieder fort?«

»Es muß sein.«
»Für immer...«
»Ja, Prinzessin.«
»Hör auf!«
Sie hatte geschrien, um sich Luft zu machen, vor allem jedoch, um sich nicht hinreißen zu lassen, ihn zu ohrfeigen, ihn zu zerreißen.
»Nenn mich nicht Prinzessin! Du hast kein Recht mehr, mich so zu nennen!«
Er machte eine beschwichtigende Geste.
»Nimm es mir nicht übel. Ich habe keine Wahl.«
»Keine Wahl?«
Sie trat einen Schritt auf ihn zu, mit zusammengepreßten Lippen.
»Keine Wahl... Du bist wahrhaftig ein Mistbauer, Sohn des Suleiman. Du bist nie etwas anderes gewesen.«
»Sieh dir diesen Hof an... Du bist eine Tochter der Erde, und du brauchst einen Mann der Erde. Ich...«
»Du, du bist ein Kind des Nils, nicht wahr? Ein künftiger Großadmiral...«
Sie atmete tief ein, bevor sie fortfuhr: »Nun, wenn dies dein Wunsch ist, geh doch. Geh zurück zu deinem Fluß. Ich werde dich nicht zurückhalten. Doch zuvor...«
Mit erstaunlicher Kraft packte sie seinen Arm und zerrte ihn nach draußen. Sie kniete nieder, hob einen Brocken Erde auf, hielt ihn ihm hin und erhob sich.
»Sieh dir diese Erde an... Es ist wahr, ich bin aus ihr hervorgegangen. Es ist wahr, ich liebe ihren Geruch, ihre Wärme, ihre Festigkeit und ihre Schwäche. Vielleicht findest du das kindisch, denn für dich gibt es nur das erhabene Meer. Laß mich dir eins sagen: Vergiß auf deinem Kriegsschiff nie, daß das Meer unstet und so wenig greifbar wie der Wind ist, wechselhaft und gefährlich. Es gleicht dem ehrgeizigen Streben und dem Ruhm, Sohn des Suleiman. Es kann den Tod bringen...«

Sie verstummte. Ihre Lippen bebten. Schweißperlen glänzten im fahlen Schein des Mondes auf ihrer Stirn.
Er starrte sie eine Weile an. Dann wandte er sich langsam ab und ging zwischen den Bäumen davon.
Er sah nicht, daß sie wieder niedergekniet war und mit ihren Tränen den Brocken Erde in ihrer Hand benetzte.

29. KAPITEL

Ende Juli, 1805

Man hätte meinen können, es hätte auf den Rosenhof geschneit, so weiß war das Feld.
Die achthundert Baumwollpflanzen boten einen herrlichen Anblick. Die auf ihren zarten Stengeln ruhenden Flocken bedeckten fast die gesamte Fläche der drei Feddan, die zwei Jahre zuvor, in den ersten Apriltagen, eingesät worden waren.
Der erste Versuch hatte mit einem Mißerfolg geendet. Von zwei Fellachen unterstützt, hatte Scheherazade stundenlang das Feld beackert. Eine übermenschliche Mühsal, da sie keinen Pflug besaß und folglich keine andere Lösung blieb, als die Arbeit mit der Hacke zu verrichten, Stückchen um Stückchen, die Schollen zerkleinernd, den Boden ebnend, mit einem Willen und einem Eifer, die Scheherazade unermüdlich neu angespornt hatten.
Anschließend hatten sie Löcher ausheben müssen, in die die Saatkörner gelegt und in denen sie bewässert wurden, damit sie weich wurden und schneller keimten.
Im April war alles vollendet gewesen. Gegen Ende Juni waren die Wasser des Königsflusses angeschwollen. Von jenem Tag an hatte Scheherazade zu leben aufgehört. Schon im Morgengrauen hatte sie im Staub kniend die Höhe des Wassers gemessen und laut gebetet, daß es hoch genug ansteigen möge. Immer wieder war sie zum am linken Feldrain errichteten Wehr gelaufen und hatte das Holz gestreichelt wie die Haut eines Liebhabers oder eines Kindes.

In der Julimitte war der Nil immer noch angeschwollen. Zehn Tage später hatte er einen noch nie gesehenen Pegel erreicht, weit über den sechzehn zu Abunapartes Zeiten gemessenen Ellen. Und Scheherazade hatte begreifen müssen, daß dieser behelfsmäßige Damm niemals standhalten würde. Dieser im Paradies entsprungene, Leben und Hoffnung bringende Fluß würde ihren Traum vernichten.

Als die Wasser sich dann in die Rinnen ergossen, in denen die Samenkörner schlummerten, war alle Hoffnung dahin. Diesen unheilvollen Tag sollte sie nie vergessen, denn der Zufall wollte es, daß es ihr siebenundzwanzigster Geburtstag war.

Die furchtbare Enttäuschung war schnell einem Gefühl des Zorns gewichen. Die Kraft, wieder neu anzufangen, gab ihr Joseph. Ihr hätte es nichts ausgemacht, zu sterben. Doch Joseph hatte ein Recht darauf, zu leben.

Im April des folgenden Jahres hatte man erneut beackert, wieder eingesät.

Die neue Schwelle hatte all ihren Erwartungen entsprochen. An den Tagen danach hatte man das Unkraut zwischen den Baumwollpflanzen gejätet, die zaghaft den Samen entsprossen waren.

Wie die Qualen, die Ängste, die Unrast und Ungeduld Scheherazades während der kommenden zwölf Monate beschreiben?... Sie schlief zu Füßen ihrer Pflanzen, schnupperte daran, sprach zu ihnen. Jeder neue Zoll wurde mit Siegesgeschrei begrüßt, das bis zum Weiler Nazleh zu hören war.

An dem Morgen, an dem die Stengel mehr als drei Fuß Höhe erreichten, wußte sie, daß sie gewonnen hatte. Dann kam die Stunde der ersten Ernte. Gemäß Ahmeds Anweisungen machten sich mit Baummessern bewehrte Fellachen an den Schnitt. Bis zum Stamm mußte ausgeputzt werden.

Die bei dieser ersten Ernte gewonnene Baumwollmenge

übertraf alle Hoffnungen. Während der Rohertrag einer Pflanze im ersten Jahr gewöhnlich bei 1 bis 1¼ Pfund liegt, reichte dieser an zwei Pfund.

Die Abendröte senkte sich auf den Hof nieder. Scheherazade, seit dem frühen Morgen auf den Beinen, überwachte die letzten Egrenierarbeiten. Am nächsten Tag sollte die Baumwolle mit den Füßen zu Ballen gepreßt werden, die nur noch in die Stadt gebracht werden mußten.
Sie wischte sich den Schweiß von der Stirn und wandte das Gesicht den letzten Sonnenstrahlen zu. Ahmed blies ein paar Töne auf der *nai,* während er die junge Frau betrachtete.
Gott, wie hatte sie sich im Lauf der letzten fünf Jahre verändert. Sie war gerade achtundzwanzig Jahre alt geworden, wirkte aber bereits wie eine reife Frau. Ihre Schönheit hatte eine andere Form angenommen, als habe ein unsichtbarer Bildhauer ihre Züge so gut wie möglich dem Ideal nachgeformt. Ein unsichtbarer Bildhauer hatte ihre Züge so nahe als möglich dem Ideal nachgeformt. Die Gestalt hatte kaum an Muskeln gewonnen und war von der Wölbung ihrer Hüften bis zu den Fesseln von seltener Harmonie.
»Dieses Fest verdrießt mich, Ahmed.«
Er hörte zu spielen auf und sah sie fragend an.
»Von welchem Fest sprichst du?«
Sie blickte verzweifelt zum Himmel auf.
»Du erinnerst dich wahrhaftig an gar nichts! Ich habe dir doch erzählt, daß Sett Nafissa einen Empfang ausrichtet, um die Wiederherstellung des Palastes ihres verstorbenen Gatten zu feiern. Ich habe überhaupt keine Lust, daran teilzunehmen. Außerdem wird der Kleine, wenn er in einem fremden Bett schlafen muß, kein Auge zutun.«
»Alle Vorwände sind dem willkommen, der zu fliehen sucht. Ich habe dir sicherlich keine Ratschläge zu erteilen, nichtsdestotrotz...«
»Ja, ja. Ich weiß.«

Sie äffte Ahmeds Tonfall nach: »»Du mußt Leute besuchen. Du mußt vor die Tür gehen, Püppchen. Eine junge Frau wie du kann nicht wie ein Einsiedler leben...««
»Was kann ich dafür? Es ist doch die Wahrheit. Murads Gemahlin ist deine Freundin. Die einzige. Stets ist sie es, die sich herbemüht, die sich um dich sorgt. Von Kairo bis hierher sind es immerhin zwei Tagesreisen.«
»Eben! Das ist mir zuviel.«
In störrischem Ton fügte sie hinzu: »Im übrigen habe ich nichts anzuziehen.«
Ahmed legte seine *nai* auf den Boden und ging zu ihr.
»Püppchen, worauf möchtest du hinaus?«
Er deutete auf das Feld und den Hof.
»Du hast ein Wunder vollbracht. Du bist auf dem Weg, reich zu werden. Doch wozu würde dir dein Reichtum nützen, wenn...«
Sie fuhr ihm ins Wort: »Das weißt du ganz genau. Sabah wiederaufzubauen.«
»Inschallah. Und danach?«
Er blickte der jungen Frau in die Augen und fuhr fort: »Der EWIGE hat diese Erde erschaffen. Er hätte sich damit begnügen können. Doch er wollte, daß Menschen auf ihr leben. Hast du dich nie gefragt, warum? Ich will es dir sagen: Um sich nicht allein zu fühlen. Glaubst du dich über IHN erhaben? Welche Vermessenheit, Scheherazade. Wenn sich die Dinge jedoch aufklären, wenn es einem wohl ergeht, wird alleine zu leben rasch zur Hölle.«
»Mein Sohn...«
»Dein Sohn, Gott möge ihn behüten, wird größer werden. Du jedoch, Püppchen, wirst altern. All diese langen Monate hast du wie eine verschlossene Blume gelebt. Glaube mir, es ist an der Zeit, in die Welt zurückzukehren. Wer weiß, welch ungeahntes Glück deiner in ihr harrt?«
Scheherazade antwortete mit erstickter Stimme: »Die Welt... Hast du vergessen, was die Welt mir angetan hat? Ein

Franzose hat mir das Leben gerettet, ein anderer hat meinen Bruder ermordet. Eine Muslime, Aisha, hat sich für meine Familie geopfert, ihre Brüder sind meine Henker gewesen. Alles, was die Welt mit einer Hand gibt, nimmt sie mit der anderen wieder. Und du drängst mich, in diese Welt zurückzukehren?«

»Ich werde dir vielleicht weh tun, Tochter des Chedid. Aber weder der Tod deines Bruders noch der deines Gatten oder deiner Mutter waren der Grund dafür, daß du all die Jahre in Finsternis gelebt hast. Schuld daran war Karim. Meinst du nicht, daß nach zwei Jahren die Stunde des Vergessens gekommen ist?«

Ein Lächeln umspielte plötzlich die Lippen der jungen Frau.

»Vergessen? Man sieht, daß du nie geliebt hast, Sohn des Adam. Im Buch der Liebe gibt es kein Vergessen. Nur umgewendete Seiten. Was auch darin steht, wie abscheulich oder schön manche Sätze auch sein mögen – man vergißt nichts. Ich habe die Seite umgewendet. Oh, es ist nicht leicht gewesen. Tausend schlaflose Nächte und leidenschaftlicher Zorn waren nötig. Doch ich habe die Seite umgewendet.«

Sie deutete auf die Baumwollpflanzen.

»Dies alles hat mich von meinem Groll abgebracht. Und dann ist mir ein Satz eingefallen, den der Sohn des Suleiman einst aussprach, als wir noch Kinder waren. An jenem Abend habe ich ihn bedrängt, auf Sabah zu bleiben, und er hat erwidert: ›Ist es mein Glück, das du willst, Scheherazade, oder deins?‹ Meine Antwort war: ›Ich weiß es nicht. Ich sehe nicht den Unterschied.‹ Ich war töricht. Heute weiß ich: Wenn das Glück von Suleimans Sohn davon abhängt, ohne mich zu leben, dann muß es so sein. Das einzige, was ich fürchte, ist, daß er scheitern könnte. Mir wird stets die Erde und mein Sohn bleiben. Aber was wird ihm bleiben? Er wird uns für nichts und wieder nichts geopfert haben. Für ein wenig Sternenstaub.«

Ahmed wiegte leise den Kopf.

»Gut, Sajjida. Deine Worte sind Goldes wert. Aber weshalb weigerst du dich dann, in die Welt zurückzukehren?«
Sie strich über ihr schwarzes Haar, und eine leise Melancholie schien sie zu befallen.
»Der Schmerz, Ahmed ... Wie du habe ich die Hälfte meiner Sehkraft verloren. Ich möchte nicht in vollkommener Nacht enden. Ich möchte keinen Mann mehr lieben. Nur noch mein Land und Joseph.«
Der Mann sah sie zärtlich an.
»Du täuschst dich, Tochter des Chedid. Du hast nichts von deiner Sehkraft verloren. Im Gegenteil, nie ist sie schärfer, klarer, trefflicher gewesen. Du gehörst nicht zu denen, die mit Blindheit geschlagen sind.«

*

Sett Nafissa hatte alles wunderbar hergerichtet. Der Gesellschaftsraum funkelte mit tausendfachem Feuer, an Murads Pracht erinnernd. Das warme Licht der zweiunddreißig bronzenen Lüster fiel auf das Gespinst der Mukarnas[1] und die Arabesken der Täfelungen. Die bei den Kämpfen der letzten Jahre beschädigten Mosaiken waren wiederhergestellt worden, ebenso die weißen Marmorfliesen und die purpurnen und goldenen Friese.
Das Mahl war herrlich gewesen. Hammel, Wachteln, Lämmer auf Spießen; es hatte an nichts, was Gaumen und Augen erfreute, gefehlt.
Bernardino Drovetti, Frankreichs neuer Konsul in Kairo, flüsterte Scheherazade mit verschwörerischer Miene ins Ohr: »Nur noch die Nachspeise müssen wir überstehen ...«
Sie stimmte zu, wobei sie dem Himmel dankte, daß man sie an die Seite dieses höflichen und liebenswürdigen Mannes

---

[1] Schmuckwerk an überhängenden Bauteilen, aus horizontal angeordneten oder vertikal versetzten Zellen oder Waben gebildet; Stalaktitendecken

und nicht neben einen Mamluken oder irgendeinen osmanischen Würdenträger gesetzt hatte. Als Frau ohne Begleitung hätte sie sicher Anlaß zu einfältigen Bemerkungen, zu unangebrachten Äußerungen gegeben. Gott allein wußte, wie sie in ihrem Gemütszustand darauf reagiert hätte.
»Sie haben also an der Expedition teilgenommen?«
Scheherazades Tischnachbar zur Linken hatte sich an den Konsul gewandt. Er war ein eleganter Mann von etwas weniger als vierzig Jahren, den Schädel von einer dichten Haarpracht bekrönt, recht stattlich im ganzen betrachtet, wenngleich eher schweigsam. Seit Beginn des Nachtmahls hatte er kaum mehr als zwei oder drei Worte hervorgebracht.
Drovetti erläuterte: »Als schlichter Oberst. Ja. Nach diesem unseligen Abenteuer bin ich nach Frankreich heimgekehrt, fest überzeugt, daß ich dieses Land nie wiedersehen würde. Der Zufall und die Politik haben anders entschieden. Zu meiner größten Freude im übrigen. Ich liebe dieses Land. Auch wenn ich nicht zum Konsularagenten ernannt worden wäre, so wäre ich doch früher oder später hierher zurückgekehrt. Ägypten ist zauberhaft, finden Sie nicht?«
Der Mann schwieg eine Weile, bevor er antwortete, was er in einem eigenartigen, irgendwie gezierten Ton tat.
»Es mangelt hier nur an einer freien Regierung und einem glücklichen Volk. Ohne Unabhängigkeit gibt es kein schönes Land; der heiterste Himmel ist verhaßt, wenn man in Ketten liegt. Dieser herrlichen Weiten würdig finde ich allein die Erinnerungen an den Ruhm meines Vaterlandes.«
Von der letzten Bemerkung etwas überrascht, fragte Scheherazade: »Verzeihen Sie, mein Herr, doch was meinen Sie, wenn Sie vom Ruhm Ihres Vaterlandes sprechen?«
»Ich sehe die Überbleibsel der Bauwerke[1] einer neuen, von

---

[1] Die Reste der Fabriken, die die Franzosen während Bonapartes Aufenthalt errichteten

Frankreichs Genius an die Ufer des Nils gebrachten Zivilisation; und zugleich denke ich daran, daß die Lanzen unserer Ritter und die Bajonette unserer Soldaten das Licht dieser strahlenden Sonne zweifach zurückgeworfen haben.«
Verstand sie nichts, weil die Sprache dieses Mannes zu erlesen, zu hermetisch für ihren Geist war? Sie hielt es für besser, das Gespräch nicht fortzusetzen, und begnügte sich damit, ihm zuzustimmen.
»Was die Unabhängigkeit Ägyptens betrifft«, griff Drovetti auf, »so dürften die Veränderungen, die demnächst eintreten werden, Sie sehr überraschen. Mohammed Ali, der neue von der PFORTE benannte Statthalter, wird hier nicht wie ein einfacher Vasall herrschen. Und ...«
Das Klirren von zerberstendem Glas übertönte die letzten Worte des Konsuls.
An einem Tisch unweit von ihnen, an dem Dame Nafissa thronte, war ein Individuum mit dunkelrotem Gesicht aufgesprungen. Er trug eine fleischfarbene Aba, die mit einem goldenen Greif, dem Wappentier des Hauses Elfi Bey, bestickt war. Er brüllte jemanden an, der ihm gegenübersaß:
»Das ist unerträglich! Wenn wir uns nicht unter dem Dach der ehrwürdigen Gattin Murad Beys befänden, würde ich es Ihnen mit meinen Fäusten heimzahlen!«
Nach einem letzten verächtlichen Blick lief er mit großen Schritten zum Ausgang.
»Einen Augenblick!«
Der Mann, dem die groben Worte gegolten hatten, erhob sich nun seinerseits. Es war Ricardo Mandrino.
Als er den Mamluken eingeholt hatte, sagte er mit dunkler, etwas krächzender Stimme: »Hassan Bey. Haben Sie nichts vergessen?«
Der andere runzelte die Stirn.
»Ich weiß, daß bei Ihnen, den Tscherkessen, Höflichkeit ein unbekanntes Wort ist. Doch ich bin sicher, daß Sie uns das Gegenteil beweisen werden.«

Er deutete auf Sett Nafissa.

»In dem Land, aus dem ich komme, zieht man sich nicht zurück, ohne seinem Gastgeber einen Gruß zu entbieten. Im Orient übrigens ebenfalls nicht; oder höchstens die Schweine, nachdem sie sich vollgefressen haben. Sollten Sie ein Schwein sein, Hassan Bey?«

Der Mamluke erbleichte.

Sett Nafissa hatte sich aufgerichtet und machte eine beschwichtigende Gebärde.

»Lassen Sie doch, Ricardo. Das ist nicht von Wichtigkeit.«

Der Venezianer tat, als habe er sie nicht gehört.

»Nun, Hassan Bey ... Wir warten.«

Der Mamluke setzte eine herausfordernde Miene auf.

»Niemand erteilt Hassan Bey Befehle! Und schon gar nicht ein Ungläubiger!«

An Mandrinos Handlung war nichts Theatralisches, so spontan erfolgte sie. Er packte Hassan Bey am Schoß seines Mantels und zog ihn zu sich heran.

»Wenn sich der Flegelei noch Dreistigkeit hinzugesellt, so ist das Maß voll!«

Mit unglaublicher Kraft zwang er den Bey, auf den Boden niederzuknien, und zerrte ihn bis zu Sett Nafissas Füßen.

Die Weiße stieß mühsam hervor: »Aber, mein Herr ... Ich bitte Sie ...«

Derart niedergeschmettert, hätte man meinen können, der Bey wäre nur noch ein Strohhalm und auf Gedeih und Verderb seinem Gegner ausgeliefert.

»Die Geduld unserer Gastgeberin ist erschöpft, Hassan Bey! Und auf mich wartet meine Nachspeise.«

Zur Antwort schlug der Mamluk wie ein Tobsüchtiger um sich und versuchte sich loszureißen. Was ihm wahrlich schlecht bekam. Mandrino hob das Bein und stellte seinen Stiefel auf seine Wange.

»Ihre Entschuldigung!«

Betroffen und bewundernd zugleich beobachteten die Gäste

die Szene. Niemand wagte, ein Wort zu äußern, geschweige denn einzuschreiten.
Der Venezianer steigerte den Druck. Er war dicht daran, ihm mit seinem Absatz den Schädel zu zermalmen.
Schließlich hob der Bey eine zitternde Hand zum Zeichen, daß er bereit war aufzugeben. Ihn beim Kragen packend, hob sein Widersacher ihn mit erstaunlicher Behendigkeit hoch und stellte ihn wieder auf die Füße.
»Vorsicht!« rief Nafissa.
Das Poltern umgestoßener Stühle ertönte. Eine Frau schrie. Der Mamluk hatte unter seinem Mantel einen Faustdegen hervorgezogen und schickte sich an, zuzustoßen. Doch er konnte sein Vorhaben nicht zu Ende führen. Eine Faust traf ihn mit voller Wucht und ließ seinen Kiefer krachen. Er taumelte einen Moment, bevor er mit weit aufgerissenen Augen zusammensackte.
Unerschüttert wandte Mandrino sich zu der Weißen um und breitete mit einer bedauernden Geste die Arme aus.
»Sajjida, es ist mir überaus peinlich. Doch angesichts dieses Benehmens ...«
Er deutete auf den am Boden Liegenden: »Es wäre ratsam, wenn Ihre Wachen uns von ihm befreiten. Ein dermaßen unhöfliches Individuum könnte rückfällig werden, was dem weiteren Verlauf Ihres Diners recht abträglich wäre.«
Dame Nafissa, um Haaresbreite von einer Ohnmacht entfernt, stützte sich auf den Tisch – außerstande, auch nur einen Ton hervorzubringen.
Wiederum ergriff Ricardo die Initiative. Er klatschte in die Hände und rief in vollendetem Arabisch einen Befehl, worauf drei Diener herbeieilten. Nach kurzem Zögern packten sie den noch immer besinnungslosen Mamluken und trugen ihn fort.
Erst jetzt faßte sich die Weiße und ermunterte die wie zu Salzsäulen erstarrten Musikanten, weiterzuspielen.
»Los! Los!«

Sie gehorchten, und Nafissa warf ihrem Gast verstohlen einen tadelnden Blick zu.
»Sie haben mir ziemliche Angst eingejagt. Ich wußte, daß Sie stürmisch sind, Ricardo, aber nicht, in welchem Maß!«
»Nur wenn es gilt, die Ehre einer Dame zu verteidigen. Und um so mehr, wenn diese Dame den Namen Sett Nafissa trägt.«
Die Weiße errötete und schlug die Augen wie ein Backfisch nieder.
Er legte die Hand auf sein Herz, verneigte sich galant und kehrte unter den verdutzten Blicken der Tafelgäste zu seinem Platz zurück.
»Letzten Endes«, bemerkte Drovetti, »gibt es immer welche, die sich nie darein fügen werden, die Wirklichkeiten anzuerkennen.«
Scheherazade runzelte die Stirn. Wie jedermann hatte sie den Vorfall voll Bestürzung verfolgt. Sie wandte sich dem Konsul zu, um das Gespräch fortzusetzen, als ihr linker Tischnachbar, der stattliche schweigsame Mann, jäh von seinem Sitz aufsprang.
»Wie ist möglich, daß die Gesetze so viele Unterschiede zwischen den Menschen schaffen? Wie? Diese Horden albanischer Strauchdiebe, diese Mamluken, diese beschränkten Muslime, diese grausam unterdrückten Fellachen bewohnen jene Stätten, an denen einst ein so regsames, so friedfertiges und so weises Volk lebte. Ein Volk, dessen Sitten und Gebräuche uns zu schildern Herodot und insbesondere Diodor Gefallen fanden!« rief er mit bebender Stimme.
Nach Atem ringend, verneigte er sich nacheinander vor der jungen Frau und dem Konsul.
»Erlauben Sie mir, mich zurückzuziehen. Morgen früh reise ich nach Alexandria ab.«
Er wandte sich Drovetti zu: »Ich kann auf Sie bauen, nicht wahr? Sie werden, wie versprochen, meinen Namen auf der großen Pyramide einmeißeln?«

»Ganz bestimmt.«
Er grüßte noch einmal und eilte mit wirrem Blick hinaus.
»Wer ist denn dieser merkwürdige Mensch?« fragte Scheherazade eilends.
»Er heißt Chateaubriand. François-René de Chateaubriand. Zugegeben, er ist ein wenig wunderlich. Ein erbärmlicher Politiker, jedoch ein gewisses schriftstellerisches Talent. Zweifelsohne wird er über seine Orientreise ein Buch schreiben; ich vermute, dies ist auch der Grund, weshalb er darauf beharrte, daß ich seinen Namen am Fuß der großen Pyramide einmeißele. So wird er erzählen können, daß er sie persönlich besucht hat. Niemand wird die Wahrheit wissen, außer mir, und Ihnen, natürlich.«[1]
»Ich verstehe ... Könnten Sie mir vielleicht auch erklären, weshalb die beiden einander fast umgebracht hätten?«
»Der eine ist Elfi Beys rechter Arm. Der andere ...«
»Ricardo Mandrino, ein Freund von Sett Nafissa; ich weiß.«
»Sie kennen ihn?«
»Ich habe ihn einmal kurz gesehen. Fahren Sie bitte fort.«
»Elfi Bey gehörte zu jenen Mamluken, die sich nach el-Bardissis Beispiel mit Mohammed Ali verbündet hatten, um den Sturz von Khosru Pascha herbeizuführen, des letzten von der Pforte bestallten Statthalters.«
Die junge Frau setzte eine ratlose Miene auf.
»Verzeihen Sie, aber ich habe mich seit langem kaum mit Politik beschäftigt. Sett Nafissa hat versucht, mich auf dem laufenden zu halten, doch ich habe ihr immer nur mit halbem Ohr zugehört.«
Drovetti lächelte belustigt.
»Sie wissen nicht einmal, wer Mohammed Ali ist?«
Sie schüttelte betrübt den Kopf.
»Sie haben wahrhaftig als Einsiedlerin gelebt. Darf ich Sie

---

[1] Drovetti plauderte das Geheimnis in diversen vertraulichen Gesprächen aus.

aufklären, daß Mohammed Ali seit kurzem Ägyptens neuer Vizekönig ist?«
Mit leisem Stolz fügte er schnell hinzu: »Und mein Freund.«
Scheherazade erwiderte mit blasierter Miene: »Auch so ein Hampelmann von Istanbuls Gnaden...«
»Gnädige Frau! Mohammed Ali doch nicht! Wenn es jemanden auf der Welt gibt, der niemandes Hampelmann ist, dann wohl er.«
Ein Diener stellte eine Pyramide Zuckerwerk auf den Tisch. Scheherazade nahm eine mit Honig getränkte Konafa und murmelte: »Sie scheinen diesen Menschen sehr zu schätzen.«
Drovetti wandte sich der jungen Frau zu und blickte ihr ins Gesicht.
»Würden Sie den Vorzug genießen, ihn näher zu kennen, so würden Sie dies zweifellos ebenfalls tun. Er ist ein besonderer Mensch. Mutig, tatkräftig und entschlossen.«
Er nahm gleichfalls ein Stück Konfekt und fuhr fort: »Zunächst hat er sich der Mamluken bedient, um die vier von der PFORTE bestallten Paschas zu entthronen. Mit Hilfe der albanischen Einheit, die unter seinem Kommando stand, hat er sich dann gegen seine vorherigen Verbündeten gewandt und sie aus Kairo und den meisten bedeutenden Städten verjagt. Schließlich hat er, von den Ägyptern gestützt, die Albaner auf Vordermann gebracht und sich zum Vizekönig erwählen lassen. Ungeheuer, nicht?«
»Wohl eher machiavellistisch. Wenn ich recht verstanden habe, hat er sich eine Treppe geschaffen, bei der jede neue Stufe aus dem gegenwärtigen Verbündeten bestand, der am folgenden Tag zum Feind wurde.«
»Das scheint mir etwas vereinfacht ausgedrückt, entspricht aber den Tatsachen.«
»Ich verstehe nur eins nicht. Daß er die Türken mit Hilfe der Mamluken und die Mamluken mit Hilfe der Albaner gestürzt hat, habe ich begriffen. Was aber haben die Ägypter mit all dem zu schaffen?«

»Eben das ist sein Geniestreich. Er hat sein Ziel mit Hilfe der zivilen Oberhäupter Kairos erreicht. Was Bonaparte nicht gelungen ist, das hat Mohammed Ali erreicht. Ein seltenes, außergewöhnliches, noch nie dagewesenes Ereignis, waren es doch die Ulemas und die Honoratioren, die ihn zum Vizekönig ausgerufen und sich bei der PFORTE zu seinen Gunsten verwendet haben. Ermessen Sie die Bedeutung dieses Ereignisses?«

»Auf die Gefahr hin, Sie zu enttäuschen, Herr Drovetti, nicht ganz.«

»Die Mitwirkung von Ägyptern bei Mohammed Alis Thronbesteigung läßt zum ersten Mal in der Geschichte Ihrer Nation einen neuen Wesenszug erspähen, die ersten Anzeichen. Diesmal ist es nicht ein einfacher Repräsentant Istanbuls, der die Geschicke Ägyptens lenken wird, sondern eine Persönlichkeit, die Tag für Tag etwas mehr von ihren osmanischen Wurzeln abrückt. Ein Herrscher ohne Gängelband. Ich würde gar zu sagen wagen: ein Ägypter. Binnen fünf Jahren hat er sich Zug um Zug als Löwe und Fuchs zu zeigen verstanden, ohne Furcht, sich auf einen dermaßen unsicheren Thron niederzulassen, von dem alle Welt einhellig behauptet: ›Ihn zu besteigen ist ein Meisterwerk. Auf ihm zu bleiben ein Wunder‹.«

»Mit einem Wort, ein Abenteurer...«

Bernardino schüttelte ernst den Kopf.

»Nein, gnädige Frau. Ein Staatsmann.«

»Ein Spieler, wie dieser Bonaparte.«

»Ein Spieler, das gebe ich zu. Ein Spieler jedoch, der stets genau auf den Einsatz achtet und sich diesen niemals entwenden läßt.«

Drovetti nickte ein paarmal.

»Eines Tages werden Sie an meine Worte denken.«

»Was mich verwundert, ist, daß die PFORTE eine Person duldet, die zu ihrer Autorität auf Distanz geht.«

»Oh! Geben wir uns keinen Träumen hin! Die Türken dulden

überhaupt nichts. Sie sind sogar im Begriff, im Verein mit den Engländern alles zu unternehmen, um die Mamluken – was der Gipfel der Paradoxie ist – wieder an die Regierung zu bringen. Selbst um den Preis des völligen Verderbens zögen sie es vor, mit ihren Erbfeinden statt mit Mohammed Ali zu paktieren. Daran ersehen Sie, wie bewußt sie sich der Gefahr sind, die er darstellt.«

»Sie machen mich neugierig, Herr Konsul.«

Sie warf den Kopf zurück und schien einen Moment nachzudenken.

»Ein unabhängiger Statthalter ... In einem autonomen Ägypten ... Das ist kaum vorstellbar.«

»Gleichwohl droht gerade das einzutreten.«

Scheherazade richtete sich auf und fragte: »Möchten Sie noch ein wenig von Herrn Mandrino erzählen?«

»Eine erstaunliche Person. Meinen Informationen zufolge entstammt er einer der ältesten venezianischen Familien, einer derjenigen, die man die *Case Vecchie* nennt und deren Adel, im Gegensatz zu dem der anderen Familien, auf das 11. Jahrhundert zurückgeht. Die Mandrino gehörten später den Edlen der *Terra ferma,* des Festlandes, an – so nannte man die reichen Lehnsherren. Noch sagenhafter erscheint, daß diese illustre Familie der *Serenissima*[1] drei Dogen gestellt haben soll. Etwas überaus Ungewöhnliches.«

»Wahrlich ein bedeutender Mann«, sagte Scheherazade mit leiser Ironie.

Der Konsularagent blickte skeptisch drein.

»Übertreiben wir nicht. Seit unser Bonaparte die Republik von Venedig in die Knie gezwungen hat und das Goldene Buch[2] verbrannt wurde, frage ich mich, welche Rolle Männer wie Mandrino noch spielen könnten.«

---

[1] *Serenissima Repubblica di Venecia.* Venedigs Name seit 1117

[2] Verzeichnis der venezianischen Patrizierfamilien, in dem die Geburten, Eheschließungen und Todesfälle festgehalten wurden.

»Vermutlich die eines Abenteurers«, erwiderte Scheherazade in spöttischem Ton. »Jedenfalls scheinen Sie ihn recht gut zu kennen.«
»Ich bin ihm zwei- oder dreimal im Palast der Zitadelle begegnet. Er ist mit dem neuen Vizekönig eng befreundet.«
»Das erklärt alles. Wenn Ihr Mandrino ein Freund von Mohammed Ali ist, hätten der Mamluk und er niemals am selben Tisch sitzen dürfen.«
»Ohne Zweifel. Es dürfte genügt haben, daß einer von beiden ein unglückliches Wort äußerte, um die Lunte in Brand zu stecken.«
»Wie dem auch sei, wenn Sie meine Meinung hören möchten, so macht er auf mich den Eindruck eines wahren Rohlings. Haben Sie gesehen, auf welche Weise er Hassan Bey behandelt hat?«
Drovetti schien entrüstet.
»Ich bitte Sie, gnädige Frau! Ein Mann, der dieses Namens würdig ist, kann sich nicht ohne Gegenwehr beleidigen lassen. Es scheint mir ...«
Scheherazade unterbrach ihn schroff.
»So beginnen alle Kriege. Ich kann keine Bewunderung für jemanden empfinden, der sich anstelle von Argumenten körperlicher Gewalt bedient.«
Plötzlich hatte sie das Gefühl, daß jemand seinen Blick auf sie richtete. Unwillkürlich schaute sie über die Schulter. Da stand Mandrino, der sie eindringlich anstarrte.
Drovetti, der fast zur gleichen Zeit seine Anwesenheit bemerkt hatte, erhob sich. Er tat es mit einer übertriebenen Eilfertigkeit, die Scheherazade verärgerte.
»Teurer Freund. Welche Freude. Wie befinden Sie sich?«
»Ich bin es müde, mich mit der menschlichen Dummheit auseinanderzusetzen.«
»Ich war Zeuge des Zwischenfalls. Dieser Hassan Bey ist unter aller Würde.«

Ohne die junge Frau aus den Augen zu lassen, erwiderte Mandrino:
»Das ist Vergangenheit... Solche Petitessen muß man vergessen können. Nicht wahr?«
Er nahm Scheherazades Hand und führte sie an die Lippen. Leise fügte er hinzu: »Ich bin entzückt, Sie wiederzusehen, Tochter des Chedid. An Ihre Seite hätte man mich setzen sollen. Dann wäre mein Abend von Ihrer Schönheit erleuchtet worden und nicht durch Langeweile und Grobheit getrübt.«
»Sehr liebenswürdig, mein Herr. Aber woher wollen Sie das wissen?« erwiderte Scheherazade schroff, fast aggressiv.
Drovetti kniff die Lippen zusammen. Mandrino blieb unerschüttert.
Er maß die junge Frau eine Weile.
»Ich wußte es nicht, das ist wahr.«
Er hielt kurz inne.
»Nun weiß ich es. Ob Sie oder Hassan Bey, es hätte keinen Unterschied gemacht.«
Scheherazade schoß das Blut in die Wangen. Sie rang nach Luft.
Bevor sie Zeit fand, zu antworten, verabschiedete sich der Venezianer von Drovetti, verneigte sich unmerklich vor ihr und murmelte: »Meine Verehrung, Madame...«

*

»Welch schändliches Individuum! Welch ein Flegel!«
Scheherazade lief in Sett Nafissas Schlafgemach auf und ab wie eine in die Enge getriebene Leopardin.
Die Weiße, die auf dem Bett lag, seufzte.
»Sieh doch, in welchen Zustand du dich versetzt, meine Tochter. Wegen einer Kleinigkeit.«
»Eine Kleinigkeit?« schrie sie so laut, daß Nafissa das Gesicht verzerrte und die Hände an die Ohren hielt.

»Heda! Tochter des Chedid. Beruhige dich!«
»Haben Sie eigentlich verstanden, was er mir zu sagen wagte? ›Ob Sie oder Hassan Bey, es hätte keinen Unterschied gemacht.‹ Unglaublich! Ich frage mich, weshalb ich ihn nicht geohrfeigt habe! Welch ein Tölpel!«
Sie ließ sich auf das Bett fallen und hieb, unter Nafissas tadelndem Blick, mit der Faust auf eines der Kissen.
»Angeblich entstammt er einer adligen Familie! Zum Totlachen.«
»Aber es ist wahr. Die Mandrino sind ...«
»Grobiane, genau das sind sie!«
Die Weiße hob die Arme und ließ sie entmutigt wieder sinken.
»Gnade, Tochter«, stöhnte sie. »Ich sterbe vor Müdigkeit.«
Unwillig fügte sich Scheherazade.
»Dann lasse ich Sie jetzt allein.«
Sie küßte ihre Freundin auf die Stirn und wandte sich mit sichtlichem Widerstreben zur Tür.
»Möge dies alles dich nicht daran hindern, süß zu träumen«, sagte Nafissa sanft.

30. KAPITEL

28. Dezember 1806

Im riesigen Gesellschaftsraum des Palastes der Zitadelle sitzend, drückte Mohammed Ali sich zwischen die Brokatkissen und ließ seinen elfenbeinernen Gebetskranz nervös durch die Finger gleiten.
Karim konnte sich eines Lächelns nicht erwehren. Immer wenn den Vizekönig ein Problem beschäftigte, verfuhr er so. Das einzige, das sich bei diesem Ritual änderte, war der benutzte Gegenstand: Heute war es ein Gebetskranz, gestern eine Tabaksdose.
»Sie scheinen besorgt, Majestät, obgleich es das Schicksal weiterhin gut mit Ihnen meint. Die PFORTE hat Sie nun doch zum Pascha ernannt. Im November ist el-Bardissi gestorben. Und erst gestern ist Elfi Bey ihm nachgefolgt. Das Verschwinden der beiden wichtigsten Mamluken-Anführer binnen weniger Wochen sollte Sie doch erfreuen?«
»Mein werter Freund, deine Jugend beschränkt dein Blickfeld. Gewiß sind diese beiden Männer nun tot – möge der ALLMÄCHTIGE ihre Seelen aufnehmen –, indes ist noch vieles zu vollenden. Ich habe Ägypten in Besitz, aber überall sind Raubvögel, die es mir zu entreißen suchen, vor allem die Nachfolger von el-Bardissi und Elfi Bey. Solange ihnen eine Unze Macht bleibt, werden die Mamluken den Kampf nicht aufgeben. Dann die Engländer, die einzig davon träumen, die Franzosen auszustechen; und schließlich noch die HOHE PFORTE, für die ich ein Unkraut bin, das es auszumerzen gilt. Wie du siehst, steht Mohammed Alis Thron auf ziemlich

schwankenden Beinen. Vielleicht werde ich in einem finsteren Verließ enden!«
»Sie sind wie das Meer, Sire, und das Meer kann man nicht einsperren.«
Der Vizekönig überging die Bemerkung.
»Die Bedrohung durch die Briten bereitet mir Sorge. Obwohl deren Vertreter, Colonel Misset, von seinem Ministerium die Anweisung erhielt, neutral zu bleiben, wirkt er nach Kräften, mich zu Fall zu bringen. Zunächst hat er damit begonnen, bei den Mamluken die Bundesgenossen einer dereinstigen englischen Besetzung heranzuziehen, die er von ganzer Seele ersehnt. Als er feststellte, daß seine Bemühungen vergebens waren, hat er meine Person ins Visier genommen. Gleichzeitig sucht er seine Vorgesetzten zu überreden, endlich zu handeln und Alexandria zu besetzen.«
Er brach ab und ließ seinen Gebetskranz um den Zeigefinger kreisen.
Karim nutzte die Pause, um nun zu fragen: »Wie steht es um die Franzosen? Welches Feld nehmen sie auf dem Schachbrett ein?«
»Wenn ich Drovettis vertraulichen Mitteilungen glauben kann, nötigt die französisch-britische Auseinandersetzung Napoleon – zumindest im Augenblick –, sich der Gunst Istanbuls zu versichern. Deshalb kann ich mir nicht vorstellen, daß Frankreich wagen wird, irgend etwas gegen Ägypten zu unternehmen. Nein. Die Bedrohung geht von London aus.«
»Sie glauben also, daß eine englische Landung nahe bevorsteht?«
»Davon bin ich überzeugt.«
»Wenn dem so ist, warum verlegen Sie dann nicht einen Teil Ihrer Streitkräfte ins Delta?«
»Weil es Dringenderes gibt. Ich möchte ein für allemal diesen Vipern von Mamluken den Garaus machen. Nach Murad Beys Beispiel haben sie sich wiederum in Oberägyp-

ten zusammengezogen. Dort müssen wir vorrangig die Schlacht schlagen.«
»Und wenn sich inzwischen Ihre Ahnungen bewahrheiten? Wenn die Engländer angreifen?«
»Alles zu seiner Zeit. Zuerst müssen wir uns des Wurms entledigen. Später dann werden wir uns auf die Frucht stürzen.«
»Wann gedenken Sie, ins Feld zu ziehen?«
»Wenn ich die erforderlichen Männer beisammen habe. Nun ist es an dir, Sohn des Suleiman, dich zu sputen.«
Karim riß verdutzt die Augen auf.
»Ich ... Majestät?«
»Du, Sohn des Suleiman.«
»Ich ...«
»Mit heutigem Tag verleiht Mohammed Ali dir den Rang eines *kiaya*[1] mit dem Titel Bey.«
Karim glaubte nicht recht zu hören. Mit belegter Stimme stieß er hervor: »Meine tiefe Dankbarkeit ist Ihnen gewiß, Sire, wie auch meine Treue. Ich werde alles tun, mich dieser Ehre würdig zu erweisen.«
Der Vizekönig kniff die Augen zusammen und erwiderte gelassen: »Die Erfahrung hat mich gelehrt, daß Dankbarkeit und Treue Worte sind, deren Wert sich erst in der Bewährung erweist. In den nächsten Monaten wirst du genügend Gelegenheit haben, mir zu beweisen, daß meine Entscheidung richtig war.«
»In den nächsten Monaten. Und bis zu meinem Tod.«

*

In den folgenden Monaten lieferte Mohammed Ali den Mamluken in der Gegend von Assiut eine Reihe von Schlachten, doch gelang es ihm nicht, entscheidende Siege zu

---

[1] Generalleutnant, mit Bey als Ehrentitel

erringen. Alle, die von den Häusern Elfi, Ibrahim und el-Bardissi übrigblieben, klammerten sich mit der Kraft der Verzweiflung aneinander.

Als sich der Vizekönig am 19. März in der Nähe des Dorfes Gaw el-kebir aufhielt, unterrichtete ihn eine Botschaft von Drovetti, daß eine englische Einheit, von einem gewissen General Mackensie Fraser befehligt, Alexandria eingenommen hatte und sich anschickte, auf die Stadt Rosette vorzurücken. Am Schluß seines Briefes beschwor Frankreichs Konsul Mohammed Ali, unverzüglich nach Kairo zurückzukehren.

Wider alle Erwartung schien Drovettis Brief den Herrscher nicht über die Maßen zu beunruhigen. Rosette würde standhalten, dessen war er sich gewiß. Was ihm Zeit genug ließ, mit den Mamluken Friedens- oder auch nur Waffenstillstandsverhandlungen zu eröffnen.

Am 31. März verwirklichte sich seine Annahme. Die englische Kolonne, welche die Stadt angriff, wurde vernichtet, nachdem sie äußerst schwere Verluste erlitten hatte.

Die Nachricht erreichte ihn am 5. April, zum gleichen Zeitpunkt, da General Fraser eine zweite Expedition gegen Rosette und die Stellung el-Hamed in deren Nachbarschaft beschloß.

Da beschloß der Vizekönig zu handeln.

Am 9. April traf er in Kairo ein. Am 10. marschierte er an der Spitze von viertausend Fußsoldaten und tausendfünfhundert Reitern nach Rosette.

Am 21. im Morgengrauen griff er die englische Streitmacht an. Um die Mittagszeit stand sein Sieg fest. Er zermalmte das britische Korps, das sechsunddreißig Offiziere, siebenhundertachtzig Soldaten, darunter vierhundert Gefangene, verlor.

Es blieb nur noch die Wiedereroberung Alexandrias. Zu seiner höchsten Befriedigung war keine weitere Schlacht erforderlich. Über das Desaster von Rosette unterrichtet,

hatte die englische Regierung ihrem General den Befehl erteilt, den Hafen zu räumen.
Am 20. September hielt er einen triumphalen Einzug in die Stadt, die zu besitzen er so sehr gewünscht hatte.
Am 25. lichtete die englische Flotte unter den zufriedenen Blicken des Vizekönigs und seines Kiaya die Anker.

»Nun, Sohn des Suleiman, gehört die Welt mir.«
»Dank Gottes Gnade.«
»Mit Alexandria verfüge ich über den Schlüssel zum Meer.«
»Ohne Schiffe, Sire, ist dieser Schlüssel vielleicht nicht von großer Bedeutung.«
Ärgerlich erwiderte der Pascha: »Wieder einmal macht dich deine Jugend kurzsichtig. Wisse, daß ich als Herr über diese Stadt zu einem nicht zu umgehenden Element der politischen und wirtschaftlichen Belange der europäischen Mächte werde. Ich erlange Gewicht im internationalen Spiel. Überdies werden die Erfolge, die ich soeben gegen eine große abendländische Nation errungen habe, mein Ansehen beim Volk steigern.«
Er hielt inne und sagte dann in leidenschaftlichem Ton: »Ägypten kann der Hebel einer Politik des Krieges, der Eroberungen, der Ausdehnung werden. Vor meiner Zeit war es schwach und uneins, doch morgen wird es stark und einig sein. Ich werde es mit einer mächtigen modernen Armee ausstatten.«
Er machte wieder eine Pause und fügte mit Nachdruck hinzu: »Und mit einer Marine, Sohn des Suleiman.«

*

Mai 1808

Scheherazade schien einem hysterischen Anfall nahe.
»Sajjida, dies sind die Befehle des Vizekönigs«, beharrte der Intendant. »Die sechstausend ermittelten Grundbesitzer – zu denen Sie gehören – müssen ihre Ländereien dem Staat übereignen. Als Gegenleistung erhalten Sie eine jährliche Leibrente. Der Hof und das Anwesen von Sabah ...«
»Nein«, fiel Scheherazade ihm ins Wort, »ich weigere mich!«
»Aber ...«
»Dieses Individuum ist schlimmer als die Franzosen, Mamluken und Türken zusammen! Nur ein Wegelagerer verhält sich so!«
Das Gesicht der jungen Frau war so zornig, daß es der Mann für ratsam hielt, einen Schritt zurückzutreten.
»Sajjida«, stammelte er, »solche Worte aus dem Munde einer Frau Ihres Standes sind nicht ...«
»Wie? Was soll das heißen? He? Unter dem Vorwand, daß ich nicht aus bescheidenen Verhältnissen stamme, soll ich mich ohne Gegenwehr ausplündern lassen! Ist es das, was Sie sagen wollen?«
Sie schlug mit der flachen Hand auf den Tisch.
»Gehen Sie zum Pascha und sagen Sie ihm, daß ich nicht mit Strolchen verhandele! Sabah und der Hof gehören mir, wie sie meinem Vater und, vor ihm, meinem Großvater gehört haben. Niemand, hören Sie, niemand, auch nicht der allmächtige Mohammed Ali, wird sie mir rauben. Ist das klar?«
Der Intendant wiegte betrübt den Kopf.
»Am 3. Januar sind alle Privatbesitztümer zu Staatseigentum erklärt worden. Wenn Sie es ablehnen, sich zu fügen, werden Sie mit Gewalt enteignet. Die Miliz ...«
»Soll sie nur kommen. Schaffen Sie Ihre Soldaten herbei! Ihre Kanonen! Die Kavallerie! Weder mein Sohn noch ich werden hier weggehen!«

Der Intendant senkte den Blick.
»Wie Sie wollen, Sajjida Chedid. Ich habe nur Ihr Wohl im Auge. Ich kannte Ihren Vater selig, möge Allah ihm gnädig sein. Glauben Sie mir, dies alles zerreißt mir das Herz. Doch leider bin ich nur ein machtloser Beamter.«
Er klemmte seine Aktentasche unter den Arm und erhob sich.
»Sie haben acht Tage Zeit. Ist diese Frist verstrichen, wird die Miliz die Örtlichkeiten besetzen, und Sie können sich dann an den Richter wenden. Was mich betrifft, so muß ich Ihnen dieses Schriftstück aushändigen. Die Rente, die Ihnen zugestanden wurde, ist darin schwarz auf weiß angeführt. Es steht Ihnen frei, einzuwilligen oder abzulehnen.«
»Ich lehne ab!«
Sie nahm ihm das Dokument aus der Hand, riß es in Stücke und warf sie zu Boden.
»Jetzt können Sie getrost nach Kairo zurückkehren und den Zuständigen unterrichten.«
Der Intendant verbeugte sich und ging mit zerknirschter Miene hinaus.
Kaum war er verschwunden, erschien der kleine Joseph, von Ahmed begleitet.
»Mama, was gibt es denn? Wir haben dein Geschrei bis zum anderen Ende des Gartens gehört.«
Sie strich dem Jungen über die Locken und bemühte sich, ihn zu beruhigen.
»Nichts, mein Sohn. Ein Mißverständnis.«
Der Junge deutete auf die Tür.
»Hat dir der Mann, der uns begegnet ist, etwas Böses getan?«
Er ballte die Fäuste.
»Nein ... ich sage dir doch, es war nichts. Niemand hat mir etwas Böses getan. Niemand würde das wagen, mit dir an meiner Seite.«

Sie sank auf den mit einem Seidentuch überzogenen Diwan, warf den Kopf zurück und nahm die ihr seit jeher eigene versonnene Haltung ein.
In einem Sprung folgte Joseph ihr und drückte sich an sie.
Mit schlurfenden Schritten trat Ahmed heran und ließ sich zu ihren Füßen nieder. Mit vorgetäuschter Ungezwungenheit deutete er mit seinem Gehstock auf die Tür.
»Auch ich habe ihn kurz gesehen. Ein rechter Dummkopf.«
Scheherazade verkroch sich in ihre Schweigsamkeit.
»Was ist geschehen, Sajjida?«
»Das habe ich doch schon gesagt. Nichts.«
Sie blickte ihm in die Augen, als wollte sie sagen: Nicht vor Joseph.
Wieder trat Stille ein.
»Möchtest du mir einen Dienst erweisen?« sagte Ahmed unvermittelt zu dem kleinen Jungen.
»Das kommt darauf an.«
»Ich hätte gerne, daß du auf den Mann lauerst, der eben hinausgegangen ist, und uns warnst, wenn er wiederkommen sollte. Möchtest du?«
»Er könnte zurückkommen?«
»Möglich wäre es. Nicht wahr, Sajjida?«
Scheherazade zögerte einen Moment, bevor sie zustimmte.
»Ich habe etwas mit deiner Mama zu bereden. Aber sei unbesorgt, nicht lange.«
Der Junge blickte zu seiner Mutter auf, als bitte er um ihre Erlaubnis.
»Tu, worum dich Ahmed bittet, mein Sohn. Es wird nicht lange dauern.«
»Nun?« fragte der Greis, sobald sie allein waren. »Was wollte dieser Mann?«
In wenigen Worten berichtete sie es ihm.
»Das ist sehr ernst ... Viel ernster, als ich dachte. Nun, da der Wiederaufbau von Sabah fast beendet ist. Soll all die Arbeit umsonst gewesen sein? Welche Vergeudung.«

»Nichts auf der Welt wird mich daran hindern, die Arbeiten fertigzustellen. Ich werde bis zum Ende durchhalten.«
»Sei vernünftig, Püppchen. Gegen die Miliz kannst du nichts ausrichten. Willst du im Gefängnis enden?«
Erbittert entgegnete Scheherazade: »Aber was tun gegen einen solchen Despoten! Wenn ich bedenke, daß der Konsul von Frankreich einen ganzen Abend damit zugebracht hat, seine Verdienste zu rühmen!«
»Sagtest du nicht, daß man dir eine Entschädigung zugebilligt hat?«
»Ein Witz: eine Million siebenhundertfünfzigtausend Piaster.«[1]
»In der Tat ein Almosen.«
Ahmed hob die Augenbrauen und fügte hinzu: »Etwas begreife ich nicht. Wenn das Land einmal verstaatlicht ist, wer wird es dann bewirtschaften? Wer wird den Anbau festlegen?«
»Ei, ganz einfach, mein lieber Ahmed, der Vizekönig persönlich! Wenn ich die Erklärungen des Intendanten richtig verstanden habe, wird Mohammed Ali höchstselbst alljährlich beschließen, welche Felder zu bewirtschaften sind und was darauf anzubauen ist. Er wird jeder Landwirtsfamilie die Fläche an Ackerland zuweisen, die sie bestellen muß, und bestimmen,

---

[1] Was ungefähr 525 000 damaligen Franc entsprach. Der Gegenwert in heutiger Zeit wäre schwierig zu ermitteln. Eine verhältnismäßig geringe Summe, eher ein »Trostpflästerchen« als eine angemessene Entschädigung. Nicht einer von Mohammed Alis Vorgängern hatte im übrigen eine derartige Entscheidung zu fällen gewagt. Weder Bonaparte, der auf Schonung der einheimischen Bevölkerung bedacht war, noch die Türken oder die Mamluken, die sich darauf beschränkt hatten, die Großgrundbesitzer mit Abgaben zu belegen. Von Mohammed Alis gesamtem Wirken hat wahrscheinlich nichts seine Zeitgenossen und die Nachwelt mehr frappiert als diese ebenso kühne wie willkürliche Maßnahme. Es muß jedoch anerkannt werden, daß sie, beim damaligen Stand der Dinge in Ägypten, unbestreitbar die Urbarmachung der Böden, deren Ertragssteigerung und einen allgemein vermehrten Wohlstand zur Folge hatte.

was darauf anzupflanzen ist. Mudire[1] und Kontrolleure werden über die Ausführung seiner Beschlüsse wachen.«
»Kurz gesagt, er wird der Oberste Ökonom von Ägypten und ganz Ägypten sein Gutshof sein.«
»So ist es.«
Ahmed knabberte nervös an seinem Daumen.
»Was gedenkst du zu tun?«
»Was glaubst du? Kämpfen.«
»Allah sei mit dir. Aber du wirst nichts dagegen tun können. Ich sage es dir nochmals, wenn die Miliz einschreitet, wirst du dich nur beugen können.«
»Ich denke nicht daran!«
Er versuchte, sie zur Vernunft zu bringen.
»Püppchen, rede nicht solchen Unsinn.«
Sie richtete sich mit einem Ruck auf, die Lippen zusammengepreßt, den Tränen nahe.
»Du meinst also, ich soll ihnen Sabah und den Rosenhof übergeben – alles, was mir mein Vater hinterlassen hat. Alles, wofür er gekämpft hat.«
Sie richtete den Finger zum Himmel.
»Wenn er mich dort oben hört, weiß er, daß ich recht habe. Ich muß mich wehren. Es geht nicht anders!«
Ihre Verzweiflung überwältigte sie. Sie sank auf den Diwan, verbarg das Gesicht in den Kissen und schluchzte hemmungslos.

*

Das Poltern der Hufe hallte weit durch die Nacht. Scheherazade sagte sich, daß man den Lärm von al-Muski bis zum Khan al-Khalili hören mußte. Doch sie scherte sich nicht darum. Und wenn sie ganz Kairo aus dem Schlaf riß – sie würde ihren Weg bis zum Ende gehen.

---

[1] Leiter, Direktoren. Beamtentitel

Ohne langsamer zu werden, ließ sie den Esbekiya-Platz und das Viertel der Christen hinter sich und erreichte das Bab al-Khalq. Während sie unter dem Wabengewölbe durchritt, duckte sie sich instinktiv und schlug dann die Richtung der ehemaligen Gerbereien ein.
Als sie den Steg, der den Kanal überspannte, hinter sich hatte, preschte sie zum Viertel Rumelieh. In höchstens einer Viertelstunde würde sie die Zitadelle erreichen.
Sie dachte an die Unterhaltung, die sie am Morgen mit Drovetti geführt hatte. Einen Augenblick hatte sie gehofft, er könnte beim Vizekönig intervenieren. Doch der Konsul, liebenswürdig wie immer und zweifellos aufrichtig, hatte ihr erklärt, daß sein Einfluß trotz der Freundschaft, die ihm mit dem Pascha verband, nicht groß genug sei.
Doch die Unterredung war nicht völlig fruchtlos gewesen. Ein beiläufiges Wort des Konsularbeamten hatte Scheherazade plötzlich auf eine Idee gebracht, die vielleicht dennoch zu etwas führen würde, und sie hatte ihm mit weiblicher Schlauheit die Informationen entlockt, die sie zur Verwirklichung ihres Planes brauchte.
Als die Festungsmauern vor ihr auftauchten, krampfte sich ihr Herz zusammen, und wider ihren Willen tauchten in unerbittlicher Klarheit die Erinnerungen in ihr auf. Sie sah sich an Yussefs und Rosettis Seite vor dem Tor der Leiden stehen, auf die Übergabe von Nabils Leichnam wartend. Zehn Jahre war es her ... Sie war damals erst einundzwanzig Jahre alt gewesen. Ein Kind ... Doch nun, an diesem Abend, galt es nicht gegen den Tod zu fechten, sondern um das Überleben des einzigen Schatzes, der ihr, außer ihrem Sohn, geblieben war: Yussef und Magdi Chedids Besitz.
Ich möchte nicht, daß Sabah nach meinem Tode verwelkt und an Schönheit verliert. Bewahrt dieses Anwesen mit größter Sorgfalt. Bewahrt es, was immer auch geschehen mag. Der Ruhm ist flüchtig und kann beim ersten Sonnenuntergang

verlöschen. Das Land, indessen, bleibt gegen und wider alles bestehen.
Statt sie mit Trauer zu erfüllen, gab ihr die Stimme ihres Vaters Kraft. Als sie sich dem Tor der Leiden näherte, war ihre Entschlossenheit weit größer als vor zwei Tagen, da sie vom Rosenhof aufgebrochen war.
Sie band die Zügel ihres Pferdes an einen Akazienast und schlich vorsichtig die Südmauer entlang. Was sie vorhatte, war der reine Irrsinn. Sie machte sich Mut, indem sie sich sagte, daß es nicht das erste Mal war, daß sie ein solches Risiko einging. War es nicht ebenso närrisch gewesen, als sie damals, mitten in der Nacht, zum Schlachtfeld von Imbaba eilte?
Zwei Posten in sonderbaren Uniformen standen vor dem Haupttor. Wahrscheinlich waren es Albaner, von denen der französische Konsul gesprochen hatte. Sie würde nie durch dieses Tor gelangen, ohne angehalten zu werden.
Sie kehrte um und machte sich zur nördlichen Festungsmauer auf. Eine halbe Meile weiter zeichnete sich ein zweites Tor im Halbdunkel ab. Es war ebenfalls bewacht. Ohne den Mut zu verlieren, umging sie die Soldaten in weitem Bogen und schritt dann geradeaus. Auf der Seite der Hasan-Moschee entdeckte sie schließlich eine offenbar verwaiste Pforte. Ihr Herz pochte, als sie darauf zueilte. Plötzlich trat eine Wache aus dem Dunkel, und sie blieb wie erstarrt stehen. Schnell wich sie zurück und versteckte sich hinter einem Felsen. Gab es denn keine Möglichkeit, in die Zitadelle zu gelangen?
Sie dachte eine Weile nach, während die frische Nachtluft den Schleier, der ihr Antlitz bedeckte, sanft streichelte. Plötzlich, ihre Augen hatten sich inzwischen an die Finsternis gewöhnt, erblickte sie eine leichte Ausbuchtung an der Wehrmauer, etwa sechs Fuß von der Tür entfernt.
Sie beobachtete den Wachtposten und stellte fest, daß er beim Auf-und-ab-Gehen immer zehn Schritte von links nach

rechts machte. Für eine kurze Zeitspanne wandte er also dem Eingang den Rücken zu. Wenn es ihr gelang, die Ausbuchtung zu erreichen, dann ...

Sie richtete sich halb auf und schlich im Schutz der Dunkelheit vorsichtig darauf zu.

Trotz der herrschenden Kühle spürte sie den Schweiß, der über ihre Stirn und ihre Wangen rann.

Nun war sie nicht mehr weit von dem Mauervorsprung entfernt. Trotzdem erschien ihr die vor ihr liegende freie Fläche unendlich.

Sie hielt den Atem an und wartete auf den Moment, da der Wachtposten nach rechts kehrtmachen würde. Als sie den Zeitpunkt für günstig hielt, rannte sie los.

Endlich! Sie lehnte sich gegen die Wand, drückte sich an den Stein.

Ihre Atmung ging stoßweise. Ihre Beine zitterten so sehr, daß sie zweifelte, weitergehen zu können. Um sich neue Kraft einzuflößen, dachte sie an Sabah, an den Hof, an ihren Sohn, stellte sich vor, wie die Miliz anrückte.

Der Wächter setzte sein ungleichmäßiges Auf und Ab fort. Diese Ungleichmäßigkeit war das Gefährliche. Zehn Schritte nach rechts, acht nach links. Eine unbeschreibliche Angst erfüllte sie, die sie zu unterdrücken suchte, indem sie sich immer wieder sagte, daß er sie doch wohl, falls er sie abfinge, nicht auf der Stelle erschießen würde.

Mit aller Kraft bändigte sie das Zittern, das sie befiel, und wartete auf den passenden Moment. Der Wachsoldat hatte gerade gewendet und kehrte ihr den Rücken zu. Sie rannte los und trat über die Schwelle. Auf der anderen Seite war es noch finsterer. Ein Turm ragte zu ihrer Linken auf; sie eilte hinüber und kauerte sich an ihn, starr und erleichtert zugleich.

Die erste Etappe war überwunden. Die schwerste lag noch vor ihr.

Den von Drovetti ungewollt erteilten Auskünften zufolge

konnte dieser Turm nur der sogenannte Mokattam-Turm sein. Wenn sie sich nach links wandte, mußte sie auf den Josephsbrunnen stoßen, und darunter befand sich der Palast, in dem der für all ihr Unheil verantwortliche Mann vermutlich schlief.

*

Als sie in das Schlafgemach des Vizekönigs trat, stieß der Sklave, der am Fuß des Bettes schlief, ein derartiges Gebrüll aus, daß man hätte meinen können, er sei noch mehr erschrocken als Scheherazade.
In dem Raum war es fast völlig finster. In dem schwachen Licht der Sterne, das durch die Fenster schien, konnte man die Gestalten und Gegenstände kaum erkennen. Als die erste Benommenheit verflogen war, stürzte sich der Sklave auf Scheherazade. Sie entwich ihm mit knapper Not, indem sie aufs Geratewohl quer durchs Zimmer hastete, auf ihrem Weg eine ziselierte Kupferplatte von einem Dreifuß stoßend. Das Klirren des auf die Fliesen aufschlagenden Metalls war ohrenbetäubend.
Die Tür ging auf, und ein Soldat stürmte mit einer Lampe in der Hand herein. Fast zugleich ertönte ein Brüllen, das die junge Frau erstarren ließ.
Mohammed Ali hatte sich aufgerichtet. Sein Haar war wirr, und er hielt einen Damaszener Dolch in der Hand.
Er schrie einen Befehl.
Der Soldat stellte seine Lampe auf den Boden und legte an.
»Nein! Nicht schießen!«
Scheherazade war auf die Knie gefallen.
»Ich flehe Sie an, nein!«
War es der Klang ihrer weiblichen Stimme, der sie vor dem Tode rettete?
Wieder erscholl ein Befehl. Der Soldat senkte das Gewehr.
»Mustafa! Licht!«

Der Sklave gehorchte und zündete alle Leuchter an.
»Tritt näher!«
Sie stand auf. Der Schleier bedeckte ihr Gesicht nicht mehr. Der Vizekönig unterdrückte einen Schauder.
»Wer bist du?«
»Scheherazade, die Tochter des Yussef Chedid.«
Obwohl sie die Augen niedergeschlagen hatte, spürte sie deutlich den bohrenden Blick des Vizekönigs, der sie auszuziehen schien.
»Wer hat dich geschickt?«
»Niemand, Majestät. Ich bin aus eigenem freiem Willen hier.« Sie sah ihn an und stellte zu ihrer Überraschung fest, daß er fast harmlos aussah. In seinem weiten, bis unter die Knie reichenden Baumwollhemd wirkte er wie ein einfacher Sterblicher, wie ein Bürger, den man aus dem Schlaf gerissen hat.
»Weshalb wolltest du ...«
Er brach ab, von einem plötzlichen Schluckauf befallen, und fügte mühsam hinzu: »... mich ermorden?«
»Sie ermorden, Sire? Beim Namen Gottes, ich hatte nie diese Absicht. Ich wollte nur mit Ihnen reden. Im übrigen ...«
Sie öffnete die Hände und hielt sie ihm hin.
»Haben Sie schon einmal einen Mörder ohne Waffe gesehen ...«
Ein weiteres krampfhaftes Schlucken hinderte den Herrscher, auf der Stelle zu antworten. Er holte Luft und befahl dem Sklaven: »Durchsuch das Zimmer!«
Dann öffnete er den Mund, um dem Soldaten den gleichen Befehl zu erteilen. Doch wieder blieb ihm das Wort im Hals stecken. Mit einer gereizten Gebärde warf er den Dolch aufs Bett.
»Haben Sie häufig Schluckauf, Majestät?«
Die Kühnheit der Frage schien ihn zu verblüffen, und es dauerte eine Weile, bis er antwortete: »Solltest du toll sein? Mit welchem Recht ...«

Er brach ab, denn wieder zuckte sein Brustkorb. Es wirkte fast schon komisch.
»Vergeben Sie mir, Exzellenz«, sagte Scheherazade und suchte das Lachen, das in ihr aufstieg, zu unterdrücken, »aber ich kenne ein sehr wirkungsvolles Mittel gegen ...«
»Majestät«, unterbrach sie der Sklave, »hier ist keine Waffe.«
»Ich habe die Wahrheit gesagt. Ich wollte einzig und allein mit Ihnen sprechen. Herr Drovetti ...«
Er hob die Augenbrauen.
»Woher kennst du diesen Namen?«
»Der Konsul von Frankreich ist ein Freund von mir.«
»Es war aber doch wohl nicht er, der dir geraten hat ...«
Er gluckste.
»Ganz gewiß nicht, Durchlaucht. Doch gestern habe ich ihm mein Problem in der Hoffnung dargelegt, er könnte bei Ihnen vielleicht Fürbitte einlegen. Nur auf seine Weigerung hin habe ich den Entschluß gefaßt, Sie aufzusuchen.«
»Hier? In meinem Zimmer? Mitten in der Nacht?«
»Aber ich hatte doch keine andere Wahl!«
Er schien dem Ersticken nahe, doch man konnte nicht sagen, ob sein Schluckauf, die ungeheure Dreistigkeit seines Gegenübers oder beides daran schuld war.
Nach seinem tiefroten Gesicht zu urteilen, drohte Mohammed Ali ein Herzanfall.
Von immer schneller aufeinanderfolgenden Krämpfen gepackt, sank er auf den Bettrand.[1]
Scheherazade wagte sich schüchtern vor.
»Darf ich, Sire. Man kann daran sterben. Ich versichere Ihnen, daß ich eine Möglichkeit kenne, dem ein Ende zu bereiten.«
Er blickte mit ironischer Miene zu der jungen Frau auf.

---

[1] Es war allbekannt, daß Mohammed Ali unter hartnäckigem Schluckauf litt, der ihn meist in Momenten heftiger Gemütsbewegung oder großen Schreckens befiel.

»Solltest du ... eine Ärztin sein?«
»Vertrauen Sie mir.«
Er zögerte, als gingen ihm widersprüchliche Gedanken durch den Kopf.
»Lassen Sie mich nur machen.«
Sie ging um ihn herum und wollte sich hinter seinen Rücken stellen. Mit drohendem Blick drehte er sich zu ihr um.
»Sire!« begehrte Scheherazade auf. »Ich wiederhole, ich bin keine Mörderin.«
Ohne darauf einzugehen, erteilte er dem Soldaten den Befehl, ein Gewehr auf den Rücken der Frau zu richten.
»Jetzt tu, was du für richtig hältst«, sagte er, noch immer vom Schluckauf geschüttelt, und wandte sich ab.
»Wenn ich es sage, halten Sie die Luft an. Aber erst, wenn ich es Ihnen sage.«
Während sie sprach, schob sie die Arme unter die Achseln des Vizekönigs und fuhr seinen Brustkorb hinauf, bis ihre Hände genügend Spielraum hatten, um hinter seinen Nakken zu fassen. Als diese Position erreicht war, drückte sie unter den verdutzten Blicken des Sklaven und des Soldaten mit den Handinnenflächen auf die Halsvenen, während sie sich gleichzeitig nach hinten beugte, den Pascha mitzog und ihn dadurch zwang, sich leicht vom Boden zu erheben.
Dann machte sie sich frei und trat wieder vor ihn.
»So«, sagte sie befriedigt. »Das war's.«
Eilends fügte sie mit einem Deut Schalkhaftigkeit hinzu: »Wenn es nicht zu dreist wäre, Sire, würde ich Ihnen raten, ein wenig abzunehmen ... Ich hatte Mühe, Sie ...«
»Ruhe!«
Mohammed Ali wartete, die Arme am Körper ausgestreckt, das Gesicht verzerrt.
Allmählich verwandelte sich sein Gesichtsausdruck und wurde heiterer, während seine Augen aufleuchteten.
»Erstaunlich«, sagte er schließlich mit fast unhörbarer Stimme.

Er klatschte in die Hände und wies die beiden Männer an, sich zurückzuziehen, was sie unverzüglich taten.
»Ich höre dir zu. Aber fasse dich kurz.«
Scheherazade runzelte die Stirn.
»Laden Sie Damen niemals ein, sich zu setzen, Sire?«
»Mit Sicherheit nicht solche, für die am Leben zu sein bereits eine Gnade ist. Genug dahergeredet. Was hast du mir zu sagen, das solch ein Verhalten rechtfertigen könnte?«
Bevor sie antwortete, streifte sie den Schleier ab, der ihre Haarpracht bedeckte, und ließ mit einer anmutigen Bewegung des Kopfes ihre langen schwarzen Locken auf ihre Schultern fließen.
Sie trat einen Schritt vor. Ob wissentlich oder nicht, fand sie sich dank dieser Bewegung unter den Flammen der drei Lüster wieder, was zur Folge hatte, daß ihr Gesicht nun voll beleuchtet war. Erst in diesem Moment erkannte Mohammed Ali ihre außergewöhnliche Schönheit. Nichtsdestotrotz blieb er eisig.
»Ich komme wegen meines Landbesitzes«, verkündete sie vorsichtig.
Er sah sie fragend an.
»Sie haben doch Befehl erteilt, allen landwirtschaftlichen Besitz in Ägypten zu beschlagnahmen?«
Er bestätigte.
»Ich besitze einen Hof sowie ein Gut von mehr als sieben Feddan. Vor mir gehörte es meinem Vater, der es selbst von...«
Der Vizekönig gebot ihr Einhalt.
»Um mir diese Albernheiten zu erzählen, wagst du es, mitten in der Nacht in mein Zimmer einzudringen?«
»Albernheiten! Die Besitztümer meines Vaters nennen Sie Albernheiten! All die entbehrungsreichen Jahre? Ein Leben, das nur aus Arbeit, Schweiß und Kampf bestand?«
Er wollte etwas entgegnen, doch sie kam ihm zuvor: »Gewiß haben Sie uns angeboten, uns zu entschädigen. Sehen

Sie, ich könnte desgleichen tun. Ihren Palast für eine Schale Reis!«

»Unverschämt!«

»Nein, verzweifelt und aufrichtig, Majestät! Sie haben nicht das Recht, mir meinen einzigen Reichtum zu nehmen. Das einzige auf der Welt, woran ich hänge. Das dürfen Sie nicht!«

»Das ist ja wohl die Höhe! Ich darf nicht, ich habe nicht das Recht?«

Er erhob sich mit einem Ruck. Zorn stand in seinem Blick.

»Mohammed Ali darf alles! Hörst du mich? Alles!«

Sie stemmte die Fäuste in die Hüften und starrte ihn herausfordernd an.

»Alles?«

»Absolut!«

Sie murmelte: »Und der Schluckauf?«

Er öffnete die Lippen, wollte etwas erwidern, blieb jedoch sprachlos und brach plötzlich in dröhnendes, ungezügeltes Lachen aus. Dann ließ er sich auf den Sessel fallen und warf den Kopf zurück. Nach einem Moment der Verblüffung prustete auch Scheherazade los. Ihr unbändiges Gelächter vermengte sich und scholl bis in den Flur, wo der wachhabende Soldat wahrscheinlich dachte, der Pascha habe den Verstand verloren.

»Allah ist mein Zeuge«, sagte Mohammed Ali, sich endlich fassend, »so habe ich schon lange nicht gelacht.«

Er deutete auf den Sessel, der ihm gegenüberstand.

»Du darfst dich setzen – und sei's nur dieses Vergnügens wegen ... Wie war doch gleich dein Name?«

»Scheherazade, Tochter des Chedid.«

»Ein eigenartiger Name für eine Ägypterin.«

»Ich weiß. Ein Einfall meiner Eltern. Doch das bedürfte einer viel zu langen Erklärung.«

Er blickte sie von unten herauf an.

»Und das ist nicht der Zweck deines Besuches.«

Sie schlug demütig die Augen nieder.
»Du kennst tatsächlich den Konsul Drovetti? Oder hast du das nur so dahergeredet?«
»Ich habe viele Untugenden, Sire. Aber eine Lügnerin bin ich nicht. Ja. Ich habe Herrn Drovetti anläßlich einer Abendgesellschaft bei Sett Nafissa kennengelernt.«
»Mit den Gemahlinnen von Mamluken verkehrst du auch?«
»Sie ist eine langjährige Freundin. Sie hat mich aufwachsen sehen.«
»Ich verstehe ...«
Er ergriff einen Gebetskranz und ließ die Perlen durch die Finger gleiten.
»Du willst dich also dem Gesetz nicht fügen?«
»Majestät ...«
»Tochter des Chedid, weißt du nicht, daß man einen Vizekönig nicht unterbricht?«
»Verzeihen Sie mein Ungestüm, Sire.«
»Mit welchem Recht beanspruchst du, dich den Vorschriften zu entziehen? Gesetz ist Gesetz. Sechstausend Grundbesitzer trifft das gleiche Los. Und du willst eine Ausnahme sein?«
»Ist es nicht auch eine Ausnahme, wenn sich von Millionen Menschen ein einziger erhebt. So wie Sie, Majestät? Sie hätten sich damit begnügen können, ein schlichter *bikbachi* unter all den anderen zu sein. Dennoch ...«
»Hier geht es nicht um mich.«
»Sie machen es sich zu einfach!«
»Nimm dich in acht, *bint*[1] Chedid. Du gehst zu weit.«
»Nun gut. Darf ich Ihnen eine Frage stellen?«
»Sieh an. Du kannst auch höflich sein!«
»Weshalb dieses Gesetz? Als er von Ihnen sprach, sagte Herr Drovetti: ›Diesmal ist es nicht bloß ein einfacher Repräsentant Istanbuls, der die Geschicke Ägyptens lenken wird, sondern eine Persönlichkeit, die alle Tage etwas mehr von

---

[1] Tochter, Mädchen

ihren osmanischen Wurzeln abrückt. Ein Herrscher ohne Gängelband. Ich würde gar zu sagen wagen: ein Ägypter.«
»Eine treffliche Analyse.«
»Und Ihre erste Tat als *Ägypter* ist es, die Landwirte zu unterdrücken?«
Er schloß plötzlich die Finger um die Perlen des Gebetskranzes.
»Mohammed Ali hat nicht die mindeste Absicht, mitten in der Nacht die Gründe seiner Politik darzulegen oder gar zu erläutern – schon gar nicht einer Frau, die sich, so schön sie auch sein mag, das Recht genommen hat, in sein Zimmer einzudringen. Alles, was ich zu sagen habe, läßt sich in wenigen Worten zusammenfassen: Die Reichtümer Ägyptens werden Ägypten zugute kommen.«
»Bestens. Lassen Sie mich auf meine Weise daran mitwirken.«
»Was weiter?«
»Mein Land...«
Er machte eine Geste, die Überdruß bekundete.
»Du ermüdest mich.«
Er stand auf.
»Ich denke, allergrößte Geduld und außergewöhnlichen Großmut bewiesen zu haben. Nun aber, wenn du erlaubst, werde ich mich wieder schlafen legen.«
Er ging zu seinem Bett, doch dann machte er kehrt und kam wieder zurück.
»Andererseits«, sagte er in verändertem Tonfall, »falls es dir zusagt, mein Bett ist groß genug für zwei...«
Er hatte es mit einer frivolen Miene gesagt, und nun streckte er die Hand nach der Brust der jungen Frau aus.
Sie hätte zurückweichen können, doch sie rührte sich nicht und blickte ihm ruhig in die Augen.
Er berührte ihre Brüste und glitt hinab zu ihren Schenkeln. Sie stand wie versteinert da. Es lag wohl in ihrem Blick eine solche Verachtung, daß er ein Knurren von sich gab und sie zurückstieß.

»Geh! Diese Komödie hat lange genug gedauert! Ich bin schläfrig.«
Er streckte sich auf seinem Bett aus, zog die Decke bis unters Kinn und sagte: »Ein Wort von mir, und meine Wachen werden dich hinausschleifen. Zwinge mich nicht dazu.«
Sie senkte den Kopf. Tränen rannen über ihre Wangen. Ihr Verstand rief ihr zu, fortzugehen; ihr schweres, dem Land verhaftetes Herz hielt sie zurück.
»Ich weiß nicht, ob Sie eine Tochter, Kinder haben. Wenn ja, dann bitten Sie Gott, daß man sie nie dessen beraubt, was Sie ihnen hinterlassen haben. Und...«
Von ihrer Erregung überwältigt, stürzte sie zur Tür.
»Komm her!«
Er hatte die Decke zurückgeschlagen und sich auf den Bettrand gesetzt.
»Hängst du so sehr an diesem Land?«
Sie hauchte: »Mit ganzem Herzen.«
»Gut denn. Um dir zu beweisen, daß ich nicht das Ungeheuer bin, für das du mich zu halten scheinst, schlage ich dir einen Handel vor.«
»Einen Handel, Sire?«
»Ich schlage dir drei Spiele vor. Wenn du eins davon beherrschst, um so besser. Es würde beweisen, daß das Glück auf deiner Seite ist. Im gegenteiligen Fall ist es ein Zeichen Gottes.«
Sie näherte sich langsam dem Bett.
»Erstens: Schach.«
Sie schüttelte den Kopf.
»Billard.«
Wieder verneinte sie.
»Das Damespiel.«
Sie stammelte schüchtern: »Ich... ich... kenne es ein wenig.«
»Das ist keine Antwort. Kannst du Dame spielen oder nicht?«

Aus Angst, er könnte ihre Nervosität bemerken, biß sie sich auf die Lippen.
»Ja...«, stieß sie hervor, »...ich kenne die Spielregeln.«
»Nun denn, dann spielen wir um deine Ländereien. Gewonnen hat, wer einen Vorsprung von zwei Partien erringt. Einverstanden?«
Sie murmelte mit verzagter Stimme: »Habe ich eine Wahl, Majestät?«

31. KAPITEL

Der Morgen war schon lange angebrochen. Die ersten Sonnenstrahlen fielen auf den makellosen Marmor des Gemachs.
Mit verschatteten Augen schob Mohammed Ali das Damebrett zurück und sagte gähnend: »Es ist gut. Du bist die Siegerin.«
Obwohl Scheherazade ihre Freude am liebsten laut herausgeschrien hätte, nickte sie nur stumm.
»Der Vizekönig steht zu seinem Wort. Du kannst deine Ländereien behalten.«
Er erhob sich und öffnete die Tür einen Spalt.
»Tee!« befahl er.
Er warf einen Blick über seine Schulter.
»Du möchtest sicher auch eine Tasse, denke ich?«
»Wenn es nicht zuviel verlangt ist, Majestät. Ich bin auch sehr hungrig.«
»Genügt dir dein Sieg nicht?«
Er wandte sich an den Soldaten.
»Besorgt alles Nötige.«
Er schloß die Tür und kehrte zu seinem Sessel zurück.
»Sag mal«, fragte er, die junge Frau mißtrauisch betrachtend. »Hast du nicht vor ein paar Stunden behauptet, Lügenhaftigkeit gehöre nicht zu deinen Untugenden?«
»Ganz recht, Sire.«
Er deutete auf das Brett.
»Vor den einhundertvierzehn Partien, die wir gegeneinander austrugen, konntest du das Spiel« – er ahmte Scheherazades Stimme nach – »»nur ein wenig?«

»Vielleicht war ich nicht ganz aufrichtig, ich spielte es sehr gut. Aber meine letzte Partie liegt zehn Jahre zurück.«
»Ich verstehe ... eine Halbwahrheit oder eine halbe Lüge.«
Eine plötzliche Besorgnis überkam die junge Frau.
»Unsere Vereinbarung ist aber deswegen doch nicht in Frage gestellt?«
»Ich sagte es dir schon: Mohammed Ali steht zu seinem Wort.«
Zaghaft fragte sie: »Ist es wahr, was Drovetti über Sie gesagt hat? Lieben Sie Ägypten wirklich? Wünschen Sie seine Unabhängigkeit?«
»Ja, Bint Chedid. Mehr als alles auf der Welt.«
»Vergeben Sie mir, aber weshalb dann diese Beschlagnahme der Ländereien?«
»Für die tiefgreifenden Umwandlungen, die ich plane, brauche ich Reserven. Ich benötige die Mittel, dieses Land neu zu beleben, es aufzurichten, es zu stärken, mit einem Wort, es zu modernisieren. Was sind schon sechstausend Individuen im Vergleich zu einer Masse von drei Millionen? Ein Sandkorn. Im übrigen ist es in Ägypten stets Brauch gewesen, daß der Staat das Land besitzt. Den Grund und Boden.«
»Vielleicht, nur standen die Einnahmen den Landwirten zu.«
»Unter der Bedingung gewisser Abgaben. Die Zukunft wird dir zeigen, daß meine Entscheidung zu allgemeinem Wohlstand führen wird. Aber kehren wir zu dir zurück. Was pflanzt du auf deinem Land an?«
»Baumwolle, Majestät.«
Interesse leuchtete in seinen Augen auf.
»Baumwolle. Nicht dumm. Wenngleich nicht sonderlich originell.«
Als hätte sie nur darauf gewartet, begann sie begeistert von ihrer Arbeit zu berichten. Sie erzählte ihm von dem famosen *Gossypium barbadense* und dessen langer Faser, der so selten

509

war und den aufzuziehen sie sich befleißigte; von ihren Theorien über den Anbau von Baumwolle und daß ihr die Zukunft gehören würde. Sie sprach auch von ihren Eltern, ihrem Bruder, der Tragödie, die sie durchlebt hatte. Und endlich von Sabah, das auf dem Weg der Wiederherstellung war.
Als sie verstummte, drückte Mohammed Alis Gesicht Bewunderung und Hochachtung aus.
»Du bist eine erstaunliche Person, Scheherazade« – zum ersten Mal nannte er sie bei ihrem Vornamen –, »und alles in allem ist diese schlaflose Nacht doch nicht so unerquicklich gewesen, wie ich dachte. Wie alt bist du? Oh, ich weiß, so etwas fragt man eine Frau nicht, aber ich würde es gerne wissen.«
»Ich werde am 27. Juli einunddreißig.«
»Am 27.? Was für ein Zufall. An diesem Tag wurde auch Laila, meine älteste Tochter, geboren.«
»Ihre Tochter? ... Es ist wahr, ich habe viel von mir geredet, Majestät. Über Sie jedoch weiß ich gar nichts.«
»Möchtest du, daß ich dir von mir erzähle?«
»Mir läge viel daran.«
»Es wird dich überraschen, daß ich weder deine Abstammung noch deine Bildung besitze. Das einzige, dessen ich mich rühmen kann, ist, daß ich im selben Jahre wie Napoleon und im Lande Alexanders des Großen, in Makedonien, geboren bin.«
Sie ermunterte ihn, fortzufahren.
»Ich entstamme bescheidenen Verhältnissen. Mein Vater, Ibrahim, war Anführer der Wache, die in den Straßen des Bezirks Kavala für Sicherheit sorgte. Da ich schon früh Waise wurde, bin ich von meinem Onkel aufgenommen worden. Leider jedoch wurde der Unglückliche aus Gründen, die mir nicht bekannt sind, auf Befehl der PFORTE enthauptet.[1] Ein Freund meiner Eltern, der *tshorbadj* des

---

[1] Es ist zu vermuten, daß dieses Drama Mohammed Alis Verhalten gegenüber Istanbul beeinflußte.

Dorfes Prausta, war es, der mich wie seinen eigenen Sohn großzog. Noch sehr jung, mit kaum achtzehn Jahren, hat mein Gevatter mich mit einer seiner Anverwandten verheiratet, die einige Habe besaß. Sie hat mir drei schöne Knaben, Ibrahim, Tussun, Ismail, und zwei Mädchen geschenkt: Laila und Zohra. Sogleich danach habe ich begonnen, meinen Lebensinhalt mit dem Tabakhandel zu bestreiten, der damals in diesem Landstrich von großer wirtschaftlicher Bedeutung war. Übrigens war es ein französischer Händler mit Namen Lion, der mich bei meinen ersten Schritten unterwies.[1] So, nun weißt du alles.«

»Ach nein, Sire. Fahren Sie fort, ich bitte Sie.«

»Du bist recht neugierig.«

»Mir liegt daran, zu erfahren, wie ein einfaches Kind aus Kavala es bis zum Vizekönig bringen konnte.«

»Dann aber in aller Kürze. Als die PFORTE beschloß, Bonaparte aus Ägypten zu verjagen, erhielt mein Adoptivvater, der *tshorbadj*, den Befehl, eine Abteilung von dreihundert Mann aufzustellen. Er betraute seinen Sohn mit dem Kommando und verlieh mir den Titel eines Oberleutnants. Nach der Niederlage von Abukir hat der Sohn des *tshorbadj* mir völlig niedergeschlagen die Führung der Truppe anvertraut und die Armee verlassen. Anscheinend ist mein Verhalten im Verlauf der Gefechte gegen die Franzosen nicht unbemerkt geblieben, denn der Capitan Pascha ernannte mich ein Jahr danach zum *serchime*. Alles übrige ist Geschichte.«

Mit versonnener Miene fuhr die junge Frau mit der Hand über ihre Locken.

»*Maktub*«, murmelte sie leise. »Alles steht geschrieben.«

»Auch unsere Begegnung von heute nacht?«

»Davon bin ich überzeugt.«

Unvermittelt schlug sie einen anderen Ton an.

---

[1] Man nimmt an, daß Mohammed Ali aus Dankbarkeit gegenüber diesem Händler die Franzosen freundlich behandelte und ihnen vertraute.

»Was das angeht, Majestät – wäre es zuviel von Ihnen verlangt, die Großzügigkeit, die Sie an den Tag gelegt haben, schriftlich zu bestätigen?«
»Was meinst du damit?«
»Nichts beweist, daß ich Sabah und den Rosenhof behalten darf.«
Er hob die Augenbrauen.
»Nimm dich in acht, Scheherazade! Entsinne dich des ägyptischen Sprichworts: ›Selbst wenn dein Freund von Honig ist, laß dir nicht einfallen, ihn ganz aufzulecken.‹«
»Irgend etwas Schriftliches, Sire. Ein paar Worte von Ihrer Hand.«
»Hier, auf der Stelle?«
»Das wäre das einfachste, denken Sie nicht?«
»Unmöglich.«
»Majestät ...«
»Unmöglich, sage ich dir.«
»Weshalb denn? Was hindert Sie daran?«
Sie sprang auf und wandte sich zur Tür.
»Falls es an Papier mangelt ...«
»Bint Chedid!«
Sein Tonfall sagte ihr, daß es nicht klug gewesen wäre, noch weiter zu gehen. Fügsam suchte sie wieder ihren Platz auf.
»Wenn Mohammed Ali sagt, daß es unmöglich ist, dann ist es so!«
Sie flüsterte mit zarter Stimme: »In der Nacht sagten Sie noch, Sie könnten alles ...«
Er stand verärgert auf, trat ans Fenster und versank in Schweigen.
Nach einer Weile sagte er in verlegenem Ton: »Ich kann nicht. Ich kann weder lesen noch schreiben. Ich hatte keine Zeit, es zu lernen.«
Scheherazade stammelte: »Ich ... ich wußte nicht ...«
Sie faßte sich schnell.
»Macht nichts!« rief sie. »Ich werde es Ihnen beibringen.«

»Du?«
»Ich kann es so gut wie jeder Lehrer.«
»Das meinst du doch nicht im Ernst.«
»Aber ganz und gar. Und ich täte es umsonst!«
Er verschränkte schmunzelnd die Arme.
»Warum nicht? Doch nur unter einer Bedingung. In dreißig Tagen gebe ich ein Fest im Palast. Mein Sohn Tussun wird zwanzig Jahre alt. Ich lege Wert darauf, daß du zu den Gästen gehörst. Und da du den Konsul von Frankreich kennst, wird er dein Kavalier sein.«
»Majestät ... ich gehe nur sehr selten aus.«
»Dann also keine Lektionen.«
»Einverstanden. Ich werde da sein. Aber sagen Sie ...«
Sie deutete verdrossen auf die Tür.
»Dieser Tee ... Lassen Sie den von Indien kommen?«

*

Es schien fast, als sei der große Speisesaal des Palastes in die Vergangenheit zurückversetzt worden, in die Zeit von Kait Bey. Die Wände aus Quaderstein hatte man mit goldenen und azurnen Bemalungen, Arabesken und Schriftbändern verziert. Die Holztäfelungen der Türen waren erneuert worden, und im Schein der Lüster und Kandelaber traten ihre fein geschnitzten Flechtbänder hervor. Über die rosafarbenen Marmorplatten waren Seiden- und Samtteppiche und golddurchwirkte Tuche gebreitet, und überall lagen Kissen, zwischen denen die hundert Geladenen Platz genommen hatten.
In der Mitte des Saals verströmte ein mit farbigen Fliesen und Mosaiken verkleidetes Brunnenbecken wohltuende Frische.
Scheherazade, die soeben am Arm des Konsuls von Frankreich eingetroffen war, schien von der Pracht des Anblicks überwältigt.

Sie verharrte auf der Schwelle und rief: »Gott, ist das schön!«
Drovetti pflichtete ihr bei und führte seine Dame zu dem Platz, der ihnen zugeteilt worden war.
Noch während sie sich setzte, sah sich die junge Frau im Saal nach dem Vizekönig um.
»Offenbar ist unser Gastgeber noch nicht unter uns.«
»Das Protokoll, teure Freundin! Im Orient hält man sich bei manchen Anlässen an die an abendländischen Höfen geltenden Sitten und Gebräuche.«
»Wer sind all diese Leute?«
»Türkische Würdenträger, Diplomaten, zahlreiche Konsularbeamte und das übliche Volk.«
Scheherazade zuckte plötzlich wie vom Blitz getroffen zusammen. Mandrino, Ricardo Mandrino in Person, war im Begriff, sich ihr gegenüber niederzulassen.
Als ihre Blicke sich trafen, verzog er den Mund zu einem seltsamen, fast belustigten Lächeln und reichte ihr die Hand. Nachdem er auch Drovetti begrüßt hatte, nahm er auf dem golddurchwirkten Tuch Platz.
»Lieber Freund, es freut mich, Sie wiederzusehen. Sie scheinen in bester Verfassung.«
Der Franzose erwiderte die Artigkeit.
»Was Sie betrifft, liebe gnädige Frau, wirken Sie noch strahlender als an dem Abend, an dem wir uns begegnet sind.«
Scheherazade spitzte nur die Lippen und wandte sich den hereinströmenden Gästen zu, und Drovetti verwickelte Mandrino in ein Gespräch über Politik.
Ungefähr zehn Minuten später erschien Mohammed Ali. Mit größter Eleganz gekleidet, auf dem Kopf einen rosenroten Tarbusch[1], betrat er, von drei Personen begleitet, darunter sein junger Sohn Tussun, den Saal.
Die gesamte Gesellschaft erhob sich wie ein Mann, während der Vizekönig den Raum durchquerte, um den Ehrenplatz

---

[1] Arabisch. Fez. Zylindrische Kopfbedeckung mit Seidenquaste

aufzusuchen. Als er an Scheherazade vorbeikam, trat er zu ihr.

»Gnädige Frau«, sagte er, sich leicht verneigend, »Sie sehen mich entzückt, daß Sie an diesem Fest teilnehmen.«

In der allgemeinen Stille machte Scheherazade ihre Reverenz und flüsterte: »Majestät, um nichts auf der Welt hätte ich eine solche Ehre versäumt.«

»Mein Sohn Tussun«, stellte der Vizekönig vor und sagte zu dem jungen Mann: »Scheherazade Bint Chedid. Eine sehr teure Freundin.«

Tussun grüßte.

Während die junge Frau ehrfürchtig den Kopf senkte, fuhr Mohammed Ali fort: »Mein Stellvertreter, Kiaya Karim ibn Suleiman.«

Ihr erster Gedanke war, daß es sich um eine Namensgleichheit handelte.

Sie hob den Kopf. Er war es wirklich. Sie suchte ihre Verblüffung zu verbergen und stammelte einige Wort. Aus dem Tonfall, in dem er ihr antwortete, und aus dem leichten Zittern seiner Stimme schloß sie, daß ihm nicht behaglicher zumute war als ihr.

Schon war die kleine Gruppe weitergegangen.

Sie sank auf ihr Kissen.

»Ist irgend etwas nicht in Ordnung?« fragte Drovetti, als er ihre Blässe bemerkte.

»Nein, nein ... mir ist nur nicht ganz wohl. Nichts Ernstes.«

»Sind Sie sicher? Möchten Sie nicht ...«

»Nein, ich versichere ihnen ... Es wird schon vorbeigehen.«

Während ihres kurzen Dialogs hatte Mandrino seinen Platz verlassen. Er wechselte ein paar Worte mit einem Diener und kam zurück.

Mohammed Ali hatte sich auf dem Ehrenplatz niedergelassen, die Beine unter sich verschränkt, bequem angelehnt, Karim und Tussun zu seiner Rechten und Linken.

Kiaya Bey ... Stellvertreter des Vizekönigs ...

Dies war also der Grund für ihre Trennung.
Als ihre Überraschung sich etwas gelegt hatte, konnte sie sich nicht zurückhalten, ihn zu beobachten, während er mit dem Sohn des Vizekönigs plauderte. Obwohl er in seiner Uniform sehr stattlich wirkte, waren seine Gebärden etwas fahrig und sein Gesicht angespannt. Zweifellos fiel es auch ihm schwer, nach dieser unvermuteten Begegnung seine Fassung wiederzuerlangen.
Letzten Endes war sie glücklich, ihn wiederzusehen. Weder Bitternis noch Verdruß erfüllten sie, nur ein Gefühl der Rührung. Ihr fiel ein, was sie zu Ahmed über Karim gesagt hatte: Der Mistbauer scheint auf dem richtigen Weg.
Das in einem Winkel des Saals sitzende Orchester hatte zu spielen begonnen, begleitet vom leisen Geplauder der Gäste. Der von Mandrino angesprochene Diener stellte ein kleines ziseliertes Glas vor Scheherazade hin.
»Das wird Ihnen guttun«, sagte der Venezianer. »Orangenblütenessenz und ein Stück Zucker. Glauben Sie mir, es ist sehr heilsam.«
Etwas erstaunt über diese Fürsorglichkeit, dankte Scheherazade, nahm das Glas und trank es in kleinen Schlucken aus.
»Bevor ich nach Ägypten kam«, sagte Drovetti, »waren mir die wohltätigen Wirkungen dieses Tranks völlig unbekannt. Nicht allein sein Duft ist köstlich, sondern er lindert und erquickt auf ganz erstaunliche Weise. Ich habe auch erfahren, daß man ihm einige Tropfen Kaffee hinzufügen kann.«
Scheherazade bestätigte.
»Also«, griff der Konsul auf, »haben Sie den Rosenhof verlassen, um wieder auf Sabah einzuziehen?«
»Ja, vor kurzem.«
»Sabah?« fragte Mandrino nach. »Dieses Wort bedeutet doch Morgenröte, glaube ich?«
»Das stimmt«, erwiderte Scheherazade.
Drovetti fügte hinzu: »Ein prächtiges Anwesen, das unsere

bezaubernde Freundin in der Nähe von Gizeh besitzt. Leider wurde es bei der letzten Kairoer Erhebung, zur Zeit Klébers, niedergebrannt.«
»Durch sein Verschulden?«
»O nein! Es war eine Bande von Falschgläubigen und Fanatikern. Übrigens...«
Die junge Frau unterbrach ihn.
»Verzeihen Sie, aber ich denke, dies alles dürfte für Herrn Mandrino nicht von großem Interesse sein. Offen gesagt, es bedrückt mich ein wenig, von dieser Zeit zu sprechen. Lassen Sie uns doch bitte das Thema wechseln.«
Der Konsul entschuldigte sich und setzte seine politische Diskussion mit dem Venezianer fort.
Scheherazade wandte sich in Gedanken wieder Karim zu.
»Sie scheinen recht verträumt, Madame?«
Sie empfand Mandrinos Äußerung als Verletzung ihrer Intimität.
»Was bleibt einem übrig, wenn die Wirklichkeit so unbefriedigend ist.«
Falls er ihre Aggressivität bemerkt hatte, überging er sie und deutete auf die vor ihnen stehenden Speisen.
»Ein kaltes Mahl macht die Dinge wahrlich nicht besser.«
Ihren Überlegungen nachhängend, hatte sie nicht bemerkt, daß man ihnen bereits aufgetragen hatte. Lustlos blickte sie auf ihren Teller.
»Ich bin, ehrlich gesagt, nicht besonders hungrig. Aber ich bitte Sie, fangen Sie getrost an.«
Mandrino entgegnete: »Überaus liebenswürdig von Ihnen. Doch ich besitze nicht den Stoizismus unseres Freundes, des Konsuls. Das habe ich bereits getan.«
Dieses Individuum reizte sie in höchstem Maße. Was für ein Mensch war das nur!
»Es ist eigenartig«, sagte sie schroff, »ich habe Ihren Freund Carlo Rosetti doch recht gut gekannt. Ich muß gestehen, daß Sie beide nichts gemein haben. Wahrscheinlich war er nicht

von adligem Geblüt. Einfach nur ein schlichter Konsularbeamter.«

Mandrino, der im Begriff war, eine Scheibe Lammfleisch zum Mund zu führen, hielt in seiner Bewegung inne.

»Es überrascht mich, wie gut Sie mich zu kennen scheinen.«

»Nein, ich urteile nur nach meinem Gefühl.«

»Ich vergaß, welch guten Instinkt Frauen haben – der Ihre ist offenbar besonders ausgeprägt. Da unser Verhältnis von solcher Offenheit geprägt scheint, darf ich Ihnen sagen, daß ich eine Ägypterin kannte, die mit Ihnen auch nichts gemein hatte. Doch das lag wahrscheinlich daran, daß *sie* von adeligem Geblüt *war*.«

Nach dieser Bemerkung verzehrte er mit vollkommener Unbefangenheit das Stück Lamm.

Scheherazade biß die Zähne zusammen. Wutentbrannt stieß sie ihr Besteck in einen Täubchenschenkel und schickte sich an, ihn zu zerteilen, als handle es sich um Mandrinos Hals.

»Welcher Art von Anbau widmen Sie sich?«

Es kostete sie ungeheure Überwindung, ihm zu antworten.

»Baumwolle«, stieß sie hervor.

»*Herbaceum* oder *hirsutum*?«

Von seiner Sachkenntnis überrascht, erwiderte sie: »*Hirsutum.*«

»Wieviel Feddan?«

»Etwas mehr als zwei.«

»Nicht übel. Haben Sie sich an Bastardisierung gewagt?«

»Ich habe einige Versuche unternommen. Aber ohne Erfolg.«

»Zugegeben, es ist ein sehr kompliziertes Verfahren. Alles hängt von der Güte des Bodens ab. Wenn ich mich recht entsinne, ist Unterägypten bestens für Baumwollpflanzen geeignet. Wogegen dort, wo sich Ihr Hof befindet, die Krume, glaube ich, weniger fett ist.«

»Das ist wahr. Doch die Ergebnisse, die ich erzielt habe, sind

trotz allem zufriedenstellend. Wie kommt es, daß Sie sich so trefflich mit Baumwolle auskennen?«
»Weil ich viel damit zu tun habe. Ich führe Baumwolle aus. Ich habe sie zunächst von den Amerikanern bezogen, die, wie Sie sicher wissen, derzeit die größten Erzeuger sind, und mich anschließend auf Ägypten verlegt.«
»Haben Sie schon einmal von der *barbadense* gehört?«
»Gewiß.«
Aufgeregt legte Scheherazade ihre Gabel hin.
»Haben Sie welche gesehen? Berührt?«
»Allerdings. Wenn ich mich nicht irre, rührt sie aus eben jener Bastardisierung her, die ich erwähnte. Sicher bin ich mir jedoch, daß sie ursprünglich von den Antillen stammt. Dort habe ich sie übrigens auch das erste Mal entdeckt.«
»Wie sieht sie aus?« fragte sie fasziniert.
»Ein Bäumchen, dessen gelbe, recht große Blätter einen roten Fleck am Ansatz aufweisen. Jede Fruchtkapsel enthält sechs bis zehn nicht aneinander haftende Samenkerne.«
»Wußte ich's doch! Ich habe es Ahmed und den anderen Fellachen gesagt, aber sie wollten mir nicht glauben!«
Mandrino runzelte die Stirn.
»Ahmed?«
Sie hatte sich wieder gefaßt.
»Nicht so wichtig. Es wäre zu umständlich, das zu erklären.«
Zu ihrer Bestürzung war ihr klargeworden, daß sie sich zu einem Zwiegespräch mit diesem Individuum hatte hinreißen lassen, das sie noch kurz zuvor verhöhnt hatte. Sie verübelte es sich und zog sich rasch, wie zur Selbstbestrafung, in sich zurück.
Er jedoch fuhr fort: »Jetzt haben wir Mai. Ihre nächste Ernte dürfte in zwei Monaten zu erwarten sein.«
Sie fragte in kühlem Ton: »Weshalb? Würden Sie als Käufer in Frage kommen?«
»Das hängt von der Qualität ab. Wie ich Ihnen bereits sagte,

bin ich bezüglich der unterhalb des Deltas angebauten Baumwollpflanzen etwas skeptisch.«
Entrüstet rief sie: »Zweifeln Sie etwa ...«
»Ganz und gar nicht. Ich würde sie nur gerne sehen.«
»An Käufern mangelt es nicht.«
»Ich weiß, sie sind fast so häufig wie Baumwolle. Doch ihre Seriosität ist eine andere Sache. Jedenfalls würde ich Ihre Pflanzung gerne besichtigen.«
Die junge Frau starrte ihn ungläubig an.
»Ich habe Sie nicht eingeladen, soviel ich weiß.«
»Ist es wirklich unerläßlich, sich mit Kleinigkeiten zu beschweren, um Handel zu treiben?«
»Wie dem auch sei, würden meine Preise Sie nicht interessieren.«
Drovetti, der bis dahin nur zugehört hatte, mischte sich in die Unterhaltung ein.
»Ich nehme an, Sie wurden bereits von dem neuen Gesetz bezüglich der Konfiszierung landwirtschaftlichen Besitzes in Kenntnis gesetzt.«
»Ganz richtig.«
»In diesem Fall ...«
Der Venezianer unterbrach ihn: »Dieses Gesetz betrifft Madame Chedid nicht. Sie dürfte die einzige in ganz Ägypten sein, die ihre Ländereien behalten darf.«
Der Konsul blickte skeptisch drein.
»Erlauben Sie mir, daran zu zweifeln, werter Freund.«
Mandrino warf Scheherazade einen Seitenblick zu.
»Ich bitte Sie, sagen Sie ihm, daß ich mich nicht täusche.«
Sie sah ihn einen Moment schweigend an. Dann sagte sie: »Sie sind sehr scharfsinnig, Herr Mandrino. Oder aber sehr gut unterrichtet.«
»Nein, gnädige Frau. Auch ich verfüge über weiblichen Instinkt.«

*

Die Nacht war bereits weit vorgeschritten, als der Vizekönig beschloß, seine Gäste zu verlassen, und das Zeichen zum Aufbruch gab. Als Karim an Scheherazade vorbeiging, warf er ihr einen verschwörerischen Blick zu.
Als er verschwunden war, beugte Scheherazade sich zu dem Konsul.
»Ich möchte Ihren Abend nicht verkürzen, doch ich muß nach Sabah heimkehren.«
»Ich stehe Ihnen zur Verfügung. Einen Moment nur. Ich werde meine Berline vorfahren lassen.«
Er stand auf und ging zum Ausgang.
Ein leichtes Unbehagen erfüllte Scheherazade, als sie allein mit Mandrino zurückblieb. Um die Situation zu überbrücken, nahm sie eine Traube.
»Sie verabscheuen mich, nicht wahr?«
Sie sah ihn verblüfft an.
»Wieso glauben Sie das?«
»Daß gerade Sie das fragen, wundert mich. Ich hatte bisher den Eindruck, daß Sie ein Mensch sind, der seine Gefühle nicht verbirgt.«
Sie wiegte den Kopf.
»Es ist wahr. Ich mag Sie nicht, Mandrino. Und da Sie mich dazu herausfordern, sage ich Ihnen ganz offen, daß ich Sie höchst unsympathisch finde. Unhöflich und überheblich.«
Er lachte leise.
»Das ist zumindest klar und deutlich. Obgleich ich eine nuanciertere Meinung geschätzt hätte, ist es mir nicht unangenehm. Ich ziehe den Haß der Gleichgültigkeit bei weitem vor. Er hat den Vorzug, daß er wenigstens Aussicht auf ein Zwiegespräch bietet.«
»Ich bin sicher, daß Sie mich ebenso wenig mögen wie ich Sie. Was uns auf die gleiche Ebene stellt.«
Er betrachtete sie mit einem merkwürdigen Blick.
»Geben Sie zu, daß eine zustimmende Antwort von meiner Seite Sie beruhigen würde.«

»Was wollen Sie damit sagen?«
Er beugte sich vor und sah sie mit seinen blauen Augen durchdringend an.
»Was Sie in Wahrheit am meisten an mir stört, sind Sie. Das Spiegelbild, auf das Sie blicken und das Sie erschreckt. Sie sind hochmütig, halsstarrig, ungeduldig, zerbrechlich, treuherzig, beharrlich, hoffärtig und stolz. Obendrein besitzen Sie jene Gabe, die das Privileg der weiblich überlegenen Frauen ist: Sie sind zugleich Prinzessin und Kurtisane.«
Nach dem letzten Wort flog Scheherazades Hand zu Mandrinos Wange. Doch sie erreichte ihr Ziel nicht. Der Venezianer hatte ihr Handgelenk wie mit einer stählernen Zwinge umschlossen.
Unbeirrt fuhr er fort: »In einem Wort, mit Ausnahme Ihrer letzten Eigenschaft, bin ich Ihr Spiegel, und Sie sind der meine. Handschuh und Hand. Und deshalb, ob Sie es nun wollen oder nicht, ob Sie sich dagegen wehren oder nicht, werden wir unentrinnbar voneinander angezogen.«
Er löste seinen Griff.
»Sie sind verrückt«, sagte sie langsam. »Sie sind völlig verrückt.«

32. KAPITEL

Mehr als eine halbe Stunde wartete Karim nun schon im Halbdunkel des langen Ganges, der den Trakt abgrenzte, welcher den Frauen vorbehalten war.
Was trieb Amina, die Dienerin, denn nur? Die Zeit drängte, die Versammlung der Heerführer war für den Mittag anberaumt. Es blieb ihm nicht mehr viel Zeit.
Endlich knarrte die schwere Zederntür in den Angeln. Eine Gestalt zwängte sich durch den Spalt und lief auf ihn zu.
»Nun?« fragte er aufgeregt.
Amina tuschelte: »Sie ist einverstanden. Die Prinzessin wird zu Ihnen kommen, sobald Miss Lieder ihre Englischstunde beendet hat.«
»Sicher?«
»Aber ja, Kiaya Bey.«
Karim stieß einen Seufzer der Erleichterung aus. Seit er vor drei Wochen dieses Schäferstündchen mit Laila angebahnt hatte, hatte er das Gefühl, auf glühenden Kohlen zu sitzen. Wahrlich, die älteste Tochter des Vizekönigs war keine leichte Beute. Von Prinzipien durchdrungen, von einer krankhaften Schamhaftigkeit geplagt, pflegte die junge Dame die seltenen Gunstbezeigungen, die sie tags zuvor gewährt hatte, am folgenden Tag in Frage zu stellen. Schuld daran war sicherlich diese Miss Lieder, eine Frau um die Fünfundfünfzig, Tochter eines englischen Missionars, eine vertrocknete Person, die die arme Laila mit ihrer britischen Strenge zu ersticken drohte.
Doch was scherte es, die Gewichtigkeit des Einsatzes war es wohl wert, daß er sich in Geduld übte.

*

An jenem 27. Juli stand die Sonne schon hoch über Sabah, als Scheherazade erwachte. Seit langem, vielleicht seit Jahren schon, hatte sie nicht so lange geschlafen. War es ihre Bangigkeit, an diesem Tag die Schwelle ihres einunddreißigsten Lebensjahres überschreiten zu müssen, die sie unbewußt die Stunde ihres Erwachens hatte hinauszögern lassen? Oder war es das Wissen, daß sie diesen Tag allein verbringen würde? Selbst Ahmed, der brave, der treue Ahmed war nicht mehr da, um sie zum Lachen zu bringen oder ihr einige herzliche und zärtliche Worte zuzuflüstern. Er war Ende Mai gestorben, still und leise, ohne eine Klage. Als sie ihm die Augen zudrückte, hatte sie ein Gefühl großer Leere empfunden, das sie in die Vergangenheit, in eine ungewisse Zeit zwischen dem Tod Nabils und der Feuersbrunst von Sabah zurückversetzte.
Sie warf einen raschen Blick auf die am Vortag angebrachten Maschrabijat. Durch die rautenförmigen und quadratischen Zwischenräume drang das Licht gedämpft herein.
Wenn sie daran dachte, was sie geleistet hatte, hatte sie allen Grund, stolz zu sein. Der Rosenhof lebte wieder wie zu den schönsten Zeiten von Magdi Chedid. Sabah war aus der Asche wiedererstanden; so strahlend, so schön wie zuvor. Das Land, das ihre Eltern dereinst brachliegen ließen, war von Baumwollpflanzen übersät. Und alles ließ darauf hoffen, daß die Ernte ausgezeichnet sein würde. Allmählich wurde sie zu einer reichen Frau. Dank Sabah würde sich dieser Reichtum festigen. Und dann war da noch Joseph, auf den sie vielleicht am meisten stolz sein konnte.
Wozu würde dir Sabah nutzen, wenn du doch nur in Einsamkeit dort lebst?
Seit einiger Zeit kam ihr Nafissas Satz immer wieder in den Sinn.
Hatte sie nicht doch einen Fehler begangen, als sie sich derart zurückzog? Gewiß, da war ein Verliebter in der Person von Drovetti. So sehr der reizende Mann seine Absichten

auch verbarg – mit großer Gewandtheit übrigens –, er wartete doch nur auf ein Zeichen von ihr. Auf ein Wort, das sie niemals aussprechen würde. Falls sie eines Tages wieder heiraten sollte, dann würde es diesmal sicher nicht aus Trotz oder, schlimmer noch, als Herausforderung geschehen.
Sie schlug die Decke zurück. Schon machte sich die Hitze deutlich bemerkbar. Dieser Sommer kündigte sich heißer als die vorhergehenden an.
Sie schlüpfte in ein leichtes Leinenhemd und ging hinaus.
Als sie die Küche betrat, wurde sie von Zannuba begrüßt, der Hausgehilfin, die sie unmittelbar bei ihrer Rückkehr nach Sabah eingestellt hatte.
»Guten Morgen, Sett Chedid. Ich hoffe, Sie haben gut geschlafen.«
»Zu lange.«
Sie nahm ihren Sohn in die Arme und hob ihn hoch.
»Liebe meines Lebens, meiner Augen.«
Sie drückte einen lauten Kuß auf seinen Hals und stellte ihn wieder auf den Boden.
Das Kind fragte aufgeregt: »Du hast nicht vergessen, was du mir versprochen hast?«
Um ihn zu necken, runzelte Scheherazade fragend die Stirn.
»Hör auf! Du hast es versprochen!«
»Es war nur ein Spaß, mein Herz. Einverstanden, aber nicht sofort. Zuerst muß ich meinen Kaffee trinken und dann die Ernte überwachen. Danach werde ich ganz für dich da sein.«
»Darf ich inzwischen zu ihm gehen?«
»Ja. Aber mache ihn nicht scheu.«
Die Augen des kleinen Joseph leuchteten auf, und er stob aus der Küche.
Zannuba wiegte den Kopf und murmelte: »Ach, diese Kinder! Welch ein Glück, welch eine Last! Gedenken Sie wirklich, ihm das Reiten beizubringen?«
»Warum nicht? Deshalb habe ich ihm Shams doch geschenkt. In seinem Alter konnte ich schon reiten.«

Sie nahm die Tasse, die die Dienerin ihr hinhielt.
»Würdest du mir heute aus der Tasse lesen?«
Die Dienerin jammerte: »Sett Chedid, die Zukunft verändert sich nicht von einem Tag auf den anderen. Einmal in der Woche geht ja noch an. Aber ich habe Ihnen doch erst gestern *die Tasse gemacht!*«
»Na und? Außerdem bin ich nicht deiner Meinung, das Schicksal kann sich jede Stunde ändern. Gestehe lieber ein, daß du nichts mehr siehst.«
»Herr, sei mir gnädig!«
»Laß Gott aus dem Spiel, er hat schon so genug Sorgen.«
Die Dienerin zuckte mit den Schultern und wandte sich einem anderen Thema zu.
»Möchten Sie, daß ich Ihnen für heute mittag einige Falaffel[1] zubereite?«
Bevor sie antworten konnte, stürzte ihr Sohn herein.
»Mama, komm schnell! Sieh dir das an!«
Sie schalt: »Hör mal. Ich habe doch später gesagt ... Wir haben den ganzen Tag vor uns!«
»Aber nein, du verstehst mich nicht! Da sind lauter Leute im Garten ...«
»Leute?«
Sie nahm Joseph an der Hand und eilte nach draußen. Zu ihrer Verblüffung sah sie, daß eine Handvoll Menschen mit Körben in den Händen im Begriff war, Tausende von Blumen auf den Hauptweg zu streuen. Von der Einfahrt kommend, rückte die Schar langsam zum Haus vor und entfaltete einen vielfarbenen Teppich, einen Feentraum von Düften und Blütenblättern.
Das Kind murmelte: »Ein lustiger Einfall. Stammt er von dir?«
Scheherazade verneinte und betrachtete die sonderbaren

---

[1] Gebackene Gemüseküchlein aus pürierten Kichererbsen, Knoblauch und Kräutern

Sämänner und die Blumen, die sie auf den Sand streuten; Blumen, die sie zum ersten Mal in ihrem Leben sah.
Sie lief zu dem Mann, der die Arbeit zu beaufsichtigen schien: »Wer sind Sie? Wer hat Ihnen das erlaubt?«
Der Mann erwiderte höflich mit starkem italienischem Akzent: »Signora, ich habe die Anweisung, alle Gartenwege Ihres Anwesens zu bestreuen.«
»Anweisung? Aber von wem?«
Er zog einen Brief aus seiner Jackentasche.
»Dies hier, denke ich, wird Ihre Fragen beantworten.«
Sie ergriff die Botschaft und las: *Unentrinnbar werden wir voneinander angezogen. Fröhlichen Geburtstag.*
Die Unterschrift lautete: *Ricardo Mandrino.*
Unglaublich.
»Was sind das für Blumen? Woher kommen sie?«
»Es sind Orchideen, Signora.«
Wie war so etwas möglich? Diese Spezies war in Ägypten gänzlich unbekannt!
Der Mann fuhr fort: »Alles, was ich Ihnen sagen kann, ist, daß ein Handelsschiff sie nach Alexandria verfrachtet hat, und daß ich, Ludovico Batisti, damit betraut wurde, sie zu Ihnen zu bringen. Eins ist gewiß, sie kommen von sehr weit her.«
Nun gab es keinen Zweifel mehr: Mandrino war wahrhaftig verrückt.

*

Mohammed Ali hob den Blick gen Himmel.
»Ich glaube ihnen nicht, Ricardo. Das haben Sie doch nicht wirklich getan? Sechstausend Orchideen? Niemand auf der Welt könnte eine solche Menge zusammenbringen und noch weniger befördern lassen.«
»Gerade das habe ich aber getan, Sire.«
»Grund genug, einen Vizekönig mit Neid zu erfüllen. Und seither?«

»Was meinen Sie damit?«
»Haben Sie von ihr gehört? Es sind doch beinahe zwei Wochen vergangen, nicht wahr?«
Der Venezianer nickte.
»Hat sie sich nicht bedankt? Mit keinem Wort?«
»Nein. Aber das habe ich nicht erwartet.«
»Trotzdem. Ich an Ihrer Stelle wäre verletzt. Sechstausend Orchideen...«
Er schien einen Moment nachzudenken.
»Sagen Sie, Ricardo, unter uns... Sind Sie tatsächlich verliebt?«
»Sire... Was ist Liebe?«
»Kommen Sie, spielen wir nicht mit Worten. Antworten Sie mir.«
»Ich kann nur sagen, daß alle Frauen, die ich vor ihr gekannt habe, lediglich Umwege gewesen sind.«
Der Vizekönig gab zu bedenken: »Nehmen Sie sich in acht. Die Tochter Chedids ist nicht wie die anderen. Offen gestanden, ich habe es auch bei ihr versucht. Leider ohne Erfolg.«
»Sonderbar. Ich habe geglaubt, Sie und...«
»Sie spaßen wohl, mein Freund. Obwohl es wahrlich nicht an Begehren mangelte, hat sie sich so uneinnehmbar gezeigt wie eine Zitadelle! Nein, ich kann nur wiederholen, sie ist keine Frau wie die anderen.«
»Schon möglich. Doch sie wird die meine sein.«
Seine Zuversicht versetzte sein Gegenüber in Rage.
»Sie wird die Ihre sein! Sind Sie nicht ein wenig selbstgefällig, mein Freund? Wenn man Sie so hört, verzehrt Sie sich bereits nach Ihnen!«
Die blauen Augen des Venezianers funkelten belustigt. Er lehnte sich lächelnd in seinem Sessel zurück und fragte: »Sollten wir nicht über unser Vorhaben sprechen, Sire? Erwägen Sie tatsächlich, die Franzosen an der Erneuerung Ägyptens mitwirken zu lassen?«
»Die Europäer im allgemeinen. Die Franzosen im besonde-

ren. Sehen Sie, der schlimmste Fehler meiner Vorgänger war, daß sie alles, was vom Okzident kam, in Bausch und Bogen verwarfen. Das war töricht, ungeschickt und vor allem unbescheiden. Ich bin überzeugt, daß wir ohne das abendländische Wissen nichts Grundlegendes vollbringen können, oder aber wir würden ein Jahrhundert mehr dazu benötigen. Bisher haben wir nur das Negative eingeführt. Mich aber interessiert die Vorderseite der Medaille. Und eben die möchte ich ausnutzen. Glauben Sie, daß ich unrecht habe?«

»Ganz im Gegenteil. Indessen birgt dieses Vorhaben eine Gefahr. Nämlich die einer *friedlichen* Kolonialisierung.«

»Sie fürchten, ich könnte, wenn ich die Tür öffnete, allen Cliquen und allen Machenschaften das Feld überlassen. Sie täuschen sich. Mohammed Ali weiß ganz genau, wie weit er gehen kann. Das Abendland wird mir nützen und trotzdem den Platz beibehalten, der ihm zusteht.«

»Ich zweifele nicht an Ihrem Vermögen, Ihr Vorhaben zu verwirklichen. Was erwarten Sie nun von mir, nachdem Sie mir Ihre Einstellung dargelegt haben?«

»Daß Sie sich nach Frankreich begeben.«

Mandrino verzog das Gesicht.

»Sie scheinen nicht gerade begeistert. Doch Sie sind der einzige in meiner Umgebung, der eine solche Mission zum Erfolg führen kann. Ihre perfekten Französischkenntnisse, die politischen Beziehungen, über die Sie in Paris verfügen, machen Sie zum idealen Gesandten.«

»Gesandter ist eine Beschönigung, meinen Sie nicht? Das Wort Spion scheint angemessener.«

»Ist nicht jeder Gesandte im Grunde ein Spion? Sehen Sie, Mandrino, seit dem Scheitern der französischen Expedition und angesichts der englischen Überlegenheit im Mittelmeer waren es selbstverständlich die Briten, denen mich zuzuwenden mir zuerst in den Sinn kam. Um die Unabhängigkeit zu erringen, benötige ich die Unterstützung einer Großmacht.

Und deshalb auch habe ich den Verboten der Pforte zum Trotz, die, wie Sie wissen, Getreide benötigt, ägyptischen Weizen an England verkauft und tue es noch immer.«
»Zu einem Preis, der dreißig Prozent über dem des Marktes liegt, Majestät.«
»Na und? Seit der Schließung der Dardanellen und dem Beitritt Rußlands zu der von Napoleon verkündeten Kontinentalsperre kommen die Engländer dabei bestens auf ihre Kosten. Diese Einnahmen erlauben mir, Söldner anzuwerben, meine Armee immer weiter aufzustocken und meine Macht zu erweitern.«
»Wissen Sie, daß Sie mit zwanzig Millionen im Jahr heute der reichste Pascha des Osmanischen Reiches sind?«
»Vielleicht. Das steht jedoch hier nicht zur Diskussion. Ich erklärte ihnen also, daß trotz der Beharrlichkeit, mit der ich England den Hof mache, und trotz aller aufrichtigen und mehrfach unternommenen Annäherungsversuche sich dieses Land geflissentlich hütet, meine Souveränität anzuerkennen, und sei es auch nur in Form irgendeines belanglosen Handelsabkommens oder politischen Bündnisses. Allen meinen Fühlungnahmen wurden abschlägige Bescheide erteilt. Die letzte Botschaft des Kriegsministers an Colonel Mistet ist diesbezüglich sehr deutlich.«
Mohammed Ali zitierte aus dem Gedächtnis: »›Solange der Friede zwischen Seiner Majestät und der Pforte aufrechterhalten bleibt, vermag Seine Königliche Hoheit Ihnen nicht zu gestatten, Verpflichtungen einzugehen, die mit der Aufrichtigkeit, die es zu wahren gilt, unvereinbar wären...‹ Sie sehen, das ist eindeutig. Von England unterstützt oder geschützt, hätte ich der Pforte die Stirn geboten und Ägyptens Souveränität erklärt. Ich muß mich der Vernunft fügen und woanders Rückhalt suchen.«
»Bei Frankreich.«
»Ich habe darüber mit Drovetti gesprochen. Wenn es nur nach ihm ginge, wäre das Abkommen auf der Stelle unter-

zeichnet. Ich muß unbedingt wissen, welche Rolle dieses Land zu spielen gedenkt. Dieser Napoleon ist auf dem Gipfel seines Ruhms, sein Ansehen ungeheuer. Der Sturz Selims III. hat ihm als Vorwand gedient, das Osmanische Reich der französisch-russischen Annäherung zu opfern. Ich fürchte, daß der neue Vertrag,[1] der den Kaiser mit Alexander I. verbündet, bei diesem berufenen Eroberer den Wunsch wecken könnte, eine neuerliche militärische Operation zu versuchen, die wiederum Ägypten, ja gar Istanbul zur Zielscheibe hätte.«

»Was läßt Sie eine derartige Eventualität annehmen?«

»Mir wurden gewisse Informationen zugetragen, denen zufolge eine Expedition durch das türkische Territorium in Richtung Innerasien und Indien zwischen Paris und Petersburg zur Debatte gestanden habe. Napoleon soll einen gewissen Oberst Boutin beauftragt haben, die Rekognoszierung der Barbareskenstaaten durchzuführen und sie mit der Erkundung von Ägypten und Syrien zu vervollständigen. Ich habe bereits genug mit diesen verfluchten Mamluken und den Engländern zu schaffen, um noch einer zusätzlichen Bedrohung trotzen zu müssen. In Paris besitzen Sie Freunde an entscheidenden Stellen. Ich bin überzeugt, Sie können von ihnen wertvolle Informationen erhalten, die mir zu größerer Klarsicht verhelfen würden.«

Der Venezianer pflichtete schweigend bei.

»Wann soll ich aufbrechen?«

»Je früher desto besser.«

Mandrino war sichtlich verstört.

»Ist es die Reise, die Sie besorgt, oder der Umstand, Kairo verlassen zu müssen?«

Der Hintergedanke war offenkundig.

»Ich bin einverstanden, Majestät. Ich werde nach Paris reisen.«

---

[1] Der am 7. Juli 1807 geschlossene »Friede von Tilsit«

»Ich habe nicht weniger von Ihnen erwartet, Ricardo. Mohammed Ali wird sich erkenntlich zu zeigen wissen. Sie verstehen, was ich am meisten benötige, ist Zeit.«
Mit verschwörerischem Lächeln fügte er hinzu: »So wie Sie, Ricardo, obschon wir nicht dasselbe Ziel verfolgen. Ach, übrigens... Was werden Sie nun tun, da die Orchideen nicht die erhoffte Reaktion gezeitigt haben?«
Mandrino antwortete ohne Zaudern: »Baumwolle kaufen, Sire.«

*

»Weshalb so erstaunt, Tochter des Chedid? Ich habe Ihnen doch gesagt, daß ich Ihre Pflanzungen begutachten werde.«
Scheherazade schwankte, ob sie dem Venezianer die Tür vor der Nase zuknallen oder ihm einige wohlbedachte Wahrheiten ins Gesicht schleudern sollte. Zu ihrer eigenen Verwunderung hörte sie sich sagen: »Treten Sie ein. Aber ich glaube nicht, daß wir ins Geschäft kommen werden.«
Sie lud ihn ein, im kürzlich wiederhergestellten *qa'a* Platz zu nehmen.
»Welche Pracht! Meinen Glückwunsch.«
Scheherazade überging das Kompliment und fragte: »Wünschen Sie etwas zu trinken?«
»Bei dieser Hitze wäre eine Limonade willkommen. Selbstverständlich nur, wenn es keine Umstände bereitet.«
Die junge Frau ging zur Tür und klatschte in die Hände.
»Zannuba!«
Wie durch Zauberei erschien die Dienerin.
»Ein *benefseg*«, trug sie ihr auf und kam zurück.
»Nehmen Sie nichts?« fragte Mandrino verwundert.
Sie verneinte und fügte rasch hinzu: »Überkommt Sie so etwas häufig?«
»Was denn?«
»Frauen mit Orchideen zu überhäufen.«

Er blickte bestürzt drein.
»Teufel, nein! Stellen Sie sich doch nur die Mühe vor. Ich hatte nämlich einige Hindernisse zu überwinden. Da Sie gerade davon sprechen, beruhigen Sie mich: Haben sie die Reise gut überstanden?«
»Seien Sie unbesorgt. Man hätte denken können, sie seien am Tag zuvor gepflückt worden.«
Er täuschte einen Seufzer der Erleichterung vor.
»Mir ist nur eins ein Rätsel: Wie haben Sie erfahren, daß damals mein Geburtstag war?«
»Durch Zufall.«
»Ich bitte Sie, Herr Mandrino, von Ihnen bin ich größere Schlagfertigkeit gewohnt.«
»Sind Sie nicht am gleichen Tag wie die älteste Tochter des Vizekönigs geboren?«
»Ich verstehe, er war es also, der mit ihnen darüber gesprochen hat.«
»Lassen Sie mich Ihnen versichern, daß Seine Majestät keine Indiskretion begangen hat. Wir sprachen über die Zufälle des Lebens, und er führte diesen Fall als Beispiel an.«
Sie sah ihn forschend an, um herauszufinden, ob er die Wahrheit sagte, doch sein scharfer Blick zwang sie, die Augen zu senken.
Er wies auf den *qa'a*.
»Sonderbar. Man hat den Eindruck, Sie hätten dieses Haus nie bewohnt. Alles wirkt so neu. Wenn man Drovetti glauben darf, haben Sie hier seit Ihrer Geburt gelebt.«
»Mohammed Ali, Drovetti ... Finden Sie nicht, daß Sie und andere etwas zuviel über mich reden?«
»Was wollen Sie, in unserer heutigen Zeit werden die lohnenden Gesprächsthemen immer seltener.«
Er hatte seinen gewohnten Zynismus wiedergefunden.
Sie erwiderte aufgebracht: »Hören Sie, Mandrino, ich weiß nicht, worauf Sie hinauswollen!«
Zannubas Eintreten unterbrach sie. Die Dienerin stellte die

Erfrischung vor den Venezianer und ging, nicht ohne einen inquisitorischen Blick auf ihn geworfen zu haben, wieder hinaus.
Scheherazade fuhr fort: »Wie dem auch sei, ich danke Ihnen für die Blumen; bilden Sie sich jedoch nicht ein, daß Ihr Geschenk, so großzügig es war, die Gefühle verändern wird, die ich Ihnen gegenüber hege.«
Er trank einen Schluck von dem Fruchtgetränk und schloß genießerisch die Augen.
»Eine wahre Wonne ...«
Einen weiteren Löffel zu sich nehmend, sagte er unvermittelt: »Ich möchte mich bei Ihnen entschuldigen.«
Sie schien überrascht.
»Ja«, betonte er. »Wegen des unseligen Wortes Kurtisane, das ich bei unserer ersten Begegnung aussprach. Ich hoffe, Sie vergeben mir.«
»Das fiele mir schwer. Aber ich habe es vergessen. Ich vergesse stets, was mir nicht wichtig ist.«
»Kurtisane ... Auf die Gefahr hin, Sie zu erstaunen, muß ich gestehen, daß ich eine gewisse Schwäche für diese Bezeichnung habe. Ich habe mich oft gefragt, warum Frauen sie als beleidigend empfinden.«
»Auch ich mag Sie erstaunen, Herr Mandrino. Denn ich habe sie nie beleidigend gefunden. Ich würde sogar sagen, daß ich in ihr eine gewisse Sinnlichkeit entdecke.«
In scharfem Ton fuhr sie fort: »Ich gestehe jedoch niemandem – es sei denn, dem Mann, den ich liebe – die Unverschämtheit zu, mich so zu nennen.«
Er pflichtete ihr bei, den Blick in die Ferne gerichtet, und fragte jäh: »Kennen Sie Venedig?«
Sie schüttelte den Kopf.
»Es würde Ihnen gefallen, dessen bin ich sicher. Eine erstaunliche Stadt.«
»Was hindert Sie daran, dorthin zurückzukehren?« fragte sie.

»Oh, seien Sie versichert, daß ich dies beabsichtige. Sobald meine Beschäftigungen mir die Muße dazu lassen werden.«
Er wiederholte versonnen: »Ganz sicher, es würde Ihnen gefallen.«
»Warum haben Sie Venedig verlassen, wenn Sie es so schätzen?«
»Weil mich außer meiner Zuneigung zu der Stadt nichts mehr dort hielt.«
Er schwieg einen Moment.
»Eine Affäre mit einer Frau ...«
»Sieh an?«
»Da liebt man sie, und sie bilden sich ein, man bäte um ihre Hand.«
»Wie wahr. Diese armen Geschöpfe sind überaus töricht!«
»Ach, Sie teilen meine Meinung?«
»Herr Mandrino, ich habe wahrhaftig andere Dinge zu tun, als zuzuhören, wie Sie über Frauen spotten.«
Er leerte sein Glas in einem Zug und stand auf.
»Sie haben recht. Schließlich bin ich wegen Ihrer Ernte hier. Gehen wir.«
Sie erhob sich widerwillig und ging voraus. Auf dem Weg zu den Feldern spürte sie seinen durchdringenden schamlosen Blick im Rücken.
Als sie vor den Baumwollpflanzen anlangten, wandelte sich sein Verhalten schlagartig. Aufmerksam begutachtete er die Pflanzen und äußerte einige anerkennende, bisweilen auch tadelnde Urteile, die Scheherazade im ganzen recht treffend fand. Interessiert hörte sie zu, als er von einer amerikanischen Presse berichtete, mit der sich die Fasern zu Ballen verarbeiten ließen. Gegenwärtig waren es Fellachen, die diese mühevolle Arbeit verrichteten, indem sie die Baumwolle mit den Füßen zusammendrückten. Eine Maschine würde kostbare Zeit einsparen; von Arbeitskräften ganz zu schweigen.
»Man müßte ein Exemplar einführen«, bemerkte Scheherazade. »Nur, wie soll man das anstellen?«

Mandrino antwortete ausweichend: »Ich weiß es nicht. Im Augenblick gibt es Dringenderes: Auf wieviel schätzen Sie die Ernte?«
»Ich sagte Ihnen doch bereits, daß meine Preise zu hoch für Sie sind, Herr Mandrino.«
»Sagen wir zweihundert Piaster für den Zentner zu hundertzwanzig Pfund?«
Sie zuckte zusammen. Der vorgeschlagene Preis lag um fünfundzwanzig Piaster über dem Durchschnitt, was einen beachtlichen Gewinn darstellte. Trotzdem erwiderte sie ruhig: »Interessant ...«
»Wenn mein Gedächtnis mich nicht trügt, verfügen Sie über eine weitere Ernte. Die vom Hof bei Fayum.«
»Sollten Sie die etwa auch erwerben wollen?«
»Warum sich auf einen Teil beschränken, wenn man alles haben kann?«
Aus seinem Ton hörte sie wieder jene eigenartige Zweideutigkeit heraus, die ihm anscheinend zur zweiten Natur geworden war.
»Ich möchte Sie jedoch auf eines aufmerksam machen: Die Baumwolle des Rosenhofs ist weit hochwertiger als diese hier.«
»Um fünfundzwanzig Piaster besser?«
Wieder war es mehr, als sie erwartet hatte. Für einen Mann, dessen Hauptbetätigung der Handel mit Baumwolle war und dem die üblichen Preise bestimmt nicht unbekannt waren, legte er einen erstaunlichen Mangel an Geschäftssinn an den Tag.
Sie musterte ihn argwöhnisch.
»Ich kenne Ihre Meinung über die Naivität der Frauen, doch sind einige sicher weniger einfältig als andere. Ich kann einfach nicht erkennen, worin Ihr Vorteil liegt, Herr Mandrino?«
Er runzelte die Stirn.
»Sie erstaunen mich. Gerade Sie dürften besser als jeder

andere wissen, daß der Vizekönig alle landwirtschaftlichen Flächen in seinen Besitz gebracht hat, wodurch die Ernten ihm von Amts wegen zufallen und vorrangig zur Ausfuhr bestimmt sind. Der Markt ist völlig in seinen Händen. Wie soll sich ein Käufer Ihrer Meinung nach versorgen, wenn nicht durch die Vermittlung des Staates?«
»Wo liegt die Schwierigkeit?«
»Es gibt zweierlei Schwierigkeiten – erstens die Verzögerungen. Worauf Sie mir entgegnen werden, daß es mir ein leichtes sein müßte, von meinem Einfluß auf den Vizekönig Gebrauch zu machen. Doch da liegt die zweite Schwierigkeit: Aus persönlichen Gründen, die mit meinem Unabhängigkeitsbedürfnis zusammenhängen, liegt mir überhaupt nicht daran, zwischen Mohammed Ali und mir finanzielle Beziehungen herzustellen. Die Erfahrung hat mich gelehrt, daß es, wenn man mit den Mächtigen verkehrt, besser ist, gebeten zu werden, denn Bittsteller zu sein.«
Er kniff die Augen leicht zusammen und schloß: »Halten Sie mich bitte nicht für einen Gimpel. Die Preise, die ich Ihnen geboten habe, liegen weit höher als der Durchschnitt. Indes ist alles eine Sache von Angebot und Nachfrage. Ich benötige Ihre Baumwolle. Das ist alles.«
»Was läßt Sie glauben, daß dies auch für mich gilt?«
»Ich habe es niemals angenommen. Sie haben die Wahl. Es steht Ihnen gänzlich frei, abzulehnen oder anzunehmen. Das müssen Sie selbst entscheiden.«
Sie nickte. Sie hatte unbändige Lust, seinen Vorschlag abzulehnen, und sei es nur, um ihn zu ärgern. Dieser Mann brachte sie in Harnisch. Sein Selbstvertrauen, seine Antworten auf alles, sein ach so sicheres Gebaren, die Arroganz, die er ausstrahlte: das alles reizte sie. Dann dachte sie an den Gewinn. Es stimmte, daß die von Mohammed Ali geschaffene Lage für sie Vorteile wie Probleme mit sich brachte. Unabhängige Kaufleute zu finden war kein Kinderspiel und erforderte Geduld und Zeit. Schließlich

erklärte sie: »Also gut, Herr Mandrino. Ich nehme Ihr Angebot an.«
Rasch erwiderte er: »Bestens. So bleibt uns nur noch, unsere Übereinkunft zu feiern. Ich nehme Sie mit nach Paris. Was halten Sie davon?«
Ohne ihr Zeit zu einer Antwort zu lassen, fügte er hinzu: »Ich bin vom Vizekönig beauftragt worden, mich in einer vertraulichen Mission nach Paris zu begeben. Es würde mich überglücklich machen, wenn Sie mich begleiten.«
Träumte sie? Nein, es konnte nicht sie sein, zu der er sprach. Oder delirierte er?
»Nach Frankreich... mit Ihnen?«
»Wenn Sie die schönste Stadt der Welt nicht kennen«, er berichtigte, »nach Venedig selbstverständlich, so wäre dies die beste Gelegenheit.«
Es war nicht zu fassen. Er meinte es tatsächlich ernst!
»Sagen Sie, Mandrino, sind Sie sicher, daß Sie ganz bei Sinnen sind? Wir haben uns dreimal gesehen, Sie wissen, welche Gefühle ich für Sie hege, und besitzen die Dreistigkeit, mir vorzuschlagen, mit Ihnen zu verreisen?«
Sie schüttelte mehrmals den Kopf, als sei sie über die Wirrheit ihres Gesprächspartners erschüttert.
»Ich weiß wirklich nicht, warum mein Vorschlag so absurd sein soll. Falls Sie, unerklärlicherweise, hinter meinen Äußerungen die leiseste Unehrerbietigkeit vermuten sollten, sind Sie im Unrecht. In allen Ehren und mit Anstand lade ich Sie ein. Sie haben mein Wort, wenn Sie dem Glauben schenken wollen. Ich wünsche nichts weiter als Ihre Begleitung. Sonst nichts. Nicht einmal ein Lächeln, wenn Sie dazu keine Lust verspüren. Schweigen, wenn Reden Ihnen lästig fällt; ein Zwiegespräch, wenn Ihnen danach ist. Nichts anderes. Im Gegenzug biete ich Ihnen, eine einzigartige Stadt zu entdecken. Eine neue, funkelnde Welt, die alles übertrifft, was Sie sich vorstellen könnten. Ist es denn so absurd, ja zu sagen?«

Ein Wirbelsturm schien in Scheherazades Kopf zu toben. Der Vorschlag war dermaßen unglaublich, dermaßen verrückt, daß sie, statt ihn, wie es logisch gewesen wäre, schroff zurückzuweisen, einen Moment zögerte, das Hirn von einer Fülle widersprüchlicher Gedanken erfüllt. In diesem Brodeln tauchte auch das Gesicht Samiras auf, ihrer Schwester, von der sie schon seit langem ohne jede Nachricht war – ihrer einzigen Angehörigen, die noch am Leben war.
Sie schluckte mühsam und stammelte: »Es ist ... es ist unmöglich ... Mein Sohn ...«
»Nehmen wir ihn doch mit.«
Sie versuchte, sich zu fassen. Er drängte: »Zehn Tage ... Nicht einen mehr.«
»Es ist unmöglich ...«
»Sagen Sie ja.«
Paris ... ihre erste Reise ... Samira ... Die Aussicht, all die Gespenster hinter sich zu lassen, die sie seit ihrer Rückkehr nach Sabah umringten.
»Scheherazade ...«
Er hatte ihren Vornamen in einem Ton ausgesprochen, in dem sich Bestimmtheit und Sanftheit mischten. Fügsam wie ein Kind hob sie ihm ihr Gesicht entgegen.
»Zehn Tage«, wiederholte er.

33. KAPITEL

Nafissa starrte Scheherazade zornig an.
»Du bist es, die verrückt ist. Eine so wundervolle Reise auszuschlagen ... Ich muß mich beherrschen, um nicht zu weinen.«
»Wie können Sie mir nur unrecht geben! Ich weiß nichts über diesen Mann. Außerdem finde ich ihn unerträglich. Er stellt alles dar, was ich verabscheue. Er ist überheblich, er ...«
Die Weiße legte ihre Hand auf Scheherazades Mund und flüsterte: »Sprich nicht wie ein Kind. Daß du keine besondere Sympathie für Mandrino empfindest, geht ja noch an, doch diese Heftigkeit erscheint mir überflüssig, um nicht zu sagen, verdächtig.«
»Oh, nein! Sie werden doch nicht denken, ich ...«
»Ich denke gar nichts. Ich kenne Ricardo lange genug, um dein Urteil reichlich streng zu finden. Der Mann gewinnt durch näheres Kennenlernen. Ich, jedenfalls, finde ihn ungeheuer charmant. Und nicht nur ich. Seine Eroberungen sind nicht mehr zu zählen.«
»Das ist wahrscheinlich der Grund, weshalb er die Frauen so hoch achtet.«
Sie äffte Mandrinos Stimme nach: »›Da liebt man sie, und sie bilden sich ein, man bäte um ihre Hand.‹ Für mich, Sett Nafissa, ist das Thema abgeschlossen. Reden wir von etwas anderem.«
Die Weiße zuckte mit den Schultern.
»Wie du willst. Aber sei nicht überrascht, wenn er nach seiner Rückkehr aus Paris nichts mehr von sich hören läßt.«
»Ihr Wort in Gottes Ohr. Das ist alles, was ich hoffe.«

*

Karim strich über Prinzessin Lailas kleine Brüste unter dem Seidenkleid. Das Mädchen begann albern zu kichern.
»Du bist ein richtiger Teufel, Sohn des Suleiman. Hast du dein Versprechen vergessen? Wenn du so weitermachst, muß ich mich in meine Gemächer zurückziehen.«
»Was habe ich denn Schlechtes getan, mein Täubchen? Hat Miss Lieder dich nicht gelehrt, daß es in der Liebe keine Sünde gibt?«
Da er seine Berührung zu wiederholen suchte, stand sie mit einem Ruck auf und wich vor ihm zurück. Langsam erhob auch er sich und folgte ihr, bis sie mit dem Rücken an die Wand stieß.
Sie keuchte: »Das dürfen wir nicht ... Ich bitte dich.«
Ohne ihr Sträuben zu beachten, umfaßte er ihre Hüfte und zog sie an sich. Seine Wange an die ihre drückend, tuschelte er ihr ins Ohr: »Deine Haut ist heiß.«
Er versuchte sie zu küssen.
»Nein, Karim. Das dürfen wir nicht. Miss Lieder ...«
Der Mund des jungen Mannes, der sich auf den ihren preßte, hinderte sie fortzufahren. Sie wollte sich losreißen, doch er drückte sie fest an sich.
»Weshalb läßt du mich so schmachten? Ich liebe dich, siehst du das nicht?«
Er hob das seidene Kleid hoch und streichelte die Schenkel des Mädchens; seine Finger glitten über die Wölbung, streiften ihre Haut, umfingen sie bisweilen. Er spürte wie der Körper der Prinzessin sich entspannte, ja fast erschlaffte, als sei sie nahe daran, sich ihm hinzugeben.
Wieder preßte er seinen Mund auf Lailas Lippen. Diesmal sträubte sie sich nicht; ihm war sogar, als käme sie ihm entgegen. Ihre Zungen umspielten einander. Noch einmal setzte die Prinzessin sich kurz zur Wehr, doch ihr Widerstand war schnell gebrochen.
Sie rieb sich an ihm, wobei sie leise, ein wenig läppische, fast kindliche Laute ausstieß, die Karim als Zeichen der Ermuti-

gung betrachtete. Ohne sie länger zu schonen, raffte er ihr Gewand bis zur Taille, und seine Finger ergriffen das Höschen aus feiner Baumwolle, das er ungeduldig die Schenkel hinunterzustreifen suchte.
»Nein ... nein ... das ist schimpflich. Das darfst du nicht ...«
Mit einer ungeschickten Bewegung wollte sie ihn von sich stoßen, doch Karims Finger hielten ihre Beute umklammert. Mit dem Geräusch eines zerreißenden Blattes gab der zarte Stoff nach und entblößte das Geheimste des Mädchens.
Nun zögerte er nicht mehr, und seine Hand glitt zwischen ihre Schenkel. Die Prinzessin stieß einen Schrei aus, der sich rasch in ein Röcheln verwandelte, als die Liebkosung drängender wurde.
Als er einen Augenblick später ihre Jungfräulichkeit raubte, umschlang sie ihn und murmelte wirre, zusammenhanglose Sätze, aus denen man unglaublich derbe Worte heraushörte, und – noch weit unschicklicher – den Vornamen von Miss Lieder.

*

Mohammed Ali nahm in dem Kiosk Platz, den er im kühlsten Winkel der Gärten hatte errichten lassen, und lud seine drei Söhne – Tussun, Ibrahim und Ismail – ein, sich neben ihn zu setzen. Es waren drei völlig unterschiedliche junge Männer. Tussun, der leidenschaftlich den Wissenschaften zugetan war und über eine erstaunliche Geistesschärfe verfügte, besaß das schönste Antlitz und die vornehmste Erscheinung. Der Älteste, Ismail, war von mittlerer Statur und für seine einundzwanzig Jahre schon recht kräftig entwickelt. Er hatte eine schmale, lange Nase, graue Augen, ein längliches Gesicht voller Pockennarben und Sommersprossen und feuerrotes Haar: Man sah ihm seine Vorliebe für gutes und reichliches Essen sowie alle Sinnesfreuden an. Was den

Jüngsten, Ibrahim, betraf, so war er schlichtweg von abstoßender Häßlichkeit.
Die Sonne, die sich zum Ende des Tages neigte, irisierte friedlich den Himmel, die Bäume und den harmonischen Schattenriß des Palastes.
»Dies ist meine liebste Stunde«, erklärte der Vizekönig, versonnen das Schauspiel betrachtend. »In diesen Augenblicken verlieren die schroffsten Konturen ihre Härte, die grellsten Farben werden zart. Gleichwohl stellt sich paradoxerweise eine gewisse Feierlichkeit ein.«
Er rief den Gärtner herbei.
»Abu el-Ward!«
Der Mann kniete vor seinem Gebieter nieder und küßte ihm die Hand.
»Ich hoffe, daß du die Pflaumenbäume, die ich aus Europa habe kommen lassen, wachsam im Auge behältst! Vor allem den, der mir die erste Frucht geschenkt hat. Wehe dir, wenn ihnen Unglück widerfährt!«
»Gnädigster Herr, erst letzte Woche haben wir den Baum mit einem Netz bedeckt, um ihn vor Vögeln zu schützen. Mein Helfer und ich hüten ihn, als sei er unser eigenes Kind.«
»Versäumt nur ja nicht, die Pflaumen sofort zu pflücken, wenn sie reif sind, und sie mir unverzüglich auftragen zu lassen.«
»Es wird Ihren Wünschen gemäß geschehen, Erhabenheit.«
Mit einer Handbewegung wies der Vizekönig den Gärtner an, sich zurückzuziehen, und fuhr an seine Söhne gewandt fort: »Man kann nie behutsam genug mit der Natur umgehen. Stellt euch nur vor, vergangenen Monat hat Drovetti meine Aufmerksamkeit auf eine wunderschöne Dahlie gelenkt. So habe ich denn angeordnet, sie in eine Kiste zu packen und sie hierhin, in den Schatten der Sykomore, unterhalb des Kiosks, umzusetzen. An jenem Tag hätte ich besser daran getan, mir die Zunge abzuschneiden. Eine

Woche später war die Dahlie halb verwelkt und ließ jämmerlich den Kopf hängen.«

»Ich entsinne mich, Vater«, sagte Ibrahim belustigt. »In deinem Zorn hast du befohlen, Abu el-Ward mittels zwölf Schlägen mit der Karbatsche zu züchtigen. Dabei war der Unglückselige überhaupt nicht schuld daran. Er hatte dich vor der Gefahr gewarnt, die das Umtopfen der Pflanze in sich barg.«

»Was du verschweigst, ist, daß der Unglückselige ein paar Tage später einige tausend Para als Entschädigung erhalten hat. Was nicht unwesentlich ist.«

»Auf jeden Fall«, warf Ismail ein, »preist deine gesamte Umgebung einhellig deine Güte und deine Nachsicht.«

Tussun berichtigte: »Eine übertriebene Nachsicht, die, wenn du mir einen Ratschlag erlaubst, an Leichtfertigkeit grenzt, wenn sie dich die schlimmsten Vergehen zu deinem Schaden vergessen läßt.«

»Mein Sohn, deine Stellung wird dir eines Tages erlauben zu gebieten. Dieser Tag ist übrigens weit näher, als du denkst. Deshalb bitte ich dich, nie folgendes zu vergessen: Es ist besser, ein Leid zu erdulden, weil man zu große Nachsicht gezeigt hat, statt eine aus begangenem Unrecht geborene Freude zu erfahren. Ein Mensch ohne Großmut und ohne Milde ist kein Mensch. Weshalb, glaubst du, habe ich gerade einen der wichtigsten Verwaltungsakte der letzten Monate beschlossen?«

»Du meinst bestimmt diesen Erlaß, der dem Herrn das Vorrecht aberkennt, seine Sklaven oder seine Untergebenen mit dem Tode zu bestrafen.«

»Fürderhin muß das Urteil durch einen von mir eigenhändig unterzeichneten Entscheid bestätigt werden. Was einen Mittler zwischen Angeklagtem und Richter, eine heilsame Frist zwischen Vergehen und Strafe einführt. Doch das ist nur ein Beispiel. Es gibt noch andere Eigenschaften, die ein Regierender besitzen muß: Die Redlichkeit gehört dazu.

Zum Beweis: Nie habe ich eingewilligt, der PFORTE die in großer Zahl nach Ägypten geflohenen Rebellen auszuliefern.«
Er schwieg eine Weile schweigend und fügte dann hinzu: »Die Toleranz ist eine andere wichtige Tugend. Ich befolge den islamischen Ritus. Was mich jedoch nicht von der Forderung abhält, die Religionen um uns herum zu achten. Alle, ohne Unterschied, haben ein Recht auf dieselbe Ehrerbietung. Man braucht nur die Zahl von Christen zu betrachten, denen ich Titel und Amtsgewalten verleihe, um keinerlei Zweifel an der Aufrichtigkeit meiner Äußerungen zu hegen.«[1]
Ibrahim bemerkte mit einem leisen Lächeln: »Wahrscheinlich war das der Grund, weshalb du in diesem Jahr angesichts der schwachen Nilschwelle nicht nur Gebete in allen Moscheen angeordnet hast, sondern auch die Oberhäupter aller anderen Kulte öffentlich aufgefordert hast, den ALLERHÖCHSTEN um diese Wohltat bitten zu lassen.«
»So ist es. Offen gestanden, dachte ich insgeheim, daß es doch recht bejammernswert wäre, wenn unter all diesen Religionen nicht eine einzige Gnade in Allahs Augen fände.«
Ibrahim und Tussun lachten herzhaft.
Der Herrscher fügte ernst hinzu: »Religiöse Verblendung ist das offene Tor für allerlei Irrungen. Was sich in Hidjas[2] zugetragen hat, ist der beste Beweis dafür.«

---

[1] Indem er auf diese Weise den Vorurteilen des Volkes und der Kritik der fanatischen Geistlichen die Stirn bot, bewies Mohammed Ali auf diesem Gebiet wahrhaften Mut. Häufig wurden Kopten in Ämtern der Finanz- und Zollverwaltung zugelassen, und manche von ihnen stiegen sogar in hohe Positionen auf. Ebenso gelangten Armenier und Griechen in die Bürokratie des Vizekönigs, der nicht zögerte, sich ihrer Fähigkeiten zu bedienen.
[2] Gebiet in Arabien, entlang des Roten Meeres. Seit 1916 von der Türkei unabhängig, wurde Hidjas 1926 dem Nedjd angegliedert, wodurch das heutige Saudi-Arabien entstand.

Er brach ab und fragte die drei jungen Männer: »Wißt ihr, wer die Wahhabiten sind?«
Als sie ihr Unwissen gestanden, fuhr er fort: »Wenn ich mit euch darüber spreche, dann deshalb, weil diese Angelegenheit schon bald eine entscheidende Rolle in unserer Zukunft spielen wird. Der meinigen, der euren, der Ägyptens. Daher bitte ich euch um eure größte Aufmerksamkeit. Die Sekte der Wahhabiten wurde von einem arabischen Theologen namens Abd al-Wahhab gegründet, der vor ungefähr einhundert Jahren im Nedjd, der Gebirgslandschaft von Arabien, geboren wurde. Er gründete eine Bewegung, die man als ›puritanisch‹ bezeichnen könnte und die sich zum Ziel erkor, dem Islam wieder zu seiner ursprünglichen Reinheit zu verhelfen und die Auslegungen der Theologen zu verwerfen. Die Familie von Ibn Saud, der damals Oberhaupt eines der ersten Stämme des Gebiets war, bekehrte sich zu dieser Lehre und setzte sie mit Waffengewalt in ganz Arabien durch. Unter der osmanischen Herrschaft geknebelt, ist der Wahhabismus vor beinahe acht Jahren wiedererwacht und hat zur Besetzung von Mekka und Medina durch seine Adepten geführt.«[1]
Tussun war es, der sich als erster erkundigte: »Inwiefern betrifft uns dies, Vater?«
»Seit sich die Eiferer in diesen Städten eingenistet haben, verweigern die Gläubigen in den Moscheen die Gebete für den Sultan und erkennen seine moralische und religiöse Autorität nicht mehr an. Die Wallfahrt mußte im gesamten Islam ausgesetzt werden. Schlimmer noch, ein neuer Saud an der Spitze der Wahhabiten hat Angst und Schrecken in Mesopotamien und Syrien verbreitet und ist – vor kaum ein paar Monaten – sogar so weit gegangen, das Umland von

---

[1] Heute ist der Wahhabismus nach einem Jahrhundert der Dekadenz in Saudi-Arabien wieder auferstanden, doch eher als politische denn als religiöse Kraft in der Verkörperung der Familie Saud.

Damaskus anzugreifen, wodurch er eine wahre Panik unter der Bevölkerung ausgelöst hat.«
Ismail fragte: »Verzeih mir, aber ich sehe noch immer nicht den Zusammenhang mit uns.«
»Du bist so ungeduldig wie ein ausgehungertes Löwenjunges. Wenn du mich endlich ans Ende meiner Erklärung gelangen ließest, würdest du begreifen ... Wegen seiner geographischen Lage am Roten Meer, nahe den Häfen von Djidda und Jambo, ist Ägypten von allen Provinzen am besten geeignet, den Hidjas zurückzuerobern und die Oberherrschaft der PFORTE über die Heiligen Städte wiederherzustellen. Nicht ohne Hintergedanken hat Istanbul mir nach Ägypten die Amtsgewalt über das *pashalik* von Djidda zugesprochen. Seit einigen Monaten bittet der Sultan mich inständig, den Kampf gegen die ketzerische Erhebung aufzunehmen.«
Die jungen Leute sahen einander beeindruckt und verdutzt an.
»Was gedenkst du zu tun?« fragte Ibrahim besorgt.
»Ich habe lange gezögert, dieses noch recht schwache Ägypten in ein derart heikles und wahrscheinlich langwieriges Unternehmen zu stürzen.«
»Und dann hast du eingewilligt?«
»Nicht offiziell. Doch ich werde wohl nicht mehr lange damit warten.«
»Du würdest in den Krieg ziehen, um dem Sultan einen Dienst zu erweisen? Aber zu welchem Nutzen?«
Tussun kam seinem Vater zuvor und antwortete seinem älteren Bruder: »Das ist doch einleuchtend. Istanbul wird zu unserem Schuldner, und wir sind einen Schritt auf dem Weg zur Unabhängigkeit vorangekommen.«
Mohammed Ali würdigte die Klarsicht des jungen Mannes. Die besondere Zuneigung, die er für ihn empfand, war wohl begründet.
»Bravo, Tussun. Das hast du richtig erkannt. Doch ich möchte deiner Analyse noch weitere Erwägungen hinzufü-

gen: den Wunsch, mich meiner Albaner zu entledigen, die in Kairo eine Last und eine Gefahr darstellen. Das Bestreben, mein Ansehen in der islamischen Welt zu steigern, indem ich meine Stärke im Herzen des Islams selbst behaupte. Letzten Endes würde mir dieser Krieg über das Ostufer des Roten Meeres einen Brückenkopf zur Ausdehnung nach Syrien eröffnen.«

»Doch dieser Krieg«, gab Ibrahim zu bedenken, »würde trotz allem große Gefahren in sich bergen. An seinem Ausgang stünde vielleicht der Tod und das Ende deiner Herrschaft. Ganz zu schweigen davon, daß es einer Marine bedürfte, um eine Armee nach Jambo oder Djidda zu schaffen und den Transport von Proviant und Munition zu gewährleisten. Wir besitzen aber keine Marine.«

»Irgendwann wirst du erkennen, daß die Geduld die Mutter aller Tugenden ist. Seid ganz unbesorgt. Sage dir einfach, daß Mohammed Ali, wenn er eines Tages den Entschluß faßt, die Schlacht zu schlagen, dann nur dem Ruhme entgegenziehen wird.«

Er erhob sich und begab sich, von seinen Söhnen gefolgt, zum Palast. Unterwegs traf er den Gärtner.

»Gib acht auf meinen Pflaumenbaum, Abu el-Ward. Sonst wehe dir!«

November 1810

Karim trank buchstäblich die Worte seines Herrschers. Vor den versammelten Kabinettsmitgliedern hatte Mohammed Ali soeben in wenigen Sätzen den Plan verkündet, den er eine Woche zuvor seinen Söhnen dargelegt hatte.

In dem Raum des Palastes hatten sich der Minister Boghossian Bey, ein gebürtiger Armenier, der Statthalter Kairos, der im Gegensatz zur Vergangenheit nicht mehr an die Pforte, sondern einzig an die Weisungen des Vizekönigs gebunden

war, sowie sechs weitere hochrangige Persönlichkeiten eingefunden. Obgleich sie ganz verschiedene Stellungen bekleideten, hatten alle Anwesenden eines miteinander gemein: Es war nicht einer unter ihnen, der nicht in Mohammed Alis Schuld gestanden hätte. Und das war kein Zufall. Seit dem Tag, da er an die Macht gelangt war, war der Herrscher darauf bedacht gewesen, allein Mitglieder seiner Familie (sofern diese Wahl ihm möglich war) oder Offiziere und Beamte, die ihm alles verdankten, in Schlüsselpositionen zu berufen. Da er von Natur aus Unfähige nicht mochte, besaßen jene Männer zumeist die Eigenschaften, die erforderlich waren, um ihm auch in höheren Ämtern zu dienen.
Von seinen drei Söhnen war nur der jüngste zugegen.
»Wahrlich schlau, Sire«, bemerkte Kairos Gouverneur. »Doch wenn ich Ihren Plan richtig verstanden habe, drängt sich die Schaffung einer Seestreitmacht auf.«
»Sie scheint mir sogar eine unerläßliche Bedingung für die Sicherheit und die Macht, die ich erstrebe. Solange ich keine Schiffe habe, wird die PFORTE ihren Einfluß auf mich beibehalten. Das erste vor Alexandria erscheinende Kriegsschiff liefert mich ihrer Gnade aus. Überdies kann allein eine mir gehörende Flotte den Schutz der Verbindungen zwischen Ägypten und den anderen Teilen des Reiches gewährleisten und mir erlauben, die Unabhängigkeit zu erreichen, die wider alles und jedermann das Endziel bleibt.«
Boghossian Bey ergriff das Wort.
»Sire, ich möchte Ihr Augenmerk auf einige Probleme lenken. Bis auf das Meer fehlt es Ägypten an allem, um eine Marine zu besitzen: Wir verfügen über keine Seefahrertradition, keine Schiffsbauer, keine Materialien, keine Werften, keine in der Hochseeschiffahrt erfahrenen Matrosen.«
Er brach ab und wandte sich höflich an den Sohn des Suleiman: »Unter uns allen hier bist du wahrscheinlich der einzige, der einige Erfahrung auf diesem Gebiet besitzt. Habe ich unrecht?«

Karim pflichtete bei und eilte sich hinzuzufügen: »Ich würde sogar noch weitergehen. Der zwar recht weiträumige Naturhafen Alexandrias eignet sich in Ermangelung einer ausreichend tiefen Fahrrinne nicht zur Ein- und Ausfahrt von Linienschiffen, die mit schwerer Artillerie beladen sind.«
»Nun denn«, verkündete Mohammed Ali unerschütterlich, »indem ihr alle Hindernisse aufzählt, habt ihr mich in meinem Entschluß nur bestätigt. Da sich alles dagegen zu verschwören scheint, daß Ägypten eine Marine besitzt, werden wir sie Ägypten ohne weiteren Verzug schenken müssen. In der ersten Zeit werden wir unsere Schiffe bei europäischen Seewerften in Auftrag geben. Und Karim Bey wird sich damit befassen.«
Bei der Nennung seines Namens spürte der Sohn des Suleiman sein Herz vor Freude hüpfen. Während des gesamten Verlaufs der Sitzung hatte er gehofft, daß man ihm bei diesem ehrgeizigen Unternehmen eine Rolle zuteilen würde. Die Weisung des Vizekönigs machte ihn überglücklich.
Dieser fuhr fort: »Gleichzeitig werden wir Vorkehrungen treffen, die es uns ermöglichen werden, unsere Schiffe selbst zu bauen. Sie sehen, meine Freunde, wie förderlich Herausforderungen sind.«

*

Scheherazade, die in einem Gesellschaftsraum neben dem Sitzungssaal wartete, wurde allmählich ungeduldig. Obwohl die Stunden, die dem Herrscher zu geben sie sich verpflichtet hatte, ihr viel Freude bereiteten, wurden diese regelmäßig durch allerlei Widrigkeiten und Verspätungen verdorben und zuweilen gar einfach abgesagt. Doch wie sollte sie die Kühnheit aufbringen, sich darüber zu beschweren? Hatten die Verpflichtungen des Vizekönigs nicht Vorrang vor allem anderen?

So schweiften ihre Gedanken weiter umher. Zuerst zu ihrem Sohn Joseph, dann, fast wider Willen, zu Mandrino. Er hatte gesagt, er würde zehn Tage fortbleiben, die Dauer der Überfahrt nicht mitgerechnet. Nun begann bereits die fünfte Woche. Wahrlich, ein sonderbarere Mensch. Sie dachte an die Weiße. Sie verstand einfach nicht, weshalb sie Partei für den Venezianer ergriff. Was konnte sie nur an ihm finden? Und hätte sie sich nicht auf die Seite ihrer Freundin stellen müssen, statt diesem Fremden alle möglichen mildernden Umstände zuzubilligen?

Das Geräusch von Schritten riß sie aus ihren Überlegungen. Sie hörte Stimmen, darunter unverkennbar die Mohammed Alis. Die Sitzung war endlich beendet. Sie öffnete die Tür des Gesellschaftsraums und trat in den Flur.

»Bint Chedid, hocherfreut, Sie zu sehen!«

Der Vizekönig, den eine Gruppe von Männern umgab, forderte sie auf, näher zu treten.

»Meine Schulmeisterin«, verkündete er, auf die junge Frau weisend.

Mit verschwörerischem Lächeln fügte er hinzu: »Mit einem solchen Lehrer ist Lernen ein Vergnügen.«

Karim, der hinter dem Gouverneur von Kairo stand, sah sie zuerst. Am liebsten wäre er ihr aus dem Weg gegangen, doch sogleich verübelte er sich diesen Wunsch und trat hinter dem Rücken des Gouverneurs hervor.

Erst in diesem Moment sah sie ihn. Er grüßte mit einer stummen Verbeugung. Sie tat das gleiche.

»Ihr kennt euch, denke ich«, sagte Mohammed Ali, der nichts bemerkt hatte.

»Ja, Sire«, erwiderte Karim hastig. »Sie haben mir die Ehre erwiesen, mich Sett Chedid bei Tussun Beys Geburtstagsfeier vorzustellen.«

»In der Tat, wir sind uns bereits begegnet. Ich bin erfreut, Sie wiederzusehen, Kiaya Bey.«

Der Vizekönig erklärte: »Wir haben gerade eine bedeutende

Entscheidung getroffen; nämlich, die erste ägyptische Marine aufzubauen. Und es ist unser Freund hier, dem diese ehrenvolle Pflicht hauptsächlich obliegen wird.«
»Ich bin überzeugt, daß er sie mit Freuden auf sich nehmen wird. Habe ich recht?«
Karim stimmte ihr zögernd zu.
Jedes Wort betonend, fügte sie hinzu: »Es freut mich für Sie, Suleiman Bey. Ganz aufrichtig.«
Vor allem das letzte Wort hob sie hervor – taktvoll, doch so deutlich, daß er die Botschaft vernahm.
Seine Miene entspannte sich, und seine Augen glänzten freudig.
»Danke, Tochter des Chedid.«
Sie sahen einander einen Moment forschend an. Und schon wußten beide, daß nur noch Raum für Zärtlichkeit war.
»Und diese Lektion!« warf der Vizekönig jäh ein.
Er deutete auf den Eingang seines Arbeitsraumes.
»Gehen Sie schon voraus. Ich komme in einigen Minuten.«

*

»*Alef, be, te, sze, djim, ha, cha, dal, ssal*...«
Der Herrscher hielt im Aufsagen des Alphabets inne und stieß einen Seufzer aus.
»*Kifaya!*[1] Ich kann nicht mehr. Du erschöpfst mich, Bint Chedid.«
»Das ist unvernünftig, Sire! Wir haben vor kaum einer halben Stunde begonnen. Und Sie möchten Fortschritte machen?«
»Aber sicher, aber sicher... Nur habe ich heute meinen Kopf nicht beieinander. Zu viele Sorgen, zu viele Kümmernisse.«
»Sollte das nicht eher ein Vorwand sein, um nicht zu arbeiten?«

[1] Genug!

»Oh! Diese Verständnislosigkeit der Frauen! Ich würde dich gerne an meiner Stelle sehen. Ich muß den Mamluken die Stirn bieten, die mich fortwährend plagen; meinen fünfzehntausend Albanern, die mir bloß aus Eigennutz und Habgier dienen und, ganz nebenbei gesagt, den Sold von dreißigtausend Mann verschlingen; der HOHEN PFORTE, die meinen Balg will; den Engländern, die mich verachten; den Franzosen, die sich selbst suchen: Gib zu, daß es Grund genug gäbe, *mahbul*[1] zu werden!«
Gerührt erwiderte sie: »Sie haben recht, Majestät. Vergeben Sie mir. Ich vergesse manchmal, daß ich den allmächtigen Mohammed Ali Pascha vor mir habe.«
»Ich möchte dir trotzdem folgendes zu bedenken geben: Obwohl ich ein wenig glänzender Schüler bin, tue ich alles, um dem Volk Bildung zu vermitteln. Muß ich dir in Erinnerung rufen, was ich in den letzten beiden Jahre auf diesem Gebiet vollbracht habe? Ich habe die Koranschulen vervielfacht, die einzigen, die es vor mir gab. Ich habe neue Unterrichtsanstalten gegründet: Grund-, Vorbereitungs- und Fachschulen, die jeweils einen umfassenden Ausbildungsgang bieten, der den Erfordernissen der zivilen und militärischen Einrichtungen genügt, welche ich ebenso, muß ich daran erinnern, neu geschaffen habe. Elementarschulen, um nur diese anzuführen, gibt es heute fünfzig. Mehr als dreitausend Schüler besuchen die weiterführenden Studien.«
Er verstummte, und seine Augen leuchteten auf.
»Wenn der Herr der Welten mir weiteres Leben gewährt, habe ich noch viel vor. Ich beabsichtige, mit der Zeit Hochschulen der Medizin, der Chirurgie, der Pharmazie, der Tierheilkunde, der Landwirtschaft, der öffentlichen Verwaltung, eine polytechnische Schule und Militärakademien zu gründen. Du siehst, Bint Chedid, dein Schüler ist zwar

---

[1] verrückt

undiszipliniert, aber er steht der Bildung keineswegs gleichgültig gegenüber.«
Scheherazade hob die Arme zum Zeichen ihrer Entmutigung.
»Wie gegen einen Mann ankämpfen, der stets das letzte Wort hat?«
Er trat einen Schritt auf sie zu und sah sie mit melancholischer Miene an.
»Wenn du doch nur keine Zitadelle wärst...«
Sie schien nicht zu begreifen.
»Wenn du dich mir ergeben hättest, wärst du heute Königin!«
»Und Sie würden weiterhin ungestraft mit der Schar von Frauen verkehren, die Ihren Harem bilden, und ihnen in einem fort Kinder machen.«
»Nein. Nicht wenn du an meiner Seite wärst. Das schwöre ich dir!«
Sie warf ihm einen zärtlichen Blick zu.
»Glauben Sie wirklich, was Sie da sagen, Sire? Sie, der Sie die Frauen so sehr schätzen? Den es nach ihnen ebenso gelüstet wie nach Ruhm? Ganz aufrichtig?«
»Na, hör mal, wenn du Königin von Ägypten wärst, würdest du doch wohl ein Auge zudrücken, oder? Was würde ein gelegentlicher kleiner Seitensprung angesichts einer solchen Ehre schon bedeuten?«
»Majestät... sollten wir uns nicht wieder unserer Lektion zuwenden?«
Er brummte ärgerlich, ging zum Diwan und streckte sich darauf aus.
»Ich weiß«, wetterte er mit hochfahrender Stimme, »du bist so umworben, daß du dich für meine bescheidene Person nicht interessierst. Von Drovetti, von Mandrino, sogar von meinem Stellvertreter, der dich mit den Augen verschlingt.«
Sie wollte ihm widersprechen, doch er unterbrach sie.
»Unnötig, Mohammed Ali sieht alles, weiß alles, hört alles. Aber wen schert es. Ich ziehe meine Lage der ihren vor. Ich beobachte sie nämlich, diese Unglücklichen. Sie schwinden

leise dahin. Eines Tages werden sie wie meine Dahlie enden.«
»Übertreiben Sie nicht ein bißchen, Majestät?«
»Eifersüchtige Männer neigen nun einmal dazu, zu übertreiben. Ja, ich bin eifersüchtig!«
Sie stand auf und kniete zu seinen Füßen nieder.
»Dafür haben Sie keinen Grund, Hoheit. Denn ich liebe Sie.«
»Ja«, fügte sie hinzu, »ist Freundschaft nicht eine Form der Liebe? Und bisweilen weit dauerhafter als die Liebe selbst?«
Er rief in verächtlichem Ton: »Freundschaft... Freundschaft ist nur ein Bastard der Liebe!«
»Vielleicht... Aber ein Bastard von königlichem Geblüt.«
Seine Miene, die sich verdüstert hatte, hellte sich auf.
Er streichelte sanft Scheherazades Wange.
»Möge der ALLHÖCHSTE dich behüten. Ich liebe dich auch.«

*

Auf dem Heimweg nach Sabah verspürte sie eine seltsame Erleichterung. Statt alten Kummer wieder aufzufrischen, hatte dieses erneute Zusammentreffen mit Karim sie gleichsam befreit. Das kurze Zwiegespräch hatte sie mit der Gewißheit erfüllt, daß dieses Kapitel zu Ende war.
Zugleich war da aber noch ein anderes Gefühl, das mit Karim nichts zu tun hatte. Sie fühlte sich verletzt, in ihrem weiblichen Stolz gekränkt. In dem Augenblick nämlich, da sie den Vizekönig verließ, hatte dieser ihr – mit einer harmlosen Miene, die sie nicht täuschen konnte – verkündet, daß er mit Ricardo Mandrino zu Abend speisen werde. Als er ihr Erstaunen bemerkte, hatte er ihr erklärt, daß der Venezianer seit zehn Tagen wieder zurück sei. Also hatte der hitzig Verliebte die Waffen gestreckt. Die Flamme seiner Leidenschaft war wie ein von der ersten Brise ausgeblasener Docht erloschen!
Sie schloß daraus, daß die Männer wahrlich kleinmütige, schwächliche Wesen waren.

34. KAPITEL

Joseph schlummerte, mit dem Kopf auf ihrem Bauch ruhend. Die Luft war lind. Die Felder lagen kahl. Mandrinos Orchideen waren nur noch leise duftende Reminiszenzen.
Zwei weitere Wochen waren verstrichen, und der Venezianer hatte noch immer kein Lebenszeichen von sich gegeben. War es nicht das, was sie gewollt hatte? Weshalb also verärgerte sie dieses Ausbleiben einer Nachricht? Die einzige Erklärung, die sie fand, war, daß es ihr im Grunde ihres Herzens nicht mißfallen hätte, wenn das Spiel fortgedauert hätte, denn wie alle Frauen genoß sie es, sich umschmeichelt zu fühlen, auch wenn sie für den Schmeichler keinerlei Sympathie empfand.
An jenem Mittag war der Himmel pastellgrau und, was äußerst selten der Fall war, von Wolken besprenkelt. Es wäre gut für den Boden, wenn es regnete, dachte sie. Doch die Aussicht war gering. Regen, Herbst und Frühling blieben diesem Land fern, und es gab nur dürftige Winter und triumphierende Sommer.
Das Echo galoppierender Hufe hallte durch den Raum. Unwillkürlich schaute sie hinüber zur Einfahrt. Das Geräusch kam näher. Eine Berline, von einem Planwagen gefolgt, tauchte im Gegenlicht auf und hielt zwischen den beiden riesigen Palmen. Ein Mann, die Schultern mit einem weiten schwarzen Überhang bedeckt, stieg aus der Berline; er wechselte ein paar Worte mit den beiden auf dem Bock des Planwagens sitzenden Männern und ging auf das Haus zu.
Es war Ricardo Mandrino.

Um Joseph nicht aufzuwecken, löste sie sich behutsam von ihm, doch er öffnete die Augen und fragte: »Warum hast du dich bewegt?«
»Schlaf weiter, ich komme gleich wieder.«
Der Kleine folgte dem Blick seiner Mutter.
»Wer ist es?«
Scheherazade gab keine Antwort und ging zum Geländer.
»Friede sei mit Ihnen, Tochter des Chedid!« sagte er mit lauter Stimme, denn er hatte zu spät die Geste der jungen Frau bemerkt, mit der sie ihm bedeutete, leise zu sein. Im gleichen Moment bemerkte er das Kind, das seinen zerzausten Kopf über die Holzlatten hochreckte.
»Sei gegrüßt, kleiner Chedid.«
Joseph berichtigte: »Ich bin ein Chalhub! Joseph Chalhub.«
»Bedauere. Sei gegrüßt, Joseph Chalhub.«
Scheherazade murmelte: »Friede sei mit Ihnen, Herr Mandrino. Was verschafft mir das Vergnügen Ihres Besuchs?«
»Sagten Sie Vergnügen?«
Er schlug einen pedantischen Tonfall an.
»Es ist ein Fehler, sich nicht häufiger von den Menschen zu trennen, die man liebt. In Wahrheit ist nichts vorteilhafter als eine lange Abwesenheit. Selbst jene, die einem tiefe Abneigung entgegenbringen, verzehren sich nach einem.«
»Sollten Reisen Sie philosophisch stimmen?«
Das Kind deutete auf den Planwagen.
»Was ist das?«
»Eine Überraschung.«
Scheherazade runzelte die Stirn.
»Wieder Orchideen?«
Er tat, als hätte er es nicht gehört.
»Darf ich?« fragte er, den Fuß auf die erste Treppenstufe setzend.
Als er oben auf dem Treppenabsatz angekommen war, zupfte Joseph an dem schwarzen Überwurf.
»Wozu dient das?«

»Sich vor Kälte zu schützen. Gefällt er dir?«
Der Junge machte ein gleichgültiges Gesicht.
»Ich hätte nicht gedacht, daß Sie so empfindlich gegen Kälte sind«, sagte Scheherazade.
»Doch, leider. Und wenn Sie alles wissen möchten, leide ich auch an ganz und gar entsetzlichen Migränen.«
»Es ist schon erstaunlich, wie sehr der äußere Schein trügen kann.«
Sie lud ihn ein, Platz zu nehmen, setzte sich ebenfalls und fuhr fort: »Einen Mann wie Sie, so groß und stattlich, beinahe beeindruckend, kann man sich kaum schaudernd und schwächlich vorstellen.«
Sie hielt kurz inne und fügte spöttisch hinzu: »Im Grunde sind Sie wohl ein zartes Gemüt.«
»Es mißfällt mir nicht, daß Sie es bemerkt haben. Wer weiß? Vielleicht habe ich von jetzt an Anrecht auf mehr Freundlichkeit.«
Die Bemerkung übergehend, warf sie ein: »Und diese Reise nach Paris?«
»Erschöpfend und erregend.«
»Wie befindet sich der Sultan al-kebir? Der große Bonaparte?«
»Er wird zunehmends dicker und aufgedunsener. Er ignoriert die Schranzen, die sich bemühen, ihre Lungen mit der Luft zu füllen, die er ausatmet, spielt weiterhin den Menschenfresser, sperrt Päpste ein und setzt seinen Brüdern aufs Geratewohl Kronen aufs Haupt. Er sucht Europa zu lenken und gönnt sich nebenbei ein paar kleine Polinnen und eine österreichische Gemahlin, von der er hofft, sie werde ihm eine seinem Genie würdige Nachkommenschaft schenken. Mit einem Wort, die Sonne Ägyptens hat ihn keineswegs gebessert.«
»Man merkt, daß Sie ihn nicht mögen.«
»Ich habe nie Sympathie für Männer gehegt, die allseits predigen, eine gute Politik bestünde darin, die Völker glau-

ben zu machen, sie wären frei. Wie könnte ich im übrigen vergessen, daß er zum Sturz meiner Stadt beigetragen hat?«
»Ach, wissen Sie, ich mag ihn ebenfalls nicht. Offen gestanden, ich hasse ihn. Ohne seinen Wahn würde meine Familie ...«
Sie verstummte, warf den Kopf zurück und fragte mit plötzlicher Neugier: »Sagen Sie, haben Sie auch mit Leuten aus Bonapartes Umgebung verkehrt? Sagt Ihnen der Name Ganteaume irgend etwas? Ein Admiral.«
Er schien überrascht.
»Aber gewiß. Ich bin ihm sogar am Tag nach meiner Ankunft in Paris bei einer Abendgesellschaft kurz begegnet.«
Die Züge der jungen Frau erhellten sich mit einem Mal.
»War er in Begleitung einer Frau? Seiner Gattin?«
»Ja. Eine unscheinbare Person, nebenbei bemerkt.«
»Eine Ausländerin, nicht wahr?«
»Ganz und gar nicht. Eine Französin.«
Scheherazade erstarrte.
»Unmöglich. Sie müssen sich irren.«
»Nein, ich versichere es Ihnen. Eine Französin. Blond. Ziemlich korpulent. Etwas älter als fünfzig.«
Die junge Frau blickte enttäuscht drein.
Das Kind, das bis jetzt geschwiegen hatte, rief: »Sag, Mama, reiten wir heute aus?«
Scheherazade bejahte zerstreut.
»Kennen Sie diesen Admiral Ganteaume?« fragte Mandrino.
»Nein. Meine Schwester hat sich mit ihm nach Frankreich eingeschifft. Sie hat mir beteuert, daß sie heiraten würden.«
Mandrino runzelte betreten die Stirne.
»Ich bin untröstlich ... Vielleicht irre ich mich.«
»Nein. Sie dürften ohne Zweifel recht haben. Samira war nicht blond und wäre heute einundvierzig Jahre alt.«
»Und Ganteaumes Gattin heißt Isabelle.«
Eine Woge von Traurigkeit brach über die junge Frau herein.
»Was ist wohl aus ihr geworden? Und aus Ali, ihrem Sohn?«

»Hätte ich das gewußt, hätte ich mich vielleicht erkundigen können. Sie hätten mit mir darüber reden sollen. Warum haben Sie mir nichts gesagt?«
Der Knabe, den das Gespräch allmählich ungeduldig machte, fragte: »Darf ich mir die Überraschung ansehen?«
Der Venezianer schien etwas verlegen.
»Eigentlich...«
»Ach ja, die Überraschung«, sagte Scheherazade. »Die habe ich ganz vergessen. Was ist es denn?«
Mandrino zögerte. Dann sagte er: »Kommen Sie.«

*

Vor dem Wagen angelangt, erteilte er einige Befehle. Einer der Männer eilte nach hinten, hob die Plane hoch und brachte etwas zum Vorschein, das ganz nach einer Maschine aussah. Sogleich sprang Joseph ins Innere des Wagens und untersuchte aufgeregt das Gerät.
»Märchenhaft! Es sieht aus wie eine dicke Spinne.«
»Oder eine dicke Orchidee«, scherzte Mandrino.
Scheherazade fragte verwirrt: »Wenn Sie mir vielleicht erklären wollten?«
»Ihre Presse.«
»Meine Presse?«
»Haben Sie's schon vergessen? Das letzte Mal, als wir uns sahen, habe ich diese amerikanische Maschine erwähnt, mit der sich Baumwolle zu Ballen verarbeiten läßt.«
»Ich... Sie haben doch nicht...«
»Doch. Weshalb hätte ich zögern sollen? Ein Gerät, das in einer Stunde das Tagwerk von drei Fellachen verrichten kann, ist doch außergewöhnlich, oder?«
Scheherazade stieg auf den Wagen und betrachtete interessiert die Maschine.
»Wirklich beachtlich. Sie dürfte ein kleines Vermögen kosten. War das nicht etwas übereilt? Was kostet sie?«

»Nichts. Nicht einen Piaster. Dies ist mein Beitrag zu unserer Verbindung.«
Sie starrte ihn fassungslos an.
»Ja«, fuhr er mit heiterer Gelassenheit fort, »ich habe nur gedacht, daß wir beide unsere Talente vereinen könnten. Sie erzeugen, ich verkaufe. Am Ende teilen wir die Gewinne zu gleichen Teilen auf. Dank dieser Maschine wird sich unsere Ertragsspanne beinahe verdoppeln. Was halten Sie davon?«
Scheherazades Antwort folgte augenblicklich.
»Hören Sie, Herr Mandrino. Ich bin vielleicht ein impulsiver Mensch, doch wenn es um Geschäfte geht, lasse ich mir lieber Zeit. Auf den ersten Blick kann ich nicht recht erkennen, welchen Vorteil mir eine geschäftliche Verbindung mit Ihnen brächte. Es mangelt mir nicht an Käufern für meine Baumwolle. Ich benötige eine gewisse Bedenkzeit.«
»Das ist selbstverständlich. Und Ihre Haltung beruhigt mich, denn was wäre gefährlicher als ein Teilhaber, der leichtfertig Verpflichtungen eingeht?«
»Ich würde dennoch gern den Preis dieses Geräts erfahren.«
»Sagen wir den Gegenwert von vier bis fünf Jahreserträgen. Bei dieser Gelegenheit möchte ich noch einen Umstand hervorheben, der bei Ihrer Entscheidung sicher von Gewicht sein wird. Es ist mir gelungen, das Alleinverkaufsrecht dieser Presse für Ägypten zu erwirken. Für einen kurzen Zeitraum, gewiß, jedoch lange genug, um daraus Nutzen zu ziehen. Ich weiß nicht, ob Sie sich den Gewinn vorstellen können, den wir daraus erzielen können.«
»Wir?«
»Habe ich nicht von Teilhaberschaft gesprochen? Derzeit besitzt der Vizekönig das Monopol auf Landbesitz. Die Anbauflächen nehmen jedes Jahr in beachtlichem Ausmaß zu. Die Baumwolle hat Teil an diesem Wachstum. Und deshalb kann ein so wirkungsvolles Werkzeug ihn nur begeistern. Es würde genügen, wenn jemand es ihm vorstellte und sich anheischig machte, es ihm zu verkaufen.

Nun habe ich Ihnen aber vor meiner Abreise nach Paris meine Einstellung gegenüber dem Herrscher erläutert. Sie hingegen ...«
»Ich könnte an Ihrer Stelle verhandeln.«
»Selbstredend zu denselben Bedingungen: fünfzig zu fünfzig.«
Scheherazade verschränkte die Arme.
»Letztendlich sind Sie ein recht sonderbarer Mensch, Herr Mandrino. Ich wage gar zu sagen: ein erstaunlicher Mensch.«
Das Kind, das sich zu langweilen begann, rief: »Mama! Und unser Spazierritt?«
Seine Mutter warf ihm einen erzürnten Blick zu.
»Es ist schon nach Mittag. Also Zeit zu essen. Geh schon vor zu Zannuba und sag ihr, sie soll dir dein Mahl auftragen.«
»Aber ich habe keinen Hunger. Seit vier Tagen hat Shams den Stall nicht verlassen!«
»Shams hat aber zu Mittag gegessen. Ich wiederhole, geh zu Zannuba. Wenn du artig bist, werde ich weitersehen.«
»Kann er denn schon reiten?« verwunderte sich Mandrino. »Wie alt ist er denn?«
»Elf Jahre«, seufzte Scheherazade. »Seit ich es ihm beigebracht habe, ist er wie besessen davon.«
Der Venezianer kniete sich vor dem Knaben nieder und flüsterte ihm verschwörerisch zu: »Du tust, worum dich deine Mama gebeten hat. Danach werden wir zu dritt ausreiten. Einverstanden?«
»Wirklich? Du kommst mit?«
»Versprochen. Aber nur, wenn du alles ißt, was Zannuba dir auftischt.«
Ohne zu zögern, sprang das Kind aus dem Wagen und rannte zum Haus.
»Sagen Sie, Herr Mandrino«, grollte Scheherazade, »finden Sie nicht, daß Sie sich etwas zuviel Freiheiten herausnehmen! Wenn ich nun keine Lust auf diesen Spazierritt hätte?«

»In diesem Fall würde ich mir ein Vergnügen daraus machen, Joseph zu begleiten.«
Ihrem Widerspruch zuvorkommend, fuhr er fort: »Sie sagten, ich sei ein sonderbarer Mensch.«
Sie machte eine wegwerfende Geste.
»Weshalb? Es ist nicht wichtig.«
»Ich bestehe auf einer Erklärung.«
Sie lehnte sich mit dem Rücken an das Metallgehäuse der Presse und sagte in ruhigem Ton: »Je länger ich Sie kenne, desto klarer wird mir, daß Geld das einzige ist, was Sie wirklich interessiert. Sie besitzen eine berechnende Kälte, die ich ... entwaffnend finde.«
Er lachte leise und umfing sie mit seinem blauäugigen Blick.
»Teure Freundin, ich kann mir denken, worauf Sie anspielen.«
»Ach?«
»Da ich keine Umwege mag, werde ich geradewegs auf das Wesentliche kommen, selbst auf die Gefahr hin, Sie wieder einmal in Entrüstung zu versetzen. Sie sind eine Frau, und die Gefühle, die ich für Sie hege, sind Ihnen wohl bekannt. Da ich unglücklicherweise jenes schicksalhafte Wort nie auszusprechen vermochte, beschränke ich mich darauf, Ihnen zu sagen, daß das, was ich empfinde, gemeinhin Liebe heißt. Ich werde Ihnen weder deren Intensität noch deren Stärke schildern. Auch werde ich mich, im Gegensatz zu den meisten Männern, nicht über den heftigen Schmerz ergehen, den solcherlei Gefühl hervorruft, wenn es nicht erwidert wird. Ich will Sie, Tochter des Chedid, ich begehre Sie, wie ich noch nie eine Frau begehrt habe. Alle, die Ihnen vorausgegangen sind, waren nur Rinnsale; Sie sind der Fluß. Sie sind in meinen Adern. Ich trage Sie in mir seit dem ersten Tag, an dem mein Blick dem Ihren begegnet ist.«
Er hielt inne, ein wenig stoßweise atmend und sich von der Leidenschaft befreiend, die nach und nach von seinem Wesen Besitz ergriffen hatte.

»Dennoch hat mir dieses Verlangen, so maßlos es auch sein mag, nicht den Verstand geraubt. Sie finden mich kalt und berechnend. In Wahrheit jedoch stört und erstaunt es Sie, daß ich, wenn es um Geschäfte geht, von gleich zu gleich mit Ihnen verkehre. Vielleicht bin ich im Unrecht, doch ich weigere mich, weil Sie eine Frau sind und ich diese geschilderten Empfindungen für Sie hege, Sie als ein armes wehrloses Geschöpf zu betrachten, als eines jener Weibchen, denen man sich zu Füßen werfen muß, um ihnen zu beweisen, daß man sie liebt. Dies hieße, Sie recht wenig zu schätzen. Sie sind weit Besseres wert. So, nun bin ich fertig.«
Er verstummte und beobachtete sie, um die Wirkung seiner Worte zu ergründen.
Da sie schwieg, trat er zu ihr, nahm ihr Kinn zwischen die Finger und zog ihr Gesicht sanft an sich.
Langsam, fast unmerklich, beugte er sich über ihre Lippen, so daß sie seinen Atem spürte. Als er ihren Mund traf, blieb sie weiterhin regungslos, erstaunt, nur noch eine andere zu sein, und jedweder Initiative unfähig. Mandrinos Arm umfing ihre Taille. Noch immer außerstande, sich zu wehren, spürte sie, wie er sich an sie preßte. Wie lange schon hatte sie die beruhigende Wärme eines männlichen Körpers nicht mehr verspürt? Sie hätte schwören können, es sei das erste Mal, so stark war das Gefühl. Wieder nahm er ihre Lippen in Besitz, die sie wider Willen öffnete, sich vollends überlassend, der Gewalt des Venezianers ausgeliefert. Ihre Haut brannte, Mandrino mußte Feuer in sich tragen. Dieser Eindruck entsetzte sie. Ungestüm stieß sie ihn zurück und hielt ihre Hand vor die Augen, wie von der Sonne geblendet.
»Hören Sie auf ...«
War diese heisere Stimme wirklich die ihre?
Draußen hörte sie die raschen Schritte von Joseph, der zurückkam.

*

Er war ein vortrefflicher Reiter. Am erstaunlichsten war, daß trotz seiner etwas ungeschlachten Statur seine Art zu reiten von einer natürlichen Anmut, ja Grazie war.
Sie galoppierten über zwei Stunden die Dünen entlang, von Josephs kristallklarem und Mandrinos dröhnendem Lachern angefeuert. Sehr bald hatte sich eine instinktive Verschworenheit zwischen dem Manne und dem Kind ergeben. Es schien, als kannten sie sich seit jeher, als seien sie nur durch die Wechselfälle des Lebens voneinander getrennt gewesen. Als sie sich anschickten, nach Hause zurückzukehren, fragte der Junge, während sie an der großen Pyramide vorbeikamen: »Bist du schon einmal auf die Spitze geklettert?«
Mandrino nickte.
»Wann wirst du es mit mir tun?«
»Sofort?«
Der Venezianer war bereits abgesprungen.
»Schließen Sie sich uns an?« rief er Scheherazade zu.
»Er ist erst elf Jahre alt. Das kann nicht Ihr Ernst sein!«
Statt einer Antwort streckte er dem Jungen die Arme entgegen und half ihm, vom Pferd zu steigen.
»Gehen wir!«
»Das ist doch Irrsinn! Ihr werdet euch den Hals brechen!«
Mandrino erwiderte unerschütterlich: »Wenn der korsische Gnom es geschafft hat, wüßte ich nicht, was uns daran hindern könnte. Kommen Sie! Von dort oben bietet sich die schönste Aussicht der Welt!«

Und wahrhaftig, von dort oben war der Ausblick einzigartig. Zur einen Seite die rosafarbene Wüste, zur anderen das an die grün schimmernde Flur geschmiegte Band des Nils. Hier oben überragte man die Grenze zwischen Leben und Tod. Im Abendlicht drapierten sich die Farbtöne am Horizont mit einer unvergleichlichen Erlesenheit, die auf der Trockenheit und Transparenz der Luft beruhte.

Scheherazade hatte ihre Befürchtungen völlig vergessen und betrachtete die Landschaft mit kaum gezügelter Erregung. An ihrer Seite umfaßte Mandrino liebevoll Josephs Schulter, was ihr ganz natürlich erschien.
Über sich selbst erstaunt, fragte sie: »Sie essen doch mit uns zu Abend, Herr Mandrino?«
Und Joseph sagte mit kindlicher Spontaneität: »O ja, Ricardo! Du kommst mit, nicht wahr?«

*

Das Kind war schon vor einer Weile zu Bett gegangen.
Scheherazade hatte auf der Veranda Platz genommen, der Venezianer an ihrer Seite, einen Kelch Wein in der Hand, die Stiefel auf das Geländer gelegt.
»Ich danke Ihnen für diesen Tag«, murmelte Scheherazade. »Auch in Josephs Namen.«
Er schüttelte den Kopf.
»Das Vergnügen war ganz meinerseits. Wenn man keine Kinder hat, fällt einem das Gespräch recht leicht.«
»Sind Sie« – sie stockte einen Moment – »verheiratet?«
»Ich war es. Es war eine Ehe, die nicht aus Liebe geschlossen wurde. Eine Heirat, wie sie in den sogenannten ›großen‹ Familien üblich sind, einzig und allein von der Tradition und den Interessen der Eltern diktiert. Ich war damals gerade vierundzwanzig Jahre alt. Zwei Jahre später trennte ich mich zur Bestürzung meiner Familie. Zweifellos lag es an meinem Charakter sowie daran, daß mir vor einem durchschnittlichen Leben schon damals graute. Und – worüber Sie lächeln werden – an meiner Furcht vor dem Tod.«
Als sie ihn fragend ansah, fügte er hinzu: »Nun, ja ... wahrscheinlich meine Empfindlichkeit gegen Kälte. Er ist sehr kalt, der Tod.«
»Ich sehe nicht den Zusammenhang mit Ihrer Scheidung.«
»Ein ganz und gar persönliches Gefühl.«

Er stellte den Kelch auf den Intarsientisch und fuhr fort: »Sehen Sie diesen Kelch? Sie haben Durst. Sie beschließen, die Hand auszustrecken, um nach ihm zu greifen. Wo, in welchem Buch, so gelehrt es auch sein mag, steht geschrieben, daß Sie Ihr Vorhaben zu Ende bringen werden? Nirgendwo. Weder in den Sternen noch in den Abgründen. Sie haben keinerlei Gewißheit. Gleichermaßen befinden sich all unsere Wünsche in der Schwebe, dazu verurteilt, sich zu verwirklichen oder zu erlöschen. Von dem Punkt an, durch diese Erkenntnis gestärkt, vermag ich mir nicht vorzustellen, daß irgend jemand sich damit begnügen könnte, sein Leben unbefriedigt oder in Genügsamkeiten zu verbringen. Daher meine Scheidung. Daher meine Stärke und meine Angst. Verstehen Sie?«

»Und ihr ganzes Verhalten – ich meine, alles, was Sie tun und lassen – ist von dieser Angst vor dem Tod bestimmt?«

»Bis auf wenige Ausnahmen.«

»Daraus schließe ich, daß Sie nichts auf die Zukunft gründen. Sie konjugieren alles im Präsens, mit welchen Folgen auch immer.«

»Ich weiß es nicht. Das einzige, dessen ich mir sicher bin, ist, daß ich bei meiner fortwährenden Suche nur nach dem Hafen strebe, nach der Harmonie von Geist und Herz, nach der unmöglichen Verschmelzung von Wasser und Feuer.«

Scheherazade lächelte.

»Man kann wohl sagen, daß Sie kein einfacher Mensch sind, Herr Mandrino.«

Er schwieg, tief in Gedanken versunken.

Nafissa hatte recht, als sie behauptete, der Mann gewänne durch näheres Kennenlernen. Im Grunde verbarg sich hinter dieser »Festung« eine große Empfindsamkeit. Aber genügte das, die Hingabe zu erklären, die sie in dem Planwagen an den Tag gelegt hatte? So sehr sie auch darüber nachsann, sie begriff nicht, wie sie sich derart hatte gehenlassen können, und noch weniger diese vernunftlose Gefühlsaufwal-

lung, die sich ihrer, als er sie berührte, bemächtigt hatte. Gestern hatte sie ihn doch noch verachtet. Wie war ein solcher innerer Widerspruch möglich?
»In einigen Tagen werde ich wahrscheinlich erneut nach Paris reisen müssen.«
Sie schreckte zusammen.
»Für den Vizekönig?«
Er nickte.
»Er ist wie besessen von diesem Alptraum England und von der Furcht vor einer Aufteilung des Osmanischen Reiches, die zur Vernichtung Ägyptens und dem Ende seiner Herrschaft führen würde.«
»Wie lange werden Sie fortbleiben?«
»Außer der Überfahrt zwei Wochen, vielleicht auch weniger. Es wird von meinen Verpflichtungen abhängen.«
Er erhob sich.
»Es ist spät. Sie möchten sicher schlafen gehen.«
Sie stand ebenfalls auf und fragte zögernd: »Darf ich Sie, da Sie nach Paris reisen, um einen Gefallen bitten?«
Er kam ihr zuvor.
»Ihre Schwester. Ich weiß. Ja, ich werde mein möglichstes tun, um zu erfahren, was aus ihr geworden ist.«
Er reichte ihr die Hand.
Die Berührung seiner Finger wühlte sie auf. Mühsam stieß sie hervor: »Möge Gott Sie auf Ihrer Reise begleiten.«
Er sah sie fest an, bevor er mit leisem Lächeln sagte: »Verübeln Sie es mir nicht, Scheherazade, ich bin immer mehr davon überzeugt, daß Sie eine wundervolle Kurtisane wären.«
Und bevor sie antworten konnte, war er in der Dunkelheit verschwunden.

35. KAPITEL

Mohamed Ali blieb vor dem Pflaumenbaum stehen und rief Karim zu: »Sind diese Früchte nicht wunderschön? Rieche diesen Duft von Moschus. Streichele ihre Haut. Sie ist zart und süß wie die einer Jungfrau.«
Der Gedanke, daß die Tochter des Vizekönigs nicht mehr so genannt werden konnte, ließ Karim erschaudern. Wie sollte er es anstellen, dem Herrscher seine Absichten zu enthüllen? Würde er überhaupt den Mut dazu aufbringen?
Der Pascha drehte sich auf dem Absatz um und zupfte den Gärtner am Bart.
»Gib acht, Abu el-Ward! Sie sind fast reif. Bald wirst du sie pflücken können.«
»Der ALLHÖCHSTE sei mein Zeuge, Erhabener. Ich werde diesen Baum nicht mehr aus den Augen lassen. In höchstens einer Woche werden Sie sich an seinen Pflaumen laben können.«
»Damit rechne ich fest...«
Zu Karim gewandt fügte er hinzu: »Weißt du, daß ich manchmal nachts davon träume? Dann schrecke ich hoch und sabbere wie ein Kind vor einer Platte Leckereien.«
»Das ist durchaus verständlich, Sire. Sie sind ein Feinschmecker. Ich verstehe Ihre Leidenschaft um so besser, als Sie diese Früchte erst vor kurzem nach Ägypten eingeführt haben.«
»In der Tat ist es ihre Seltenheit, die sie so begehrenswert macht. Ist es nicht mit allen Dingen des Lebens so?«
»Auch mit Ihrer Tochter« hätte Karim fast geantwortet.
Sie gingen zwischen den wohlriechenden Bäumen weiter

und ließen sich schließlich im Kiosk, dem Lieblingsplatz des Herrschers, nieder.
»Nun«, sagte Mohammed Ali, »ich höre. Wie ist dein Aufenthalt in Europa verlaufen? Nimmt unser Marinevorhaben Formen an?«
»Durchaus, Majestät. Auf die Ratschläge französischer und italienischer Schiffsbauingenieure hin habe ich vier Fregatten, neun Korvetten, vier Briggs und sechs Zweimastschoner in Auftrag gegeben. Es bleiben noch die Transportschiffe, deren Pläne man mir noch unterbreiten muß.«
»In deinen Berichten hast du verschiedene Werften erwähnt.«
»Ja, Marseille, Livorno, Genua und Triest. Wie Sie es aufgetragen haben, ließ ich mich von Marquis de Livron und General Boyer leiten.«
»Wann werden uns diese Schiffe geliefert?«
»Frühestens in einem Jahr.«
Die Nachricht schien den Herrscher zu verdrießen.
»Das ist recht mißlich. Ich hoffte auf eine kürzere Frist. Einerlei, wir werden uns diese Zeit zunutze machen, um unsere Armee zu verstärken, die Zahl an Männern und das Material aufzustocken. Wenn alles gut verläuft, werden wir im Herbst 1811 genügend gewappnet sein, um gegen die Wahhabiten zu ziehen und, mit des ALLMÄCHTIGEN Hilfe, den Hidjas zu befreien.«
»Inschallah. Die ganze Welt, und die PFORTE im besonderen, wird so den Beweis Ihrer Macht erhalten.«
»Hast du auch an die Mannschaften gedacht? Eine Flotte ohne Matrosen wäre so nutzlos wie ein Brunnen ohne Wasser.«
»In der ersten Zeit werden wir gezwungen sein, Griechen anzuheuern. Nach und nach werden sich Ägypter und Türken uns anschließen können. Allerdings wird es unerläßlich sein, sie von europäischen Ausbildern einweisen zu lassen.«
»Wenn schon Europäer, dann nur Franzosen. Ich möchte

keinen Engländer auf der Brücke eines meiner Kriegsschiffe sehen! Diese Brut ist heimtückisch! Es ist ein Volk von Chamäleons.«

»Das habe ich auch vorgesehen, Majestät. Währenddessen werden die Werkstätten von Suez bald soweit sein, unsere Schiffe ausrüsten zu können. Auch hier werden Griechen die Arbeiten leiten.«

»Ich bin zufrieden mit dir, Sohn des Suleiman. Du siehst, mit der Zeit und etwas Geduld verwirklichen sich die aberwitzigsten Träume.«

Karim holte tief Luft und stieß hervor: »Da ist noch ein anderer Traum, der mir nicht aus dem Sinn geht, Hoheit. Es geht um Ihre ...«

Nein, niemals würde er es können. Es war zu toll.

»Es geht um Ihre Tochter. Die Prinzessin Laila.«

Mohammed Alis Kopf fuhr herum.

»Was ist mit ihr?«

Er schwieg einen Moment und biß sich auf die Zunge.

»Ach ... nichts, Sire. Verzeihen Sie mir.«

»O nein! Du hast zu viel oder zu wenig gesagt!« rief Mohammed Ali in gebieterischem Ton.

»Die Prinzessin und ich lieben uns.«

Mohammed Alis Miene blieb unverändert, und er erwiderte leise: »Unmöglich.«

Karim schien es, als schwanke der Boden unter seinen Füßen.

»Unmöglich«, wiederholte der Vizekönig in ruhigem Ton. »Die Prinzessin ist meinem Freund Moharram Bey versprochen. Dem Gouverneur Alexandrias.«

Moharram Bey?

»Das konntest du nicht wissen. Und sie auch nicht. Ich habe es erst gestern beschlossen.«

Ein kleiner Gecko huschte zwischen Karims Stiefeln durch und verlor sich im Laubwerk. Hätte er dem Reptil doch folgen und mit ihm verschwinden können ...

Der Vizekönig fragte: »Was meintest du mit: ›Wir lieben uns‹? Ich will hoffen, daß die Ehre der Prinzessin nicht angetastet wurde.«
Sein Ton war inquisitorisch und unüberhörbar drohend.
»Hoheit! Wie könnten Sie nur annehmen, zwischen der Prinzessin und mir bestünde etwas anderes als ein edles und reines Gefühl!«
»In diesem Fall ist die Angelegenheit entschieden. Falls meine Tochter Zuneigung für dich empfände, wird dies rasch vergessen sein: Sie ist gerade erst dreiundzwanzig. Das sind nur Kindereien. Was dich betrifft, so stehst du vor Aufgaben allergrößter Wichtigkeit, die dir nicht viel Muße für Zerstreuungen lassen werden. Folglich wirst du ebenfalls vergessen.«
Der letzte Satz klang wie ein Befehl.
»Gewiß, Majestät.«
»Im übrigen, ohne dich verletzen zu wollen, ziemt es der Tochter Mohammed Alis, einen ihrem Stand würdigen Mann zu heiraten. Moharram Bey entstammt einer großen Familie. Er ist reich. Sein Vater hat die begehrtesten Ämter am Sultanshof bekleidet. Du verstehst, was ich sagen will.«
Karim versuchte, seinen Groll zu verbergen.
»Ganz und gar. Verzeihen Sie mir, daß ich mich von meinen Gefühlen blenden ließ. Es war töricht von mir.«
Boghossian Bey, des Herrschers rechter Arm, kam auf sie zu. Mohammed Ali gab ihm ein Zeichen, daß er sich zu ihnen gesellen durfte, und sah seinen Stellvertreter bohrend an.
»Wir werden uns der Prinzessin nicht mehr nähern, nicht wahr, Karim Bey?«
»Sie haben mein Wort, Sire.«
Boghossian Bey war unter den Kiosk getreten. Er grüßte die beiden.
»Haben Sie nach mir verlangt, Hoheit?«
Mohammed Ali stimmte zu und bedeutete Karim, daß er sich zurückziehen durfte.

Er eilte so schnell zum Palast, daß man hätte meinen können, er fliehe vor einer Feuersbrunst.

*

»Ich hoffe«, sagte die Weiße, »du weißt jetzt, daß man mir vertrauen soll. Habe ich dir nicht gesagt, daß Ricardo Mandrino eine einzigartige Persönlichkeit ist?«
»Das ist ein viel zu schwaches Wort.«
Nafissa lachte.
»Bist du bereits seinem Charme erlegen?«
»Ich muß gestehen, daß dieser Mann etwas Betörendes an sich hat, das mir anfangs entging. Ebenso gestehe ich, daß ich seine Anwesenheit als angenehm empfinde. Doch selbst wenn ich Sie vielleicht damit enttäusche, erwäge ich keineswegs, weiterzugehen. Unsere Beziehung wird weiterhin rein freundschaftlich und geschäftlich sein.«
»Gedenkst du, sein Angebot einer Verbindung anzunehmen?«
»Sollte ich nicht?«
»Gott bewahre! Ganz im Gegenteil, ich finde den Gedanken ausgezeichnet. Aber dann ...«
Sie schwieg einen Moment und blickte verträumt drein.
»... war der Zwischenfall im Wagen nichts als ein Augenblick von ...«
Scheherazade griff ihr vor: »Schwäche.«
»Schwäche ...« Ein ironisches Lächeln umspielte Nafissas Mund.
»Meine Liebe, du wirst mir diese sprachliche Verirrung verzeihen, aber wenn sich bei einer Frau der Unterleib zusammenkrampft, wenn ein Mann sie berührt, dann nennt man das nicht Schwäche.«
»Lassen Sie mich meine Vertraulichkeit nicht bereuen.«
»Warum errötest du? An solchen Empfindungen ist doch nichts Beschämendes! Wenn der selige Murad Bey seine

Hand auf mich legte, so weiß Allah, wie groß meine ... Schwäche war.« In melancholischem Ton fügte sie hinzu: »Was würde ich darum geben, wieder einmal schwach zu sein!«
»Bei einem ... Ricardo?«
»Warum nicht? Ich muß sogar gestehen: Wenn ich zwanzig Jahre jünger wäre ...«
»Sie trachten nach Komplimenten, Sett Nafissa. Sie haben die Haut einer Rose. Wenn ich Mandrino wäre ...«
Sie hielt inne, denn Zannuba war eingetreten.
»Was gibt es?«
Die Dienerin reichte ihr einen Gegenstand.
Scheherazade hob den Blick zur Decke und rang die Hände.
»Ich vermute, es handelt sich wieder einmal um diesen jüdischen Kaufmann?«
»Ja, Sajjida. Denselben.«
Sie nahm der Dienerin das Päckchen aus den Händen.
»Ein neuer Verliebter?« fragte Nafissa schalkhaft.
Ohne zu antworten, enthüllte Scheherazade ein kleines, mit blutrotem Samt bezogenes Kästchen, dem ein Brief beigefügt war.
Neugierig beugte sich die Weiße vor.
»Was ist es denn?«
Noch immer wortlos öffnete sie langsam den Deckel. Ihr Blick fiel auf den schönsten Smaragd, den sie je gesehen hatte. Sein Grün war so rein, so strahlend, daß es schwindeln machte.
Nafissa starrte mit offenem Mund auf den Stein.
»Im Namen Allahs des ALLMÄCHTIGEN, des BARMHERZIGEN ...«
Während die Weiße sich ereiferte, überflog Scheherazade den Brief.

Jeder Tag unseres Daseins hat eine Farbe. Heute ist es die der Hoffnung. Ich denke an Sie.
Gezeichnet: Ricardo.

Sie reichte Nafissa das Blatt, ging zu einer mit Elfenbein und Perlmutt eingelegten Kommode und hockte sich nieder. Nachdem sie daraus ein Kästchen hervorgezogen hatte, kam sie zurück.
»Das ist nicht alles. Schauen Sie.«
Sechs weitere Steine lagen auf dem Boden der Schatulle.
Scheherazade zählte auf: »Ein Saphir, ein Turmalin, ein Lapislazuli, ein Topas, ein Türkis, ein Brillant.«
»Sieben?«
»Sieben. Einen für jeden Tag seiner Abwesenheit.«
»Ach!« seufzte die Weiße. »Wäre ich doch nur zwanzig Jahre jünger...«

*

Dezember 1810

Admiral Ganteaume unterstrich seine Worte mit einer fatalistischen Geste.
»So ist das Leben nun einmal, Monsieur Mandrino. Es ist nicht jedermann gegeben, eine Eingeborene zu heiraten und sich nach dem Beispiel dieses werten Menou zum Islam zu bekehren.«
»Samira Chedid war Christin.«
»Das stimmt. Doch ich war verheiratet. Hätte ich in Bigamie leben sollen?«
»Wie lange liegt Ihr Bruch mit ihr zurück?«
»Vier Jahre, vielleicht etwas länger. Ich hatte schreckliche Mühe, sie mir vom Leibe zu schaffen. Diese Mädchen dort sind die reinsten Blutegel! Sie hat mir mit den schlimmsten Dingen gedroht; unter anderem, meine Gattin aufzusuchen und ihr unsere Beziehung zu enthüllen. Können Sie sich vorstellen, was für einen Skandal das gegeben hätte? Es ist bedauerlich. Vor allem, da es ihr und ihrem Sohn die ganze

Zeit unseres Verhältnisses über an nichts gefehlt hat. Absurd, nicht?«
Mandrino hielt es für besser, nicht zu antworten. Der Admiral hätte seine Meinung sicherlich nicht geschätzt.
»Verargen Sie mir nicht meine Indiskretion. Aber besaß sie zum Zeitpunkt Ihrer Trennung das Nötige, um ihre Bedürfnisse zu bestreiten?«
»Wie soll ich das wissen! Für mich ist das alles längst vergangen. Ich erinnere mich an nichts mehr.«
Mit einem schmutzigen Lachen fügte er hinzu: »Außer an ihren verlängerten Rücken. Der war überaus beachtlich.«
»Sie haben keine Vorstellung, wohin sie gegangen sein könnte? Zu einer Freundin vielleicht?«
»Das habe ich Ihnen bereits beantwortet, Monsieur Mandrino. Solange ihre Freundin Zobeida, die Gattin dieses teuren Menou, sich in Paris aufhielt, sahen sich die beiden Frauen häufig. Danach ist der General zum Gouverneur von Venedig ernannt worden. Das Paar ist dorthin gezogen, und Zobeida soll dort verstorben sein.[1] Zum anderen gab es da wohl noch eine Nachbarin, die sie manchmal besuchte. Madame Michaud, in der Rue de la Huchette Nummer vierzehn, glaube ich. Ansonsten weiß ich von niemandem. Und um ganz offen zu sein, es kümmert mich einen feuchten Kehricht. Glauben Sie mir, im Moment habe ich ganz andere Sorgen.«
Der Venezianer bemühte sich, kaltes Blut zu bewahren.
»Madame Michaud, sagten Sie? In der Rue de la Huchette Nummer vierzehn?«
»Vierzehn oder zwölf! Ich wiederhole, diese Angelegenheit liegt mehr als vier Jahre zurück!«
Ungehalten erhob sich Ganteaume aus seinem Sessel.
»Wenn Sie mich nun entschuldigen würden, andere Verabredungen warten auf mich.«

---

[1] Ihr Kind, Soliman, war schon vorher gestorben.

Er ging zur Tür, öffnete sie und bedeutete seinem Besucher, daß die Unterredung beendet war.

*

Ganteaume hatte sich geirrt. Die fragliche Dame wohnte weder in der Nummer 12 noch in der 14, sondern im Hause 16 der Rue de la Huchette. Als sie ihm schließlich öffnete und ihn dann mit halb lockendem, halb schelmischem Blick empfing, wußte Mandrino sofort, mit welcher Art von Person er es zu tun hatte. Etwa um die Sechzig, von üppiger Figur, die Wangen mit Sommersprossen besprenkelt, besaß sie jene unbestimmbare Art, die gemeinhin ein langer Umgang mit Männern verleiht.
Sie lud den Venezianer ein, Platz zu nehmen.
»Demnach haben Sie also Samira gekannt.«
»Ja«, log Mandrino.
Ohne recht zu wissen weshalb, hatte er, sobald die ersten Höflichkeitsfloskeln ausgetauscht waren, beschlossen, Spiegelfechterei zu treiben. Aus Instinkt, zweifelsohne.
Sie murmelte: »Es ist sonderbar. Ich, die ich mich stets brüsten konnte, eine einmal kurz gesehene Person wiederzuerkennen.«
»Gleichwohl...«
»Wie lange soll das her sein?«
Er fand es klüger, vage zu bleiben: »Sie war seit einigen Monaten von Ganteaume getrennt.«
»Oh! Der!«
Sie verzog das Gesicht.
»Welch ein verachtenswerter Mensch! Ohne einen Sou hat er sie auf die Straße gesetzt! Noch dazu mit zwei Kindern auf dem Hals.«
»Zwei? Meines Wissens nach hatte sie nur eins – einen Knaben.«
»Dann hat Samira Ihnen nicht alles gesagt. Ganteaume hat

ihr ein Töchterchen gemacht. Corinna. Ein richtiges Püppchen.«
Sie schüttelte traurig den Kopf.
»Es gibt Männer, ich schwöre Ihnen ... Was war sie doch für ein allerliebstes Mädchen. Dieser Charme ...«
Jäh den Ausdruck wechselnd, warf sie ihm einen schlüpfrigen Blick zu.
»Dieser orientalische Charme ...«
Ohne Zögern überbot er sie: »Dieser Charme und ihre ganze Art! Ich gestehe, daß mir niemals wieder etwas derart Pikantes untergekommen ist.«
Madame Michaud prustete los. Sie hatte schlagartig ihr loses Mundwerk wiedergefunden.
»Wie gut ich Sie verstehe. Von all meinen Mädchen war sie bei der Kundschaft weitaus die Begehrteste.«
»Dann können Sie sich vorstellen, wie gerne ich sie wiedersehen würde.«
»Unglücklicherweise habe ich jedoch keinerlei Nachrichten von ihr. Ich selbst habe schon seit fast zwei Jahren jegliche Tätigkeit eingestellt.«
Sie machte eine verdrossene Geste.
»Das Alter, die Erschöpfung. Und auch in meinem Fall ein Mann. Ich nehme an, daß es die gleichen Gründe waren, die Samira zum Fortgang bewegt haben. Damals dachte ich, sie hätte jemanden kennengelernt und beschlossen, einen ordentlichen Lebenswandel zu führen.«
»Haben Sie eine ungefähre Ahnung, wer jener Mann gewesen sein könnte?«
»Nicht die mindeste. Aber vielleicht weiß es Lolotte.«
Mandrino runzelte die Stirn. Sie erläuterte: »Lolotte gehörte ebenfalls zu meinen Mädchen. Ein ganz anderer Schlag, meiner Meinung nach etwas zu dürr. Was sie, nebenbei bemerkt, nicht daran hinderte, ihre kleinen Erfolge zu haben.«
»War sie eine Freundin von Samira?«

»Möglich. Ich kann Ihnen aber nichts versprechen.«
Die Frau nahm ein Blatt, auf das sie mit ungelenker Hand einen Namen und eine Adresse kritzelte.
»Wenn Sie unsere Freundin wiederfinden sollten, umarmen Sie sie zärtlich für mich.«

*

Besagte Lolotte wohnte tatsächlich an der angegebenen Adresse. Auf Mandrinos erste Fragen antwortete sie mit aggressiver Entschiedenheit, und es bedurfte des Venezianers ganzen Charmes und all seiner Überzeugungskraft, um sie geneigter zu stimmen. Mit einigen ansehnlichen Münzen vermochte er den letzten Widerstand zu brechen.
Ja, zuweilen sehe sie Samira noch, aber äußerst selten. Soviel sie wisse, habe sie niemals aufgehört, ihre Reize zu Geld zu machen; mit dem einzigen Unterschied, daß Madame Michaud durch einen Mann ersetzt worden sei. Einen Livorneser oder Malteser. Sie könne es nicht genau sagen, doch das einzige Mal, daß sie ihm begegnet sei, habe ihr genügt, sich eine Meinung über ihn zu bilden. Der Mensch habe nichts von einem Verliebten. »Eher ein *barbillon*[1]«, hatte Lolotte zu verstehen gegeben, und verdeutlicht: »Ein Gernegroß mit dicken Fäusten.«
Mandrino schloß daraus, daß Scheherazades Schwester in die Hände eines Zuhälters gefallen war, der sie schlug.
Als sie ihren Bericht beendet hatte, zog er ein Kuvert aus der Tasche, das er ihr reichte.
»Wenn Sie Samira wiedersehen, übergeben Sie ihr dies und sagen ihr, es sei von ihrer Schwester, Scheherazade. Im Innern befindet sich eine bedeutende Summe Geldes. Ich denke, sie wird ihr dazu verhelfen, ihre Freiheit wiederzu-

---

[1] Verkleinerung zu Argot »barbeau« oder »barbe« (Barbe): Kleiner Zuhälter *(Anm. d. Ü.)*

erlangen. Ich weiß nicht, welche Sorte Frau Sie sind, und noch weniger, ob ich Ihnen Vertrauen schenken kann. Es ist also ein Vabanquespiel. Andererseits kann ich mir vorstellen, daß das Leben auch Ihnen nichts geschenkt hat. Deshalb wäre ich Ihnen verbunden, wenn Sie dies hier annehmen wollten.«

Die Tat den Worten folgen lassend, legte er eine Börse auf den Tisch und schloß: »Als Zeichen der Freundschaft. Eine Geste des Herzens.«

Lolotte bemerkte nichts dazu. Doch als sie ihn zur Tür begleitete, reichte sie ihm die Hand und murmelte: »Ich bin vielleicht nur eine Dirne, aber ich halte mein Wort. Ich gebe es Ihnen.«

36. KAPITEL

Januar 1811

Mohammed Alis Stimme dröhnte bis zum anderen Ende des Palastes. Schier wahnsinnig vor Zorn, hieb er mit der Faust auf den Tisch.
»Ihr seid allesamt unfähig! Wenn wir nicht in der Lage sind, die Sicherheit der Menschen dieses Landes und ihrer Habe zu gewährleisten, wird diese Nation in den Zustand zurückfallen, in dem ich sie vorgefunden habe: in die Barbarei!«
Weder Lazoglu, der neue Minister des Inneren, noch Karim oder Boghossian Bey wagten dawiderzureden. Und die sieben Mudire, die mit der Verwaltung der Provinzen von Ober- und Unterägypten betraut waren, noch weniger. Alle wußten, wenn der Vizekönig sich derart hinreißen ließ, war es vorteilhafter, sich seinem Blick zu entziehen oder sich hinter Schweigen zu verschanzen.
»Ihr kennt meine Politik: für Schutz und Sicherheit im gesamten Niltal zu sorgen. Wenn wir das nicht erreichen, werden die Europäer unser Land meiden. Ohne sie wird mein Neubelebungsplan niemals gelingen können! Daß die Mamluken fortfahren, mir das Leben zu vergällen, mag ja noch hingehen. Eines nicht mehr fernen Tages werde ich mich ihrer ein für allemal entledigen. Wenn ich jedoch obendrein noch die Einfälle der Beduinen ertragen muß, dann ist das Maß voll!«
Einer der Mudire wagte schüchtern einzuwerfen: »Es hat nicht an Bemühen gemangelt, Hoheit. Doch diese Leute sind schlimmer als Geschmeiß. Zudem sind sie nicht aufzugreifen, andauernd in Bewegung.«

»Bemühen genügt nicht. Nur der Erfolg zählt. Es kann nicht länger geduldet werden, daß sie plündern und friedliche Bürger töten.«
An Artin Bey gerichtet, einen seiner neuen Adepten und wie Boghossian Armenier, fügte Mohammed Ali hinzu:
»Artin Bey, von heute abend an sind Sie beauftragt, so viele mobile Verbände wie nötig zur Verfolgung dieser aufsässigen Stämme einzusetzen. Man soll sie hetzen, man soll sie plagen. Ich gebe Ihnen einen Monat, um sie zu bezwingen. Mit denen, die gewillt sind, sich zu ergeben, werden wir eine Hilfskavallerie aufstellen.«
Die Würdenträger wechselten verdutzte Blicke.
»Ganz recht! Es genügt nicht, den Feind zu zerschlagen, man muß sich seiner auch zu bedienen verstehen. Die Berge und Wüsten stellen für eine reguläre Armee große Hindernisse dar. Wohingegen die Beduinen Herren über diese Welt sind. Sobald sie gezähmt sind, werden sie uns eine wertvolle Hilfe sein. Habt ihr begriffen?«
Alle nickten.
Eine Weile verstrich. Mohammeds Zorn schien abzuflauen.
»In Wahrheit ist das Problem dieser Razzien weit tiefgreifender, als es den Anschein hat. Es ist ein Problem der Wesensart. Wenn die Araber die Straßen unsicher machen und die in den Städten stehenden ägyptischen Garnisonen heimsuchen, dann deshalb, weil sie jene Haltung der Ungebundenheit und des Marodierens nicht abzuschütteln vermögen, die sie immer beherrscht hat. Die Tragödie der arabischen Welt ist, daß sie stets von unfähigen Despoten beherrscht wurde, die außerstande waren, einen Plan zu entwickeln, dessen Teile bestens abgestimmt und wohl begründet waren; die sich keiner Regel, keiner Disziplin fügten, und die einzig durch religiösen Glauben fanatisiert in höchsten Eifer gerieten. Ist das vernünftig?«
Er machte eine Pause, um den folgenden Worten mehr Gewicht zu verleihen.

»Wendet euch der Vergangenheit zu. Was ist da zu sehen? Eine Zivilisation, ein Reich, das, kaum geschaffen, zerfallen ist und sogleich durch Dekadenz abgelöst wurde. Die Ursache? Der Mangel an Organisation und an innerer Einheit unter den Führern, den Stämmen und den Sekten. Mohammed Ali versichert euch: Solange die Araber im Stammesdenken verhaftet bleiben, werden sie nur Elend, Tod und Verfall erfahren.«

Er verstummte und machte eine Miene, als hätte er bloß laut gedacht und mit sich selbst gesprochen.

»Und deshalb können solche Bewegungen wie die Wahhabiten, die von stumpfsinnigem Puritanismus durchdrungen sind, den Islam nur schwächen. Der Krieg gegen sie, zu dem ich mich anschicke, hat nicht allein politische Gründe, er ist auch ein Kampf gegen den überkommenen sektiererischen Geist ungebildeter alter Muslime! Ich bete zu Allah, daß sie in Ägypten niemals die Macht erlangen. Ägypten muß ein Bindeglied zwischen Orient und Okzident werden.«

Er streichelte nervös seinen vorzeitig ergrauten Bart und verkündete: »Es wurde Befehl gegeben, die Demütigungen, denen die Christen und die Juden ausgesetzt sind, endgültig abzuschaffen. Es wird ihnen von nun an freistehen, sich in Farben ihrer Wahl zu kleiden.[1] Ich möchte nie mehr von Widerwärtigkeiten gegen sie hören! Darüber hinaus erlaube ich die Errichtung von Klöstern, und die Kirchenglocken werden ungehindert, den Erfordernissen der Kulthandlungen entsprechend, läuten dürfen.«

Lazoglu gab zu bedenken: »Diese Beschlüsse ehren Sie. Indes, fürchten Sie nicht heftige Gegenwehr der Ulemas? Es ist Ihnen ja nicht unbekannt, wie einflußreich deren religiöse Autorität ist, und daß alle Verordnungen des Staatsoberhaup-

---

[1] Die Christen waren häufig angehalten, einen schwarzen Gürtel zu tragen, wenn sie sich vor einer muslimischen Obrigkeit einfanden, und die Juden ein Halstuch von gewöhnlich gelber Farbe – ein unseliger Vorläufer späteren Grauens.

tes ihnen vorgelegt werden müssen. Entsinnen Sie sich der fruchtlosen Versuche des französischen Generals.«

»Sei ohne Furcht, mein Freund. Ich bin ein Löwe, doch ich weiß mich in einen Fuchs zu verwandeln. Wenn ich es verstanden habe, zwischen den Engländern, den Franzosen und der HOHEN PFORTE zu lavieren, werde ich mich wohl auch mit diesen Theologen zu einigen wissen, ohne sie zu brüskieren. Zum anderen, Lazoglu, darf man nicht aus dem Blick verlieren, daß zwischen Mohammed Ali und Bonaparte ein grundlegender Unterschied besteht: Ich bin Muslim, er war es nicht. Als Kind des Islam habe ich es keineswegs nötig, meinen Glaubensgenossen irgendein Unterpfand für meine Ehrfurcht vor ihrem Glauben zu geben. Laßt uns jetzt zu einem anderen Thema übergehen, das mir gleichermaßen am Herzen liegt.«

Er ging zu der Karte von Ägypten, die an einer Wandfläche aufgespannt war, und legte seinen Zeigefinger auf eine bestimmte Stelle.

»Die Provinz von Fayum ... Ich will, daß dort dreißigtausend Olivenbäume angepflanzt werden. Sie werden uns das für die Seifenherstellung notwendige Öl liefern. Dieses weiterhin einzuführen, wäre absurd. Desgleichen wünsche ich, daß Versuche zur Seidenraupenzucht angestellt werden, damit wir in Zukunft in dieser Hinsicht nicht mehr von Syrien abhängig sind. Hierfür wäre es wohl am besten, eine Gruppe von Syrern[1] kommen zu lassen und sie so lange zu entlohnen, bis sie den ägyptischen Bauern ihre Kenntnisse auf diesem Gebiet vermittelt haben.«

Er fuhr mit dem Zeigefinger zu einem anderen Punkt.

»Die Provinz Sharqiya ... Dieses Gebiet von Ras el-Wadi, eine ausgedehnte Ebene, ist seit jeher unbewohnt und infolgedessen unbebaut. Ihr werdet tausend Sakije fertigen und dort zur Bewässerung aufstellen lassen. Gleichzeitig werden

---

[1] Fünfhundert Syrer wurden auf diese Weise nach Ägypten gebracht.

wir Dörfer und Behausungen zur Beherbergung von mindestens zweitausend Fellachen errichten und eine Million Bäume anpflanzen lassen.[1] Man möge auch Vieh dorthin schaffen. Ochsen für die Feldarbeiten. Fünf- bis sechstausend werden erforderlich sein. Ich will, daß aus der Wüste Leben und Wohlstand erwächst.«

Der Mudir der besagten Provinz meldete sich etwas bestürzt zu Wort: »Sire, Ihr Vorhaben ist den größten Errungenschaften ebenbürtig, doch es wird ein Vermögen kosten!«

»Was würden volle Kassen nützen, wenn Ägypten einen leeren Bauch hätte? Seit ich an der Macht bin, sind die Einnahmen des Schatzamtes wesentlich höher, als sie es vor mir waren. Der Staat hat nicht einen Piaster an Schulden.[2] Erwartet nicht von mir, daß ich das gleiche tue wie die Mamluken und die Türken: Schlemmen und prassen, und den Hunden nur die Brosamen lassen. Schaffen, erbauen, erneuern, das ist das Ziel, das ich mir gesetzt habe. Und das werde ich bis zum Ende verfolgen.«[3]

Er holte Luft und fuhr fort: »Da wir von der Landwirtschaft reden, möchte ich noch auf einen anderen Punkt zu sprechen kommen. Seit einigen Monaten gelangen mir äußerst unerfreuliche Gerüchte zu Ohren: Manche finden meine Beschlagnahme der Landgüter zu streng. Man wirft mir Etatismus, Überhandnahme staatlichen Einflusses, vor, der in der Geschichte nicht seinesgleichen hat, wie ich eingestehe. Wer mich tadelt, verkennt die Realitäten dieses Landes. Ägypten ist dem Wesen nach bäuerlich und hängt gänzlich vom Nil ab. Allein eine gute Verwaltung kann die Instandhaltung der Dämme und die Kanalisierung des Flusses gewährleisten, die unerläßlich sind, wenn man neue Kulturpflanzen einfüh-

---

[1] Es wurden dort 1,5 Millionen Maulbeerbäume angepflanzt.
[2] Während Mohammed Alis gesamter Regentschaft sollte es so bleiben.
[3] Der Vizekönig gab für diese Pflanzung 45 000 *bursa* (225 000 Pfund) aus, und die jährliche Aufwendung belief sich auf 48 000 *bursa*. Nach Fertigstellung des Kanals von Zagazig verringerte sich diese Summe auf 1400 *bursa*.

ren, den besten Ertrag der Böden erzielen und die Anbaufläche auf Kosten der Wüste ausweiten möchte. Nun ist aber das Volk auf Grund der Unwissenheit, in der man es erhalten wollte, bis zur Stunde noch nicht imstande, mir bei diesen Absichten zur Seite zu stehen. Genau deshalb habe ich gewollt, daß es sich zugunsten des Staates entäußert. Verliert also niemals folgendes aus dem Blick: Vor mir gehörte der größte Teil der Ländereien den Mamluken. Sie zogen allen Gewinn daraus, ohne ihn, in welcher Form auch immer, auf das Land umzuverteilen. Heutigentags erachtet Mohammed Ali sich als Vormund des ägyptischen Volkes, dessen Habe er in seinem eigenen Interesse verwalten muß. Mit einem wesentlichen Unterschied: Seine Interessen fallen mit denen des Volkes zusammen.«

*

Trotz aller Aufmerksamkeiten, die Karim ihr angedeihen ließ, konnte Prinzessin Laila ihre Tränen nicht zurückhalten.
»Beruhige dich, mein Herz. Du tust dir Leides an. Beruhige dich.«
»Es ist zu spät! Das Leid ist schon geschehen. Schmach und Schande sind über mir!«
»Wenn ich dir doch sage, daß Moharram Bey nichts merken wird! Du mußt mir vertrauen!«
»Wie kannst du Moharram Bey nur für so blind halten, daß er nicht bemerken würde, statt einer Jungfrau ein beflecktes Mädchen in den Armen zu halten!«
»Liebste, wir werden eine Lösung finden. Bei Gott, ich schwöre es dir feierlich. Das wichtigste ist, daß du Ruhe bewahrst.«
Sie sank zusammen, verbarg den Kopf zwischen den Kissen und schluchzte noch heftiger.
»Hör mir zu, dein zukünftiger Gemahl hat nicht den geringsten Grund, argwöhnisch zu sein. Es liegt nur an dir, dich

nicht zu verraten. Was die«, er stockte bei dem Wort, »Einzelheiten betrifft, genügt es, dich eines Kniffs zu bedienen. Ich bin mit Amina, deiner Dienerin, gut genug befreundet, um sie um ihre Hilfe bitten zu können. Sie wird einen Rat wissen, dessen bin ich sicher.«
Den Kopf kaum hebend, warf die Prinzessin mit tränenerstickter Stimme ein: »Ich werde meinem Vater alles gestehen. Ich werde ihm die Wahrheit sagen!«
Karim wich, von Entsetzen gepackt, leicht zurück.
»Du bist verrückt!«
»Er wird alles verstehen. Der Schande wird er es vorziehen, dir meine Hand zu geben.«
»Dann wünschst du also meinen Tod!«
»Warum? Wenn sich der Zorn meines Vaters erst einmal besänftigt hat...«
»Er wird mich in Stücke zerhauen lassen, das wird er tun! Bestenfalls würde ich verbannt oder lebenslang eingekerkert. Alle meine Träume, meine Laufbahn würden zu Staub zerfallen. Das darfst du nicht verlangen, mein Herz, ich beschwöre dich, Laila! Wenn du die mindeste Zuneigung für mich verspürst, darfst du unser Geheimnis um keinen Preis enthüllen.«
Sie sah ihn mit bitterem Ausdruck an.
»Für dich ist es ein Geheimnis. Für mich eine Schande.«
Und sie wurde wieder von Tränen überwältigt.

*

Scheherazade zog mit einem Kajalstift die Lidränder ihrer Augen nach und prüfte ihre neue Frisur, Zannubas Werk: die Haare zurückgekämmt und zu kleinen Zöpfen unterteilt, darin feine schwarze Seidenschnüre eingeflochten, von denen jede in zwei winzigen goldenen Halbmonden endete.
Sie dankte der Dienerin.
»Du hattest recht. Es ist recht hübsch.«

»Es ist herrlich! Niemals sind Sie so strahlend schön gewesen.«
Scheherazade trat einen Schritt zurück, um sich im Ankleidespiegel zu betrachten. Sie trug ein weites Hemd aus weißem, mit silbernem Seidengarn besticktem Musselin, das über dem Knie endete und einen ebenfalls weißen *shintiyan*[1] bedeckte. Die Leibesmitte war mit einem Kaschmirschal umgürtet, und an den Füßen trug sie lederne Stiefel.
Sie schien nicht recht zufrieden und verzog verdrossen das Gesicht.
»Weshalb sind wir Frauen nur dazu verdammt, jedesmal derart zu leiden, wenn wir uns etwas zum Anziehen kaufen. Als ich es erstand, fand ich dieses Komplet bezaubernd, heute finde ich mich häßlich darin!«
»Sajjida!« entrüstete sich Zannuba. »Wie können Sie so lästern? Sie sind schön wie der Vollmond!«
Scheherazade ließ resigniert ihre Arme sinken.
»Wie auch immer, die Berline wartet. Ich habe keine Wahl mehr. Ich habe mich bereits dreimal umgezogen; ein viertes Mal ginge über meine Kräfte. Pech für Herrn Mandrino.«
»Herr Mandrino müßte Allah danken, daß er ihm die Gesellschaft einer solchen Blume gewährt.«
Ohne Antwort nahm sie der Dienerin die *habara* aus den Händen, einen großen Schleier von schwarzem Taft, mit dem sie sich fast völlig einhüllte.

*

Ricardo Mandrino bewohnte eine stromaufwärts der Insel Roda festgemachte Dahabiye.[2] Als Scheherazade vor dem Ponton ausstieg, tauchte die tief am Horizont stehende Sonne das Schiff in lilafarbenes Licht.

---

[1] Eine Art Pluderhose
[2] Hausboot

Der Venezianer, der sie am Ende des Steges erwartete, ging der jungen Frau mit weit geöffneten Armen entgegen.
»Willkommen, Bint Chedid.«
Bevor sie noch reagieren konnte, umarmte er sie und küßte sie herzlich auf beide Wangen.
»Kommen Sie. Ich zeige Ihnen meine Räuberhöhle.«
Als sich Scheherazade im Innern des Hausbootes umsah, stellte sie fest, daß die von Mandrino gewählte Bezeichnung recht zutreffend war. Bronzene und silberne Lampen, Pilgerkürbisflaschen, angezündete Kandelaber, ein Säbel in seiner Scheide, kupferne Türklopfer, riesige irdene Krüge bildeten ein wohlbedachtes Durcheinander. In einer Ecke warfen zwei Nargilehs unterschiedlicher Ausführung ihre Schatten auf einen Tisch von feinstem Makrameemuster, der mit bernsteinernen und elfenbeinenen Gebetskränzen bedeckt war. An einer Wand kontrastierte ein Seidenteppich aus Buchara mit dem Bildnis eines Mannes. Dutzende von Büchern, in Italienisch zumeist, waren auf hohen Regalen aufgereiht, ebenso mehrere pharaonische Statuetten sowie Skarabäen aus Bernstein und Granit. Zur Krönung all dessen thronte inmitten dieses rechteckigen, länglichen und hohen Raumes ein herrliches persisches Astrolabium. Entgeistert sank Scheherazade auf den mit Brokat bezogenen Diwan.
»Unglaublich! Ich hätte nie gedacht, daß Sie in einer solchen Umgebung leben.«
Sie deutete auf die altägyptischen Stücke.
»Und für einen Grabräuber hielt ich Sie auch nicht.«
»Wie können Sie so etwas denken? Das sind Geschenke von Drovetti. Er und Henry Salt, der Konsul von England, sind berühmte Sammler. Sobald es ihnen ihre Zeit erlaubt, stöbern sie hier und da herum und schenken mir bei ihrer Rückkehr einige Gegenstände als Almosen. Die weniger kostbaren, wahrscheinlich.«
»Bei allem Respekt, den ich Herrn Drovetti schulde, gehört er zu den Leuten, die seit Bonapartes Expedition Ägypten

unersetzliche Schätze entreißen.[1] Ich habe übrigens mit ihm darüber gesprochen und bin sogar so weit gegangen, ihn ein Raubtier zu schelten, was ihm, wie ich fürchte, kaum gefallen haben dürfte.«

Mandrino sah die junge Frau verblüfft an.

»Dieser ›nationalistische‹ Wesenszug an Ihnen war mir fremd. Offen gesagt – ich war der Meinung, daß Sie sich für die Probleme dieses Landes nicht interessieren.«

»Etwa, weil ich nichts von einer Schwärmerin habe? Scharfsichtig zu lieben nimmt der Liebe nichts von ihrer Tiefe. Täuschen Sie sich nicht, ich liebe Ägypten von ganzem Herzen, doch übersehe ich die Fehler seines Volkes nicht.«

»Da Sie gerade davon sprechen, und ohne Sie kränken zu wollen – ich finde es nachlässig, faul und bar aller Vernunft.«

»Kennen Sie ein anderes jahrhundertelang geknechtetes Volk, das seine aufeinanderfolgenden Besatzer geflissentlich in Finsternis niedergehalten haben, dem man gar das Recht abgesprochen hat, seinen Hunger zu stillen, und das sich trotz alledem seinen Humor bewahrt und das Lachen nicht verlernt hat? Einer reichen und zivilisierten, jedoch traurigen Nation ziehe ich ein Land vor, das noch im Elend die Kraft zu tanzen findet. Mann kann das ägyptische Volk nicht verstehen, wenn man nicht weiß, daß dieses Volk in der festen Gewißheit lebt, die Ewigkeit zu besitzen.«

»Sind Sie denn eine Fatalistin?«

»Sagen wir einmal, daß ich mich, im Unterschied zu manchen anderen, nicht in Situationen zu schlagen weiß, die ich

---

[1] Henry Salt besaß einen stillen Teilhaber in London: Sir Joseph Bankes, ein reicher Sammler und Mitglied des Verwaltungsrates des British Museum. Er verpflichtete den Italiener Belzoni (ein extravaganter Mensch und Hansdampf auf allen Kontinenten), seine Grabungen auszuführen. Diese Gruppe führte einen wahrhaftigen archäologischen Beutezug durch. Stelen, Statuen, Sarkophage, Grabräume und später dann Obelisken wurden verschifft, um die Sammlungen der großen europäischen Museen von Turin bis London, von Florenz bis Paris zu bereichern.

nicht beherrschen zu können glaube. Vielleicht ist das ein Fehler. Vielleicht muß man bereit sein, für seine Ansichten zu sterben. Mein Bruder Nabil war dazu bereit.«
Mandrino nickte, bevor er fragte: »Mögen Sie Champagner?«
»Sie werden sich wundern. Ich habe noch nie welchen gekostet.«
»So werde ich Sie also mit etwas Neuem bekannt machen. Ich habe einige Flaschen aus Frankreich mitgebracht.«
Er rief: »Raschchid!«
Ein schwarzer Hüne, dem Mandrino einige Weisungen erteilte, erschien. Ein paar Minuten später kam der Mann wieder und stellte vor Scheherazade ein silbernes Tablett hin, auf der eine Flasche und zwei kristallene Gläser standen.
Kaum hatte der Diener sich zurückgezogen, nahm der Venezianer den Säbel, den Scheherazade kurz zuvor bemerkt hatte, nahm unter ihrem verdutzten Blick die Flasche in die linke und den Säbel in die rechte Hand und hieb mit einem scharfen, schräg geführtem Schlag den Hals entzwei. Ein sprudelndes Geräusch erfüllte augenblicklich den Raum, während Mandrino sich sputete, die Gläser zu füllen.
»Bitte«, sagte er mit breitem Lächeln. »Ich hoffe, Sie werden ihn mögen.«
»Vergeben Sie mir meine Unwissenheit, aber öffnet man Champagnerflaschen immer auf diese Weise?«
»Nein. Seien Sie beruhigt. Doch es ist die Art, die ich bevorzuge. Amüsant, nicht?«
»Überraschend. Die Hauptsache dabei ist, sich nicht in der Bahn des Säbels aufzuhalten.«
Sie führte das Getränk an die Lippen und trank ein Schlückchen. Er erkundigte sich besorgt: »Wie finden Sie ihn?«
Sie überlegte eine Weile, bevor sie antwortete: »Eigenartig.«

»Ist das alles?«
Als sie seine enttäuschte Miene sah, rief sie: »Sie sind so ungeduldig wie eh und je, Mandrino! Lassen Sie mir doch Zeit zu einem Urteil.«
Sie nahm einen weiteren Schluck und fragte dann: »Haben Sie sie gesehen?«
Er begriff sofort, daß sie von Samira sprach.
»Nein, aber ich habe Nachrichten über sie.«
»Was macht sie? Hat sie Ganteaume geheiratet?« fragte sie aufgeregt.
Mandrinos blaue Augen verschleierten sich. Immer wieder hatte er sich während der Rückreise gefragt, ob er ihr die Wahrheit sagen sollte. Am Ende seiner Überlegungen war er zu dem Schluß gelangt, daß er nicht das Recht hatte, sie ihr vorzuenthalten.
Er räusperte sich und berichtete ihr alles, was er über die Frau erfahren hatte, ohne jedoch zu erwähnen, daß er Lolotte Geld gegeben hatte.
»Insgesamt gesehen«, sagte sie mit schmerzlichem Lächeln, »kann man nicht behaupten, daß Bonapartes Expedition der Familie Chedid Glück gebracht hat. Dieser Ganteaume ist nicht mehr wert als sein Kaiser. Arme Samira...«
Angesichts ihrer Verzweiflung beschloß er, von seiner Entscheidung abzurücken und ihr die großmütige Geste zu offenbaren, die er ihr verhehlt hatte.
»Wenn Ihre Schwester in den Besitz dieser Summe gelangt, wird sie sich den Klauen dieses Gottlosen entwinden können.«
Scheherazade reagierte so, wie er es befürchtet hatte.
»Ich weiß Ihnen dafür Dank, Herr Mandrino. Doch ich schulde Ihnen diesen Betrag. Gleich morgen werde ich Ihnen die Summe bringen lassen.«
Er machte eine abwehrende Geste.
»Nein! Ich kann Ihre Großzügigkeit nicht länger akzeptieren! Die Orchideen, die Steine – und nun dies! Ich werde Sie

entschädigen, Ricardo, sonst werden Sie mich nie wiedersehen!«
Zutiefst verblüfft, daß sie ihn beim Vornamen genannt hatte, brachte er nur hervor: »Wie Sie wünschen...«

*

Als sie die Schwelle des Speisezimmers überschritt, war sie wie vor den Kopf geschlagen. Der Kontrast zum ersten Raum konnte kaum krasser sein. Während dieser an einen wohlgeordneten Suk erinnerte, war hier alles vornehme Pracht und Raffinement. Der Unterschied wurde noch durch die Möbel, die Behänge, die Gegenstände betont, die diesen Ort gestalteten. Alles war italienischen oder venezianischen Ursprungs. Mit wenigen Schritten hatte man den Ozean überwunden.
Da ihre Aufmerksamkeit ganz von der Einrichtung gefesselt wurde, entdeckte sie erst nach einer Weile den elfenbeinernen Flügel, den Pianisten, dessen Hände auf den Tasten lagen, sowie zwei andere Personen: einen Cellisten und einen Geiger. Die drei Musiker trugen weiße Perücken und Jabots und Fräcke mit Diamantspatknöpfen. Mitten in Kairo, auf dem Nil, erschien dieser Anblick übernatürlich.
Benommen ließ sie sich zur Tafel ziehen, die mit einem Geschirr von seltener Schönheit gedeckt war. Auf ein Zeichen Mandrinos erklang dezente Musik. Etwas Klassisches, offenbar.
»Dieser Ort ist mein Heilmittel gegen die Melancholie«, verkündete der Venezianer, indem er Scheherazade gegenüber Platz nahm. »Das Wasser, das uns umgibt... So habe ich das Gefühl, der Serenissima nicht mehr so fern zu sein.«
»Und diese Männer? Sie scheinen aus einem alten Stich herausgetreten. Wo haben Sie sie gefunden?«
»Der eine ist Florentiner, die anderen beiden sind Toskaner.

Ich habe sie in Alexandria kennengelernt. Gewürzhändler alle drei. Die Musik ist nur ihr Zeitvertreib.«
Die junge Frau mimte Enttäuschung.
»Und ich glaubte, sie seien geradewegs und einzig für diesen Abend aus Italien gekommen.«
»Ich bedauere, Tochter des Chedid. Wenn ich gewußt hätte...«
»Letztlich ist es Ihre eigene Schuld. Von Ihnen kann ich nur noch Außergewöhnliches gewärtigen.«
Mandrino brach in herzliches Gelächter aus.
»Das ist schmeichelhaft, aber auch gefährlich für mich. Wenn Sie von mir ständig neue Überraschungen erwarten, frage ich mich, was an dem Tag geschehen wird, da meine Phantasie mich im Stich läßt? Ich ziehe es vor, nicht darüber nachzudenken.«
»Da habe ich keine Sorge. Sie werden etwas finden.«
Sie schwieg, während der Diener die Speisen auftrug.
»Seit ich Sie kenne, ist mir etwas aufgefallen, was mir bis dahin entgangen war. Ich habe festgestellt, daß es drei Arten von Menschen gibt. Die ersten besitzen die Fähigkeit zu träumen, verfügen aber nicht über die Möglichkeiten, ihre Träume zu verwirklichen. Bei den anderen ist es umgekehrt. Was Sie betrifft, so ist Ihnen vergönnt, zur dritten Kategorie zu gehören. Ich beglückwünsche Sie dazu.«
Der Venezianer nickte, bevor er leise entgegnete: »Es ist nicht mein Verdienst. Schon als Kind habe ich immer gedacht, daß es besser ist, seine Träume zu leben, statt zu träumen, daß man sie lebt.«
»Immerhin gibt es auch unerfüllbare Träume, glauben Sie nicht?«
»Auf die Gefahr hin, Ihnen anmaßend zu erscheinen: für mich nicht. Ich habe stets erhalten, was ich begehrte.«
»Die Frauen unter anderem...« sagte sie lächelnd.
»Das Beispiel ist schlecht gewählt. Für einen Mann meiner Verhältnisse ist die Eroberung ein leichtes.«

Sie sah ihn forschend an, um den provokanten Blick zu entdecken, der eine solche Behauptung hätte begleiten müssen. Doch seine Miene war ruhig und gelassen. Offenbar war er von seinen Worten überzeugt.
Nach dem Champagner wurde Wein serviert.
»Wein aus Frankreich«, hob der Venezianer hervor, als er der jungen Frau einschenkte. »Eine Köstlichkeit.«
Er hob sein Glas.
»Ich bin glücklich, daß Sie eingewilligt haben, heute abend zu kommen. Allah möge alle Ihre Wünsche erhören.«

*

Sie hatten wieder im ersten Raum Platz genommen, in dem Mandrino Weihrauchperlen hatte anzünden lassen. Während sie sich unterhielten, war die Nacht weit vorgeschritten, und die Musiker und der Diener hatten sich verabschiedet. So blieben nur sie beide, und draußen der Nil und der mit Sternen übersäte Himmel.
Scheherazade, die ein wenig vom Alkohol benebelt war, glaubte, von ihrem Körper losgelöst, zu schweben.
Sie winkte ab, als Mandrino ihr Glas wieder füllen wollte.
»Ich würde mein Bett nicht wiederfinden«, sagte sie und rekelte sich wohlig. »Im übrigen ist es schon spät. Ich möchte nach Hause. Könnte Ihre Berline mich zurückbringen?«
»Schon?«
»Sie möchten doch nicht, daß ich die Dämmerung abwarte?«
Er rückte näher, mit einer solchen Behutsamkeit, daß sie es fast nicht wahrnahm.
»Warum nicht? Der Sonnenaufgang über dem Nil ist wunderschön.«
Nun war er ihr ganz nah. Er streifte unmerklich ihr Haar.
»Ich frage mich, ob es Ihnen nicht besser stünde, wenn Sie Ihr Haar offen trügen.«
Sie fuhr herum, bemerkte im selben Augenblick seine Nähe und erstarrte.

»Wie die Kurtisanen? Die Nägel und den Körper mit Henna gefärbt? Nun kenne ich Ihren Geschmack.«
Er nahm ihre Hand und umschloß sie mit der seinen.
»Wer weiß, vielleicht haben Sie den gleichen Geschmack und wissen es bloß noch nicht.«
Sie warf einen Blick auf Mandrinos Hand.
»Sagen Sie, wonach trachten Sie tatsächlich? Ihre Eroberungssucht zu stillen? Oder sind Sie vielleicht zu dem Schluß gelangt, daß meine Schwachheit neulich in dem Wagen Sie zu allen Freiheiten berechtigt?«
Statt zu antworten, fragte er: »Und Sie, Scheherazade? Wonach trachten Sie? Gegen die Wirklichkeit anzukämpfen? Wo ist Ihr Fatalismus geblieben? *Maktub* ... Warum die Wirklichkeit verleugnen?«
Sie lächelte leise.
»Ihr Selbstvertrauen ist wirklich unglaublich!«
»Sie haben doch in der Vergangenheit geliebt. Wollen Sie mich glauben machen, der Brunnen sei versiegt?«
»Und wenn doch?«
»Ich würde es nicht glauben. Sie sind nur zur Liebe imstande. Wahrlich leben Sie allein durch dieses Gefühl. Die Liebe ist das Wasser des Herzens. Ohne sie würde es vertrocknen. So wie Sabah vertrocknen würde, wenn der Nil eines Tages verschwände.«
»Der Unterschied ist, daß die Schwelle alle Jahre wiederkehrt. Die Liebe nicht.«
»Wer war der Mann?«
Sein Ton war so schroff, daß sie zusammenzuckte.
»Wozu würde es Ihnen nutzen, das zu wissen?«
»Manche Fäden zu entwirren.«
War es der Alkohol? Schwäche? Sie wußte es nicht zu sagen. Sie offenbarte ihm ihre Vergangenheit und erzählte von Karim und ihrer unerfüllten Liebe. Als sie geendet hatte, warf sie den Kopf zurück.
»Sie sehen, wie grenzenlos die Geduld einer verliebten Frau

sein kann. Das dürfte genügen. Strecken Sie jetzt die Waffen?«

Er antwortete nicht, sondern ließ nur ihre Hand los und schenkte sich Wein nach.

Als sie ihre Frage wiederholte, sagte er: »Sie haben es abgelehnt, mich nach Paris zu begleiten. Wie wäre es mit Venedig?«

Sie starrte ihn mit aufgerissenen Augen an.

»Ja«, fügte er hinzu, »würden Sie mir die unendliche Freude machen, mit mir die Orte meiner Kindheit zu besuchen?«

Als sie noch immer nicht antwortete, fuhr er in rezitierendem Tonfall fort: »*Nicht einmal ein Lächeln, wenn Sie dazu keine Lust verspüren. Schweigen, wenn Reden Ihnen lästig fällt; ein Zwiegespräch, wenn Ihnen danach ist. Nichts anderes.*«

37. KAPITEL

Februar 1811

Vor Scheherazades geblendeten Augen zog die Serenissima vorüber, ein Traum aus Stein und Wasser.
Mandrino, der hinter ihr in der Gondel saß, sagte leise: »Die weiblichste Stadt der Welt. Eine Madonna. Nun kann ich es Ihnen sagen, ich habe nie eine andere Kurtisane als sie besessen.«
Die Sonne, die schon tief am Himmel stand, Venedig, aus dem Nichts geboren, aus etwas Schlamm und Schaum des Meeres. Venedig, die Liebliche, die Anrührende.
Die Gondel folgte dem Canale di San Marco, und zur Rechten tauchte kurz der Platz des gleichen Namens auf.
»Der Fürstenpalast«, sagte Mandrino. »Dort befand sich das Herz unserer Macht. Hier herrschten die Dogen. Die Herren der Serenissima Repubblica.«
»Und Ihre Familie soll allein deren drei gestellt haben.«
Der Venezianer starrte sie bestürzt an.
»Woher wissen Sie das?«
»Ich weiß noch ganz andere Dinge. Ihre Ahnen gehörten doch auch zu jenen, die man die *Edlen der Terra ferma* nannte?«
»Fahren Sie fort...«
»Das genügt für heute. Ich möchte nichts von diesem Anblick versäumen.«
Sie überließ ihn seiner Verwunderung und wandte sich wieder den Herrlichkeiten des Stadtbildes zu. Sie bogen in den Canal Grande ab, und bald tauchte die Galleria dell'Accademia auf.

»Schauen Sie«, sagte Mandrino, »diesen Stempel dort hat unser Freund Bonaparte hinterlassen. Das Gemäuer war ein ehemaliges Kloster, und er hat vor etwas mehr als vier Jahren daraus ein Institut für Maler und Bildhauer gemacht. Wie Sie sehen, ist er nicht so übel, wie man glaubt.«
Dann fügte er hinzu: »Wir besitzen keinen Nil, aber an Brücken herrscht kein Mangel. Genau vierhundert, für einhundertsiebenundsiebzig Kanäle. Macht Sie das nicht neidisch?«
»Doch, leider. Aber wie könnte man nicht neidisch sein auf solche Schönheit?«
»Und dennoch ... Venedigs Ruhm ist längst vergangen. Die Genueser, die Türken, die Franzosen haben es in die Knie gezwungen. Heute dem Königreich Italien wieder einverleibt, morgen vielleicht erneut am österreichischen Gängelband. Wenn ich bedenke, daß unser Reich sich einst von Akko bis Thessalonike erstreckte. Daß wir das Herzogtum von Athen, Kreta, Zypern und Morea[1] besaßen.«
»Im Grunde scheint Venedigs Schicksal dem von Ägypten zu gleichen. Nichts als eine Beute, um die sich die Großmächte reißen.«
Mandrino lächelte.
»Ein kleines Ägypten.«
Die Sonne war soeben hinter den Horizont gesunken. Die malvenfarben und violett irisierenden Häuserfassaden spiegelten sich kaum noch auf dem Wasser des Canal Grande. Auf die verstreuten Blumen eines Gartens folgte ein verwaister Patio.
Wie weit doch Kairo war, die trockene Wüste, in der Scheherazade ihr bisheriges Leben verbracht hatte! Das Erstaunlichste war, daß all die Zweifel, all die Skrupel verflogen

---

[1] ›Maulbeerbaum‹. Von 1204 an, nach Errichtung des Lateinischen Kaiserreichs, Name des fränkischen Fürstentums Achaia, dann des gesamten Peloponnes.

waren, die sie vor ihrer Abreise von Alexandria gequält hatten. Hatte sie überhaupt Zeit zum Nachsinnen gehabt, da doch eine Gemütsbewegung auf die andere gefolgt und ihre Seele kaum zur Ruhe gekommen war? Zuerst dieses Schiff, die *Esperia,* das nach dem Auslaufen aus dem Hafen das märchenhafte Schauspiel seiner ungeheuren geblähten Segel geboten hatte. Das Meer, das sie seit ihrer Kindheit nicht mehr gesehen hatte. Dieses Gewitter, das eines Tages herniederging und seine Sturzbäche über das Schiff ergoß; und das sie, zu ihrer großen Verwunderung, wie eine Wonne empfunden hatte. Danach die Windstille. Diese wundervolle Nacht, in der sie der Meereshimmel an jenen gemahnte, der an gewissen Abenden den Garten Sabahs überwölbte. Endlich dann die Pforten der Adria, und am Ende Mandrinos Stadt.
Während der ganzen Reise hatte sich der Venezianer, wie versprochen, untadelig betragen. Nicht eine Geste, nicht ein zweideutiges Wort. Nichts, was Scheherazade hätte aufbringen oder bedauern lassen können, sich in dieses Abenteuer geschickt zu haben, was sie trotz allem als eine Tollheit empfand.
Ein dumpfes Geräusch riß sie aus ihren Gedanken. Die Gondel hatte an einem Steg angelegt.
»Wir sind da«, verkündete Mandrino.
Eine Reihe ineinander verschachtelter Gebäude säumte den schon von Laternen beleuchteten Kanal.
»Welches ist Ihr Haus?«
Der Venezianer deutete auf eines der Gebäude, das zwischen minder vornehmen Bauten eingezwängt war. Was Scheherazade sogleich auffiel, war die strenge Erhabenheit der gotischen Fassade, die mit weinrotem Marmor verkleidet und mit Säulen und Arkaden verziert war.
Mandrino half ihr, den Fuß auf den Anlegesteg zu setzen. Nach einigen mit dem Gondoliere gewechselten Worten lud er sie ein, ihm zu folgen.

Das Gesims der Eingangstür zierte ein unterteiltes mandelförmiges Wappenschild, das ein sich aufbäumendes Roß, Mähne und Schweif mit goldenen Bändern umflochten, auf azurblauem Grund zeigte.
»Das ist das Wappen meiner Familie. Das Pferd versinnbildlicht Ungestüm und Glück.«
»Und der azurblaue Grund?«
»Sie werden es vielleicht nicht glauben. Er stellt eine mittelbare Verbindung zum Orient dar. Einstmals nämlich stammte die blaue, ›Ultramarin‹[1] genannte Farbe von dort. Da sie die seltenste und teuerste war, wurde sie zur vorherrschenden Wappenfarbe.«
Ein befrackter Diener hatte inzwischen geöffnet. Er begrüßte das Paar voll Herzlichkeit und trat zur Seite, um es einzulassen.
Schon als sie das Haus betrat, zog eine Eigentümlichkeit Scheherazades Neugier auf sich. Über ihrem Kopf, in halber Fassadenhöhe, erblickte sie plötzlich die steinerne Skulptur eines segnenden Engels, der in der linken Hand eine Kugel mit einem Kreuz hielt.
»Sind Sie das?« spottete Scheherazade.
Mandrino runzelte die Stirn.
»Eine uralte Geschichte. Ich weiß nicht, ob ich sie Ihnen erzählen soll. Sie könnten womöglich die ganze Nacht kein Auge mehr schließen.«
Sie beharrte.
»Nun gut. Aber ich habe Sie gewarnt. Vor langer Zeit, wahrscheinlich vor mehr als zwei Jahrhunderten, lebte hier einer meiner Ahnen, Giuseppe Mandrino, Advokat seines Zeichens, der im Ruf stand, ein ungeheurer Geizhals und Wucherer zu sein. Er besaß einen gezähmten Affen, der allgemein bestaunt und bewundert wurde. Eines Tages, als Giuseppe Fra Matteo da Bascio, einen ehrwürdigen und ob

---

[1] Latein: ultra marinus. Jenseits des Meeres *(Anm. d. Ü.)*

seiner Heiligkeit berühmten Kapuzinermönch, zum Nachtmahl geladen hatte, versteckte sich der Affe, zur großen Verblüffung der Tafelgäste, sofort bei Eintreffen des Mönchs. Als man ihn entdeckte, weigerte er sich hervorzukommen und fletschte wütend die Zähne. Der Kapuziner erahnte den Grund dieser jähen Raserei. Er ließ sich zum Versteck des Affen führen und befahl diesem, im Namen Gottes, zu sagen, wer er sei. Das Tier gab sich als Dämon zu erkennen, der geschickt sei, die Seele des unglücklichen Giuseppe zu holen.«
Scheherazade stieß einen leisen Entsetzensschrei aus.
»Das ist doch nicht Ihr Ernst?«
»Ich gebe die Geschichte so wieder, wie Sie mir von meinen Eltern erzählt worden ist. Soll ich fortfahren?«
Eilends bejahte sie.
»Die Fragen des Kapuziners beantwortend, erklärte der Dämon, es sei ihm bisher nicht gelungen, seinen Auftrag auszuführen, da Giuseppe die Gewohnheit habe, jeden Abend ein Ave-Maria zu beten. Ein einziges Versäumnis, und er hätte seinen teuflischen Auftrag vollbringen können. Hierauf schlug der Mönch ein großes Kreuz und gebot dem Teufel zu verschwinden. Inmitten entsetzlichen Lärms und Schwefelgestanks stürzte dieser auf die Wand zu und entschwand durch ein Loch, das er in sie hineintrieb.«
Mandrino deutete auf die Skulptur.
»Genau an dieser Stelle. Zurück im Speisesaal, wrang Fra Matteo einen Zipfel der Tischdecke und preßte Blut heraus. Darauf rief er dem unglückseligen Giuseppe zu: ›Das ist das Blut der Armen, die du ausgesaugt hast. Gib die Gewinne deines Wuchers zurück, wenn du deine Seele retten willst!‹ Selbstredend änderte mein Ahn sich fürderhin von Grund auf.«
»Aber ... Weshalb der Engel?«
»Man brachte ihn an, um das durch den Teufel in die Wand

gerissene Loch zu verbergen, weil es kein Maurer mit Backsteinen und Kalk verschließen konnte.«[1]
Angesichts Scheherazades Bestürzung fragte er besorgt: »Sind Sie trotzdem entschlossen, die Schwelle meines Hauses zu überschreiten?«
»Wenn Sie mir versichern, daß es keinen Affen mehr gibt.«
Mandrino lachte schallend auf, während sie hinzufügte: »Jetzt verstehe ich Ihre an Leichtsinn grenzende Großzügigkeit. Sie haben ganz einfach Angst vor dem Teufel und fürchten, es könnte Sie dasselbe Schicksal ereilen wie diesen Giuseppe!«
Sie bekreuzigte sich und trat ins Haus.

*

Der Venezianer hatte mit seiner Befürchtung, daß sie keinen Schlaf finden würde, recht gehabt. Schon mehr als zwei Stunden wälzte sie sich in dem großen Himmelbett hin und her und konnte nicht einschlafen. Nun lag sie mit weit offenen Augen auf dem Rücken und starrte auf die Zimmerdecke. Sie war reich mit Stuck verziert und trug ein Deckengemälde, das, wie Mandrino ihr erklärt hatte, eine Vermählungsallegorie darstellte, welche an die ein Jahrhundert zuvor begangene Hochzeit seiner Urgroßeltern erinnerte.
Doch nicht nur die Geschichte von dem dämonischen Affen hinderte sie am Einschlafen; sie war noch zu voll von allem, was sie in diesem Palast entdeckt hatte. Denn es war fürwahr ein Palast.
Nachdem sie im – wie einem Feenmärchen entsprungenen – Speisesaal das Nachtmahl eingenommen hatten, hatte Ricardo Mandrino sie durch den Palast geführt und ihr seine

---

[1] Diese Legende ist in Venedig in den Jahrbüchern des Kapuzinerordens aufgezeichnet. Noch etliche andere Wunder werden Fra Matteo da Bascio zugeschrieben.

Pracht gezeigt: Dutzende von Räumen mit Mosaikfußböden, mit Edelsteinen und Perlmuttstückchen reich besetzt; mit marmornen Kaminen, von prachtvollen Skulpturen überragt, und kostbaren Intarsientüren.
Dann der bronzene Brunnen und seine meisterlich gestaltete Einfassung; die goldene Treppe und darüber das von vergoldetem Stuck und großartigen Gemälden strotzende Gewölbe. Der Ballsaal, blendend schön, mit Friesen umrandet. Die Loggien und ihre zierlich gearbeiteten Fenster. Die prächtige Bibliothek, mit einer Reihe Stadtansichten von Venedig geschmückt, deren subtile Empfänglichkeit für die je nach Tageszeit auftretenden Veränderungen der Farben und der Atmosphäre man erahnte. Der Saal der »Goldenen Herzen«, der Mandrino zufolge seinen Namen zwei vergoldeten Herz-Reliefs verdankte, die in einer der Wände eingemauert waren. Aberhunderte Fresken von Malern, deren Namen sie zum ersten Mal vernahm: Tizian, Tintoretto, Pietro Liberi. Anschließend hatten sie im Schatten zweier Statuen, die, wie es hieß, römische Götter verkörperten, die Treppe der Riesen erklommen. Oben dann der *portego,* das vornehme Stockwerk, mit seinen außerordentlichen Planigloben aus massivem Gold, welche die Erdteile darstellten. Der Porträtsaal, an jenen der Vier Türen anschließend, mit kostbarem Tuch und seltenen Stoffen ausgeschlagen. Wieder und wieder andere Säle, andere Reichtümer. Was jedoch, über all dies hinaus, die Magie dieses Ortes unterstrich, war das sanfte Licht, das Hunderte Murano-Lüster verbreiteten, die Schatten je nach Bewegungen der Luft, der Atmung verwebend und entwirrend, ja gar der Willkür eines Herzschlags preisgebend.
Indes, der wahre Schuldige an ihrer Schlaflosigkeit war vor allem der Besitzer dieser zauberhaften Stätte: Ricardo Mandrino. Je näher Scheherazade ihn kennenlernte, desto mehr spürte sie, wie die über all die Jahre hinweg um sie herum errichteten Mauern zerbröckelten. Ein teuflischer Charme

ging von diesem Mann aus. Daß es ihm in so kurzer Zeit gelungen war, ihre Widerstände zu brechen, ein Gefühl heftiger Abneigung in Anziehung zu verwandeln, kam einem Wunder gleich. Noch seltsamer war, daß diese Metamorphose des Herzens beinahe ohne ihr Wissen stattgefunden hatte. Was sie inzwischen für den Venezianer empfand, war zwar noch keine Liebe, ähnelte dieser aber sehr.

Es war hellichter Tag, als ein wiederholtes Pochen an die Tür sie aus dem Schlaf riß.
»Herein« rief sie und schlug die Seidendecke über sich.
Mandrino trat ein, in den Händen ein Tablett.
»Ein venezianisches Frühstück. Einen Augenblick lang habe ich an Champagner gedacht, doch dann sagte ich mir, Sie könnten Gefahr laufen, Geschmack daran zu finden.«
»Alkohol am frühen Morgen?«
Der herrliche Duft frischen Kaffees stieg ihr in die Nase, als er die Platte auf einer Ecke des Bettes abstellte.
»Sollte er so gut wie der ägyptische sein?«
»Gewiß besser. Wenn Sie meine Meinung wissen wollen, ist das, was bei Ihnen Kaffee genannt wird, in Wahrheit eine Mixtur, bei der man sowohl zu essen als auch zu trinken fände.«
»Spotten Sie getrost, mein Freund. Ich werde mir gut überlegen, ob ich mir von Ihnen die Stadt zeigen lasse.«
»Ich bin untröstlich, aber ich fürchte, daß ich es bin, der hier gebietet. Sie sind Tausende von Meilen von Ihrem Land entfernt und gänzlich unter meiner Fuchtel.«
»Wissen Sie, was ich als Kind meinem Vater geantwortet habe, als er im Scherz erwog, mich zu verkaufen: ›Die Mutter dessen, der den Preis aufbringen könnte, ist noch nicht auf der Welt!‹ Das trifft auch auf denjenigen zu, der‹ glaubt, Scheherazade unter seine Fuchtel bringen zu können.«
»Ihre Schlußfolgerung wäre vielleicht richtig, wenn Sie es

mit einem gemeinen Sterblichen zu tun hätten. Was ich jedoch nicht bin. Muß ich Ihnen die Geschichte von Giuseppe und seinem Affen in Erinnerung rufen?«
»Da wir gerade davon sprechen... Ich hoffe, Sie haben nicht vergessen, Ihr Ave-Maria aufzusagen?«
Er antwortete mit einem Lächeln und machte Miene, sich auf den Bettrand zu setzen. Sie hielt ihn brüsk ab.
»Sie gedenken doch nicht hierzubleiben?«
»Sonderbare Frage.«
»Einen Kaffee in liegender Stellung zu trinken, erscheint mir ziemlich schwierig.«
Er sah sie an, bemerkte die Nacktheit ihrer Schultern und begriff, daß sie unter der Decke unbekleidet war.
»Daran soll es nicht liegen. Hätten Sie nicht vielleicht einen Morgenrock?«
Sie deutete auf einen Sessel in einer Zimmerecke.
Unbeeindruckt holte er das Gewand und reichte es ihr.
»Und jetzt...«
Sie bedeutete ihm, sich umzudrehen.
»Denken Sie nicht, daß Sie etwas zuviel von mir verlangen? Was meinen Händen entzogen ist, sollen auch meine Augen nicht sehen?«
Sie warf ihm einen strengen Blick zu.
»Mandrino, haben Sie etwa Ihr Versprechen vergessen?«
Sie suchte ihm das Kleidungsstück zu entreißen und streifte dabei unabsichtlich seine Finger. Hätte sie eine unsichtbare Flamme berührt, wäre ihr Zurückschrecken nicht heftiger gewesen. Verlegen zog sie ihre Hand weg und rührte sich nicht mehr.
»Dieses Spiel ist lächerlich«, stieß sie hervor. »Kommen Sie, seien Sie nicht kindisch.«
Er fuhr fort, sie wortlos zu betrachten. Schließlich warf er den Morgenrock unbekümmert in die andere Zimmerecke.
»Das wird übel enden!« drohte sie und sprang auf, wobei sie das Tablett streifte. Klirrend fiel es zu Boden. Mandrinos

kräftige Hand legte sich jäh um ihren Nacken und vereitelte ihre Flucht.
»Es nützt nichts, sich zu wehren, Tochter des Chedid. Ich sagte Ihnen ja, Sie sind unter meiner Fuchtel.«
Als sie sich loszureißen suchte, legte sich sein massiger Körper auf sie, preßte sich sein Brustkorb auf ihre nur von der hauchdünnen Bettdecke bedeckten Brüste. Seine Finger umschlossen ihre Handgelenke wie Zwingen, und mit nicht zu bändigender Gewalt zwang er sie, die Arme auszustrecken. Sie wollte schreien, doch ihr Schrei blieb tief in ihrer Kehle stecken, erstickt von Angst.
Während sie miteinander rangen, begegnete sie kurz dem Blick des Venezianers, und was sie darin zu lesen glaubte, erschütterte sie. Die Decke war heruntergerutscht und verhüllte kaum noch ihren nackten Körper, und was Mandrino erblickte, reizte sein Verlangen. Die Bräune von Scheherazades Haut, das Korallenrot ihrer Lippen, ihre elfenbeinernen, blau geäderten Rundungen – er hatte beschlossen, all dies in Besitz zu nehmen.
»Warum wehrst du dich?«
Seine Stimme sprudelte wie die Lava eines Vulkans, belebte tief in ihr aufs neue diese einige Monate zuvor im Wagen verspürte Empfindung.
Er fügte leise hinzu: »Weißt du nicht, daß eine Feuersbrunst durch den Wind immer stärker angefacht wird?«
Vielleicht war es diese Mischung aus Bewunderung und ungehemmter Lüsternheit, Begierde und wahnhaftem Rausch, die sie überzeugte, daß sie dazu verurteilt war, ihm nachzugeben. Unmerklich entspannte sie sich und öffnete fügsam ihre Schenkel.
Wie ein Löwe, der mit seiner Beute spielt, weil er weiß, daß sie ihm sicher ist, oder vielleicht aus der Ahnung heraus, daß der Sieg ihm sicher war, richtete Mandrino sich leicht auf und betrachtete sie, doch nun mit einem Blick, der ohne Begierde war.

Mit pochendem Herzen hörte sie, wie er mit fast unhörbarer Stimme sagte: »Wer wird von meiner Liebe künden und für mich sprechen?«
Langsam streifte er seine Jacke ab.

*

Die Zunge, die ihr Geheimstes aufwühlte, war sanft. Stark waren die Arme, die ihre Hüften umschlangen und sie dazu trieben, sich an Mandrinos fleischige Lippen zu pressen, so daß bei dieser feuchten Vereinigung sie es war, die den Rhythmus bestimmte.
Sie schwankte wie ein Schiff, frei und gezwungen, mit geschlossenen Lidern, und alles in ihr strebte nach dem Orgasmus, dieser höchsten Lust, die ihr jene, die sie vor Mandrino liebten, vorenthalten hatten.
Da war weder Ungeschick noch Hast, nur völlige Verschmelzung, eine sinnliche Harmonie, bei der jede Berührung Verheißung einer anderen, noch erregenderen war. Ihre Scham streichelnd, hatte er jede Pore ihres Körpers entflammt. Die Zähne, die die aufgerichteten Spitzen ihrer Brüste zart bissen, hatten im selben Moment ihr Geschlecht berührt. Als er ihren Hintern ungestüm geknetet hatte, hatte sie den Eindruck gehabt, ihm ihre Beine, ihren Bauch, ihren Hals preisgegeben zu haben. Sie hatte in jede seiner Handlungen eingewilligt, in die harmlosesten wie in die schlimmsten. Und als er sie gezwungen hatte, sich auf den Laken niederzuknien, ihren Nacken dabei umfassend und sie an sein Geschlecht heranziehend, hatte sie dieser niemals zuvor begangene Akt mit einer perversen Wollust und der berauschenden Gewißheit erfüllt, daß Unterwerfung Lust bereiten konnte.
Nun hoben seine kraftvollen Hände, deren Daumen auf ihrem Bauch lagen, ihre Lenden leicht an. Sie wölbte sich ein wenig mehr, öffnete sich noch weiter, drängte seinem Mund

entgegen, um ihm ihr nasses Geschlecht ganz darzubieten. Ihre Lust schwoll an, und die letzte Empfindung, die sie unbändig durchströmte, war das Überborden des königlichen Nils inmitten des Julis.

*

»Ich werde dich noch einige Tage am Leben lassen. Drei, um genau zu sein. Bis Sonntag.«
Scheherazade schien es nicht zu hören. Noch voll von ihm, die Sinne übersättigt, zerschlagen, starrte sie an die Decke. Wie lange hatte er sie besessen? Alles, was sie wußte, war, daß draußen schon die ersten Sonnenstrahlen auf die Kanäle und die Kirchen fielen.
Er strich ihr sanft über die Stirn.
»Du scheinst so fern.«
Wie, mit welchen Worten hätte sie ihm gestehen können, wie aufgewühlt sie war? Wie sollte sie ihm anvertrauen, daß sie zum ersten Mal die höchste Lust erfahren hatte. Vielleicht hätte er darüber gelächelt. In Wahrheit aber war es nicht die Furcht vor dieser Reaktion, die sie von ihrem Geständnis abhielt, sondern eher die Angst, sie könnte, indem sie ihm ihre zurückliegenden Mißerfolge offenbarte, dazu beitragen, seine bereits so gewaltige Selbstsicherheit zu steigern. Und das wollte sie nicht. Die Gewalt, die er über sie besaß, hatte sich nur allzusehr bestätigt.
Sie faßte sich und fragte ausweichend: »Weshalb bis Sonntag?«
»Ich habe einige Pläne. Sie werden dich überraschen, glaube ich.«
»Mich überraschen? Ich wüßte nicht, womit du mich noch überraschen könntest.«
»Kann sein. Doch diesmal benötige ich deine Mithilfe.«
Sie sah ihn fragend an.
»Hab keine Furcht, es ist ein Geringes. Ich bitte dich nur, zu diesem Anlaß ein besonderes Kleid zu tragen.«

Sie runzelte die Stirn.
»Dein Ansinnen ist recht sonderbar. Was für ein Kleid?«
»Du wirst es zu gegebener Zeit erfahren. Aber versprichst du mir, es anzuziehen?«
»Warum nicht? Natürlich unter der Bedingung, daß es mir steht.«
»Es wird dir gefallen. Dessen bin ich gewiß.«
Er drehte sich auf die Seite, und sie zog die Beine an und ließ sich ohne jeden Widerstand umschlingen.
Jäh war sie zu einem wehrlosen Lämmchen geworden.

*

Drei Tage später, an einem Sonntag, schleppte er sie fast den ganzen Nachmittag durch das Labyrinth der *calli*, die Hunderten von Gäßchen, die die Stadt durchzogen und sich rund um den Dogenpalast zusammenzogen. Burano, Torcello, Santa Maria Assunta, das Cà d'Oro, Plätze, Paläste, Bauwerke, deren Namen wie Gesänge klangen. Sie hatte das Gefühl, als ob ihre Seele entschwebte, als sie an die Piazza di San Marco gelangte, als richte sich ihr Puls nach der bronzenen Uhr auf dem malvenfarbenen Turm aus. Er legte ihr die Geschichte der Stadt dar, das Leben einiger Herren, die seiner Familie nahegestanden hatten. Sie erfuhr von den Ursprüngen der Gärten, der mit Blumen geschmückten Segensaltäre an den Ecken der Brücken, der über eine Mauer mit rosafarbenem Verputz hinausragenden Baumgruppe. Er verweilte bei den geringsten Einzelheiten, etwa bei der Bedeutung des Geläuts im Turm der *chiesa d'oro*[1], welches vor allem dazu bestimmt war, die Reiter zu veranlassen, ihren Pferden Trab aufzuerlegen.
Über all dies hinaus war dieser Tag – wie die beiden vorange-

---

[1] Beiname der Basilica di San Marco, seit 1807 Kathedralkirche von Venedig

gangenen – von einer Atmosphäre allgegenwärtiger Sinnlichkeit beherrscht. Ob es ein leichtes Berühren der Hände war, ein Lidschlag, ein Wort, ein Duft – alles erfüllte Scheherazade mit Lust. Hätte er sie an einer Straßenecke, im dunklen Winkel einer Sackgasse genommen, hätte sie mit Vergnügen eingewilligt, gleich jenen Kurtisanen, die sie so verachtet hatte. Zuweilen hatte sie das Gefühl, den Verstand zu verlieren. Dieses Verlangen, das er in ihr geweckt hatte, schien schrankenlos. Als hätte er einen Grabstein beiseite gerollt und eine seit tausend Jahren dürstende Seele befreit. Sie hörte kaum, wie Ricardo verkündete, es sei Zeit zur Rückkehr in den Palast.
Mit einer Eile, die sie ein wenig erstaunte, führte er sie in ihr Zimmer. Auf dem Bett lag das Kleid. Es war von leuchtendem Azurblau und mit Gold und Perlen bestickt.
»Hier ist es«, sagte er mit breitem Lächeln. »Ich denke, daß es nach deinem Maß ist.«
Wie geblendet befühlte sie den Stoff, erfüllt von der Ehrfurcht, die einem solchen Kunstwerk gebührte. Sie hielt es an die Brust. Wieso flüsterte ihr weiblicher Instinkt ihr sogleich ein, daß das Kleid bereits getragen worden war?
»Ein einziges Mal«, sagte er, ihrer Frage zuvorkommend. »Und von jemandem, der mir sehr teuer war.«
»Und warum möchtest du, daß ich es trage? Das verstehe ich nicht.«
»Du wirst es erfahren. Vertraue mir. Im übrigen, hast du es nicht versprochen?«
»Sage mir wenigstens, zu welchem Anlaß ich es anlegen soll. Ist es eine Zeremonie?«
»Eher ein Fest. Ein Fest, das dieses Gewandes würdig ist. Wir werden dort alle Freunde antreffen, die ich in Venedig habe.«
Sie zögerte plötzlich und sah ihn skeptisch an.
»Ich bitte dich«, beharrte Mandrino. »Gewähre mir diese Freude.«

»Wo wird dieses ... Fest stattfinden?«
»Wenn ich dir vom Campo Santi Giovanni e Paolo erzählte, würde dir das doch nichts sagen.«
»Ist das alles?«
»Im Augenblick ja.«
Obgleich sie seine Erklärungen nicht überzeugten, fügte sie sich. Überdies war das Kleid so göttlich ...
»Könntest du in zwei Stunden bereit sein?«
Sie warf ihm einen zweideutigen Blick zu: »Es kommt darauf an ...«
Seltsamerweise tat er so, als hätte er die Botschaft nicht verstanden.
»Ich werde die Zeit nutzen, um einige unerledigte Dinge zu regeln, und dich dann abholen.«
Verärgert blickte sie ihm nach, bis er die Tür hinter sich geschlossen hatte. Seit dem Morgen war er wie verwandelt. Seine Miene war gespannt, und sein Gang und selbst der Tonfall seiner Stimme wirkten linkisch. Bei einem Menschen, der bisher in allen Situationen solche Sicherheit an den Tag gelegt hatte, erschien dieses Betragen überaus verwunderlich. Was ging bloß vor, das ihn auf diese Weise verändert hatte?
Das azurne Gewand an ihre Brust drückend, ließ sie sich auf das Bett sinken und mühte sich, die Besorgnis zu verjagen, die inzwischen in ihr aufquoll.

*

Der Campo Santi Giovanni e Paolo war schwarz von Menschen. Um die Reiterstatue des Condottiere Colleoni und den Brunnen scharten sich in einer Sarabande aus Farbe und Licht Männer und Frauen jeden Alters, gekleidet mit größtem Raffinement, geschmückt mit Geschmeiden, die ihr Feuer bei jeder Gebärde, bei jeder Bewegung versprühten. Als sie auf den Platz trat, sagte sich Scheherazade, daß

Ricardo Mandrino wieder einmal nicht gelogen hatte. Diese Versammlung erinnerte sie an irgendeines der Gemälde, die sie in den Sälen des Palastes gesehen hatte. Es herrschte die gleiche Atmosphäre, die gleiche Stimmung – gedämpft und fröhlich, nüchtern und ausgelassen zugleich.
Als das Paar auf dem Campo erschien, wandten sich alle Blicke in ihre Richtung. Alle waren sich einig, daß sie in ihrem azurblauen und goldenen Kleid, mit ihrem pechschwarzen, auf die entblößten Schultern fallenden Haar, ihren von Kajal betonten Augen und ihren blutroten, zart umrandeten Lippen den heidnischen Göttinnen glich, denen in den reichen Herrenhäusern Venedigs Statuen errichtet worden waren.
Eingeschüchtert klammerte sie sich an Mandrinos Arm.
In dem Moment, da sie vor das Standbild des Condottiere traten, brach ein Beifallssturm los, von Vivatrufen begleitet. Der gesamte Platz schien unter dieser Woge der Begeisterung zu erbeben.
»Wer sind all diese Leute?« flüsterte Scheherazade fassungslos.
»Freunde, die uns ihre Gewogenheit bekunden.«
Mandolinenweisen hatten sich dem Jubel hinzugesellt. Drei Musikanten in Harlekinskostümen hatten, auf das Paar zuschreitend, zu spielen begonnen, und ein vierter ging ihnen, Tanzschritte andeutend, voraus.
»Du siehst«, sagte Mandrino, »auch wir haben unsere Musik.«
Als er ihre bestürzte Miene sah, gab er ihr einen zärtlichen Klaps auf den Arm.
»Weshalb diese Verwirrung, Tochter des Chedid? Ich sagte doch, es sind alles Freunde.«
Schon umdrängten sie die ersten, begrüßten sie mit einem Wink oder reichten ihnen herzlich die Hand. Vom Rio dei Medicanti, dem Kanal, der den Campo säumte, stiegen die Hochrufe der vorbeigleitenden Gondoliere auf...

»Wenn du Mohammed Ali wärst und ich die Königin von Ägypten, könnte es nicht anders sein.«
»Stellen wir uns vor, du seist heute abend die Königin von Venedig und ich dein demütiger Kavalier.«
Ohne daß es ihr bewußt geworden war, hatte er sie vor die Treppe eines Bauwerks aus rosarotem Backstein gezogen. Oben, auf dem Absatz, öffnete sich ein beeindruckendes Marmorportal. Wie durch Zauberei waren plötzlich nur noch sie beide da. Sie und Mandrino.
Er murmelte: »Die Kirche Santi Giovanni e Paolo.«
Er schwieg kurz, dann fügte er hinzu: »Ich sagte, wir würden einem Fest beiwohnen. Doch das war gelogen: Es handelt sich um eine Hochzeit.«
»Eine Hochzeit?«
»Ja, Scheherazade.«
Erneute Stille.
»Die unsrige.«
Er wiederholte mit erstaunlich ruhiger Stimme: »Die unsrige. Unsere Vermählung. Die von Scheherazade der Ägypterin und Ricardo dem Venezianer.«

Was geschah hier mit einem Mal? Wurde sie erneut Opfer seiner Verrücktheit? Hatte das Wiedersehen mit seiner Stadt ihn um den Verstand gebracht? Oder war dies alles bloß ein Spiel? Indes, selbst wenn er sie liebte, hatte sie niemals diesen Ausdruck an ihm wahrgenommen. Noch nie hatten seine Augen so geglüht. Es war, als seien die Sonne Ägyptens und alle Winde der Wüste mit einem Schlag über ihn hergefallen.

Mühsam stieß sie hervor: »Das meinst du doch nicht im Ernst, Ricardo.«
»Ich bin ein Gottloser. Ich gab, ohne zu empfangen, und empfing, ohne zu geben. Ich habe Tage in Müßigkeit verbracht. Doch all das endet in dieser Stunde, zu Füßen dieser Kirche. Nimm meinen Namen an, und ich werde dich zum glücklichsten Geschöpf auf Erden machen. Mit deinem Ja

wirst du alle Frauen übertrumpfen, denn keine andere wird so beglückt und angebetet werden wie du.«

Die Mandolinen waren verstummt, die Harlekine erstarrt. Man hörte nur noch ein Murmeln und das Plätschern des Wassers gegen die Kaimauern.

Tränen trübten Scheherazades Blick. Durch diesen feuchten Schleier erspähte sie Mandrino, eine ungewisse, verschwommene Erscheinung. Er log nicht. Dies war kein Spiel. Sie war vielleicht Opfer seiner Tollheit, doch gehörte dies zu der Art von Tollheit, die den gesundesten Verstand ins Wanken gebracht hätte.

Sie fand die Kraft zu flüstern: »Ich ... ich weiß nicht, ob ich dich liebe ...«

»Du wirst mich lieben. Du wirst mich lieben, denn du hast mich vorher schon geliebt. Seit jeher. Schon bevor wir uns begegneten. Dies sind Dinge, von denen du nichts weißt, ich jedoch, ich habe sie immer schon gewußt.«

Um sich herum fühlte sie Venedig mit seinen Kathedralen, seinen Plätzen, seinen Palästen unmerklich versinken.

Ein Sternenschwarm zog in ihrem Geist vorüber. Ihr Vater, Nadia, Michel, Karim, tausend Gespenster und Erinnerungen, die auf einem tosenden Sturzbach dahineilten. So rasend schnell, daß sie ihr entschlüpften, so sehr sie sich auch bemühte, sie festzuhalten.

»Willst du mich heiraten, Scheherazade?«

Ihr Bauch krampfte sich zusammen.

»Ja ...« murmelte sie. »Ja, Ricardo. Ich will.«

38. KAPITEL

1. März 1811

Durch die Maschrabijat beobachtete Scheherazade in Gedanken versunken die untergehende Sonne, welche die Umrisse von Sabah rosa färbte.
Bald schon einen Monat waren sie nun aus Venedig heimgekehrt, und noch immer vermochte sie sich nicht mit der Wirklichkeit ihres neuen Standes abzufinden: Sett Mandrino. Ihr neuer Name klang seltsam in ihren Ohren, wohl wegen seines abendländischen Klangs. Alles war so schnell gegangen. Die Gemütsbewegung, als er ihr offenbarte, daß dieses wunderbare Kleid jenes war, das seine Mutter an ihrem Hochzeitstag getragen hatte. Die Serenissima war bald geschwunden und schwebte wie ein ferner Traum dahin. Welche Macht besaß dieser Mann, daß es ihm in so kurzer Zeit gelungen war, ihr eigenes Leben und ebenso das des kleinen Joseph von Grund auf zu verändern? Das strahlende Lächeln des Kindes, als sie ihm sagte, daß Ricardo von nun an auf Sabah leben werde, hatte sie augenblicklich wieder an Fra Matteo und den dämonischen Affen denken lassen. Ob der Venezianer wirklich magische Kräfte besaß?
Sie lächelte, als sie an die verflossenen Wochen dachte. Alles war zerborsten. Ihr Widerstand, ihr Wunsch, sich nie mehr preiszugeben, die Mauern, die sie um ihr Herz errichtet hatte. Aber liebte sie ihn denn? So sicher sie sich der Gefühle gewesen war, die sie für Karim und Michel hegte, so unklar war ihr, was sie jetzt empfand, denn zum ersten Mal sprach ihr Körper. Mit vierunddreißig Jahren entdeckte sie die Lust

in den Armen eines Mannes. Zum ersten Mal drängte ihr fleischliches Verlangen den Geist so in den Hintergrund, daß es bisweilen über ihn die Oberhand gewann. Die Art wie er sie ansah, der Tonfall seiner Stimme, eine Vielzahl dem Anschein nach harmloser Kleinigkeiten weckten unablässig das Begehren in ihr. Sie war wie besessen. Je öfter er sie liebte, desto mehr verlangte sie danach. Wenn er sie berührte, verwandelte sie sich im selben Augenblick aus einer Königin in eine Sklavin. Und da war dieses Spiel mit der Sprache, mit schamlosen, verwirrenden Worten, zu dem er sie ganz allmählich hingeführt hatte. All dies nährte ihre Zweifel, und sie fragte sich, ob ihre Gefühle nicht bloß auf einen Überschwang der Sinne gründeten. Allein die Zukunft würde ihr Antwort geben.
Die Nacht brach herein, und plötzlich fiel ihr ein, daß ihr Gatte, zur Abfahrt bereit, in der Berline auf sie wartete, um an dem Fest in der Zitadelle teilzunehmen, das Mohammed Ali anläßlich des Auszugs seines Sohnes Tussun nach Hidjas gab.
Erschrocken blies sie die Kandelaberkerzen aus, warf sich ihren Mantel über die Schultern und stürzte aus dem Zimmer.

*

In dem prachtvollen Empfangssaal waren weniger Gäste versammelt, als man erwartet hatte. Immerhin war Tussuns Berufung an die Spitze der Heerscharen, die gegen die Wahhabiten zu Felde rücken sollten, ein wichtiges Ereignis. Erstaunlicher noch war, daß sämtliche Mamluken-Anführer und deren Stellvertreter erschienen waren, und daß sie mit derselben Freundlichkeit bedient und behandelt wurden wie die übrigen Gäste.
Drovetti bekundete Mandrino seine Verwunderung.
»Es ist unerhört. Seit wann öffnet der Vizekönig den Skorpionen die Pforte seines Hauses?«

»In der Tat ist es sonderbar. Doch Sie kennen den Pascha ebensogut wie ich. Er unternimmt nichts, ohne es reiflich überdacht zu haben. Vergessen wir nicht, daß es ihm trotz aller Anstrengungen nicht gelungen ist, die mamlukische Tyrannei zu ersticken. Obwohl sie sehr geschwächt sind, stellen diese Leute weiterhin eine Bedrohung seiner Macht dar.«
»Ein Grund mehr, sie nicht in seiner Umgebung zu dulden!«
»Vielleicht möchte er sie für die Sache gewinnen. Es wäre nicht das erste Mal. Denken Sie an sein Bündnis mit el-Bardissi.«
Scheherazade murmelte: »Sie kennen doch das Sprichwort: ›Wenn du die Hand deines Feindes nicht beißen kannst, küsse sie.‹ Vertrauen wir dem Herrscher. Er weiß sicher, was er tut.«
Der Konsul von Frankreich schickte sich an, ihr zu antworten, wurde jedoch von der Ankunft des Gastgebers unterbrochen. Einen weinroten Fez auf dem Haupt, hatte er soeben im Kreise seiner drei Söhne die Schwelle übertreten. Tussun wirkte strahlender, Ismail entrückter und Ibrahim langweiliger denn je. Es folgten die engsten Vertrauten, darunter Lazoglu, der Minister des Inneren, die Armenier Boghossian Bey und Artin, und als letzter Karim.
Die kleine Schar durchquerte den Saal unter den ungerührten Augen der Mamluken. Scheherazade richtete ihre Aufmerksamkeit auf Karim. Sie spürte einen leichten Stich im Herzen, als er ihren Blick erwiderte. Aus Scham oder aus Verlegenheit wandte sie sich rasch ab, verdrossen, noch immer diese Gemütswallung zu verspüren.
Der Herrscher blieb bei der jungen Frau und ihrem Gemahl stehen und wiederholte, halb an sein Gefolge gewandt, seine Segenswünsche: »Was Allahs Wille ist, kann nicht verhindert werden. Seht Ihr dieses Paar? Alles trennte sie, alles hat sie vereint. So verhält es sich auch mit anderen Dingen. Das Gute siegt trotz aller Hindernisse.«

Niemand bemerkte etwas dazu, doch alle ahnten wohl, daß es der nahe Krieg war, auf den der Monarch anspielte.
Auf Tussun deutend, fügte er hinzu: »Er verkörpert unsere Hoffnungen und die Stärke Ägyptens. Kommt. Schließt euch uns an. Ich möchte an diesem Abend alle um mich haben, die mir teuer sind.«
Er lud das etwas überraschte Trio ein, ihm zu den Ehrendiwans zu folgen. Es war das erste Mal, daß der Vizekönig ihnen diese Bevorzugung gewährte. Auf den angewiesenen Plätzen fand Scheherazade sich zwischen Mohammed Ali und Mandrino wieder. Etwas weiter weg saß der französische Konsul, zu ihrer Linken der Sohn des Suleiman.
Kaum saßen sie, beugte Karim sich vor und sprach nach einer flüchtigen, dem Venezianer zugedachten Geste der Entschuldigung Scheherazade an.
»Tochter des Chedid. Ich bin hocherfreut, dich wiederzusehen. Ich habe von deiner Heirat erfahren. Nimm meine besten Glückwünsche entgegen. Auch Ihnen, mein Herr, all meine Segenswünsche.«
Etwas entgeistert entgegnete Mandrino: »Seien Sie bedankt. Doch mit wem habe ich die Ehre?«
»Karim«, erklärte Scheherazade recht ungeschickt, »der Sohn des Suleiman. Der Kiaya Bey Seiner Majestät. Wir haben uns als Kinder gekannt.«
Wenn die Bekanntmachung irgendeine Wirkung auf den Venezianer hatte, so ließ er sich dies nicht anmerken.
»In der Tat«, erwiderte er ruhig, »meine Gemahlin hat mir von Ihnen erzählt.«
Eine gewisse Kälte stellte sich auf seine Äußerung ein, währenddessen die Diener sich eifrig um die Geladenen zu schaffen machten. Im flackernden Licht der Kandelaber wurden Silberplatten aufgetragen, die den vertrauten Duft von Kardamom verströmten. Drovetti wandte sich Karim zu und fragte: »Wie steht es um den Aufbau der Marine?«
»Er ist beinahe vollendet. Wir verfügen bereits über vier herr-

liche Fregatten zu sechzig Kanonen: die *Ihsonia,* die *Suraya,* die *Leone* und die *Guerrière.* Ferner besitzen wir Korvetten, vier Briggs und sechs Schoner, dazu noch an die vierzig Transportschiffe. Die Schiffswerften von Marseille und Bordeaux haben ausgezeichnete Arbeit geleistet. Von den Italienern hingegen kann ich das leider nicht sagen...«
»Die Italiener!« fiel ihm Mohammed Ali ins Wort. »Alles Scharlatane. Es ist das letzte Mal, daß ich ihre Dienste in Anspruch nehme. Zum Glück haben sich General Boyer und der Marquis de Livron des Vertrauens würdig erwiesen, das ich in sie und in Frankreich gesetzt habe. Aus diesem Grund auch, Herr Drovetti, erwäge ich für die Zukunft, Ägypten noch enger an Ihr Land zu binden. Sie werden von der Bedeutsamkeit meiner Vorhaben überrascht sein.«
»Wie auch immer, Sire«, murmelte Scheherazade, »lassen Sie mich Sie dazu beglückwünschen, daß Sie in so kurzer Zeit die erste ägyptische Flotte geschaffen haben. Das ist wahrlich ein Gewaltstreich.«
Nach einer Pause wandte sie sich zu Karim.
»Es bleibt nur zu hoffen, daß Majestät dir eines Tages die höchste Ehre eines Linienschiffs mit deinen Farben erweisen wird.«
Er schlug die Augen nieder.
»Inschallah. Wenn dies der Wunsch Seiner Hoheit ist.«
Drovetti sagte: »Kiaya Bey, berichten Sie mir doch ein wenig von diesen französischen Schiffen.«
Während der Sohn des Suleiman zu einer Reihe unverständlicher Erklärungen anhob, beobachtete ihn Scheherazade heimlich. Er hatte sich seit dem letzten Mal, da sie ihn kurz gesehen hatte, nicht sonderlich verändert; nur seine Augen schienen ein wenig von ihrem Feuer verloren zu haben, und aus seiner Stimme war Überdruß herauszuhören. Obwohl er eben erst sein achtunddreißigstes Jahr vollendet hatte, schien sich bereits das Alter in sein Gebaren einzuschleichen.

Du kannst nichts ausrichten gegen die Kraft des Löwen...
Wie lange war das her...
Sie spürte einen leichten Druck in ihrer Magengrube. Eine Flut von Erinnerungen stieg in ihr auf, die sie nicht zu verdrängen suchte. Sie wußte, daß es nichts anderes mehr war als die Rührung des Gedächtnisses, aller Zärtlichkeiten wegen, die aus der Vergangenheit hervorkamen. Weder Trauer noch Bitterkeit. Nur eine unendliche Melancholie, dem Schweigen einer unvollendeten Seite gleich.
Sie war so tief in Gedanken versunken, daß sie erst nach einer Weile bemerkte, daß Mandrino sie beobachtete.
»Du bist heute abend sehr schön«, sagte er leise. »Sehr schön, aber ein wenig bedrückt...«
»Das liegt an all diesen Mamluken«, erwiderte sie. »Man hat den Eindruck, von einer Armee umgeben zu sein.«
»Stimmt... von einer Armee«, erwiderte er zerstreut.
Er ergriff Scheherazades Hand und führte sie an die Lippen.
»Ricardo! Vor all diesen Leuten? Und dem Vizekönig!«
»Die Leute sind mir einerlei. Und der Vizekönig ist ganz woanders.«
Scheherazade wandte sich zu Mohammed Ali um und sah, daß Mandrino recht hatte.
Der Monarch hielt seinen Gebetskranz in den Händen und ließ, seiner Umgebung völlig entrückt, die Perlen durch die Finger gleiten.
Gegen Mitternacht befiel ihn plötzlich ein Schluckauf, den er unauffällig zu unterdrücken suchte.
»Majestät«, schlug die junge Frau mit gesenkter Stimme vor, »möchten Sie vielleicht, daß...«
»Nein, Sett Mandrino. Das... wird von allein vorübergehen.«
»Sie könnten etwas Wasser trinken und...«
Mohammed Alis Augäpfel rollten zwischen den Lidern.
»Sei still. Ich sagte dir doch, es wird vorübergehen.«
Durch dieses barsche Duzen in Verlegenheit gebracht, ge-

horchte sie. Niemals zuvor hatte er sich in der Öffentlichkeit eine solche Freiheit erlaubt. Was ging nur in ihm vor?
Nach einer Weile wurden die Abstände zwischen den Krämpfen größer, und dann hörten sie auf.
»Es ist wegen meines Pflaumenbaums«, brummte er.
»Ihres Pflaumenbaums, Majestät?«
»Ich hatte meinem Gärtner befohlen, bei den Obstbäumen, die ich aus Europa kommen ließ, besonders auf zwei Sorten achtzugeben, für die ich eine große Schwäche verspürte. Ich hatte deren Früchte gekostet, als sie noch grün waren, und ihren Geschmack ganz vortrefflich gefunden. Als dann vor etwas mehr als einem Monat – Sie waren damals in Venedig – ein fürchterlicher Sturm über Kairo hinwegfegte, blieb nur eine einzige Pflaume an den Bäumen, die zu früh reifte. Das weitere können Sie sich denken ...«
»Eh ... nein, muß ich gestehen, Majestät.«
»Von dieser Angelegenheit mit dem Hidjas beansprucht, kam ich nicht dazu, meinen Garten zu besuchen. Folglich beratschlagte sich der Gärtner mit seinen Untergebenen, und sie kamen zu dem Schluß, daß diese Frucht, falls sie nicht schnellstens gepflückt würde, Gefahr lief, zu verderben.«
Mandrino hatte sich dem Gespräch hinzugesellt und warf lächelnd ein: »Bis jetzt scheint alles höchst logisch – wenn Sie mir die Bemerkung gestatten, Sire.«
»Ich habe noch nicht geendet, Ricardo! Sie haben also die Frucht gepflückt und in einem kleinen versiegelten Kästchen in den Palast bringen lassen.«
Er seufzte.
»Ihr könnt euch nicht vorstellen, was meine Diener getan haben! Ich hielt mich in meinem Harem auf, als sie mir mein Mahl brachten. Die Pflaume wurde mir von einem Trottel von Eunuchen aufgetragen, den niemand unterrichtet hatte, welchen Wert ich dieser Frucht beimaß. Diese Kröte wußte nichts Besseres zu tun, als sie mir in einem

Korb mit einem Dutzend anderer zu reichen, ohne mich auf sie hinzuweisen. Begreift ihr jetzt?«
Die beiden schüttelten verdutzt die Köpfe.
Mohammed Ali sagte mit leicht erhobener Stimme: »Ich habe sie gegessen! Völlig ahnungslos! Zwischen einer Banane und einer Orange! Wie eine gemeine Traube, ohne einen Augenblick zu ahnen, daß ich meinen Schatz verschlang!«
Scheherazade schlug ihre Hände vor den Mund und brach unter dem konsternierten Blick des Vizekönigs in unbändiges Lachen aus.
Der Venezianer grollte: »Schäm dich! Wie kannst du es wagen, über die Verdrießlichkeiten Seiner Majestät zu lachen!«
Trotz seines strengen Tons merkte man, daß er nahe daran war, es seiner Gemahlin gleichzutun.
Mohammed Ali schüttelte mit vorgetäuschtem Ernst den Kopf.
»Ich bin untröstlich, Ihnen dies zu sagen müssen, Ricardo. Ihre Frau hat kein Gefühl für gewisse Feinheiten. Aber ach, wir lieben sie dennoch.«
Mit feuchten Augen fragte Scheherazade: »Und dieser Zwischenfall macht Sie heute abend dermaßen nervös?«
Er tat, als habe er nichts gehört. Sein Gesicht verdüsterte sich wieder im gelblichen Schein der Kerzen.
Die letzten *suffragi*[1] hatten sich zurückgezogen. Die Gäste hatten ihren Kaffee geschlürft, und die Gespräche verebbten allmählich.
Scheherazade beobachtete den Monarch aus den Augenwinkeln und wagte nichts mehr zu sagen. Wiederum hatte ihn eine unerklärliche Anspannung befallen. Schließlich entschied er sich, sein Schweigen zu brechen. Nachdem er einige Worte mit Lazoglu gewechselt hatte, erhob er sich und bat um Ruhe.

---

[1] Arabisch: Diener *(Anm. d. Ü.)*

»Meine Freunde. Es ist Zeit, auseinanderzugehen. Zuvor möchte ich euch für eure Anwesenheit danken, euch meine Anerkennung ausdrücken und vor allem erneut die Zuversicht bekunden, die ich in die Zukunft setze, in die Ägyptens und in die meines Sohnes Tussun, der sich anschickt, unsere Farben in die Lande Asiens zu tragen. Diese Kampagne ist die erste in der Geschichte dieser Nation. Die erste, mit der dieses Land eine Verpflichtung außerhalb seiner Grenzen eingehen wird; nicht mehr um zu erdulden, sondern um zu erobern. Sie ist auch der erste Schritt zur Schaffung eines weiträumigen Staates und, warum nicht, auch eines dereinstigen Reiches. Jawohl, ich sagte: eines Reiches. Und sowohl das Gewicht dieses Wortes als auch seine Konsequenzen sind mir voll bewußt.«
Er legte seine Hand auf Tussuns Schulter.
»Mein Sohn. Dir vertraue ich meine Vision und meine Hoffnung an. Präge es dir ein. Wenn du Schlachten schlägst, sei stark, doch niemals ungerecht. Tollkühn, doch niemals grausam. Möge jeder deiner Siege dich edelmütiger machen. Und da wir sicher sind, daß dein Arm niemals die Niederlage erfahren wird, mögest du, am Ende deiner Fahrt, nur noch glücklicher und tapferer zu uns zurückkommen. Möge der Herr der Welten dich begleiten.«
Bewegt ergriff Tussun seines Vaters Hand und küßte sie unter enthusiastischem Beifall. Alle Gäste waren aufgesprungen, voran die Mamluken.
»Sehen Sie sich diese Vipern an«, tuschelte Drovetti Mandrino ins Ohr. »Ich bin überzeugt, daß sie in diesem Augenblick zum Himmel beten, er möge Tussun im Sand Arabiens verdorren lassen.«
Nach einer Weile gab Mohammed Ali das Zeichen zum Aufbruch. Wie es der Brauch gebot, wandte er sich in Begleitung seiner Söhne und seiner Minister zum Ausgang.
Als er an Scheherazade vorbeikam, flüsterte er ihr verstohlen zu: »Folge mir. Unverzüglich. Schnell.«

Sie starrte ihn erstaunt an und wußte nicht, was sie tun sollte. Er wiederholte seinen Befehl, sich diesmal an Mandrino und den Konsul wendend.
Erst als sie draußen vor der Tür standen, wurde ihnen klar, daß sich nur noch die Mamluken im Saal befanden. Ein Zufall? Oder eine vom Protokoll auferlegte Weisung?
Aus der Dunkelheit tauchte plötzlich Salah Koch auf, der Anführer der Albanergarde.
Mohammed Ali wechselte ein paar Worte mit ihm, dann zog sich der Offizier zurück.
»Kommt«, verkündete der Herrscher. »In meinen Gemächern werden wir besser aufgehoben sein.«
Ärger denn je hatte ihn wieder sein Schluckauf befallen.

*

Der Tod erwartete die sechsundfünfzig Mamluken unweit der Rumelieh-Pforte.
An dieser Stelle bilden die Windungen der Zitadelle eine Art Engpaß, in dem Pferde, einmal hineingelangt, nicht wenden können.
Die Gewehrschüsse der im Hinterhalt liegenden Soldaten zerrissen die friedliche nächtliche Stille. Verzweifelt suchten die Mamluken, in die Dunkelheit zu entrinnen oder zur Gegenwehr die Felsen zu erklimmen.
Um sich unbehindert bewegen zu können, hatten die meisten Mamluken ihre weiten Mäntel auf den Boden geworfen. Bald fielen die ersten Blutspritzer darauf.
Chahin Bey, der beeindruckendste aller Beys, fiel vor dem Tor von Saladins Palast. Im Nu war ein Dutzend Albaner über ihm. Seine sterbliche Hülle wurde hinausgeschleift und den Vorübergehenden zur Schau gestellt.
Hassan Bey, Bruder des berühmten Elfi und ehemaliger Sklave Murads, zog es vor, dem Tod entgegenzueilen. Er spornte sein Pferd zu höllischem Galopp an, er-

klomm die Brustwehr und stürzte sich über die Festungsmauern.[1]

Zur gleichen Zeit spielten sich ähnliche Szenen in ganz Ägypten ab, denn die Gouverneure der verschiedenen Provinzen hatten strikte Order erhalten, die über das gesamte Territorium verstreuten Mamluken bis zum letzten zu beseitigen. Drei Stunden später war diese Dynastie, welche die Jahrhunderte mit ihren Umtrieben geprägt hatte, für immer ausgelöscht.

So war diesen Sklaven vom Schwarzen Meer nach all ihren glanzvollen Waffengängen ein finsteres Ende ohne Ruhm und ohne jedwede Hoffnung auf Vergeltung beschieden.

*

Im Halbdunkel seines Gemachs ausgestreckt, atmete Mohammed Ali erleichtert auf. Jetzt erst hatte sein Schluckauf ihn verlassen.

Bleich und zerschlagen hatte er alle fortgeschickt, um mit sich selbst zu Gericht zu gehen. Er allein wußte, daß auf dem Höhepunkt der Schießerei seine Erschütterung so tief, seine Trauer so groß gewesen war, daß ihm beinahe das Herz versagt hätte.

Gleichwohl hatte er seinen Beschluß gründlichst überdacht. Wie hätte er jetzt, da Ägypten sich anschickte, einen Krieg zu führen, eine Macht im Innern dulden können, die auf nichts als sein Verderben hoffte?

An diesem 1. März 1811 hatte er in wenigen Stunden einen Erfolg errungen, der den Türken und Bonaparte versagt geblieben war.

Seltsamerweise erfüllte ihn keine Befriedigung, kein Gefühl des Triumphs.

---

[1] Wundersamerweise überstand er unversehrt den etwa dreißig Meter tiefen Sturz und konnte fliehen.

Er betete zu Gott, Schlaf zu finden. Sein letzter Gedanke galt seinen Kindern, besonders Tussun, und den Bergen des Hidjas.

*

Durch militärische Unwägbarkeiten aufgehalten, rückte Tussun erst fünf Monate später aus. Achttausend Mann, sechstausend albanische Fußsoldaten und zweitausend Reiter, gingen am 3. September an Bord der Kriegsschiffe der ersten ägyptischen Flotte. Auf einem dieser Schiffe befand sich, im Rang eines Vizeadmirals, Suleimans Sohn. Sein Glück, das vollkommen hätte sein können, war ein wenig getrübt, denn sein Vorgesetzter war niemand anderer als sein Herzensrivale Moharram Bey, seit drei Wochen Prinzessin Lailas glückseliger Gemahl. Das einzige, was Karim mit Genugtuung erfüllte, war, daß es in der Hochzeitsnacht nicht zu dem befürchteten Skandal gekommen war. Dank den Ratschlägen der – reich belohnten – Dienerin hatte die Prinzessin ihre Ehre retten und Moharram eine unbefleckte Jungfräulichkeit darbieten können. Noch nie hatten ein paar Spritzer Granatapfelsaft, sorgsam auf ein Laken aufgebracht, eine so wichtige Rolle gespielt.
Nach einigen Tagen auf See kamen die ägyptischen Streitkräfte in Sicht des Hafens Jambo, der ohne großen Widerstand kapitulierte. Achtundvierzig Stunden später zog Tussun in die Stadt Zuba ein, deren Tore ihm der Scherif von Mekka resigniert geöffnet hatte. Nach diesen Vorzeichen, die ein leichtes Unternehmen zu prophezeien schienen, brach das Unglück herein. Einige Meilen vor Medina in den Schluchten von Bedr wurde das Expeditionskorps überfallen und erlitt eine blutige Niederlage. Nur dreitausend Mann entgingen dem Gemetzel, und Tussun war gezwungen, mit den Überresten seiner Truppen nach Jambo zurückzukehren und auf Verstärkung und Nachschub zu warten.
In jener Zeit ahnte Scheherazade, daß sie von Mandrino schwanger war.

Neun Monate später, am 27. Juli, an ihrem fünfunddreißigsten Geburtstag, schenkte sie einem kleinen Mädchen das Leben. Man gab ihm zwei Namen: Nadia, zum Gedenken an Scheherazades Mutter, und Giovanna, damit es seine venezianische Herkunft nicht vergaß.

Anfang Oktober des nächsten Jahres zog Tussun, durch von Kairo abkommandierte Truppentransporte verstärkt, erneut ins Feld. Diesmal überwand er die Schluchten ohne Schwierigkeiten, besetzte Medina und vertrieb die dortige Garnison nach zweiwöchiger Belagerung. Ebenso erfolgreich bemächtigte er sich drei Monate später der Städte Mekka, Taif und Djidda. Der gesamte Hidjas mit seinen zweitausend Heiligen Städten erkannte erneut die Oberhoheit der PFORTE an, welche die Macht Ägyptens wiederhergestellt hatte. Die Nachricht wurde in Kairo mit Kanonensalven begrüßt. Das Glück war um so größer, als Mohammed Ali sich am Vortag mit seiner zweiten Frau, einer jungen Tscherkessin und Witwe eines einstigen Beys aus Tripolis, vermählt hatte.

Obgleich der Vizekönig wegen des durch seinen Sohn errungenen Sieges überglücklich war, beobachtete er den weiteren Kriegsverlauf mit kaltem Auge. Er wußte sehr wohl, daß die Herrschaft der Wahhabiten trotz der Unterwerfung des Hidjas in den meisten Teilen der Halbinsel ungebrochen war. Aus diesem Grund faßte er den Entschluß, sich höchstselbst vor Ort zu begeben, damit er die Situation aus der Nähe studieren und Mittel und Wege ersinnen konnte, diese ketzerische Bewegung endgültig zu vernichten.

Bevor er Kairo verließ, übertrug er seine Regierungsgeschäfte einem Vertrauensmann[1] und die Oberägyptens seinem Sohn Ibrahim.

---

[1] Mohammed Lazoglu, seinem Minister des Inneren. Dieser vereitelte während des Vizekönigs Abwesenheit einen Staatsstreich, den ein gewisser Latif Pascha anzettelte, um die Macht an sich zu reißen. Wahrscheinlich hatte ihn die PFORTE dazu veranlaßt, die über Mohammed Alis Erfolge und seine zunehmende Machtfülle beunruhigt war.

In Djidda, dem Nachschubstützpunkt der ägyptischen Armee, traf er im September 1813 ein. Von dort begab er sich in Begleitung seines Sohnes, der sich während der verschiedenen Schlachten mit Ruhm bedeckt hatte, nach Mekka, wo er am 6. Oktober feierlichen Einzug hielt.
Zahlreiche Beduinenanführer säumten nicht lange, sich um seine Standarten zu scharen. Im Laufe der Kämpfe errang ihm sein Verhalten das Wohlwollen der Bevölkerung und stärkte seine Sache. Er schaffte unter anderem etliche Steuern ab, stand den Armen und Bedürftigen bei und erwarb den Ruf eines Gerechten und Mildtätigen.
Zur selben Zeit ließ er die Oberhäupter von Mekka und Medina seinem Sohn Ismail mit der Mission überstellen, sie dem Großherrscher in Istanbul zu überantworten. Der junge Mann wurde mit Ehre und Pomp empfangen, und Mohammed Alis Ruhm wurde dadurch noch gemehrt.
Sieben Monate später starb Seud, der allmächtige Gebieter der Wahhabis. Sein Sohn Abd Allah trat die Nachfolge an, ein zögerlicher Mann, der unfähig war, das ererbte Banner mit fester Hand hochzuhalten.
Am 7. Januar 1815 stand Mohammed Ali in der Gegend von Bisel einem dreißigtausend Mann starken Wahhabitenheer gegenüber, das an den Gebirgshängen, die sich in den Ebenen von Kolakh erheben, sichere Position bezogen hatte.
Die Ägypter verfügten zwar über eine furchterregende Waffe, die Artillerie, doch konnte diese nur in der Ebene wirkungsvoll eingesetzt werden. Die Häretiker hatten sich jedoch in den Bergen verschanzt. Der Vizekönig glich die zahlenmäßige Unterlegenheit seiner Truppen durch eine taktische Finte aus, indem er einen Rückzug vortäuschte, wodurch er die Wahhabiten verlockte, ihre Stellungen zu verlassen und ihn zu verfolgen. Anschließend gab er seiner Kavallerie den Befehl zum Schwenk. In dem entsetzlichen Zusammenstoß, der darauf folgte, focht Mohammed Ali mit ungewöhnlichem Mut und Ingrimm inmitten seiner Trup-

pen. Bei Einbruch der Nacht war der Sieg errungen. Dieser 20. Januar 1815 führte den Sturz der Schismatiker herbei und versetzte ihrem Ansehen in Arabien einen fürchterlichen Stoß.

Von diesem Tag an fiel eine Stadt nach der anderen: so auch Taraba, Bischa, südlicher gelegen, im Osten der Berge des Jemen. Zahlreiche Stämme unterwarfen sich eilends, und ihr Bezwinger wies ihnen neue Anführer zu, womit er sich in der gesamten Region eine mächtige Gefolgschaft schuf.

Im Frühjahr schließlich willigte Abd Allah, der Sohn des verblichenen Seud, in die bedingungslose Kapitulation ein. Er beugte sich allen Forderungen der PFORTE und schwor jedweder Einmischung in die Angelegenheiten des Hidjas ab.

Am 19. Juni 1815 hielt Mohammed Ali, begleitet von Jubelgeschrei, triumphierend Einzug in Kairo. Als Tussun ihm einige Monate später folgte, wurde auch er vom einfachen Volk freudig empfangen.

*

Wenn die Götter entdecken, daß sie den Sterblichen zu viel Sonne gewährt haben, geschieht es häufig, daß sie ihre Großmut bereuen und fürderhin nur noch Unheil säen.

So geschah es an jenem Juliabend.

Ein Sarg wird vor dem Eingang des Harems abgestellt, in dem sich der Herrscher erquickt. Der Deckel wird abgehoben. Von einem Strahl des fahlen Mondes beschienen, ruht darin der Leichnam des wackeren Tussun. Zwei Tage zuvor ist er verstorben, von der Pest dahingerafft, während er sich im Hauptquartier von Damanhur aufhielt.[1] Bis zu dieser

---

[1] Einigen Historikern zufolge soll er seiner Liebe zu einer griechischen Sklavin zum Opfer gefallen sein, die an Pest erkrankt war und ihn ansteckte.

Stunde hat niemand Mohammed Ali davon in Kenntnis gesetzt. Nicht einer in seiner Umgebung hat sich bereitgefunden, ihm diese furchtbare Tragödie mitzuteilen. Kein Minister, kein Diener, kein Soldat wagte es, dem Kummer des allmächtigen Herrn die Stirne zu bieten.
Also hatte man, von Verzweiflung und wohl auch Feigheit getrieben, in der Abenddämmerung die Lade hereingetragen und vor den Frauengemächern abgestellt, wo man den Vizekönig zu dieser Zeit wußte.

Mohammed Ali hat den Sargdeckel aufgestoßen. Er hält inne. Schweiß rinnt über sein Gesicht, das Blut pocht ihm in den Schläfen. Dieser junge Mann von siebenundzwanzig Jahren, der zu schlafen scheint, kann nicht sein Sohn sein. Niemals. Es muß der Mond sein, der seinen Augen übel mitspielt, die Nacht, die ihm einen Alptraum vorgaukelt.
Seine Beine versagen. Er stößt einen unmenschlichen Schrei aus. Seine Arme strecken sich dem Leichnam entgegen. Er hebt ihn hoch, drückt ihn an die Brust. Und hält ihn so bis zum Morgengrauen umschlungen.

39. KAPITEL

27. Juni 1827

Scheherazade schmiegte sich fester an Mandrinos Körper. In diesem Augenblick wünschte sie, ihrer beider Wesen wären nur noch eins, untrennbar miteinander verschmolzen. Niemals war eine derart ungewisse Liebe so groß, beinahe schmerzlich geworden. Im Laufe der Zeit war der vor sechzehn Jahren geehelichte Mann zu ihrem Fleisch, zum Blut in ihren Adern geworden. Sie atmete nur noch durch ihn. Die Zweifel der ersten Zeit, die Fragen, die sie sich hinsichtlich ihrer Gefühle gestellt hatte, es gab sie nicht mehr. Sie hatte gelernt, daß die Leidenschaft für die Liebe das gleiche ist wie der Wind des Chamsin für die Wüste. Die Wahrheit lag nicht in diesen sporadischen Umwälzungen der Dünen, dem Aufwirbeln des Sandes, das mit Blindheit schlägt und die Landschaft zerwühlt. Karim war der Sturm, Mandrino der Schutz.
»Ich liebe dich«, hauchte sie.
»Ich glaube es«, entgegnete er sacht.
Sie begehrte auf: »Nie hast du diese Worte gesagt! In sechzehn Jahren. Nie, nicht ein einziges Mal.«
»Was ändert das, meine Kurtisane? Wenn ich eines Tages nicht mehr bin, wirst du dich wenigstens entsinnen, daß ich der einzige Mann war, der diese Worte niemals gesagt hat. Dies wird meine Eigenart sein. Und aus dem Mund desjenigen, der mich ersetzen wird, werden sie eine Kränkung sein.«
»Wenn du nicht mehr bist? Ein Mann, der dich ersetzt? Es gibt Tage, Mandrino, da bist du *madjnun!* Ich bin heute fünfzig. Wer würde mich noch wollen?«

Er richtete sich ein wenig auf und betrachtete sie schweigend. Es stimmte, die Zeit hatte ihre Spuren in Scheherazades Gesicht hinterlassen, und dennoch schien es, als hätten diese ihre Schönheit nur gesteigert. So wie ein Maler seine Signatur auf ein Bildnis setzt, ohne es zu verfremden oder zu verunstalten. Er streichelte zärtlich ihre Wange. In all den Jahren hatten sich seine Gefühle nicht gewandelt.

»Jedenfalls wird heute abend der Widerhall deines und Giovannas Wiegenfestes ganz Kairo erfüllen.«
»Was hast du dir denn wieder ausgedacht?«
»Du wirst schon sehen.«
Ein Schatten schien auf Scheherazades Augen zu fallen.
»Warum nur muß ein Geburtstag stets von Melancholie getrübt sein... All die Geschöpfe, die man geliebt hat und die nicht mehr sind. Meine Eltern, mein Bruder, Samira... Nur Gott weiß, was aus ihr geworden ist. Und diese wunderbare Sett Nafissa. Ich kann mich noch immer nicht mit dem Gedanken abfinden, daß auch sie uns verlassen hat.«
»In gewissem Sinne dürfte sie glücklich sein, da sie nun auf ewig mit ihrem vielgeliebten Murad Bey vereint ist.[1] Aber sprechen wir nicht von traurigen Dingen! Ich habe beschlossen, an diesem Abend ganz Ägypten und selbst Mohammed Ali neidisch zu machen! Heute nacht wird Sabah zum Mittelpunkt der Welt.«
»Mohammed Ali... Er ist heute der Mittelpunkt der Welt. Nach Arabien der Sudan. Heute Pascha von Candia.[2] Ibrahim, sein Sohn, ist Pascha von Morea. Das Reich, das er sich ausmalte, wächst unablässig.«
»Ja. Es erstreckt sich vom Persischen Golf bis zur Wüste Libyens, vom Sudan bis zum Mittelmeer – fünf Millionen Quadratkilometer, zehnmal mehr als Frankreich, die Hälfte von Europa, ein napoleonisches oder eher ein pharaonisches

---

[1] Die Weiße starb am 20. März 1816.
[2] Kretas italienischer Name (1204 bis 1669)

Reich ... Doch auf dem Weg dorthin hat er zwei Kinder verloren. Tussun, der an der Pest starb, und Ismail, der lebendig verbrannte.[1] Ich frage mich, ob der Preis für dieses Reich nicht zu hoch ist.«

»Vielleicht wird auch Ibrahim in Griechenland sein Leben lassen. Ich weiß, daß ich nicht viel von Politik verstehe, aber warum nur hat sich der Monarch in diesen Morea-Krieg hineinziehen lassen? Ist denn Ägypten nach der Einverleibung des Sudan nicht groß genug?«

»Aus einem einfachen Grund. Seit mehr als fünf Jahren kämpft die HOHE PFORTE nun gegen die griechischen Aufständischen[2] und hat sich als unfähig erwiesen, sie niederzuringen. Deshalb hat sie die Hilfe Ägyptens angefordert.«

»Immer wenn der Sultan in Schwierigkeiten gerät, wendet er sich hilfesuchend an Mohammed; und er gerät jedesmal in Verlegenheit, wenn er aufrührerische Untertanen niederschlagen muß.«

Mohammed Ali hat eingewilligt, weil er hofft, daß ihm sein Eingreifen Vorteile bringen wird. Beim Sultan erwirkt zu haben, daß die türkischen Kräfte von Morea und die Marine allein unter dem Kommando ägyptischer Offiziere stehen, ist bereits ein Sieg. Er, der schlichte Vasall, erlangt wahrhaftig den Rang eines Monarchen, und Ägypten, einfache osmanische Provinz, erlangt die Oberhoheit und spielt die Rolle einer Großmacht. Vergiß nicht, daß er stets danach strebt, seinen Traum zu verwirklichen: die Unabhängigkeit dieses Landes.«

»Das alles macht mir angst. Du weißt, was ich für ihn empfinde. Ich glaube, daß er nach dir und unseren Kindern das Geschöpf ist, das ich auf der Welt am meisten liebe. Sieh dir Bonaparte an. Man eilt nicht von Krieg zu Krieg, ohne früher oder später die Folgen tragen zu müssen.«

---

[1] Ismail starb fünf Jahre zuvor, im Oktober 1822, während der Eroberung des Sudan. Im Dorf Metamma legten seine Feinde Feuer an die Hütte, in der er sich aufhielt.

[2] Griechenland stand damals unter osmanischer Besetzung.

»Mohammed Ali hat mit dem Korsen nichts gemein. Er hat seine gesamten Streitkräfte nicht in die Schlacht geworfen, um die von ihm so geschätzten Griechen auszulöschen oder Morea zu entvölkern und dort einen muslimischen Staat zu errichten. Er weiß, daß die Intelligenz der Griechen der der Türken überlegen ist. Wenn Morea aufgibt, gedenkt er ihm eine würdevolle Behandlung zuteil werden zu lassen. Er betrachtet es als wichtiges Instrument zur Zivilisierung der Araber. In dem Maße, in dem Bildung und der Sinn für Literatur in Ägypten Wurzeln fassen, wird er die Strenge mildern, die notwendig war, die aufrührerischen Leidenschaften seiner Untertanen zu bezähmen. Mit einem Wort, die Knute wird nur noch der Schrecken einer dummen und barbarischen Brut sein. Zum anderen wird er die griechischen Matrosen nicht vergessen. Mohammed Ali schätzt sie so sehr wie Morea selbst. Ich bin fast sicher, daß er zu ihren Gunsten eine Amnestie verkünden wird, sofern sie sich nur auf dem Boden Ägyptens niederlassen mögen. Verstehst du jetzt?«
Scheherazade verzog schmollend den Mund.
»Alles, was ich verstehe, ist, daß dich diese Angelegenheit von mir entfernen wird. Hat er denn nicht genügend Mitstreiter, daß er um deine Vermittlung bitten muß? Was solltest du in Paris machen?«
»Liebste, ich fühle mich mittlerweile mehr als Ägypter denn als Venezianer. Wenn ich zustimme, dorthin zu reisen, dann deshalb, weil ich glaube, meinem Vaterland zu dienen und vielleicht das Schlimmste verhindern zu können. Die Großmächte, also die Franzosen, Russen und Engländer erfüllt Mohammeds Ausdehnungspolitik mit großer Sorge. Die ägyptischen Streitkräfte haben unter Ibrahims Führung bereits Patras und den gesamten Peloponnes erobert, und auch Athen ist gefallen. Europa, vor allem England, würde sich durch ein zu starkes Ägypten bedroht fühlen. Es gilt, ein Drama zu verhindern.«
»Was verlangt man von ihm?«

»Daß er sich aus Morea zurückzieht.«
»Und wenn er ablehnt?«
Mandrino schüttelte betrübt den Kopf.
»Er befindet sich in einer ungeheuer schwierigen Lage. Er ist der Ansicht, nur bei einer europäischen Beistandsgarantie im Falle eines Racheaktes Istanbuls für die abendländischen Mächte optieren zu können. Ihm bangt nicht nur vor den Auswirkungen – er fürchtet auch, sein Prestige im Reich zu verlieren, wenn er ohne Not den Kampf aufgibt. Aus diesem Grund ersucht er England und Frankreich um die schriftliche Zusage, daß sie ihm mit ihren Seestreitkräften beistehen, seine eigene Marine verstärken und seine Unabhängigkeitsbestrebungen unterstützen werden.«
»Was hat man ihm geantwortet?«
»Leider entziehen sich die Engländer wie eh und je und schmieden hinter seinem Rücken Komplotte. Großbritannien scheint keineswegs geneigt, die Befreiung Griechenlands um den Preis von Ägyptens Unabhängigkeit zu erkaufen.«
»Und die Franzosen?«
»Die Regierung von Charles X. hat ihm leider nichts zu bieten.«
Empört fuhr sie hoch.
»Das ist doch nicht möglich! Wir unterhalten schließlich Blutsbande mit Frankreich! Wenn man bedenkt, wie viele Franzosen im Dienst des Vizekönigs stehen ...«
Mandrino lächelte belustigt.
»Vor allem Monsieur Jumel.«
Ihr Blick hellte sich auf.
»Dieser gesegnete Mensch! Dieser teure Jumel und sein *Gossypium barbadense*. Diese Baumwolle, von der ich so lange träumte,[1] verdanke ich ihm.«

---

[1] Ägypten verdankt ihm seine berühmte Baumwolle, als deren »Wiederentdecker« er angesehen wird. Von 1820 an wurde die »Jumel-Baumwolle« für das Land zu einer Quelle des Wohlstands, die bis zur heutigen Zeit stetig angeschwollen ist.

Sie sprang aus dem Bett und eilte zum Fenster.
So weit das Auge reichte, waren die Felder mit Weiß besprenkelt. Und die Stimme Ahmeds, des *nai*-Spielers, erklang in ihrem Geist.
Keine Kapsel kann dermaßen lange Fasern enthalten! Und selbst angenommen, es wäre so, dann hätten sie keinerlei Festigkeit, sie wären zerbrechlich wie Glas! Mit einem solchen Tuch könnte man höchstens Brautkleider für Schmetterlinge fertigen!
Sie hoffte, der alte Mann und sein Affe konnten, von dort droben, diesen Anblick sehen.
»Die langfaserige Baumwollpflanze ... Welch ein Wunder ...«
Sie drehte sich um und fragte besorgt: »Du hast mir nicht geantwortet. Weshalb sollst du nach Frankreich reisen?«
»Der Zweck meiner Mission ist mir noch nicht bekannt. Alles, was ich weiß, ist, daß es um einen letzten Aussöhnungsversuch zwischen Europa und dem Herrscher geht.«
Wieder verzog Scheherazade schmollend das Gesicht.
»Ich möchte nicht, daß du verreist.«
»Wovor hast du Angst? Falls mir etwas zustößt, wärst du doch nicht allein. Joseph ist schon ein Mann. Im übrigen, wenn ich stürbe ...«
»Sei still!«
Von der Heftigkeit ihrer Reaktion berührt, umarmte er sie zärtlich und wiegte sie wie ein Kind.

*

Mit der ihm eigenen Maßlosigkeit hatte Mandrino alles getan, um diesen Doppelgeburtstag zu einem denkwürdigen Ereignis zu machen, und arabische Musikanten, *al'me,* Mandolinenspieler und Gaukler engagiert.
Scheherazade hatte nicht übertrieben, als sie die französische Präsenz erwähnte. Sie war überaus beeindruckend.
Als erster fand sich der Agronom Jumel ein. Anschließend

erschienen der Marquis de Livron,[1] der in Europa als Vermittler beim Aufbau der ägyptischen Marine gedient hatte, und der Ingenieur Linant de Bellefonds, der den öffentlichen Bauten vorstand und damit betraut war, das Projekt des Isthmus von Suez zu untersuchen. Des weiteren entdeckte man die Gründer der Schulen, die überall in Ägypten hervorsprossen: Doktor Clot, Leibarzt des Vizekönigs, der die medizinische Hochschule aufgebaut hatte; Dr. Hamont von der Schule für Tierheilkunde; Ingenieur Lambert von der Polytechnischen Schule; Oberst Varin, ehemaliger Adjutant des Marschalls Gouvion Saint-Cyr und Leiter der Kavallerieschule; Aymé von der Chemischen Hochschule. Ebenfalls zugegen waren Major Chedufau, der Generalarzt der Arabien-Armee gewesen war, und Kommandant Haragly, Leiter des Rechnungswesens des Kriegsministeriums.

Abwesend war allein Oberst Sève, der wahre Vater der ägyptischen Armee. Über acht Jahre hatte er die Männer ausgebildet, sie mit Leidenschaft unterrichtet. Inzwischen jedoch war er Ibrahims Stabschef in Morea.[2]

Unter einem der riesigen, im Garten aufgeschlagenen Zelte hatte soeben Mohammed Ali Platz genommen. Scheherazade, die ihn empfangen hatte, hatte den Eindruck, daß die ernsten Vorkommnisse der letzten Zeit ihn nicht allzusehr mit Sorge zu erfüllen schienen.

»Sire, Sie können sich nicht vorstellen, wie glücklich ich bin, daß Sie heute abend kommen konnten. Ihre Anwesenheit ehrt uns.«

Der Pascha setzte eine schelmische Miene auf.

---

[1] Während der französischen Besetzung nach Ägypten gekommen, in die Heeresverwaltung versetzt, in Neapel in Murats Dienst, General während der Restauration.

[2] Er war zum Islam übergetreten, hatte den Namen Soliman angenommen und wurde bei seiner Mission von den Hauptleuten Mary, Cadeau, Daumergue und Caisson unterstützt.

»Ich bin aber nicht Ihretwegen hier, Sett Mandrino, sondern wegen Ihrer Tochter Giovanna. Wo ist sie?«
»Ich werde sie holen. Aber Sie haben doch nicht wirklich nur an sie gedacht? Haben Sie denn gar kein Erbarmen mit einer Frau, die ihren fünfzigsten Geburtstag begeht?«
»Tut mir leid; was Sie betrifft, überhaupt keines. Wenn ich Sie anschaue, sage ich mir, daß Sie einen Pakt mit dem Schaitan[1] geschlossen haben müssen. Weshalb sollte ich Sie bemitleiden? Das Alter hat keinerlei Macht über Sie. Ich hatte es früher bereits bemerkt, aber seit unser Freund Jumel Sie in das Geheimnis der langfaserigen Baumwolle eingeweiht hat, sind Sie um zwanzig Jahre jünger geworden. Mindestens. Also ... Wo ist Giovanna?«
»Nun gut, Sire. Wenigstens weiß ich jetzt, daß ich in meinem Kummer auf Sie nicht werde zählen können.«
»Außer, Sie würden eines Tages beim Damespiel verlieren. Dann wäre es mir ein Vergnügen, Sie zu trösten.«
Sie sah ihn einen Moment schmunzelnd an, bevor sie erwiderte: »Einverstanden, Majestät. Doch bevor ich Giovanna holen gehe, möchte ich Ihnen, mit Ihrer Erlaubnis, gerne jemanden vorstellen.«
Sie drehte sich um und streckte die Hand nach einem jungen Mann aus, der sich etwas abseits hielt. Mit seinem pechschwarzen Haar, seinen Mandelaugen und seinem schön geschwungenen Mund war er Scheherazades männliches Ebenbild.
»Joseph«, verkündete sie. »Mein Sohn.«
Der junge Mann grüßte ehrerbietig.
»Wenn sein Äußeres die Schönheit seiner Seele widerspiegelt, dann haben Sie einen prächtigen Sohn, Sett Mandrino.« Sich an den jungen Mann wendend, erkundigte er sich: »Welchem Beruf gedenken Sie sich zu widmen?«
»Dem eines Ingenieurs für öffentliche Bauten, Sire.«

---

[1] Der Teufel

»Das nenne ich eine kluge Wahl. Ägypten hat großen Bedarf auf diesem Gebiet.«

Er wandte sich zu seinem Nachbarn, Linant de Bellefonds, und warf schalkhaft ein: »Schließlich wird man eines Tages wohl die Franzosen ersetzen müssen, nicht wahr?«

»Ich würde mir deshalb keine Sorgen machen. Dieser Junge ist brillant.«

»Dann kennen Sie sich also?«

»Er ist einer meiner Schüler. Man kann sogar sagen, meine rechte Hand. Im Moment hilft er mir dabei, diese außerordentlich komplexen Unterlagen über die Geologie und Hydrographie des Isthmus von Suez zusammenzustellen.«

Der Vizekönig wandte sich wieder Joseph zu.

»Wie ist Ihre Meinung zu diesem Thema? Was denken Sie über dieses Vorhaben eines Kanals, der das Mittelmeer und das Rote Meer verbinden soll?«

»Er ist von größter Bedeutung für die Zukunft, Majestät. Dieser Kanal würde sich entscheidend auf die Stellung Ägyptens in der Welt auswirken. Auch Bonaparte hat schon darüber nachgedacht.«

Mohammed Ali sagte in versonnenem Ton: »Dieser Mann hatte Genie. Fünfzehn Jahre des Ruhms ... fürwahr recht wenig, um als Geächteter zu enden...«

Er nahm sich zusammen. »Es ist wahr, daß er von der Idee eines Durchstichs am Isthmus von Suez besessen war.«

»Richtig, Majestät«, antwortete Joseph. »Wir wissen, daß er eine Expedition dorthin unternommen hat, um die Örtlichkeiten zu erkunden. Er hätte dabei sogar beinahe sein Leben gelassen.«

»Ach, wirklich?«

»Um zu der sogenannten Moses-Quelle zu gelangen, benützte er eine bei Ebbe begehbare Furt, durch die die Hebräer ehedem gezogen sind. Bei der Rückkehr aber war das Meer bereits angestiegen, und er wäre fast mitsamt seiner Eskorte wie der Pharao in der Bibel ertrunken. Der General mit dem Holzbein« – er schien den Namen zu suchen –, »Cafarelli, glaube ich, wäre vor den Augen seiner Gefährten fast von den Fluten verschlungen worden. Und Bonaparte, der ebenfalls beinahe versunken wäre, verdankte seine Rettung nur einem Führer aus seinem Geleit, der ihn auf seinen Schultern weitertrug.«

»Bravo«, sagte der Vizekönig, »Sie sind ja bestens informiert. Fahren Sie nur getrost mit unserem Freund Bellefonds fort, das Vorhaben zu untersuchen. Mit Allahs Hilfe werden wir es vielleicht verwirklichen.«

Zu Scheherazade aufblickend, fügte er hinzu: »Sie haben wahrlich einen prächtigen Sohn. Behüten Sie ihn gut.«

Die letzten Worte sprach er in traurigem Ton. Offenbar waren ihm Tussun und Ismail in den Sinn gekommen.

Scheherazade umfaßte Josephs Hand.

»Ich behüte ihn, Sire. Er behütet mich auch. Und ...«

Sie brach ab und deutete auf den Zelteingang.

»Da kommt Ihr Liebling, Majestät!«

Giovanna war soeben, von Mandrino begleitet, eingetreten. Wenn Joseph das Abbild seiner Mutter war, so glich das junge Mädchen ganz dem Venezianer und hatte wie dieser saphirblaue Augen. Sie näherte sich dem Monarchen und wollte sich verbeugen. Doch Mohammed Ali ließ es nicht zu, sondern ergriff sie, drückte sie an sich und bedeckte sie mit Küssen.

»Eine wahre Perle. Ach! Wenn du doch nur ein paar Jahre älter wärst!«

»Noch eine Königin von Ägypten?« sagte Scheherazade ironisch.

»Warum nicht?«

Die Heranwachsende widersprach lebhaft.

»O nein! Kommt nicht in Frage!«

Der Vizekönig fragte verwundert: »Weshalb denn? Würde es dich nicht reizen, Königin von Ägypten zu sein?«

»Doch. Aber Sie haben bereits zwei Frauen. Ich, ich teile nicht!«
Mohammed Ali brach in herzliches Lachen aus.
»Möge der Herr der Welten uns beschützen. Ich sehe wohl, von wem du deinen Charakter hast.«

*

In einem Winkel des Gartens, abseits der Gäste, stand Karim im Finstern und starrte auf die Umrisse des Anwesens. Die Silberknöpfe seiner Admiralsuniform glitzerten im Sternenschein. Zu seiner Rechten erahnte er den Schatten der Pferdestallungen. Fast unwillkürlich ging er auf sie zu und blieb vor dem Tor stehen. Nichts glich mehr dem, was er einst gekannt hatte, doch in den Ständen schnaubten wie damals leise die Pferde.
»Sohn eines Mistbauern«, sagte plötzlich eine Stimme hinter ihm. »Wartest du auf Safir?«
Er erschrak. Scheherazade stand im Halbdunkel.
»Wenn ich bedenke, daß du es letztendlich geschafft hast, deinen Traum zu verwirklichen. Gegen alles und jedermann bist du Admiral geworden! Du hattest recht, an ihn zu glauben, *mabruk,* Sohn des Suleiman.«
Er antwortete mit gezwungenem Lächeln: »Ich danke dir. Aber das erscheint mir alles so fern.«
»Dir vielleicht. Mir hat sich alles unauslöschlich eingeprägt. Ich sehe dich noch vor mir, als dein Vater dir verbot, zum Fluß zu gehen. Du warst ziemlich kleinlaut. Entsinnst du dich?«
»*Nichts auf der Welt darf uns daran hindern, ein großes Glück zu erreichen.* Ich entsinne mich ... Wenn du mich an jenem Tag nicht ermutigt hättest, hätte ich wahrscheinlich nie das Herz gehabt, bis zum Ende durchzuhalten.«
Sein Gesicht verfinsterte sich.
»Die Lage ist sehr ernst.«

»Ricardo hat es mir gesagt. Unser Monarch soll sich in einer schwierigen Lage befinden.«
»Ich werde ins Ionische Meer fahren.«
»Wann?«
»Sobald die Bestückung der Kriegsschiffe abgeschlossen sein wird. Wir steuern die Insel Hydra an, auf der sich der Stützpunkt der griechischen Aufrührer befindet.«
»Möge Gott dich beschützen.«
Sie schwiegen einen Moment. Der Wind hatte sich gedreht und trug ihnen den Duft der Gardenien und des *fol* zu.
»Bist du glücklich?«
Sie entgegnete ohne Zögern: »Mehr, als ich es jemals gewesen bin.«
Hatte er eine andere Antwort erhofft? Karims Augen füllten sich mit Tränen.
Sie trat einen Schritt auf ihn zu und streichelte zärtlich seine Wange.
»Sei nicht traurig, Sohn eines Mistbauern. Das Leben ...«
»Das Leben ist nie, was man glaubt. Ich habe einen Traum verfolgt, Scheherazade, einen viele Jahrtausende alten Traum: den Ehrgeiz. Im Laufe meines Lebens hat er mich verschlungen, das Wesentliche verzehrt und hat mir nur das Überflüssige belassen. War das alles tatsächlich der Mühe wert?«
Sie rief empört: »Wie kannst du daran zweifeln? Dazu hast du nicht das Recht! Nichts anderes zählt, als nach seinen Überzeugungen zu leben! Verleugne dich nicht, Sohn des Suleiman. Das ist nicht gut.«
»Wärst du doch nur Königin geworden.«
Er senkte den Kopf und flüsterte: »Kein Schiff hätte den Hafen verlassen ...«
Regungslos stand sie da und sah ihn traurig an. Plötzlich nahm sie sein Gesicht in die Hände und näherte es dem ihren.
Sie umarmte ihn und drückte ihn an sich. Er wehrte sich

nicht; äußerte nicht einmal seine Verwunderung, als sie einige Tränen mit der Spitze ihres Zeigefinger auflas, um sie an ihre Lippen zu führen.
Nach siebenunddreißig Jahren erlebten sie die gleiche Szene von neuem. Dieselbe Erschütterung. Mit dem alleinigen Unterschied, daß die Gefühle, die Beweggründe eines der beiden Protagonisten nicht mehr dieselben waren.
Mandrinos barsche Stimme war es, die sie aus dieser Rückversetzung in die Zeit riß. Mit eisigem Blick starrte er sie an. Doch Scheherazade trennte sich vom Sohne des Suleiman ohne Hast.
»Der Vizekönig möchte aufbrechen«, sagte Mandrino in noch kälterem Ton.
Sie nickte und sagte, ohne Karim aus den Augen zu lassen: »Gott schütze dich ... Komm bald zurück.«
»Ja, Prinzessin. Hab keine Furcht. Ich werde zurückkommen.«

*

Man hatte die Fackeln gelöscht, und die Stille der Nacht hatte sich herabgesenkt. Mandrino, die Stiefel gegen die Brüstung der Veranda gestemmt, trank seinen Kelch Wein aus.
»Ich bitte dich, Ricardo, du kannst doch nicht glauben, daß zwischen Karim und mir noch ...«
»Was ich glaube, gehört nur mir.«
»Aber er war unglücklich, zutiefst unglücklich! Und ich habe ihn getröstet. Nichts weiter. Du weißt alles über Karim und mich. Habe ich dir je die Wahrheit verheimlicht?«
»Seit wann spricht ein Geständnis von einem Vergehen los?«
»Ein Vergehen?«
Ihre Stimme schlug in einen Schrei um, einen Schrei, der

zugleich zornig und verzweifelt war. »Wie kannst du es wagen, von einem Vergehen zu reden?«
Er erwiderte ironisch: »Sagen wir ... ein Wiederaufflammen.«
»Zwanzig Jahre später? Du bist verrückt, Mandrino. Ich sage es dir nochmals: Es war nichts, weder in meiner Haltung noch in meinem Gefühl, als Mitleid, wie ich es auch für unsere Kinder empfinden würde. Du mußt mir glauben!«
Er antwortete nicht gleich, sondern hob die Beine an und stellte sie auf den Boden.
»Das Thema ist abgeschlossen.«
»Nein!«
»Also gut. Dann höre du mir jetzt zu. Damals, als wir uns kennenlernten, habe ich mich dir langsam und geduldig genähert. Tag um Tag, Woche um Woche habe ich deinen Schutzwall umrundet, Kriegslisten angewendet. Das Herz von Liebe übervoll, habe ich nur auf den Tag gewartet, an dem du die Waffen sinken lassen und dich mir ergeben würdest. Es dauerte lange. Und von diesem zärtlichen Krieg habe ich Wunden zurückbehalten.«
Sie öffnete die Lippen, doch er fuhr fort: »Vielleicht wird dich erstaunen, was ich jetzt sage. In diesen sechzehn Jahren habe ich den Eindruck eines Fels vermittelt. Den Eindruck, daß nichts oder nahezu nichts mich verletzen könnte. Doch heute gestehe ich dir, daß ich Angst hatte. Hundertmal, tausendmal. Jedesmal, wenn ich dich verließ, war ich trotz meines selbstsicheren Gebarens voller Zweifel. Als du mir auf der Dahabiye von Karim erzähltest, tat ich so, als berühre mich die Vergangenheit nicht. Doch die vergangenen Amouren eines Menschen, den man liebt, sind einem niemals gleichgültig. Man empfindet sie als Bedrohung. Sie ist wie eine Bedrohung *a posteriori*. Heute abend habe ich vor der Vergangenheit gezittert. Und zum ersten Mal habe ich meine Gefühle nicht unterdrückt,

sondern ihnen freien Lauf gelassen. Ich habe mir das Recht zugestanden. Verstehst du?«
Ob sie verstand?
Während er sprach, war ihr immer deutlicher bewußt geworden, daß er ihr mehr gegeben hatte als irgendein anderer Mann. Doch hatte sie ihm auch nur einen winzigen Teil davon zurückgegeben? Sie erkannte, daß sie immer nur genommen, immer nur danach getrachtet hatte, ihre Gier nach Liebe und Sinnlichkeit zu stillen. Ein weiter Weg lag vor ihr, um den unendlichen Reichtum, den er in ihr gesät hatte, zu vergelten.

*

Die nächsten drei Wochen verstrichen in gedrückter Stimmung, die sich noch verstärkte, als er ihr mitteilte, daß er nach Paris reisen werde.
»Die Situation hat sich verschärft. Es besteht nur eine winzige Aussicht, den Frieden zu bewahren.«
»Wie könntest du mehr ausrichten als Drovetti? Er selbst ist gescheitert.«
»Mohammed Ali ist bereit, einen allerletzten Vorschlag zu machen, damit der Zusammenstoß vermieden wird, und er möchte, daß ich diesen dem französischen Minister für Auswärtige Beziehungen, Baron Damas, unterbreite.«
»Worin besteht er?«
»Er würde sich darein fügen, seine Marine zurückzuhalten, und Istanbul die Gefolgschaft aufkündigen; unter der Bedingung allerdings, daß Frankreich oder England ein Geschwader vor Alexandria abstellt, um die ägyptische Flotte am Auslaufen zu hindern. Eine Finte, die ihn gegenüber dem Sultan decken und ihm erlauben würde, das Gesicht zu wahren.«
»Ohne jeglichen Ausgleich?«
»Unter Umständen ein territoriales Zugeständnis: Syrien.«

»Und wenn die Alliierten ablehnen?«
»Eine vereinigte Flotte aus französischen, englischen und russischen Schiffen liegt schon gefechtsbereit im Mittelmeer, um die türkisch-ägyptische Kriegsmarine abzuwehren, falls diese sich unterstünde, Griechenland anzusteuern.«
Sie schwieg beklommen. Mit einem Mal schien diese Abreise über ihre Kräfte zu gehen. Sie warf sich an ihn und schlang völlig aufgelöst ihre Arme um seinen Hals.

20. Oktober 1827

»Du vergällst mir mein Leben, Sett Mandrino!« seufzte der Vizekönig.
»Sire, nun ist er bereits drei Monate fort! Sein letzter Brief gab zu verstehen, er würde Mitte Oktober zurück sein. Jetzt verkünden Sie mir, daß Sie ihn nach Navarino[1] entsandt haben! Wo doch Morea in Flammen steht und dieses Seegefecht heraufzieht!«
»Gerade um dieses zu verhindern, habe ich Ricardo mit der Mission betraut. Ich hatte keine Wahl. Ich denke, zu einer Übereinkunft mit England gelangt zu sein. Als Gegenleistung für meine Nichteinmischung werden die abendländischen Mächte meine Ausdehnungs- und Unabhängigkeitspläne unterstützen. Es ist zwar nur ein mündliches Abkommen, aber die Persönlichkeit, mit der ich verhandelt habe, besaß kein Mandat, eine schriftliche Verpflichtung zu unterzeichnen. Darüber hinaus habe ich dem Sultan eine Denkschrift zugeschickt, um ihn vor den Auswirkungen zu warnen, die sich aus einer Auseinandersetzung zwischen

---

[1] Griechische Stadt mit einem Hafen zum Ionischen Meer. Das heutige Pylos

den alliierten Mächten und uns ergäben,[1] und um ihm klarzumachen, welcher Abgrund sich unter unseren Füßen auftäte.«
»Weshalb haben Sie Ricardo dann dorthin entsandt?«
»Um meinen Sohn sowie die Admirale Moharram Bey und Karim anzuweisen, die Flotte in Navarino zurückzuhalten und nicht auszulaufen.«
»Wird Ricardo rechtzeitig eintreffen?«
»Das will ich hoffen. Sonst wäre dies das Ende der Welt...«

Als Mohammed Ali seinen Wunsch äußerte, war in der Bucht von Navarino bereits seit einer Stunde die Hölle ausgebrochen.
Auf der einen Seite die türkisch-ägyptische Flotte, die aus drei Linienschiffen, vier Fregatten mit zwei Geschützdecks, dreizehn einfachen Fregatten, dreißig Korvetten, achtundzwanzig Briggs, fünf Schonern und sechs Brandschiffen, auf zwei Flügel verteilt, bestand.
Auf der anderen die alliierte Flotte unter dem Oberbefehl des Admirals Codrington, die drei englische, drei französische und vier russische Linienschiffe vereinte; dazu noch zehn Fregatten verschiedener Nationalitäten.
Unter dem Vorwand, Ibrahim und seine Truppen fällten Obstbäume und begingen Grausamkeiten im Gebiet, war Admiral Codrington am selben Morgen, vom französischen

---

[1] Die PFORTE sollte die Mahnungen des Vizekönigs mißachten, welcher in seinem Brief schrieb: »Sie wissen, die Erfahrung und die Politik lehren, daß man in allen Angelegenheiten, und insbesondere in einer so beachtlichen wie dieser, eher an die mißlichen Eventualitäten denn an die günstigen denken und über die Möglichkeiten nachsinnen sollte, diesen abzuhelfen. Ich mutmaße mit meiner schwachen Urteilskraft, daß die Schiffe unserer Flotte, da sie dem Zusammenstoß mit den gut gerüsteten und wohl geführten Kriegsschiffen der Europäer nicht standhalten können, niedergebrannt und verstreut werden würden, und daß die 30000 oder 40000 Mann, die sich darauf befinden, mit Sicherheit den Tod fänden.« Zitiert nach Douin, *Navarin*, S. 243 ff.

Geschwader und, in der zweiten Linie, vom russischen Geschwader gefolgt, in die Bucht eingelaufen.

Ein Beiboot hatte von der ägyptischen Fregatte *Guerrière* abgelegt, um an der *Asia,* dem englischen Flaggschiff, festzumachen. Durch Mandrinos Vermittlung hatten Moharram Bey und der Sohn des Suleiman den Admiral Codrington gebeten, nicht in der Bucht vor Anker zu gehen. Dieser hatte jedoch barsch erwidert, »er sei nicht hier, um Befehle entgegenzunehmen«.

Mandrino bot all seine diplomatischen Fähigkeiten auf, und es wurde ein gegenseitiges mündliches Abkommen getroffen, demzufolge die beiden Flotten nur im Verteidigungsfall das Feuer eröffnen würden.

Zu diesem Zeitpunkt schien es noch, als könne die Schlacht vermieden werden.

Das Schicksal sollte jedoch anders entscheiden.

Um die Mitte des Tages gewahrte der Kommandant der *Dartmouth* an Bord eines türkischen Brandschiffes[1] Vorkehrungen, die, seiner Meinung nach, wenig Zweifel über die Absichten des betreffenden Kapitäns zuließen.

So eröffnete die *Darthmouth* das Feuer.[2]

Die erste Kanonenkugel zerriß den Sohn des Suleiman.

*

---

[1] Kleines mit Brennstoffen befrachtetes Boot, mit dem feindliche Schiffe in Brand gesteckt werden.
[2] Dieses »unglückliche« Vorkommnis hat die öffentliche Meinung in England besonders bewegt, da es dem Geist des Vertrages zuwiderlief. Die britische Regierung säumte folglich nicht lange, Admiral Codrington zu desavouieren. In Wahrheit hatte der tatendurstige Admiral die Entscheidung überstürzt und den Vertrag mutwillig gebrochen.

28. Oktober 1827

Scheherazade schaute Mohammed Ali an, als stünde sie vor einem Dschinn[1] oder einer anderen monströsen Kreatur.

»Es war furchtbar«, stöhnte der Vizekönig. »Ein Gemetzel. Glaube mir, das habe ich nicht gewollt. Ich habe alles getan, um diesen Krieg[2] zu verhindern. Es waren die Türken ... Die Türken und die Engländer, die alles ausgelöst haben ... Sie haben den Vertrag gebrochen! Sie haben ...«

»Seien Sie still!«

Der Monarch erstarrte.

»Ich weiß, was du empfindest. Ich habe dieses Gefühl selbst erfahren. Zweimal bin ich gestorben. Das erste Mal bei Tussun, das andere Mal bei Ismail.«

Sie hörte ihm nicht zu. In ihrem Hirn war ein ausbrechender Vulkan, verheertes Land. Nur die eben vom Monarchen ausgesprochenen Worte hallten in ihr wider: Karim war tot. Und Mandrino ...

Sie hob den Kopf, ihr Gesicht war entsetzlich anzusehen. So

---

[1] Dämon

[2] Die Seeschlacht von Navarino, in einer geschlossenen Bucht zwischen vor Anker liegenden Schiffen ausgetragen, stellte insbesondere die Tüchtigkeit der Mannschaften heraus. Die ägyptische Marine hatte mit allergrößter Tapferkeit gekämpft und eine Rolle von erstem Rang gespielt (vgl. Ch. de La Roncière, *Histoire de la marine française* [Gesch. d. frz. Marine]). Da es ihr jedoch noch an Erfahrung mangelte, waren ihre Erfolgsaussichten gegen die altehrwürdigen europäischen Seemächte von vornehrein gering. Die Niederlage war vernichtend. Sechzig türkisch-ägyptische Schiffe wurden zerstört, die Reede und der Küstenstrich waren mit Wrackteilen übersät. Einzig die Fregatte *Leone,* vier Korvetten, sechs Briggs und vier Schoner blieben seetüchtig. An Bord der ägyptischen Fregatte *Guerrière* befanden sich zahlreiche französische Ausbilder. Am Vorabend der Schlacht ließ Admiral Rigny ihnen durch den Zweimaster *Alcyone* die Empfehlung übermitteln, das ägyptische Schiff zu verlassen. Was sie auch taten, nachdem sie ihre Entscheidung in einem Protokoll festgehalten hatten.

entsetzlich, daß Mohammed Ali sich beherrschen mußte, nicht zurückzuschrecken.

»Das ist nicht möglich ... Das kann nicht sein ...«

Bestrebt, sie zu besänftigen, wollte er ihr übers Haar streicheln, doch wie vom Blitz getroffen wich sie ihm aus und wiederholte: »Das ist nicht möglich ...«

»Es ist die Wahrheit, Scheherazade. Mein eigener Sohn hat die sterbliche Hülle von Suleimans Sohn erkannt. Er hat es mir geschworen.«

»Aber er hat Ricardo nicht gesehen! Weder er noch sonst jemand!«

»Er war auf der *Ihsonia*. Die Fregatte ist mit Mann und Maus untergegangen ...«

»Das will nichts heißen! Es sind erst sieben Tage vergangen. Ricardo hat sehr wohl ins Wasser springen und ans Ufer schwimmen können.«

»In diesem Fall hätte ihn jemand aufgefischt. Die *Leone* ist noch immer mit Moharram Bey vor Ort. Ägyptische Soldaten besetzen weiterhin das kleine Fort. Man hätte es mir mitgeteilt. Nein, leider muß man sich der Wahrheit beugen.«

Sie erhob sich und starrte ihn mit aufgerissenen Augen an.

»Hören Sie mir genau zu. Solange ich die Leiche meines Gemahls nicht berührt habe, solange ich sie nicht zu Grabe getragen habe, ist es für mich nicht wahr. Er lebt. Irgendwo. Es muß so sein.«

Des Vizekönigs Stirn legte sich in Falten, mit einer Art Entmutigung nahm er die Frau in seine Arme und hielt sie umfangen. In diesem Moment erst befreite sie sich ihrer Tränen, das eigene Leben beinahe aushauchend.

Nach langem Schweigen hörte sie ihn leise fragen: »Welchen der beiden Männer beweinst du, Tochter des Chedid?«

»Sie wußten das mit Karim ...«

Bevor er antworten konnte, hauchte sie: »Der eine war die Vergangenheit, der andere die Gegenwart und die Zukunft.

Der eine war die Ungewißheit und die Nacht, der andere die Klarheit und die Sonne. Ich beweine die Zukunft und die Sonne, Majestät.«

*

28. November 1827

Sie saß auf der Veranda und blickte auf die beiden uralten Palmen an der Einfahrt von Sabah.
Joseph trat auf sie zu und ergriff ihre Hand.
»Ein Monat ist vergangen, Mama... Du hast den Horizont so lange fixiert, daß deine Lider versengt sind.«
»Ich habe seinen Leichnam nicht gesehen, mein Sohn. Niemand hat ihn mir gebracht. Er lebt. Ich fühle es. Sein Herz schlägt in meiner Brust. Sein Blut fließt in meinen Adern. Er ist am Leben. Ich werde nach Morea reisen. Ich werde jedes Fleckchen ausheben. Ich werde das Meer umwühlen. Er ist am Leben.«
»Morea ist groß...«
»Meine Liebe ist noch größer. Ich habe Ricardo so viel zu sagen. All die Worte, die ich versäumt habe.«
Sie hielt ein Schluchzen zurück.
»Die Geschichte hat gerade erst begonnen, mein Sohn. Er lebt.«

NACHSCHLAGEWERKE UND QUELLEN

Gabriel HANOTAUX: *Histoire de la Nation égyptienne* [Gesch. d. ägyp. Nation].

M. J. J. MARCEL (de l'Institut d'Egypte): *Histoire de l'Egypte* [Gesch. Ägyptens], (Firmin Didot frères).

Henry LAURENS: *L'Expédition d'Egypte* (Armand Colin).

Abd El RAHMAN EK JABARTI: *Journal d'un notable du Caire sous l'expédition française* [Tagebuch e. Kairoer Notabel u. b. frz. Exped.], (Albin Michel).

M. SABRY: *L'Empire égyptien sous Mohammed-Ali et la question d'Orient* [D. ägyp. Reich unter Mohammed Ali u. d. Orient-Frage], (Librairie orientaliste Paul Geuthner).

LA JONQUIÈRE: *L'Expédition en Egypte* (Paris 1899–1905).

André CASTELOT: *Bonaparte* (Librairie académique Perrin).

André CASTELOT: *Napoléon* (Librairie académique Perrin).

Benoist MECHIN: *Bonaparte en Egypte* (Librairie académique Perrin).

Institut français d'archéologie orientale: *Kléber en Egypte,* vol. 1 et 2 correspondance [u. Briefwechsel].

Nicolas TURC: *Chronique d'Egypte,* 1798–1804 (hrsg. u. übers. WIET, Kairo 1950).

J.-J.-E. ROY: *Les Français en Egypte, Souvenirs des campagnes d'Egypte et de Syrie* [D. Frz. i. Ägyp., Erinnerungen an den Ägypten- und den Syrienfeldzug], (Alfred Names et fils Editeurs).

A. RAYMOND: *Grandes villes arabes à l'époque ottomane* [Gr. arab. Städte z. osman. Zeit].

REVUE D'EGYPTE II: *Notes sur l'insurrection du Caire* [Aufzeichn. z. Kairoer Aufstand]; S. 208–218/287–314.

HISTOIRE SCIENTIFIQUE, VII, S. 402–454

Christian TORTEL: *François Bernoyer,* chef de l'atelier d'habillement de l'armée d'Orient. Bonaparte en Egypte et en Syrie. 9 lettres retrouvées et présentées par C. T. [19 Briefe v. F. Bernoyer ...]

Henri JUMELLE: *Les Cultures coloniales,* t. VII, »Les plantes textiles«, Paris 1915.

J.-C. BERCHET: *Le Voyage en Orient* [Orient-Reise], (Robert Laffont).

J. LACOUTURE: *Champollion,* (Robert Laffont).
Alvise ZORZI, Paolo MORTON: *Les Palais vénitiens* [D. venez. Paläste], (Mengès)
LAS CASES: *Le Mémorial de Sainte-Hélène* (Garnier).

Zur deutschen Ausgabe:

Harald MOTZKI: *Dimma und Égalité. Die nichtislamischen Minderheiten Ägyptens in der zweiten Hälfte des 18. Jahrhunderts und die Expedition Bonapartes (1798–1801).* Bonn 1979.

Historische Romane

(63003)

(63007)

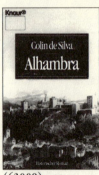

(63009)

(63010)

(63000)